mtb

Die Liebe kommt zum Dessert

MIRA® TASCHENBUCH

FSC
MIX
Papier
FSC® C014496

1. Auflage: Mai 2019
Neuausgabe im MIRA Taschenbuch

Originaltitel: »Lessons Learned«
Erschienen bei: Silhouette Books, Toronto

Originaltitel: »Spicing It Up«
Erschienen bei: Silhouette Books, Toronto

Originaltitel: »Dishing It Out«
Erschienen bei: Silhouette Books, Toronto

Published by arrangement with
HARLEQUIN ENTERPRISES II B.V./SARL

Umschlaggestaltung: Nele Schütz Design, München
Umschlagabbildung: Sasa Komlen, Subbotina Anna / shutterstock
Lektorat: Maya Gause
Satz: GGP Media GmbH, Pößneck
Printed in Germany
Dieses Buch wurde auf FSC®-zertifiziertem Papier gedruckt.
ISBN 978-3-7457-0007-7

www.mira-taschenbuch.de

Werden Sie Fan von MIRA Taschenbuch auf Facebook!

Nora Roberts

Ein Mann für alle Sinne

Aus dem Amerikanischen von
M. R. Heinze

mtb

1. Kapitel

Na schön, war er eben sagenhaft. Und reich. Und talentiert. Und sexy. Man sollte nicht vergessen, dass er außergewöhnlich sexy war.

Für Juliet Trent spielte das kaum eine Rolle. Sie war ein Profi, und ein Job war ein Job. In diesem Fall waren gutes Aussehen und Persönlichkeit eine Hilfe, aber das bezog sich nur aufs Geschäftliche. Wirklich nur aufs Geschäftliche.

Nein, auf persönlicher Ebene spielte es überhaupt keine Rolle. Immerhin war Juliet Trent in ihrem Leben etlichen sagenhaften Männern begegnet. Sie hatte auch ein paar reiche Männer kennengelernt und so weiter, obwohl sie zugeben musste, nie einen Mann getroffen zu haben, der alle diese ungewöhnlichen Eigenschaften in sich vereinigte. Und ganz sicher hatte sie nie mit einem solchen zusammengearbeitet. Jetzt bekam sie die Gelegenheit dazu.

Tatsache war, dass Carlo Franconis Aussehen, sein Charme, sein Ruf und seine Fähigkeiten ihren Job in reinstes Vergnügen verwandeln würden … hatte man ihr gesagt. Dennoch betrachtete Juliet hinter der geschlossenen Tür ihres Büros ziemlich finster das 18x24 Schwarz-Weiß-Hochglanz-PR-Foto und wurde das dumpfe Gefühl nicht los, dass Carlo Franconi mehr Probleme als Vergnügen bereiten würde.

Carlo lächelte ihr aufreizend frech entgegen. Seine dunklen mandelförmigen Augen betrachteten sie amüsiert und anerkennend. Möglicherweise hatte das Foto eine Frau gemacht. Sein volles dichtes Haar war ansprechend, ein wenig zerzaust und ringelte sich im Nacken und über seinen Ohren. Nicht zu sehr – nur gerade so viel, um entwaffnend zu wirken. Kräftige

Wangenknochen, ein flott geschwungener Mund, eine gerade Nase und ausdrucksvolle Brauen erschufen ein Gesicht, das dazu bestimmt war, den gesunden Menschenverstand jeder Frau zu sabotieren. Juliet musste das alles in ihrem Sinne nutzen, um die mörderische Promotion erfolgreich hinter sich zu bringen.

Ein Kochbuch! Juliet versuchte vergeblich, nicht zu seufzen. Carlo Franconis »Kochen mit Amore« war, ob es ihr gefiel oder nicht, ihr bisher größter Auftrag. Und Geschäft war Geschäft.

Sie liebte ihren Job als PR-Agentin und war auch mit Trinity Press zufrieden, dem Verlag, für den sie arbeitete, nachdem sie seit Beginn ihrer Karriere ein halbes Dutzend Mal den Job gewechselt hatte und dabei ständig höher gestiegen war. Mit achtundzwanzig hatte der Ehrgeiz, mit dem sie vor fast zehn Jahren als Empfangsdame angefangen hatte, nur wenig nachgelassen. Sie hatte für ihr eigenes Büro und ihre Position gearbeitet, studiert, geschwitzt und sich durchgeboxt. Jetzt hatte sie beides, war jedoch nicht gewillt, sich zu entspannen.

In zwei Jahren sollte sie nach ihren Berechnungen für den nächsten Sprung bereit sein – ihre eigene PR-Firma. Natürlich würde sie klein anfangen müssen, aber aufregend war ja das Aufbauen einer Firma. Die Kontakte und die Erfahrungen, die sie in ihren Zwanzigern sammelte, würden ihr in ihren Dreißigern helfen, ihre angestrebten Ziele zu festigen. Juliet war damit sehr zufrieden.

Eine der ersten Grundregeln, die sie in Public Relations gelernt hatte, war: Ein Auftrag war ein Auftrag, ganz gleich, ob es sich um einen gewaltigen Bestseller handelte, der demnächst unter Riesenaufwand verfilmt werden sollte, oder um ein dünnes Bändchen mit Gedichten, das kaum den Vorschuss für den Autor abwerfen würde. Ein Teil der Herausforderung und des Vergnügens bestand darin, den richtigen Ansatzpunkt für die Promotion zu finden.

Jetzt hatte sie also ein Kochbuch und einen geschniegelten italienischen Koch am Hals. Franconi hatte Rekorde aufgestellt, sowohl was Frauen als auch was Bücher anging. Der Frauen wegen interessierten sich die Klatsch- und Gesellschaftsspalten der internationalen Presse brennend für ihn. Man brauchte nichts fürs Kochen übrigzuhaben, um den Namen Franconi zu kennen. Der Buchrekorde wegen wurde er bei seiner Tour mit einer eigenen PR-Agentin verwöhnt.

Seine beiden ersten Kochbücher waren solide Bestseller geworden. Und mit gutem Grund, wie Juliet zugeben musste. Sicher, sie selbst konnte kein Ei braten, ohne es in einen ungenießbaren glibberigen Klumpen zu verwandeln, aber sie erkannte Qualität und Stil. Bei Franconi klang Linguine wie ein Gericht, das man nur in schwarzer Spitze zubereiten konnte. Er verzauberte einfache Spaghetti in ein erotisches Ereignis.

Sex ... Juliet kippte ihren Stuhl nach hinten und wackelte mit ihren bestrumpften Zehen. Den strahlte er aus. Und genau darauf mussten sie aufbauen. Bevor die einundzwanzigtägige Tour vorbei war, würde sie Carlo Franconi zum sexgeladensten Meisterkoch der Welt gemacht haben. Jede amerikanische Frau mit auch nur einem Tropfen Blut in den Adern würde darüber fantasieren, wie er ein intimes Dinner für zwei kreierte. Kerzenschein, Pasta und Liebe ...

Eine letzte Betrachtung seines PR-Fotos und des charmanten Lächelns überzeugte sie, dass er das schaffen konnte.

In der Zwischenzeit musste sie noch Vorbereitungen treffen. Das Erstellen eines Zeitplans war ein Vergnügen, das Einhalten eine Herausforderung. Juliet genoss beides.

Sie griff nach dem Telefonhörer, stellte resigniert fest, dass sie sich schon wieder einen Nagel abgebrochen hatte, und rief ihre Assistentin an. »Deborah, verbinden Sie mich mit Diane Maxwell. Sie ist Programmkoordinatorin der Simpson-Show in L. A.«

»Sie wollen gleich die ganz großen Kaliber?«

Juliet erlaubte sich ein flüchtiges unprofessionelles Grinsen. »Allerdings.« Sie legte den Hörer auf und machte sich hastige Notizen. Kein Grund, nicht gleich ganz oben anzufangen. Fiel man dabei auf die Nase, hatte sich der Versuch wenigstens gelohnt.

Während Juliet wartete, sah sie sich in ihrem Büro um. Es war noch nicht spitze, aber doch schon ganz schön komfortabel. Wenigstens hatte sie ein Fenster. Juliet schauderte noch immer, wenn sie an diese aus lauter Wänden bestehenden Verschläge dachte, in denen sie gearbeitet hatte. Zwanzig Stockwerke unter ihr jagte und stieß und drängelte sich New York durch einen neuen Tag. Juliet Trent hatte gelernt, sich genauso zu verhalten, nachdem sie von dem ruhigen Harrisburg, Pennsylvania, zugezogen war.

Sie war in einer höflichen, eng umgrenzten Nachbarschaft aufgewachsen, in der nur Fremde schneller als dreißig Stundenkilometer fuhren und jeder seinen Rasen penibel bis zum Gartenzaun stutzte, aber sie hatte sich leicht akklimatisiert. Sie liebte das Tempo, die Energie und diesen Trau-dich-Ton von New York. Niemals wollte sie zurückkehren in die bienensummende, heckenschneidende Ruhe der Nachbarschaft, in der jeder wusste, wer man war, was man tat und wie man es tat. Sie bevorzugte die Anonymität und die Individualität in großen Menschenmengen.

Ihre Mutter hatte sich zur perfekten Vorstadthausfrau entwickelt, aber nicht Juliet. Sie war eine unabhängige Frau mit eigenem Apartment und einem Büro, das sie nach und nach ihrem Geschmack entsprechend einrichtete. Grünpflanzen hatte sie schon gekauft. Ein zwei Meter hoher Dali-Druck gegenüber dem Fenster verlieh dem Raum Leben und Energie, und sie hatte ein Auge auf eine große, prächtige orientalische Urne geworfen, die perfekt gewesen wäre für ein ähnlich prächtiges Arrangement aus Pfauenfedern. Falls sie noch etwas wartete, sank der Preis vielleicht von exorbitant auf idiotisch hoch herunter. Dann wollte sie zugreifen.

Juliet mochte sich allen gegenüber als sehr praktisch veranlagt ausgeben, sich selbst eingeschlossen, aber einem guten Kauf konnte sie nicht widerstehen. Dementsprechend war ihr Bankkonto nicht so solide wie ihr Kleiderschrank.

Vielleicht konnte man zwanzig Paar Schuhe als übertrieben ansehen, aber Juliet fand, dass sie oft zehn Stunden am Tag auf den Füßen war und sich diesen Luxus verdient hatte. Und sie hatte sich diese Schuhe erarbeitet – bei zahllosen langen Besprechungen, endlosen Wartezeiten auf Flughäfen und stundenlangen Telefonaten. Sie hatte sie sich auf Promotiontouren erarbeitet, auf denen sie es je nach Laune des Zufalls mit den Brillanten, den Komischen, den Unfähigen, den Langweiligen oder den Unhöflichen dieser Welt zu tun hatte. Womit auch immer sie sich herumschlug, das Ergebnis musste stets das gleiche sein: Publicity, Publicity und noch mehr Publicity.

Sie hatte gelernt, mit der Presse umzugehen, vom Reporter der New York Times bis hin zu den Mitarbeitern von kleinstädtischen Wochenblättchen. Sie verstand es, die Gastgeber von Talkshows mit Charme zu umgarnen, vom anerkannten Meister bis hin zu nervösen Nachahmern. Das Lernen war ein Abenteuer gewesen, und da sie sich in ihrem persönlichen Leben nur wenige Abenteuer erlaubt hatte, war der berufliche Erfolg umso süßer.

Als das Telefon endlich summte, biss sie sich auf die Zunge. Jetzt würde sie gleich alles anwenden, was sie jemals gelernt hatte, und Franconi in der Talkshow mit den höchsten Einschaltquoten in den Staaten unterbringen.

Wenn ihr das gelang, dachte sie und drückte den Knopf an ihrem Apparat, dann sollte er sich bloß anstrengen und das Beste daraus machen, sonst würde sie ihm seinen sexy Hals mit seinem eigenen Küchenmesser durchschneiden.

»Ah, mi amore … squisita …« Carlos leise schnurrende Stimme vermochte das Blut schneller durch die Adern fließen zu lassen. Diese Schlafzimmerstimme hatte er nicht erst entwickeln müssen. Er war damit geboren worden, und Carlo hielt einen Menschen, der seine begnadeten Fähigkeiten nicht einsetzte, für einen Narren. »Bellissima«, murmelte er, und seine Augen wurden in der Vorfreude dunkel und träumerisch.

Hitze umgab ihn, Hitze und Dampf, aber er liebte diese Hitze. Kälte verlangsamte die Blutzirkulation. Die durch das Fenster hereinfallenden Sonnenstrahlen hatten jenen rötlich goldenen Schein angenommen, der das Ende des Tages und die Genüsse der Nacht ankündigte. Ein feiner Duft hing in der Luft, und Carlo atmete ihn ein. Man verpasste sehr viel im Leben, wenn man nicht alle seine Sinne einsetzte, und Carlo war fest entschlossen, nichts zu verpassen.

Er betrachtete seine momentane Liebe mit dem Auge des Kenners, bereit zu Zärtlichkeiten, zu Flüstern, zu Schmeicheleien. Für ihn spielte es nie eine Rolle, ob es Sekunden oder Stunden dauerte, um zu erreichen, was er wollte. Solange er nur bekam, was er wollte. Für Carlo waren die Tätigkeit an sich, die Vorbereitung und die Vorfreude genauso befriedigend wie das Ergebnis. Es war wie ein Tanz, fand er. Wie ein Lied. Eine Arie aus »Figaros Hochzeit« spielte im Hintergrund, während er verführte.

Carlo legte größten Wert darauf, stets den passenden Rahmen zu schaffen, weil das Leben nichts war, an dem man sich einfach erfreute, sondern etwas, das man genießen musste.

»Bellissima«, flüsterte er und beugte sich bewundernd tiefer herunter. Die Muschelsauce köchelte erotisch, während er umrührte. Langsam, sich der Bedeutung des Moments voll bewusst, hob Carlo den Kochlöffel an seine Lippen und kostete mit halb geschlossenen Augen. Der genussvolle Laut kam aus tiefster Kehle. »Squisita … köstlich …«

Er überließ die Sauce sich selbst und wandte seine liebevolle Aufmerksamkeit seiner Zabaglione zu. Es gab keine Frau auf der ganzen Welt, die dem Geschmack dieser gehaltvollen Creme mit dem Aroma von Wein widerstehen konnte. Und wie üblich erwartete er auch jetzt eine Frau.

Die Küche war für Carlo genauso ein Ort der Lust wie das Schlafzimmer. Nicht per Zufall war er einer der angesehensten und am meisten bewunderten Chefköche der Welt – und einer der begehrtesten Liebhaber. Seine Küche war meisterlich eingerichtet und bestens für die Verführung von Saucen und Gewürzen geeignet – wie sein Schlafzimmer für die Verführung von Frauen. Ja, Carlo Franconi glaubte daran, dass man das Leben genießen müsse. Bis zur Neige.

Als das Klopfen an der Tür durch die hohen Räume seines römischen Heims hallte, raunte er seiner Pasta etwas zu, ehe er die Schürze abnahm, und während er zur Tür ging, rollte er die Ärmel seines Seidenhemdes herunter, blieb jedoch vor keinem der antiken Spiegel an den Wänden stehen. Er war weniger eitel als selbstsicher.

Er öffnete die Tür für eine große stattliche Frau mit dunklem Teint und schwarz schimmernden Augen, und sein Herz schlug schneller, wie jedes Mal, wenn er sie sah. Er ergriff ihre Hand und führte sie an seine Lippen, während sein Blick sich lächelnd in ihre Augen senkte.

Sie stand einen Moment vor ihm, und ihr Lächeln galt allein ihm. Nur eine Närrin hätte nicht gewusst, dass er schon Dutzende von Frauen auf diese Weise begrüßt hatte. Sie war keine Närrin, aber sie liebte ihn.

»Du bist unmöglich, Carlo.« Die Frau streckte die Hand aus und berührte sein Haar. »Begrüßt man so seine Mutter?«

»So ...«, er küsste noch einmal ihre Hand, »... begrüße ich eine wunderbare Frau.« Dann schlang er die Arme um sie und küsste sie auf die Wangen. »Und so begrüße ich meine Mutter.«

Gina Franconi erwiderte lachend die Umarmung ihres Sohnes. »Für dich sind alle Frauen schön.«

»Aber nur eine ist meine Mutter.« Den Arm um ihre Schultern gelegt, führte er sie ins Haus.

Gina schätzte es wie immer, dass sein Haus makellos sauber war, wenn auch für ihren Geschmack ein wenig zu exotisch. Sie fragte sich oft, wie das arme Hausmädchen es schaffte, die reichen Verzierungen an den Türen und Durchgängen staubfrei und die unzähligen Fensterscheiben streifenfrei zu halten. Da sie eine Frau war, die fünfzehn Jahre ihres Lebens anderer Leute Haus und danach vierzig Jahre lang ihr eigenes sauber gehalten hatte, dachte sie an solche Dinge.

»Einen Aperitif, Mama?« Carlo holte eine schlanke schwarze Flasche und zwei Gläser und schenkte ein. »Den musst du kosten. Von einer Freundin.«

Gina nahm zwei Schlucke. »Hervorragend.«

»Allerdings. Anna hat einen hervorragenden Geschmack.«

»Hast du nur weibliche Freunde, Carlo?«

»Nein.« Er hielt sein Glas hoch und schwenkte es. »Aber das hier hat mir eine meiner weiblichen Freundinnen als Hochzeitsgeschenk geschickt.«

»Hochzeits…«

»Ihre Hochzeit«, sagte Carlo lächelnd. »Sie wollte einen Ehemann, und da ich ihr nicht dienen konnte, haben wir uns freundschaftlich getrennt.« Er hielt die Flasche als Beweis hoch.

»Hast du das Zeug chemisch untersuchen lassen?«, fragte Gina trocken.

Er stieß mit ihr an. »Ein kluger Mann verwandelt alle seine ehemaligen Geliebten in Freunde, Mama.«

»Und du warst immer klug.« Sie zuckte leicht mit den Schultern, nippte erneut und setzte sich. »Ich höre, du triffst dich mit dieser französischen Schauspielerin.«

»Wie immer ist dein Gehör hervorragend.«

Gina betrachtete scheinbar aufmerksam die Flüssigkeit in ihrem Glas. »Sie ist natürlich schön.«

»Natürlich.«

»Vermutlich wird sie mir keine Enkel schenken?«

Carlo setzte sich lachend neben sie. »Du hast schon sechs Enkel, und ein siebentes ist unterwegs, Mama. Werde bloß nicht gierig.«

»Aber ich habe noch keines von meinem einzigen Sohn.« Sie tippte ihm auf die Schulter. »Ich habe dich trotzdem nicht ganz aufgegeben.«

»Vielleicht, wenn ich eine Frau wie dich finde.«

Sie warf ihm einen gespielt arroganten Blick zu. »Das ist unmöglich, Carlo!«

Er lenkte das Gespräch auf seine vier Schwestern und deren Familien, während Erinnerungen an seine Kindheit hochkamen. Seine Mutter hatte gearbeitet und für alles gesorgt und sich nie beklagt, während sein Vater endlose Monate auf See verbracht hatte.

Wenn er sich konzentrierte, erinnerte Carlo sich an einen dunklen, drahtigen Mann mit einem schwarzen Schnurrbart und einem fröhlichen Lächeln. Die Erinnerung löste weder Bitterkeit noch Bedauern aus. Sein Vater war vor der Ehe Seemann gewesen und stets Seemann geblieben.

Seine Mutter hatte die Bemühungen jedes ihrer Kinder unterstützt, und als Carlo ein Stipendium der Sorbonne in Paris bekam und seinem Interesse für die Haute Cuisine folgen konnte, hatte sie ihn ziehen lassen und letztlich sein mageres selbstverdientes Geld mit dem Geld aus der Lebensversicherung aufgebessert, die nach dem Tod ihres Mannes auf See fällig geworden war, der See, die er geliebt hatte.

Vor sechs Jahren hatte Carlo es ihr endlich auf seine Weise zurückzahlen können. Die elegante Modeboutique war ihr Lebenstraum gewesen.

Carlo war in einer großen, lärmenden und sehr emotionalen Familie aufgewachsen. Die Erinnerungen bereiteten ihm stets Freude. Ein Mann, der in einer Familie von Frauen groß wird, lernt es, Frauen zu verstehen, sie zu schätzen, sie zu bewundern. Carlo kannte die Träume von Frauen, ihre Eitelkeiten, ihre Unsicherheiten. Er nahm sich nie eine Geliebte, für die er nicht genauso viel Zuneigung wie Verlangen verspürte. Fühlte er nur Verlangen, wusste er, dass es am Ende keine Freundschaft geben würde, nur Groll. Im Moment ging gerade seine angenehme Affäre mit der französischen Schauspielerin zu Ende. In ein paar Wochen begann sie einen Film, und er würde die Tour durch Amerika machen.

»Carlo, fliegst du bald nach Amerika?«

Hatte seine Mutter seine Gedanken gelesen? Er wusste, dass Frauen dazu fähig waren. »Ja, in zwei Wochen.«

»Tust du mir einen Gefallen? Achte darauf, was amerikanische berufstätige Frauen tragen. Ich möchte das Angebot im Laden erweitern, und Amerikanerinnen sind so praktisch.«

»Hoffentlich nicht zu praktisch.« Er ließ die Flüssigkeit in seinem Glas wirbeln. »Mein PR-Agent ist eine Miss Trent. Ich verspreche dir, ich werde ihre Garderobe genauestens unter die Lupe nehmen.«

Sie begegnete seinem Lächeln mit einem ruhigen Blick. »Du bist so gut zu mir, Carlo.«

»Aber natürlich, Mama. Und jetzt werde ich dich wie eine Königin bewirten.«

Juliet sah Carlo Franconi Seite an Seite mit einer tollen Rothaarigen das Flughafengebäude von Los Angeles betreten, eine Hand an ihrem Arm, und obwohl er in der anderen Hand einen prall gefüllten Lederkoffer und über seiner Schulter eine Flugtasche trug, begleitete er die Rothaarige durch das Gate, als würden sie beide einen Ballsaal betreten. Oder ein Schlafzimmer.

Juliet warf einen kurzen Blick auf seine gut geschnittene Hose, das einfarbige Jackett und das Hemd mit offenem Kragen. Ein goldener Ring mit einem Diamanten funkelte an seiner Hand und hätte eigentlich protzig und vulgär wirken müssen, sah jedoch genauso locker und lässig aus wie der ganze Mann. Juliet kam sich steif und streng vor.

Sie war seit dem Vorabend in Los Angeles, um sich persönlich um die kleinsten Details zu kümmern. Carlo Franconi hatte nichts weiter zu tun, als Charme zu versprühen, Fragen zu beantworten und sein Kochbuch zu signieren.

Während sie beobachtete, wie er die Hand der Rothaarigen küsste, dachte Juliet, dass er eine Menge Bücher würde signieren müssen. Immerhin kauften vor allem Frauen Kochbücher, oder etwa nicht? Sorgfältig ein sarkastisches Lächeln unterdrückend, erhob sie sich. Die Rothaarige warf einen letzten schmachtenden Blick über ihre Schulter, während sie wegging.

»Mr. Franconi?«

Carlo wandte sich von seiner angenehmen Reisebegleiterin auf der Etappe von New York nach Los Angeles ab. Bei seinem ersten Blick auf Juliet verspürte er einen Anflug von Interesse und ein leichtes Verlangen, wie das oft bei einer Frau der Fall war. Er konnte diesen Anflug unterdrücken oder ihm nachgeben, wie es gerade am passendsten war. In diesem Fall genoss er ihn.

Ihr Gesicht war nicht nur hübsch, sondern auch interessant. Ihre helle Haut hätte sie zerbrechlich wirken lassen, wären da nicht die kräftigen Wangenknochen gewesen. Ihre grünen Augen waren kühl und groß, von langen Wimpern beschattet. Auf ihre Lippen hatte sie nur einen Hauch von hellem Lippenstift aufgetragen. Die vollen, jeden Blick auf sich ziehenden Lippen brauchten keine kosmetische Betonung, und sie wusste das offenbar.

Ihre Haarfarbe ließ sich zwischen Braun und Blond beschreiben, weich, natürlich und dezent. Sie trug ihr Haar hinten lang, sodass sie es auf Wunsch hochbinden konnte, oben und an den Seiten dagegen kurz genug, dass sie es je nach Gelegenheit und Laune locker oder straff kämmen konnte. Im Moment trug sie ihr Haar locker und lässig, aber nicht zerzaust.

»Ich bin Juliet Trent«, stellte sie sich vor, als sie meinte, er habe sie lange genug betrachtet. »Willkommen in Kalifornien.« Als er ihre Hand an seine Lippen zog, verkrampfte sie sich für einen Moment, obwohl sie eigentlich damit hätte rechnen müssen. Am Heben seiner Augenbraue erkannte sie, dass er es bemerkt hatte.

»Bei einer schönen Frau fühlt ein Mann sich überall willkommen.«

Seine Stimme war unglaublich – wie sahnige Creme, die über irgendeine Süßspeise floss. Juliet sagte sich, dass ihr diese Stimme nur deshalb gefiel, weil sie gut über die Medien kommen würde, dachte an die Rothaarige und zeigte ihm ein leichtes, nicht übermäßig freundliches Lächeln. »Dann müssen Sie einen sehr angenehmen Flug gehabt haben.«

Er lächelte. »Sehr angenehm.«

»Und ermüdend.« Sie erinnerte sich an ihre Aufgabe. »Ihr Gepäck müsste jetzt gleich hereinkommen.« Mit einem Blick auf seinen großen Koffer fügte sie hinzu: »Kann ich Ihnen den abnehmen?«

Er hob verwundert die Augenbrauen bei der Vorstellung, ein Mann könnte seine Last auf eine Frau abladen. Gleichberechtigung hatte nichts mit Carlos Manieren zu tun. »Nein, den trage ich stets selbst.« Sie zeigte die Richtung und passte sich seinem Tempo an. »Es ist eine halbe Stunde Fahrt zum Beverly Wilshire. Danach können Sie sich den ganzen Nachmittag ausruhen. Ich werde heute Abend mit Ihnen den Terminplan für morgen durchgehen.«

Er mochte ihren Gang. Obwohl sie nicht groß war, bewegte sie sich mit langen, weit ausholenden Schritten, wodurch sich ihre Hüften stärker bewegten. »Beim Dinner?«

Sie warf ihm einen Seitenblick zu. »Wenn Sie möchten. Um sieben? Sie haben morgen früh schon um halb acht eine Talkshow.«

Carlo dachte flüchtig an Jetlag und Zeitverschiebung. »Sie spannen mich sehr schnell ein.«

»Dafür bin ich hier, Mr. Franconi«, erklärte Juliet fröhlich, trat an das Gepäckband heran und sah zu, wie er einen großen Rollenkoffer und einen Anzugkoffer vom Band hob. Gucci. Also besaß er Geschmack, nicht nur Geld. Sie wartete, bis ein Gepäckträger alles auf einen Wagen geladen hatte. »Ich denke, Mr. Franconi, Sie werden mit dem zufrieden sein, was wir Ihnen bieten.« Durch die automatischen Türen gehend, winkte sie nach der Limousine. »Bei Ihren früheren Touren in den Staaten haben Sie mit Jim Collins zusammengearbeitet. Er schickt Ihnen seine besten Grüße.«

»Mag Jim seinen leitenden Posten?«

»Offensichtlich.«

Sie stieg nicht zuerst in die Limousine, wie Carlo erwartete, sondern trat zurück. Ein Profi. Carlo nahm seinen Platz ein. »Mögen Sie Ihren Posten, Miss Trent?«

Sie setzte sich ihm gegenüber. »Allerdings.«

Carlo streckte seine Beine aus, Beine, von denen seine Mutter einst behauptet hatte, sie wären noch weitergewachsen, als es schon gar nicht mehr nötig war. Er hätte den Wagen nach dem langen Flug von Rom hierher lieber selbst gesteuert, aber die plüschige Eleganz der Limousine war auch nicht schlecht. Er schaltete die Stereoanlage ein, und Mozart erklang aus den Lautsprechern.

»Sie haben mein Buch gelesen, Miss Trent?«

»Ja, natürlich. Ich könnte keine Werbung und Promotion für ein unbekanntes Produkt machen.« Sie lehnte sich zurück. Ihre Arbeit war unglaublich einfach, wenn sie die schlichte Wahrheit sagen durfte. »Ihre Aufmerksamkeit für Details und die klaren Anweisungen haben mich beeindruckt.«

»Hm.« Er entdeckte an ihren Strümpfen seitlich eine Reihe von Punkten. Bestimmt interessierte es seine Mutter, dass die praktische amerikanische Geschäftsfrau einen Sinn für das Frivole hatte. »Haben Sie eines der Rezepte ausprobiert?«

»Nein, ich kann nicht kochen.«

»Sie können nicht …?« Sein lässiges Interesse verwandelte sich in hellwache Aufmerksamkeit. »Überhaupt nicht?«

Sie musste lächeln, weil er so schockiert wirkte. »Wenn man auf einem Gebiet ein totaler Versager ist, Mr. Franconi, überlässt man es anderen.«

»Ich könnte es Ihnen beibringen.« Die Idee gefiel ihm. Er bot seine Hilfe niemals leichtfertig an.

»Kochen?« Sie lachte entspannt. »Das glaube ich nicht.«

»Ich bin ein ausgezeichneter Lehrer.«

»Das bezweifle ich nicht, aber ich bin eine erbärmliche Schülerin.«

»Wie alt sind Sie?« Als sich ihre Augen zusammenzogen, lächelte er charmant. »Die Frage wird erst unhöflich, wenn eine Frau ein bestimmtes Alter erreicht hat. Das trifft auf Sie nicht zu.«

»Achtundzwanzig.« Ihr Ton war sehr kühl.

»Sie sehen jünger aus, aber Ihre Augen wirken älter. Es wäre mir ein Vergnügen, Ihnen ein paar Unterrichtsstunden zu geben, Miss Trent.«

Das glaubte sie ihm gern. »Leider wird Ihr Zeitplan das nicht zulassen.«

Er zuckte bloß mit den Schultern. »Haben Sie Philadelphia in den Plan aufgenommen, wie ich Sie gebeten habe?«

»Wir werden einen ganzen Tag da sein, bevor wir nach Boston fliegen. Endstation ist dann New York.«

»Gut. Ich habe da eine gute Freundin, die ich seit fast einem Jahr nicht gesehen habe.«

Juliet war sicher, dass er überall … gute Freundinnen hatte.

»Waren Sie schon einmal in Rom?«, fragte er.

»Nein, ich war überhaupt noch nicht in Europa.«

»Wenn Sie einmal hinüberfliegen, kommen Sie nach Rom.«

Sie ließ ein wenig ihre Fantasie spielen. »Bei dem Wort Rom fallen mir Brunnen und Marmorstatuen und Kirchen ein.«

»Das alles werden Sie auch finden – und mehr.« Ihr Gesicht ist exquisit genug, um in Marmor gehauen zu werden, dachte er. »Rom ist aufgestiegen und gestürzt und hat sich wieder nach oben gearbeitet. Eine intelligente Frau versteht solche Dinge. Eine romantische Frau versteht die Brunnen.«

Sie warf einen Blick ins Freie, als die Limousine vor dem Hotel hielt. »Ich fürchte, ich bin nicht sehr romantisch.«

»Eine Frau namens Juliet – Julia – hat doch gar keine andere Wahl, Miss Trent.«

»Meine Mutter hat den Namen ausgesucht, nicht ich.«

»Halten Sie nicht Ausschau nach Romeo?«

Juliet griff nach ihrem Aktenkoffer. »Nein, Mr. Franconi, das tue ich nicht.«

Carlo stieg vor Juliet aus, bot ihr seine Hand und genoss das leichte Aneinanderstreifen ihrer Körper. Und er spürte die Anziehung. Nicht den unpersönlichen Reiz, den jede Frau bot, sondern diese tiefe Anziehung, die sich auf eine ganz bestimmte Frau richtete. Irgendwann würde er ihre Lippen kosten. Er war schließlich ein Mann, der sehr viel nach dem Geschmack urteilte. Aber er konnte sich auch noch Zeit lassen. Manche Kreationen erforderten viel Zeit und komplizierte Zubereitungsarten.

»Manche Frauen«, murmelte er, »brauchen nie Ausschau zu halten, nur auszuwählen.«

»Und manche Frauen«, sagte sie genauso leise, »ziehen es vor, überhaupt nichts auszuwählen.« Sie wandte ihm bewusst den Rücken zu, während sie den Schlüssel einem wartenden Pagen übergab. »Sie sind bereits eingetragen, Mr. Franconi.

Mein Zimmer liegt Ihrer Suite gegenüber. Ich reserviere Plätze für das Dinner hier im Hotel um sieben, wenn es Ihnen recht ist. Und wenn Sie etwas brauchen, bestellen Sie es, und lassen Sie es auf die Rechnung setzen.«

Sie fuhren mit dem Aufzug nach oben, und auf ihrer Etage angekommen, holte Juliet ihren Schlüssel hervor.

»Ich hoffe, Ihre Suite gefällt Ihnen.«

Er beobachtete ihre knappen, energischen Bewegungen. »Aber sicher.«

»Dann um sieben.« Sie schob den Schlüssel in ihre Tür, während der Page die Suite öffnete. Ihre Gedanken waren bereits bei den Anrufen, die sie erledigen musste.

»Juliet.«

Sie wandte den Kopf und blickte über ihre Schulter zurück.

»Verändern Sie nicht Ihren Duft«, murmelte Carlo. »Sex ohne Blumen, Weiblichkeit ohne Verletzbarkeit. Das passt zu Ihnen.«

Während sie noch über ihre Schulter starrte, verschwand er in der Suite. Der Page begann höflich mit seinen Erklärungen der Räumlichkeiten, und Carlo sagte etwas, das den Pagen abbrechen und lachen ließ.

Juliet drehte ihren Schlüssel mit mehr Kraftaufwand als nötig herum, stieß die Tür auf und schloss sie, indem sie sich dagegen lehnte. Eine Minute lang blieb sie da stehen und wartete darauf, dass sich ihre Herz-Kreislauf-Funktionen wieder normalisierten.

Professionelles Training hatte verhindert, dass sie stammelte oder an sich herumfummelte und sich zum Narren machte. Professionelles Training hatte ihr geholfen, ihre Nerven gerade noch unter Kontrolle zu halten. Dennoch, unter all diesem Training verbarg sich eine Frau. Die Selbstbeherrschung war ihr schwergefallen. Juliet war todsicher, dass sich keine Frau gänzlich Carlo Franconis Ausstrahlung entziehen konnte. Allerdings war es nicht gerade Balsam für ihr Ego, sich eingestehen zu müssen, dass sie schlicht ein Teil einer großen Gruppe war.

Er hatte nichts davon gemerkt, aber ihr Herz hatte sich wie wild gebärdet, seit er zum ersten Mal ihre Hand ergriffen hatte. Es gebärdete sich auch jetzt noch wie wild. Albern, sagte sie sich, warf ihre Tasche auf einen Sessel und hielt es für das Beste, ihrer Tasche zu folgen. Ihre Beine zitterten jetzt noch. Juliet stieß den Atem langsam aus. Sie musste warten, bis dieses Zittern aufhörte.

Na schön, war er eben sagenhaft. Und reich … und talentiert. Und außergewöhnlich sexy. Das hatte sie ja schon gewusst, oder? Das Problem war nur, dass sie nicht sicher war, wie sie mit ihm umgehen sollte. Bei Weitem nicht so sicher, wie sie hätte sein müssen.

2. Kapitel

Juliet war eine Frau, die Zeitdruck, Probleme und kleine Krisen brauchte. Dadurch blieb sie wach, stets bereit und interessiert. Wäre ihr Job einfach gewesen, hätte er ihr keinen Spaß gemacht.

Sie war auch eine Frau, die lange Schaumbäder und große Betten liebte. Das waren die Dinge, die einem halfen, seinen Verstand beisammenzuhalten.

Während Carlo sich auf seine Weise amüsierte, verbrachte Juliet anderthalb Stunden am Telefon, dann eine weitere Stunde mit der Feinabstimmung des Stundenplans für den nächsten Tag. Ein Zeitungsinterview war noch dazugekommen und musste eingeschoben werden. Sie schob ein. Eine andere Zeitung wollte einen Reporter und einen Fotografen zu der Buchsignierstunde schicken. Die Namen mussten notiert werden. Juliet notierte. Wie es jetzt aussah, konnten sie froh sein, wenn sie am nächsten Tag vielleicht zwei Stunden Atempause hatten. Nichts konnte ihr besser gefallen.

Als Juliet ihr dickes ledergebundenes Notizbuch schloss, war sie überreif für die Badewanne. Das Bett musste unglücklicherweise noch warten. Zehn Uhr, versprach sie sich selbst. Um zehn würde sie sich in ihr Bett sinken lassen, sich zusammenrollen und wegtreten.

Für das Bad räumte sie sich genau fünfundzwanzig Minuten ein. In der Wanne erstellte sie keine Pläne und keine Terminplanungen. Sie schaltete einfach den beruflichen Teil ihres Gehirns ab und genoss.

Entspannen … zehn Minuten waren nötig, um einen völlig entspannten Zustand zu erreichen. Träumen … sie konnte sich vorstellen, die weiße Standardbadewanne wäre luxuriös, riesig und üppig ausgestattet. Schwarzer Marmor vielleicht und groß genug für zwei. Es war einer von Juliets geheimen Wünschen, so ein Modell zu besitzen. Das war für sie ein Symbol allerhöchsten Erfolges. Sie hätte alle Stacheln aufgestellt, hätte jemand ihren Wunsch romantisch genannt. Praktisch, hätte sie hartnäckig behauptet. Wenn man hart arbeitete, brauchte man einen Platz, wo man wieder auftanken konnte. Ihr Platz war in der Badewanne.

Ihr Bademantel hing an der Innenseite der Tür – jadegrün, aufreizend kurz und aus Seide. Kein Luxus in ihren Augen, sondern eine Notwendigkeit. Wenn man oft nur ganz wenig Zeit zum Erholen hatte, brauchte man alle Hilfsmittel, um diese Erholung zu finden. Und dieser Bademantel war genauso ein Hilfsmittel wie die Fläschchen mit Vitaminpillen, die auf der Ablage neben dem Spülbecken aufgereiht waren. Auf Reisen nahm Juliet sie stets mit.

Nachdem sie sich ein wenig entspannt hatte, konnte sie das warme Wasser auf ihrer Haut und die duftenden Schaumbläschen genießen.

Er hatte gesagt, sie sollte ihren Duft nicht verändern.

Juliet runzelte die Stirn, als sich ihre Nackenmuskeln verspannten. Oh nein! Sie griff nach dem winzigen Stückchen Hotelseife und rieb damit über ihre Arme. Oh nein, sie würde nicht zulassen, dass Carlo Franconi in ihre private Zeitspanne einbrach. Das war Regel Nummer eins.

Er hatte absichtlich versucht, sie aus dem Gleichgewicht zu bringen. Und es war ihm gelungen. Ja, es war ihm gelungen, musste Juliet eingestehen. Aber damit war es jetzt vorbei. Das würde nicht noch einmal passieren. Ihr Job war es, sein Buch zu umsorgen, nicht sein Ego. Und dafür würde sie weit über das normale Maß an Pflichterfüllung hinausgehen und ihre ganze Energie und Geschicklichkeit einsetzen, nicht jedoch ihre Emotionen.

Falls Franconi in drei Wochen nach Rom mit einem satten

Lächeln auf seinem Gesicht zurückflog, dann würde er nur aus beruflichen Gründen lächeln. Mit dieser sofort fühlbaren Anziehungskraft wurde sie schon fertig. Carlo Franconi konnte seiner Liste so viele amerikanische Eroberungen hinzufügen, wie er nur wollte – solange sie nicht darunter war.

Wie auch immer, er interessierte sie nicht ernsthaft. Es war lediglich dieser grundsätzliche, ursprüngliche Drang. Ganz sicher war kein bisschen Verstand daran beteiligt. Sie bevorzugte eine andere Art von Mann – mehr beständig als sagenhaft, mehr ernsthaft als charmant. Nach so einer Art von Mann sah sich eine Frau mit klarem Verstand um, wenn die Zeit gekommen war.

Juliet schätzte, dass für sie in drei Jahren die Zeit gekommen sein würde. Bis dahin sollte sie ihre Firma gegründet haben. Sie würde finanziell unabhängig und auf kreativem Gebiet zufrieden sein. Ja, in drei Jahren war sie bereit, an eine ernsthafte Beziehung zu denken. Das würde dann sehr gut in ihren Zeitplan passen.

Erledigt, dachte sie und schloss die Augen. Erledigt war ein schönes, angenehmes Wort. Aber das warme Wasser und der Schaum entspannten sie nicht mehr. Ein wenig verärgert stand sie auf und ließ das Wasser von sich abfließen. Der breite Spiegel war leicht beschlagen, und durch den Dunst hindurch konnte sie Juliet Trent sehen.

Seltsam, wie blass und weich und verletzbar eine nackte Frau aussehen konnte. In ihren Gedanken war sie stark, praktisch, sogar hart. Aber in dem verschleierten Spiegel sah sie die Zerbrechlichkeit und sogar eine Spur Wehmut.

Erotik? Juliet runzelte ein wenig die Stirn, während sie sich einredete, sie dürfe nicht enttäuscht sein, dass ihr Körper eher schlanke Linien besaß anstelle von üppigen Formen. Sie sollte dankbar dafür sein, dass ihre langen Beine sie dahin trugen, wohin sie wollte, und ihre schmalen Hüften halfen, dass sie in einem Geschäftskostüm schlank und tüchtig wirkte. Erotik wäre in ihrer Karriere kein Plus gewesen.

Ohne Make-up wirkte ihr Gesicht zu jung, zu vertrauensvoll. Ohne sorgfältiges Bürsten wirkte ihr Haar zu wild, zu leidenschaftlich.

Zerbrechlich, jung, leidenschaftlich. Juliet schüttelte den Kopf. Keine günstigen Eigenschaften für eine Karrierefrau. Zum Glück konnte man mit Kleidung und Kosmetik bestimmte Aspekte unterstreichen oder herunterspielen. Sie wickelte sich in ein Handtuch und wischte mit einem anderen den Dampf vom Spiegel. Keinen Nebel mehr, dachte sie. Wollte man Erfolg haben, musste man klarsehen.

Mit einem Blick auf die Tiegel und Tuben auf der Ablage begann sie, die professionelle Miss Trent zu erschaffen.

Weil sie stille Hotelzimmer hasste, schaltete Juliet den Fernseher ein, während sie sich anzog. Der alte Bogart-Bacall-Film gefiel ihr und war entspannender als ein Dutzend Schaumbäder. Sie lauschte den wohlbekannten Dialogen, während sie rauchfarbene Strümpfe anzog. Sie beobachtete die verhalten durchschimmernde Leidenschaft, während sie die Träger eines schwarzen Shirtys zurechtrückte. Während die Handlung alle möglichen Drehungen und Wendungen ausführte, schloss sie ihr schmal geschnittenes schwarzes Kleid.

Von dem Film gefangen genommen, setzte sie sich auf die Bettkante, fuhr sich mit einer Bürste durch ihr Haar und sah gebannt hin. Sie lächelte versonnen und geistesabwesend, aber hätte jemand sie als romantisch bezeichnet, wäre sie geschockt gewesen.

Als es an der Tür klopfte, war es fünf nach sieben. Juliet hatte fünfzehn Minuten durch Trödeln verloren. Um es auszugleichen, hatte sie innerhalb von zwölf Sekunden ihre Schuhe an, die Clipse an den Ohren und ihre Tasche und ihr Notizbuch parat. Sie ging zur Tür, bereit zu seiner Begrüßung und einer Entschuldigung.

Eine Rose ... eine einzelne Rose von der Farbe einer errötenden Jungmädchenwange. Als Carlo ihr die Blume überreichte, konnte sie gar nichts sagen. Carlo dagegen hatte damit gar kein Problem.

»Bella.« Er hatte ihre Hand schon an den Lippen, ehe sie auch nur den kleinen Finger rühren konnte, um es zu verhindern. »Manche Frauen wirken in Schwarz streng oder kalt. Andere dagegen ...« Er betrachtete sie sehr lange und sehr männlich, aber sein Lächeln ließ es galant und anerkennend wirken. »... bei anderen dagegen wird nur ihre weibliche Ausstrahlung verstärkt. Störe ich Sie?«

»Nein, nein, natürlich nicht. Ich war gerade dabei ...«

»Ah, ich kenne diesen Film!«

Ohne auf ihre Aufforderung zu warten, schob er sich an ihr vorbei in das Zimmer. Das Standard-Hotel-Einbettzimmer wirkte nicht mehr so unpersönlich. Wie sollte es auch. Carlo brachte Leben, Energie und Leidenschaft mit, als wäre dies seine Mission.

»Ja, ich habe ihn oft gesehen. Passione ... Leidenschaft ...«, murmelte er, während er Bogarts und Bacalls Gesichter betrachtete, und verwandelte das Wort in Honig, den man kosten musste. Unglaublich, aber Juliet musste schlucken. »Ein Mann und eine Frau können einander viel geben, aber ohne Leidenschaft ist alles zahm, nicht wahr?«

Juliet erholte sich. Franconi war kein Mann, mit dem man über Leidenschaft diskutieren konnte. Dieses Thema wäre nicht lange rein akademisch geblieben. »Vielleicht.« Sie rückte Abendtasche und Notizblock zurecht, aber sie legte die Rose nicht weg. »Wir müssen beim Abendessen viel besprechen, Mr. Franconi. Wir sollten gehen.«

Die Daumen in den Taschen seiner dunklen Hose eingehakt, wandte er den Kopf. Juliet schätzte, dass Hunderte von Frauen diesem Lächeln vertraut hatten. Sie nicht.

Mit einer beiläufigen Handbewegung schaltete er den Fernseher ab. »Ja, wir sollten gehen.«

Was hielt er von Juliet? Carlo stellte sich selbst diese Frage und beantwortete sie sich im Laufe des Abends.

Sie war hübsch und ehrgeizig. Das gefiel ihm. Und sie vertraute ihm nicht. Das amüsierte ihn. Nach seinem Dafürhalten vertraute eine Frau wie Juliet nur dann einem Mann nicht, wenn sie sich irgendwie zu ihm hingezogen fühlte. Er würde noch viel Freude mit Juliet haben.

»›Hello, L. A.‹ steht morgen als Erstes auf der Liste.« Juliet überflog ihre Notizen, während Carlo an seinem Paté knabberte. »Das ist die morgendliche Talkshow mit der höchsten Einschaltquote an der Küste, nicht nur in Los Angeles. Liz Marks ist die Talkmasterin. Sie ist sehr beachtlich – nicht zu übersprudelnd. Los Angeles mag um acht Uhr morgens nichts Übersprudelndes.«

»Dem Himmel sei Dank.«

»Jedenfalls hat sie ein Exemplar Ihres Buchs. Es ist wichtig, dass Sie ein paarmal den Titel einwerfen, falls Liz Marks es nicht tut. Sie haben die vollen zwanzig Minuten für sich. Das sollte also kein Problem sein. Zwischen eins und drei haben Sie Autogrammstunde bei Books Incorporated auf dem Wilshire Boulevard. Ich erinnere Sie übrigens noch einmal direkt vor der Sendung daran, damit Sie es nicht zu erwähnen vergessen, dass Sie hier in Kalifornien eine einundzwanzigtägige Tour durch das Land antreten.«

»Mhm. Das Pâté ist ganz anständig. Wollen Sie welches?«

»Nein danke. Nach der Morgenshow haben wir einen Radiospot. Danach Brunch mit jemandem von der Times. Sie hatten bereits einen Artikel in der Tribune. Ich habe zwei Ausschnitte für Sie aufgehoben. Erwähnen Sie auch Ihre beiden anderen Bücher, aber konzentrieren Sie sich auf das neue. Und erwähnen Sie auch einige der größeren Städte, die wir besuchen. Denver, Dallas, Chicago, New York. Dann kommt die Autogrammstunde, ein Spot in den Abend-News und dann Dinner mit zwei Buchrezensenten. Der nächste Tag …«

»Ein Tag nach dem anderen«, unterbrach er sie leichthin.

»Gut.« Sie schloss ihr Notizbuch. »Es ist schließlich mein Job, mich um die Details zu kümmern. Ihrer ist es, Bücher zu signieren und charmant zu sein.«

Er stieß mit ihr an. »Dann werden wir beide keine Probleme haben. Charmant sein ist mein Leben.«

»Und Sie sind wirklich großartig darin, soweit ich das bisher verfolgen konnte.«

»Eine Begabung, cara.« Seine dunklen Augen schimmerten erregend. »Keine antrainierte Fähigkeit.«

Während ihr Steak serviert wurde, betrachtete Carlo sein Kalbfleisch wie ein schönes altes Gemälde. Nein, verbesserte Juliet sich, wie eine junge schöne Frau. Sie sah zu, wie er den ersten Bissen kostete, die Augen halb geschlossen. Ein seltsamer Schauer lief ihr über den Rücken. Er würde eine Frau ganz bestimmt auf die gleiche Art kosten – genießerisch.

»Angenehm«, stellte er fest. »Nicht mehr und nicht weniger.« Als sie von ihrem Teller aufblickte, hielt er ihr seine Gabel entgegen. »Kosten Sie. Man sollte nichts ungekostet lassen, Juliet.«

Seine schlichten Worte ließen sie erschauern. Mit einem leichten Schulterzucken kostete sie. »Gut.«

»Gut, sì. Nichts, was Franconi zubereitet, ist bloß gut. Gut … das werfe ich den Hunden auf dem Hinterhof vor.« Ihr Lachen gefiel ihm. »Wenn etwas nicht außergewöhnlich ist, ist es gewöhnlich.«

»Wie wahr.« Automatisch schlüpfte sie aus ihren Schuhen. »Ich habe Essen allerdings stets als ein Grundbedürfnis betrachtet.«

»Grundbedürfnis?« Carlo schüttelte den Kopf. »Oh Madonna! Sie müssen noch viel lernen. Richtig essen kommt sofort nach richtig lieben. Duft, Berührung, Geschmack.«

»Tut mir leid.« Sie nahm einen Bissen von ihrem Steak. Es war lediglich ein Stück Fleisch, das sie niemals als sinnlich oder romantisch angesehen hätte, lediglich als sättigend. »Sind Sie deshalb Koch geworden, weil Sie Essen für sexy halten?«

Er zuckte zusammen. »Chef, cara mia, Küchenchef oder chef de la cuisine.«

Lächelnd zeigte sie ihm zum ersten Mal einen Schimmer ihres Humors. »Wo liegt denn da der Unterschied?«

»Wo liegt der Unterschied zwischen einem Ackergaul und einem Vollblut? Zwischen Gips und Porzellan?«

Vergnügt tippte sie mit der Zungenspitze gegen den Rand ihres Glases. »Man könnte sagen, im Dollarzeichen.«

»Nein, nein, nein, meine Liebe. Geld ist nur ein Ergebnis, kein Grund. Ein Koch macht Hamburger in einer fettigen Küche, die nach Zwiebeln riecht, hinter einer Theke, an der die Leute Plastikflaschen mit Ketchup ausdrücken. Ein Küchenchef schafft …«, er beschrieb mit seiner Hand einen Kreis, »… eine Erfahrung.«

»Verstehe.« Sie bemühte sich nicht, ihr amüsiertes Lächeln vor ihm zu verbergen.

Er mochte ihren Stil. »Sie sind amüsiert, aber Sie haben auch nichts von Franconi gekostet … noch nicht.«

Er besaß das Talent, die einfachste Feststellung erotisch zu gestalten. Es war für Juliet eine Herausforderung, diese Klippen zu umgehen, ohne nachzugeben. »Sie haben mir noch nicht erzählt, weshalb Sie Küchenchef geworden sind.«

»Ich kann nicht malen oder dichten oder bildhauern. Also habe ich eine andere Kunstform gewählt.«

Mit Überraschung und Respekt erkannte sie, dass er es absolut ernst meinte. »Gemälde, Gedichte oder Statuen bestehen meist über Jahrhunderte. Wenn Sie ein Soufflé machen, existiert es nur kurz.«

»Die Herausforderung besteht darin, es immer wieder zu erschaffen. Kunst muss nicht hinter Glas aufbewahrt werden,

Juliet. Sie muss lediglich genossen werden. Ich habe eine Freundin, die wie ein Engel backen kann. Wenn Sie etwas von ihr essen, sind Sie eine Königin.«

»Dann ist Kochen für Sie Magie oder Kunst?«

»Beides. Wie die Liebe. Und ich finde, Sie, Juliet Trent, essen viel zu wenig.«

Sie hielt seinem Blick stand. »Ich halte nichts von übermäßigem Genuss, Mr. Franconi. Er macht nur unvorsichtig.«

»Dann auf den mäßigen Genuss.« Er hob sein Glas und lächelte charmant und gefährlich. »Mit Vorsicht.«

Juliet erwartete am ersten Tag der Tour keine Perfektion und war sonderbarerweise dann doch verärgert, als sie Perfektion bekam. Die morgendliche Talkshow lief wunderbar. Carlo dominierte die Show und blendete die Gastgeberin mit seinem Charme. Zweimal brachte er die seit zehn Jahren aktive Veteranin des morgendlichen Talks dazu, wie ein junges Mädchen zu kichern. Und einmal war die Frau doch tatsächlich rot geworden!

Franconi war ein Naturtalent. Das stellte Juliet nach der Sendung fest. Es machte ihren Job leichter. Sie gähnte und verwünschte Carlo.

Juliet schlief immer gut in Hotelzimmern. Immer. Ausgenommen letzte Nacht. Vielleicht hätte sie einen anderen überzeugen können, dass es am Kaffee lag, aber sie selbst wusste es besser. Sie konnte um zehn eine Kanne Kaffee trinken und um elf einschlafen. Ihr Körper war in dieser Hinsicht sehr diszipliniert. Ausgenommen letzte Nacht.

Sie hätte beinahe von Carlo geträumt. Hätte sie sich nicht selbst um zwei Uhr nachts wachgemacht, hätte sie von ihm geträumt. So konnte man keine wichtige und lange Autorentour beginnen.

Ein weiteres Gähnen unterdrückend, sah Juliet auf ihre Uhr. Liz Marks hatte den Arm bei Carlo untergehakt und schien ihn da lassen zu wollen, bis ihn jemand gewaltsam entfernte. Seufzend beschloss Juliet, Brecheisen zu spielen.

»Miss Marks, es war eine wundervolle Show.« Juliet streckte bewusst die Hand hin, und Liz löste sich sichtlich widerstrebend von Carlo.

»Danke, Miss ...«

»Trent«, sagte Juliet, ohne mit der Wimper zu zucken.

»Juliet ist meine PR-Agentin«, erklärte Carlo.

»Ja, und ich muss Mr. Franconi leider schon drängen.«

»Nun ja, wenn Sie müssen.« Liz ignorierte Juliet und wandte sich an Carlo: »Sie haben eine wunderbare Art, den Tag zu beginnen. Schade, dass Sie nicht länger in der Stadt sind.«

»Wirklich schade«, stimmte Carlo zu und drückte einen Kuss auf Liz' Hand. Wie in einem alten Film, dachte Juliet ungeduldig. Fehlten nur noch die Geigen.

Juliet drängte Carlo aus dem Studio und stieg mit ihm in die wartende Limousine. »Wir haben ein dichtes Programm hier in L. A.«, murmelte sie.

»Und das gefällt Ihnen.«

»Ja, natürlich.« Sie grub in ihrem Aktenkoffer nach dem Namen der Kontaktperson in der Radiostation.

»Warum wirken Sie dann so verärgert?«

»Ich weiß nicht, wovon Sie sprechen.«

»Sie haben eine Falte ... hier«, sagte er und tippte mit seiner Fingerspitze zwischen ihre Augenbrauen. Bei der Berührung zuckte Juliet zurück, bevor sie sich daran hindern konnte. Carlo neigte lediglich den Kopf zur Seite. »Sie lächeln und sprechen ruhig und höflich, aber diese Falte verrät Sie.«

»Ich war mit der Show sehr zufrieden«, versicherte sie.

»Aber?«

Na schön, er wollte es nicht anders. »Vielleicht ärgert es mich zu sehen, wie eine Frau sich zum Narren macht. Liz Marks ist verheiratet.«

»Ich bemühe mich stets, einen Ehering sofort zu bemerken«, meinte er schulterzuckend. »Sie gaben mir die Anweisung, charmant zu sein, oder etwa nicht?«

»Vielleicht hat ja ›charmant‹ in Italien doch eine andere Bedeutung.«

»Wie ich schon gesagt habe, Sie müssen selbst nach Rom kommen.«

»Sie mögen es wohl, wenn Frauen Sie umgurren?«

Er lächelte unschuldig. »Aber natürlich.«

Lachen stieg in ihr hoch, doch sie unterdrückte es. »Sie werden auf dieser Tour auch mit einigen Männern zu tun haben.«

»Ich verspreche Ihnen, ich werde ihnen bestimmt nicht die Hand küssen.«

Jetzt lachte sie, und Carlo erkannte für einen Moment die Jugend und die Energie hinter ihrer Disziplin.

»Juliet.« Der Name floss ihm förmlich über die Zunge. »Machen Sie sich keine Sorgen. Ihre anständig verheiratete Liz hat nur einen leichten Flirt mit einem Mann genossen, den sie höchstwahrscheinlich nie wiedersehen wird. Harmlos. Vielleicht wird sie es gerade deshalb heute Nacht mit ihrem Ehemann viel romantischer finden als sonst.«

Juliet betrachtete ihn mit einem direkten Blick. »Sie halten wohl sehr viel von sich, nicht wahr?«

Er nickte. »Ich halte nichts davon, irgendetwas kleinformatig zu machen.«

»Vorsicht, Mr. Franconi, sonst beginnen Sie, an Ihr eigenes Image zu glauben.«

Die Limousine hatte angehalten, aber bevor Juliet sich zur Tür schieben konnte, ergriff Carlo ihre Hand. Als sie ihn diesmal ansah, erblickte sie nicht den liebenswerten, amourösen italienischen Meisterkoch, sondern einen Mann mit Macht, einen Mann, der genau wusste, wie weit diese Macht ihn bringen konnte.

Sie bewegte sich nicht und fragte sich, wie viele Frauen schon den Stahl unter der Seide zu sehen bekommen hatten.

»Ich brauche kein Image, Juliet.« Seine Stimme war sanft, charmant und schön. Juliet hörte aber die darin verborgene Rasierklinge. »Franconi ist Franconi. Nehmen Sie mich, wie ich bin, oder gehen Sie zum Teufel.«

Geschmeidig stieg er vor ihr aus und half ihr aus dem Wagen. Es war eine höfliche Geste. Es war eine Geste, die genau ihren Positionen entsprach. Mann und Frau.

Sobald Juliet auf dem Bürgersteig stand, zog sie ihre Hand zurück.

Juliet ließ Carlo in dem von Frauen überfluteten Buchladen zurück. Mit dem Reporter und dem Fotografen waren sie schon fertig, und ein Mann wie Franconi brauchte keine Hilfe von Juliet inmitten einer Ansammlung von Frauen. Mit Kleingeld und ihrer Kreditkarte bewaffnet, machte sie sich auf die Suche nach einer Telefonzelle.

Eine Dreiviertelstunde lang sprach sie mit ihrer Assistentin in New York und notierte genau alle Daten und Termine. Denver sah noch nicht so gut aus wie erhofft, aber Dallas ... Sie musste ihre tägliche Dosis Vitamine verdoppeln, um das überhaupt durchzuhalten.

Danach wählte Juliet in San Diego ihren Kontaktmann in dem Kaufhaus an, doch der hatte sich eine Grippe eingefangen. Es tat ihr ehrlich leid, dass er krank war, aber musste er denn krank werden, ohne für eine Vertretung zu sorgen, bei der wenigstens ein paar Gehirnzellen arbeiteten?

Das junge Mädchen mit der quäkenden Stimme wusste alles über die Kochvorführung, ja, und würde das nicht ein toller Spaß werden? Verlängerungsschnüre? Ach je, davon wusste sie nichts, aber vielleicht konnte sie wen vom Wartungsdienst fragen. Ein Tisch, Stühle? Ach du liebe Güte, wenn das wirklich nötig war, könnte sie schon was auftreiben ...

Kopfschmerztabletten in der Hand, wankte Juliet zu dem Laden zurück, in der Hoffnung auf ein Glas Wasser und eine ruhige Ecke, um sich wieder zu erholen.

Niemand bemerkte sie. Wäre sie, verdurstenderweise direkt aus der Wüste kommend, auf allen vieren hereingekrochen, niemand hätte sie bemerkt. Der kleine elegante Laden war von Lachen erfüllt. Keine Verkäuferin stand hinter dem Verkaufstisch. In der linken Ecke des Ladens befand sich ein Magnet namens Franconi.

Jetzt waren nicht nur Frauen hier, stellte Juliet interessiert fest. Zahlreiche Männer standen in der Menge. Einige mochten von ihren Frauen mitgeschleppt worden sein, aber jetzt hatten sie jedenfalls ihren Spaß. Alles wirkte wie eine Cocktailparty ohne Zigarettenrauch und leere Gläser.

Sie konnte Carlo nicht einmal sehen. Eine Stunde hatte er noch Zeit, stellte sie fest, schob die Tabletten in ihre Tasche und schlenderte an den Regalen entlang.

»Ist er nicht fabelhaft?«, hörte Juliet eine leise Frauenstimme auf der anderen Seite eines Regals.

»Lieber Himmel, ja. Bin ich froh, dass du mich überredet hast mitzukommen.«

»Wofür hat man Freundinnen?«

»Ich dachte, ich würde mich zu Tode langweilen, und jetzt fühle ich mich wie ein Kind bei einem Rockkonzert. Er hat so viel …«

»Stil«, ergänzte die andere Frauenstimme. »Würde so ein Mann in mein Leben treten, er würde bestimmt nicht wieder hinaustreten.«

Neugierig umrundete Juliet das Regal. Sie wusste nicht, was sie erwartete – junge Hausfrauen vielleicht oder Collegestudentinnen. Was sie sah, waren zwei attraktive Frauen in den Dreißigern, beide in schicken Geschäftskostümen.

»Ich muss zurück ins Büro.« Die eine Frau warf einen Blick auf ihre Rolex. »Ich habe um drei eine Besprechung.«

»Und ich muss zurück zum Gericht.«

Beide Frauen verstauten ihre signierten Bücher in ledernen Aktenkoffern.

»Wieso kann keiner der Männer, die ich kenne, meine Hand küssen, ohne dass es wie auf einer Schmierenbühne wirkt?«

»Stil. Es hat alles mit Stil zu tun.«

Mit dieser Bemerkung beziehungsweise Klage verschwanden die beiden Frauen in der Menge.

Stil hatte er, das musste Juliet einräumen, als die Menschenmenge nach einer Weile abnahm und sie Carlo beobachten konnte. Aber es war der erste Tag, und sie war neugierig, ob er das während der ganzen Tour durchhalten konnte.

Auch nach einer Zugabe von einer halben Stunde musste Juliet schließlich die Verbliebenen mit eisernem Griff zur Tür hinausbefördern. Die Rollenverteilung war klar. Carlo gab sich charmant, und sie musste Zuchtmeister spielen. Aber dafür wurde sie bezahlt.

»Das ging sehr gut«, stellte sie fest, als sich die Tür der Limousine hinter ihnen schloss. »Ich wüsste gern, wie viel Pasta heute Abend in L. A. gekocht wird. Betrachten Sie es als einen neuerlichen Triumph.«

»Grazie.«

»Prego. Sie haben jetzt eine Stunde und fünfzehn Minuten bis zur Sendung ...«

»Fein.« Carlo drückte einen Knopf und gab dem Fahrer Anweisung, einfach herumzufahren. »Auch ich muss mich entspannen.« Er öffnete die Bar und schenkte zwei Gläser Cognac ein, ohne zu fragen.

»Der Spot in der News-Sendung dauert etwa vier Minuten«, fuhr Juliet fort. »Aber Sie werden staunen, wie viel man in dieser Zeit unterbringen kann. Erwähnen Sie den Buchtitel und die Autogrammstunde und die Vorführung morgen Nachmittag im College. Der sinnliche Aspekt von Essen und Kochen ist ein guter Ansatzpunkt. Wenn Sie ...«

»Möchten Sie an meiner Stelle lieber das Interview machen?«, fragte er so höflich, dass sie aufblickte.

Aha, der Herr konnte also auch grantig werden. »Sie sind wunderbar bei Interviews, Mr. Franconi, aber …«

»Carlo.« Bevor sie ihr Notizbuch wieder öffnen konnte, hielt er ihre Hand fest. »Nennen Sie mich Carlo, und stecken Sie mal Ihre verdammten Notizen für zehn Minuten weg. Sagen Sie, meine wohlorganisierte Juliet Trent, warum sind wir hier zusammen?«

Sie wollte ihm die Hand entziehen, doch sein Griff war fester, als sie dachte. Zum zweiten Mal bekam sie den vollen Eindruck von Macht, Stärke und Entschlossenheit. »Um Reklame für Ihr Buch zu machen.«

»Heute lief es gut, sì?«

»Ja, so weit …«

»Heute lief es gut«, wiederholte er und begann, sie mit den ständigen Unterbrechungen zu ärgern. »Ich werde ein paar Minuten in der News-Show sprechen, dann lasse ich dieses unerlässliche Geschäftsdinner über mich ergehen, obwohl ich viel lieber eine Flasche Wein und ein Steak auf meinem Zimmer genießen würde. Mit Ihnen. Allein. Dann könnte ich Sie ohne Ihr perfektes Geschäftskostüm und ohne Ihr perfektes Geschäftsbenehmen sehen.«

Juliet erlaubte sich nicht zu erschauern. Sie erlaubte sich nicht, überhaupt irgendwie zu reagieren. »Wir sind hier aus geschäftlichen Gründen, und das ist auch alles, wofür ich mich interessiere.«

»Mag schon sein.« Seine Zustimmung kam viel zu leicht. Als direkten Kontrast schob er seine Hand in ihren Nacken, sanft, aber nicht so sanft, dass sie ausweichen konnte. »Aber wir haben eine Stunde, bevor das Geschäftliche wieder beginnt. Und halten Sie mir jetzt keinen Terminplan vor.«

Ihr fiel plötzlich auf, dass die Limousine nach Leder duftete. Nach Leder und Reichtum und Carlo. So lässig wie nur möglich nippte sie an ihrem Glas. »Terminpläne gehören zu meinem Job.«

»Sie haben eine Stunde frei«, erklärte er. »Entspannen Sie sich. Ihre Füße schmerzen. Ziehen Sie die Schuhe aus und trinken Sie Ihren Cognac.« Er stellte sein Glas weg und beförderte ihren Aktenkoffer auf den Boden, sodass sich nichts mehr zwischen ihnen befand. »Entspannen Sie sich«, wiederholte er und störte sich nicht daran, dass sie sich verkrampfte. »Ich habe nicht die Absicht, Sie auf den Rücksitzen eines Wagens zu lieben. Jetzt nicht.« Er lächelte, als Zorn in ihren Augen aufblitzte, weil er auch Zweifel und Erregung gesehen hatte. Irgendwann in der nächsten Zeit würde er dafür den richtigen Moment, den richtigen Ort und die richtige Stimmung finden.

Er beugte sich so nahe zu ihr herüber, dass er ihren Atem über seine Lippen streichen fühlte. Sie würde nach ihm schlagen, falls er den nächsten Schritt tat. Vielleicht würde ihm der Kampf Spaß machen. Die Farbe auf ihren Wangen stammte nicht aus einem Tiegel, sondern von Leidenschaft. Ihre Augen betrachteten ihn fast herausfordernd. Sie erwartete, dass er noch ein Stück näher kam, ihren Rücken gegen den Sitz drückte, während sein Mund sich fest auf ihren Mund senkte. Sie wartete auf ihn, hielt sich bereit.

Er lächelte, während seine Lippen direkt vor ihren Lippen verharrten, und er fühlte, dass Juliets Spannung der seinen entsprach. Er senkte seinen Blick auf ihren Mund und stellte sich den Geschmack und die Süße der Berührung vor. Sie hielt ihr Kinn hochgereckt, auch als er mit seinem Daumen daran entlangfuhr.

Er tat nicht das Erwartete, sondern lehnte sich zurück, überkreuzte die ausgestreckten Beine und schloss die Augen. »Ziehen Sie Ihre Schuhe aus«, sagte er noch einmal.

Dann war er zu ihrer Überraschung eingeschlafen. Er tat nicht nur so, sondern er schlief tief, als hätte er einen Schalter betätigt.

Mit einem Klicken stellte sie ihr halb volles Glas ab und verschränkte die Arme. Wütend. Sie war verdammt wütend, weil er sie nicht geküsst hatte. Nicht, weil sie wollte, dass er sie küsste, sagte sie sich, während sie aus dem getönten Fenster starrte, sondern weil er ihr die Gelegenheit verweigert hatte, ihre Krallen zu zeigen.

Sie begann, sich danach zu sehnen, etwas italienisches Blut zu vergießen … Natürlich nur ein bisschen!

3. Kapitel

Ihr Gepäck war schon in der Limousine, die sie nach der Simpson-Show gleich zum Flughafen bringen sollte. Die Simpson-Show ... Juliet wollte gar nicht daran denken, wie wichtig Carlos zehn Minuten in der Sendung und seine Zubereitung von Tortoni sein würden. Es war seit fünfzehn Jahren die Spätabend-Show mit den höchsten Einschaltquoten im ganzen Land. Bob Simpson war eine amerikanische Institution. Ein paar Minuten in seiner Show konnten den Verkauf eines Buchs hochtreiben, auch in den entlegensten Winkeln. Oder sie konnten das Buch vernichten.

Im Studio kontrollierte Juliet den kleinen Kühlschrank hinter der Bühne, um sich davon zu überzeugen, dass das Dessert, das Carlo am Nachmittag zubereitet hatte, auch wirklich da war. Das Ganze musste vier Stunden kühlen. Carlo würde in der Sendung die Zubereitung zeigen und danach das fertige Dessert vorweisen.

Obwohl Carlo schon mit dem Produktionsassistenten und dem Regisseur die Gerätschaften und die Zutaten überprüft und den Ablauf durchgesprochen hatte, überprüfte Juliet alles noch einmal. Die geschlagene Sahne war eingekühlt, und bisher hatte niemand von der Crew die Makronen stibitzt. Die Marke trockenen Sherrys, die Carlo verlangt hatte, war vorhanden. Niemand hatte das Verschlusssiegel für eine Kostprobe aufgebrochen.

Juliet glaubte beinahe selbst schon, sie könnte das tolle gefrorene Dessert, falls nötig, selbst zubereiten, und dankte dem Himmel trotzdem dafür, dass sie nicht vor Millionen von Fernsehzuschauern eine Live-Demonstration liefern musste.

Der Meister kannte natürlich überhaupt keine Nervosität, dachte sie, als sie sich in das Künstlerzimmer begaben. Nein, er lächelte bereits der spärlich bekleideten Blondine auf dem Sofa strahlend zu und bot ihr einen Becher Kaffee aus dem Automaten an.

Kaffee? Sogar für Hollywood brauchte man eine abenteuerliche Fantasie, um den Inhalt der Maschine als Kaffee zu betrachten. Juliet nahm einen Schluck, der nach lauwarmem Schlamm schmeckte, und stellte den Becher weg.

Die kleine Blondine war offenbar eine neue Darstellerin in einer der beliebten abendlichen Seifenopern, und sie bibberte nervös. Carlo setzte sich zu ihr aufs Sofa und begann mit ihr zu plaudern, als wären sie alte Freunde. Als sich die Tür des Künstlerzimmers das nächste Mal öffnete, kicherte sie bereits.

Der Warteraum war blassbeige gestrichen, hässlich und beengt. Die Klimaanlage arbeitete erbärmlich. Juliet wusste jedoch, wie viele Berühmtheiten und Möchtegern-Berühmtheiten schon in diesem miesen kleinen Raum gesessen und an ihren Nägeln gekaut hatten.

Während Carlo so entspannt wirkte, als fände eine Party in seinem Haus statt, fragte Juliet sich, warum sie keine Magentabletten eingesteckt hatte. Sie tat so, als würde sie noch einmal den Zeitplan durchgehen, während Carlo mit seinem Charme den aufsteigenden Star betörte und die Simpson-Show auf dem Monitor an der Wand dahinplätscherte.

Dann kam der Affe herein. Juliet erblickte einen Schimpansen im Smoking, der an der Hand eines großen dünnen Mannes mit gehetzten Augen und einem nervösen Grinsen hereinwatschelte. Carlo nickte den beiden Neuankömmlingen zu und plauderte mit der Blondine weiter, als wäre gar nichts geschehen. Juliet befahl sich gerade, sich zu entspannen, als der Schimpanse grinste, den Kopf zurückwarf und einen langen lauten Schrei ausstieß.

Die Blondine kicherte, sah aber drein, als würde sie aufspringen und davonjagen, falls der Schimpanse auch nur einen Schritt näher käme – Smoking hin oder her.

»Benimm dich, Butch.« Der dünne Mann räusperte sich und sah sich um. »Butch hat erst letzte Woche einen Film fertiggestellt«, erklärte er in den Raum hinein. »Er fühlt sich ein wenig ruhelos.«

Die Pailletten an ihrem Kleid glitzerten, als die Blondine zur Tür ging, nachdem ihr Name aufgerufen worden war. Zufrieden stellte Carlo fest, dass sie jetzt bei Weitem nicht mehr so nervös war wie zu Beginn. Sie wandte sich noch einmal zu ihm um und zeigte lächelnd alle Zähne. »Wünschen Sie mir Glück, Darling.«

»Hals- und Beinbruch.«

Zu Juliets Ärger warf ihm die Blondine einen Kuss zu und segelte hinaus.

Der dünne Mann entspannte sich sichtlich. »Dem Himmel sei Dank. Blondinen erregen Butch viel zu sehr.«

»Verstehe.« Juliet wusste, dass man ihr eigenes Haar blond oder braun nennen konnte, wie man wollte. Hoffentlich stufte Butch es als braun und unerregend ein.

»Aber wo ist die Limonade?« Die Nervosität des Mannes war wieder voll da. »Die wissen doch, dass Butch Limonade vor seinem Auftritt will. Das beruhigt ihn.«

Juliet biss sich auf die Zunge, um ein Lachen zu unterdrücken. Carlo und Butch beäugten einander mit verständnisvoller Toleranz. »Er wirkt ruhig genug«, warf Carlo ein.

»Er ist ein Nervenbündel«, widersprach der dünne Mann. »So kriege ich ihn nie vor die Kamera.«

»Bestimmt war es nur ein Versehen.« Daran gewöhnt, Panik zu besänftigen, lächelte Juliet. »Fragen Sie doch mal einen der Helfer.«

»Das mache ich.« Der Mann tätschelte Butch den Kopf und verschwand durch die Tür.

»Aber …« Juliet stand halb auf und sank zurück. Der Schimpanse stand mitten im Raum, auf seine Arme gestützt. »Vielleicht hätte er Chita nicht hierlassen sollen.«

»Butch«, verbesserte Carlo. »Ich glaube, er ist harmlos.« Er grinste dem Schimpansen zu. »Vor allem hat er einen hervorragenden Schneider.«

Juliet betrachtete den Schimpansen, der sie angrinste und anblinzelte. »Juckt ihn was?«, fragte sie Carlo. »Oder flirtet er mit mir?«

»Er flirtet, sofern er ein männliches Wesen mit einem Mindestmaß an gutem Geschmack ist«, erwiderte Carlo. »Was sagst du, Butch? Du findest meine Juliet attraktiv?«

Butch warf den Kopf zurück und ließ eine Reihe von Tönen hören, die man nach Juliets Meinung so oder so auslegen konnte.

»Sehen Sie? Er schätzt schöne Frauen.«

Juliet lachte. War es nun dieses Lachen, oder fand Butch es einfach an der Zeit, seinen Annäherungsversuch zu starten, jedenfalls watschelte er auf sie zu und legte, noch immer grinsend, seine Hand auf Juliets bloßes Knie. Jetzt war sie sicher, dass er ihr zuzwinkerte.

»Ich mache beim ersten Kennenlernen nie einen so offensichtlichen Annäherungsversuch«, bemerkte Carlo.

»Manche Frauen bevorzugen die direkte Annäherung.« Juliet entschied, dass Butch harmlos war, und lächelte auf ihn herunter. »Er erinnert mich an jemanden.« Sie warf Carlo einen sanften Blick zu. »Es muss an diesem einschmeichelnden Lächeln liegen.« Butch kletterte auf ihren Schoß und schlang einen seiner langen Arme um sie. »Er ist richtig süß.« Lachend blickte sie dem Schimpansen ins Gesicht. »Ich finde, er hat Ihre Augen, Carlo.«

»Ach, Juliet, ich finde, Sie sollten …«

»Vielleicht blicken seine Augen etwas intelligenter drein.«

»Oh, ich halte ihn durchaus für ein recht schlaues Kerlchen.« Carlo hüstelte hinter vorgehaltener Hand, während er die eifrigen Finger des Schimpansen beobachtete. »Juliet, wenn Sie …«

»Selbstverständlich ist er schlau. Er macht in Filmen mit.« Juliet amüsierte sich köstlich. »Habe ich dich schon in einem Film gesehen, Butch?«

»Sollte mich nicht überraschen, wenn er in Softpornos spielt.«

Sie kraulte Butch unter dem Kinn. »Wirklich, Carlo, wie unfreundlich von Ihnen.«

»Bloß eine Ahnung.« Er ließ seinen Blick über sie gleiten. »Sagen Sie, Juliet, fühlen Sie einen Luftzug?«

»Nein, ich finde es hier drinnen viel zu warm. Der arme Kleine ist sogar ganz in seinen Smoking eingehüllt.« Sie schnalzte mit der Zunge, und Butch klapperte mit den Zähnen.

»Juliet, glauben Sie, dass die Leute ihre Persönlichkeit durch die Kleidung verraten, die sie tragen? Signale schicken, wenn Sie verstehen, was ich meine?«

»Hmm?« Zerstreut zuckte sie mit den Schultern und half Butch, seine Fliege gerade zu rücken. »Das nehme ich doch an.«

»Dann finde ich es interessant, dass Sie unter einer so strengen Bluse rosa Seide tragen.«

»Wie bitte …?«

»Eine Beobachtung, mi' amore.« Er ließ seinen Blick erneut wandern. »Bloß eine Beobachtung …«

Juliet saß ganz still und bewegte lediglich ihren Kopf. Im nächsten Moment klaffte ihr Mund genauso auf wie ihre Bluse. Der Affe mit dem putzigen Gesicht und dem hervorragenden Schneider hatte geschickt sämtliche Knöpfe geöffnet.

Carlo warf Butch einen bewundernden Blick zu. »Ich muss ihn fragen, wie er diese Technik dermaßen perfektioniert hat.«

»Also, Sie sind doch ein …«

»Ich nicht!« Carlo legte die Hand an sein Herz. »Ich bin nur ein unschuldiger Beobachter.«

Juliet schoss hoch und ließ den Schimpansen zu Boden plumpsen, und als sie im angrenzenden Waschraum verschwand, hörte sie hinter sich das Gelächter zweier männlicher Wesen – eines Schimpansen und einer Ratte.

Juliet verbrachte die Fahrt zum Flughafen, von wo aus sie nach San Diego fliegen sollten, in qualvoll höflichem Schweigen.

»Kommen Sie schon, cara, die Show lief gut. Der Titel wurde gleich dreimal erwähnt, und darüber hinaus gab es diese hübsche Großaufnahme des Buchs. Meine Tortoni waren ein Triumph, und die Leute mochten meine Anekdote über die Zubereitung eines langen sinnlichen italienischen Essens.«

»Was Anekdoten betrifft, sind Sie wirklich eine wahre Fundgrube«, murmelte sie.

»Amore, es war der Affe, der versucht hat, Sie zu entkleiden, nicht ich.« Er seufzte tief und selbstzufrieden. Er konnte sich nicht erinnern, jemals eine … Vorführung dermaßen genossen zu haben. »Wäre ich es gewesen, hätten wir die Show garantiert versäumt.«

»Und Sie mussten diese Geschichte natürlich prompt vor laufenden Kameras erzählen, nicht wahr?« Sie warf ihm einen kalten Killerblick zu. »Wissen Sie, wie viele Millionen Menschen diese Show sehen?«

»Es war eine gute Geschichte.« In dem schwachen Licht im Inneren der Limousine sah er das Funkeln ihrer Augen. »Die meisten Millionen Menschen mögen gute Geschichten.«

»Alle, mit denen ich zusammenarbeite, werden diese Show gesehen haben.« Sie zwang sich dazu, ihre verkrampften Kiefermuskeln zu lockern. »Und Sie sitzen zuerst nicht nur einfach da und lassen mich von diesem kleinen Biest mit den flinken Fingern halb ausziehen, nein, hinterher trompeten Sie es auch noch landesweit im Fernsehen hinaus.«

»Madonna, denken Sie bitte daran, dass ich versucht habe, Sie zu warnen.«

»Ich erinnere mich an nichts dergleichen.«

»Sie waren allerdings von Butch verzaubert«, fuhr er fort. »Ich gestehe, es fiel mir auch schwer, nicht bezaubert zu sein.« Er senkte seinen Blick zu ihrer ordnungsgemäß zugeknöpften Bluse. »Sie haben eine wunderschöne Haut, Juliet. Vielleicht war ich einfach zu sehr abgelenkt. Ich, ein schlichter, schwacher Mann, überantworte mich Ihrer Gnade.«

»Ach, halten Sie doch den Mund!« Sie verschränkte die Arme und starrte stur geradeaus, bis sie am Flughafen waren.

Während sie das Gepäck aufgaben, behielt Carlo einen kleineren, aber sichtlich schweren Koffer bei sich. »Den gebe ich nie auf«, erklärte er. »Mein Werkzeug.«

»Wie Sie wollen.« Juliet zuckte mit den Schultern. Sie fühlte sich auf einmal müde. »Wir haben eine halbe Stunde Zeit. Möchten Sie einen Drink?«

Er lächelte unbeschwert. »Waffenstillstand?«

»Nein, einen Drink.«

»Okay.«

Sie fanden eine dunkle, volle Bar und arbeiteten sich zu einem Tisch vor. Carlo manövrierte seinen Handkoffer mit einigen Schwierigkeiten um Leute herum und über Stühle und verstaute ihn zuletzt unter dem Tisch. »Was ist da drinnen?«

»Werkzeug«, sagte er noch einmal. »Richtig ausbalancierte Messer, Edelstahlspachteln der richtigen Größe, Essig und Öl und andere wichtige Zutaten.«

»Sie wollen Essig und Öl von Küste zu Küste durch Flughafengebäude schleppen?« Kopfschüttelnd wandte sie sich an die Serviererin. »Wodka und Grapefruitsaft.«

»Brandy.« Er wandte seine Aufmerksamkeit wieder Juliet zu, nachdem er die Serviererin mit einem Lächeln verzaubert hatte. »Es gibt auf dem amerikanischen Markt keine Marke, die sich mit meiner eigenen vergleichen könnte.« Er griff nach einer Erdnuss aus der Schale auf dem Tisch. »Es gibt auf gar keinem Markt eine Marke, die sich mit meiner eigenen messen könnte.«

»Trotzdem könnten Sie den Koffer aufgeben. Sie geben ja auch Ihre Hemden und Krawatten auf.«

»Ich vertraue mein Werkzeug nicht den Händen eines Gepäckträgers an.« Er ließ die Erdnuss in seinen Mund springen. »Eine Krawatte kann man leicht ersetzen, aber ein hervorragender Schneebesen ist etwas ganz anderes. Wenn ich Ihnen das Kochen beigebracht habe, werden Sie es verstehen.«

»Sie können mir das Kochen genauso wenig beibringen, wie Sie nach San Diego ohne Flugzeug fliegen können. Also, Sie wissen, dass Sie die Zubereitung von Linguine con vongole in ›Guten Morgen, San Diego‹ vorführen werden. Die Sendung beginnt um acht. Wir müssen um sechs im Studio sein, um alles vorzubereiten.«

Seiner Meinung nach wäre um diese Uhrzeit die einzige zivilisierte Essenszubereitung ein Champagnerfrühstück für zwei gewesen. »Warum wollen Amerikaner unbedingt in der Morgendämmerung aufstehen, um fernzusehen?«

»Ich mache eine Umfrage und finde es heraus«, sagte sie geistesabwesend. »Bis dahin bereiten Sie ein Gericht vor, das wir dann beiseitestellen, genau wie heute Abend.« Sie lächelte der Serviererin flüchtig zu, als ihre Drinks kamen. »Im Studio hat es ein Durcheinander gegeben. Wir müssen die Zutaten selbst mitbringen. Sie müssen mir eine Liste geben, was Sie brauchen. Sobald ich Sie im Hotel untergebracht habe, laufe ich los und besorge alles. Es gibt bestimmt in der Nähe einen rund um die Uhr geöffneten Supermarkt.«

In Gedanken ging Carlo die Zutaten für seine Linguine con vongole durch. Ja, ein amerikanischer Supermarkt würde die meisten Zutaten führen, aber er schätzte sich glücklich, selbst einige Dinge in seinem Koffer mitzuführen. Die Muschelsauce war eine Spezialität und durfte nicht auf die leichte Schulter genommen werden.

»Gehört Lebensmittel einkaufen um Mitternacht zu den Aufgaben einer PR-Agentin?«

Sie lächelte ihn an. Carlo fand das nicht nur hübsch, sondern dachte auch, dass sie ihn wahrscheinlich das erste Mal angelächelt und es auch wirklich ehrlich gemeint hatte.

»Auf Tour gehört alles, was getan werden muss, zu den Aufgaben einer PR-Agentin. Wenn Sie mir also die Zutaten nennen, schreibe ich sie auf.«

»Nicht nötig.« Er nippte an seinem Brandy. »Ich begleite Sie.«

»Sie brauchen Ihren Schlaf. Mehr als fünf Stunden bekommen Sie ohnedies nicht.«

»Sie auch nicht.« Als sie trotzdem widersprechen wollte, hob er eine Augenbraue. »Vielleicht vertraue ich einem Amateur auch nicht die Auswahl meiner Muscheln an.«

Vielleicht war er doch ein Gentleman. Trotz seines Rufs als Frauenheld und einer gehörigen Portion Eitelkeit gehörte er zu den wenigen Exemplaren Mann, die es verstanden, eine Frau aufmerksam zu behandeln, ohne sie zu bevormunden. Sie beschloss, ihm die Sache mit Butch zu verzeihen.

»Trinken Sie aus, Franconi.« Sie prostete ihm zu. »Wir müssen die Maschine erreichen.«

»Salute.« Er hob sein Glas.

Im Flugzeug half Juliet ihm, seinen Koffer unter dem Sitz zu verstauen. »Es ist nur ein kurzer Flug. Wir sehen uns bei der Landung.«

Er hielt sie fest. »Wohin wollen Sie?«

»Zu meinem Sitz.«

»Sie sitzen nicht hier?« Er deutete auf den Platz neben sich.

»Nein, ich fliege Touristenklasse.«

»Warum?«

»Carlo, ich versperre den Mittelgang.«

»Warum fliegen Sie Touristenklasse?«

Sie seufzte heftig wie eine Mutter, die ein dickköpfiges Kind aufklärt. »Weil mein Verleger liebend gern ein Ticket der ersten Klasse für einen Bestseller-Autor bezahlt. Für PR-Agenten gilt ein anderer Stil, genannt Touristenklasse.« Jemand stieß mit einem Aktenkoffer gegen ihre Hüfte. Verdammt, das gab bestimmt einen blauen Fleck. »Wenn Sie mich jetzt loslassen, kann ich den Stößen und Tritten ausweichen und mich endlich hinsetzen.«

»Die erste Klasse ist fast leer. Es wäre eine Kleinigkeit, zu Ihrem Ticket zuzuzahlen.«

Sie bekam endlich ihren Arm frei. »Bringen Sie nicht das System durcheinander, Franconi.«

»Ich bringe immer das System durcheinander«, rief er ihr hinterher, als sie den Gang entlang zu ihrem Platz ging. Ja, es gefiel ihm, wie sie sich bewegte.

»Mr. Franconi.« Eine Stewardess strahlte ihn an. »Darf ich Ihnen nach dem Start einen Drink bringen?«

»Was haben Sie für Weißwein?«

Als sie ihm die Marke nannte, lehnte er sich zurück. Ein wenig schlicht, dachte er, aber passabel. »Sie haben die junge Frau gesehen, mit der ich gesprochen habe. Mit dem hellbraunen Haar und dem eigensinnigen Kinn.«

Das Lächeln der Stewardess blieb strahlend und hilfsbereit, obwohl sie es für eine Schande hielt, dass er an eine andere Frau dachte. »Natürlich, Mr. Franconi.«

»Bringen Sie ihr mit meinen Empfehlungen ein Glas Wein.«

Juliet hätte sich über ihren Sitz am Mittelgang gefreut, hätte sich der Mann neben ihr nicht bereits schnarchend breitgemacht. Reisen ist etwas Wundervolles, dachte sie trocken, während sie mit den Füßen aus ihren Schuhen schlüpfte. War es nicht schön, dass sie sich schon auf einen weiteren Flug am nächsten Abend freuen konnte?

Der Mann neben ihr schnarchte während des ganzen Starts. Auf der anderen Seite des Mittelgangs hielt eine Frau eine Zigarette in der einen und ein Feuerzeug in der anderen Hand und wartete auf das Erlöschen des »No Smoking«-Zeichens. Juliet holte ihr Notizbuch heraus und begann zu arbeiten.

»Miss?«

Juliet unterdrückte ein Gähnen, während sie zu der Stewardess aufblickte. »Tut mir leid, ich habe nichts bestellt.«

»Mit Mr. Franconis Empfehlungen.«

Juliet nahm den Wein an und blickte nach vorne zur ersten Klasse. Er ist schlau, sagte sie sich. Er versuchte, durch Nettigkeit ihre Abwehr zu unterwandern. Seufzend ließ sie ihr Notizbuch zuklappen und lehnte sich zurück.

Es wirkte.

Sie hatte kaum ihren Wein ausgetrunken, als sie landeten, aber der Wein hatte sie so weit entspannt, dass sie nur noch ein weiches Bett in einem dunklen Zimmer wollte. In ein oder zwei Stunden, versprach sie sich selbst und griff nach Flugtasche und Aktenkoffer.

Carlo erwartete sie in der ersten Klasse zusammen mit einer sehr jungen, sehr attraktiven Stewardess. Keiner von beiden wirkte auch nur im Geringsten reisemüde.

»Ah, Juliet! Deborah kennt einen wunderbaren Vierundzwanzig-Stunden-Markt, wo wir alles Nötige finden.«

Juliet betrachtete die gertenschlanke Brünette und schaffte ein Lächeln. »Wie angenehm.«

Er ergriff die Hand der Stewardess und – was auch sonst? – küsste sie. »Arrivederci.«

»Sie verlieren wohl keine Zeit«, bemerkte Juliet, während sie von Bord gingen.

»Jeder Moment, den man lebt, ist ein Moment, den man genießen sollte.«

»Was für ein putziger kleiner Spruch.« Sie steuerte das Gepäckband an. »Sie sollten ihn sich tätowieren lassen.«

»Wo?«

Sie ersparte sich sein grinsendes Gesicht. »Natürlich da, wo es am attraktivsten wäre.«

Sie mussten länger auf das Gepäck warten, als ihr lieb war, und der entspannende Effekt des Weins verflog. Zahlreiche Dinge mussten erledigt werden, und weil Carlo Juliet gern in Aktion sah, überließ er es ihr, sich um alles zu kümmern.

Sie besorgte ein Taxi, gab dem Gepäckträger ein Trinkgeld, nannte dem Fahrer den Namen des Hotels, schob sich neben Carlo in den Wagen und sah sein Lächeln. »Was ist so lustig?«

»Sie sind so tüchtig, Juliet.«

»Ist das ein Kompliment oder eine Beleidigung?«

»Ich beleidige nie Frauen.« Er sagte es so schlicht, dass sie sicher war, dass es absolut stimmte. Anders als Juliet war er völlig entspannt und nicht besonders schläfrig. »Wären wir hier in Rom, würden wir in ein dunkles kleines Café fahren, schweren Rotwein trinken und amerikanische Musik hören.«

Sie schloss das Fenster, weil die Luft kalt und feucht war. »Stört die Tour Ihr Nachtleben?«

»Bis jetzt genieße ich die anregende Begleitung.«

»Morgen werden Sie halb tot von der Arbeit sein.«

Carlo lächelte. Mit neun hatte er zwischen Schule und Abendessen Geschirr gespült und Küchenböden aufgewischt. Mit fünfzehn hatte er serviert und in seiner freien Zeit alles über Gewürze und Saucen gelernt. In Paris hatte er sein langes hartes Studium mit der Arbeit als Hilfskoch kombiniert. Und sogar jetzt verlangten sein Restaurant und seine Gäste von ihm einen Zwölfstundentag. Nicht alles über ihn stand in dem säuberlich geschriebenen Lebenslauf, den Juliet in ihrem Aktenkoffer hatte.

»Arbeit macht mir nichts, solange sie mich interessiert. Ich glaube, bei Ihnen ist das genauso.«

»Ich muss arbeiten«, verbesserte sie ihn. »Aber es ist einfacher, wenn man die Arbeit mag.«

»Man hat mehr Erfolg, wenn man sie mag. Das zeigt sich an Ihnen. Ehrgeiz ohne eine gewisse Freude ist kalt, Juliet, und hinterlässt einen schalen Geschmack.«

»Ich bin ehrgeizig.«

»Oh ja.« Sein Blick löste bei ihr Herzflattern aus. »Aber Sie sind nicht kalt.«

»Hier ist das Hotel.« Sie wandte sich erleichtert von ihm ab. »Bitte warten Sie«, wies sie den Fahrer an. »Wir müssen gleich weiter.« Sie betrat mit Carlo die Halle, während ein Page sich um das Gepäck kümmerte. »Franconi und Trent«, sagte sie zu dem Angestellten an der Rezeption, nahm ihre Schlüssel entgegen und steckte dem Pagen einen Geldschein zu. »Das Gepäck kann direkt nach oben gebracht werden. Wir haben noch eine Besorgung zu erledigen.«

»Ja, Ma'am.«

»Das mag ich an Ihnen.« Carlo hakte sich zu Juliets Überraschung bei ihr unter, als sie nach draußen gingen. »Ihre Großzügigkeit. Viele Leute wären gegangen, ohne dem Pagen ein Trinkgeld zu geben.«

Sie zuckte mit den Schultern. »Vielleicht ist es einfacher, großzügig zu sein, wenn es nicht das eigene Geld ist.«

»Juliet.« Er öffnete ihr die Tür des wartenden Taxis. »Sie sind doch klug genug. Könnten Sie den Pagen nicht leer ausgehen lassen und das Trinkgeld selbst einstecken?«

»Fünf Dollar lohnen nicht, dass man unehrlich wird.«

»Nichts lohnt, dass man unehrlich wird.« Er nannte dem Fahrer den Namen des Supermarktes und lehnte sich zurück. »Mein Instinkt sagt mir, sollten Sie versuchen, eine Lüge auszusprechen – eine wahrhaftige Lüge –, Ihnen würde glatt die Zunge herausfallen.«

»Mr. Franconi, Sie vergessen, dass ich Public Relations mache. Würde ich nicht lügen, hätte ich keinen Job.«

»Ich habe von einer wahrhaftigen Lüge gesprochen.«

»Ist das nicht ein Widerspruch in sich?«

»Vielleicht sind Sie zu jung, um die Vielfalt von Lügen und Wahrheiten zu kennen. Ah, hier, sehen Sie! Deshalb mag ich Ihr Land.« Carlo beugte sich aus dem Fenster, als sie sich dem großen erleuchteten, rund um die Uhr geöffneten Supermarkt näherten. »Will man in Amerika um Mitternacht Kekse, kann man um Mitternacht Kekse kaufen. Wie praktisch.«

»Freut mich, dass es Sie freut. Warten Sie hier«, wies sie den Fahrer an, während sie mit Carlo ausstieg. »Hoffentlich wissen Sie, was Sie brauchen. Ich möchte nur ungern in der Morgendämmerung im Studio erfahren, dass ich losrennen und ganze Pfefferkörner oder so etwas besorgen muss.«

»Franconi kennt Linguine.« Er legte einen Arm um ihre Schultern, während sie hineingingen. »Ihre erste Lektion, meine Liebe.«

Carlo führte Juliet zuerst in die Abteilung für Meeresfrüchte, wo er suchte und murmelte und ablehnte und auswählte, bis er die richtige Anzahl Muscheln für zwei Portionen hatte. Juliet hatte Frauen gesehen, die mit dem gleichen Aufwand an Zeit und Aufmerksamkeit einen Verlobungsring aussuchten.

Juliet schob den Wagen neben Carlo her, während er alles betrachtete. Und berührte. Dosen, Kartons, Flaschen. Sie wartete, während er nach etwas griff, es untersuchte, mit seinen langen Künstlerfingern über die Etiketten fuhr, während er jede Zutat studierte. Ein wenig amüsiert beobachtete sie, wie sein Diamant in dem Neonlicht funkelte.

»Erstaunlich, was sie alles in diesen abgepackten Mist hineintun«, bemerkte er, während er eine Packung auf das Regal zurücklegte.

»Vorsicht, Franconi, Sie sprechen jetzt über meine Hauptnahrungsquelle.«

»Sie müssten schon längst krank sein.«

»Fertiggerichte haben die amerikanische Frau aus der Küche befreit.«

»Und eine Generation von Geschmacksknospen zerstört.« Er wählte seine Gewürze sorgfältig und ohne Hast. Er öffnete drei verschiedene Gläser mit Oregano und roch daran, bevor er sich für eine Marke entschied. »Ich sage Ihnen, Juliet, ich bewundere Ihren amerikanischen Sinn für das Praktische, aber ich kaufe lieber in Rom ein, wo ich zwischen den Marktständen durchgehen und Gemüse frisch aus der Erde wählen kann, Fisch frisch aus dem Meer. Nicht alles ist fertig abgepackt wie Musikkassetten.«

Er ließ keinen Gang aus, aber Juliet vergaß aus Faszination ihre Müdigkeit. Sie hatte noch nie jemanden gesehen, der wie Carlo Franconi einkaufte. Es war, als würde sie mit einem Kunststudenten durch ein Museum schlendern. Er streifte am Mehl entlang und betrachtete finster die einzelnen Packungen. Sie fürchtete schon, er würde eine Packung aufreißen und den Inhalt prüfen. »Ist das eine gute Marke?«

Juliet schätzte, dass sie pro Jahr ungefähr ein Kilo Mehl kaufte. »Nun ja, meine Mutter hat das immer genommen, aber ...«

»Gut, stets einer Mutter vertrauen.«

»Sie ist eine schreckliche Köchin.«

Carlo stellte die Packung entschlossen in den Wagen. »Sie ist eine Mutter.«

»Eine seltsame Einstellung für einen Mann, dem keine Mutter vertrauen kann.«

»Vor Müttern habe ich den größten Respekt. Ich habe selbst eine. Also, wir brauchen Knoblauch, Pilze, Paprika. Frisch.«

Carlo ging an den Gemüseregalen entlang, berührte, drückte und roch. Vorsichtig sah Juliet sich nach Angestellten um und war froh, dass sie um Mitternacht und nicht mittags gekommen waren. »Carlo, Sie dürfen wirklich nicht einfach alles anfassen.«

»Wenn ich es nicht anfasse, woher soll ich wissen, ob etwas gut ist oder nur hübsch aussieht?« Er warf ihr ein flüchtiges

Lächeln über seine Schulter hinweg zu. »Ich sagte schon, Essen ist einer Frau sehr ähnlich ... Sie stecken Pilze in diese Schachtel und wickeln Folie herum!« Empört riss er die Folie auf, bevor Juliet ihn aufhalten konnte.

»Carlo! Sie dürfen nichts öffnen!«

»Ich nehme nur, was ich wirklich will. Sehen Sie, einige sind zu klein.« Geduldig begann er, die Pilze herauszusuchen, die ihm nicht behagten.

»Dann nehmen wir sie heraus, wenn wir im Hotel sind.« Sie hielt Ausschau nach dem Nachtmanager und tat die ausgesonderten Pilze wieder in die Packung. »Kaufen Sie notfalls zwei Packungen.«

»Das ist aber Verschwendung. Wollen Sie Ihr Geld verschwenden?«

»Das Geld des Verlegers«, sagte sie rasch und stellte die angebrochene Packung in den Wagen. »Er verschwendet es gern. Leidenschaftlich gern.«

Er überlegte einen Moment, schüttelte dann den Kopf. »Nein, nein, das kann ich nicht machen.« Als er jedoch in den Einkaufswagen greifen wollte, versperrte Juliet ihm den Weg.

»Carlo, wenn Sie noch eine Packung aufreißen, werden wir festgenommen.«

»Lieber ins Gefängnis wandern als Pilze kaufen, die mir nichts nützen.«

Sie lächelte ihn an und wich nicht von der Stelle. »Nein!«

Ehe sie reagieren konnte, fuhr er mit einer Fingerspitze über ihre Lippen. »Also gut, dann nur für Sie, aber gegen meine Überzeugung.«

»Grazie. Haben Sie jetzt alles?«

Sein Blick folgte der Spur, die soeben sein Finger zurückgelegt hatte. »Nein.«

»Nun, was noch?«

Er trat näher, und weil sie nicht damit gerechnet hatte, fand sie sich zwischen ihm und dem Einkaufswagen eingeklemmt.

»Das ist die Nacht der ersten Lektion«, murmelte er und strich mit beiden Händen über ihre Wangen.

Eigentlich sollte sie lachen. Juliet sagte sich, dass es absolut lächerlich war, dass er einen Annäherungsversuch unter den grellen Lampen eines 24-Stunden-Supermarktes machte. Carlo Franconi, ein Mann, der Verführung genauso zu einer Kunstform entwickelt hatte wie Kochen, wählte doch nicht eine so triviale Umgebung.

Aber sie sah in seine Augen und lachte nicht.

Carlo fühlte ihre Haut angenehm weich und warm unter seinen Händen.

Manche Frauen waren so erschaffen worden, dass man sie langsam lehren musste. Sehr langsam. Einige wurden wissend geboren, andere neugierig. Bei Juliet wollte er sich Zeit nehmen und sehr behutsam vorgehen, weil er sie verstand. Oder es zumindest glaubte.

Sie wehrte sich nicht, aber ihre Lippen öffneten sich vor Überraschung. Er drückte seine Lippen auf ihren Mund, nicht fragend, sondern geduldig. Ihre Augen hatten ihm bereits die Antwort gegeben.

Er beeilte sich nicht. Für ihn spielte es keine Rolle, wo sie waren, dass die Lichter grell und die Musik künstlich war. Für ihn spielte es nur eine Rolle, den Geschmack zu kosten, der auf ihn wartete. Also kostete er noch einmal, ohne Hast. Und noch einmal.

Juliet wurde sich bewusst, dass sie sich gegen den Wagen stützte, die Finger um das Metall geschlungen. Warum ging sie nicht weg? Warum schob sie Carlo nicht einfach weg und verließ den Markt? Er hielt sie nicht fest. Seine Hände lagen leicht an ihren Wangen, geschickt, aber nicht hartnäckig. Sie konnte sich bewegen. Sie konnte weggehen. Sie sollte sich bewegen und weggehen.

Sie tat es nicht.

Seine Daumen wanderten unter ihr Kinn, streichelten dort weiter. Er fühlte ihren Puls, schnell und unregelmäßig, und wollte seinen Griff weiterhin leicht gestalten, doch nicht einmal er hatte erahnt, dass Juliet so einmalig schmecken würde.

Keiner von ihnen wusste, wer den nächsten Schritt tat. Vielleicht taten sie ihn gleichzeitig. Sein Mund lag nicht mehr so leicht auf dem ihren, ihrer war nicht mehr so passiv. Sie kamen einander entgegen, klammerten sich aneinander.

Ihre Finger schlangen sich nicht mehr um den Einkaufswagen, sondern umfassten Carlos Schultern und zogen ihn näher an sich heran. Ihre Körper passten perfekt zusammen. Es hätte ihr eine Warnung sein sollen. Sie hatte nie bedenkenlos gegeben, bis jetzt. Während sie gab, nahm sie gleichzeitig, aber sie verschwendete keinen Gedanken darauf, die Bilanz auszugleichen.

Sein Mund war warm und voll. Seine Hände verharrten an ihrem Gesicht, jetzt etwas kraftvoller. Nun hätte sie nicht mehr so leicht weggehen können. Aber sie wollte überhaupt nicht weggehen.

Er hatte gedacht, alles zu kennen, was er von einer Frau zu erwarten hatte – Feuer, Eis, Versuchung. Doch sie mussten beide eine Lektion lernen. Hatte er jemals diese Wärme gefühlt? Diese Süße? Nein. Daran hätte er sich erinnert. Er vergaß nie einen Geschmack oder eine Empfindung.

Er kannte das Verlangen nach einer Frau – vielen Frauen –, aber er hatte nicht gewusst, was es hieß, sich vor Verlangen zu verzehren. Für einen Moment nahm er diese Empfindung in sich auf, um sie nie mehr zu vergessen.

Aber er wusste, dass ein vorsichtiger Mann einen Schritt zurücktrat und noch einmal durchatmete, ehe er von einer Klippe sprang. Und genau das tat er, ein paar Worte in seiner Muttersprache murmelnd.

Aufgewühlt stützte Juliet sich wieder auf den Wagen, nannte sich eine Idiotin und wartete darauf, dass ihr Atem sich beruhigte.

»Sehr hübsch«, sagte Carlo ruhig und fuhr mit einem Finger über ihre Wange. »Sehr hübsch, Juliet.«

Sie war eine Frau der Neunzigerjahre, ermahnte sie sich, während ihr Herz hämmerte. Stark, unabhängig, weltgewandt. »Es freut mich ungemein, dass Sie zufrieden sind.«

Er ergriff ihre Hand, ehe sie mit dem Wagen durch den Gang davonjagen konnte. Ihre Haut war noch immer erhitzt, ihr Puls unregelmäßig. Wären sie jetzt allein gewesen ... Vielleicht war es so am besten. Für den Moment. »Das ist keine Frage von Zufriedenheit, cara mia, sondern von Anerkennung.«

»Von jetzt an erkennen Sie mich nur für meine Arbeit an, okay?« Mit einem Ruck befreite sie sich und schob den Wagen weiter. Im krassen Gegensatz zu der Sorgfalt, mit der er die Sachen ausgesucht hatte, knallte Juliet sie auf das Laufband an der Kasse.

»Sie haben nicht widersprochen«, erinnerte er sie und erkannte, dass auch er sein inneres Gleichgewicht erst wiederfinden musste. Er lehnte sich gegen den Einkaufswagen und schenkte Juliet ein aufreizendes Lächeln.

»Ich wollte keine Szene machen.«

Er hob den Paprika selbst aus dem Wagen, ehe Juliet ihm etwas antun konnte. »Aha, Sie lernen zu lügen.«

Als ihr Kopf hochschoss, war er überrascht, dass ihre Blicke ihn nicht auf der Stelle durchbohrten. »Sie würden die Wahrheit nicht einmal erkennen, wenn Sie darauffallen.«

»Darling, passen Sie auf die Pilze auf«, warnte er, als sie den Behälter auf das Band schwang. »Wir wollen doch nicht, dass ihnen etwas zustößt. Ich habe jetzt eine ganz besondere Zuneigung zu diesen Pilzen entwickelt.«

Juliet stieß einen Fluch aus, der laut genug war, dass sich die Augen der Kassiererin weiteten. Carlo lächelte breit und dachte an Lektion zwei.

Er fand, dass sie diese Lektion bald durchführen sollten. Sehr bald.

4. Kapitel

Juliet war wütend, weil sie schon wieder eine unruhige Nacht hinter sich hatte, und das, obwohl sie es sich auf keinen Fall leisten konnte, Schlaf zu versäumen. Und das war natürlich Carlos Schuld. Doch selbst wenn sie ausgeruht und fröhlich gewesen wäre, hätte sie das Desaster in Gallagher's Kaufhaus zum Sieden gebracht.

Erst einmal bestand Carlo an diesem Vormittag darauf, sie zwei Stunden früher als nötig zu begleiten. Juliet hatte nicht die geringste Lust, zwei Stunden dieses langen, hektischen Tages mit einem satten, selbstgefälligen, egozentrischen Chef- und Meisterkoch zu verbringen, der so aussah, als käme er gerade aus einem zweiwöchigen Sonnenurlaub an der Riviera.

Der braucht ja wohl überhaupt keinen Schlaf, dachte sie erstaunt während der kurzen Taxifahrt vom Hotel zu dem Einkaufszentrum.

Was immer auch das Fremdenverkehrsbüro über das sonnige Kalifornien behaupten mochte, es regnete in dicken Tropfen, die innerhalb von Minuten die ganze Mühe, die Juliet sich mit ihren Haaren gegeben hatte, zunichtemachten.

Carlo genoss die Fahrt, während er aus dem Fenster blickte. Es gefiel ihm, dass es in Strömen regnete. Und es machte ihm auch nichts aus, dass er am Morgen um vier Uhr wach gewesen war und gehört hatte, wie es zu regnen anfing. »Ein schönes Geräusch. Dadurch wird alles ruhiger, irgendwie sanfter, finden Sie nicht?«

Juliet löste sich aus ihrer eigenen düsteren Betrachtung des Regens und wandte sich zu Carlo. »Was?«

»Der Regen.« Carlo bemerkte, dass sie ein wenig hohläugig war. Gut. Also war sie nicht unberührt geblieben. »Regen verändert das Aussehen der Dinge.«

Normalerweise hätte sie ihm zugestimmt. Heute betrachtete sie es als ihr Recht, nur die dunklen Seiten zu sehen. »Dadurch könnten zehn Prozent weniger Besucher zu Ihrer kleinen Vorführung kommen.«

»Na und?« Er zuckte mit den Schultern, während der Fahrer auf den Parkplatz des Einkaufszentrums bog.

Was sie im Moment gar nicht gebrauchen konnte, war Sorglosigkeit. »Carlo, wir machen das alles nur, um Aufmerksamkeit zu erregen.«

Er tätschelte ihre Hand. »Sie denken nur an Zahlen. Denken Sie lieber an meine Pasta con pesto. In wenigen Stunden werden alle anderen nur noch daran denken.«

»Ich denke an Essen nicht so wie Sie«, murmelte sie und staunte noch immer darüber, dass er um sechs Uhr morgens liebevoll Linguine zubereitet und das Gleiche zwei Stunden später vor der Kamera wiederholt hatte. Beide Gerichte waren ein exquisites Beispiel italienischer Kochkunst von ihrer allerbesten Seite gewesen. Und Carlo hatte mehr wie ein Filmstar auf Urlaub ausgesehen als wie ein hart arbeitender Chef- und Meisterkoch. Das war genau das Image, das Juliet erzeugen wollte. Sein Auftritt in der Morgenshow war perfekt gewesen, was sie nur umso pessimistischer für den Rest des Tages stimmte. »Bei diesem Zeitplan ist es schwer, überhaupt an Essen zu denken.«

»Das kommt sicher daher, dass Sie heute Morgen gar nichts gegessen haben.«

»Linguine zum Frühstück sind nicht mein Geschmack.«

»Meine Linguine schmecken zu allen Gelegenheiten.«

Juliet gab einen leisen verächtlichen Laut von sich, während sie aus dem Taxi stieg. Obwohl sie durch den Regen zu den Türen jagte, war Carlo noch vor ihr da und hielt ihr die Tür auf. »Danke.« Drinnen fuhr sie sich mit den Fingern durch die Haare. Hoffentlich bekam sie bald eine Tasse Kaffee. »Die nächsten zwei Stunden brauchen Sie nichts zu tun.« Er wäre ihr garantiert im Weg gewesen, während alles im dritten Stock vorbereitet wurde.

»Dann wandere ich ein wenig herum.« Die Hände in die Hosentaschen geschoben, sah er sich um. Zufällig waren sie genau in der Abteilung für Damenunterwäsche gelandet. »Ich finde Ihre amerikanischen Kaufhäuser faszinierend.«

»Das kann ich mir vorstellen.« Ihre Stimme klang trocken, während er seine Finger über den Spitzensaum eines schimmernden Nachthemdes gleiten ließ. »Sie können auch zuerst mit mir nach oben kommen.«

»Nein, nein.« Eine Verkäuferin mit einem Gesicht, das nach einem zweiten Blick verlangte, ordnete zwei Negligés und strahlte ihn an. »Ich werde bloß ein wenig herumstreifen und mir ansehen, was Ihre Kaufhäuser zu bieten haben.« Er strahlte zurück. »Bis jetzt finde ich alles ganz bezaubernd.«

Juliet betrachtete das gegenseitige Anstrahlen und versuchte, die Lippen nicht zu einem schmalen Strich zusammenzubeißen. »Na gut, aber kommen Sie …«

»Dritter Stock, Viertel vor zwölf.« In seiner freundlich lässigen Art küsste er sie auf die Stirn. Sie fragte sich, wieso er sie wie ein Cousin küsste und sie dabei an einen Liebhaber dachte. »Glauben Sie mir, Juliet, nichts, was Sie zu mir sagen, gerät in Vergessenheit.« Er ergriff ihre Hand und streichelte mit dem Daumen über ihren Handrücken. Das war eindeutig nicht die Berührung eines Cousins. »Ich besorge ein Geschenk für Sie.«

»Das ist nicht nötig.«

»Nein, aber ein Vergnügen.«

Juliet löste ihre Hand von der seinen. »Kommen Sie bitte nicht zu spät, Carlo.«

»Richtiges Tuning, mi' amore, ist etwas, worin ich unschlagbar bin.«

Oh ja, da gehe ich jede Wette ein, dachte sie und ging zu den Rolltreppen. Sie hätte einen Wochenlohn verwettet, dass er bereits mit der Verkäuferin flirtete.

Schon nach zehn Minuten im dritten Stock vergaß Juliet Carlos romantische Neigung zu allem Weiblichen.

Die kleine Assistentin mit der quäkenden Stimme kümmerte sich noch immer um alles, während ihr Chef mit seiner Grippe kämpfte. Sie war jung, hübsch, Typ Cheerleader und genauso naseweis. Und sie war restlos überfordert.

»Elise«, begann Juliet. Es war noch früh genug, um etwas Optimismus zu entwickeln. »Mr. Franconi braucht einen Arbeitsplatz in der Küchenabteilung. Ist alles vorbereitet?«

»Oh ja.« Elise schenkte Juliet ein liebenswertes Lächeln unter Einsatz all ihrer Zähne. »Ich habe einen hübschen Klapptisch aus der Sportabteilung besorgt.«

Diplomatie, ermahnte Juliet sich. »Ich fürchte, wir brauchen etwas Standfesteres. Vielleicht eine dieser Kücheninseln, sodass Mr. Franconi das Gericht zubereiten und dabei das Publikum ansehen kann. Ihr Vorgesetzter und ich haben darüber gesprochen.«

»Oh, das hat er also gemeint?« Elise starrte sie einen Moment völlig ausdruckslos an, ehe ihr Gesicht sich erhellte. »Na ja, warum nicht?«

»Ja, warum nicht«, stimmte Juliet zu. »Haben Sie alle angeführten Zutaten besorgt?«

»Oh ja! Klingt ja köstlich! Ich bin Vegetarierin, müssen Sie wissen.«

Natürlich, dachte Juliet, und Joghurt ist vermutlich das Glanzlicht deines Tages. »Elise, ich möchte Sie ungern drängen, aber ich muss alles so schnell wie möglich überprüfen.«

»Aber sicher.« Ganz auf Hilfsbereitschaft eingestellt, ließ

Elise ihr zahnreiches Lächeln erstrahlen. »Was wollen Sie wissen?«

Juliet schickte ein Gebet zum Himmel. »Was haben Sie bisher vorbereitet?«, fragte sie mit einem strengen Blick.

»Also, wir haben einen neuen Mixer und ein paar wirklich hübsche Schüsselchen aus der Haushaltswarenabteilung geholt.«

Juliet war nahe daran, sich zu entspannen. »Fein. Und der Herd?«

Elise lächelte. »Herd?«

»Der Herd, auf dem Mr. Franconi die Spaghetti kochen muss. Er steht auf der Liste.«

»Oh! Für einen Herd brauchen wir Strom, nicht wahr?«

»Ja, allerdings.« Juliet faltete die Hände, um sie nicht zu Fäusten zu ballen. »Den brauchen wir. Und für den Mixer auch.«

»Dann sollte ich vielleicht doch besser beim Wartungsdienst nachfragen.«

»Ja, das wäre vielleicht besser.« Diplomatie und Takt, ermahnte Juliet sich, während es sie danach verlangte, ihre Finger um Elises Hals zu legen. »Vielleicht sollte ich direkt zu den Schauküchen gehen und mir ansehen, welche Mr. Franconi am besten zusagt.«

»Himmlisch! Vielleicht will Mr. Franconi ja sein Interview auch gleich dort machen.«

Juliet hatte schon zwei Schritte getan, ehe sie sich umdrehte. »Interview?«

»Mit der Redakteurin für Rezepte von der Sun. Sie kommt um halb zwölf.«

Ruhig und beherrscht holte Juliet ihren Zeitplan für San Diego hervor, obwohl sie jedes Wort auswendig wusste. »Hier habe ich nichts notiert.«

»Hat sich in letzter Minute ergeben. Ich habe um neun Uhr in Ihrem Hotel angerufen, aber Sie waren schon weg.«

»Verstehe.« Hätte sie von Elise erwarten können, im Fernsehstudio anzurufen und eine Nachricht zu hinterlassen? Sie blickte in das Denken-Sie-positiv-lächelnde Gesicht. Nein, sie hätte es nicht erwarten können. Resigniert sah sie auf ihre Uhr. Die Vorbereitungen konnten rechtzeitig abgeschlossen sein, wenn sie sofort anfing. Carlo musste sie eben ausrufen lassen. »Wie kann ich die Zentrale des Kaufhauses erreichen?«

»Oh, Sie können von meinem Büro aus telefonieren. Kann ich etwas tun?«

Juliet fielen ein paar Dinge ein, die sie jedoch nicht aussprach, weil sie nicht freundlich genug waren. »Ich hätte gern Kaffee, mit zwei Stücken Zucker.«

Sie rollte die Ärmel auf und machte sich dann zähneknirschend an die Arbeit.

Um elf Uhr hatte Juliet den Herd, die Kücheninsel und die Zutaten. Ein Anruf, und sie hatte zwei bunte Blumensträuße aus einem Laden im Einkaufszentrum erhalten.

Sie war bei ihrem dritten Kaffee und wollte schon den vierten bestellen, als Carlo auf sie zuschlenderte. »Dem Himmel sei Dank, ich wollte schon einen Suchtrupp losschicken.«

»Suchtrupp?« Er sah sich entspannt um. »Ich bin gekommen, sobald ich ausgerufen wurde.«

»Sie wurden innerhalb der letzten Stunde sogar fünfmal ausgerufen.«

»Ja?« Er lächelte sie an. »Ich war die meiste Zeit in der Schallplattenabteilung. Sagenhafte Lautsprecher!«

»Wie schön.« Juliet fuhr sich mit den Fingern durch ihre bereits zerzausten Haare.

»Gibt es ein Problem?«

»Ein Problem namens Elise. Etwa ein halbes Dutzend Mal war ich nahe daran, sie umzubringen. Wenn sie mich noch einmal anlächelt, tue ich es wahrscheinlich.« Juliet winkte ab. Jetzt war keine Zeit für Fantasien, mochten sie auch noch so befriedigend sein. »Alles war ziemlich unorganisiert.«

»Aber Sie haben sich darum gekümmert.« Er beugte sich über den Herd und untersuchte ihn wie ein Fahrer in Le Mans seinen Wagen. »Ausgezeichnet.«

»Sie können froh sein, dass Sie Elektrizität anstelle von Einbildungskraft verwenden können«, murmelte sie. »Sie haben um halb zwölf ein Interview mit einer Redakteurin der Sun, Marjorie Ballister. Hätten wir das vorher gewusst, hätten wir die Zeitung kaufen und ihre Kolumne wegen ihres Stils lesen können. Aber so …«

»No importante … unwichtig. Sie machen sich zu viele Sorgen, Juliet.«

Dafür hätte sie ihn küssen können. Nur aus Dankbarkeit, aber sie hätte ihn küssen können. Da das unklug gewesen wäre, lächelte sie stattdessen. »Ich schätze Ihre Haltung, Carlo. Nachdem ich mich eine Stunde lang mit Unfähigkeit, Unverstand und Unerträglichem herumgeschlagen habe, ist es eine Erleichterung, wenn jemand die Dinge so locker nimmt.«

»Franconi nimmt immer alles locker«, sagte er, und Juliet wollte sich für fünf Minuten auf einen Stuhl sinken lassen. »Dio! Was ist das für ein schlechter Scherz?«, rief er, und sie stand wieder kerzengerade und starrte auf die kleine Dose in seiner Hand. »Wer will meine Pasta sabotieren?«

»Sabotieren?« Hatte er eine Bombe in der Dose entdeckt? »Wovon sprechen Sie?«

»Davon!« Er schüttelte die Dose vor ihren Augen. »Was ist das?«

»Basilikum«, sagte sie etwas unsicher, als sie den dunklen, wütenden Blick aus seinen Augen auffing. »Steht auf Ihrer Liste.«

»Basilikum!« Er ließ einen Strom italienischer Wörter vom Stapel. »Sie wagen es, das hier Basilikum zu nennen?«

Besänftigen gehörte zu ihrem Job. »Carlo, Basilikum steht auf der Dose.«

»Auf der Dose!« Er ließ die Dose in ihre Hand fallen. »Wo steht in Ihren schlauen Aufzeichnungen, dass Franconi Basilikum aus einer Dose verwendet?«

»Da steht Basilikum«, stieß sie zwischen zusammengebissenen Zähnen hervor. »B-a-s-i-l-i-k-u-m.«

»Frisch! Auf Ihrer berühmten Liste muss frisches Basilikum stehen. Accidenti! Nur ein Philister nimmt Basilikum aus der Dose für Pasta con pesto. Sehe ich wie ein Philister aus?«

Sie würde ihm nicht sagen, wie er aussah. Später vielleicht würde sie sich eingestehen, dass Zorn ihm wundervoll stand. Düster und unvernünftig, aber wunderbar. »Carlo, mir ist klar, dass hier nicht alles so perfekt ist, wie wir beide das gern hätten, aber wir müssen ...«

»Ich brauche keine Perfektion«, schleuderte er ihr entgegen. »Ich kann auf der Straße kochen, wenn es nötig ist, aber nicht ohne die richtigen Zutaten!«

Sie schluckte schwer. Nur noch fünfzehn Minuten bis zum Interview. »Tut mir sehr leid, Carlo. Wenn wir einen Kompromiss ...«

»Kompromiss?« Als er das Wort wie eine Obszönität hervorstieß, wusste sie, dass sie die Schlacht verloren hatte. »Hätten Sie Picasso gebeten, bei einem Gemälde einen Kompromiss einzugehen?«

Juliet steckte die Dose ein. »Wie viel frisches Basilikum?«

»Hundert Gramm. Und einen Mörser mit Stößel, beides Marmor.«

Juliet sah auf ihre Uhr. Sie hatte noch eine Dreiviertelstunde Zeit. »Okay, machen Sie inzwischen das Interview.« Sie holte ein Foto aus der Tasche. »Geben Sie der Redakteurin das Bild. Elise hat nichts von einem Fotografen gesagt.«

»Sie würden die Kleine am liebsten hacken und durch den Wolf drehen, nicht wahr?«, bemerkte Carlo, als sie sehr unprofessionell eine Reihe von Flüchen vor sich hin murmelte.

»Darauf können Sie wetten.« Sie kramte noch einmal in ihrer Tasche herum. »Ein Exemplar Ihres Buches, nehmen Sie es. Die Reporterin kann es notfalls behalten.«

»Ich kümmere mich um die Reporterin«, erklärte er seelenruhig. »Und Sie kümmern sich um das Basilikum.«

Sie musste drei Anrufe durchführen, ehe sie einen Laden fand, der das Gewünschte führte. Die hektische Fahrt dorthin durch den Regen besserte ihren Zustand nicht, aber ein Blick auf die Uhr erinnerte sie daran, dass sie keine Zeit für Stimmungen hatte. Sie rannte mit ihren Einkäufen zurück zum Taxi.

Genau zehn Minuten vor zwölf fuhr Juliet klatschnass zum dritten Stock des Gallagher's Kaufhauses hinauf. Sie sah Carlo sofort, bequem in einen Korbsessel zurückgelehnt, wie er sich mit einer fülligen hübschen Frau mittleren Alters mit Notizblock und Stift unterhielt. Er sah sagenhaft, liebenswert und vor allem staubtrocken aus. Juliet malte sich aus, wie es sich wohl anfühlte, ihm den Marmorstößel ins Ohr zu bohren …

»Ah, Juliet!« Bestens gelaunt erhob Carlo sich, als sie sich dem Tisch näherte. »Sie müssen Marjorie kennenlernen. Sie hat meine Pasta in meinem Restaurant in Rom gegessen.«

»Und jeden sündigen Bissen davon geliebt. Wie geht es Ihnen? Sie müssen Juliet Trent sein, von der Carlo so geschwärmt hat.«

Geschwärmt? Nein, Juliet wollte sich nicht darüber freuen, stellte jedoch ihre Tasche auf den Tisch und gab der Reporterin die Hand. »Freut mich, Sie kennenzulernen. Hoffentlich können Sie zur Vorführung bleiben.«

»Die würde ich um keinen Preis der Welt versäumen.« Sie blinzelte Carlo zu. »Genauso wenig wie eine Kostprobe von Franconis Pasta.«

Carlo fischte bereits das Basilikum aus der Einkaufstasche und roch daran. »Perfekt, ja, ja, das ist ausgezeichnet.«

»Haben Sie jetzt endlich alles, was Sie brauchen, Carlo?«

Er hörte den Ärger in Juliets Stimme, ergriff ihre Hand und lächelte strahlend. »Grazie, cara mia. Sie sind wundervoll.«

Eigentlich hätte sie ihn ja anfauchen wollen, aber jetzt erwiderte sie sein Lächeln. »Ich tue nur meine Arbeit. Wenn Sie mich entschuldigen wollen.«

Juliet behielt zwar einen flotten, aber doch würdevollen Gang bei, bis sie außer Sichtweite war. Dann raste sie in den Waschraum und holte unterwegs schon ihre Haarbürste hervor.

»Was habe ich Ihnen gesagt?« Carlo hielt das Basilikum hoch. »Sie ist fantastisch.«

»Und sehr hübsch«, stimmte Marjorie zu. »Selbst wenn sie nass und wütend ist.«

Lachend ergriff Carlo ihre Hände. Er war ein Mann, der stets berühren musste. »Eine Frau mit Einfühlungsvermögen. Ich wusste, dass ich Sie mögen würde.«

Sie lachte leise und fühlte sich einen Moment zwanzig Jahre jünger. Und zwanzig Pfund leichter. »Eine letzte Frage, Carlo, bevor Ihre fantastische Miss Trent Sie wegschleppt. Kommt es noch immer vor, dass Sie nach Kairo oder Cannes fliegen, um für ein atemberaubendes Honorar eines Ihrer Gerichte für einen Kunden zuzubereiten?«

»Es gab Zeiten, da war das üblich.« Er erinnerte sich an die frühen Jahre seines Erfolgs. Damals hatte es verrückte, glamouröse Reisen in dieses oder jenes Land gegeben, um Fettuccine für einen Prinzen oder Cannelloni für einen Tycoon zu kochen. Es war eine berauschende, großartige Zeit gewesen. Dann hatte er sein eigenes Restaurant eröffnet und erfahren, dass die solide Beständigkeit viel befriedigender war als die Sternstunde eines einzigen Gerichts. »Heute arbeite ich nur noch gelegentlich für sehr gute Stammgäste.«

»Ein faszinierendes Interview, vielen Dank. Da kommt Ihre Miss Trent.«

Mit Bürste und Make-up hatte Juliet wieder ihr tüchtiges Image angenommen. »Ist das Interview gut gelaufen? Wir müssen anfangen.«

»Gleich.« Er fasste in seine Tasche. »Ich sagte doch, ich würde Ihnen ein Geschenk besorgen.«

Ihr Herz flatterte angesichts der angenehmen Überraschung. Nur zu viel Kaffee, sagte sie sich. »Carlo, ich sagte doch, das sollen Sie nicht. Wir haben keine Zeit …«

»Dafür ist immer Zeit.« Er öffnete eine kleine Schatulle und holte ein goldenes Herz mit einem Pfeil aus Brillanten heraus. Juliet hatte etwas in der Richtung Schokoladentaler erwartet.

»Oh, ich …« Worte waren ihr Beruf, aber jetzt waren sie ihr abhandengekommen. »Carlo, wirklich, Sie können doch nicht …«

»Sagen Sie Franconi nie, dass er etwas nicht kann«, murmelte er, während er die Brosche an ihrem Revers befestigte. »Ich fand das Herz sehr zart, sehr elegant. Deshalb passt es zu Ihnen.«

Es war unmöglich, sich an die verrückte Suche nach frischem Basilikum zu erinnern, wenn er sie so anlächelte. Es war kaum möglich, sich an den Zorn über die schlampige Vorbereitung für die Vorführung zu erinnern. Instinktiv tastete sie nach der Brosche und fuhr mit dem Finger darüber. »Zauberhaft. Danke!«

Er konnte sich nicht erinnern, wie viele Geschenke er schon verteilt hatte oder welche Formen der Dankbarkeit er schon erlebt hatte. Aber irgendwie war er bereits jetzt sicher, dass er diesen Dank nie vergessen würde.

»Prego.«

Elise tauchte neben ihnen auf. »Ihr Kochbuch sieht ja super aus, Mr. Franconi. Die Leute sterben schon danach, dass Sie was vorkochen.« Sie öffnete ein kleines Notizbuch mit Gänseblümchen auf dem Einband. »Wenn Sie mir buchstabieren, wie das heißt, was Sie da kochen, dann kann ich es den Leuten sagen, wenn ich Sie ankündige.«

»Elise, ich weiß über alles Bescheid.« Juliet zwang sich zu Diplomatie. »Ich kann doch Mr. Franconi ankündigen.«

»Na großartig! Das ist viel einfacher.«

Juliet griff nach Basilikum, Mörser und Stößel und betrat den Bereich der Vorführung, wo sie sich ganz natürlich an die Zuschauer wandte. Dreihundert, schätzte sie. Nicht schlecht für einen verregneten Tag in einem Kaufhaus.

»Guten Tag.« Für dieses brauchte sie zum Glück kein Mikrofon, dem Himmel sei Dank, weil Elise leider auch dieses Detail vergessen hatte. »Ich möchte Ihnen allen für Ihr Erscheinen danken.«

An eine Theke gelehnt, beobachtete Carlo Juliet. Sie war fantastisch, wie er der Reporterin gesagt hatte. Niemand hätte ihr angesehen, dass sie seit der Morgendämmerung auf den Beinen war.

»Wir alle essen gern.« Damit erzielte sie das erwartete gedämpfte Lachen. »Aber ein Experte hat mir erklärt, dass Essen mehr ist als ein Grundbedürfnis. Es ist eine Erfahrung. Nicht alle von uns kochen gern, aber derselbe Experte hat mir erklärt, dass Kochen gleichzeitig Kunst und Magie sei. Heute wird dieser Experte, Carlo Franconi, mit Ihnen die Kunst, die Magie und die Erfahrung mit seiner eigenen Pasta con pesto teilen.«

Juliet begann zu applaudieren, und die Leute fielen sofort ein. Als Carlo vortrat, wich sie zurück.

»Ein Mann kann sich glücklich schätzen«, begann er, »wenn er für so viele schöne Frauen kochen darf. Einige von Ihnen sind verheiratet?« Bei der Frage gab es leises Lachen, dann hoben sich Hände. »Nun ja …« Er zuckte mit den Schultern. »Dann muss ich mich mit dem Kochen zufriedengeben.«

Juliet wusste, dass er dieses Gericht gewählt hatte, weil die Zubereitung wenig Zeit in Anspruch nahm. Nach fünf Minuten war sie jedoch sicher, dass sich niemand von den Zuschauern daran gestört hätte, wenn er etwas ausgewählt hätte, das Stunden dauerte. Sie war noch nicht davon überzeugt, dass Kochen Magie war, aber Carlo war es ganz bestimmt.

Seine Hände waren geschickt wie die eines Chirurgen, seine Zunge so gewandt wie die eines Politikers. Juliet beobachtete ihn, wie er wog, rieb, hackte und mixte, und fühlte sich so gut unterhalten wie bei einem hervorragend gemachten Einakter.

Eine Frau war mutig genug, eine Frage zu stellen, und löste damit Dutzende anderer Fragen aus. Juliet brauchte sich keine Sorgen zu machen, dass Lärm und Unterhaltungen Carlo stören könnten. Offensichtlich genoss er die Zwischenrufe. Dann holte er eine der Frauen zu sich und scherzte, dass alle großen Chefköche Inspiration und Hilfe brauchen würden. Er ließ die Frau die Spaghetti rühren, wobei er eine große Schau daraus machte, ihr die richtige Rührtechnik dadurch zu zeigen, dass er seine Hand auf die ihre legte. Zweifellos steigerte er damit den Verkauf seines Buches um mindestens zehn Exemplare.

Juliet musste lächeln. Er hatte das zum Vergnügen gemacht, nicht wegen der Verkaufszahlen. Er bereitete Vergnügen, auch wenn er sein Basilikum zu ernst nahm. Irgendwie war er süß. Unbewusst begann sie, an dem Gold und den Brillanten an ihrem Revers herumzuspielen. Ungewöhnlich aufmerksam und ungewöhnlich fordernd. Schlichtweg ungewöhnlich.

Während sie zusah, wie er mit seinem Publikum lachte, begann etwas in ihr zu schmelzen. Sie seufzte und fing an zu träumen. Manche Männer brachten eine Frau, sogar eine praktische Frau, zum Träumen.

Eine in ihrer Nähe sitzende Frau sagte zu ihrer Begleiterin: »Gütiger Himmel, das ist der aufregendste Mann, dem ich je begegnet bin. Wenn er wollte, würde ein Dutzend Geliebte geduldig warten.«

Juliet ließ ihre Hand sinken. Oh ja, er konnte ein Dutzend Geliebte geduldig warten lassen. Sie war sogar sicher, dass er das tat. Ganz bewusst schob sie ihre Hände in die Taschen ihres Rocks.

Falls sie nur die Hälfte der Dinge glaubte, die er zu ihr sagte, würde sie womöglich auch geduldig warten. Der Gedanke reichte aus, um das Schmelzen in ihr zu stoppen. Warten passte nicht in ihren Zeitplan.

Sie holten das Gepäck vom Hotel und machten sich auf den Weg zum Flughafen, und das Nächste, was Juliet bewusst mitbekam, war, dass sie wachgeküsst wurde. Desorientiert seufzend schlang sie die Arme um Carlos Nacken. Es war so besänftigend, so süß. Und dann setzte auch noch Hitze ein.

»Cara …« Sie hatte ihn überrascht mit ihrer Reaktion. »Es tut mir wirklich leid, Sie zu wecken.«

»Hmm?« Als sie die Augen aufschlug, war ihr sein Gesicht noch nahe, ihr Mund fühlte sich noch warm an, und ihr Herz hämmerte. Sie fuhr zurück und tastete nach dem Türgriff. »Das war völlig unnötig.«

»Wie wahr.« Lässig stieg Carlo aus dem Auto aus. »Aber es war erhellend. Ich habe den Fahrer bereits bezahlt, Juliet«, fuhr er fort, als sie in ihrer Tasche zu graben begann. »Das Gepäck ist auch bereits aufgegeben. Wir fliegen von Gate fünf ab.« Er ergriff ihren Arm und seinen Lederkoffer und führte Juliet in das Flughafengebäude.

»Sie brauchten sich nicht um alles zu kümmern.« Juliet hätte ihren Arm befreit, hätte sie dazu die Energie gehabt. »Der Grund, weshalb ich hier bin …«

»Sie sollen die Promotion für mein Buch machen«, meinte er leichthin. »Falls Sie sich dann besser fühlen, genau das Gleiche habe ich auch bei Reisen mit Ihrem Vorgänger gemacht.«

»Ich störe mich nicht daran, wenn Sie helfen, Carlo. Ich bin nur nicht daran gewöhnt. Sie wären überrascht, wie viele Autoren auf einer Tour hilflos oder achtlos sind.«

»Sie wären überrascht, wie viele Spitzenköche launenhaft und rüde sind.«

Sie dachte an das Basilikum und lächelte breit. »Nein, was Sie nicht sagen!«

»Allerdings.« Obwohl er ihre Gedanken las, blieb sein Ton ernst. »Gehen stets an die Decke, fluchen, werfen mit Gegenständen um sich. Das bringt uns alle in Verruf. So, wir können schon an Bord gehen.«

Juliet unterdrückte ein Gähnen, während sie ihm folgte. »Ich brauche meine Bordkarte, Carlo.«

»Ich habe sie.« Er zeigte beide Karten der Stewardess und drängte Juliet vorwärts. »Möchten Sie am Fenster oder am Gang sitzen?«

»Ich muss auf meiner Bordkarte nachsehen, welchen Sitz ich habe.«

»Wir haben 2A und 2B. Suchen Sie es sich aus.«

Jemand drängte sich an ihr vorbei und versetzte ihr einen Stoß. »Carlo, ich fliege Touristenklasse …«

»Nein, Ihre Tickets wurden umgeändert. Gehen Sie ans Fenster.«

Bevor sie widersprechen konnte, hatte er sie auf den Sitz geschoben und setzte sich neben sie. »Was heißt das, meine Tickets wurden umgeändert? Carlo, ich muss mich nach hinten setzen.«

»Ihr Platz ist hier.« Er streckte die Beine aus. »Dio, was für eine Erleichterung.«

Juliet runzelte die Stirn. »Wie konnte so ein Fehler passieren? Ich muss mich gleich darum kümmern.«

»Kein Fehler. Schnallen Sie sich an! Ich habe Ihre Tickets für die restlichen Flüge der Tour umgetauscht.«

»Aber … das können Sie nicht!«

»Ich habe Sie schon einmal gewarnt, sagen Sie Franconi nie, dass er etwas nicht kann.« Er schnallte sie an, als sie es nicht tat. »Sie arbeiten genauso hart wie ich. Warum sollen Sie Touristenklasse fliegen?«

»Weil ich fürs Arbeiten bezahlt werde. Carlo, lassen Sie mich raus, damit ich das vor dem Start regeln kann.«

»Nein.« Zum ersten Mal klang seine Stimme entschlossen und endgültig. »Ich möchte Sie bei mir haben. Und dabei belassen Sie es.«

Er wollte nett zu ihr sein, das wusste sie. Aufmerksam. Aber er war auch eigenwillig. Es gab immer einen diplomatischen Weg, um mit solchen Situationen fertig zu werden.

Sie schenkte ihm ein geduldiges Lächeln. »Carlo …«

Er unterbrach sie, indem er einfach ihren Mund mit dem seinen verschloss, gelassen, vollständig und unwiderstehlich, eine Hand an ihrer Wange, die andere auf ihren erstarrten Fingern. Juliet fühlte, wie der Boden unter ihr kippte und ihr Kopf leicht wurde.

Wir starten, dachte sie nebelhaft, obwohl sie wusste, dass die Maschine die Startbahn noch nicht verlassen hatte.

Seine Zunge berührte flüchtig die ihre, dann spürte sie wieder nur seine Lippen. Er strich ihr über das Haar und lehnte sich zurück. »Schlafen Sie jetzt eine Weile«, wies er sie an. »Das hier ist nämlich nicht der Ort, den ich ausgewählt habe, um Sie zu verführen.«

Manchmal, entschied Juliet, war Schweigen die beste Diplomatie. Ohne ein weiteres Wort zu verlieren, lehnte sie sich entspannt zurück, schloss die Augen und schlief ein.

5. Kapitel

Colorado und Washington State liefen großartig, aber für Denver hatte sich so wenig an Terminen ergeben, dass sich kaum die Flugkosten lohnten. Lausig. Um sechs Uhr morgens schleppte Juliet sich aus der Dusche. Wenigstens musste Carlo heute Morgen in der Talkshow nicht kochen.

Sie zog sich an und schluckte mit Todesverachtung ihre tägliche Ration Bierhefe. Erst als sie voll bekleidet war, wurde sie wach genug, um zu erkennen, dass sie ihr Make-up vergessen hatte. Schulterzuckend schlüpfte sie wieder aus der grünen Kostümjacke und wollte ins Bad. Mit einer Mischung aus Misstrauen und schlechter Laune schielte sie zur Tür, an der es klopfte. Ihr Blick durch den Spion erfasste Carlo. Er grinste sie zuerst an, dann schielte er fürchterlich. Mit einer kleinen Verwünschung öffnete sie die Tür.

»Sie sind früh dran«, setzte sie an, fing das Aroma von Kaffee auf und entdeckte in seinen Händen ein Tablett mit einer Kanne, Tassen und Löffeln. »Kaffee«, murmelte sie andächtig. »Wie haben Sie das geschafft? Zimmerservice gibt es doch erst in einer halben Stunde.«

»In meiner Suite ist eine kleine Küche, etwas primitiv, aber zum Kaffeekochen reicht es.« Er kam herein und stellte das Tablett auf einen Tisch in Juliets Raum, der in eine Ecke seiner Suite gepasst hätte.

Sie nahm den ersten Schluck, schwarz und heiß, und schloss die Augen. »Wundervoll, einfach wundervoll.«

»Natürlich. Ich habe ihn gemacht.«

Sie öffnete die Augen wieder und fühlte sich schon fast menschlich. »Setzen Sie sich! Ich mache mich fertig.« Juliet ging ins Bad. Sie trug gerade Grundierung auf, als Carlo sich gegen den Türrahmen lehnte.

»Mi' amore, finden Sie dieses Arrangement nicht unpraktisch?«

Sie versuchte, sich nicht befangen zu fühlen. »Welches Arrangement?«

»Sie haben dieses ... diesen Besenschrank.« Er deutete zu ihrem Zimmer hinaus. »Ich habe eine große Suite mit zwei Bädern, einem Bett für drei Personen und einem von diesen Sofas, die man aufklappen kann.«

»Sie sind der Star«, murmelte sie und trug mit einem Pinselchen Farbe auf ihren Wangenknochen auf.

»Es würde dem Verlag eine Menge Geld sparen, wenn wir uns die Suite teilten.«

Sie lenkte ihre Augen im Spiegel auf ihn. Sie hätte schwören können, jeden Eid hätte sie schwören können, dass er keinen Hintergedanken hatte. Das heißt, wenn sie ihn nicht so gut gekannt hätte. »Der Verlag kann es sich leisten«, meinte sie leichthin. »Und die Buchhaltung ist regelrecht begeistert, wenn sie wieder einen Steuerabschreibungsposten hat.«

Carlo zuckte mit den Schultern und nippte an seiner Tasse. Er hatte die Antwort im Vorhinein gekannt. Natürlich hätte er gern seine Räume mit ihr aus den offensichtlichen Gründen geteilt, aber es gefiel ihm auch nicht, dass sie so viel schlechter untergebracht war als er.

»Sie brauchen einen Hauch mehr Rouge auf der linken Wange«, sagte er beiläufig und betrachtete den Bademantel aus grüner Seide an der Innenseite der Tür. Wie sie wohl darin aussah? Wie sie wohl ohne aussah?

Nach einer genauen Prüfung stellte Juliet fest, dass er recht hatte, griff wieder nach dem Pinselchen und glich die Farbe aus. »Sie sind ein sehr aufmerksamer Mann.«

»Hmm?« Er sah sie wieder an, aber in Gedanken hatte er ihre ordentliche hochgeschlossene Bluse und den schmal geschnittenen Rock gegen den provokant knappen Bademantel vertauscht.

»Den meisten Männern würde ungleiches Rouge nicht auffallen.« Sie griff nach ihrem Lidschattenstift.

»Ich bemerke alles, wenn es um eine Frau geht. Was Sie jetzt machen, verleiht Ihnen ein völlig anderes Aussehen.«

Sie lachte entspannt. »Darum geht es schließlich.«

Er kam näher, sodass er ihr über die Schulter blicken konnte. Die kleine Intimität war für ihn genauso natürlich, wie sie für Juliet unbehaglich war. »Ohne diese Farbtöpfe wirkt Ihr Gesicht jünger, verletzlicher, aber nicht weniger attraktiv. Anders ...« Er griff nach ihrer Bürste und fuhr ihr damit sanft durch das Haar. »Es ist einfach anders, nicht mehr und nicht weniger. Mir gefallen Sie mit und ohne Make-up gleich gut.«

Es war nicht leicht, ihre Hand ruhig zu halten. Juliet legte den Lidschattenstift weg und griff nach dem Kaffee. Besser zynisch als innerlich berührt, mahnte sie sich und lächelte daher sehr kühl. »Sie scheinen sich im Bad einer Frau, die sich gerade schminkt, wie zu Hause zu fühlen.«

Er mochte es, wie ihr Haar unter seinen Bürstenstrichen floss. »Ich habe das schon oft gemacht.«

Ihr Lächeln wurde noch kühler. »Ja, das glaube ich.«

Er hörte ihren Unterton heraus, bürstete jedoch weiter, während er ihr im Spiegel in die Augen sah. »Nehmen Sie es, wie Sie wollen, cara, aber denken Sie daran, dass ich in einem Haus mit fünf Frauen aufgewachsen bin. Ihre Puder und Fläschchen bergen für mich keine Geheimnisse.«

Sie hatte tatsächlich nicht mehr daran gedacht. Mit einem leichten Stirnrunzeln griff sie nach ihrem Mascara. »Waren Sie eine fest zusammenhaltende Familie?«

»Wir sind eine fest zusammenhaltende Familie«, verbesserte er sie. »Meine Mutter ist Witwe und führt eine erfolgreiche Modeboutique in Rom. Meine Schwestern wohnen alle in einem Umkreis von dreißig Kilometern. Ich teile zwar nicht mehr mit ihnen das Bad, aber ansonsten hat sich wenig geändert.«

Sie fand es angenehm und behaglich und auch süß, und sie glaubte nicht, dass sie in dieser Hinsicht irgendwie mithalten konnte. »Ihre Mutter muss stolz auf Sie sein.«

»Sie wäre noch stolzer, würde ich ihre wachsende Horde Enkelkinder vergrößern.«

Juliet lächelte. Das klang schon wesentlich vertrauter. »Ich weiß, was Sie meinen.«

»Sie sollten Ihr Haar so lassen.« Er legte die Bürste weg. »Sie haben noch Familie?«

»Meine Eltern leben in Pennsylvania.«

Er kämpfte einen Moment mit der Geografie. »Ach, dann besuchen Sie sie sicher, wenn wir nach Philadelphia kommen.«

»Nein.« Das Wort klang tonlos, während sie die Tube mit Mascara wieder verschloss. »Dazu ist keine Zeit.«

»Verstehe. Haben Sie Geschwister?«

»Eine Schwester.« Weil er wegen ihres Haars recht hatte, ließ sie es so und griff nach ihrer Jacke. »Sie heiratete einen Arzt und setzte zwei Kinder in die Welt, je eines von jedem Geschlecht, und das alles, bevor sie fünfundzwanzig war.«

Oh ja, er verstand genug. Obwohl sie alles sehr leichthin sagte, waren ihre Schultermuskeln verspannt. »Sie ist also eine ausgezeichnete Arztfrau?«

»Oh ja, Carrie ist wirklich eine ausgezeichnete Arztfrau.«

»Nicht jeder Mensch ist für die gleichen Dinge vorherbestimmt.«

»Ich ganz sicher nicht.« Sie griff nach Aktenkoffer und Handtasche. »Wir sollten gehen. Es sind fünfzehn Minuten Fahrt zum Studio.«

Seltsam, dachte er, dass Menschen immer glauben, ihre Schwachstelle würde nicht entdeckt werden. Für den Moment ließ er Juliet in dem Glauben, die ihre wäre ihm entgangen.

Juliet steuerte den gemieteten Chevy. Carlo leitete sie und genoss es, wie geschickt sie mit dem Wagen umging.

»Sie haben mir den heutigen Zeitplan noch nicht vorgelesen«, bemerkte er. »Biegen Sie an der Ampel rechts ab.«

Juliet blinkte und wechselte die Spur. Sie war noch nicht sicher, wie er reagieren würde, wenn er erfuhr, dass es praktisch keinen Zeitplan gab. »Ich habe beschlossen, uns eine Pause zu gönnen«, behauptete sie heiter. Manche Autoren schimpften und tobten, wenn es ein Loch im Zeitplan gab. »Sie haben heute Morgen diese Sendung und dann eine Signierstunde im Stadtzentrum bei ›World of Books‹.«

Er wartete, dass sie die Liste fortsetzte. »Und?«

»Das ist alles.« Sie hörte die Entschuldigung in ihrer Stimme und hielt vor einer roten Ampel. »Das passiert manchmal, Carlo. Dann klappt es einfach nicht. In Denver wird gerade ein großer Kinofilm gedreht. Jeder Reporter, jedes News-Team, jede Fernseh-Crew berichtet heute darüber. Mit einem Wort, man hat uns hängen lassen.«

»Hängen lassen? Sie meinen, es gibt keine Radio-Show, keinen Lunch mit einer Reporterin, keine Dinnerverabredung?«

»Nein. Tut mir leid, es ist …«

»Fantastico!« Er packte ihren Kopf mit beiden Händen und gab ihr einen festen Kuss. »Ich erkundige mich nach dem Titel dieses Films und gehe zur Premiere!«

»Nehmen Sie es bloß nicht so schwer, Carlo.«

Er fühlte sich, als wäre er gerade auf Bewährung freigelassen worden. »Juliet, dachten Sie, ich wäre wütend? Dio, seit einer Woche heißt es nur ständig, gehen Sie hierhin, laufen Sie dorthin.«

Sie entdeckte das Fernsehhochhaus und bog links ab. »Sie waren wunderbar.« Der beste Zeitpunkt, dies einzugestehen, war, wenn sie nur noch zwei freie Minuten hatten. »Nicht jeder, mit dem ich eine Tour gemacht habe, war so rücksichtsvoll.«

Sie überraschte ihn. Er schätzte es, wenn eine Frau ihn überraschen konnte. Er wickelte eine Locke ihres Haars um seinen Finger. »Dann haben Sie mir also das Basilikum verziehen?«

Sie lächelte und musste sich dazu zwingen, nicht das Herz an ihrem Revers zu berühren. »Ich hatte es doch schon ganz vergessen.«

Er küsste sie so beiläufig und freundlich auf die Wange, dass sie sich nicht wehrte. »Sie besitzen ein liebenswürdiges Herz, Juliet. Das ist pure Schönheit in sich selbst.«

Er konnte sie so mühelos besänftigen. Sie fühlte es, kämpfte dagegen an und überließ sich einen Moment lang der Empfindung. In einer impulsiven, uncharakteristischen Geste strich sie ihm die Haare aus der Stirn. »Gehen wir hinein. Sie müssen Denver wecken.«

Beruflich hätte Juliet sich über den Mangel an Verpflichtungen in Denver ärgern müssen. Privat war sie begeistert.

Um acht war sie wieder in ihrem Hotelzimmer. Um 8:03 Uhr kroch sie nackt und glücklich in ihr ungemachtes Bett. Exakt eine Stunde lang schlief sie tief und traumlos. Um halb elf hatte sie ihre Anrufe und ein enormes Frühstück hinter sich und ging in die Halle hinunter, um sich mit Carlo zu treffen.

Es hätte sie nicht überraschen sollen, dass er auf einer der bequemen Sitzgruppen bei drei Frauen saß. Es hätte sie auch nicht ärgern sollen. So tuend, als würde es sie weder ärgern noch überraschen, schlenderte Juliet näher und erkannte, dass alle drei Frauen sagenhaft gewachsen waren. Auch das hätte sie nicht überraschen sollen.

»Ah, Juliet.« Er lächelte, ganz Anmut, ganz Charme. Sie machte sich nicht die Mühe zu analysieren, warum es sie so schrecklich wütend machte. »Immer pünktlich. Meine Damen!« Er verbeugte sich vor allen dreien. »Es war mir wirklich ein Vergnügen.«

»Bye-bye, Carlo.« Eine von ihnen warf ihm einen Blick zu, der Blei schmelzen konnte. »Denken Sie daran, wenn Sie jemals nach Tucson kommen …«

»Wie könnte ich das vergessen?« Er hakte sich bei Juliet unter und schlenderte mit ihr nach draußen. »Juliet«, murmelte er, »wo ist eigentlich Tucson?«

»Geben Sie es nie auf?«, fragte sie.

»Was soll ich aufgeben?«

»Das Sammeln von Frauen.«

Er hob eine Augenbraue, während er die Tür auf der Fahrerseite öffnete. »Juliet, man sammelt Streichholzbriefchen, keine Frauen.«

»Es scheint aber gewisse Leute zu geben, die beides einander gleichstellen.«

Er ließ sie einsteigen. »Wer immer das tut, ist so dumm, dass er nicht zählt.« Er ging auf seine Seite des Wagens.

»Was waren das für Frauen?«

Carlo rückte seinen Hut zurecht. »Bodybuilderinnen. Sie haben einen Kongress.«

Ein unterdrücktes Lachen entschlüpfte ihr, ehe sie es zurückhalten konnte. »Was für Figuren!«

»Ja, schon, aber dermaßen muskulös …« Seine Miene war noch immer ernst, und Juliet blieb einen Moment still, ehe sie laut loslachte. Zum Teufel, sie hatte noch nie mit irgendjemandem auf einer Tour so viel Spaß gehabt. Warum sollte sie das nicht akzeptieren? »Tucson liegt in Arizona«, erklärte sie ihm immer noch lachend. »Und wir kommen nicht hin.«

Wegen Bauarbeiten schienen sie auch nicht zu der Buchhandlung zu kommen, in der die Signierstunde stattfinden sollte. Erst eine Dreiviertelstunde später hielt Juliet vor dem Laden und ließ Carlo aussteigen, suchte einen Parkplatz und kam weitere zwanzig Minuten später in das Geschäft. Es war zu ruhig und zu leer. Ein Angestellter mit einer schmal gestreiften Krawatte und blank geputzten Schuhen grüßte sie.

»Guten Tag. Kann ich Ihnen helfen?«

»Ich bin Juliet Trent, Mr. Franconis PR-Agentin.«

»Ach ja, hier entlang.« Er glitt über den Teppich zu einer breiten Treppe. »Mr. Franconi ist auf der zweiten Etage. Unglücklicherweise haben diese Bauarbeiten die Leute abgeschreckt. Natürlich machen wir so etwas auch nur sehr selten.« Er lächelte ihr schüchtern zu. »Das letzte Mal war ... ja, im Herbst. J. Jonathan Cooper hat eine Tour gemacht. Sie haben bestimmt von ihm gehört. Er schrieb ›Du und die metaphysische Macht‹.«

Juliet unterdrückte einen Seufzer. Sie entdeckte Carlo in einer hübschen Ecke auf einem geschwungenen Sofa. Neben ihm saß eine ungefähr vierzigjährige Frau mit hübschen Beinen, doch zu Juliets Überraschung bemühte Carlo sich nicht um sie, sondern hörte aufmerksam dem Jungen zu, der ihm gegenübersaß.

»Ich habe dort schon dreimal in den Sommerferien in der Küche gearbeitet. Ich darf noch nichts zubereiten, aber ich kann zusehen. Daheim koche ich, wann immer ich kann, aber zusammen mit der Schule und dem Job klappt das meistens nur an den Wochenenden.«

»Warum?«

Der Junge stockte mitten im Redefluss und sah ziemlich verwirrt drein. »Warum?«

»Warum kochst du?«, fragte Carlo und nickte Juliet flüchtig zu.

»Weil ... Nun, es ist wichtig. Ich mag es, Zutaten zu mischen. Man muss sich konzentrieren und behutsam vorgehen. Aber dafür kann man etwas wirklich Großartiges herstellen. Es sieht dann gut aus und duftet gut. Es ist ... ich weiß nicht.« Er senkte verlegen die Stimme. »Es ist befriedigend.«

»Ja.« Carlo lächelte erfreut. »Das ist eine gute Antwort.«

»Ich habe Ihre beiden anderen Bücher«, platzte der Junge heraus. »Ich habe alle Ihre Rezepte ausprobiert. Ich habe sogar Ihre ›Pasta ai tre formaggi‹ gemacht für diese Dinnerparty meiner Tante.«

»Und?«

»Es hat allen geschmeckt.« Der Junge grinste.

»Du willst studieren?«

»Oh ja.« Der Junge senkte den Blick auf seine Hände, die er nervös an seinen Knien rieb. »Wir können uns im Moment aber das College nicht leisten. Ich hoffe, ich bekomme Arbeit in irgendeinem Restaurant.«

»In Denver?«

»Irgendwo, wo ich kochen kann anstatt zu putzen.«

»Wir haben genug von Mr. Franconis Zeit in Anspruch genommen.« Die Mutter des Jungen erhob sich, als sie merkte, dass sich eine Handvoll Leute auf der Etage mit Carlos Büchern in den Händen aufhielt. »Ich möchte Ihnen danken.« Sie reichte Carlo, der zusammen mit ihr aufstand, die Hand. »Es hat Steven sehr viel bedeutet, mit Ihnen zu sprechen.«

»War mir ein Vergnügen.« Er wandte sich noch einmal an den Jungen. »Gib mir deine Adresse. Ich kenne hier in den Staaten ein paar Restaurantbesitzer. Vielleicht braucht einer von ihnen gerade einen Kochlehrling.«

Steven konnte bloß benommen starren. Seine Mutter holte einen Notizblock hervor und schrieb etwas. Ihre Hand war ruhig, aber als sie Carlo das Blatt reichte, sah er ihre innere Bewegung. Er dachte an seine eigene Mutter, nahm das Blatt und ergriff ihre Hand. »Ihr Sohn hat sehr viel Glück, Mrs. Hardesty.«

Als sie weggingen, blickte Steven noch immer mit demselben ungläubigen, verblüfften Ausdruck über seine Schulter zurück.

Also hat er auch ein Herz, dachte Juliet berührt. Ein Herz, das nicht nur für amore reserviert war. Sie sah, wie Carlo das

Blatt einsteckte, und fragte sich, ob die Sache damit wohl erledigt sei.

Die Signierstunde lief schlecht. Sechs Bücher. Juliet wäre am liebsten mit einem großen Schild auf dem Rücken auf die Straße gelaufen. Dann kam eine nette kleine Frau mit allen drei Büchern Carlos. Gut für das Ego, dachte Juliet. Doch dann sagte die Frau etwas, worauf der Ausdruck von Carlos Augen eisig wurde und seine Stimme zu gefrieren schien. Juliet konnte nur den Namen LaPointe verstehen.

»Wie bitte, Madame?«, fragte Carlo in einem Ton, der Stahl schneiden konnte.

»Ich sagte, ich habe alle Ihre Bücher in meiner Küche auf einem Regal neben dem Buch von André LaPointe stehen. Ich koche leidenschaftlich gern.«

»LaPointe?« Carlo legte seine Hand auf seinen Bücherstapel wie ein Vater, der sein bedrohtes Kind schützen wollte. »Sie wagen es, meine Werke neben ein Buch von diesem ... diesem Primitivling zu stellen?«

Geistesgegenwärtig trat Juliet dazwischen. Wenn sie jemals einen Mann gesehen hatte, der zu einem Mord bereit war, dann war es Carlo. »Oh, wie ich sehe, haben Sie alle von Mr. Franconis Büchern. Sie kochen sicher sehr gern.«

»Nun ja, ich ...«

»Probieren Sie erst einmal eines seiner neuen Rezepte. Ich selbst habe Pasta con pesto gekostet. Wundervoll.« Juliet versuchte, die Bücher der Frau unter Carlos Hand hervorzuziehen, und traf auf Widerstand und einen sturen Blick. Sie schoss ihm ebenfalls einen sturen Blick zu und entriss ihm die Bücher. »Ihre Familie wird begeistert sein, wenn Sie das servieren.« Juliet sprach mit angenehmer Stimme weiter, während sie die Frau aus der direkten Feuerlinie führte. »Und erst die Fettuccine ...!«

»LaPointe ist ein Schwein!« Carlos Stimme war klar und deutlich zu hören. Die Frau blickte nervös zurück.

»Männer!« Juliet senkte ihre Stimme zu einem verschwörerischen Flüstern. »Was bilden sie sich doch auf ihre Fähigkeiten ein!«

»Ja.« Ihre Bücher an sich gepresst, hastete die Frau die Treppe hinunter und aus dem Laden. Juliet wartete, bis sie weg war, ehe sie sich auf Carlo stürzte.

»Wie konnten Sie bloß!«

»Wie konnte ich was?« Er erhob sich, und obwohl er nur knapp ein Meter achtzig war, wirkte er riesengroß. »Sie wagte es, diesen Namen in meiner Gegenwart auszusprechen! Sie wagte es, die Arbeit eines Künstlers im selben Atemzug mit einem Esel zu nennen! LaPointe ...«

»Im Moment ist es mir völlig gleichgültig, wer oder was dieser LaPointe ist.« Juliet legte ihre Hand auf seine Schulter und drückte ihn zurück auf das Sofa. »Nicht gleichgültig ist mir, dass Sie unsere wenigen Kunden verjagen. Benehmen Sie sich!«

Er blieb nur sitzen, weil er die Art bewunderte, wie sie ihn herumkommandierte. Faszinierende Frau! Besser, er dachte an sie als an LaPointe.

Der Nachmittag hatte sich hingeschleppt, abgesehen von dem Jungen. Carlo berührte das Blatt in seiner Tasche. Er wollte wegen des jungen Steven Hardesty June Cocharan in Philadelphia anrufen. Aber abgesehen von Steven und der Frau, die seinen Blutdruck durch die Erwähnung von LaBare hochgetrieben hatte, hatte Carlo sich gelangweilt. Und Langeweile war für ihn schlimmer als Krankheit.

Er brauchte eine Herausforderung. Juliet ... Sie sprach gerade mit einem Angestellten. Sie war eine große Herausforderung. Sie interessierte ihn. Sexuell? Ja, fraglos. Und intellektuell. Das war ein Plus, ein großes Plus.

Er suchte eine Geliebte, Gefährtin, Freundin, Verbündete. Es kam selten vor, dass ein Mann das alles in einer Frau fand. Er wollte das alles von Juliet. Sie zu überzeugen, seine Freundin zu sein, war genauso eine Herausforderung, wie es lohnend war, sie zu überzeugen, seine Geliebte zu werden.

Nein, fand er, während er ihr Profil studierte. Bei dieser Frau würde es ihm leichter fallen, sie zu seiner Geliebten als zu seiner Freundin zu machen. Zwei Wochen blieben ihm noch, um beides zu erreichen. Mit einem Lächeln entschied er, die Sache ernsthaft in Angriff zu nehmen.

Eine halbe Stunde später gingen sie zu der Parkgarage, die Juliet gefunden hatte. »Jetzt fahre ich«, erklärte er, und als sie widersprechen wollte, streckte er die Hand nach den Schlüsseln aus. »Kommen Sie, meine Liebe, ich habe gerade zwei Stunden Langeweile überlebt. Warum sollten Sie das ganze Vergnügen haben?«

»Wenn Sie es so sehen.« Sie ließ die Schlüssel in seine Hand fallen und war froh, dass er seinen Groll vergessen hatte.

»Wir haben also jetzt einen freien Abend?«

»Richtig.« Seufzend lehnte sie sich im Wagen zurück.

»Dinner um sieben. Heute Abend treffe ich die Entscheidungen.«

Einen Hamburger auf ihrem Zimmer, einen alten Film im Fernsehen und dann ins Bett. Juliet ließ den Wunsch an sich vorbeiziehen. Ihr Job war es, so entgegenkommend wie möglich zu sein. »Was immer Sie wünschen.«

Carlo jagte mit kreischenden Reifen, die Juliet entsetzt hochfahren ließen, aus der Parklücke. »Ich werde Sie dann daran erinnern, cara.«

Er raste aus der Garage und bog dann, praktisch ohne anzuhalten, rechts ein.

»Carlo …«

»Wir sollten mit Champagner das Ende der ersten Woche feiern. Mögen Sie Champagner?«

»Ja, ich … Carlo, die Ampel schaltet um!«

Er fegte bei Gelb durch, wich der Stoßstange eines verbeulten Kombis aus und fuhr weiter. »Italienisches Essen. Einwände?«

»Nein.« Sie klammerte sich an dem Haltegriff fest, dass ihre Knöchel weiß wurden. »Der Lastwagen!«

»Ich sehe ihn.« Er schwenkte um den Lastwagen herum, fegte über eine andere Kreuzung drüber und bog scharf rechts ab. »Haben Sie Pläne für den Nachmittag?«

Juliet presste eine Hand auf ihre Kehle, um irgendwie ihre Stimme hervorzuquetschen. »Ich wollte das Hotelbad benutzen ... falls ich überlebe.«

»Gut. Ich gehe shoppen.«

Juliet biss die Zähne zusammen, um nicht aufzuschreien, als er in dichtestem Verkehr die Spuren wechselte. »Wie verständige ich Ihre nächsten Angehörigen?«

Lachend schwenkte Carlo vor ihr Hotel. »Keine Sorge, Juliet. Gehen Sie in den Whirlpool und in die Sauna. Und klopfen Sie um sieben an meine Tür.«

Sie blickte zur Straße zurück. So entgegenkommend wie möglich sein, ermahnte sie sich. Bedeutete das auch, dass sie ihr Leben riskieren musste? »Vielleicht sollte ich Sie begleiten.«

»Nein, auf keinen Fall.« Er beugte sich zu ihr hinüber und legte seine Hand in ihren Nacken, ehe sie sich genug erholt hatte, um ihm auszuweichen. »Genießen Sie Ihr Bad«, murmelte er an ihren Lippen. »Und denken Sie an mich, wenn Ihre Haut sich erhitzt und Ihre Muskeln sich entspannen ...«

Aus purer Selbsterhaltung sprang Juliet aus dem Wagen. Bevor sie Carlo ermahnen konnte, vorsichtig zu fahren, war er schon wieder losgerast. Sie schickte ein Stoßgebet für italienische Wahnsinnige zum Himmel und ging ins Hotel hinein.

Um sieben fühlte sie sich wie neugeboren. Sie hatte in der Sauna geschwitzt, sich im Pool wachgeschockt und eine

Massage genossen. Das Leben hatte auch seine guten Seiten, fand sie, während sie nach ihrem Parfüm griff. Sie überprüfte noch einmal das elfenbeinfarbene Kleid mit dem hohen Kragen und den winzigen Perlmuttknöpfen. Sofern Carlo keinen Hotdog-Stand ausgesucht hatte, passte es. Sie griff nach ihrer Abendtasche, überquerte den Korridor und klopfte an Carlos Tür.

Sobald Carlo die Tür öffnete, bemerkte Juliet als Erstes seine hochgerollten Hemdsärmel und die überraschenden Muskelstränge an seinen Unterarmen. Der Mann stemmte mehr als Löffel und Spachtel. Als Nächstes bemerkte sie den erotischen Duft von Gewürzen und Saucen.

»Sehr hübsch.« Carlo ergriff ihre Hände und zog sie nach drinnen.

»Interessantes Parfüm«, brachte sie nach einem Moment hervor. »Aber haben Sie nicht ein wenig viel davon aufgelegt?«

»Innamorata, man trägt Franconis Spaghettisauce nicht, man absorbiert sie.« Er küsste ihren Handrücken. »Man ersehnt sie.« Dann den anderen Handrücken. »Genießt sie.« Jetzt kamen die Handflächen an die Reihe.

Juliet sagte sich, dass eine kluge Frau nicht von einem Mann erregt wurde, der dermaßen auffallende Taktiken anwendete. Und während sie sich das sagte, jagten heiße und kalte Schauer über ihre Arme. »Spaghettisauce?« Sie entzog ihm die Hände und verschränkte sie hinter ihrem Rücken.

»Ich habe einen wunderbaren Laden gefunden. Die Gewürze haben mir vollkommen zugesagt. Und der Rotwein war exzellent. Italienisch, natürlich.«

»Natürlich.« Vorsichtig kam sie weiter in die Suite herein. »Sie haben den Nachmittag mit Kochen verbracht?«

»Ja, obwohl Sie mich daran erinnern sollten, dass ich mit dem Hotelbesitzer über die Qualität dieses Herdes spreche. Alles in allem ging es ganz gut.«

Sie sagte sich zwar, dass es nicht klug war, ihn zu ermutigen, wenn sie gar nicht die Absicht hatte, mit ihm allein in seiner Suite zu essen, aber vielleicht wäre sie nicht zu der kleinen Kochnische gegangen, wenn sie aus Stein gewesen wäre. Aber das war sie nicht. Das Wasser lief ihr im Mund zusammen. »Oh Himmel …«

Erfreut legte Carlo einen Arm um ihre Taille und führte sie zu dem Herd. Die kleine Küchenabteilung sah katastrophal aus. Juliet hatte noch nie so viele Töpfe und Schalen und Löffel und Kochlöffel in einer Spüle gesehen. Die Arbeitsflächen waren bekleckert und verschmiert. Aber diese Düfte! Es war der Himmel, der reinste Himmel.

»Die Sinne, Juliet. Es gibt niemanden, der nicht von ihnen geleitet wird. Zuerst riechen Sie, und Sie beginnen, sich etwas vorzustellen.« Seine Finger strichen leicht über ihre Taille. »Stellen Sie es sich vor. Sie können es allein davon schon beinahe auf Ihrer Zunge schmecken.«

»Hmm.« Sie wusste, dass sie einen Fehler machte, aber sie sah zu, wie er den Deckel von einem Topf auf dem Herd nahm. Der Duft brachte sie dazu, die Augen zu schließen und tief einzuatmen. »Oh Carlo …«

»Dann sehen wir, und die Vorstellung geht einen Schritt weiter.« Seine Finger drückten leicht an ihrer Taille, bis sie die Augen öffnete und in den Topf blickte. Dicklich und rot köchelte die Sauce mit Stückchen von Fleisch und Paprika und mit Gewürzen. Ihr Magen begann zu knurren.

»Schön, nicht wahr?«

»Ja.« Sie bemerkte nicht, dass ihre Zungenspitze in Vorfreude über ihre Lippen glitt. Aber er bemerkte es sehr wohl.

»Und wir lauschen.« Neben der Sauce begann ein Topf mit Wasser zu kochen. Mit einer geschickten Bewegung maß Carlo die Pasta mit den Augen ab und ließ sie in das Wasser gleiten. »Manches ist dazu bestimmt, zusammengefügt zu werden.« Er rührte sanft mit einem Rührlöffel um. »Das eine ohne das andere ist unvollständig. Aber wenn sie miteinander verschmelzen ...«, er regulierte die Hitze, »... werden sie zu einem wahren Schatz. Pasta und Sauce. Ein Mann und eine Frau. Nehmen Sie einen Schluck Rotwein. Der Champagner ist für später.«

Es wurde Zeit, ihren Standpunkt klarzustellen, auch wenn sie neben einem Küchenherd stand. »Carlo, ich hatte keine Ahnung, dass Sie das vorhatten. Ich denke ...«

»Ich liebe Überraschungen.« Er reichte ihr ein halb mit dunklem Rotwein gefülltes Glas. »Und ich wollte für Sie kochen.«

Sie wünschte sich, er hätte es nicht ausgerechnet so ausgedrückt. Sie wünschte sich, seine Stimme wäre nicht so warm und so tief, genau wie seine Augen. Genau wie die Gefühle, die er ihr entlocken konnte. »Ich schätze das, Carlo, aber es ist nur so, dass ...«

»Waren Sie in der Sauna?«

»Ja. Aber jetzt ...«

»Sie sind entspannt. Das sieht man.«

Seufzend nippte sie an dem Wein. »Ja.«

»Und das wiederum entspannt mich. Wir essen heute Abend zusammen.« Er stieß mit ihr an. »Männer und Frauen tun das schon seit Jahrhunderten. Es gilt mittlerweile als zivilisiert.«

Sie reckte ihr Kinn hoch. »Sie machen sich nur über mich lustig.«

»Ja.« Er steckte den Kopf in den Kühlschrank und holte ein kleines Tablett heraus. »Versuchen Sie zuerst meine Antipasti. Ihr Gaumen sollte vorbereitet werden.«

Juliet wählte ein kleines Stück Zucchini. »Ich hätte gedacht, Sie ließen sich lieber in einem Restaurant bedienen.«

»Gelegentlich ja, aber es gibt Zeiten, in denen ich eine private Atmosphäre vorziehe.« Er stellte das Tablett ab, und

Juliet wich einen kleinen Schritt zurück. Interessiert hob er eine Augenbraue. »Juliet, mache ich Sie nervös?«

Sie schluckte das Zucchinistückchen. »Werden Sie bitte nicht absurd.«

»Werde ich das?« Impulsiv stellte er sein Weinglas weg und kam einen Schritt auf sie zu. Juliet fand sich mit dem Rücken am Kühlschrank wieder.

»Carlo …«

»Nein, pst … wir experimentieren.« Während er sie beobachtete, strich er sanft mit den Lippen über ihre eine Wange, dann über die andere. Er hörte, wie ihr Atem stockte. Nervenanspannung – das akzeptierte er. Wenn ein Mann und eine Frau sich zueinander hingezogen fühlten und einander nahekamen, musste es Nervenanspannung geben, sonst war die Leidenschaft so fade wie eine Sauce ohne Gewürze.

Aber Angst? War es nicht das, was er in ihren Augen sah? Nur eine Spur – und nur kurz? Nerven konnte er benutzen, darauf spielen, sie einsetzen. Angst war etwas anderes. Sie störte ihn, blockierte ihn und bewegte ihn gleichzeitig.

»Ich werde Ihnen nicht wehtun, Juliet.«

Ihre Augen blickten ihn jetzt wieder ruhig und direkt an, obwohl sie ihre Hand zur Faust ballte. »Tatsächlich nicht?«

Er ergriff ihre Hand und öffnete sie langsam. »Nein.« In diesem Moment versprach er es ihnen beiden. »Bestimmt nicht. Und jetzt essen wir.«

Juliet unterdrückte einen Schauer, bis Carlo sich umgedreht hatte und seine Pasta umrührte. Vielleicht würde er ihr nicht wehtun … Sie leerte ihr Glas in einem Zug. Aber vielleicht tat sie sich selbst weh.

Er machte keine Umstände. Er perfektionierte, während er die letzten Verbesserungen an dem Mahl vornahm. Das war hier in der kleinen Hotelküche nicht anders als vor der Kamera. Juliet half auf die einzige Weise, die sie sich zutraute. Sie deckte den Tisch.

Ja, es war ein Fehler, gestand sie sich ein, während sie Teller und Gläser arrangierte. Aber nur ein Narr würde vor etwas davonlaufen, das wie diese Sauce duftete. Sie war kein Narr. Sie konnte mit sich selbst umgehen. Der schwache Moment der Angst in der Küche war vorbei. Sie wollte ein entspanntes Mahl genießen, zwei Gläser wirklich hervorragenden Rotweins trinken, dann in ihr Zimmer hinübergehen und acht Stunden Schlaf abbekommen, ehe das Karussell sich morgen wieder drehte.

Sie pickte sich gerade einen marinierten Pilz von dem Tablett, als Carlo die Spaghetti brachte. »Schon besser«, sagte er, als sie ihn anlächelte. »Sie sind bereit zu genießen.«

Mit einem Schulterzucken setzte sich Juliet. »Wenn einer der Spitzenchefs der Welt für mich ein Dinner kocht, warum sollte ich mich dann beklagen?«

»Der absolute Spitzenchef«, verbesserte er und bedeutete ihr, dass sie sich selbst bedienen solle. Sie tat es und konnte ihre Gier kaum unterdrücken.

»Entspannt es Sie wirklich, in der Küche zu stehen?«

»Kommt darauf an. Manchmal entspannt es mich, manchmal erregt es mich. Aber immer bereitet es mir Freude. Nein, nicht schneiden!« Kopfschüttelnd griff er zu ihr herüber. »Amerikaner! Man rollt die Spaghetti mit der Gabel.«

»Aber dann fallen sie herunter.«

»So macht man das.« Mit seinen Händen an ihren Handgelenken führte er sie. Ihr Puls war zwar gleichmäßig, aber nicht langsam. Noch immer ihre Hand haltend, hob er die Gabel zu ihrem Mund. »Und jetzt kosten Sie.«

Während sie es tat, hatte er die Befriedigung, ihr Gesicht zu beobachten. Gewürze explodierten auf ihrer Zunge. Schärfe und Wärme mischten sich. Sie genoss, dachte schon an den nächsten Bissen. »Oh, das ist keine kleine Sünde …!«

Nichts hätte ihm mehr Freude bereiten können. Lachend setzte er sich wieder und widmete sich genussvoll seinem eigenen Teller. »Kleine Sünden sind auch nur kleines Vergnügen. Wenn Franconi für Sie kocht, ist das Essen mehr als ein Grundbedürfnis.«

Sie rollte bereits die nächsten Spaghetti auf ihre Gabel. »Sie haben gewonnen. Warum sind Sie eigentlich nicht dick?«

»Prego?«

»Könnte ich so kochen ...« Sie kostete erneut und seufzte. »Ich würde wie ein Fleischklops aussehen.«

Leise lachend sah er zu, wie sie hinlangte. Es bereitete ihm Vergnügen, wenn jemand, der ihm etwas bedeutete, mochte, was er geschaffen hatte. »Ihre Mutter hat Ihnen also nicht das Kochen beigebracht?«

»Sie versuchte es, aber ich war nie gut in den Dingen, die sie von mir erwartete. Meine Schwester spielt wunderschön Klavier. Ich kann mich kaum an die Tonleitern erinnern.«

»Was wollten Sie anstelle von Klavierspielen machen?«

»Baseball spielen.« Juliet war verblüfft, wie leicht sie das aussprach. Sie hatte gedacht, diesen Traum zusammen mit einem Dutzend anderer Kindheitsfrustrationen begraben zu haben. »Daraus wurde nichts. Meine Mutter wollte zwei makellose Ladies großziehen, die makellose und erfolgreiche Ehefrauen würden. Sie hatte nur zu fünfzig Prozent Erfolg.«

»Dann glauben Sie, dass Ihre Mutter nicht stolz auf Sie ist?«

Die Frage traf eine Wunde, von der sie nicht gewusst hatte, dass sie offen lag. Sie griff nach ihrem Wein. »Es ist keine Frage von Stolz, sondern von Enttäuschung. Ich habe meine Mutter enttäuscht und meinen Vater verwirrt. Sie fragen sich noch immer, was sie falsch gemacht haben.«

»Was sie falsch gemacht haben, ist, Sie nicht so zu akzeptieren, wie Sie sind.«

»Vielleicht«, murmelte sie. »Oder vielleicht war ich entschlossen, etwas zu sein, das sie nicht akzeptieren konnten. Ich bin nie dahintergekommen.«

»Sind Sie denn mit Ihrem Leben unzufrieden – womöglich sogar unglücklich?«

Überrascht blickte sie auf. Unglücklich? Manchmal frustriert, gehetzt und unter Druck. Aber unglücklich? »Nein. Nein, überhaupt nicht.«

»Dann ist das vielleicht Ihre Antwort.«

Juliet nahm sich einen Moment Zeit, um ihn zu betrachten. Er war mehr als sagenhaft, mehr als sexy, mehr als alle diese Eigenschaften, die sie ihm einmal ironisch zugeschrieben hatte. »Carlo.« Zum ersten Mal streckte sie die Hand aus, um ihn zu berühren, zwar nur seine Hand, aber es war ein großer Schritt. »Sie sind ein sehr netter Mann.«

»Aber natürlich bin ich das.« Seine Finger schlossen sich um ihre Hand. »Ich könnte Ihnen Empfehlungsschreiben zeigen.«

Lachend zog Juliet sich zurück. »Zweifellos.« Mit Konzentration, Hingabe und reiner Gier putzte sie ihren Teller leer.

»Zeit für das Dessert.«

»Carlo!« Stöhnend legte Juliet eine Hand auf ihren Magen. »Bitte, seien Sie nicht grausam.«

»Es wird Ihnen schmecken.« Er war schon in der Küche, bevor sie noch einmal ablehnen konnte. »Es ist eine uralte italienische Tradition.« Er brachte einen kleinen hübschen Kuchen, mit einer Kirschsauce überzogen.

»Carlo, das schaffe ich nicht.«

»Nur ein Geschmack zum Champagner.« Er entfernte den Korken mit einer geschickten Drehung und schenkte zwei Gläser voll. »Setzen Sie sich auf das Sofa und machen Sie es sich doch bequem.«

Als sie es tat, wurde Juliet klar, warum die Römer nach dem Essen für gewöhnlich schliefen. Sie hätte sich zu einem seligen kleinen Ball zusammenrollen und auf der Stelle wegtreten können. Doch der Champagner war belebend.

»Hier.« Carlo brachte einen Teller mit einem kleinen Stück. »Das teilen wir uns.«

»Nur einen Bissen«, erklärte sie und war entschlossen, fest zu bleiben. Dann kostete sie. Cremig, weich, nicht besonders süß, mehr nussig. Köstlich. Mit einem ergebenen Seufzer nahm Juliet noch einen Bissen. »Carlo, Sie sind ein Magier.«

»Ein Künstler«, verbesserte er sie.

»Was immer Sie wollen.« Mit letzter Willenskraft tauschte Juliet den Kuchen gegen den Champagner.

Er schenkte ihr nach. »Sie sind zauberhaft.« Die Lichter waren gedämpft, die Musik leise. Feine Düfte hingen in der Luft. Carlo dachte daran zu widerstehen. Die Angst, die er in ihren Augen gesehen hatte, verlangte, dass er vorsichtig sein musste. Doch im Moment lächelte sie entspannt, und das Verlangen, das er bei ihrem Anblick von Anfang an verspürt hatte, war nie ganz geschwunden.

Die Sinne waren durch ein ausgezeichnetes Mahl geweckt und geschärft. Das war etwas, das er perfekt verstand. Er verstand auch, dass ein Mann und eine Frau einander niemals ignorieren sollten, welchen Genuss auch immer sie einander schenken konnten.

Also widerstand er nicht, sondern umschmiegte mit den Händen ihr Gesicht. Er konnte ihre Augen beobachten, ihre Haut fühlen, sie beinahe schon schmecken. Jetzt sah er Verlangen, keine Angst, sondern Vorsicht. Vielleicht war sie bereit für Lektion zwei.

Juliet hätte ablehnen können. Sie hatte es auch vor … doch seine Hände waren so stark und gleichzeitig so sanft auf ihrer Haut. Nie zuvor war sie so berührt worden. Sie wusste, wie er sie geküsst hatte, und die Vorfreude mischte sich mit Nervenanspannung. Sie wusste es und wollte es.

Sie legte ihre Hände an seine Handgelenke, aber nicht, um ihn von sich zu schieben. Sie hielt ihn fest, als ihre Lippen seinen Mund berührten. Einen Moment lang blieben sie so, erlaubten einander den ersten Geschmack, die erste Empfindung. Dann verlangten sie langsam mehr voneinander.

Sie wirkte so klein, wenn er sie hielt, dass er vergessen konnte, wie stark und tüchtig sie war. Er wollte sie lediglich wie einen Schatz bewahren. Das Verlangen mochte brennen, doch wenn sie so nachgiebig, so verletzlich war, fand er sich dazu gedrängt, nur Sanftheit zu zeigen.

Hatte jemals irgendein Mann ihr so viel Aufmerksamkeit geschenkt? Juliets Gedanken verschwammen, als sich seine Finger in ihr Haar schoben. War ein anderer Mann je so geduldig gewesen? Sie fühlte sein Herz schlagen, heftig und wild. Doch sein Mund war weich, seine Hände waren sanft. Als wären sie seit Jahren ein Liebespaar, ging es ihr durch den Sinn, und als hätten sie alle Zeit der Welt, um ihre Liebe zu genießen.

Keine Eile, kein Druck, keine Hektik. Nur Genießen. Ihr Herz öffnete sich zögernd, aber es öffnete sich. Und er begann, in ihr Herz einzudringen. Als das Telefon klingelte, murmelte er eine Verwünschung, und Juliet seufzte. Sie waren beide bereit gewesen, alle Chancen zu nutzen.

»Nur einen Moment«, murmelte er.

Noch immer träumend, berührte sie seine Wange. »Ist in Ordnung.«

Als er abhob, lehnte sie sich zurück, fest entschlossen, nicht nachzudenken.

»Cara!« Die Begeisterung in seiner Stimme und das Kosewort zwangen Juliet, die Augen zu öffnen. Mit einem warmen Lachen stürzte Carlo sich in einen Strom von Italienisch. Juliet hatte keine andere Wahl, als nachzudenken.

Zuneigung. Ja, die schwang in seiner Stimme. Sie brauchte gar nicht die Worte zu verstehen. Sie sah, wie er lächelte, während er mit der Frau am anderen Ende der Leitung sprach. Resigniert griff Juliet nach ihrem Champagner. Es fiel ihr nicht leicht, sich einzugestehen, dass sie eine Närrin gewesen war. Oder dass sie verletzt worden war.

Sie wusste, wer er war. Was er war. Sie wusste, wie viele Frauen er verführt hatte. Vielleicht wollte sie ihn, aber sie würde sich nie in die lange Reihe der anderen einordnen. Sie stellte das Glas ab und stand entschlossen auf.

»Sì, sì, ich liebe dich.«

Juliet wandte sich ab. Wie gut ihm doch dieser Satz in jeder Sprache über die Zunge glitt. Wie wenig dieser Satz doch in jeder Sprache bedeutete.

»Die Unterbrechung tut mir leid.«

Juliet warf ihm einen unnachgiebigen Blick zu. »Nicht nötig. Das Dinner war wunderbar, Carlo, vielen Dank. Sie sollten morgen um acht bereit sein, das Hotel zu verlassen.«

»Einen Moment«, murmelte er, kam zu ihr und ergriff sie an den Armen. »Was ist los? Sie sind ärgerlich.«

»Natürlich nicht.« Sie versuchte vergeblich zurückzuweichen. »Warum sollte ich?«

»Eine Frau braucht nicht immer Gründe.«

Sie zog ihre Augen zusammen. »Der Experte. Lassen Sie sich etwas über die Frau hier vor Ihnen sagen, Franconi. Sie hält nicht viel von einem Mann, der versucht, sie zu lieben und ihr gleichzeitig eine andere Geliebte unter die Nase reibt.«

Er hob die Hand, während er darum kämpfte, ihr zu folgen. »Langsam, meine Kenntnisse Ihrer Sprache sind nicht so gut.«

»Ihre Kenntnisse meiner Sprache sind perfekt«, fauchte sie ihn an. »Genau wie Ihr Italienisch.«

»Mein ...« Er begann zu grinsen. »Das Telefon!«

»Ja, das Telefon. Wenn Sie mich jetzt entschuldigen wollen.«

Er ließ sie bis zur Tür kommen. »Juliet, ich gestehe, dass ich die Frau anbete, mit der ich gesprochen habe. Sie ist schön und intelligent und interessant, und ich habe nie eine Frau wie sie getroffen.«

Wütend wirbelte Juliet herum. »Wie wundervoll!«

»Das finde ich auch. Es war meine Mutter.«

Sie ging zurück und riss ihre Handtasche an sich, die sie beinahe vergessen hätte. »Ich finde, ein Mann mit Ihrer Erfahrung und Ihrer Fantasie könnte sich etwas Besseres einfallen lassen.«

»Aber sicher könnte ich das.« Er hielt sie wieder fest, nicht mehr so sanft, nicht mehr so geduldig. »Falls es nötig wäre. Für gewöhnlich gebe ich keine Erklärungen, aber wenn ich es tue, lüge ich nicht.«

Sie holte tief Luft, weil sie plötzlich sicher war, die Wahrheit gehört zu haben. Wie auch immer, sie war eine Närrin gewesen. »Tut mir leid. Es geht mich ohnedies nichts an.«

Er legte seine Hand unter ihr Kinn. »Ich habe Angst in Ihren Augen gesehen und mir deshalb Sorgen gemacht. Jetzt glaube ich, dass Sie nicht vor mir Angst hatten, sondern vor sich selbst.«

»Das geht Sie nichts an.«

Er betrachtete sie. »Sie sprechen mich an, Juliet. Auf viele Arten. Ich möchte mit Ihnen schlafen, aber wir warten, bis Sie keine Angst mehr haben.«

Sie wollte toben. Sie wollte weinen. Er erkannte beides ganz klar.

»Wir haben morgen zeitig einen Flug, Carlo.«

Er ließ sie gehen, aber er blieb noch lange, nachdem sich ihre Tür auf der anderen Seite des Korridors geschlossen hatte, da stehen, wo er gerade stand.

6. Kapitel

Dallas war ganz anders. Dallas war Dallas, ohne Entschuldigung. Texas von seiner großen, reichen und arroganten Seite. Die Luft war heiß und roch nach Öl, teuren Parfüms und Präriestaub. Dallas war Dallas, aber es hatte nie seine Wurzeln vergessen.

Dallas war aufregend, aber Juliet war das egal. Wenn es nach ihr ginge, hätten sie in Timbuktu sein können. Carlo führte sich auf, als wäre nichts geschehen – kein intimes Dinner, keine Erregung, keine Hingabe, kein Streit. Juliet fragte sich, ob er sie zum Wahnsinn treiben wollte. Carlo war liebenswürdig, voll zur Zusammenarbeit bereit und charmant.

Die zwei Tage in Dallas waren so vollgestopft mit Terminen, dass sie Denver ausglichen. Die Krämpfe in Juliets Beinen bewiesen es. Sie hätte begeistert sein sollen. Stattdessen fühlte sie sich elend.

Sie trieb ihn zum Wahnsinn. Höflich ist sie, dachte Carlo. Ihre Mutter hat ihr perfekte Manieren beigebracht, wenn schon nicht Kochen. Tüchtig war sie, präzise, kühl in einer Krise und voll Energie. Durchaus liebenswerte Eigenschaften.

Trotzdem dachte er zum ersten Mal in seinem Leben ernsthaft daran, eine Frau zu strangulieren.

Gleichgültigkeit ertrug er nicht. Sie tat, als hätte es kein Verlangen, keine Leidenschaft, kein Verstehen zwischen ihnen gegeben. Zwei Tage lang hatten sie praktisch alles zusammen gemacht, alles miteinander geteilt, ausgenommen das Bett. Er hatte genug von ihrer Höflichkeit, aber er hatte nicht genug von Juliet.

Sie hatten Lunch mit einer Reporterin. Carlo bemerkte kaum, dass die Reporterin jung und nervös war.

»Ich bin so froh, dass Sie Dallas in Ihre Tour aufgenommen haben, Mr. Franconi«, begann die Reporterin und nahm einen Schluck Wasser, um ihre Kehle freizubekommen. »Mr. Van Ness lässt sich entschuldigen.«

Carlo lächelte sie an, aber seine Gedanken waren bei Juliet.

»Mr. Van Ness ist der zuständige Redakteur der *Tribune*«, wiederholte Juliet die Information, die sie Carlo vor fünfzehn Minuten gegeben hatte. Sie schenkte ihm ihr freundlichstes Lächeln und hoffte, dass er die darin enthaltenen Widerhaken spürte. »Miss Tribly ist für ihn eingesprungen.«

»Natürlich.« Carlo überspielte die Lücke. »Und sie tut es sehr charmant.«

Als Frau war Miss Tribly nicht immun gegen diese Sahnestimme. Als Reporterin war sie sich der Wichtigkeit ihrer Aufgabe bewusst. Sie wischte ihre feuchten Hände in ihrer Serviette ab. »Mr. Van Ness bekommt ein Baby. Ich meine, seine Frau bekam vor zwei Stunden die Wehen.«

»Dann sollten wir auf sie trinken.« Carlo winkte dem Kellner. »Margaritas?« Er erhielt ein kühles Nicken von Juliet und ein dankbares Lächeln von der Reporterin.

Fest entschlossen, ihren ersten großen Einsatz gut über die Bühne zu bringen, balancierte Miss Tribly diskret einen Notizblock auf ihrem Schoß. »Hat Ihnen Ihre Tour durch Amerika gefallen, Mr. Franconi?«

»Es gefällt mir immer in Amerika.« Er fuhr leicht mit einem Finger über Juliets Handrücken, bevor sie sich zurückziehen konnte. »Besonders in Begleitung einer schönen Frau.«

Sie versuchte, ihre Hand wegzuziehen, wurde jedoch unter seiner Hand festgenagelt. Für einen Mann, der die zartesten Soufflés anrühren konnte, besaß er Hände wie ein Boxer.

Willenskraft traf auf Willenskraft, krachte zusammen und erzeugte förmlich Rauchwolken. Carlos Stimme blieb mild, weich und romantisch. »Ich muss Ihnen sagen, Miss Tribly, Juliet ist eine außergewöhnliche Frau. Ohne sie käme ich nicht zurecht.«

»Mr. Franconi ist sehr freundlich.« Juliets Stimme war genauso mild und ruhig wie seine, der Stoß jedoch, den sie ihm unter dem Tisch versetzte, war es nicht. »Ich kümmere mich bloß um die Details. Mr. Franconi ist der Künstler.«

»Wir bilden ein bewundernswertes Team, finden Sie nicht auch, Miss Tribly?«

»Ja.« Ein wenig unsicher, was sie sagen sollte, schwenkte sie auf ein Thema um, bei dem sie sich sicher fühlte. »Mr. Franconi, Sie schreiben Kochbücher, besitzen darüber hinaus aber auch ein erfolgreiches Restaurant in Rom und reisen gelegentlich, um für einen besonderen Anlass zu kochen. Vor einigen Monaten flogen Sie auf eine Jacht in der Ägäis, um Minestrone für Dimitri Azares, den Reeder, zu kochen.«

»Zu seinem Geburtstag«, erinnerte sich Carlo. »Seine Tochter arrangierte die Überraschung.« Sein Blick strich wieder über die Frau, deren Hand er festhielt. »Juliet kann Ihnen versichern, dass ich Überraschungen liebe.«

»Ja, bestimmt.« Miss Tribly griff wieder nach ihrem Wasserglas. »Ihr Terminplan ist so voll und so aufregend. Ich frage mich, ob Sie noch immer die Grundtätigkeit des Kochens genießen.«

»Die meisten Leute betrachten Kochen als etwas zwischen Pflicht und Hobby. Aber wie ich Juliet erklärte ...« Seine Finger umschlangen besitzergreifend die ihren, »... ist Essen ein Grundbedürfnis. Wie die Liebe sollte es alle Sinne ansprechen. Es sollte erregen, aufregen, befriedigen.« Er strich mit seinem Daumen über ihre Handflächen. »Erinnern Sie sich, Juliet?«

Sie hatte versucht, es zu vergessen, hatte sich eingeredet, sie könnte es vergessen. Jetzt brachte er mit diesem leichten, hartnäckigen Reiben seines Daumens alles zurück. »Mr. Franconi glaubt fest an die Sinnlichkeit von Speisen. Sein ungewöhnliches Flair, mit dem er das zur Geltung bringt, hat ihn zu einem der Topmeisterköche der Welt gemacht.«

»Grazie, mi' amore«, murmelte er und zog ihre verkrampfte Hand an seine Lippen.

Juliets Augen sprühten Zornesfunken, auch wenn ihre Stimme ruhig klang. »Ich denke, Sie und Ihre Leser werden zu dem Schluss kommen, dass Mr. Franconis Buch ›Kochen mit Amore‹ wirklich sagenhafte Beispiele seiner Technik, seines Stils und seiner Ansichten aufzeigt, geschrieben auf eine Art, dass der Durchschnittsleser, der eines seiner Rezepte Schritt für Schritt ausprobiert, etwas wirklich Besonderes erschaffen kann.«

Als ihre Drinks serviert wurden, zerrte Juliet an ihrer Hand. Sie hoffte, Carlo überrumpeln zu können. Sie hätte es besser wissen müssen.

»Auf das neue Baby.« Er lächelte Juliet zu. »Es ist stets ein Vergnügen, auf das Leben in allen seinen Stadien zu trinken.«

Miss Tribly nippte an ihrer Margarita, die in einem Glas von der Größe eines Vogelbades serviert worden war. »Mr. Franconi, haben Sie tatsächlich jedes Rezept im Buch selbst gekocht und gekostet?«

»Natürlich.« Mit einem leisen Lachen betrachtete er Juliet. »Wenn etwas mir gehört, erforsche ich alles, was damit zu tun hat. Eine Mahlzeit, Miss Tribly, ist wie eine Liebesaffäre.«

Sie brach die Spitze ihres Bleistifts ab und fischte hastig einen neuen aus ihrer Tasche. »Eine Liebesaffäre?«

»Ja. Es beginnt langsam, fast experimentierend. Bloß ein Geschmack, um den Appetit anzuregen, die Vorfreude zu wecken. Dann verändert sich der Geschmack, vielleicht etwas Leichtes, etwas Kühles, um die Sinne wachzuhalten, sie aber nicht zu überfordern. Danach folgen die Gewürze, das Fleisch, die Vielfalt. Die Sinne sind erregt, die Gedanken auf den Genuss gerichtet. Dabei sollte man sich viel Zeit lassen.

Doch endlich kommt das Dessert, der Zeitpunkt der Befriedigung.« Als er Juliet anlächelte, gab es keinen Zweifel, was er meinte. »Das sollte man langsam genießen, bis Gaumen und Körper gesättigt sind.«

Miss Tribly schluckte. »Ich werde sofort ein Exemplar Ihres Buchs kaufen.«

Lachend griff Carlo nach der Speisekarte. »Plötzlich habe ich einen Riesenappetit.«

Juliet bestellte einen kleinen Fruchtsalat und stocherte eine halbe Stunde lang darin herum.

»Ich muss jetzt wirklich zurück.« Nachdem Miss Tribly ihr Essen und ein Stück Aprikosentorte weggeputzt hatte, steckte sie ihren Notizblock ein. »Ich kann Ihnen gar nicht sagen, wie sehr ich das genossen habe, Mr. Franconi. Ich werde mich nie wieder mit meiner alten Einstellung an einen Schmorbraten machen.«

Amüsiert erhob Carlo sich. »Es war mir ein Vergnügen.«

»Ich werde gern den Artikel an Ihr Büro schicken, Miss Trent.«

»Dafür wäre ich Ihnen dankbar.« Juliet gab ihr die Hand und war überrascht, als die Reporterin sie festhielt.

»Sie sind eine glückliche Frau. Genießen Sie den Rest Ihrer Tour, Mr. Franconi.«

»Arrivederci.« Er lächelte noch, als er sich wieder setzte und seinen Kaffee austrank.

»Sie haben eine verdammte Show abgezogen, Franconi!«

Er hatte den Sturm erwartet, sich schon darauf gefreut. »Ja, ich finde, ich habe mein Spiel gut gemacht.«

»Das war schon mehr ein Stück mit drei Akten.« Mit ruhigen Bewegungen unterschrieb sie die Rechnung. »Aber beim nächsten Mal fragen Sie mich erst, bevor Sie mir eine Rolle zuteilen.«

»Eine Rolle zuteilen?«

Seine Unschuld war genau berechnet, um sie wütend zu machen. Und er verfehlte nie sein Ziel. »Sie haben dieser Frau den klaren Eindruck vermittelt, wir wären ein Liebespaar.«

»Juliet, ich habe ihr nur den äußerst korrekten Eindruck vermittelt, dass ich Sie respektiere und bewundere. Welche Schlussfolgerungen die Reporterin daraus zieht, liegt doch nicht an mir.«

Juliet stand auf, legte ihre Serviette sehr sorgfältig auf den Tisch und griff nach ihrem Aktenkoffer. »Bastard!«

Carlo sah ihr nach, als sie das Restaurant verließ. Kein Kosewort hätte ihm besser gefallen können. Wenn eine Frau einen Mann Bastard nannte, war er ihr nicht gleichgültig. Er pfiff vor sich hin, als er zu ihr stieß. Es bereitete ihm noch größeres Vergnügen zu sehen, wie sie mit ihrem Schlüssel an dem Mietwagen am Straßenrand herumfummelte. Wenn eine Frau gleichmütig war, beschimpfte sie keine leblosen Gegenstände.

»Soll ich mich bis zum Flughafen ans Steuer setzen?«

»Nein.« Mit einem unterdrückten Fluch steckte sie den Schlüssel ins Schloss. Sie musste sich unter Kontrolle bringen. Sie musste sich beherrschen … Den Teufel wollte sie tun! Sie knallte beide Hände flach auf das Autodach und starrte Carlo an. »Worauf lief denn diese kleine Scharade hinaus?«

Squisito … ausgezeichnet … dachte er. Ihre Augen verschossen rasierklingenscharf grüne Blitze. Er bevorzugte eindeutig eine Frau mit Temperament und Feuer. »Scharade?«

»Dieses ganze Händchenhalten, diese intimen Blicke!«

»Es ist absolut keine Scharade, dass ich es genieße, Ihre Hand zu halten, und dass es mir unmöglich ist, Sie nicht anzusehen.«

Sie dachte gar nicht daran, mit ihm zu streiten, wenn der Wagen zwischen ihnen war. Mit einigen wenigen schnellen Schritten umrundete sie die Motorhaube und stand Zehe an Zehe mit ihm. »Das war völlig unprofessionell.«

»Ja, es war völlig persönlich.«

Es war schwierig, mit ihm zu streiten, wenn er alles, was sie sagte, zu seinem Vorteil verdrehte.

»Tun Sie das nie wieder!«

»Madonna.« Seine Stimme war äußerst milde, sein Schachzug genau berechnet. Juliet fand sich zwischen ihm und dem Wagen eingeklemmt. »Befehle nehme ich von Ihnen nur entgegen, wenn sie etwas mit Zeitplänen und Flügen zu tun haben. Wenn es sich um persönliche Dinge handelt, tue ich, was mir beliebt.«

Er tat etwas, womit sie überhaupt nicht rechnete, und deshalb verlor sie ihren Vorteil. Juliet sagte sich das immer und immer wieder – später. Er packte sie an beiden Schultern, und sein Blick löste sich nicht von ihren Augen, als er sie mit einer knappen Bewegung an sich riss. Das war nicht die glatte, berechnete Verführung, die sie von ihm erwartet hatte. Das war rau, impulsiv und nervenraubend.

Sein Mund presste sich auf den ihren. Fordernd. Seine Hände hielten sie fest. Sie hatte keine Zeit, sich zu verkrampfen, zu wehren oder zu denken. Er nahm sie rasch mit sich auf eine Reise durch Hitze und Licht. Sie widerstand nicht. Hätte sie sich hinterher eingeredet, sie habe ihm widerstanden, wäre das eine Lüge gewesen.

Menschen waren auf dem Bürgersteig, Autos auf der Straße. Juliet und Carlo nahmen nichts davon wahr. Während die Hitze eines Dallas-Nachmittags in den Beton unter ihren Füßen sickerte und die Luft aufheizte, bis sie summte, waren sie beide in ihrem eigenen Feuer gefangen.

Ihre Hände lagen an seiner Taille, packten zu, ließen los. Ein Wagen fuhr vorbei, und Musik plärrte aus den offenen Fenstern. Sie hörte es nicht. Obwohl sie zum Essen keinen Wein getrunken hatte, schmeckte sie ihn jetzt auf ihrer Zunge und war berauscht.

Tief in seinem Inneren wusste Carlo bereits, dass es nicht mehr das Gleiche war. Juliet zu berühren war anders als bei anderen Frauen. Ihren Geschmack zu kosten – leicht, tief, aufreizend –, allein schon das Kosten war anders als bei anderen Frauen. Die Gefühle waren neu, obwohl er geschworen hätte, bereits alle Gefühle erfahren zu haben, deren ein Mann fähig war. Er kannte sich mit Gefühlen aus. Er baute sie in seine Arbeit und sein Leben ein, aber nie zuvor hatten sie solche Tiefe erreicht. Ein Mann, der mehr fand als erwartet und nicht danach griff, war ein Narr.

Er kannte sich mit Intimität aus. Er erwartete, forderte sie in allem, was er tat, aber sie hatte noch nie diesen Stärkegrad erreicht.

Neue Erfahrungen durfte man nicht von sich weisen, sondern musste sie erforschen und auskosten. Wenn er eine leise nagende Angst verspürte, konnte er sie ignorieren. Jedenfalls für den Moment.

Später. Sie klammerten sich aneinander und sagten sich selbst, sie würden später über alles nachdenken. Zeit war unwichtig. Das Jetzt war bedeutend.

Er löste den Mund von ihren Lippen, aber seine Hände hielten Juliet weiterhin umfasst. Es schockierte ihn, dass diese Hände nicht ganz sicher waren. Er hatte sich nach Frauen verzehrt, er war für Frauen lichterloh entflammt, aber keine Frau hatte ihn bisher zum Zittern gebracht. »Wir brauchen einen ruhigen und abgeschiedenen Platz«, murmelte er. »Wir müssen endlich aufhören, so zu tun, als gäbe es das alles nicht.«

Sie wollte nicken, wollte sich völlig in seine Hände geben, aber war das nicht der erste Schritt, um die Kontrolle über ihr eigenes Leben zu verlieren? »Nein, Carlo.« Ihre Stimme war nicht so stark, wie sie das gern gehabt hätte, aber sie gab nicht nach. »Wir müssen aufhören, persönliche Gefühle mit dem Geschäftlichen zu vermischen. Wir sind nur noch zwei Wochen auf Tour.«

»Es ist mir aber verdammt gleichgültig, ob es zwei Tage oder zwei Jahre sind. Ich will diese Zeit damit verbringen, dich zu lieben.«

Juliet fand wieder so weit zu sich, dass sie sich daran erinnerte, wo sie sich befanden. »Carlo, das ist nicht der richtige Zeitpunkt, um so etwas zu besprechen.«

»Juliet …« Er legte seine Hand an ihre Wange. »Du kämpfst gar nicht gegen mich.«

Er brauchte den Gedanken gar nicht zu Ende zu führen. Ihr war nur zu deutlich bewusst, dass der Kampf in ihr selbst tobte. Sie wollte das, was sie als klug ansah. Sie brauchte das, was ungefährlich war. Das Tauziehen drohte sie auseinanderzureißen.

»Carlo, wir müssen das Flugzeug erreichen.«

Er sagte leise und scharf etwas auf Italienisch. Dann forderte er: »Du wirst mit mir darüber sprechen.«

»Nein.« Sie hob die Hände, um ihn am Arm zu packen. »Nicht darüber.«

»Dann bleiben wir hier, bis du deine Meinung änderst.«

Sie konnten beide dickköpfig sein, und mit Eigensinn kamen sie beide nicht voran. »Wir haben einen Zeitplan.«

»Hier geht es um viel mehr als einen Zeitplan.«

»Nein. Wir müssen das Flugzeug erreichen.«

»Wir werden dein Flugzeug erreichen, Juliet, aber wir werden in Houston miteinander sprechen.«

»Carlo, dräng mich nicht in die Ecke.«

»Wer drängt?«, murmelte er. »Ich oder du?«

Sie rang um eine Antwort. »Ich werde dafür sorgen, dass ein anderer mit dir diese Tour beendet.«

Er schüttelte bloß den Kopf. »Nein, kommt für dich nicht in Frage. Du bist viel zu ehrgeizig. Würde nicht gut aussehen, wenn du mitten in der Tour aufgibst.«

Sie biss die Zähne zusammen. Er kannte sie nur zu gut. »Ich werde einfach krank.«

Jetzt lächelte er. »Dazu bist du zu stolz. Weglaufen kommt für dich nicht in Frage.«

»Das hat nichts mit Weglaufen zu tun.« Sondern mit Überleben, fügte sie in Gedanken hinzu. »Es ist einfach eine Frage von Prioritäten.«

Er küsste sie leicht. »Wessen Prioritäten?«

»Carlo, wir haben etwas zu erledigen.«

»Ja, Verschiedenes. Das eine hat nichts mit dem anderen zu tun.«

»Für mich schon. Anders als du gehe ich nicht mit jedem ins Bett, zu dem ich mich hingezogen fühle.«

Er lächelte, ohne beleidigt zu sein. »Du schmeichelst mir, cara.«

Sie hätte seufzen können. Es war typisch für ihn, dass er sie zum Lachen reizte, obwohl sie wütend war. »War nicht beabsichtigt.«

»Ich mag es, wenn du die Zähne zeigst.«

»Gut. Dann wirst du die nächsten zwei Wochen nichts anderes von mir zu sehen bekommen.« Sie stieß seine Hände weg. »Es ist eine lange Fahrt zum Airport, Carlo. Fahren wir.«

Liebenswürdig wie immer zog er seine Tür auf. »Du bist der Boss.«

Trotzdem hätte nur eine dumme Frau danach glauben können, einen Sieg errungen zu haben.

7. Kapitel

Juliet hatte schon mit Big Bill Bowers zusammengearbeitet, der besondere Ereignisse für eine der größten Buchhandlungsketten von Texas betreute.

Von dem Moment ihrer Ankunft auf dem Houston International Airport an übernahm der Zweimetermann mit seinen hundertdreißig Kilo das Regiment. Inmitten der Menschenmenge wirkte er wie ein Bulle mit Stetson.

»Na also, da ist ja die kleine Juliet! Hübsch wie eh und je.«

Juliet hatte das Gefühl, von einem Bären umarmt zu werden. »Bill! Schön, Sie wiederzusehen. Carlo Franconi, Bill Bowers. Sei nett zu Bill«, fügte sie lächelnd hinzu. »Er ist nicht nur ein Riese, sondern auch der Mann, der deine Bücher für die größte Ladenkette in den Staaten betreut.«

»Dann werde ich sehr nett sein.« Carlo streckte die Hand aus, die in einer mächtigen Tatze verschwand.

»Freut mich, dass ihr da seid.« Die Tatze schlug Carlo freundlich auf den Rücken und hätte einen stärkeren Mann glatt fällen können. Juliet hielt Carlo zugute, dass er keinen Salto vorwärts machte. »Ich nehme das für Sie.« Bevor Carlo widersprechen konnte, hatte Bill seinen Lederkoffer schon an sich gerissen. Juliet musste grinsen, als Carlo den Koffer so betrachtete, als wäre er ein kleines Kind, das zum ersten Mal allein den Schulbus besteigt. »Der Wagen ist draußen. Hotel habe ich euch schon besorgt.«

Juliet hielt mit ihm Schritt. »Wie geht es Betty?«

»Immer noch ganz der alte Drache«, sagte Bill stolz. »Seit die Kinder aus dem Haus sind, hat sie nur noch mich zum Rumkommandieren.«

»Aber Sie sind noch immer verrückt nach ihr.«

»Ein Mann gewöhnt sich mit der Zeit an einen Drachen. Und jetzt zeigen wir Carlo erst einmal ein wenig unser Houston.« Im Gehen schwenkte er Carlos Koffer hin und her.

»Würde mich sehr freuen.« Carlo schob sich diplomatisch näher. »Ich könnte diesen Koffer nehmen und ...«

»Nicht nötig. Was haben Sie da drinnen, mein Junge? Wiegt ja mehr als ein Jungstier.«

»Werkzeug«, warf Juliet mit einem unschuldigen Lächeln ein. »Carlo ist da sehr empfindlich.«

»Ein Mann kann gar nicht empfindlich genug sein, wenn's um sein Werkzeug geht«, sagte Bill und nickte. »Ich habe noch immer den Hammer, den mir mein alter Herr gab, als ich acht war.« Er schielte einer jungen Frau mit viel Bein hinterher.

»Ich hänge genauso an meinen Spachteln«, murmelte Carlo, aber die Beine waren ihm auch nicht entgangen.

»Recht haben Sie.« Ein Blick flog zwischen den beiden hin und her, der typisch männlich und sehr zufrieden war. Juliet war überzeugt, dass dieser Blick mehr mit langen schlanken Beinen als mit Werkzeug zu tun hatte. »Euch zweien hängen bestimmt schon die piekfeinen Restaurants zum Hals raus«, fuhr Bill fort. »Ich mache ein kleines Barbecue bei mir daheim. Ihr könnt die Schuhe ausziehen und mal was Richtiges essen.«

Juliet war schon einmal bei einem von Bills kleinen Barbecues gewesen. Es bedeutete, dass ein ganzer Ochse zusammen mit zahlreichen Hühnern und einem Schwein gegrillt und das alles mit ein paar Hundert Litern Bier hinuntergespült wurde. Es bedeutete auch, dass sie in den nächsten fünf Stunden ihr Hotelzimmer nicht sehen würde. »Klingt großartig. Carlo, du hast nicht gelebt, wenn du nicht eines von Bills Steaks gegessen hast.«

Carlo legte seine Hand an ihren Ellbogen. »Dann sollten wir zuerst leben.« Sein Ton brachte sie dazu, den Kopf zu drehen und ihn anzusehen. »Bevor wir uns um ... das Geschäftliche kümmern.«

Sie lebten, mischten sich bei Bills kleinem Barbecue unter hundert andere Gäste. Eine Sieben-Mann-Band spielte unermüdlich. Lachen und Planschen drangen von einem Pool herüber, der von der Terrasse durch rot blühende Büsche getrennt war. Über allem lag der Geruch von gegrilltem Fleisch, Sauce und Rauch. Juliet aß doppelt so viel wie normal, weil ihr Gastgeber ihren Teller füllte und ein Adlerauge auf sie gerichtet hielt.

Es hätte sie freuen sollen, dass Carlo von einem Dutzend Texas-Ladies in Badeanzügen und Sonnentops umgeben war, die plötzlich ein begieriges Interesse fürs Kochen entwickelt hatten. Die meisten von ihnen konnten bestimmt nicht einmal einen Herd von einem Dosenöffner unterscheiden, dachte sie geringschätzig.

Es hätte sie freuen sollen, dass sich etliche Männer um sie bemühten. Sie konnte jedoch kaum die Namen und Gesichter auseinanderhalten, während sie zusah, wie Carlo mit einer ein Meter achtzig großen Brünetten, bekleidet mit zwei Stoffstreifen, lachte.

Die Musik war laut, die Luft drückend und warm. Notgedrungen hatte Juliet Shorts und Sonnentop aus ihrer Tasche geholt und sich umgezogen. Zum ersten Mal auf der Tour konnte sie in der Sonne sitzen, die Strahlen genießen und kein Notizbuch in der Hand halten. Und obwohl der Blonde neben ihr mit den schwellenden Bizepsen sie allmählich langweilte und ärgerte, zwang sie sich dazu, den Augenblick zu genießen.

Carlo sah Juliet zum ersten Mal in etwas anderem als ihren strengen Kostümen. Aus ihrem Gang hatte er bereits geschlossen, dass ihre Beine länger waren, als man bei ihrer Größe glauben konnte. Er hatte sich nicht getäuscht. Sie begannen scheinbar an ihrer Taille, glatt und schlank und New-York-blass. Die stattliche Brünette an seiner Seite war für ihn nicht vorhanden.

Offenbar konnte Juliet sich bei anderen Männern entspannen. Carlo trank ein Bier und sah zu, wie sie ihre langen Beine unterschlug und mit den beiden Männern an ihrer Seite lachte. Sie verkrampfte sich auch nicht, als der junge, muskelbepackte Kerl zu ihrer Linken seine Hand auf ihre Schulter legte.

Eifersucht war Carlo eigentlich fremd. So emotional er auch war, Carlo hatte dieses spezielle Gefühl nie gekannt. Er hatte einer Frau das gleiche Recht wie sich selbst zugestanden, zu flirten und zu erproben. Allerdings fand er, dass diese Regel nicht auf Juliet zutraf. Wenn sie es zuließ, dass dieser Gewichte hebende Affe mit der ölig schimmernden Haut noch einmal seine Hand an sie legte …

Er hatte den Gedanken noch nicht zu Ende geführt, als Juliet lachend ihren Teller wegstellte und aufstand. Carlo konnte nicht hören, was sie zu dem Mann neben ihr sagte, aber sie ging in das weitläufige Ranchhaus. Sekunden später stand der Kerl mit dem schimmernden nackten Oberkörper auf und folgte ihr.

»Maledetto!«

»Was?« Die Brünette stockte mitten im Satz.

Carlo warf ihr kaum einen Blick zu. »Scusi … Entschuldigung!« Er folgte Juliet, Mordgier im Blick.

Juliet reichte es, Big Bills heißblütigen jungen Nachbarn abzuwehren. Sie schlüpfte durch die Küche ins Haus, beschloss, ein R-Gespräch mit ihrer Assistentin in New York zu führen, und hatte gerade den Hörer von dem Telefon an der Küchenwand genommen, als sie vom Boden hochgehoben wurde.

»Ist ja nicht viel an dir dran, aber was dran ist, macht eine Menge Spaß.«

Sie unterdrückte das Verlangen, den Ellbogen nach hinten zu rammen. »Tim, stellen Sie mich auf den Boden. Ich muss telefonieren.«

»Das hier ist eine Party, Süße.« Er drehte sie mit einer Muskelanspannung herum und setzte sie auf die Theke. »Du brauchst niemanden anzurufen, wenn du mich hast.«

»Wissen Sie, was ich glaube?« Juliet schätzte, dass sie ihm einen Tritt unterhalb der Gürtellinie verpassen könnte, tippte ihm aber bloß auf die Schulter. Immerhin war er Bills Nachbar. »Sie sollten sich wieder unter die Partygäste mischen, bevor die Ladies Sie vermissen.«

»Ich weiß was Besseres.« Er beugte sich vor und hielt sie zwischen seinen Händen fest. »Warum machen wir beide uns nicht eine eigene Party? Ihr New-York-Ladies versteht es bestimmt, wie man eine Menge Spaß hat.«

»Wir New-York-Ladies verstehen es, Nein zu sagen«, entgegnete sie ruhig. »Und jetzt lassen Sie mich los, Tim.«

»Komm schon, Juliet.« Er hakte einen Finger in den Halsausschnitt ihres Tops. »Ich habe ein hübsches großes Wasserbett.«

Nachbar oder nicht, jetzt trieb er es zu weit. »Und warum gehen Sie nicht und hauen sich auf Ihr großes Wasserbett?«

Grinsend schob er seine Hand an ihrem Bein hinauf. »Genau das habe ich vor.«

»Entschuldigen Sie.« Carlos Stimme kam leise wie eine Schlange von der offenen Tür. »Wenn Sie Ihre Hände nicht schnellstens auf andere Weise beschäftigen, könnten Sie ihren Gebrauch verlieren.«

»Carlo!« Juliets Stimme war scharf, aber nicht aus Erleichterung. Sie war nicht in der Stimmung für eine Rettung à la Ritter in strahlender Rüstung.

»Die Lady und ich haben eine private Unterhaltung.« Tim spannte seine Brustmuskeln an. »Hauen Sie ab.«

Die Daumen in die Taschen gehakt, kam Carlo näher. Juliet bemerkte, dass er genauso wütend aussah wie über das Basilikum in der Dose. In dieser Stimmung war er unberechenbar. Sie murmelte eine Verwünschung und versuchte, eine Szene zu vermeiden. »Warum gehen wir nicht alle nach draußen?«

»Ausgezeichnet.« Carlo streckte seine Hand aus, um ihr herunterzuhelfen. Bevor sie danach greifen konnte, versperrte Tim ihr den Weg.

»Sie gehen nach draußen, Kumpel. Juliet und ich sind noch nicht fertig.«

Carlo sah Juliet an. »Bist du mit ihm fertig?«

»Ja.«

»Juliet ist offenbar mit Ihnen fertig.« Carlos Lächeln war reine Liebenswürdigkeit, aber seine Augen waren kalt. »Sie versperren ihr den Weg.«

»Ich habe Ihnen gesagt, Sie sollen abhauen.« Wütend packte Tim Carlo an den Revers.

»Hört auf, alle beide!« Juliet sah in ihrer Fantasie schon, wie Carlo aus Nase und Mund blutete, und griff nach einem schweren Krug. Bevor sie ihn jedoch benutzen konnte, grunzte Tim und krümmte sich nach vorne, die Hände auf den Magen gepresst. Juliet konnte nur starren.

»Du kannst das wegstellen«, sagte Carlo sanft. »Wir sollten jetzt gehen.« Als sie sich nicht rührte, nahm er ihr den Krug ab, stellte ihn auf die Theke und hob sie herunter. »Sie entschuldigen uns«, sagte er höflich zu dem stöhnenden Tim und führte Juliet ins Freie.

»Was hast du getan?«

»Was nötig war.«

Juliet blickte zurück zur Küchentür. Wenn sie es nicht mit eigenen Augen gesehen hätte … »Du hast ihn geschlagen!«

»Nicht sehr hart.« Carlo nickte einer Gruppe Sonnenbadender zu. »Seine ganzen Muskeln sitzen in seiner Brust und in seinem Gehirn.«

»Aber …« Sie blickte auf Carlos Hände. Sie waren schlank und elegant, und am kleinen Finger blitzte ein Diamant.

Keine Hände, die man mit Selbstverteidigung in Verbindung brachte. »Er war so schrecklich groß.«

Carlo holte seine Sonnenbrille wieder aus der Tasche. »Groß ist nicht immer ein Vorteil. Die Gegend, in der ich aufgewachsen bin, hat mich so einiges gelehrt. Bist du bereit zu fahren?«

Seine Stimme klang nicht angenehm, sondern kalt. Eiskalt. Instinktiv passte sie sich an. »Ich nehme an, ich sollte mich jetzt bei dir bedanken.«

»Es sei denn, es hat dir gefallen, begrapscht zu werden. Vielleicht hat Tim nur aufgrund der Signale gehandelt, die du ausgesandt hast.«

Juliet erstarrte auf der Stelle. »Was für Signale?«

»Eben Signale, die Frauen aussenden, die einen Mann haben wollen.«

Sie versuchte einen Moment, ihren Zorn zu kontrollieren. Es klappte nicht. »Er war vielleicht größer als du«, stieß sie zwischen zusammengebissenen Zähnen hervor. »Aber du bist ein genauso großer Dummkopf. Ihr zwei seid euch sehr ähnlich.«

Seine Augen zogen sich hinter den Gläsern zusammen. »Du vergleichst das, was zwischen uns ist, mit dem, was da drinnen passiert ist?«

»Ich sage nur, dass manche Männer ein Nein nicht mit Anstand hinnehmen können. Du hast einen glatteren Stil, Carlo, aber du bist hinter derselben Sache her, ob es nun ein Sprung ins Heu oder auf ein Wasserbett ist.«

Er ließ seine Hand von ihrem Arm gleiten und schob beide Hände in die Taschen. »Sollte ich deine Gefühle falsch verstanden haben, Juliet, entschuldige ich mich. Ich bin kein Mann, der es nötig oder schön findet, eine Frau unter Druck zu setzen. Möchtest du jetzt gehen oder bleiben?«

Sie fühlte einen beträchtlichen Druck – in ihrer Kehle und hinter ihren Augen. Sie konnte sich nicht den Luxus erlauben nachzugeben. »Ich möchte ins Hotel. Ich habe heute Abend noch Arbeit.«

»Fein.« Er ließ sie stehen und machte sich auf die Suche nach ihrem Gastgeber.

Drei Stunden später gestand Juliet sich ein, dass Arbeit unmöglich war. Sie hatte alles versucht, um sich zu entspannen. Eine halbe Stunde in der Wanne, leise Musik im Radio, während sie den Sonnenuntergang beobachtete. Es klappte nicht.

Sie hätte nie gedacht, dass Carlo so kalt sein konnte. Er hatte sie in ein Vakuum gestoßen.

Nein, sie hatte sich selbst in ein Vakuum geschleudert. Sie hatte diesem Idioten Tim keine Signale gesandt, und Carlos Ansicht darüber machte sie auch jetzt noch zornig, aber … Aber sie hatte sich bei ihm nicht für die Hilfe bedankt, und ob sie es zugeben wollte oder nicht, sie hatte Hilfe gebraucht. Es gefiel ihr gar nicht, jemandem etwas schuldig zu sein.

Schulterzuckend begann sie, auf und ab zu gehen. Vielleicht war es besser, sie beendeten die Tour mit kalter Distanz. Bestimmt gab es dann weniger persönliche Probleme, weil es nichts Persönliches gab. Ihre Beziehung würde spannungsfrei sein, weil es gar keine Beziehung geben würde. Der kleine Vorfall war vermutlich das Beste, was ihr hatte passieren können. Es spielte keine Rolle, ob sie im Recht oder im Unrecht war, solange sie mit dem Ergebnis leben konnte.

Sie sah sich in dem kleinen Raum um. Nein, sie konnte nicht mit dem Ergebnis leben.

Juliet resignierte und steckte den Zimmerschlüssel in die Tasche ihres Bademantels.

Frauen hatten ihn schon früher wütend gemacht. Carlo fand, dass dadurch das Leben aufregender wurde. Frauen hatten ihn auch früher schon frustriert. Aber ohne Frustrationen konnte man den Erfolg nicht genießen.

Aber Schmerz ... Den hatte ihm noch keine Frau zugefügt. Schmerz war ein intimes Gefühl. Viel persönlicher als Leidenschaft, elementarer als Zorn. Wenn er tief ging, erreichte er Stellen in einem, die man besser nie berührt hätte.

Es hatte ihn nie gestört, wenn es in einer Affäre harte Worte gab, aber jetzt erkannte er, dass es zwischen ihm und Juliet mehr harte Worte als je mit einer anderen Frau gegeben hatte. Und doch waren sie kein Liebespaar. Und würden auch nie eines sein. Er schenkte sich ein Glas Wein ein, trank einen Schluck und lehnte sich zurück. Er wollte keine Frau, die ihn mit einem muskelbepackten Idioten verglich. Er wollte keine Frau, die die Schönheit der Liebe mit einem Sprung auf ein Wasserbett verwechselte.

Er wollte keine Frau, die ihm solchen Schmerz zufügen konnte.

Lieber Himmel, er wollte Juliet!

Er hörte das Klopfen an der Tür und runzelte die Stirn. Als er sein Glas beiseitegestellt hatte und aufstand, klopfte es noch einmal.

Wäre Juliet nicht so nervös gewesen, hätte sie vielleicht etwas Witziges über seinen kurzen schwarzen Hausmantel mit den zwei rosa Flamingos auf der einen Seite gesagt. Doch so stand sie in ihrem eigenen Hausmantel und mit nackten Füßen da und verkrampfte ihre Finger ineinander.

»Es tut mir leid«, sagte sie, als er die Tür öffnete.

Er wich zurück. »Komm herein, Juliet.«

»Ich muss mich entschuldigen.« Sie stieß den Atem aus, während sie in das Zimmer kam. »Ich war heute Nachmittag schrecklich zu dir, und dabei hast du mich mit einem Mindestaufwand an Wirbel aus einer sehr unangenehmen Situation geholt. Ich war wütend, weil du angedeutet hast, ich hätte diesen ... diesen Idioten irgendwie ermuntert. Und ich hatte ein Recht darauf, wütend zu sein.« Sie verschränkte die Arme und ging auf und ab. »Es war eine völlig unpassende

Bemerkung von dir und außerdem eine Beleidigung. Und selbst wenn es wahr gewesen wäre, hattest du kein Recht, so zu sprechen. Immerhin hast du dich in deinem eigenen Harem gesonnt.«

»Harem?« Carlo schenkte ein Glas Wein ein und bot es ihr an.

»Diese brünette Amazone hat das Rudel angeführt.« Sie nippte am Wein. »Wohin wir auch gehen, liegt dir ein halbes Dutzend Frauen zu Füßen, aber habe ich auch nur ein Wort deswegen verschwendet?«

»Nun, du …«

»Und einmal, nur ein einziges Mal, habe ich ein Problem mit einem Kretin, der auch noch an überaktiver Libido leidet, und schon nimmst du an, ich hätte es herausgefordert. Ich dachte, diese Doppelmoral wäre mittlerweile sogar in Italien aus der Mode gekommen.«

Carlo betrachtete sein Weinglas. »Juliet, bist du hergekommen, um dich zu entschuldigen oder um von mir eine Entschuldigung zu verlangen?«

Sie warf ihm einen finsteren Blick zu. »Ich weiß nicht, warum ich gekommen bin, aber es war offenbar ein Fehler.«

»Warte! Vielleicht sollte ich einfach deine Entschuldigung von vorhin annehmen …«

Juliet schoss ihm einen mörderischen Blick zu. »Weißt du, was du mit meiner Entschuldigung von vorhin machen kannst? Du …«

»… und dir ebenfalls eine Entschuldigung anbieten«, vollendete er seinen Satz. »Dann sind wir quitt.«

»Ich habe ihn nicht ermutigt«, murmelte sie und schmollte.

»Und ich suche nicht dasselbe wie er.« Er kam nahe genug zu ihr, um sie berühren zu können. »Ich suche viel mehr.«

»Vielleicht weiß ich das«, flüsterte sie, wich aber einen Schritt zurück. »Vielleicht möchte ich das glauben. Ich verstehe mich nicht auf Affären, Carlo.« Mit einem kleinen

Lachen fuhr sie sich mit den Fingern durch die Haare und wandte sich ab. »Ich sollte mich allerdings damit auskennen. Mein Vater hatte viele Affären. Diskrete«, fügte sie bitter hinzu. »Meine Mutter konnte sich immer blind stellen, solange er diskret blieb.«

Er kannte das, hatte es bei Freunden und Verwandten gesehen, wusste, welche Narben entstehen konnten. »Juliet, du bist nicht deine Mutter.«

»Nein.« Hoch erhobenen Hauptes wandte sie sich ihm wieder zu. »Nein, ich habe hart gearbeitet, um es nicht zu sein. Sie ist eine wunderbare, intelligente Frau, die ihre Karriere, ihre Selbstachtung und ihre Unabhängigkeit aufgegeben hat, um nicht mehr als eine Haushälterin zu sein, weil mein Vater es so wollte. Er ... verdammt, er ist ein guter Vater, stets aufmerksam und besorgt. Er schreit nie eine Frau oder ein Mädchen an. Als Ehemann vergisst er nie einen Geburtstag oder einen Hochzeitstag. Er hat stets materiell für sie gesorgt, und nebenbei hatte er seine Freundinnen.«

»Warum ist deine Mutter seine Ehefrau geblieben?«

»Ich habe sie das vor ein paar Jahren gefragt, bevor ich nach New York zog. Sie liebt ihn.« Juliet starrte in ihren Wein. »Das ist für sie Grund genug.«

»Wäre es dir lieber, sie hätte ihn verlassen?«

»Es wäre mir lieber gewesen, sie wäre geworden, was sie hätte sein können.«

»Es war ihre Wahl, Juliet, genau wie dein Leben deine Wahl ist.«

»Ich möchte nie, nie an jemanden gebunden sein, der mich so demütigen könnte.« Sie hob wieder ihren Kopf. »Ich würde mich niemals in die Position meiner Mutter begeben. Für niemanden.«

»Hältst du denn alle Beziehungen für so unausgeglichen?«

Sie zuckte mit den Schultern und nahm einen Schluck. »Ich habe nicht so besonders viele gesehen.«

Carlo schwieg einen Moment. »Vielleicht haben wir etwas gemeinsam. Ich erinnere mich nicht gut an meinen Vater. Ich habe ihn nur selten gesehen. Er war meiner Mutter auch untreu. Aber er beging seinen Ehebruch mit der See. Er war monatelang fort, während sie uns aufzog, arbeitete, wartete. Wenn er heimkam, hieß sie ihn willkommen. Dann ging er wieder, weil er der See nicht widerstehen konnte. Als er starb, trauerte sie. Sie liebte ihn, und sie traf ihre Wahl.«

»Es ist nicht fair, nicht wahr?«

»Nein. Hast du gedacht, Liebe wäre fair?«

»Ich will keine Liebe.«

»Wir alle wollen Liebe, Juliet.«

»Nein.« Sie schüttelte den Kopf mit einer Überzeugung, die aus Verzweiflung geboren war. »Zuneigung, Respekt, Bewunderung, aber keine Liebe. Sie nimmt einem etwas weg.«

Er betrachtete sie, wie sie im Lampenschein dastand. »Vielleicht«, murmelte er. »Aber bevor wir nicht geliebt haben, wissen wir nicht, was uns entgeht.«

»Vielleicht ist es für dich einfacher, so zu sprechen und zu denken. Du hast viele Geliebte gehabt.«

Es hätte ihn eigentlich amüsieren sollen. Stattdessen betonte es eine Leere, deren er sich bisher nicht gewahr geworden war. »Ja, aber ich habe nie geliebt. Ich habe eine Freundin, die mir einmal sagte, Liebe sei ein Karussell.«

Juliet presste die Lippen aufeinander. »Und eine Affäre?«

Er kam zum zweiten Mal langsam auf sie zu. »Vielleicht nur eine einzige Fahrt auf dem Karussell.«

Weil ihre Finger bebten, stellte Juliet das Glas weg. »Wir verstehen einander.«

»In gewisser Weise.«

»Carlo ...« Sie zögerte. »Carlo, ich habe mir nie viel Zeit für Karussellfahrten genommen, aber ich will dich.«

Wie sollte er mit ihr umgehen? Seltsam, nie zuvor hatte er so genau überlegen müssen. Bei einigen Frauen wäre er jetzt schwungvoll gewesen, hätte sie hochgehoben und zum Bett getragen. Bei anderen hätte er impulsiv gehandelt, wäre mit ihnen auf den Teppich gesunken. Aber nichts, was er je getan hatte, wirkte so wichtig wie das erste Mal mit Juliet.

Die richtigen Worte für eine Frau waren ihm stets mühelos eingefallen. Der richtige Satz, der richtige Ton waren genauso natürlich gekommen wie das Atmen. Jetzt fiel ihm nichts ein. Selbst ein gemurmeltes Wort hätte die Schlichtheit dessen zerstören können, was sie zu ihm gesagt hatte und wie sie es gesagt hatte. Also sagte er gar nichts.

Er küsste sie, wo sie gerade standen, nicht mit der rasenden Leidenschaft, die sie in ihm wecken konnte, nicht mit dem Zögern, das sie manchmal bei ihm auslöste. Er küsste sie mit dem Gefühl tiefer Zusammengehörigkeit, das langjährige Liebespaare oft erfahren. Sie trafen mit unterschiedlichen Bedürfnissen aufeinander, unterschiedlichem Verhalten, aber gleichzeitig sperrten sie die Vergangenheit aus. Diese Nacht gehörte dem Neuen und dem Erneuerten.

Juliet hatte die Worte, den Glanz und den Stil erwartet, die so sehr ein Teil von ihm zu sein schienen. Vielleicht hatte sie sogar etwas wie Triumph erwartet. Doch wieder schenkte er ihr etwas Neues, etwas anderes, allein durch die Berührung ihrer Lippen.

Der Gedanke kam ihr, dass er ebenso unsicher war wie sie selbst. Sie schob ihn wieder von sich. Dann streckte er ihr die Hand entgegen, und Juliet ergriff sie. Gemeinsam gingen sie in das Schlafzimmer.

Hätte er die Szenerie für eine romantische Nacht vorbereitet, hätte Carlo für Blumen mit feinem Duft und für Musik mit einem Hauch Leidenschaft gesorgt. Er hätte Juliet die Wärme von Kerzenflammen und das Vergnügen von Champagner geboten. In dieser Nacht mit Juliet gab es nur Stille und Mondschein. Das Zimmermädchen hatte das Bett aufgeschlagen und die Vorhänge nicht zugezogen. Weißes Licht sickerte durch die Jalousien auf weiße Laken.

Neben dem Bett stehend, küsste er zart ihre Handflächen. Sie waren kühl und verströmten einen Hauch von ihrem Duft. An ihrem Handgelenk pochte der Puls. Während er sie aufmerksam beobachtete, löste er langsam den Gürtel ihres Hausmantels. Den Blick unverändert auf ihre Augen gerichtet, legte er die Hände auf ihre Schultern und schob den Stoff beiseite. Der Hausmantel fiel zu ihren Füßen auf den Boden.

Er berührte Juliet nicht, und er blickte ihr auch nur ins Gesicht. Durch die Nervenanspannung, durch das Verlangen hindurch begann sich Ruhe in ihr auszubreiten. Ihre Lippen lächelten, ganz leicht nur, als er nach dem Gürtel seines Bademantels tastete und den Knoten öffnete. Ihre Hände berührten leicht und sicher seine Schultern, als sie den seidigen Stoff beiseiteschob.

Jetzt konnten sie beide verletzt werden, durch ihr Verlangen, durch den anderen. Das Licht war schwach und bleich und von Schatten durchsetzt, aber sie brauchten keine andere Beleuchtung, als sie einander zum ersten Mal betrachteten.

Er war schlank, aber nicht dünn. Sie war schmal, aber weich. Ihre Haut wirkte noch blasser, als er sie berührte. Ihre Hand wirkte noch zarter, als sie ihn berührte.

Die Matratze gab nach, die Laken raschelten. Leise. Sie lagen nebeneinander, ließen sich Zeit, alle Zeit, die nötig war, um zu entdecken, welche Genüsse die Berührung von Lippen an Lippen, von Haut an Haut brachte.

Hätte sie wissen müssen, dass es so sein würde? So einfach. So unvermeidlich. Ihre Haut war warm, wo immer er sie berührte. Seine Lippen forderten, nahmen aber mit unendlicher Geduld. Er liebte sie sanft und langsam, als wäre es ihr erstes Mal. Als sie sich mehr treiben ließ, dachte Juliet vage, dass es das vielleicht sogar war.

Unschuld. Er spürte sie bei ihr, nicht körperlich, aber emotional. Unglaublicherweise entdeckte er, dass es irgendwie für ihn auch so war. Ganz gleich, wie viele es für jeden von ihnen davor gegeben hatte, jetzt kamen sie in Unschuld zusammen.

Juliets Hände zögerten nicht, bewegten sich über ihn, als wäre sie blind und könne nur durch andere Sinne ein Bild von ihm entstehen lassen. Er duftete nach einer Dusche, nach Wasser und Seife. Aber er schmeckte gehaltvoller, nach Wein. Dann sprach er zum ersten Mal, sagte nur ihren Namen. Für sie klang es bewegender und zärtlicher als jedes Kosewort.

Ihr Körper bewegte sich mit dem seinen, im selben Rhythmus, im selben Tempo. Irgendwie wusste sie, wo er sie gleich berühren würde, noch bevor sie seine Finger gleiten, seine Handflächen drücken fühlte. Dann begannen seine Lippen eine lange, köstliche Reise, von der Juliet hoffte, sie würde nie enden.

Sie war so klein. Wieso war ihm bisher nicht aufgefallen, wie klein sie war? Es war einfach, ihre Stärke, ihre Selbstbeherrschung, ihre Energie zu vergessen. Er konnte ihr Zärtlichkeit schenken und auf die Leidenschaft warten.

Ihr Hals war schlank und so blass wie das Mondlicht. Ihr Duft strömte von dort aus, von ihrem Hals. Verstärkt. Erregend.

Seine Zunge glitt über die sanfte Kurve ihrer Brust, fand die Spitzen. Als er sie in seinen Mund nahm, stöhnte Juliet seinen Namen.

Doch es gab noch mehr zu kosten, noch mehr zu berühren. Ihre Leidenschaft machte jede Selbstbeherrschung zur Farce. Lustvolle Geräusche erfüllten den Raum – ein lauter Atemzug, ein Seufzer, ein Stöhnen. Im Mondlicht verschmolzen ihre Umrisse. Die Laken waren heiß, zerwühlt. Als er Juliet mit seiner Zunge und seinen Fingerspitzen über den ersten Gipfel half, grub sie ihre Finger in die Laken, während ihr Körper sich in einer Sturzflut von Empfindungen anhob und erschauerte.

Sie war noch schwach und rang noch nach Luft, als er in sie glitt.

In seinem Kopf drehte sich alles – eine köstlich fremdartige Empfindung für ihn. Er wollte sich in Juliet versenken, aber er wollte sie dabei sehen. Ihre Augen waren geschlossen, ihre Lippen nur leicht geöffnet, während ihr Atem darüber hinwegstrich. Sie bewegte sich mit ihm, langsam, dann schneller, bis ihre Finger sich in seine Schultern gruben.

Mit einem lustvollen Aufschrei riss sie die Augen auf, und Carlo sah in ihnen jene dunkle, erstaunte Erregung, die er ihr hatte schenken wollen.

Zuletzt überließ er sich dem wachsenden Verlangen seines eigenen Körpers, verschloss ihren Mund mit seinen Lippen und ließ sich gehen.

8. Kapitel

Hatten auch noch andere jemals wahre Leidenschaft kennengelernt? Ganz in Carlo aufgehend und ihn in sich aufnehmend, erkannte Juliet, dass sie erst vor wenigen Momenten die wahre Leidenschaft kennengelernt hatte. Sollte man sich dadurch schwach fühlen? Sie fühlte sich schwach, aber nicht leer.

Sollte sie Bedauern verspüren? Der logische Verstand sagte Ja. Sie hatte mehr von sich selbst gegeben, als sie beabsichtigt hatte, mehr mit jemandem geteilt, als sie sich hätte träumen lassen, mehr riskiert, als sie hätte wagen sollen. Dennoch fühlte sie kein Bedauern. Vielleicht würde sie später eine Liste mit »warum« und »warum nicht« machen. Im Augenblick wollte sie nur im Nachgenuss der Liebe schwelgen.

»Du bist so still.« Sein Atem strich über ihre Schläfe, gefolgt von seinen Lippen.

Lächelnd schloss sie die Augen. »Du auch.«

Er drückte seine Wange gegen ihr Haar und blickte zu der durch das Fenster einfallenden Bahn des Mondlichts. Er wusste nicht, welche Worte er sagen sollte. Nie zuvor hatte er sich so bei einer Frau gefühlt. Damit hatte er nie gerechnet. Wie konnte er ihr das erklären und erwarten, dass sie ihm glaubte? Es fiel ja sogar ihm selbst schwer, es zu glauben. Vielleicht ließ sich die Wahrheit am schwersten in Worte kleiden …

»Du fühlst dich so klein an, wenn ich dich so halte«, murmelte er. »Ich möchte dich sehr, sehr lange so halten.«

»Es ist schön, wie du mich hältst.« Das Eingeständnis fiel ihr leichter, als sie gedacht hätte. Mit einem leisen Lachen drehte sie den Kopf so, dass sie Carlo ansehen konnte. »Es ist sogar sehr schön.«

»Dann hast du nichts dagegen, wenn ich dich in den nächsten Stunden so halte?«

Sie drückte einen Kuss auf sein Kinn. »In den nächsten Minuten«, verbesserte sie ihn. »Ich muss zurück in mein Zimmer.«

»Magst du mein Bett nicht?«

Sie streckte sich und kuschelte sich an ihn und dachte, wie wunderbar es wäre, nie mehr von hier wegzugehen. »Ich bin geradezu verrückt nach deinem Bett, aber ich muss noch ein wenig arbeiten, bevor ich den heutigen Tag abschließen kann. Dann muss ich um halb sieben aufstehen, und …«

»Du arbeitest zu viel.« Er griff nach dem Telefon. »Du kannst morgen früh genauso gut aus meinem Bett aufstehen wie aus deinem.«

Es gefiel ihr, wie sein Körper sich an ihren drückte, und sie bereitete sich innerlich darauf vor, sich überreden zu lassen. »Vielleicht. Was machst du?«

»Pst … Ja, hier ist Franconi in 922. Ich möchte einen Weckruf für sechs Uhr.« Er legte wieder auf, rollte sich herum und zog sie über sich. »So, alles erledigt. Das Telefon wird in der Morgendämmerung klingeln und uns wecken.«

»Sehr gut.« Juliet verschränkte ihre Hände auf seiner Brust und legte dann ihr Kinn darauf. »Aber du hast gesagt, dass sie um sechs anrufen sollen. Wir müssen erst um halb sieben aufstehen.«

»Allerdings.« Er fuhr mit seinen Händen über ihren Rücken hinunter. »Dadurch haben wir eine halbe Stunde Zeit zum … äh … Aufwachen.«

Lachend drückte sie ihre Lippen gegen seine Schulter. Diesmal, nur dieses eine Mal überließ sie die Planung jemand anderem. »Sehr praktisch. Meinst du, wir könnten uns eine halbe Stunde Zeit nehmen zum … äh … Einschlafen?«

»Genau das hatte ich vor!«

Als das Telefon klingelte, stöhnte Juliet bloß und fand sich unter Carlo begraben, als er sich herumrollte, um den Hörer abzuheben. Sie blieb stumm liegen und hoffte, das Klingeln wäre bloß Teil eines Traumes gewesen.

»Komm schon, Juliet.« Carlo knabberte an ihrer Schulter. Sie war so warm und weich. Er hatte gewusst, dass sie so sein würde. Der Morgen war für träge Genüsse geschaffen.

Juliet streckte sich unter seiner streichelnden Hand. Der Morgen war für eine rasche Dusche und eine hastig getrunkene Tasse Kaffee geschaffen. Sie hatte nicht gewusst, dass er auch köstlich sein konnte. Sie öffnete ein Auge. Seine Haare waren zerzaust, die Bartstoppeln einer Nacht schimmerten dunkel an seinem Kinn, doch als er lächelte, wirkte er, als wäre er schon stundenlang wach. Er sah einfach wundervoll aus.

Mit einem plötzlichen Ausbruch von Energie rollte sie sich auf ihn. Ihre Hände glitten rasch über ihn, ihr Mund war gierig. Innerhalb von Sekunden raubte sie ihm den Atem.

Sie war nie aggressiv gewesen, doch sein leises überraschtes Stöhnen und das schnelle Schlagen seines Herzens gefielen ihr. Ihr Körper reagierte blitzartig. Es störte sie nicht, dass seine Hände jetzt nicht so sanft und geduldig wie in der Nacht waren. Diese neue hektische Leidenschaft erregte sie.

Er war Franconi, bekannt für seine große Erfahrung in Küche und Schlafzimmer, doch sie machte ihn wild und hilflos zugleich. Leise lachend presste sie ihren Mund auf den seinen und ließ ihre Zunge jeden köstlichen Geschmack erforschen. Als er versuchte, sie herumzurollen und sie zu nehmen, weil er seine zu rasch entstandene Leidenschaft nicht mehr kontrollieren konnte, wich sie ihm aus. Er flüsterte eine Verwünschung an ihren Lippen.

Er hatte nie bei einer Frau seine Finesse verloren. Leidenschaft, seine Leidenschaft, hatte er stets mit Stil verbunden. Doch während jetzt Juliet ihn mit ihrer Leidenschaft mitriss, hatte er keinen Stil, nur noch Verlangen. Dermaßen gedrängt zu werden, war neu und berauschend für ihn. Er wehrte sich nicht, aber er nahm sie mit auf den steilen Anstieg seines Verlangens.

Heftig und drängend packte er ihre Hüften. Sekunden später hatten sie alle Gedanken, alle Vernunft hinter sich gelassen …

Sein Atem ging noch ungleichmäßig, als er sie fest an sich gedrückt hielt. Was immer sie mit ihm getan hatte, er wollte es nicht verlieren. Der Gedanke tauchte flüchtig auf, dass er Juliet nicht verlieren wollte. Carlo schob den Gedanken beiseite. Er war gefährlich. Ihnen beiden gehörte das Jetzt. Es war klug und weise, sich darauf zu konzentrieren.

»Ich muss gehen.« Obwohl sie sich nichts mehr wünschte, als sich an ihn zu schmiegen, zwang Juliet sich dazu, von ihm abzurücken. »Wir müssen in einer Dreiviertelstunde das Hotel verlassen.«

»Und uns mit Big Bill treffen.«

»Stimmt.« Juliet hob ihren Morgenmantel vom Boden auf und schlüpfte hinein, bevor sie aufstand. »Du hast keine Ahnung, wie dankbar ich bin, dass Bill sich als Chauffeur angeboten hat. Das Letzte, was ich will, ist ein Kampf mit dem Freewaysystem in dieser Stadt. Ich musste es einmal machen. Grässlich.«

»Ich könnte fahren«, murmelte er und genoss es, wie die grüne Seide ihre Schenkel umspielte.

»Das ist auch ein Grund, warum ich Bill dankbar bin. Ich möchte nämlich gern am Leben bleiben. Ich bestelle einen Pagen, der das Gepäck in … sagen wir, in fünfunddreißig Minuten holt.«

»Hmm.« Er stand auf und streckte sich. Die PR-Agentin war zurückgekehrt, bemerkte er mit einem leichten Lächeln, doch als er sich nach seinem eigenen Morgenmantel bückte, fiel ihm auf, dass Juliet verstummt war. Er hob den Kopf und sah sie an.

Lieber Himmel, war er schön! Mehr konnte sie nicht denken. Terminkalender, Pläne, Informationen – alles war aus ihrem Kopf verschwunden. Im Sonnenlicht des frühen Morgens schimmerte seine Haut mehr golden als braun, war glatt und fest über seiner breiten Brust und den schmalen Hüften. Sie atmete bebend aus und wich einen Schritt zurück.

»Ich muss gehen«, brachte sie hervor. »Wir können den heutigen Terminplan auf der Fahrt ins Studio durchgehen.«

Es gefiel ihm ungeheuerlich, als er erkannte, was ihre Konzentration gestört hatte. Den Morgenmantel in einer Hand haltend, trat er einen Schritt auf sie zu. »Vielleicht haben wir einen Zusammenstoß ...«

»Hüte deine Zunge.« Sie bemühte sich um einen leichten Ton. »Das ist ein interessanter Morgenmantel.«

Der Ton in ihrer Stimme jagte seine bereits einsetzende Erregung hoch. »Gefallen dir die Flamingos? Meine Mutter hat Sinn für Humor.« Er zog den Morgenmantel allerdings nicht an, als er näher kam.

»Carlo, bleib bitte, wo du bist!« Sie wich rückwärts zur Tür zurück.

Er lächelte breit, und er lächelte auch noch, als er die Tür auf der anderen Seite des Korridors zufallen hörte.

Das Berufliche lief in Houston wie ein Uhrwerk, wobei Juliet die Peitsche knallen ließ und Bill den Lotsen spielte. Fernsehen, Rundfunk und Zeitungen – die Medien reagierten voll nach Wunsch. Die Signierstunde am Nachmittag entpuppte sich als richtige Party und war ein durchschlagender Erfolg. Juliet suchte sich einen Platz in einem Lagerraum und riss den großen Umschlag auf, den sie im Hotel von ihrem New Yorker Büro bekommen hatte. Sie setzte sich und begann, die Zeitungsausschnitte durchzugehen, die ihre Assistentin zusammengestellt hatte.

Los Angeles war ausgezeichnet, wie erwartet, jubelnd und voller Begeisterung. San Diego hätte sich um etwas mehr Tiefe bemühen können, aber Carlo hatte die Seite eins der Abteilung »Essen und Trinken« bekommen und einen Artikel in der Abteilung »Lebensstil« in einer anderen Zeitung. Keine Klagen. Portland und Seattle brachten je ein Rezept und lobten schamlos. Juliet hätte sich die Hände gerieben, wäre sie nicht gerade dabei gewesen, Kaffee zu trinken.

Dann kam Denver.

Kaffee ergoss sich über ihre Hand.

»Verdammt!« Sie fischte drei Papiertaschentücher aus ihrem Aktenkoffer und säuberte sich. Eine Klatschkolumne. Wer hätte das gedacht? Sie überlegte einen Moment und entspannte sich. Reklame war Reklame, und Franconi lieferte nun einmal Klatsch. Je öfter sein Name erwähnt wurde, desto erfolgreicher war die Tour. Erleichtert begann Juliet zu lesen.

Sie nickte geistesabwesend, während sie den ersten Absatz überflog. Geschwätzig, seicht, aber keineswegs beleidigend. Alles in allem eine ausgezeichnete Publicity. Dann kam sie zum zweiten Absatz.

Juliet schoss aus ihrem Klappstuhl hoch. Diesmal beachtete sie den Kaffee nicht, der auf den Boden schwappte. In Sekundenschnelle wechselte ihr erstaunter Gesichtsausdruck zu blankem Zorn. Sie steckte die Ausschnitte zurück in den Umschlag. Obwohl es ihr nicht leichtfiel, zwang sie sich fünf Minuten lang, ihre Selbstbeherrschung wiederzufinden, ehe sie in den Laden hinausging.

Laut Zeitplan waren noch fünfzehn Minuten vorgesehen, aber vor Carlo standen noch mehr als zwanzig Leute in der Reihe, und noch einmal so viele hielten sich in der Nähe auf. Sie mussten noch eine Viertelstunde zulegen. Zähneknirschend stürmte Juliet zu Bill.

»Da sind Sie ja.« Freundlich wie immer, schlang er den Arm um ihre Schultern und drückte sie an sich. »Läuft irrsinnig gut. Carlo versteht es, die Ladies einzuwickeln, ohne dabei die Männer zu vergraulen. Ein verdammt schlauer Hurensohn!«

»Ich hätte es selbst nicht besser formulieren können.« Ihre Knöchel waren weiß, während sie ihren Aktenkoffer festhielt. »Bill, kann ich hier irgendwo mein Büro anrufen?«

»Kein Problem.« Er führte sie in ein vollgestopftes Büro.

»Danke, Bill.« Sie wählte. »Deborah Mortimor, bitte«, sagte sie, als sich die Telefonistin meldete.

»Miss Mortimor.«

»Deborah, hier ist Juliet.«

»Hi. Ich habe schon auf Ihren Anruf gewartet. Wir …«

»Später.« Juliet fischte Magentabletten aus ihrem Aktenkoffer. »Ich habe heute die Zeitungsausschnitte bekommen.«

»Großartig, nicht wahr?«

»Aber sicher, einfach umwerfend.«

»Oh, oh! Die Sache in Denver, nicht wahr?«

Juliet versetzte dem Rollenstuhl einen Fußtritt. »Natürlich. Am liebsten würde ich nach Denver zurückfliegen und der geschwätzigen Cathy den Hals umdrehen!«

»Morde an Kolumnistinnen ergeben eine schlechte Reklame, Juliet.«

»Das ist doch der reinste Schmutz!«

»Nein, nein, so schlimm war das gar nicht. Vielleicht Unfug, aber kein Schmutz.«

Juliet schob die erste Magentablette in ihren Mund und zerbiss sie. »Kommen Sie mir bloß nicht so, Deborah. Ich mag diese Anspielungen auf Carlo und mich nicht. ›Carlo Franconis bezaubernde amerikanische Reisebegleiterin‹! Und dann …«

»Ich habe es gelesen«, unterbrach Deborah sie. »Und Hai auch«, fügte sie in Anspielung auf den Chef der PR-Abteilung hinzu.

Juliet schloss für einen Moment die Augen. »Und?«

»Also, er durchlief sechs unterschiedliche Reaktionen, und zum Schluss entschied er, dass ein paar Kommentare in dieser Richtung zwangsweise aufkommen mussten und nur zu einer Steigerung von Franconis … sagen wir mal, magischem Ruf beitragen würden.«

»Verstehe.« Juliet krampfte die Finger um die kleine Rolle mit Magentabletten. »Dann ist ja alles in bester Ordnung, nicht wahr? Ich bin schlichtweg begeistert, zu einer Steigerung des magischen Rufs eines Klienten beizutragen.«

»Also wirklich, Juliet …«

»Hören Sie, sagen Sie Hai, dass Houston perfekt gelaufen ist.« Sie brauchte eindeutig zwei Tabletten. »Ich will, dass Sie nicht einmal erwähnen, ich hätte wegen dieses … dieses Mists in Denver angerufen.«

»Wie Sie wollen.«

Eine halbe Stunde später beendete Juliet gerade ihren letzten Anruf, als Carlo den Kopf zur Tür hereinsteckte. Als er sie am Telefon sah, verdrehte er die Augen, schloss die Tür und lehnte sich von innen dagegen. Er hob die Augenbrauen, als er die halb aufgegessene Rolle Magentabletten entdeckte.

»Ja, danke, Ed. Mr. Franconi bringt alle nötigen Zutaten mit und wird um acht Uhr im Studio sein. Ja.« Sie lachte, obwohl sie mit dem Fuß auf den Boden tippte. »Es ist einfach köstlich. Garantiert. Wir sehen uns in zwei Tagen.«

Nachdem sie aufgelegt hatte, kam Carlo näher. »Du bist nicht zu meiner Rettung erschienen.«

Sie warf ihm einen langen Blick zu. »Du schienst ohne mich sehr gut zurechtzukommen.«

Er kannte diesen Ton und brauchte nur noch den Grund herauszufinden. Er griff nach der Rolle mit den Tabletten. »Du bist viel zu jung, um das Zeug zu brauchen.«

»Ich habe noch nie gehört, dass es eine Altersgrenze für Magengeschwüre gibt.«

Er zog die Augenbrauen zusammen und setzte sich auf die Schreibtischkante. »Juliet, wenn ich glauben würde, dass du ein Magengeschwür hast, würde ich dich in mein Haus in Rom schleppen und dich einen Monat lang mit Schonkost ins Bett stecken. Also …« Er schob die Rolle in seine Tasche. »Was gibt es für ein Problem?«

»Mehrere Probleme«, antwortete sie knapp und sammelte ihre Notizen ein. »Aber sie sind jetzt weitgehend ausgebügelt. Wir müssen wieder einkaufen gehen in Chicago, für dieses Hähnchengericht, das du kochen willst. Also, wenn du hier fertig bist, können wir …«

»Nein.« Er legte die Hand auf ihre Schulter und hielt sie zurück. »Nach zwei Wochen kenne ich dich. Was stimmt nicht?«

»Also gut.« Mit einer scharfen Handbewegung zog sie den Zeitungsausschnitt hervor.

Carlo überflog ihn. »Hier wirst du meine Reisebegleiterin genannt. Stört dich das?«

»Carlo, dieser Artikel ist über mein Büro zu mir gelangt. Er ist durch die Hände meines Vorgesetzten gegangen. Ist dir nicht klar, dass so etwas meine Glaubwürdigkeit untergraben könnte?«

»Nein«, sagte er schlicht. »Das ist doch nur Klatsch. Stört sich dein Vorgesetzter daran?«

Sie lachte schroff. »Nein. Er findet, es sei gut für dein Image.«

»Na und?«

»Ich will nicht gut für dein Image sein!«, schleuderte sie ihm mit solcher Leidenschaft entgegen, dass es sie beide schockte. »Ich will nicht auf irgendjemandes Liste von Namen und Gesichtern stehen, Carlo. Ich habe es im Leben nicht so weit gebracht, um mir so etwas gefallen zu lassen.«

Er fragte sich, ob sie begriff, wie beleidigend ihre Worte waren. »Ich habe dich nicht auf eine Liste gesetzt.«

»Vor ein paar Wochen war es diese französische Schauspielerin, davor eine verwitwete Gräfin.«

Er zwang sich dazu, nicht zu schreien. »Ich habe nie so getan, als wärst du die erste Frau in meinem Bett. Ich habe auch nie erwartet, dein erster Mann zu sein.«

»Das ist etwas ganz anderes.«

»Ach, jetzt findest du die Doppelmoral auf einmal sehr passend.« Er zerknüllte den Zeitungsausschnitt und warf ihn in den Papierkorb. »Ich habe für so etwas keine Geduld, Juliet.«

»Carlo!«, rief sie, als er die Tür erreichte. »Ich wollte es nicht an dir auslassen. Es tut mir leid, wirklich. Ich kann es nicht anders erklären, aber meine Karriere ist mir sehr wichtig.«

»Ich verstehe das.«

»Mein Privatleben ist mir genauso wichtig. Ich will nicht, dass meine persönlichen Angelegenheiten im Büro besprochen werden.«

»Die Leute reden, Juliet. Das ist bedeutungslos.«

»Ich kann das nicht so von mir schieben wie du. Was zwischen uns geschehen ist …«

»Was ist denn zwischen uns geschehen?«, drängte er, als sie verstummte.

»Mach es mir nicht so schwer.«

»Also gut, ich mache es dir leicht. Wir sind ein Liebespaar.«

Sie stieß den Atem aus. Für ihn mochte das wie ein Spaziergang im Mondschein sein. Für sie war es ein Rennen durch einen Hurrikan. »Ich will diesen Teil unserer Beziehung völlig vom professionellen Teil trennen.«

Es überraschte ihn, dass er ihre Erklärung reizend fand. Vielleicht gefiel ihm an ihr, dass sie halb Romantikerin und halb Geschäftsfrau war. »Juliet, meine Liebe, du klingst, als würdest du einen Vertrag aushandeln.« Er trat zu ihr und strich ihr über das Haar. »Juliet, du kannst Bedingungen und Zeitpunkte aushandeln, aber keine Gefühle.«

»Man kann sie … regulieren.«

»Nein.« Er ergriff ihre Hände und küsste sie. »Du magst es, wenn ich dich berühre. Willst du jetzt aushandeln, in welcher Weise ich dich berühren darf und wie viele Berührungen am Tag gestattet sind?«

»Stell mich nicht als albern hin.«

Seine Finger spannten sich an. »Stell meine Gefühle für dich nicht als albern hin.«

»Ich … ich will alles einfach halten.«

»Unmöglich.«

»Ist es nicht.«

»Dann sag mir, ob das einfach ist.« Er beugte sich zu ihr hinunter und küsste sie so leicht, dass sie es kaum einen Kuss nennen konnte. Sie fühlte, wie ihre Beine sich unterhalb der Knie auflösten.

»Carlo, wir weichen vom eigentlichen Thema ab.«

Er schlang die Arme um sie. »Wenn wir nach Chicago kommen …« Seine Finger strichen an ihrem Rückgrat entlang, während seine Lippen über ihr Gesicht wanderten. »Ich möchte den Abend allein mit dir verbringen.«

»Wir … haben eine Verabredung zu Drinks um zehn mit …«

»Sag es ab.«

»Carlo, das geht nicht.«

»Na gut.« Er hielt ihr Ohrläppchen zwischen den Zähnen fest. »Ich werde Müdigkeit vortäuschen, und wir ziehen uns schnell zurück. Dann verbringen wir den Rest der Nacht mit so hübschen kleinen Dingen wie dem hier.«

Seine Zunge glitt kurz an ihr Ohr und wanderte zu dem empfindlichen Punkt genau darunter. Ihr Erschauern erregte sie beide. »Carlo, du begreifst nicht.«

»Ich begreife, dass ich dich will.« Er ergriff sie an den Schultern. »Wenn ich dir jetzt sage, dass ich dich mehr will als je eine andere Frau, würdest du mir nicht glauben.«

Sie wollte zurückweichen, doch er hielt sie fest. »Nein, das glaube ich dir nicht. Du brauchst es auch nicht zu sagen.«

»Du hast Angst davor, es zu hören, Angst davor, es zu glauben. Du wirst es nicht einfach mit mir haben, Juliet, aber du wirst einen Liebhaber haben, den du nie vergessen wirst.«

Sie hatte sich ein wenig gefangen und begegnete ruhig seinem Blick. »Ich habe das bereits akzeptiert, Carlo. Ich entschuldige mich nicht vor mir selbst, und ich bedaure auch nicht, letzte Nacht zu dir gekommen zu sein.«

»Dann akzeptiere auch, dass es mir egal ist, was in der Zeitung steht oder in Büros geflüstert wird. Du bist alles, was für mich zählt.«

Eine Abwehr, die sie innerhalb von Jahren aufgebaut hatte, brach in ihr zusammen. Sie wusste, dass sie ihn nicht wörtlich nehmen durfte. Er war Franconi. Wenn sie ihm etwas bedeutete, dann nur auf seine Weise. Doch ihre Abwehr war zusammengebrochen, und sie konnte sie nicht so schnell wieder aufbauen. Stattdessen beschloss sie, direkt zu werden.

»Carlo, ich weiß nicht, wie ich mit dir umgehen soll. Mir fehlt einfach die nötige Erfahrung.«

»Geh nicht mit mir um … vertrau mir!«

»Das ist zu früh. Und zu viel.«

Bei seiner Arbeit musste er manchmal sehr, sehr geduldig sein. Als Mann passierte ihm das viel seltener, doch er fühlte, dass er jetzt nicht drängen durfte, sonst hätte er eine noch größere Distanz zwischen sie beide gebracht. »Dann begnügen wir uns für den Moment damit, einander zu genießen.«

Das war es, was sie wollte. Nicht mehr und nicht weniger. Das sagte sie sich wenigstens. Trotzdem war ihr nach Weinen zumute.

»Wir genießen einander«, stimmte sie zu, seufzte und legte ihre Hände an sein Gesicht. »Sehr sogar.«

Während er seine Stirn gegen die ihre lehnte, fragte er sich, wieso er das nicht wirklich befriedigend fand.

9. Kapitel

Von der Reise ausgebrannt und bereit für einen Drink und hochgelagerte Beine, trat Juliet an die Rezeption ihres Hotels in Chicago. Sie sah sich kurz in der Halle um. Marmorfußboden, Statuen und elegante Zimmerpalmen. Solche Häuser hatten meistens auch schöne Bäder. Sie beabsichtigte, ihre erste Stunde in Chicago vom Hals abwärts im Wasser zu verbringen.

»Kann ich Ihnen helfen?«

»Sie haben eine Reservierung für Franconi und Trent.«

Der Angestellte holte die Reservierung auf den Bildschirm. »Sie bleiben zwei Nächte, Miss Trent?«

»Ja, stimmt.«

»Alles bereit. Wenn Sie und Mr. Franconi bloß diese Formulare ausfüllen. Ich klingle einem Pagen.«

Carlo beobachtete sie, während sie das Blatt ausfüllte. Sie sah hübsch aus, wenn auch ein wenig müde. »Juliet, wir brauchen keine zwei Zimmer.«

Sie unterschrieb. »Carlo, fang nicht wieder an.«

»Aber das ist absurd. Du wohnst in meiner Suite.«

Der Angestellte hielt sich diskret auf Distanz und lauschte.

Juliet knallte ihre Kreditkarte auf das Pult. Amüsiert stellte Carlo fest, dass sie überhaupt nicht mehr müde wirkte. Er wollte sie stundenlang lieben.

»Alles von Mr. Franconi geht auf meine Rechnung«, erklärte sie dem Angestellten möglichst ruhig.

Carlo schob sein Formular über das Pult und lehnte sich gegen die Theke. »Juliet, kommst du dir nicht albern vor, von einer Seite des Korridors auf die andere zu rennen? Selbst für eine PR-Agentin ist es albern, für ein Bett zu zahlen, in dem sie nicht schläft.«

Mit zusammengebissenen Zähnen griff sie wieder nach ihrer Kreditkarte. »Ich sage dir, was albern ist«, flüsterte sie. »Es ist albern, dass du hier stehst und mich absichtlich in Verlegenheit bringst.«

»Sie haben Zimmer 1102 und 1108.« Der Angestellte schob ihnen die Schlüssel hin. »Ich fürchte, sie liegen nicht gegenüber, sondern ein Stück auseinander.«

»Ausgezeichnet.« Juliet drehte sich um und sah, dass der Page ihr Gepäck auf die Karre gepackt und die Ohren aufgesperrt hatte. Wortlos ging sie zu den Aufzügen.

Carlo schlenderte neben ihr her. »Juliet, ich finde es seltsam, dass du über etwas so Einfaches verlegen wirst.«

»Ich halte es nicht für einfach.« Mit dem Finger drückte sie vehement auf den Rufknopf.

»Entschuldige.« Carlo schmunzelte. »Ich habe mich bloß daran erinnert, dass du ausdrücklich sagtest, du wollest unsere Beziehung einfach halten.«

»Sag du mir nicht, was ich gesagt habe. Was ich gesagt habe, hatte nichts zu tun mit dem, was ich meinte.«

»Natürlich nicht«, murmelte er und wartete, bis sie den Aufzug betreten hatte.

Der Page warf einen Blick auf Juliets Gesicht und begann, um sein Trinkgeld zu fürchten. Er setzte sein freundlichstes Lächeln auf. »Bleiben Sie lange in Chicago?«

»Zwei Tage«, antwortete Carlo freundlich.

»In zwei Tagen können Sie eine Menge sehen. Wenn Sie zum See hinunterwollen …«

»Wir sind geschäftlich hier«, unterbrach Juliet ihn. »Nur rein geschäftlich.«

»Ja, Ma'am.« Lächelnd schob der Page die Karre auf den Korridor. »Wir kommen zuerst zu 1108.«

»Das ist mein Zimmer.« Juliet zog ein paar Geldscheine

hervor. »Diese zwei Koffer.« Sie deutete darauf und wandte sich an Carlo: »Wir treffen Dave Lockwell um zehn in der Bar. Bis dahin kannst du machen, was du willst.«

»Ich habe da schon so meine Vorstellungen«, setzte er an, doch Juliet drückte dem Pagen das Geld in die Hand und schloss rasch die Tür hinter sich.

Nach Carlos Meinung reichten dreißig Minuten für jeden aus, um sich abzukühlen. Er griff nach der Rose, die er sich hatte heraufschicken lassen, und ging zu Juliets Zimmer.

Sie trocknete sich gerade nach einem heißen Bad ab. Noch vor fünf Minuten wäre sie bei dem Klopfen wütend geworden. Jetzt schlüpfte sie in ihren Hausmantel und ging an die Tür.

Sie hatte ihn erwartet. Juliet war nicht so dumm zu glauben, dass ein Mann wie Carlo sich von einer vor der Nase zugeschlagenen Tür abschrecken ließ.

Sie hatte auch die Rose erwartet. Obwohl sie wusste, dass es nicht klug war, von einer einzelnen langstieligen Blume berührt zu sein, war sie es dennoch.

»Du wirkst ausgeruht.« Anstatt ihr die Rose zu überreichen, ergriff er ihre Hand. Und bevor sie entscheiden konnte, ob sie ihn hereinlassen sollte, war er schon drinnen.

Sie musste jetzt ihren Standpunkt beziehen, sonst würde sie sich nie durchsetzen können. »Wenn du schon hier bist, können wir miteinander sprechen. Wir haben eine Stunde Zeit.«

»Natürlich.« Er sah sich interessiert um.

»Ich kann besser diskutieren, wenn du nicht ständig herumwanderst.«

»Ach ja?« Bereitwillig setzte Carlo sich und hielt die Rose unter seine Nase. »Willst du über unseren Zeitplan hier in Chicago sprechen?«

»Nein ... ja. Später.« Um einen Vorteil auszunutzen, blieb Juliet stehen. »Zuerst einmal möchte ich über diese Sache unten an der Rezeption sprechen.«

»Aha.« Er lächelte freundlich. Sie hätte ihn jetzt umbringen können.

»Das war absolut unnötig.«

»Ach ja?«

»Natürlich!« Juliet vergaß ihre eigene Strategie und ließ sich auf die Bettkante fallen. »Carlo, du hattest kein Recht, persönliche Angelegenheiten in der Öffentlichkeit zu besprechen.«

»Du hast völlig recht.«

»Ich …« Seine Ruhe warf sie aus dem Gleichgewicht. Die energische, gemäßigt ärgerliche Ansprache, die sie in der Badewanne vorbereitet hatte, verpuffte.

»Ich muss mich entschuldigen«, fuhr er fort, bevor sie ihr inneres Gleichgewicht wiedergefunden hatte. »Es war gedankenlos von mir.«

»Nein, nein. Es war nicht gedankenlos, nur unpassend.«

Er winkte mit der Rose ab. »Du bist zu nachsichtig, Juliet. Sieh mal, ich dachte nur daran, wie praktisch du doch bist. Das ist etwas, das ich an dir bewundere. Abgesehen von meiner Familie habe ich nur wenige wirklich praktische Frauen kennengelernt. Das spricht mich an dir genauso an wie die Farbe deiner Augen oder wie deine Haut.«

Weil sie fühlte, dass sie an Boden verlor, setzte Juliet sich noch gerader hin. »Du brauchst mir nicht zu schmeicheln, Carlo. Es geht einfach darum, ein paar Grundregeln festzulegen.«

»Siehst du.« Er beugte sich vor und berührte ihre Fingerspitzen. »Du bist so praktisch veranlagt, dass du dich von Schmeicheleien nicht beeindrucken lässt. Ist es ein Wunder, dass ich von dir bezaubert bin?«

»Carlo …«

»Ich war noch nicht fertig.« Er zog sich ein wenig zurück, um seine Attacke voll durchführen zu können. »Siehst du, da ich dich kannte, dachte ich, du wärst wie ich der Meinung, dass es unpraktisch sei, getrennte Zimmer zu buchen, wenn wir ja doch zusammen sein wollen. Und du willst doch mit mir zusammen sein, Juliet?«

Frustriert starrte sie ihn an. Er drehte die ganze Situation um. »Carlo, das hat nichts damit zu tun, dass ich mit dir zusammen sein will.«

Er hob eine Augenbraue. »Nein?«

»Nein. Es hat etwas mit der Grenze zwischen unserem beruflichen und unserem privaten Leben zu tun.«

»Eine Grenze, die sich nur schwer ziehen lässt. Vielleicht ist das für dich sogar unmöglich.« Er sprach lediglich die Wahrheit aus. »Ich will mit dir zusammen sein, Juliet, jeden Moment, den wir haben. Ich mag es nicht einmal, wenn wir für eine Stunde getrennt sind. Ein paar Stunden nachts genügen mir nicht. Ich will mehr, viel mehr für uns beide.«

Er war wie benommen, nachdem er das gesagt hatte. Das war kein Schachzug gewesen, keine seiner leicht hingesagten Phrasen.

»Carlo, du hast gesagt, ich sei praktisch, und dann will ich jetzt auch praktisch sein.« Sie nahm sich gewaltig zusammen und stand auf. »Wir haben noch eine Woche unserer Tour vor uns. In dieser Zeit haben wir Chicago und noch vier andere Städte. Um ehrlich zu sein, am liebsten wäre es mir, wir würden uns nur miteinander beschäftigen.«

Er drehte sich zu ihr um und lächelte. »Das war das Netteste, was du mir in all diesen Tagen und in all diesen Städten gesagt hast, Juliet.«

Sie trat zu ihm. Es erschien ihr plötzlich unsinnig, über Risiken nachzudenken, wenn ihnen so wenig Zeit blieb. »Das Beisammensein mit dir werde ich nie vergessen, sosehr ich es vielleicht auch möchte.«

»Juliet …«

»Nein, warte. Ich will mit dir zusammen sein, und ich hasse es, wenn wir Zeit mit anderen Leuten und in getrennten

Zimmern verlieren. Doch ich weiß andererseits auch, dass all das notwendig ist. Diese Dinge werden weiterbestehen, wenn jeder von uns wieder an seinem Platz sein wird.«

Nein, denk jetzt nicht daran, warnte sie sich selbst.

»Ganz gleich, wie viel Zeit ich mit dir in deiner Suite verbringe, ich brauche ein eigenes Zimmer, und wenn auch aus keinem anderen Grund, als zu wissen, dass es da ist. Vielleicht ist das meine praktische Seite, Carlo.«

Oder die verletzliche, dachte er. Aber hatte er nicht bereits festgestellt, dass auch er eine verletzliche Stelle besaß? Sie hieß Juliet. »Dann soll es so sein, wie du es willst.«

»Ohne Streit?«

»Streiten wir denn jemals, cara?«

Sie lächelte. »Nie.« Sie trat auf ihn zu und legte die Arme um seinen Nacken. »Habe ich dir je erzählt, dass ich bei der Vorbereitung der Tour dein Reklamefoto angesehen und gedacht habe, dass du sagenhaft bist?«

»Nein.« Er drückte flüchtig seine Lippen auf ihren Mund. »Warum erzählst du es mir nicht jetzt?«

»Und sexy«, murmelte sie und zog ihn zum Bett. »Sehr sexy.«

»Ist das so?« Er ließ sich auf das Bett ziehen. »Dann hast du also schon in deinem Büro in New York beschlossen, dass wir ein Liebespaar werden?«

»Ich habe in meinem Büro in New York beschlossen, dass wir niemals ein Liebespaar werden.« Langsam knöpfte sie sein Hemd auf. »Ich beschloss, dass das Letzte, was ich wollte, eine Verführung durch einen sagenhaften erotischen italienischen Meisterkoch war, der mehr Frauen gehabt hatte, als er je Spaghetti gekocht hat, aber …«

»Ja.« Er küsste ihren Hals. »Ich glaube, ich ziehe dieses aber vor.«

»Aber man sollte keine endgültigen Entscheidungen treffen, bevor man nicht alle Fakten kennt.«

»Habe ich dir jemals erzählt, dass mich dein Sinn fürs Praktische bis zum Wahnsinn erregt?«

Sie seufzte, als er den Gürtel ihres Hausmantels öffnete. »Habe ich dir je erzählt, dass ich nach einem Mann verrückt bin, der mir Blumen bringt?«

»Blumen.« Er nahm die Rose von dem Kissen, auf das er sie hatte fallen lassen. »Darling, wolltest du auch eine haben?«

Lachend zog sie ihn wieder an sich.

Juliet fand, dass sie im Anflug auf den O'Hare International Airport mehr von Chicago gesehen hatte als in anderthalb Tagen in der Stadt. Taxifahrten vom Hotel zur Fernsehstation, von der Fernsehstation zum Kaufhaus, vom Kaufhaus zu einer Buchhandlung und wieder zurück zum Hotel waren alles andere als angenehme Sightseeing-Touren. Sie beschloss, in ihrem Urlaub am Ende des Monats irgendwohin zu fliegen, wo es heiß war und die Sonne schien und sie nichts anderes tun musste, als von morgens bis abends neben dem Pool zu liegen.

Das einzige Vergnügen, das sie hatte, war, Carlo bei den Einkäufen für sein Pollo alla cacciatore zu beobachten. Er sollte es während einer der beliebtesten Talkshows live zubereiten, und sie zweifelte nicht daran, dass alle in ihrer Firma in New York zusehen würden. Falls Carlo einschlug, würde es sein Triumph sein. Falls er baden ging, würde es allein ihre Schuld sein. So viel zu den Regeln im PR-Geschäft.

Carlo war nicht nervös. Er konnte Pollo alla cacciatore in völliger Dunkelheit zubereiten, aus dem Gedächtnis, mit einer Hand auf den Rücken gebunden. Nachdem Juliet in dem kleinen Warteraum zum fünften Mal hin und her gelaufen war, schüttelte er den Kopf. »Entspann dich, Liebling, es ist nur ein Hühnchen.«

»Erwähne die Daten für die restlichen Städte. Diese Show sieht man dort überall.«

»Das hast du mir schon gesagt.«

»Und denk an den Buchtitel.«

»Ich werde ihn nicht vergessen.«

»Erwähne, dass du dieses Gericht für den Präsidenten zubereitet hast, als er das letzte Mal in Rom war.«

»Ich werde daran denken. Juliet, möchtest du vielleicht eine Tasse Kaffee? Das beruhigt.«

Sie schüttelte den Kopf und lief weiter hin und her.

»Ich könnte einen vertragen.«

Sie warf einen Blick auf die Kanne auf der Warmhalteplatte. »Bedien dich.«

Er wusste, dass sie aufhören würde, sich zu sorgen, wenn sie etwas zu tun hatte. »Juliet, kein Mensch mit einem Herz kann von einem Mann erwarten, dass er dieses Gift trinkt, das schon seit dem Morgen vor sich hin brodelt.«

»Oh.« Ohne zu zögern, fand sie sich in die Rolle der Wunscherfüllerin. »Ich kümmere mich darum.«

»Grazie.«

An der Tür zögerte sie. »Die Reporterin von der Sun könnte vor der Show vorbeikommen.«

»Ja, das hast du mir gesagt. Ich werde charmant sein.«

Vor sich hin murmelnd machte sie sich auf die Suche nach einem Helfer.

Als sich die Tür wieder öffnete, erwartete Carlo, dass Juliet zurückkam. Doch die große gertenschlanke Blondine war nicht Juliet, obwohl sie ihm bekannt vorkam.

»Carlo! Wie wunderbar, dich wiederzusehen.«

»Lydia!« Er lächelte, aber er verwünschte sich, weil er den Namen der Reporterin von der Sun nicht mit dem Gesicht der Frau in Verbindung gebracht hatte, mit der er erst vor achtzehn Monaten zwei interessante Tage in Chicago verbracht hatte. »Du siehst zauberhaft aus.«

Natürlich sah Lydia Dickerson zauberhaft aus. Sie konnte gar nicht anders aussehen. Sie war außerdem eine ausgezeichnete Köchin und Kritikerin für feines Essen.

»Carlo, ich war begeistert, als ich hörte, dass du wieder in die Stadt kommst. Wir machen das Interview nach der Show, aber ich musste jetzt vorbeikommen und dich sehen. Es stört dich doch nicht?«

»Natürlich nicht.« Lächelnd ergriff er die entgegengestreckte Hand. »Es ist immer sehr schön, eine alte Freundin wiederzusehen.«

Lachend legte sie ihre Hände auf seine Schultern. »Ich sollte böse auf dich sein, caro. Du hast meine Nummer, aber mein Telefon hat gestern Abend nicht geklingelt.«

»Ah.« Er legte seine Hände an ihre Handgelenke und fragte sich, wie er wohl loskommen sollte. »Du musst uns verzeihen, Lydia. Der Zeitplan ist grausam. Und da gibt es eine … Komplikation.« Er zuckte zusammen, als er sich vorstellte, wie Juliet darauf reagieren würde, als Komplikation eingestuft zu werden.

»Carlo.« Sie drängte sich näher heran. »Du kannst mir doch nicht erzählen, dass du nicht ein paar freie Stunden für eine … alte Freundin hast. Ich habe ein großartiges Rezept für Vitello tonnato.« Sie ließ das Gericht wie etwas klingen, das man bei Mondschein genießen musste. »Für wen sonst sollte ich es kochen, wenn nicht für den besten Gourmetkoch von Italien?«

»Ich fühle mich geehrt.« Er legte seine Hände an ihre Hüften und hoffte, die Frau von sich schieben zu können, ohne sie zu verletzen. »Ich habe nicht vergessen, was für eine superbe Köchin du bist, Lydia.«

Ihr leises Lachen war mit Erinnerungen angefüllt. »Ich hoffe, du hast das andere auch nicht vergessen.«

»Nein.« Er stieß den Atem aus und wurde direkt. »Aber, weißt du, ich bin …«

Bevor Carlo ehrlich sein konnte, öffnete sich die Tür erneut. Mit einer Tasse Kaffee in der Hand kam Juliet herein und erstarrte. Sie sah, wie sich die Blondine wie eine exotische

Schlingpflanze um Carlo wickelte. Sie richtete ihren Blick auf Carlos Gesicht. Hätte sie jetzt doch bloß einen Fotoapparat gehabt!

Ihre Stimme war so kühl und trocken wie ihre Augen. »Wie ich sehe, ist eine Vorstellung überflüssig.«

»Juliet, ich …«

»Ich gebe dir ein paar Minuten für das … Vorinterview«, fiel sie ihm ins Wort. »Versuche, es bis zehn vor neun abzuschließen, Carlo. Du willst sicher noch die Küche überprüfen.« Ohne ein weiteres Wort schloss sie die Tür hinter sich.

Die Arme noch immer um Carlos Nacken gelegt, blickte Lydia zur Tür. »Hoppla«, sagte sie leichthin.

Carlo stieß langsam die Luft aus, während sie sich trennten. »Ich hätte es nicht besser ausdrücken können.«

Um neun Uhr hatte Juliet ihren Platz im Publikum eingenommen. Als Lydia auf den Sitz neben ihr glitt, nickte sie der Reporterin flüchtig zu.

Carlo wurde von freudigem Applaus begrüßt, und Juliet entspannte sich ein wenig. Während er das Hühnchen zuzubereiten begann und dabei wie ein perfekter Entertainer mit dem Talkmaster, den Studiogästen und den Fernsehzuschauern plauderte, entspannte sie sich vollständig. Er war fantastisch.

»Er ist schon etwas, nicht wahr?«, murmelte Lydia während der ersten Werbeunterbrechung.

»Allerdings«, stimmte Juliet zu.

»Carlo und ich haben uns bei seinem letzten Aufenthalt in Chicago kennengelernt.«

»Ja, das vermutete ich bereits. Freut mich, dass Sie es heute Vormittag geschafft haben. Haben Sie die Pressemappe bekommen, die ich Ihnen geschickt habe?«

Sie ist reichlich cool, dachte Lydia. »Ja. Mein Artikel sollte zum Wochenende erscheinen. Ich schicke ihn an Sie.«

»Vielen Dank.«

»Miss Trent …«

»Bitte Juliet.« Zum ersten Mal lächelte Juliet ihr zu. »Es besteht kein Grund für Förmlichkeit.«

»Also gut, Juliet. Ich komme mir wie eine Närrin vor.«

»Tut mir leid, das sollten Sie nicht.«

»Ich mag Carlo sehr, aber ich gehe nie wildern.«

»Lydia, ich bin sicher, es gibt keine Frau auf Erden, die Carlo nicht mögen würde.« Sie schlug die Beine übereinander. »Würde ich annehmen, Sie könnten an Wildern auch nur denken, wären Sie jetzt nicht mehr imstande, Ihren Stift zu halten.«

Lydia saß einen Moment ganz still, ehe sie sich lachend zurücklehnte. Carlo hatte sich da ganz schön etwas eingehandelt. Geschah ihm recht! »Dann darf ich Ihnen Glück wünschen?«

Juliet schenkte ihr ein weiteres Lächeln. »Vielen Dank.«

Die beiden Frauen mochten sich freundschaftlich geeinigt haben, aber es fiel Carlo nicht leicht, sich auf seine Arbeit zu konzentrieren, während die beiden gemütlich im Publikum nebeneinandersaßen. Seine Erfahrung mit Lydia bestand aus zwei raschlebigen, energiegeladenen Tagen. Er wusste von ihr wenig mehr, als dass sie beim Kochen Erdnussöl bevorzugte sowie blaue Bettwäsche. Und er wusste, wie leicht ein Mann ohne Verhandlung verurteilt und exekutiert werden konnte. Er glaubte fast schon, die Schlinge um seinen Hals zu fühlen.

Doch er war unschuldig. Carlo goss die Mischung aus Tomaten und Gewürzen über das gebräunte Hühnchen und bedeckte es. Und wenn er sie fesseln und knebeln musste, Juliet würde ihn anhören müssen.

Nachdem die Show vorüber war, verbrachte er noch pflichtgemäß ein paar Augenblicke mit dem Gastgeber und überließ dann der Crew eines seiner besten »Pollo alla cacciatore«. Als er jedoch in den Warteraum kam, war Juliet nirgendwo zu sehen. Dafür erwartete Lydia ihn. Er hatte keine andere Wahl, als sich zuerst ihr und dem Interview zu widmen.

Sie machte es ihm nicht leicht, aber Frauen taten das ohnedies selten. Lydia plauderte, als wäre nichts passiert. Sie stellte ihre Fragen und notierte sich seine Antworten, und die ganze Zeit funkelte Mutwillen in ihren Augen. Endlich reichte es ihm.

»Also schön, Lydia, was hast du zu ihr gesagt?«

»Zu wem?« Lydia blinzelte ihn unschuldig an. »Oh, zu deiner PR-Agentin. Eine reizende Frau.«

Er stand mit einem unterdrückten Fluch auf und überlegte, was ein verzweifelter Mann mit seinen Händen machen sollte. »Lydia, wir hatten ein paar sehr erfreuliche Stunden zusammen, mehr nicht.«

»Ich weiß.« Sie stand auf. »Deine Juliet und ich haben bloß ein wenig geplaudert, Darling. Wie Mädchen eben so schwätzen. Vielen Dank für das Interview, Carlo.« An der Tür drehte sie sich noch einmal um. »Solltest du jemals wieder in der Stadt sein … ohne Komplikation, ruf mich an. Ciao!«

Sie war gegangen, und er hatte Lust, etwas zu zerschlagen. Er hatte noch nicht entschieden, was am befriedigendsten sein würde, als Juliet hereinstürmte. »Komm schon, Carlo. Das Taxi wartet. Wir können zurück zum Hotel und rechtzeitig die frühere Maschine kriegen.«

»Ich will mit dir sprechen.«

»Ja, fein. Wir sprechen im Taxi.« Weil sie schon den Korridor entlanglief, hatte er keine andere Wahl, als ihr zu folgen.

»Als du mir den Namen der Reporterin genannt hast, habe ich einfach keine Verbindung hergestellt.«

»Was denn für eine Verbindung?« Juliet öffnete die Tür des Bühneneingangs und trat auf den Parkplatz. »Ach, dass du sie gekannt hast. Nun ja, es ist wahnsinnig schwer, sich an jeden zu erinnern, den man einmal kennengelernt hat, nicht wahr?« Sie schlüpfte in das Taxi und nannte dem Fahrer das Hotel.

»Wir sind durch das halbe Land gereist.« Verärgert kletterte Carlo auf den Sitz neben ihr. »Die Dinge beginnen zu verschwimmen.«

»Aber sicher.« Mitfühlend tätschelte sie seine Hand. »Detroit und Boston werden ganz schlimm. Du wirst hinterher froh sein, wenn du dich noch an deinen eigenen Namen erinnerst. Aber dann kommt Philadelphia. Du hast mir bereits gesagt, dass du dort eine ... Freundin hast.«

»June ist ganz anders. Ich kenne sie seit Jahren. Wir haben zusammen studiert. Wir haben nie ... Freunde, wir waren bloß Freunde«, murmelte er. »Ich mag es nicht, wenn ich mich rechtfertigen muss.«

»Das sehe ich.« Sie bezahlte den Fahrer. Bevor sie ausstieg, warf sie Carlo einen Blick zu. »Niemand hat es von dir verlangt.«

»Lächerlich.« Er hatte sie am Arm, bevor sie die Drehtür erreichte. »Natürlich hast du es verlangt. Es ist nicht nötig, etwas mit Worten zu verlangen.«

»Wegen deiner Schuldgefühle bildest du dir eine ganze Menge ein.« Sie wirbelte durch die Tür in die Halle.

»Schuldgefühle?« Gereizt holte er sie vor den Aufzügen ein. »Ich habe überhaupt keinen Grund für Schuldgefühle. Um Schuld zu empfinden, muss ein Mann erst einmal ein Verbrechen oder eine Sünde begehen.«

Sie hörte ihm ruhig zu, während sie den Aufzug betrat. »Das ist wahr, Carlo. Auf mich wirkst du wie ein Mann, der ein Geständnis ablegen will.«

Er ließ einen Strom wilder italienischer Wörter vom Stapel, sodass sich die beiden Mitfahrenden verschüchtert in die Ecken des Aufzugs drückten. Juliet verschränkte fröhlich ihre Hände und fand, dass sie sich nie besser unterhalten hatte. Als der Aufzug auf ihrer Etage hielt, machten die beiden anderen Leute einen weiten Bogen um Carlo.

»Willst du schnell eine Kleinigkeit auf dem Flughafen essen oder bis zur Landung warten?«

»Essen interessiert mich nicht.«

»Eine seltsame Erklärung aus dem Munde eines Gourmetkochs.« Sie fegte über den Korridor. »Zehn Minuten Zeit zum Packen. Ich rufe einen Pagen.« Sie hatte ihren Schlüssel schon im Schloss, als seine Hand sich auf die ihre legte. Als sie zu ihm aufblickte, sah er zum ersten Mal wirklich frustriert drein. Gut. Es war aber auch schon höchste Zeit.

»Ich packe überhaupt nicht, bevor diese Sache nicht bereinigt ist.«

»Bis was bereinigt ist?«, entgegnete sie.

Er stand kurz davor zu explodieren. »Es war Lydia, die ihre Arme um mich geschlungen hatte.«

Juliet lächelte. »Ja, ich habe deutlich gesehen, wie sehr du dich gewehrt hast. Eine Frau, die dermaßen über einen Mann herfällt, gehört eingesperrt.«

Seine ohnedies dunklen Augen wurden pechschwarz. »Du wirst sarkastisch, aber du verstehst die Umstände nicht.«

»Im Gegenteil.« Sie lehnte sich gegen die Tür. »Carlo, ich verstehe die Umstände perfekt. Ich habe dich nicht gebeten, mir irgendetwas zu erklären. Und jetzt musst du packen, wenn wir diese frühere Maschine erwischen wollen.« Zum zweiten Mal knallte sie ihm die Tür vor der Nase zu.

Carlo stand hin- und hergerissen da. Ein Mann erwartete ein gewisses Maß an Eifersucht von einer Frau, mit der er eine enge Beziehung hatte. Er genoss diese Eifersucht sogar bis zu einem gewissen Grad. Was er allerdings nicht erwartete, waren ein Lächeln, ein Kopftätscheln und volles Verständnis von der Geliebten, die ihn in den Armen einer anderen Frau erwischt hatte. Wenn auch völlig unschuldig!

Nein, er erwartete es nicht. Und er nahm es auch nicht hin.

Als das harte Klopfen an der Tür ertönte, stand Juliet noch immer mit der Hand am Knauf da. Klugerweise zählte sie bis zehn, ehe sie öffnete.

»Brauchst du noch etwas?«

Sorgfältig suchte er in ihrem Gesicht nach einer Falte. »Du bist nicht ärgerlich?«

»Nein, warum?«

»Lydia ist sehr schön.«

»Aber sicher.«

Er trat ein. »Du bist nicht eifersüchtig?«

»Werde bitte nicht absurd.« Sie pickte ein Fädchen von seinem Ärmel. »Würdest du mich unter ähnlichen Umständen in gleicher Situation mit einem Mann überraschen, hättest du ganz sicher auch Verständnis dafür.«

»Nein!« Er knallte die Tür hinter sich zu. »Ich würde ihm das Gesicht polieren.«

»Oh?« Erfreut wandte sie sich ab, um ein paar Dinge von der Kommode zu nehmen. »Das ist das italienische Temperament, vermute ich. Die meisten meiner Vorfahren waren ziemlich gesetzt. Gibst du mir bitte die Bürste?«

Carlo griff danach und ließ sie in ihre Hand fallen. »Und was heißt gesetzt?«

»Ruhig und beharrlich, würde ich sagen. Allerdings gab es jemanden … meine Ururgroßmutter, glaube ich. Sie ertappte ihren Ehemann, wie er das Küchenmädchen kitzelte. In ihrer gesetzten Art schlug sie ihn mit einer Gusseisenpfanne nieder. Ich glaube nicht, dass er jemals wieder ein Küchenmädchen gekitzelt hat.« Sie schob die Bürste in eine Plastiktüte und verstaute sie im Koffer. »Man sagt, ich komme auf sie heraus.«

Er ergriff sie an den Schultern und drehte sie zu sich herum. »Hier gibt es keine gusseisernen Pfannen.«

»Das stimmt, aber ich bin erfinderisch, Carlo …« Noch immer lächelnd, schlang sie die Arme um seinen Nacken. »Hätte ich nicht genau erkannt, was da vor sich ging, hätte ich dir den Kaffee über den Kopf gekippt … Capisci?«

»Sì.« Grinsend rieb er seine Nase an der ihren, aber so ganz verstand er sie doch nicht. Vielleicht war es das, was ihn so bezauberte. Er senkte die Lippen auf die ihren und ließ den Zauber wachsen. »Juliet«, murmelte er. »Es gibt auch eine spätere Maschine nach Detroit, nicht wahr?«

Sie hatte sich schon gefragt, ob er jemals auf diese Idee kommen würde. »Ja, allerdings.«

»Weißt du, dass es für den Kreislauf sehr schädlich ist, wenn man sich beeilt?« Während er sprach, schob er die Jacke von ihren Armen und ließ sie zu Boden gleiten.

»Ich habe so etwas in dieser Richtung gehört.«

»Wie wahr. Vom medizinischen Standpunkt aus ist es viel besser, wenn man sich Zeit lässt. Immer gelassen, nie hetzen. Und natürlich muss man dem Kreislauf von Zeit zu Zeit eine Pause gönnen. Es wäre für uns sehr ungesund, jetzt zu packen und zum Flughafen zu rasen.« Er hakte ihren Rock auf und ließ ihn der Jacke folgen.

»Du hast höchstwahrscheinlich recht.«

»Natürlich habe ich recht«, flüsterte er an ihrem Ohr. »Es wäre doch sicher nicht gut, würde einer von uns auf der Tour krank werden.«

»Es wäre katastrophal«, stimmte sie zu. »Wahrscheinlich wäre es am besten, wenn wir beide uns eine Weile hinlegten.«

»Am allerbesten. Man muss auf seine Gesundheit achten.«

»Ich stimme dir voll und ganz zu.« Ihre Bluse gesellte sich zu Jacke und Rock.

Sie lachte, als sie auf das Bett taumelten.

Er mochte sie so. Frei, offen, voll Begeisterung. Genau so mochte er ihre kühleren, rätselhafteren Stimmungen. Er konnte sie auf hundert verschiedene Arten genießen, weil sie nie die gleiche Frau war. Und doch war sie immer dieselbe.

Sanft war sie jetzt, warm, wo immer er sie berührte, köstlich, wo immer er kostete. Sie konnte in einem Moment unterwürfig und im nächsten aggressiv sein, und er wurde der Veränderungen nie müde.

Jetzt liebten sie einander lachend, etwas, das sehr kostbar und selten war. Selbst als die Leidenschaft die Oberhand gewann, wich das Vergnügen nicht. Juliet schenkte ihm in einem Moment mehr, als er jemals von einer Frau in einem ganzen Leben erwartet hatte.

Sie hatte nicht gewusst, dass es so sein konnte – lachend, brennend, glücklich, verzweifelt. Es gab so viel, was sie nicht gekannt hatte. Jedes Mal, wenn Carlo sie berührte, war es neu, und trotzdem hatte sie das Gefühl, als hätte sie seine Berührung schon immer gekannt. Er brachte sie dazu, sich frisch und begehrenswert, wild und den Tränen nahe zu fühlen. Innerhalb von Minuten brachte er ihr Befriedigung und hektische Erregung.

Je mehr er ihr gab, desto leichter wurde es für sie zu geben. Jedes Mal, wenn sie sich liebten, wuchs die Vertrautheit und erreichte eine Stärke und ein Gewicht, das nicht mehr zerstört wurde, wenn sie sich voneinander trennten.

Vielleicht hätten sie sich dagegen gewehrt, wäre es ihnen voll bewusst geworden, aber stattdessen liebten sie einander mit dem Schwung der Jugend und der Tiefe der Vertrautheit.

10. Kapitel

Juliet legte den Hörer auf und fluchte. Carlo lag auf dem Sofa und wartete, bis sie verstummte. »Probleme?«

»Nebel.« Erneut fluchend, starrte sie aus dem Fenster. Der Nebel hing dicht vor den Scheiben. Detroit war zu. »Alle Flüge sind abgesagt.«

Boston war per Flugzeug nur einen Katzensprung entfernt, und sie hatten morgen früh um acht eine Live-Demonstration in einer sehr beliebten Talkshow in Boston.

Er bewegte sich ein wenig, setzte sich jedoch nicht auf. Wäre es nicht zu mühevoll gewesen, hätte er nachzählen können, wie oft er aus dem einen oder anderen Grund irgendwo festgesessen hatte. Einmal in Madrid war es eine Flamencotänzerin gewesen, die ihn so ablenkte, dass er den letzten Flug verpasste. Besser, es nicht zu erwähnen. Aber wenn so etwas passierte, war es am günstigsten, man entspannte sich und genoss den Augenblick. Allerdings kannte er Juliet.

»Du machst dir Sorgen wegen des Fernsehens morgen früh.«

»Natürlich.« Auf und ab laufend, ging sie die Möglichkeiten durch. Einen Wagen mieten ... nein, sogar bei klarem Wetter war die Entfernung zu groß. Sie konnten eine Maschine chartern und hoffen, dass sich am frühen Morgen der Nebel hob. Sie warf noch einen Blick ins Freie. Nein, bei diesem Nebel war das Risiko einfach zu groß. Sie mussten absagen.

Sie ließ sich in einen Sessel fallen und legte ihre bestrumpften Füße neben Carlo auf das Sofa. »Tut mir leid, wir müssen Boston sausen lassen. Und dabei war der Fernsehauftritt dort unsere größte Sache. Du kannst jetzt vierundzwanzig Stunden einfach so daliegen und hast nichts zu tun.«

»Nichts?«

»Nichts.«

Er grinste. Schneller, als sie mit den Augen folgen konnte, setzte er sich auf, packte sie an den Armen und zog sie zu sich. »Gut, dann liegst du bei mir. Zwei sind besser als einer.«

»Carlo.« Sie konnte seinem ersten Kuss nicht ausweichen, wusste jedoch, dass sie den zweiten vermeiden musste. »Warte einen Moment.«

»Nur vierundzwanzig Stunden«, erinnerte er sie und wechselte zu ihrem Ohr. »Keine Zeit zu verlieren.«

»Ich muss … Hör auf damit!«, befahl sie, als ihre Gedanken sich zu vernebeln begannen. »Ich muss ein paar Arrangements machen.«

»Was für Arrangements?«

Sie überlegte rasch. Sie hatte ihr Zimmer schon aufgegeben. Nur die Suite hatten sie der Bequemlichkeit halber bis sechs Uhr behalten. Sie konnte natürlich für die Nacht wieder ein Extrazimmer nehmen, aber in diesem Fall wäre es wirklich albern gewesen. Mit einem Schulterzucken gab sie ihrem angeborenen Sinn fürs Praktische nach. »Zum Beispiel müssen wir die Suite über Nacht behalten.«

»Das ist wichtig.« Er hob einen Moment den Kopf. Ihr Gesicht war bereits gerötet, ihre Augen sanft.

»Ich muss in New York anrufen und melden, was los ist. Ich muss in Boston anrufen und absagen, dann den Flughafen, um unseren Flug umzubuchen. Dann muss ich …«

»Ich glaube, du hast eine Liebesbeziehung zum Telefon. Es ist schwierig für einen Mann, auf einen seelenlosen Gegenstand eifersüchtig zu sein.«

»Telefone sind mein Leben.« Sie versuchte, aus seiner Umarmung zu schlüpfen, schaffte es jedoch nicht. »Carlo …«

»Ich mag es, wenn du meinen Namen mit einem Hauch von Ärger aussprichst.«

»In einem Moment wird es mehr als ein Hauch sein.«

Er war sicher, das genauso zu genießen. »Du hast mir aber noch nicht gesagt, wie fantastisch ich heute war.«

»Du warst fantastisch.« Es war so leicht, sich zu entspannen, wenn er sie so hielt. Die Anrufe konnten noch eine Weile warten. »Du hast wieder einmal alle mit deinen Linguine hypnotisiert.«

»Meine Linguine sind auch hypnotisch«, stimmte er zu.

»Du hast alle verzaubert. Detroit wird nie mehr so sein, wie es einst war.«

»Das ist wahr.« Er küsste sie auf die Nase. »Boston weiß gar nicht, was es versäumt.«

»Erinnere mich nicht daran«, murmelte sie und versteifte sich.

Carlo hörte fast, wie sich die Rädchen in ihrem Gehirn drehten. »Du hast eine Idee?« Resigniert rollte er sie über sich und beobachtete sie beim Denken.

»Es könnte funktionieren«, murmelte sie. »Wenn alle mitarbeiten, könnte es klappen. Es könnte sogar großartig sein.«

»Was?«

»Du behauptest doch, Künstler und Magier zu sein.«

»Meine Bescheidenheit hindert mich daran ...«

»Sei bloß still.« Sie setzte sich auf ihm auf. »Du hast mir einmal gesagt, du könntest notfalls auf der Straße kochen.«

Stirnrunzelnd spielte er mit ihrem goldenen Ohrring. »Ja, vielleicht habe ich das gesagt. Aber das war doch nur so eine Redensart ...«

»Kannst du per Fernsteuerung kochen?«

Er zog die Augenbrauen zusammen, während er die Hand an den hochgerutschten Saum ihres Rocks gleiten ließ. »Was meinst du mit Fernsteuerung?«

»Genau das.« Von ihrer Idee begeistert, stand Juliet auf und griff nach Notizblock und Stift. »Du nennst mir alle Zutaten – morgen sind es wieder Linguine, richtig?«

»Ja, meine Spezialität.«

»Gut. Wir richten eine Telefonleitung zwischen Detroit und dem Fernsehstudio in Boston ein. Du bist auf Sendung, ohne dort zu sein.«

»Juliet, du verlangst ziemlich viel Zauberei.«

»Es ist ganz einfach. Der Talkmaster, Paul O'Hara, kann das Gericht zubereiten, während er auf Sendung ist und du ihm sämtliche Anweisungen gibst. Es ist ungefähr so, wie wenn man ein Flugzeug über Funk auf den Flugplatz herunterholt. Vierzig Grad nach links – eine Tasse Mehl, etwas flacher einfliegen – nicht so schnell rühren …«

»Nein.«

»Carlo!«

Gelassen zog er die Schuhe aus. »Du willst, dass dieser O'Hara in die Kamera grinst und dabei meine Linguine kocht?«

»Werde jetzt nicht launenhaft«, warnte sie. »Sieh mal, du schreibst Kochbücher, damit durchschnittliche Menschen deine Gerichte nachkochen können.«

»Nachkochen, ja.« Er betrachtete seine Fingernägel. »Aber nicht wie Franconi kochen.«

Sie öffnete den Mund und schloss ihn wieder. Pack sein Ego in Watte, mahnte Juliet sich, zumindest, bis du deinen Willen durchgesetzt hast. »Natürlich nicht wie du, Carlo. Das erwartet auch niemand. Er muss in der Sendung dein Kochbuch verwenden und von dir per Telefon Anweisungen entgegennehmen. Dann kann O'Hara die Linguine machen. Er ist kein Meisterkoch und kein Gourmet, sondern ein normaler Mensch. Darum wird er auch vor Publikum die Fehler eines durchschnittlichen Menschen machen, und du kannst ihn korrigieren. Wenn wir das durchziehen, schießen die Verkaufszahlen deines Buchs in den Himmel. Du weißt, dass du das kannst.« Sie lächelte gewinnend. »Du hast doch sogar behauptet, du könntest mir das Kochen beibringen, und ich bin in der Küche total hilflos. Ganz sicher kannst du dann auch O'Hara durch eines deiner Gerichte leiten.«

»Natürlich kann ich.« Er verschränkte die Arme und starrte zur Decke. Ihre Logik war nicht zu widerlegen, ihre Idee war kreativ. Um die Wahrheit zu sagen, die Idee gefiel ihm sogar, fast so sehr wie die Vorstellung, nicht nach Boston fliegen zu müssen. Dennoch erschien es ihm nicht fair, etwas zu geben, ohne etwas dafür zu erhalten. »Ich mache es – unter einer Bedingung.«

»Und die wäre?«

»Morgen früh leite ich O'Hara durch meine Linguine. Heute Abend …« Jetzt lächelte er sie an. »Heute Abend haben wir Generalprobe. Ich leite dich.«

Juliet hörte auf, mit ihrem Stift auf ihren Block zu klopfen. »Du willst, dass ich Linguine koche?«

»Unter meiner Anleitung, cara mia, könntest du einfach alles kochen.«

Juliet überlegte. Diese Suite hatte keine Küche. Also mussten sie die Hotelküche benutzen. Es konnte klappen oder auch nicht. Spielte keine Rolle. Wenn sie es verpatzte, konnten sie beim Zimmerservice bestellen. Jetzt kam es nur darauf an, Boston zu retten. »Sehr gern. Also, ich muss jetzt meine Anrufe machen.«

Carlo schloss die Augen für ein Nickerchen. Wenn er innerhalb von zwölf Stunden zwei Amateure die Geheimnisse von Linguine lehren sollte, brauchte er seine ganze Kraft. »Weck mich, wenn du fertig bist.«

Sie brauchte fast zwei Stunden, und als sie endlich auflegte, war ihr Nacken steif, und ihre Finger fühlten sich taub an. Aber sie hatte, was sie wollte. Die Vorbereitungen wurden bereits getroffen.

Juliet lächelte dem Nebel vor den Fenstern zu. Weder Regen noch Sturm noch Dunkelheit konnten Juliet Trent aufhalten.

Dann betrachtete sie Carlo. Noch vier Tage, und die Reise war zu Ende. Dann würde die Musik verstummen, und es wäre an der Zeit, vom Karussell zu steigen.

Es hatte keinen Sinn, über diesen Zeitpunkt hinausblicken zu wollen. Sie musste sich daran festhalten, dass das Leben Tag für Tag gelebt werden wollte. Carlo würde gehen, und dann würde sie die Scherben aufsammeln und ihr Leben von diesem Punkt an neu beginnen müssen. Sicher würde es Tränen geben, aber ganz heimlich, und wenn die Jahre vergingen und ihr Leben dahinfloss und sich veränderte, konnte sie sich an eine Anzahl von Tagen erinnern, in denen sie etwas Besonderes besessen hatte.

Keine Zeit verlieren, hatte Carlo gesagt. Juliet war völlig seiner Meinung. Sie öffnete ihre Bluse, legte sie sorgfältig auf einen Stuhl, ehe sie ihren Rock öffnete. Er rutschte herunter, und sie hob ihn auf, strich ihn glatt und faltete ihn. Dann zog sie die Nadeln aus ihrem Haar.

In einem sehr unpraktischen Nachthemd aus Spitze näherte sie sich Carlo.

Carlo fing ihren Duft auf, als er erwachte. Ihr Körper fühlte sich bereits erhitzt an, wie sie da auf ihm lag. Bevor er den ersten klaren Gedanken fassen konnte, passte sein Körper sich schon dem ihren an.

Spitze … Haut … Leidenschaft … Keine Zeit, um sich zu beherrschen oder seinen Stil aufzupolieren. Verzweifelt drängend griff er nach ihr und stieß auf Seide und Sanftheit, Stärke und Verlangen.

Sie öffnete sein Hemd, um seine Haut zu berühren. Sie fühlte seinen jagenden Herzschlag, bis ihre Macht sie schwindlig machte. Sie eroberte seine Lippen, dachte nur noch daran, ihn zum Wahnsinn zu treiben. Sie fühlte, wie sich die Raserei in Carlo ausbreitete.

Als er sich herumrollte und Juliet zwischen der Rückenlehne des Sofas und seinem Körper einklemmte, war sie bereit, alle Beherrschung aufzugeben. Mit einem tiefen Stöhnen überließ sie sich dem Genuss dessen, was sie in Gang gesetzt hatte.

Keine Frau hatte das jemals mit ihm angestellt. Alle seine Gedanken waren darauf ausgerichtet, sie ganz für sich in Besitz zu nehmen. Seine sonst so geschickten, sanften Finger zogen an der Spitze, bis der dünne Träger fast lautlos riss.

Er fand sie – kleine weiche Brüste, die so perfekt in seine Hände passten, der kräftige schmale Oberkörper und die schlanke Taille. Sie gehörte jetzt nur ihm, genau so wie in dem Traum, aus dem sie ihn eben geweckt hatte. Vielleicht träumte er auch jetzt noch.

Sie duftete nach Geheimnissen, kleinen weiblichen Geheimnissen, die kein Mann jemals voll verstehen konnte. Sie schmeckte nach Leidenschaft, reifer erschauernder Leidenschaft, nach der jeder Mann sich verzehrte. Mit seiner Zunge kostete er das süße sanfte Tal zwischen ihren Brüsten und fühlte sie erbeben. Sie war stark. Daran hatte er nie gezweifelt. Aber in ihrer Stärke gab sie sich ihm vollständig hin, brachte ihnen beiden höchsten Genuss.

Die Spitze duftete nach Juliet. Er hätte sich daran aufhalten können, aber ihre Haut war unwiderstehlich. Er zog das Nachthemd bis zu ihrer Taille herunter und schwelgte in ihrem Anblick.

Ihre Finger hatte sie in seine Haare geschoben. Ihr Körper brannte. Alle ihre Gedanken waren nur auf Carlo gerichtet. Kein Gestern, kein Morgen. Mochte sie es in einer Stunde auch wieder abstreiten, aber sie waren zu einer Einheit geworden. Der eine hing vom anderen ab. Genuss, Trost, Erregung. Und noch viel mehr, woran sie gar nicht zu denken wagte. Sie sehnte sich nach ihm. Nichts konnte das jemals auslöschen. Und jetzt führte er sie rasch und heftig durch Türen, die sie zusammen geöffnet hatten, an ein Ziel, an dem keiner von ihnen jemals gewesen war oder jemals wieder hinkommen würde.

Juliet überließ sich dem Unbekannten, der Hitze und Carlo.

Er entfernte den dünnen Stoffstreifen an ihren Hüften und stieß zu ihrem Zentrum vor. Als er sie auf den ersten Gipfel getrieben hatte, verharrte er dort. In endlosen Wogen des Verlangens trieb er sie erneut hinauf und noch einmal, bis sie beide erzitterten. Sie rief seinen Namen, als er seine Lippen an ihrem Bein abwärtsstreichen ließ. Juliet beherrschte seine Gedanken. Er nahm alles von ihr, bis sie bereit war, alles von ihm zu nehmen.

»Juliet, ich will dich.« Sein Gesicht schwebte über ihr, sein Atem ging gepresst. »Sieh mich an!«

Sie wankte an der messerscharfen Trennlinie zwischen Vernunft und Wahnsinn entlang. Als sie die Augen öffnete, erfüllte sein Gesicht ihren gesamten Gesichtskreis. Er war alles, was sie sich wünschte.

»Ich will dich«, wiederholte er, während das Blut in seinem Kopf dröhnte. »Nur dich.«

Sie hielt ihn umschlungen, bog den Kopf zurück. Für einen Moment trafen sich ihre Blicke, umklammerten sich. Etwas Unerklärliches verband sie miteinander, gleichzeitig Gefahr und Sicherheit.

»Nur dich«, murmelte sie und nahm ihn in sich auf.

Sie waren beide wie benommen, beide aufgewühlt, beide befriedigt. Nackt, feucht und warm, so lagen sie schweigend miteinander verschlungen da. Worte waren gefallen, an die Juliet sich erinnerte, Worte, die ein Teil der Raserei des Moments gewesen waren. Sie musste sich in Acht nehmen, sie nicht zu wiederholen, wenn die Leidenschaft aufgezehrt war. Sie beide brauchten keine Worte – sie hatten vier gemeinsame Tage vor sich. Dennoch sehnte sie sich schmerzlich danach, diese Worte zu hören, sie wieder auszusprechen.

»Ich könnte eine ganze Woche so liegen«, murmelte sie träge, drehte den Kopf und lächelte Carlo an. »Willst du ein wenig schlafen?«

Es gab so viel, was er sagen wollte. So viel, was sie nicht hören wollte. Er dachte an die Regeln, die sie erstellt hatten. Er musste sie befolgen. Nichts war mehr so einfach, wie es hätte sein sollen.

»Nein.« Er küsste sie auf die Stirn. »Jetzt ist es Zeit für deine nächste Lektion.«

»Wirklich?« Sie biss sich auf die Unterlippe. »Ich dachte, ich hätte die Prüfung schon bestanden.«

»Kochen.« Er kniff sie leicht dahin, wohin italienische Männer zu kneifen neigen.

Juliet kniff zurück. »Ich dachte, du würdest es vergessen.«

»Franconi vergisst nie. Eine rasche Dusche, umziehen, und dann geht's hinunter in die Küche.«

Sie zuckte nachgiebig mit den Schultern. Sie glaubte nicht einen Moment, dass ihm das Management erlauben würde, in der Küche einen Kochkurs abzuhalten.

Eine halbe Stunde später musste Juliet ihren Irrtum allerdings einsehen.

Carlo umging einfach das Management und führte sie sofort in die Hotelküche. Es roch exotisch und war so laut wie in einer Subwaystation. Ein Rundblick in dem großen Raum mit seinen überdimensionalen Gerätschaften, und Juliet war sicher, dass sie hier nicht kochen würde.

»Franconi!« Der Name donnerte durch den Raum. Juliet fuhr einen Schritt zurück.

»Carlo, ich finde, wir sollten …« Während sie sprach, blickte sie zu seinem Gesicht auf. Er grinste von einem Ohr zum anderen.

»Pierre!«

Im nächsten Moment wurde Carlo von einem breiten

Mann mit einer weißen Schürze, einem herunterhängenden Schnurrbart und einem Gesicht, groß und rund wie eine Bratpfanne, umschlungen.

»Du italienischer Lustmolch, was machst du denn in meiner Küche?«

»Ich beehre sie«, sagte Carlo, als sie sich voneinander lösten. »Ich dachte, du wärst in Montreal und würdest dort Touristen vergiften.«

»Sie haben mich angefleht, ihre Küche hier zu übernehmen.« Der große Mann mit dem starken französischen Akzent zuckte seine panzerartigen Schultern. »Sie tun mir ja so leid. Amerikaner haben so wenig Finesse in der Küche.«

»Wahrscheinlich bezahlen sie dich nach Gewicht«, sagte Carlo trocken. »Nach deinem Gewicht.«

Pierre presste beide Hände auf seine ausufernde Mitte. »Wir verstehen uns, alter Freund. Trotzdem gefällt mir Amerika. Und du, warum bist du nicht in Rom und kneifst Ladies?«

»Ich beende gerade eine Tour wegen meines Buchs.«

»Ach ja, du und deine Kochbücher.« Ein Klappern hinter ihm ließ Pierre herumwirbeln und etwas auf Französisch brüllen, dass die Wände wackelten. Lächelnd rückte er seine Mütze zurecht. »Läuft es gut?«

»Sehr gut.« Carlo zog Juliet näher. »Das ist Juliet Trent, meine PR-Agentin.«

»Also läuft es ausgezeichnet«, murmelte Pierre, ergriff Juliets Hand und hauchte einen Kuss darauf. »Vielleicht schreibe ich auch ein Kochbuch. Willkommen in meiner Küche, Mademoiselle. Ich stehe zu Ihren Diensten.«

Juliet lächelte. »Danke, Pierre.«

»Lass dich von dem Kerl nicht hereinlegen«, warnte Carlo. »Er hat eine Tochter in deinem Alter.«

»Bah!« Pierre schoss ihm einen finsteren Blick zu. »Sie ist erst sechzehn. Wäre sie auch nur einen Tag älter, würde ich meine Frau anrufen und sie die Türen verschließen lassen, solange Franconi in der Stadt ist.«

Carlo grinste. »Du bist so ein Schmeichler, Pierre.« Die Hände in die Gesäßtaschen geschoben, sah er sich um. »Sehr hübsch.« Er sog den Duft ein. »Ente. Rieche ich Ente?«

Pierre warf sich in die Brust. »Meine Spezialität: ›Canard au Pierre‹.«

»Fantastico.« Carlo schlang einen Arm um Juliet und führte sie näher an die Duftquelle heran. »Niemand, absolut niemand macht Ente so wie Pierre.«

Die schwarzen Augen in dem Bratpfannengesicht leuchteten. »Nein, du schmeichelst mir, mon ami.«

»Die Wahrheit ist keine Schmeichelei.« Carlo sah zu, während ein Helfer Pierres Ente anschnitt, nahm eine dünne Scheibe und schob sie in Juliets Mund. Sie zerging auf der Zunge und hinterließ einen köstlichen Geschmack, der nach mehr verlangte. Carlo fuhr mit der Zunge lediglich über seinen Daumen, um zu prüfen. »Exquisit, wie immer. Erinnerst du dich, Pierre, als wir das Hochzeitsfest des jungen Schahs ausrichteten? Deine Ente und meine Cannelloni.«

»Wundervoll! Nicht so viel Paprika an den Fisch!«, donnerte Pierre durch den Raum. »Wir sind nicht in Budapest. Ja, das waren Tage.« Er zuckte mit den Schultern. »Aber wenn ein Mann sein drittes Kind hat, wird er sesshaft, oui?«

Carlo sah sich noch einmal in der Küche um. »Vielleicht lässt du mich eine kleine Ecke für kurze Zeit benutzen?«

»Eine Ecke?«

»Ein Gefallen.« Carlos Lächeln hätte einer Auster ihre Perle entlocken können. »Ich habe Juliet versprochen, ihr meine Linguine beizubringen.«

»Linguine con vongole?« Pierres Augen glitzerten.

»Natürlich. Das ist meine Spezialität.«

»Du kannst eine Ecke meiner Küche haben, mon ami, im Tausch gegen eine Portion.«

Carlo klopfte lachend gegen Pierres Bauch. »Für dich, amico, zwei Portionen.«

Pierre packte ihn an den Schultern und küsste ihn auf beide Wangen. »Ich fühle, wie meine Jugend wiederkehrt. Sag mir nur, was du brauchst.«

Im Handumdrehen fand Juliet sich in eine weiße Schürze gewickelt, ihr Haar unter einer Kochmütze verborgen. Sie wäre sich lächerlich vorgekommen, hätte sie dazu überhaupt Gelegenheit gehabt.

»Zuerst hackst du die Muscheln.«

Juliet sah Carlo an, dann den Haufen Muscheln auf dem Hackbrett. »Hacken?«

»So.« Carlo nahm das Messer und hatte mit wenigen schnellen Bewegungen die Hälfte der Muscheln in perfekte kleine Stücke gehackt. »Versuch es!«

Sich wie ein Henker fühlend, ließ Juliet das Messer niedersausen. »Sie ... sie leben doch nicht mehr, oder?«

»Madonna, jede Muschel schätzt sich glücklich, auf Franconis Linguine enden zu dürfen. Etwas kleiner hacken. Ja.« Zufrieden ging er zu einer Zwiebel über. »Nicht zu fein hacken.« Erneut führte er es vor, und diesmal fühlte Juliet sich etwas wohler. Sie nahm das Messer und hackte, bis die Zwiebel zerteilt war und ihre Augen tränten.

»Ich hasse kochen«, murmelte sie, aber Carlo schob ihr bloß eine Knoblauchzehe hin.

»Sehr fein hacken. Wir brauchen vor allem das Aroma, keine Stückchen.« Er sah ihr über die Schulter, bis er zufrieden war. »Du hast gute Hände, Juliet. So, und jetzt wird die Butter geschmolzen.«

Seinen Instruktionen folgend, briet sie die Zwiebel und den Knoblauch an, bis Carlo fand, es sei genug.

»Jetzt ist es zart, siehst du. Wir geben ein wenig Mehl dazu.« Er hielt ihre Hand und führte sie beim Rühren. »Dadurch dickt es an. Wir geben die Muscheln dazu. Vorsichtig«, warnte er, bevor sie alles hineinwerfen konnte. »Wir wollen sie nicht zerdrücken. Ah ...« Er nickte zustimmend. »Gewürze«, erklärte er ihr. »Sie sind das Geheimnis und die Stärke.«

Sich über ihre Schulter beugend, zeigte er ihr, wie sie eine Prise hiervon und einen Hauch davon nehmen und alles zusammenfügen konnte. Als der Duft angenehmer wurde, stieg ihre Zuversicht. Sie merkte sich nicht die Mengen oder die Zutaten, aber sie fand, dass es auch keine Rolle spielte.

»Was ist damit?«, fragte sie und deutete auf einige Zweige Petersilie.

»Nein, die kommt ganz zuletzt. Wir wollen doch nicht, dass sie zerkocht. Jetzt musst du die Hitze etwas drosseln. So.« Zufrieden nickte er. »Deckel drauf, und nun lässt du es köcheln, während die Gewürze zum Leben erwachen.«

Juliet wischte sich mit dem Handrücken über ihre Stirn. »Carlo, du sprichst von der Sauce, als würde sie wirklich leben und atmen.«

»Das tun meine Saucen auch«, sagte er schlicht. »Während das jetzt köchelt, reibst du den Käse.« Er griff nach einem Stück, schloss die Augen und roch. »Squisito.«

Er ließ sie reiben und rühren, während die Küchenmannschaft um sie herum arbeitete. Juliet dachte an die Küche ihrer Mutter mit den ordentlichen Schränken und Arbeitsflächen und den vertrauten Gerüchen. So etwas wie hier hatte sie noch nie gesehen. Pfannen wurden fallen gelassen, Leute und Gerichte wurden verflucht, und Schnelligkeit war angesagt. Helfer eilten mit schwer beladenen Tabletts hin und her, Kellner und Kellnerinnen stürmten mit Bestellungen herein. Während Juliet mit großen Augen zusah, kümmerte Carlo sich nicht darum. Es war Zeit, seine Pasta zu kreieren.

Für Juliet war Pasta stets etwas gewesen, das man fertig aus einer Verpackung holte. Jetzt machte sie eine neue Erfahrung, während ihre Hände bis zu den halben Unterarmen weiß von

Mehl waren. Carlo ließ sie abmessen und kneten und rollen und ausziehen, bis ihre Ellbogen in den Gelenken knackten. Das hatte nichts mit den Fünf-Minuten-Gerichten zu tun, an die sie gewöhnt war.

Während sie arbeitete, begann sie zu begreifen, weshalb er so viel Energie besaß. Er musste sie haben. Wenn man vom Kochen lebte, wie Franconi das tat, brauchte man die Energie eines Athleten. Als die Pasta seiner Prüfung standhielt, schmerzten Juliets Schultermuskeln wie nach einem harten Tennismatch.

Sie blies sich die Haare aus den Augen, wischte sich den Schweiß von der Stirn und wandte sich ihm zu. »Was jetzt?«

»Jetzt kochst du die Pasta.«

Sie versuchte, nicht zu murren, während sie Wasser in einen Topf füllte und ihn zum Kochen aufsetzte.

»Einen Esslöffel Salz«, verlangte Carlo.

»Einen Esslöffel Salz«, murmelte sie und schüttete ihn in das Wasser. Als sie sich umdrehte, reichte Carlo ihr ein Glas Wein.

»Entspann dich, bis es kocht.«

»Kann ich die Hitze ganz klein stellen?«

Er lachte und küsste sie und fand es nur richtig, sie noch einmal zu küssen. Sie duftete himmlisch. »Ich mag dich in Weiß.« Er wischte Mehl von ihrer Nase. »Du bist eine unordentliche Köchin, meine Liebe, aber eine zauberhafte.«

Es war leicht, die laute, geschäftige Küche zu vergessen. »Köchin?« Sie rückte geziert ihre Mütze zurecht. »Heißt das nicht Chefköchin oder Gourmetköchin?«

Er küsste sie noch einmal. »Nicht übermütig werden. Einmal Linguine kochen macht dich noch nicht zur Gourmetköchin.«

Sie hatte gerade ihren Wein ausgetrunken, als Carlo sie wieder ans Arbeiten brachte. »Steck ein Ende der Linguine ins Wasser. Ja, genau so. Wenn sie weich werden, biege sie. Vorsichtig. Ja, ja, du hast einen guten Griff. Ein wenig mehr Geduld, und ich könnte dich in meinem Restaurant einstellen.«

»Nein, danke«, sagte Juliet entschieden, während ihr Dampf ins Gesicht stieg. Sie meinte zu fühlen, wie sich jede einzelne Pore öffnete.

»Langsam umrühren. Nur sieben Minuten, keinen Moment mehr.« Er füllte erneut ihr Glas und küsste sie auf die Wange.

Sie rührte und goss ab, zupfte Petersilie, teilte aus und bestreute mit Käse. Als sie fertig war, glaubte sie, keinen einzigen Bissen essen zu können. Nerven, entdeckte sie erstaunt. Sie war so nervös wie eine frischgebackene Ehefrau an ihrem ersten Tag in der Küche.

Die Hände ineinander verschlungen, sah sie zu, wie Carlo eine Gabel nahm und sie in das Essen senkte. Mit geschlossenen Augen atmete er das Aroma ein. Juliet schluckte. Seine Augen blieben geschlossen, als er den ersten Bissen nahm. Juliet kaute auf ihrer Unterlippe. Erst jetzt bemerkte sie, dass es in der Küche so still wie in einer Kathedrale geworden war. Ein rascher Rundblick zeigte ihr, dass alle Aktivitäten ruhten und sämtliche Augen auf Carlo gerichtet waren. Sie kam sich vor, als würde sie auf ihre Verurteilung oder ihren Freispruch warten.

»Nun?«, fragte sie, als sie es nicht länger aushielt.

»Geduld.« Carlo öffnete die Augen. Ein Helfer eilte herein und wurde augenblicklich zur Ruhe gebracht. Carlo legte sorgfältig die Gabel aus der Hand. »Fantastico!« Er ergriff Juliet bei den Schultern und verabreichte ihr auf jede Wange einen zeremoniellen Kuss, während Applaus aufbrandete.

Lachend zog sie ihre Kochmütze in einer weiten Geste ab. »Ich fühle mich, als hätte ich die Goldmedaille im Triathlon gewonnen.«

»Du hast etwas erschaffen.« Während Pierre nach Tellern brüllte, ergriff Carlo ihre Hände. »Wir geben ein gutes Team ab, Juliet Trent.«

Sie fühlte, wie sich etwas viel zu nahe an ihr Herz heranschob. Es schien sich nun nicht mehr aufhalten zu lassen. »Ja, wir geben ein gutes Team ab, Franconi.«

11. Kapitel

Um zwölf Uhr des nächsten Tages gab es absolut nichts mehr zu tun. Carlos ferngesteuerte Demonstration der richtigen Zubereitung von Linguine hatte den von Juliet erhofften Erfolg weit übertroffen. Sie hatte vor dem Fernseher geklebt und Carlos Stimme neben sich und aus dem Lautsprecher gehört. Als ihr Vorgesetzter persönlich anrief, um ihr zu gratulieren, wusste sie, dass sie gewonnen hatte. Entspannt und zufrieden legte sie sich jetzt auf dem Bett zurück.

»Wunderbar.« Sie verschränkte die Arme und schlug die Beine übereinander. »Absolut wunderbar.«

»Hast du je Zweifel gehabt?«

Breit lächelnd warf sie Carlo einen Blick zu. »Sagen wir mal, ich bin froh, dass es vorbei ist.«

»Du machst dir zu viele Sorgen, mi' amore.« Er hatte allerdings seit drei Tagen nicht mehr gesehen, dass sie nach ihren kleinen Pillen griff. Es freute ihn ungemein, dass er sie so sehr entspannte, dass sie die Magentabletten nicht mehr brauchte. »Wenn es um Franconis Linguine geht, hast du immer einen sicheren Erfolg.«

»Von heute an werde ich nie mehr daran zweifeln. Jetzt haben wir fünf Stunden bis zum Abflug. Fünf volle Stunden ohne jeglichen Zeitplan.«

Er setzte sich an das Ende des Bettes und strich mit den Fingern über den Spann ihres Fußes. »Wie erfreulich.«

»Es ist wie Urlaub.« Mit einem Seufzer überließ sie sich dem angenehmen Prickeln.

»Was möchtest du mit unserem Urlaub von fünf vollen Stunden ohne Zeitplan anfangen?«

»Willst du das wirklich wissen?«

Langsam küsste er nacheinander ihre Zehen. »Natürlich. Der Tag gehört dir.« Er strich mit den Lippen über ihren Knöchel. »Ich stehe dir zu Diensten.«

Sie schnellte hoch, schlang ihre Arme um seinen Hals und gab ihm einen festen Kuss. »Lass uns einkaufen gehen.«

Eine Viertelstunde später schlenderte Juliet mit Carlo durch den ersten Turm des enormen kreisrunden Einkaufszentrums, das dem Hotel angeschlossen war. Leute drängten sich um die Pläne der Anlage, aber Juliet fegte einfach daran vorbei. Keine Pläne, keine Zeitpläne, keine vorherbestimmten Wege. Heute spielte es keine Rolle, wohin sie gingen.

»Weißt du«, begann sie, »dass ich bei all den Kaufhäusern, Einkaufszentren und Städten, in denen wir waren, keine Chance zum Einkaufen hatte?«

»Du nimmst dir für dich selbst keine Zeit.«

»Sieh nur!« Sie stoppte vor einem Schaufenster und betrachtete ein langes Abendkleid, das mit winzigen Silberplättchen übersät war.

»Sehr auffällig«, entschied Carlo.

»Sagenhaft! Wäre ich zehn Zentimeter größer, würde ich darin nicht wie eine verkleidete Plakatsäule aussehen. Schuhe!« Sie zog ihn zu dem nächsten Laden.

Innerhalb kürzester Zeit entdeckte Carlo Juliets größte Schwäche. Der Weg zu ihrem Herzen führte nicht über das Essen und war auch nicht mit Pelzen und Juwelen gepflastert. Juwelierauslagen zogen kaum ihren Blick an. Abendkleider wurden kurz betrachtet, während Tageskleidung und Sportsachen mildes Interesse weckten. Mit Schuhen war das anders. Innerhalb einer Stunde hatte Juliet mindestens fünfzig Paar Schuhe betrachtet, betastet und kritisiert. Sie hatte ein Paar Slipper mit einem dreißigprozentigen Preisnachlass gefunden und gekauft. Danach wählte sie sorgfältig drei Paar mit hohen Absätzen aus, alle aus Italien.

»Du beweist hervorragenden Geschmack.« Mit der Geduld eines Mannes, der an Shoppingorgien gewöhnt war, saß Carlo in einem Sessel und sah zu, wie sie zwischen dem einen und einem anderen Paar hin- und herschwankte. Lässig griff er nach einem Schuh und warf einen Blick auf das Markenzeichen. »Er macht elegante Schuhe und bevorzugt meine Lasagne.«

Die Augen weit aufgerissen, deutete Juliet auf den Schuh. »Du kennst den Hersteller?«

»Natürlich. Einmal pro Woche speist er in meinem Restaurant.«

»Er ist mein Held.« Als Carlo die Augenbrauen hochzog und ihr einen Blick zuwarf, lachte sie. »Ich weiß, dass ich ein Paar seiner Schuhe anziehen und acht Stunden damit gehen kann, ohne ärztliche Notversorgung zu brauchen. Ich nehme alle drei«, sagte sie impulsiv.

»Du überraschst mich«, meinte er dazu. »So viele Schuhe, obwohl du nur zwei Füße hast. Das ist nicht mehr die praktische Juliet.«

»Ich habe ein Recht auf ein Laster. Außerdem habe ich immer gewusst, dass die Italiener die besten Schuhe machen.« Sie beugte sich zu ihm vor und küsste ihn auf die Wange. »Jetzt weiß ich, dass sie auch die beste … Pasta machen.« Ohne mit der Wimper zu zucken, bezahlte sie die Schuhe und steckte die Rechnung ein.

Sie schwangen die Einkaufstasche zwischen sich, während sie von Turm zu Turm wanderten. Eine Gruppe von Frauen kam an ihnen vorbei und zog Carlos Aufmerksamkeit auf sich. Wahrscheinlich gingen sie in der Mittagspause einkaufen, nahm er an und warf noch einen Blick über die Schulter.

»Du wirst dir den Hals verrenken«, bemerkte Juliet. Seine offensichtliche Freude an allem Weiblichen amüsierte sie, und er lächelte bloß.

»Es kommt einfach darauf an, dass man weiß, wie weit man geht.«

Juliet genoss es, wie ihre Finger sich ineinander schoben. »Ich würde nie mit dem Experten streiten.«

Carlo blieb einmal stehen, von einem Halsband aus Amethysten und Diamanten begeistert. »Das ist hübsch«, fand er. »Meine Schwester Teresa mochte schon immer Purpur. Sie bekommt in ein paar Wochen ein Baby«, murmelte er und nickte dem Verkäufer zu. »Ich möchte es mir ansehen.«

»Selbstverständlich. Ein schönes Stück, nicht wahr?« Nachdem er das Halsband aus der Vitrine genommen hatte, legte er es behutsam in Carlos Hand. »Die Diamanten sind von besonders guter Qualität. Eins Komma drei Karat. Die Amethyste …«

»Ich nehme es.«

Der Verkäufer blinzelte, aus dem Gleichgewicht gebracht. »Ja, Sir, eine hervorragende Wahl.« Er nahm das Halsband und Carlos Kreditkarte.

Juliet senkte ihre Stimme. »Du hast nicht einmal auf den Preis gesehen.«

Er tätschelte bloß ihre Hand. »Meine Schwester macht mich wieder zum Onkel«, sagte er schlicht. »Das Halsband passt zu ihr. Und jetzt Smaragde. Das wären deine Steine.«

Sie betrachtete Ohrringe mit Steinen von der Farbe von dunklem nassem Sommergras. Die kurz aufkeimende Sehnsucht ließ sich leicht unterdrücken. Schuhe konnte sie rechtfertigen, Smaragde nicht. Sie schüttelte lachend den Kopf. »Ich verwöhne lieber meine Füße.«

Als Carlo sein Geschenk hübsch verpackt bekommen hatte, verließen sie den Laden.

»Ich liebe Einkaufen«, gestand Juliet. »Manchmal verbringe ich einen ganzen Samstag nur mit Herumstreifen …«

»Dann wird dir Rom gefallen.« Er wollte sie dort haben. Bei ihm. Allein zurückzukehren war, als würde er ins Nichts gehen. Er zog ihre Hand an die Lippen und hielt sie da fest, bis Juliet unsicher stehen blieb.

»Carlo?« Leute schoben sich an ihnen vorbei, und als sein Blick noch intensiver wurde, musste sie schlucken. Das war nicht die sanfte maskuline Wertschätzung, die sie bei ihm für vorbeigehende Frauen gesehen hatte, sondern etwas Tiefes und Gefährliches. Wenn ein Mann eine Frau so ansah, war es klug für die Frau davonzulaufen. Juliet wusste nur nicht, ob sie auf ihn zu- oder von ihm weglaufen sollte.

Er schüttelte die Stimmung ab und ermahnte sich, vorsichtig vorzugehen, sowohl bei ihr als auch bei sich selbst. »Wenn du nach Rom kommst, kann ich dich deinem Helden vorstellen. Genug von meiner Lasagne, und du bekommst deine Schuhe zum Selbstkostenpreis.«

Erleichtert hakte Juliet sich wieder bei Carlo unter. »Du bringst mich in Versuchung, ab sofort für das Flugticket zu sparen. Oh Carlo, sieh dir das an.« Begeistert blieb sie vor einem Schaufenster stehen und deutete auf einen ein Meter hohen indischen Elefanten aus glasierter Keramik. Seine Decke bestand aus einem Mosaik aus Gold und Glitzer und Farben. Er hielt den Kopf königlich erhoben und den Rüssel hochgereckt. Juliet verliebte sich auf der Stelle. »Er ist so wunderbar, so überflüssig geschmückt und so total nutzlos.«

Carlo konnte sich den Elefanten mühelos in seinem Wohnzimmer zusammen mit den anderen hübschen und nutzlosen Dingen vorstellen, die er im Lauf der Jahre gesammelt hatte. Er hätte sich jedoch nicht träumen lassen, dass Juliet seinen Geschmack teilte.

Ein wenig verlegen zuckte sie mit den Schultern. »Ach, ich weiß ja, es ist schrecklich, aber ich liebe nun einmal solche Stücke.«

»Dann musst du nach Rom kommen und mein Haus sehen.« Bei ihrem verwirrten Blick lachte er. »Das letzte Stück, das ich gekauft habe, ist eine Eule. So hoch.« Er zeigte es mit der Hand an. »Sie hat eine kleine unglückliche Maus in den Krallen.«

»Schrecklich.« Mit einem unterdrückten Lachen küsste sie ihn. »Die würde mir bestimmt gefallen.«

»Ich finde, der Elefant hat ein gutes Zuhause verdient.«

»Kaufst du ihn?« Aufgeregt umklammerte sie seine Hand, als sie hineingingen. Der Laden duftete nach Sandelholz und war von dem gläsernen Klingeln von Windglocken erfüllt. Sie ließ Carlo die Vereinbarungen wegen des Versandes treffen und stöberte herum, spielte mit Messingglocken und Alabasterlöwen herum.

Alles in allem war es der angenehmste, entspannendste Tag seit Wochen, vielleicht auch länger. Sie wollte sich daran erinnern, wenn sie wieder allein war und das Leben aus Terminplänen bestand.

Sie drehte sich um und beobachtete, wie Carlo etwas sagte, das den Angestellten zum Lachen brachte. Sie hätte nicht gedacht, dass es Männer wie ihn gab, selbstsicher, äußerst maskulin und doch empfindsam für die Stimmungen und Bedürfnisse einer Frau. Arrogant – das war er sicher, aber auch großzügig. Leidenschaftlich, aber sanft, eitel, aber intelligent.

Hätte sie sich einen Mann herbeizaubern können, um sich in ihn zu verlieben … Oh nein, warnte Juliet sich selbst mit einem Anflug von Verzweiflung. Es wäre nicht Carlo Franconi gewesen. Unmöglich! Er war kein Mann für eine einzelne Frau, und sie war keine Frau für irgendeinen Mann. Sie beide brauchten ihre Freiheit. Das zu vergessen, würde bedeuten, dass sie die Pläne vergessen musste, auf die sie zehn Jahre lang hingearbeitet hatte. Am besten erinnerte sie sich daran, dass Carlo eine Fahrt auf dem Karussell war und dass die Musik nicht ewig spielte.

Sie holte tief Luft und wartete, bis sie ihren eigenen Rat beherzigt hatte. Es dauerte länger, als es hätte dauern dürfen.

Entschlossen lächelnd ging sie auf Carlo zu. »Fertig?«

»Unser Freund hier wird bald nach uns in seinem neuen Heim eintreffen.«

»Dann wünschen wir ihm ›Bon voyage‹. Und wir sollten jetzt auch an den Flughafen denken.«

Den Arm um ihre Schultern gelegt, führte er sie hinaus. »Du gibst mir den Zeitplan für Philadelphia im Flugzeug.«

»Du wirst ein durchschlagender Erfolg sein«, erklärte sie ihm. »Obwohl du vielleicht an meine Bierhefe gehen wirst, bevor wir durch sind.«

»Ich glaube es einfach nicht!« Um acht Uhr ließ Juliet sich in einen Sessel vor dem Kundendienst fallen. Hinter ihr hatte das Gepäckband soeben angehalten. »Unser Gepäck ist nach Atlanta geflogen.«

»Das ist gar nicht so schwer zu glauben«, erwiderte Carlo. Er hatte sein Gepäck öfter verloren, als er sich erinnern wollte. Er tätschelte seinen Lederkoffer. Sein Werkzeug war in Sicherheit. »Also, wann können wir denn mit unserer Unterwäsche rechnen?«

»Vielleicht morgen Vormittag um zehn.« Verärgert betrachtete Juliet ihre Jeans und das T-Shirt, die sie während des Fluges getragen hatte. In ihrer Schultertasche hatte sie ihre Toilettenartikel und ein paar andere Kleinigkeiten, aber nichts, das auch nur im Entferntesten wie ein Geschäftskostüm aussah. Macht nichts, entschied sie nach kurzer Überlegung. Sie blieb ohnedies im Hintergrund. Dann warf sie einen Blick auf Carlo.

Er trug ein kurzärmeliges Sweatshirt mit dem leuchtenden Aufdruck »Sorbonne«, weiße Jeans und Turnschuhe, die bei Weitem nicht neu waren. Wie sollte er morgens um acht angezogen vor der Kamera erscheinen?

»Carlo, wir müssen Kleider für dich besorgen.«

»Ich habe Kleider«, erinnerte er sie. »In meinen Koffern.«

»Du bist morgens um acht in ›Hallo, Philadelphia‹, und von da fahren wir direkt zum Frühstück mit den Reportern vom Herald und dem Inquirer. Um zehn, wenn unser Gepäck hier ist oder auch nicht, bist du beim ›Vormittags-Report‹. Danach …«

»Du hast mir den Terminplan schon gegeben, meine Liebe. Was ist daran nicht in Ordnung?«

Als er auf seine Kleidung zeigte, stand Juliet auf. »Mach keine Witze, Carlo. Wir gehen in das nächste Kaufhaus.«

»Kaufhaus?« Carlo ließ sich nach draußen ziehen. »Franconi trägt nichts aus dem Kaufhaus.«

»Diesmal schon. Keine Zeit, um wählerisch zu sein. Was gibt es in Philadelphia für Kaufhäuser?«, murmelte sie, während sie ein Taxi anhielt. »Wanamaker's.« Sie hielt ihm die Tür auf und sah auf die Uhr. »Wir könnten es gerade noch schaffen.«

Sie kamen eine halbe Stunde vor Geschäftsschluss an. Obwohl er murrte, ließ Carlo sich in diese altehrwürdige Einrichtung von Philadelphia ziehen. Juliet wusste, dass die Zeit gegen sie arbeitete, während sie sich durch einen Ständer mit Hosen wühlte. »Welche Größe?«

»Einunddreißig, dreiunddreißig«, sagte er mit hochgezogener Augenbraue. »Wähle ich vielleicht meine Kleidung selbst aus?«

»Versuch diese.« Juliet reichte ihm eine braune Hose.

»Ich will lieber die sandfarbene.«

»Diese hier ist besser für die Kamera. Jetzt Hemden.« Sie ließ ihn mit der Hose stehen und wechselte zu dem nächsten Ständer. »Größe?«

»Was weiß ich schon von amerikanischen Größen«, grollte er.

»Dieses müsste passen.« Sie wählte ein elegantes lachsfarbenes Hemd aus dünner Seide. »Zieh die Sachen an, während ich mir Jacketts ansehe.«

»Als ob man mit seiner Mutter einkaufen geht«, murmelte er und ging zu den Umkleidekabinen.

Sie fand einen Gürtel mit einer kleinen eleganten Schnalle, dann schob sie ein halbes Dutzend Jacketts beiseite und fand eines ohne Muster in einem Zwischenton zwischen Creme und Braun.

Als Carlo aus der Kabine kam, drückte sie ihm Gürtel und Jackett in den Arm, trat zurück und betrachtete ihn. »Gut«, entschied sie, während er in das Jackett schlüpfte. »Ja, wirklich gut. Die Hemdfarbe verhindert, dass es langweilig aussieht, und das Jackett macht alles lässig.«

»Der Tag, an dem Franconi Kleidung von der Stange …«

»Nur Franconi kann Kleidung von der Stange so tragen, dass sie wie maßgeschneidert aussieht.«

Er stockte und begegnete ihrem lachenden Blick. »Du schmeichelst mir.«

»Ich tue alles, was nötig ist.« Sie drehte ihn herum und versetzte ihm einen kurzen Stoß in Richtung Umkleidekabine. »Ausziehen, Franconi. Ich kaufe dir jetzt Shorts.«

Er warf ihr einen kühlen Blick zu. »Es gibt Grenzen, Juliet.«

»Mach dir keine Sorgen«, meinte sie heiter. »Der Verlag trägt die Kosten. Beeil dich. Wir haben gerade noch genug Zeit, um Schuhe zu kaufen.«

Sie unterschrieb die letzte Rechnung, nachdem über Lautsprecher die Schließung des Kaufhauses verkündet worden war. »Fertig.« Bevor er es tun konnte, griff sie nach seinen Päckchen. »Jetzt brauchen wir nur noch ein Taxi zum Hotel.«

»Ich trage eure amerikanischen Schuhe nur unter Protest.«

»Ich mache dir keinen Vorwurf daraus«, meinte sie ernsthaft. »Notmaßnahmen, caro.«

Das Kosewort bewegte ihn, und er beschloss, ihr großzügig zu verzeihen, dass sie die Peitsche geschwungen hatte. »Meine Mutter würde dich bewundern.«

»Ach ja?« Juliet stand am Straßenrand und hielt die Hand für ein Taxi hoch. »Warum?«

»Sie ist die Einzige, die mich je durch ein Geschäft geschubst und gestoßen und meine Kleider ausgesucht hat. Und das hat sie seit zwanzig Jahren nicht mehr gemacht.«

»Alle PR-Agentinnen sind Mütter«, erklärte sie ihm.

Er beugte sich zu ihr hinüber und nahm ihr Ohrläppchen zwischen seine Zähne. »Ich bevorzuge dich als Geliebte.«

Ein Taxi hielt mit kreischenden Reifen, und Juliet schob Carlo und die Päckchen hinein. »In den nächsten Tagen werde ich beides sein.«

Es war fast zehn, als sie endlich im Cocharan House waren. Carlo schaffte es, nichts über die getrennten Zimmer zu sagen, beschloss aber sofort, dass Juliet sich nicht in ihrem eigenen aufhalten würde. Sie hatten noch drei Tage, und die meiste Zeit davon wurde vom Beruflichen beansprucht. Keine verbleibende Sekunde durfte verschwendet werden. An der Tür zu seiner Suite ergriff er Juliets Arm.

»Stellen Sie alles hier herein«, wies er den Pagen an. »Miss Trent und ich müssen uns sofort um etwas Geschäftliches kümmern. Wir teilen die Sachen dann später unter uns auf.« Bevor sie auch nur ein Wort sagen konnte, gab er selbst dem Pagen Trinkgeld. Sie schwieg, bis sie allein waren.

»Carlo, was machst du da? Ich habe dir schon gesagt …«

»Dass du dein eigenes Zimmer haben willst. Du hast es. Zwei Türen weiter. Aber du bleibst hier bei mir. Wir bestellen jetzt eine Flasche Wein und entspannen uns. Möchtest du einen leichten Wein?«

»Ich möchte nicht bedrängt werden.«

»Ich auch nicht.« Lächelnd warf er einen Blick auf seine neuen Kleider. »Notmaßnahmen.«

Hoffnungslos, dachte sie. Es ist hoffnungslos. »Carlo, würdest du doch bloß versuchen zu verstehen …«

Ein Klopfen an der Tür unterbrach sie. Carlo ging öffnen.

»June!«

Sie hörte die Begeisterung in seiner Stimme, drehte sich um und sah ihn in enger Umarmung mit einer sagenhaften Brünetten.

»Carlo, ich hatte dich schon vor einer Stunde erwartet.«

Die Stimme war exotisch, Anklänge an Frankreich mit britischer Disziplin. Als sie sich von Carlo löste, sah Juliet Eleganz, Pfiff und Stil. Sie sah, wie Carlo seine Hände an ihr fein geschnittenes Gesicht legte, wie er das so oft mit ihr getan hatte, und der Frau einen langen, festen Kuss gab.

»Ah, mein kleines Pastetchen, du bist so schön wie immer.«

»Und du, Franconi, bist so voll …« June brach ab, als sie die Frau im Raum entdeckte. Obwohl sie freundlich lächelte, versuchte sie nicht, die Musterung zu kaschieren. »Hallo. Sie müssen Carlos PR-Agentin sein.«

»Juliet Trent.« Seltsamerweise war Carlo so nervös wie ein Junge, der seiner Mutter seine erste Flamme vorstellte. »Das ist June Cocharan, die beste Konditorin zu beiden Seiten des Atlantiks.«

June streckte die Hand aus. »Er schmeichelt mir, weil er hofft, dass ich ihm Eclairs mache.«

»Dutzende. Ist sie nicht schön, June?«

Während Juliet noch die passenden Worte suchte, lächelte June erneut. Sie hatte etwas in Carlos Stimme gehört, das sie nie erwartet hätte. »Ja, das ist sie. Ist es nicht grässlich, mit ihm zusammenzuarbeiten, Juliet?«

Juliet fiel das Lachen leicht. »Das ist es.«

»Aber nie langweilig.« June warf Carlo einen schnellen vertrauten Blick zu. Ja, hier gab es etwas, das über das Geschäftliche hinausging. Es war aber auch schon höchste Zeit geworden. »Übrigens, Carlo, ich muss mich bei dir bedanken, dass du den jungen Steven zu mir geschickt hast.«

»Er macht sich gut?«

»Wunderbar.«

»Der Junge, der Koch werden wollte«, murmelte Juliet und war unglaublich bewegt. Carlo hatte ihn nicht vergessen.

»Ja, haben Sie ihn kennengelernt? Er ist voll Hingabe.« Als Juliet nickte, fuhr June fort: »Ich glaube, Carlos Idee, ihn nach Paris zu schicken, wird sich lohnen. Er wird ganz hervorragend abschneiden.«

»Gut.« Zufrieden tätschelte Carlo ihre Hand. »Ich werde mit seiner Mutter sprechen und die Arrangements treffen.«

Juliet starrte ihn an. »Du schickst ihn nach Paris?«

»Das ist der einzige Ort, an dem man ein richtiges Cordon bleu zuzubereiten lernt.« Carlo zuckte mit den Schultern, als wäre es eine alltägliche Angelegenheit. »Wenn er voll ausgebildet ist, stehle ich ihn June einfach weg für mein eigenes Restaurant.«

»Vielleicht tust du das.« June lächelte. »Vielleicht aber auch nicht.«

Er bezahlte die Ausbildung eines Jungen, den er nur einmal getroffen hatte! Was war er für ein Mann, der zwanzig Minuten ein Theater um seinen Krawattenknoten machen konnte und dann mit solcher Großzügigkeit einen völlig Fremden beschenkte? Wie dumm war sie doch gewesen zu glauben, dass sie ihn wirklich kannte.

»Das ist sehr nett von dir, Carlo«, murmelte sie.

Er winkte ab. »Schulden soll man bezahlen, Juliet. Ich war auch einmal jung, und ich hatte nur meine Mutter, die mich unterstützen konnte. Apropos Mütter«, fuhr er fort. »Wie geht es Monique?«

»Sie ist noch immer sagenhaft glücklich«, erklärte June und lächelte, als sie an ihre Mutter dachte. »Keil war offenbar der Mann, den sie gesucht hatte.« Lachend wandte sie sich an Juliet: »Tut mir leid, aber Carlo und ich kennen uns schon seit Ewigkeiten.«

»Carlo sagte, Sie hätten zusammen studiert.«

»Vor hundert Jahren in Paris.«

»Jetzt hat June ihren großen Amerikaner geheiratet. Wo ist Blake, cara? Vertraut er dir, so mit mir zusammen?«

»Nicht lange.« Blake kam durch die offene Tür. Er war größer und breiter als Carlo, aber Juliet glaubte, eine Ähnlichkeit zu erkennen. Macht – sowohl sexuell als auch intellektuell.

»Das ist Juliet Trent«, stellte June vor. »Sie hält Carlo auf seiner Amerikatour an der Leine.«

»Kein leichter Job.« Ein Kellner rollte einen Sektkühler und Gläser herein. Blake entließ ihn mit einem Kopfnicken. »June hat mir gesagt, dass euer Zeitplan in Philadelphia sehr gedrängt ist.«

»Sie schwingt die Peitsche.« Carlo deutete auf Juliet.

»Ich sehe mir morgen im Studio deine Demonstration an.« June nahm ein Glas Champagner von ihrem Mann an. »Es ist schon lange her, seit ich dich kochen gesehen habe.«

»Gut.« Carlo entspannte sich bei dem ersten Schluck. »Vielleicht habe ich Zeit, deine Küche zu inspizieren. June ist nämlich hergekommen, um Blakes Küche zu erneuern, und ist geblieben, weil sie sich daran gewöhnt hat.«

»Ganz richtig.« June warf ihrem Mann einen amüsierten Blick zu. »Ich habe mich sogar so daran gewöhnt, dass ich erneut expandieren will.«

»Ja?« Interessiert hob Carlo die Augenbrauen. »Noch ein Cocharan House?«

»Noch ein Cocharan«, verbesserte June.

Es dauerte einen Moment, bis Carlo begriff, aber dann sah Juliet den Moment, in dem er den Sinn der Worte erfasste. Sie hatte stets Emotion von ihm erwartet, und jetzt war sie in seinen Augen, als er sein Glas wegstellte. »Du bekommst ein Kind!«

»Im Winter.« June streckte lächelnd die Hand aus. »Es ist mir noch nicht klar, wie ich zu Weihnachten an den Herd herankommen soll.«

Er ergriff ihre Hand und küsste sie, dann ihre Wangen. »Was haben wir nicht alles gemeinsam erlebt, cara mia.«

»Sehr viel.«

»Erinnerst du dich an das Karussell?«

Sie erinnerte sich sehr gut an ihre verzweifelte Flucht nach Rom, aus Angst vor Blake und ihren Gefühlen. »Du sagtest, ich hätte bloß Angst vor der Fahrt auf dem Karussell, und ich sollte es probieren. Ich werde das nie vergessen.« Er murmelte etwas auf Italienisch. Ihre Augen füllten sich mit Tränen. »Und ich habe dich immer geliebt. Bring jetzt einen Toast aus, oder mach sonst etwas, sonst heule ich los!«

»Einen Toast.« Carlo griff nach seinem Glas und legte seinen freien Arm um Juliet. »Auf das Karussell, das nie endet.«

Juliet hob ihr Glas und trank und ließ den Champagner ihren Schmerz wegspülen.

Am Ende von Carlos Vorführung im Fernsehstudio applaudierte June zusammen mit den anderen Zuschauern. »Bravo, Franconi!« Während die Crew das Essen unter den Zuschauern verteilte, ging June zu ihm und gab ihm einen Kuss auf die Wange.

»Ja.« Er erwiderte den Kuss. »Ich war großartig.«

»Wo ist Juliet?«

»Am Telefon.« Carlo verdrehte die Augen.

June sah auf ihre Uhr. »Ihr habt ein spätes Frühstück mit den Reportern im Hotel.«

»Du hast doch versprochen, Crêpes zu machen«, erinnerte er sie.

»Findest du als Gegenleistung für uns beide einen ruhigen Raum?«

Er grinste. »Meine Liebe, wenn Franconi für eine Lady keinen ruhigen Raum mehr findet, bleibt die Welt stehen.«

»Genau mein Gedanke.« Sie hakte sich bei ihm unter und

ließ sich in einen Lagerraum mit einer kahlen Deckenlampe führen. »Du hattest immer schon Klasse, caro.«

»Also.« Er setzte sich auf einen Stapel Kartons. »Da du nicht meinen Körper willst, so superb er auch sein mag, was willst du dann?«

»Du hast mir in Rom einen guten Rat wegen Blake gegeben, und ich will dir den Gefallen zurückzahlen. Spring auf das Karussell, Carlo.«

»June ...«

»Wer kennt dich besser als ich?«, unterbrach sie ihn.

Er zuckte mit den Schultern. »Niemand.«

»In dem Moment, als ich in das Zimmer getreten bin und du ihren Namen ausgesprochen hast, wusste ich, dass du sie liebst. Wir verstehen einander zu gut, um uns etwas vorzumachen.«

Er sagte einen Moment nichts. Bisher war er diesem Wort sorgfältig ausgewichen. »Juliet ist etwas Besonderes«, sagte er langsam. »Ich dachte, dass ich für sie anders empfinde.«

»Du hast es gedacht?«

Er seufzte und gab auf. »Ich habe es gewusst. Aber die Liebe, von der wir hier sprechen, führt zu Bindungen, zu einer Heirat, Kindern.«

»Du hast mir einmal gesagt, dass keine Frau dein Herz zum Beben gebracht hat. Erinnerst du dich noch, was du tun wolltest, wenn du so eine Frau treffen würdest?«

»Ich würde loslaufen und mir eine Heiratslizenz und einen Priester besorgen. Leicht gesagt, bevor das Herz bebt. Ich will sie nicht verlieren.« Er seufzte. »Sie ist schwer zu halten, June. Manchmal umarme ich sie und fühle, wie ein Teil von ihr von mir wegstrebt. Ich verstehe ihre Unabhängigkeit, ihren Ehrgeiz, und ich bewundere beides.«

»Ich habe Blake, aber ich habe trotzdem noch immer meine Unabhängigkeit und meinen Ehrgeiz.«

»Ja.« Er lächelte. »Sie ist dir sehr ähnlich. Starrsinnig. Dickköpfig und entschlossen, die Beste zu sein.«

»Wo liegt dann das Problem?«

»Du würdest mir vertrauen.«

Sie sah ihn überrascht an. »Natürlich.«

»Sie kann es nicht … will es nicht«, verbesserte er sich. »Für Juliet ist es leichter, mir ihren Körper und sogar einen Teil ihres Herzens zu schenken als ihr Vertrauen. June, ich brauche ihr Vertrauen genauso sehr wie alles andere, was sie mir bisher geschenkt hat.«

Nachdenklich lehnte June sich gegen eine Kiste. »Liebt sie dich?«

»Ich weiß es nicht.« Ein schwieriges Eingeständnis für einen Mann, der stets gedacht hatte, Frauen gut zu verstehen. »Manchmal wirkt sie mir sehr nahe und manchmal sehr weit entfernt. Ich will sie bei mir haben. Wenn ich als alter Mann vor dem Brunnen sitze und jungen Mädchen nachblicke, will ich sie noch immer bei mir haben.«

June legte ihre Hände auf seine Schultern. »Macht einem Angst, nicht wahr?«

»Entsetzliche Angst.« Doch irgendwie fand er es leichter, nachdem er es eingestanden hatte. »Wie soll ich sie nur überzeugen?«

June runzelte einen Moment die Stirn und ging dann lächelnd in eine Ecke des Lagerraums. Sie hob einen Strick vom Boden auf und hielt ihn Carlo entgegen. »Fessele sie und schlepp sie mit dir.«

Juliet war bereits am Rand einer Panik angelangt, als sie Carlo mit June am Arm durch den Korridor schlendern sah. Die erste Erleichterung schlug in Ärger um. »Carlo, ich habe das Gebäude nach dir auf den Kopf gestellt.«

Er lächelte bloß. »Du hast telefoniert.«

»Wenn du das nächste Mal verschwindest, leg eine Spur aus Brotkrumen. Draußen wartet ein sehr grantiger Taxifahrer.« Sie zerrte ihn mit sich. »Hat Ihnen die Show gefallen, June?«

»Ich sehe Carlo immer gern beim Kochen zu. Ich wünschte mir, ihr hättet mehr Zeit in der Stadt. Euer Timing ist allerdings gut. Nächste Woche kommt das französische Schwein hierher.«

Die Tür des Taxis knallte hinter ihnen zu. »LaPointe?«

Juliet drehte sich um. »Carlo …«

Er winkte ab. »Was macht dieser Verbrecher hier?«

»Dasselbe wie du«, erwiderte June. »Er hat wieder ein Buch geschrieben.«

»Dieser Bauer. Er kann doch nur für Hyänen kochen.«

»Für Hyänen mit Tollwut«, verbesserte June.

Carlo zischte wie eine Schlange. »Ich komme wieder her und bringe ihn um!«

»Wer ist LaPointe?«, fragte Juliet genervt.

»Ein Schwein«, antwortete Carlo.

»Ein Ferkel«, bestätigte June. »Aber ich habe schon Pläne für ihn. Er wird im Cocharan House absteigen.« Sie betrachtete ihre Fingernägel. »Ich werde persönlich sein Essen zubereiten.«

Lachend küsste Carlo sie. »Rache, meine Liebe, ist noch süßer als deine Meringue. Wir haben mit diesem Verbrecher zusammen studiert«, erklärte er Juliet. »Seine Untaten sind zu zahlreich, als dass man sie alle aufzählen könnte. Ich lehne es ab, mich auf demselben Kontinent aufzuhalten wie er.«

Juliet verdrehte die Augen. »Das wirst du auch nicht. Du wirst schon wieder in Italien sein, wenn er herkommt.«

Carlos Gesicht hellte sich auf. »Du hast recht. June, du rufst mich doch an und erzählst mir, wie er auf die Nase gefallen ist?«

»Natürlich.«

»Dann ist das geregelt.« Seine Laune schlug blitzartig um. »Wenn wir das nächste Mal nach Philadelphia kommen, machen wir beide ein Essen für Blake und Juliet. Du hast noch nicht gesündigt, Juliet, wenn du June Delikatesse nicht gekostet hast.«

Es würde kein nächstes Mal geben, erinnerte Juliet sich, schaffte aber ein Lächeln. »Ich freue mich schon darauf, aber heute Abend fliegen wir erst einmal nach New York.«

June lächelte Carlo zu. »Vergiss den Strick nicht.«

»Strick?«, fragte Juliet.

Carlo lächelte. »Eine alte französische Redensart.«

12. Kapitel

New York hatte sich nicht verändert. Es war vielleicht noch heißer geworden, seit Juliet abgereist war, aber ansonsten war es gleich geblieben. Juliet sog den Anblick in sich auf, als sie im Harley Hotel am Fenster stand.

Vor drei Wochen hatte sie aus dem Fenster ihres Büros geblickt und an die vor ihr liegende Tour gedacht, die sie in einen großen Erfolg für sich selbst verwandeln wollte. Das war ihr gelungen. »Kochen mit Amore« stand auf Nummer fünf der Bestseller-Liste. Ihr Chef war bereit und willens, sie in den Himmel zu heben.

Juliet versuchte, sich daran zu erinnern, wann sie sich jemals so elend gefühlt hatte.

Die Zeit zerrann ihr unter den Händen. Schon morgen Abend würde Carlo an Bord seines Flugzeugs sein, während sie mit dem Taxi nach Hause fuhr und auspackte. Sie konnte ihren Erfolg nicht genießen und keine Pläne machen, wenn sie nicht über die nächsten vierundzwanzig Stunden hinausblicken konnte.

Um sich abzulenken, griff sie nach dem Telefon. Doch ehe sie die erste Taste drücken konnte, schlenderte Carlo herein. »Ich habe deinen Schlüssel benutzt«, sagte er, bevor sie fragte. »Ich wollte dich nicht stören, falls du schläfst. Aber ich hätte es wissen müssen.« Er deutete mit einem Kopfnicken auf das Telefon und ließ sich in einen Sessel fallen. Er wirkte so selbstzufrieden, dass sie lächeln musste.

»Wie ging das Interview?«

»Perfekt.« Seufzend streckte Carlo die Beine aus. »Der Reporter hat gestern Abend meine Ravioli gemacht. Er hält mich, der Wahrheit entsprechend, für ein Genie.«

Sie sah auf die Uhr. »Sehr gut. Ein anderer Reporter ist schon auf dem Weg hierher. Wenn du ihn auch überzeugen kannst, dass du ein Genie bist …«

»Er braucht nur die Wahrheit zu erkennen.«

Sie lächelte, stand impulsiv auf, ging zu ihm und kniete sich vor ihn. »Ändere dich nie, Carlo.«

Er beugte sich vor und legte seine Hände an ihr Gesicht. »Ich werde morgen genauso sein wie heute.«

Morgen würde er fort sein, aber daran wollte sie nicht denken. Juliet küsste ihn und zog sich zurück.

»Wann sprechen wir über etwas anderes als Reporter?«, fragte er.

»Nachdem du es dir verdient hast.«

»Du bist eine harte Frau, Juliet.«

»Hart wie Stahl. Nach dem Interview gehen wir zu Bloomingdale's für deine Demonstration, und danach nimmst du einen Drink mit deinem Verleger.«

Er fuhr mit der Zungenspitze über ihren Hals. »Und was dann?«

»Dann hast du den Abend frei.«

»Ein spätes Abendessen in meiner Suite.« Ihre Lippen trafen sich.

»Das lässt sich machen.«

»Champagner?«

»Du bist der Star. Was immer du willst.«

»Dich?«

Sie drückte ihre Wange an die seine. An diesem letzten Abend gab es keine Beschränkungen. »Mich.«

Es war bereits zehn Uhr, als sie wieder zu seiner Suite kamen. Juliet hatte schon längst den Drang nach Essen verloren, aber ihre Begeisterung für den Abend hatte kein bisschen nachgelassen.

»Carlo, es erstaunt mich immer wieder, wie du deine Kochkünste vorführst. Hättest du dich für das Showbusiness entschieden, hättest du eine Wand voll mit Oscars.«

»Timing, innamorata. Es hat alles mit Timing zu tun.«

»Du lässt die Leute deine Pasta aus deiner Hand essen.«

»Es ist mir äußerst schwergefallen«, gestand er und nahm sie vor seiner Tür in die Arme. »Ich konnte an nichts anderes denken als daran, heute Abend mit dir hierher zurückzukommen.«

»Dann verdienst du tatsächlich einen Oscar. Jede Frau im Publikum war sicher, dass du nur an sie denkst.«

»Ich habe zwei interessante Angebote erhalten.« Sie hob die Augenbrauen. »Ach, wirklich?« Hoffnungsvoll knabberte er an ihrem Kinn. »Bist du eifersüchtig?« Sie verschränkte ihre Hände in seinem Nacken. »Ich bin hier, sie sind es nicht.«

»Nein, wie arrogant. Ich glaube, ich habe noch eine der Telefonnummern in meiner Tasche.«

»Greif danach, Franconi, und ich breche dir das Handgelenk.«

Er strahlte sie an. Er mochte das Aufflackern von Aggression in einer Frau mit einer Haut wie Blütenblätter. »Dann hole ich besser nur meinen Schlüssel heraus.«

»Gute Idee.« Amüsiert trat Juliet beiseite, als er die Tür öffnete. Dann trat sie ein und blickte erstaunt um sich.

Der Raum war mit Rosen angefüllt. Hunderte von Rosen in allen Farben quollen aus Körben, Vasen und Schalen. Der Raum duftete wie ein englischer Garten an einem Sommernachmittag.

»Carlo, wo hast du die alle her?«

»Ich habe sie bestellt.«

Sie beugte sich über eine Knospe und roch dran. »Du hast sie für dich selbst bestellt?«

Er zog eine Blume aus einer Vase und überreichte sie ihr. »Für dich.«

Überwältigt sah sie sich in dem Raum um. »Für mich?«

»Du solltest immer Blumen haben.« Er küsste ihr Handgelenk. »Rosen stehen Juliet am besten.«

Eine einzelne Rose, Hunderte von Rosen. Bei Carlo gab es kein Mittelmaß. Sie war gerührt. »Ich weiß nicht, was ich sagen soll.«

»Dass du sie magst.«

»Sie mögen? Ja, natürlich, ich liebe sie, aber ...«

»Dann brauchst du gar nichts zu sagen. Du hast mir ein spätes Abendessen und Champagner in deiner Gesellschaft versprochen.« Er ergriff ihre Hand und führte sie an den bereits vor dem Fenster gedeckten Tisch. Eine Magnumflasche Champagner steckte in einem silbernen Sektkühler, elegante weiße Kerzen warteten darauf, angezündet zu werden. Carlo hob einen Deckel und zeigte köstlich gekochte Hummerschwänze. Juliet fand, dass es der schönste Ort der Welt war.

Er rückte ihr den Stuhl zurecht, steckte die Kerzen an, dämpfte die Lichter. Das Silber funkelte. Noch ein Tastendruck, und Musik klang auf.

Juliet strich an einer Kerze entlang und blickte zu Carlo auf, als er sich zu ihr setzte. Er öffnete den Champagner und füllte zwei Gläser.

Er will die letzte Nacht besonders gestalten, dachte sie. Das war so ganz Carlo. Süß, großzügig, romantisch. Wenn sich ihre Wege trennten, konnte jeder eine Erinnerung mitnehmen. Kein Bedauern. Juliet lächelte.

»Danke.«

»Auf das Glücklichsein, Juliet. Auf dein und mein Glück.«

Sie stieß mit ihm an und sah zu, wie er trank. »Weißt du, manche Frauen könnten mit einer Verführung rechnen, wenn sie mit Champagner bei Kerzenschein bewirtet werden.«

»Ja. Du auch?«

Sie lachte und trank. »Ich rechne fest damit.«

Himmel, wie sie ihn erregte! Allein wenn er sie lachen sah, wenn er sie sprechen hörte. Ob das im Lauf der Jahre nachließ? Wie war es wohl, jeden Morgen neben der Frau zu erwachen, die man liebte?

»Wundervoll.« Juliet ließ den Hummer auf ihrer Zunge zergehen. »Ich werde total verwöhnt.« Sie nahm noch einen Bissen. »Innerhalb von drei Wochen hat sich meine ganze Haltung dem Essen gegenüber verändert. Wenn ich so weitermache, werde ich bald fett und pleite sein.«

»Dann hast du also gelernt, dich zu entspannen und zu genießen. Ist das so schlimm?«

»Wenn ich so weitermache, muss ich kochen lernen.«

»Ich sagte doch, dass ich dich unterrichten werde.«

»Ich habe die Linguine geschafft«, erinnerte sie ihn.

»Das war nur eine Lektion. Es dauert viele Jahre, es richtig zu lernen.«

»Dann muss ich mich wohl mit diesen kleinen Packungen mit Fertiggerichten zufriedengeben.«

»Das wäre ein Sakrileg, cara, jetzt, wo dein Gaumen eine gewisse Erziehung genossen hat.« Er berührte über den Tisch hinweg ihre Finger. »Juliet, ich will dich noch immer unterrichten.«

Sie fühlte, wie ihr Puls stolperte. Sie versuchte zu lächeln. »Du musst ein neues Kochbuch schreiben. Auf deiner nächsten Tour kannst du mir dann zeigen, wie man Spaghetti macht.« Plaudern, befahl sie sich. Wenn man plauderte, konnte man nicht nachdenken. »Wenn du ein Buch pro Jahr schreibst, schaffe ich es. Wenn du nächstes Jahr um dieselbe Zeit wiederkommst, könnte ich die nächste Lektion verkraften. Vielleicht habe ich dann schon meine eigene Firma, und du kannst mich engagieren. Nach drei Bestsellern solltest du an einen eigenen PR-Agenten denken.«

»An einen eigenen PR-Agenten? Vielleicht hast du recht.« Er griff in seine Tasche und holte einen Umschlag hervor. »Ich habe etwas für dich.«

Juliet erkannte die Hülle einer Fluglinie und runzelte die Stirn. »Gibt es Probleme mit deinem Rückflug? Ich dachte, ich hätte …« Sie verstummte, als sie ihren eigenen Namen auf dem Flugticket nach Rom sah.

»Komm mit mir, Juliet.« Er wartete, bis sie ihn ansah. »Komm heim mit mir.«

Mehr Zeit, dachte sie, während sie das Ticket festhielt. Er bot ihr mehr Zeit an. Und mehr Schmerz. Sie musste akzeptieren, dass es Schmerz geben würde. »Ich kann nicht, Carlo. Wir wussten beide, dass die Tour einmal zu Ende geht.«

»Die Tour ja, aber nicht das mit uns beiden. Ich will dich bei mir haben, Juliet.«

Sehr behutsam legte sie das Ticket weg. Es schmerzte, die Hand zurückzuziehen. »Es ist unmöglich.«

»Nichts ist unmöglich. Wir gehören zusammen.«

Sie musste seine Worte abwehren. Sie musste so tun, als würden sie nicht tief in sie eindringen und ihr Herz fast zum Bersten bringen. »Carlo, wir beide haben Verpflichtungen, und die liegen Tausende von Meilen auseinander. Am Montag sind wir beide wieder an der Arbeit.«

»Das muss nicht sein«, widersprach er. »Aber du und ich, das muss sein. Wenn du ein paar Tage brauchst, um deine Geschäfte hier in New York abzuschließen, dann warten wir. Dann fliegen wir nächste Woche, übernächste Woche nach Rom.«

»Meine Geschäfte abschließen?« Sie stand auf. Ihre Knie zitterten. »Weißt du überhaupt, was du da sagst?«

Er wusste es, aber er wusste nicht, was aus den Worten geworden war, die er eigentlich geplant hatte. Er stellte Forderungen, obwohl er Juliet Sehnsucht und Gefühle hatte zeigen wollen. Er strauchelte bei Dingen, in denen er stets so sicher gewesen war. Selbst jetzt fand er keinen festen Boden unter den Füßen.

»Ich will sagen, dass ich dich bei mir haben möchte.« Er stand auf und packte sie an den Armen. Das Kerzenlicht flackerte auf zwei verwirrten Gesichtern. »Terminkalender und

Pläne bedeuten gar nichts, siehst du das nicht ein? Ich liebe dich.«

Sie erstarrte, als hätte er sie geohrfeigt. Sie wusste, dass er diese Worte viel zu oft zu unzähligen Frauen gesagt hatte, als dass sie noch etwas bedeuteten.

»Das tust du mir nicht an, Carlo.« Ihre Stimme war nicht stark, aber er sah Wut in ihren Augen. »Ich bin bis jetzt bei dir geblieben, weil du mich nicht damit beleidigt hast.«

»Beleidigt?« Zuerst erstaunt, dann zornig schüttelte er sie. »Ich beleidige dich, wenn ich dich liebe?«

»Wenn du eine Phrase benutzt, die einem Mann wie dir viel zu leicht über die Lippen geht und die nicht den Atem wert ist, den du brauchst, um sie auszusprechen.«

Seine Finger lösten sich langsam von ihren Armen. »Nach allem, was wir zusammen hatten, hältst du mir Vergangenes vor? Du bist auch nicht unberührt zu mir gekommen, Juliet.«

»Wir wissen beide, dass es da einen Unterschied gibt. Ich habe meine Karriere nicht als Liebhaber gemacht.« Sie wusste, dass das gemein war, aber sie dachte nur an Verteidigung. »Ich habe dir schon gesagt, Carlo, wie ich über Liebe denke. Ich lasse mir davon mein Leben nicht auf den Kopf stellen. Ich lasse mich nicht von allen Zielen abbringen, die ich mir gesteckt habe. Du … du steckst mir ein Ticket zu und sagst, ich soll nach Rom kommen, und dann erwartest du, dass ich mit dir weglaufe für eine Affäre, dass ich meine Arbeit und mein Leben hinter mir lasse, und das alles, bis wir beide genug voneinander haben?«

Seine Augen wurden eisig. »Ich kenne mich mit Affären aus, Juliet. Ich weiß, wo sie beginnen und wo sie enden. Ich wollte dich bitten, meine Frau zu werden.«

Erneut wich sie zurück, als hätte er sie geschlagen. Seine Frau? Sie fühlte, wie Panik heiß in ihrer Kehle hochstieg. »Nein«, flüsterte sie entsetzt.

Dann rannte sie zur Tür und über den Korridor, ohne sich noch einmal umzudrehen.

Juliet brauchte drei Tage, ehe sie wieder ins Büro gehen konnte. Es war nicht schwer gewesen, ihren Vorgesetzten davon zu überzeugen, dass sie krank war und am letzten Tag von Carlos Tour ersetzt werden musste.

Also musste sie jetzt die Scherben aufsammeln und weitermachen. Und das konnte sie nicht in ihrem Apartment, in dem sie nur die Wände angestarrt hätte.

»Deborah«, sagte sie am ersten Arbeitstag zu ihrer Assistentin. »Ich möchte mit den Vorbereitungen für Lia Barristers Tour im August beginnen.«

»Sie sehen grässlich aus.«

Juliet blickte von ihrem Schreibtisch auf. »Vielen Dank.«

»Wenn Sie meinen Rat wollen, dann verlegen Sie Ihren Urlaub vor und verlassen die Stadt.«

»Ich brauche eine Hotelliste von Albuquerque für die Barrister-Tour.«

Deborah gab auf. »Kriegen Sie. Sehen Sie sich in der Zwischenzeit diese Ausschnitte an, die gerade über Franconi hereingekommen sind. Da ist einer, von dem ich nicht weiß, was ich machen soll. Ein französischer Koch, LaPointe, hat ein paar unfreundliche Bemerkungen über Franconi gemacht.«

Juliet nahm den Ausschnitt entgegen. »Ein Bauer kocht für Bauern«, las sie halblaut vor. »Öl, Mehl und keine Substanz …« Sie hoffte, dass Junes Racheplan funktionierte. »Das ignorieren wir«, entschied sie und warf den Ausschnitt in den Papierkorb.

»Mit dem Artikel aus Dallas könnte es Schwierigkeiten geben«, sagte Deborah. »Die Reporterin hat sich mitreißen lassen und gleich zehn Rezepte aus dem Buch abgedruckt.«

Juliet blickte auf. »Zehn?«

»Ich könnte mir denken, dass Franconi explodiert, wenn er das sieht.«

Juliet suchte den Artikel heraus. Er war enthusiastisch und schmeichelnd. Die schüchterne Miss Tribly hatte ein vollständiges Mahl von Vorspeise bis Dessert zusammengestellt. Carlos Rezepte waren wörtlich abgedruckt. »Was hat sie sich bloß dabei gedacht?«, murmelte Juliet. »Eins oder zwei hätte sie ja verwenden können, aber das …«

»Glauben Sie, Franconi macht Ärger?«

»Ich glaube, dass unsere Miss Tribly Glück hat, Tausende von Meilen von ihm entfernt zu sein. Verbinden Sie mich besser mit der Rechtsabteilung. Falls er klagen will, sollten wir vorbereitet sein.«

Nach fast zwei Stunden am Telefon fühlte Juliet sich fast wieder normal. Sie konnten klagen und Miss Triblys Hals in eine Schlinge stecken, was allerdings nicht gut gewesen wäre, weil sie im Sommer noch zwei Autoren für Dallas vorgemerkt hatten.

Carlo musste informiert werden. Das Problem war, ob er durch die Rechtsabteilung oder den Verleger verständigt werden oder ob sie selbst in den sauren Apfel beißen und ihm schreiben sollte.

Allein schon seinen Namen zu denken, verursachte ihr Schmerz …

Mit einem abgrundtiefen Seufzer stand Juliet auf und ging an das Fenster.

Für ihn war das alles nur Romantik gewesen, dieser letzte Abend. Nur Blumen und Kerzenschein. Er konnte sich vom Moment hinreißen lassen, ohne an den Folgen zu leiden. Ich liebe dich … so ein einfacher Satz. Carlo hatte ihn nicht so gemeint, wie er eigentlich gemeint sein müsste.

Heirat? Absurd. Er hatte sich sein ganzes Leben um die Ehe gedrückt. Er hatte genau gewusst, wie sie darüber dachte. Deshalb hatte er es gesagt. Er hatte sich sicher gefühlt, weil er wusste, sie würde nie zustimmen. In den nächsten Jahren konnte sie an Heirat nicht einmal denken. Sie musste an ihre Firma denken. An ihre Ziele, ihre Verpflichtungen.

Warum konnte sie ihn nicht vergessen …

Sie berührte das kleine Herz aus Gold und Diamanten, das sie nicht hatte ablegen können.

»Juliet?«

Sie drehte sich zu ihrer Assistentin an der Tür um. »Ja?«

»Hier wird etwas geliefert. Soll es hier herein?«

Seltsame Frage, dachte Juliet. »Natürlich.«

Deborah öffnete die Tür weiter. »Hier herein.«

Ein Mann in Uniform rollte eine Sackkarre in den Raum. Verwirrt betrachtete Juliet die Holzkiste, die fast so groß wie ihr Schreibtisch war. »Wohin soll ich es stellen, Miss?«

»Äh, da ist es gut.«

»Unterschreiben Sie hier.« Er hielt ihr ein Klemmbrett hin. »Schönen Tag noch.«

»Oh – ja, danke.« Sie starrte das Gelieferte noch immer an, als Deborah mit einem kleinen Brecheisen wiederkam.

»Was haben Sie bestellt?«

»Nichts.«

»Kommen Sie schon, öffnen Sie!«

»Ich kann mir wirklich nicht vorstellen, was das ist.« Juliet begann, den Deckel abzuheben. »Es sei denn, meine Mutter hat mir das Geschirr meiner Großmutter geschickt, wie sie es mir schon seit Jahren androht.« Als der Deckel sich löste, grub sie in den Styroporflocken.

»Hat das Geschirr Ihrer Großmutter einen Rüssel?«

»Einen was?«

»Einen Rüssel! Gütiger Himmel, Juliet, das ist ein Elefant.«

Gemeinsam hoben sie die schwere Keramikfigur auf den Schreibtisch.

»Das ist das lächerlichste Ding, das ich je gesehen habe«, sagte Deborah. »Es ist hässlich, abscheulich und albern.«

»Ja«, murmelte Juliet. »Ich weiß.«

»Welcher Verrückte schickt Ihnen einen Elefanten?«

»Nur einer.« Juliet streichelte liebevoll den Rüssel.

»Mein zweijähriger Sohn könnte darauf reiten.« Deborah

fischte eine Karte aus der Verpackung. »Hier, jetzt wissen Sie, wen Sie verklagen können.«

Sie wollte die Karte nicht nehmen. Sie wollte sie nicht lesen. Sie wollte den Elefanten einfach wieder einpacken und wegschicken. Keine vernünftige Frau wurde wegen eines einen Meter hohen nutzlosen Dinges aus Porzellan gefühlsselig.

Sie griff nach der Karte »Vergiss mich nicht«. Sie begann zu lachen.

Als die ersten Tränen rollten, stand Deborah ratlos da. »Juliet, sind Sie in Ordnung?«

»Nein.« Sie presste ihre Wange gegen den Elefanten und konnte nicht aufhören zu lachen. »Ich habe gerade meinen Verstand verloren.«

Juliet hatte eine rasende Taxifahrt durch Rom hinter sich, als sie an Carlos Haustür klopfte. Es dauerte eine Weile, dann öffnete sich die Tür.

Die Frau, die sie dort erblickte, war hübsch, dunkelhaarig, kurvenreich und jung. Juliets Elan verpuffte. Er hatte also schon eine andere Frau in seinem Haus. Einen Moment lang wollte sie sich umdrehen und weglaufen, doch dann straffte sie ihre Schultern.

»Ich möchte mit Carlo sprechen.«

Die Frau zögerte nur einen kleinen Moment, ehe sie lächelte. »Sie sind Engländerin?«

»Amerikanerin.«

»Kommen Sie herein. Ich bin Angelina Tuchina.«

»Juliet Trent.«

»Oh ja, Carlo hat von Ihnen gesprochen.«

Juliet unterdrückte ein Lachen. »Sieht ihm ähnlich.«

Als sie einen Salon betrat, sah sie Carlo in einem Sessel sitzen, in eine intensive Unterhaltung mit einem anderen weiblichen Wesen vertieft, das auf seinem Schoß saß und nicht älter als fünf sein konnte.

»Carlo, du hast Besuch.«

Er blickte auf, und zusammen mit seinem Lächeln verschwand jeder zusammenhängende Gedanke aus seinem Kopf. »Juliet.«

Angelina hob die Kleine auf ihren Arm. »Rosa ist meine Tochter. Carlo, bietest du Miss Trent keinen Platz an?« Seufzend deutete Angelina auf einen Sessel. »Bitte, nehmen Sie Platz. Sie müssen meinem Bruder verzeihen, Miss Trent. Manchmal ist er völlig abwesend, wenn er Rosa Geschichten erzählt.«

Bruder? Juliet betrachtete Angelina und sah Carlos warme dunkle Augen. Sie fragte sich, wie viele Möglichkeiten es wohl gab, sich wie eine Närrin zu fühlen.

»Wir müssen los.« Angelina küsste ihren noch immer schweigenden Bruder auf die Wange und nahm sich bereits vor, im Geschäft ihrer Mutter vorbeizuschauen und von der Amerikanerin zu erzählen, die Carlo die Sprache geraubt hatte. »Hoffentlich sehen wir uns wieder, solange Sie in Rom sind, Miss Trent.«

»Danke.« Juliet gab ihr die Hand. »Ganz bestimmt.«

»Wir finden schon hinaus. Ciao, Carlo.«

Carlo schwieg unverändert, während Juliet im Raum herumwanderte, hier dieses und dort jenes betrachtete. Die Kunst verschiedener Kulturen war in ihrer üppigsten Form vertreten. Es hätte überwältigend wie ein Museum wirken müssen. Stattdessen war es sehr freundlich und leicht, ein wenig eitel und sehr zu ihm passend.

»Du hast gesagt, dein Haus würde mir gefallen«, sagte sie endlich. »Es gefällt mir.«

Er schaffte es aufzustehen, aber nicht, zu ihr zu gehen. Ein Teil von ihm war in New York zurückgeblieben, aber er hatte noch seinen Stolz. »Du hast doch gesagt, du würdest nicht herkommen.«

Sie zuckte mit der Schulter und entschied, dass es am besten war, sich ihm nicht zu Füßen zu werfen, wie sie vorgehabt hatte. »Du kennst doch Frauen, Franconi. Sie ändern ihre Absichten. Und du kennst mich. Ich halte das Geschäftliche gern in Ordnung.«

»Das Geschäftliche?«

Froh darüber, so weitsichtig gewesen zu sein, griff Juliet in ihre Handtasche und zog den Ausschnitt aus Dallas hervor. »Hier ist etwas, das du dir sicher ansehen willst.«

Als sie nicht näher kam, war er gezwungen, zu ihr zu gehen und ihr das Blatt aus der Hand zu nehmen. Ihr Duft hatte sich nicht verändert. Er erinnerte Carlo zu rasch an zu viel. Seine Stimme klang flach und schroff. »Du bist nach Rom gekommen, um mir ein Stück Papier zu bringen?«

»Vielleicht siehst du es dir erst einmal an, bevor wir über etwas anderes sprechen.«

Er hielt seinen Blick eine Weile schweigend auf sie gerichtet, ehe er ihn auf das Blatt senkte. »Ein Zeitungsausschnitt, na und?«, begann er und stockte. »Was soll das denn sein?«

Sie lächelte, als sich sein Ton veränderte. »Ich dachte mir doch, dass es dich interessieren würde.«

»Was wollte sie damit machen?«, fragte er schließlich.

»Ihren Job, wenn auch ein wenig enthusiastisch.«

»Job? Ist es ihr Job, alle meine Rezepte zu zitieren? Und noch dazu falsch!« Wütend lief er durch den Raum. »Sie hat zu viel Oregano an meinem Kalb!«

»Ich fürchte, das habe ich gar nicht bemerkt«, murmelte Juliet. »Auf jeden Fall hast du ein Anrecht auf Entschädigung.«

»Entschädigung!« Er bildete aus seinen Händen einen Kreis. »Ich möchte nach Dallas fliegen und meine Entschädigung aus ihrem dünnen Hals herausquetschen.«

»Das wäre natürlich eine Möglichkeit.« Juliet presste die Lippen zusammen, um sich am Lachen zu hindern. Wie hatte sie je denken können, sie wäre in der Lage, ohne ihn auszukommen? »Oder eine Klage. Ich habe darüber nachgedacht und finde, ein energischer, missbilligender Brief wäre das Beste.«

»Missbilligend?« Er wirbelte zu ihr herum. »Missbilligst du einen Mord lediglich? Sie hat mein Kalb zu Tode gewürzt!«

Nachdem sie sich geräuspert hatte, konnte Juliet ihn besänftigen. »Ich verstehe, Carlo, aber ich glaube, es war einfach ein Fehler. Wenn du dich an das Interview erinnerst, sie war nervös und unsicher. Ich glaube, du hast sie einfach überwältigt.«

Er schob die Hände in die Hosentaschen. »Ich werde ihr selbst schreiben.«

»Das wäre sicher sehr gut – falls du den Brief zuerst von unserer Rechtsabteilung prüfen lässt.«

Er machte ein finsteres Gesicht. Dann betrachtete er sie eingehend. Sie hatte sich nicht verändert. Er hatte gewusst, dass sie sich nicht verändern würde. Es tröstete und verwirrte ihn gleichzeitig. »Du bist nach Rom gekommen, um mit mir über eine Klage zu sprechen?«

Sie nahm ihr Leben in ihre Hände. »Ich bin nach Rom gekommen«, sagte sie schlicht.

Er konnte nicht näher an sie herangehen, weil er sie sonst berühren musste. Der Schmerz hatte nicht nachgelassen. Er würde wohl auch nie nachlassen. »Warum?«

»Weil ich dich nicht vergessen habe.« Da er nicht zu ihr kam, ging sie zu ihm. »Weil ich dich nicht vergessen konnte, Carlo. Du hast mich gebeten, mit dir zu kommen, und ich geriet in Panik. Du hast gesagt, dass du mich liebst, und ich habe dir nicht geglaubt.«

Er verkrampfte die Finger, um sie stillzuhalten. »Und jetzt?«

»Jetzt habe ich noch immer Angst. Sobald ich allein war, konnte ich mir nichts mehr vormachen. Auch als ich mir eingestand, dass ich dich liebe, dachte ich, ich könnte weitermachen. Ich dachte, ich müsste weitermachen.«

»Juliet.« Er griff nach ihr, aber sie wich rasch zurück.

»Du solltest warten, bis ich fertig bin. Bitte«, fügte sie hinzu, als er einen Schritt auf sie zu machte.

»Dann mach rasch. Ich muss dich in die Arme nehmen.«

»Oh Carlo.« Sie schloss die Augen. »Ich möchte daran glauben, dass ich mit dir leben kann, ohne aufzugeben, was ich bin, was ich sein muss. Aber ich liebe dich so sehr, dass ich fürchte, ich würde alles aufgeben, sobald du mich darum bittest.«

»Dio, was für eine Frau! Begreifst du denn nicht, dass ich dich zu sehr liebe, um so etwas zu verlangen? Würde ich dich lieben, wenn du nicht die wärst, die du bist? Wenn ich Juliet Trent liebe, warum sollte ich sie verändern wollen?«

»Ich weiß es nicht, Carlo. Ich …«

»Ich war ungeschickt.« Als sie die Hände hob, hielt er sie fest. »Als ich dich bat, mich zu heiraten, war ich ungeschickt.«

»Ich dachte nicht, dass du es ernst meinst …«

Bevor sie sich wehren konnte, zog er ihre Hände an seine Lippen. »Du dachtest, ich würde von dir verlangen, dass du deinen Job, dein Heim aufgibst und nach Rom zu mir kommst. Ich bat dich um weniger und um so viel mehr. Ich hätte sagen müssen: ›Juliet, du bist mein Leben geworden, und ohne dich bin ich nur halb. Teile dein Leben mit mir!‹«

»Carlo, ich möchte es.« Sie schmiegte sich in seine Arme. »Ich möchte es wirklich. Ich kann neu anfangen, Italienisch lernen. Es muss einen Verleger in Rom geben, der eine Amerikanerin braucht.«

Er schob sie an den Schultern von sich. »Wovon redest du? Neu anfangen. Du hast mir gesagt, dass du deine eigene Firma gründen willst.«

»Es spielt keine Rolle. Ich kann …«

»Nein.« Er hielt sie fester. »Es spielt eine große Rolle für uns beide. Du wirst eines Tages deine eigene Firma in New York haben. Wer weiß es besser als ich, wie erfolgreich du sein wirst? Ich werde eine Frau haben, mit der ich genauso angeben kann wie mit mir selbst.«

»Aber du hast hier dein Restaurant.«

»Ja. Vielleicht willst du eine Zweigstelle deiner PR-Firma in Rom eröffnen. Italienisch zu lernen, ist eine ausgezeichnete Entscheidung. Ich lehre dich selbst. Wer könnte das besser?«

»Ich verstehe dich nicht. Wie sollen wir unser Leben miteinander teilen können, wenn ich in New York bin und du in Rom bist?«

Er küsste sie, weil er schon zu lange darauf warten musste. »Ich spiele schon länger mit dem Gedanken, noch ein Restaurant zu eröffnen. Franconi's in Rom ist natürlich das Beste, unvergleichlich.«

»Natürlich.«

»Dann wäre also ein Franconi's in New York das Zweitbeste.«

»In New York?« Sie bog den Kopf so weit zurück, dass sie ihn sehen konnte. »Du willst also ein Restaurant in New York eröffnen?«

»Meine Anwälte suchen bereits das richtige Gebäude. Du siehst, Juliet, du hättest mir gar nicht entkommen können.«

»Du wolltest zurückkommen?«

»Erst, wenn ich ganz sicher gewesen wäre, dich nicht umzubringen. Wir haben unsere Wurzeln in zwei Ländern. Wir haben unser Geschäft in zwei Ländern. Wir werden in zwei Ländern leben.«

Die Dinge waren so einfach. Sie hatte seine unbegrenzte Großzügigkeit vergessen. Sie drängte die Tränen zurück. »Ich hätte dir vertrauen sollen.«

»Und dir selbst, Juliet.« Er legte seine Hände an ihr Gesicht und schob seine Finger in ihr Haar. »Dio, wie ich dich vermisst habe. Ich will meinen Ring an deinem Finger und deinen Ring an meinem Finger.«

»Wie lange dauert es, bis man in Rom heiraten darf?«

Lächelnd drückte er sie an sich. »Ich habe Verbindungen. Spätestens am Wochenende gehörst du mir.«

»Und ich gehöre dir. Nimm mich in dein Bett, Carlo. Ich will, dass du mir jetzt zeigst, wie es für den Rest unseres Lebens sein wird.«

»Juliet, mi' amore, von diesem Moment an gibt es nur noch dich für mich.«

Sie legte ihre Hand an seine Wange. »Kannst du es hören?«

»Was?«

»Das Karussell.« Lächelnd breitete sie die Arme aus. »Es hat niemals angehalten.«

– ENDE –

Tanya Michaels

Verführung nach Rezept

Aus dem Amerikanischen von
Petra Meier

1. Kapitel

Lieb gewonnene Routinen zu durchbrechen ist eine echte Herausforderung – das gilt für die Küche, im Bett oder auch in anderen Bereichen des Lebens. Versuchen Sie es doch einfach mal mit ein bisschen mehr Würze aus dem Vorwort des Buches Verführung in sechs Gängen von Miriam Scott, Köchin

Ich erinnere mich noch genau an jenen Moment in der Junior Highschool. Ich stand beim Hauswirtschaftskursus in der Schulküche, und plötzlich war mir klar: Hey, dafür hast du ein Händchen. Seit damals ist die Küche mein Zufluchtsort. Unzählige Familientreffen habe ich nur überstanden, weil ich in unserer Küche ungestört vor mich hin brutzeln konnte, während sich die lärmende Verwandtschaft in einem anderen Teil des Hauses gegenseitig in den Wahnsinn trieb. Später gab es Abende in der Restaurantküche, an denen ich am liebsten vom Kühlraum zum Gebäckregal *getanzt* wäre und dabei gerufen hätte: »Mein Heiligtum! Mein Heiligtum!« Mit diesem Geständnis möchte ich natürlich keinem meiner Kollegen zu nahetreten.

An diesem Abend nutzte ich die Ruhe nach dem Gästeansturm für eine ganz persönliche Siegesfeier in unserer Hochglanzküche. Es war uns gelungen, einen als schwierig bekannten Restaurantkritiker aus Charleston von unseren Qualitäten zu überzeugen, und die gesamte Belegschaft war losgezogen, um dieses Ereignis gebührend mit Cocktails zu begießen. Ich hatte Arbeit vorgeschützt, ein neues Rezept, das ich unbedingt ausprobieren musste. Natürlich nahm mir das keiner ab.

Ich wurde freundschaftlich geknufft und musste anzügliches Blinzeln über mich ergehen lassen. Offenbar waren alle davon überzeugt, dass dies nur eine Ausrede von mir war, damit ich mit Trevor allein feiern konnte. Da lagen sie jedoch falsch. Ich gehörte bestimmt nicht zu diesen Köchinnen, die sich für etwas ganz Besonderes hielten und ihren Kollegen mit ihrer Selbstbeweihräucherung ständig auf die Nerven gingen. Ich war durchaus in der Lage, diesen Erfolg auch allein für mich zu genießen.

Sehr lange hielt das Alleinsein jedoch nicht an. »Miriam?«

Überrascht sah ich auf. Ich hatte gerade ein Pfännchen mit Ingwer-Konsommee zusammengerührt und erhitzte es langsam auf dem Herd. Trevor Baines stand in der Tür. Eigentlich war ich davon ausgegangen, dass er noch gut eine Stunde mit der Abrechnung beschäftigt sein würde. Als er ins Licht der Küche trat, musste ich wieder einmal feststellen, wie makellos er aussah in dem dunklen Hemd und den schwarzen Flanellhosen. Der Eigentümer des »Spicy Seas«, Trevor, war eigentlich mein Chef, aber auch mein Lover. Sogar das Wort Verlobung hatte er schon ein- oder zweimal in den Mund genommen, aber wir waren zu sehr mit unseren Restaurantplänen beschäftigt, um uns Gedanken über eine Hochzeit machen zu können.

Ich war mir allerdings sicher, dass dies nicht der Grund für sein überraschendes Auftauchen war.

»Wir müssen reden«, erklärte er. Obwohl wir heute Abend einen grandiosen Erfolg verbucht hatten, ließ sein mitleidiger Gesichtsausdruck nichts Gutes erahnen.

Er hatte die bedauernswerte Miene eines Riesenbabys aufgesetzt, was mich insgeheim verlockte, sein Gesicht mal kurz mit einem Bratenwender zu bearbeiten. Um Missverständnissen vorzubeugen: Trevor war ein großartiger Typ, aber ab und zu wirkte er unfreiwillig herablassend, vor allem wenn er schlechte Nachrichten zu verkünden hatte. Als ob er mich besonders feinfühlig behandeln müsste … Eigentlich sollte er am besten wissen, wie gelassen und zuverlässig ich bin.

Abgesehen natürlich von meiner Neigung zu ungewöhnlichen Kochkreationen und periodisch auftretenden Gewaltfantasien, in denen Bratenwender eine nicht unbedeutende Rolle spielten. Aber eigentlich war ich es, die sich ohne viel Aufhebens um die üblichen Konflikte hinter den Restaurantkulissen kümmerte. Trevor hatte mit einem Zuschuss seiner wohlhabenden Familie dafür gesorgt, dass wir das Restaurant kaufen konnten. Außerdem hatte er sich als unschlagbar darin erwiesen, Lieferanten, zukünftige Kunden und die Mitarbeiter von Gourmet-Zeitschriften um den Finger zu wickeln. Seine Fähigkeit, mit Menschen umzugehen, und meine großartigen Rezepte hatten das »Spicy Seas« zu einem von Charlestons beliebtesten neuen Restaurants gemacht. Ich bin emotional bestimmt nicht stabiler als die meisten – etwas neurotischen – achtundzwanzigjährigen Amerikanerinnen, aber an *einer* Sache gab es nichts herumzukritisieren: an meiner Kochkunst.

Ich drehte den Herd ab, weil Trevor offenbar meiner ungeteilten Aufmerksamkeit bedurfte. »Was gibt es?«

»Zunächst einmal möchte ich dir sagen, dass du dich heute Abend selbst übertroffen hast.« Er fuhr sich mit einer Hand durch sein welliges schwarzes Haar. »Ich meine, du machst deine Sache immer großartig. Aber dieser Kritiker war schlicht begeistert von dem Wrackbarsch. Und dann diese scharf gewürzte Früchte-Salsa …«

Wrackbarsch ist seit Neuestem eine Delikatesse in South Carolina, und die Salsa aus den Früchten des Tropenbaumes ist meine Spezialität.

»Ich denke, sein Artikel wird uns wieder ein Stück weiter nach vorn bringen«, fuhr er fort. So weit hörte sich alles bestens an, wenn seine Stimme nicht diesen alarmierenden Unterton gehabt hätte. Es klang wie bei einem Arzt, der einem versicherte: »Es wird nicht wehtun«, bevor er einem die Injektionsnadel in die Haut rammte.

»Danke dir, Trevor. Das klingt doch großartig. Aber wenn irgendetwas nicht in Ordnung ist, musst du mir nicht erst Honig ums Maul schmieren. Sag's einfach.«

Er lachte nervös. »Du Pessimistin. Wie kommst du denn darauf, dass etwas nicht in Ordnung ist?«

Es gab gewisse Anzeichen, die schon immer als sichere Vorboten für drohendes Unheil gestanden hatten – ein Totenschädel mit gekreuzten Knochen beispielsweise ist so eins. Und die Worte *wir müssen reden*. Trevor war offenbar sehr nervös. Sonst wäre ihm so ein Anfängerfehler nicht unterlaufen.

Oh Gott. War das »Spicy Seas« in Gefahr?

Die Umsätze waren vielversprechend, besonders für ein Restaurant, das noch kein Jahr alt war. Die hervorragende Qualität hatte sich schnell herumgesprochen, und die Kritiker hatten uns bisher freundlich behandelt. Der kürzliche Wechsel zu einem anderen Lieferanten für Meeresfrüchte brachte etwas höhere Ausgaben mit sich, aber die Tatsache, dass er es im Gegensatz zu seinem Vorgänger mit der Haltbarkeit sehr genau nahm, kam schließlich der gesamten Gastronomie an der Küste zugute.

Keine Panik. Was immer auch für Schwierigkeiten auftraten, wir würden schon damit fertig werden. Meine Freundin Amanda hatte ein paarmal gesagt, sie könnte nicht erkennen, dass irgendein Funke zwischen mir und Trevor übersprang. Wir hatten daraufhin beschlossen, unser Liebesleben nicht mehr voreinander auszubreiten. Aber ob Funken oder nicht, Trevor und ich waren ein gutes Team.

»Erzähl mir doch einfach, was los ist«, schlug ich vor.

»In Ordnung.« Seine nussbraunen Augen blickten irgendwie ängstlich, und er sah zur Seite. »Um die Wahrheit zu sagen, ich denke nicht, dass es funktionieren wird.«

»Das Restaurant?« Meine schlimmsten Befürchtungen schienen sich zu bewahrheiten. Ich war sicher, dass mein Gesicht genauso weiß wurde wie meine zerdrückte Kochmütze. Ich hatte sie abgenommen, nachdem das Restaurant geschlossen war.

»Nein, nicht das Restaurant, Miriam. Das läuft großartig. Ich meine uns.«

Das »Spicy Seas« lief also großartig. Die Erleichterung wärmte mich innerlich wie eine Tasse heiße Milch mit Honig. Moment. »*Uns?* Du meinst dich und mich?«

Er nickte und sah plötzlich abgespannt aus. Das kam bei ihm selbst nach einer Doppelschicht selten vor. »Ich halte sehr viel von dir. Das weißt du.«

Nun, ich hatte das angenommen, nachdem wir ja auch schon über eine mögliche Heirat gesprochen hatten. Vielleicht war das ein wenig voreilig gewesen.

»Du bist außerdem eine sehr talentierte Köchin«, fuhr er fort und setzte dabei wieder seine traurige Riesenbaby-Miene auf. Keine Frage. Mit diesen Schmeicheleien versuchte er nur, mich zu besänftigen. »Und … äh … du bist eine bezaubernde Person. In den Monaten mit dir …«

»Komm zum *Punkt*, Trevor.« Es sollte einer Frau eigentlich erlaubt sein, zickig und ungeduldig zu werden, wenn sie … abserviert wird? Für einen Moment überdeckte meine Verwirrung jedes andere Gefühl. Was ging hier vor, und warum hatte ich es nicht kommen sehen? »Gibt es eine andere?«

Ich hatte keine Ahnung, wann er Zeit dafür gefunden haben sollte, mich zu betrügen. Natürlich hatte ich mitbekommen, dass ihm Dutzende Frauen schöne Augen machten. Frauen, die im kleinen Schwarzen mit topmodischen Frisuren im Restaurant auftauchten. Die Kombination aus stundenlanger Arbeit in der heißen Küche und der wenig kleidsamen weißen Küchenmontur ließen mich dagegen natürlich nicht gerade als Anwärterin für einen Vogue-Titel erscheinen.

Trevor schüttelte den Kopf. »Es geht nicht um irgendjemand anders. Es geht um dich.«

»Mich?« Ich blinzelte empört. Obwohl es sicherlich stimmte, dass er jeden Abend von attraktiveren Frauen als mir umgeben war, fand ich es trotzdem eine Frechheit von ihm zu behaupten, dass es an mir lag, wenn Probleme zwischen uns auftraten. Meine rechte Hand tastete unwillkürlich die Herdabdeckung entlang auf der Suche nach einem Bratenwender.

»Nicht, dass du etwas falsch gemacht hättest«, beeilte er sich zu versichern. »Es ist nur ... ich hab in Interviews über uns geredet, und da sind mir ein paar Sachen klar geworden. Ich und du, wir passen einfach nicht zusammen. Es ist wie mit einem Stück Lamm ... es harmoniert hervorragend mit einem Cabernet Sauvignon.«

Wäre ich nicht so überrascht gewesen, hätte ich ihn bestimmt darauf hingewiesen, dass das gesamte Konzept des »Spicy Seas« auf fantasievolleren Kombinationen fußte als der von ihm genannten.

»Du würdest dazu doch nie ein billiges Bier trinken, nicht wahr?«

Ich fand meine Stimme wieder. Allerdings klang sie eine Spur heiserer und wütender als vorher. »Du vergleichst mich mit einem billigen Bier? Du trennst dich von mir *und* beleidigst mich? In *meiner* Küche?«

Ihn mit dem Bratenwender zu verdreschen war nicht genug. Er hatte eine Abreibung mit etwas Härterem verdient.

»*Unsere* Küche«, korrigierte er mich mürrisch. Kein Kunde würde ihn je so erleben. »Mein Ruf hängt an diesem Restaurant. Ich hab mir einen Namen in der Gastroszene gemacht, ich gehöre zu den erfolgreichen Leuten in Charleston. Ich möchte natürlich, dass du bleibst – du bist schließlich ein Teil dessen, was das ›Spicy Seas‹ ausmacht. Aber leider bist du nun mal nicht die Frau, die die Leute an meiner Seite sehen wollen.«

»Trevor, ich …«, *habe keine Ahnung, was ich sagen soll.* Dieser Mann, der mich leidenschaftlich umworben hatte, hielt mir nun vor, dass ich nicht mehr zu seinem Image passte. Er wollte mich loswerden wie ein Paar unansehnliche Manschettenknöpfe, die nicht zu seinem Jackett passten.

Er seufzte. »Ich weiß, ich sollte nicht so direkt sein, aber du verdienst, dass ich dir reinen Wein einschenke. In der Küche bist du eine Zauberin. Du kochst die schärfsten, ungewöhnlichsten Gerichte, die ich je gegessen habe. Aber in allen anderen Lebensbereichen, Miriam, bist du für meinen Geschmack ein bisschen zu fade.«

Meine Maisonette-Wohnung lag im Norden von Charleston, einer Gegend, die für mich erschwinglich war. Sie war mit allem nötigen Komfort ausgestattet. Nur in der Küche fehlte es für meinen Geschmack an Abstellflächen, und die Vorratskammer war zu klein. Als ich an diesem Abend nach Hause kam, war ich noch immer hin- und hergerissen zwischen Schock und Wut. Morgen wäre ich vielleicht in der Lage, einen Mord zu begehen. Vielleicht wäre ich zumindest aufgebracht genug, meine Bewerbungsunterlagen bei den schärfsten Konkurrenten des »Spicy Seas« einzureichen. Doch heute Abend war ich einfach zu ausgelaugt, um mich noch aufregen zu können. Kein Wunder. Ich war Stunden auf den Beinen gewesen, um den richtigen zeitlichen Ablauf für das Servieren der Vorspeisen zu überwachen.

Ich warf meine Schlüssel auf das noch unfertige hölzerne Fernsehregal im Wohnzimmer und ließ mich auf das gestreifte Sofa fallen. Wie üblich versuchte ich, die Post durchzusehen, doch ich konnte mich auf keinen Umschlag konzentrieren. Das Beziehungsdrama, in dem ich ungewollt die Hauptrolle zugewiesen bekommen hatte, blockierte mich völlig. *Den arroganten Trottel spielt heute Trevor Baines.*

Ich sollte fade sein?

Bis heute Abend hatte er mich »systematisch« genannt. Das kam meinen Kochkünsten zugute. Und Trevor hatte vorgegeben, das an mir zu mögen. Er war schon immer eher ein ambitionierter Träumer gewesen als ein Macher, obwohl er sich für unsere Beziehung sehr ins Zeug gelegt hatte. Von Anfang an hatte er mich umworben. Das alleine hätte mir wahrscheinlich schon zu denken geben sollen. Keiner aus der zugegebenermaßen überschaubaren Riege an Männern, die sich bisher für mich interessiert hatten, war so gut aussehend, vermögend und charmant gewesen wie Trevor.

Ich war kein Mauerblümchen oder so was. Bisher hatte ich mir nur einfach nicht besonders viel Mühe mit meiner Aufmachung gegeben. Schließlich verbrachte ich jeden Tag Stunden schwitzend in der Küche und ließ deshalb meistens das Makeup weg. Meine aschblonden Haare kämmte ich schlicht nach hinten zu einem Zopf zusammen. Bei meiner Kleidung war mir der bequeme Sitz wichtiger als schicke Schnitte. Und selbst wenn ich modisch interessiert gewesen wäre, verfügte ich nicht gerade über einen Körperbau, der darauf wartete, mit dem letzten Schrei der Mode ausstaffiert zu werden. Ich trieb regelmäßig Sport, damit sich meine Liebe zum guten Essen nicht auf meinen Hüften niederschlug. Also war ich bestimmt nicht dick, aber auch nicht gerade zerbrechlich wie eine Elfe. Und mit rasanten Kurven konnte ich leider auch nicht dienen. Ich denke, man bezeichnete meine Figur wohl gemeinhin als »sportlich«.

Als Trevor mich kennenlernte, hatte ihn mein nicht gerade umwerfendes Äußeres allerdings nicht davon abgehalten, mit mir auszugehen. Ich war damals in einem guten Restaurant als Köchin beschäftigt. Als der größenwahnsinnige Chefkoch eines Abends kündigte, wurde ich aus Verlegenheit schnell auf seinen Platz befördert. Trevor, der dort regelmäßig Gast war, hatte den Unterschied beim Essen bemerkt. Er bat darum, in die Küche gehen zu dürfen, um sein Lob persönlich zu überbringen. Dann hatte er nicht mehr lockergelassen.

Wenn ich es mir recht überlegte, war sein Interesse an mir von Anfang an mit der Überzeugung verbunden, ich müsse irgendwo als verantwortliche Köchin am Herd stehen und nicht nur als Gehilfin ... und zufällig plante er gerade, selbst irgendwo ein Restaurant aufzumachen. Es gab Männer, die darauf aus waren, eine Frau ins Bett zu bekommen. Trevor hatte es wohl nur auf meine Rezeptsammlung abgesehen.

Bei dem Gedanken, als Frau nicht interessant genug zu sein, stiegen mir die Tränen in die Augen. Schnell versuchte ich, mich wieder auf die monatlichen Rechnungen zu konzentrieren. Der taubenblaue Umschlag in meiner Hand war aber offensichtlich keine. Der Absender lautete Hargrave Sachbücher. Meine Finger zitterten ein wenig. Obwohl es eigentlich Trevors Idee gewesen war, dass ich ein Kochbuch herausbringen sollte, um das Restaurant noch besser zu vermarkten, war ich begeistert gewesen. Nachdem ich das Manuskript abgeschickt hatte, war jedoch schon so viel Zeit vergangen, dass ich kaum noch mit einer Antwort rechnete.

Der Brief in meiner Hand war dünn, und ich hatte Angst, ihn zu öffnen. Wenn sie mein Manuskript haben wollten, hätten sie sicherlich angerufen, um gleich Details mit mir zu besprechen. Doch schließlich gab es wohl kaum einen passenderen Zeitpunkt für schlechte Nachrichten als heute Abend. Das Einzige, was noch zu einer richtigen Trauerfeier fehlte, waren ein paar schwarze Luftballons und ein zweitklassiger Rotwein.

Ich überflog den Briefkopf und das übliche »Danke, dass Sie an uns gedacht haben«-Blabla. *Sie wollten es nicht haben.* Ich las den Brief zum zweiten Mal und wünschte mir, es gelassen zu haben. Sie fanden meine Rezepte großartig. Schade nur, dass sie nie jemand zu Gesicht bekommen würde, weil es meinem Namen leider an Bekanntheit fehlte. Mein Buch habe keine Chance gegen die übermächtige Konkurrenz bekannterer Küchenchefs. Die Herausgeber ermunterten mich jedoch, es jederzeit erneut zu versuchen, wenn ich bessere Verkaufsargumente vorlegen könne, was so viel heißen sollte wie: »Bitte reichen Sie es erneut ein, wenn Sie berühmt sind«.

Das meinen die nicht persönlich, versicherte ich mir. Nur leider fühlte es sich genau so an. Vor allem heute Abend. Mein Liebster meinte, dass ich nicht Frau genug für ihn war, und nun befanden ein paar Herausgeber in New York, dass ich auch als Köchin zu wenig hermachte. Mein Ego fiel in sich zusammen wie ein geplatztes Soufflé.

Ich zerknüllte ein Sofakissen. Normalerweise verarbeitete ich Schicksalsschläge am liebsten mit einem therapeutischen Kochgelage. Aber um mich heute aus dem Schlamassel zu ziehen, hätte ich mehr Platz dafür gebraucht, als meine Küche hergab. Meine Familie hatte für solche Krisensituationen ein erprobtes Prozedere entwickelt – man redete darüber. Die Angelegenheit wurde bis zum Ende ausdiskutiert, um dann noch einmal von vorne anzufangen und sich dabei darüber auszulassen, wie gut es tat, dass diese ausführliche Diskussion stattfand.

Im Ausdiskutieren war meine Familie nicht zu schlagen.

Mom, Dad und mein älterer Bruder Eric haben die Methode perfektioniert, ihre Gemütslage so schnell und so häufig auszubreiten wie möglich. Könnten sie das als Wettbewerb bei den Olympischen Spielen anmelden, würden die Scotts alle vier Jahre mit einer Goldmedaille heimfahren. Ich stelle mir die Austragung in etwa so vor wie beim Rodeln. In den drei Minuten, die das Team braucht, um ins Ziel zu gelangen, müsste jedes noch so kleine Detail über jede Verabredung, jede Trennung und jede gesundheitliche Krise ausgetauscht werden, die die Mitfahrer je erlebt hatten. Kampfrichter würden Punkte für die saubere Kurvendurchfahrt vergeben und für die genaueste Erinnerung an persönliche Erlebnisse.

Im Gegensatz zu dem ungehemmten Mitteilungsdrang meiner Familie – oder vielleicht gerade deshalb – war ich immer ein bisschen zurückhaltend gewesen. Sie hatten lange enormen Druck auf mich ausgeübt, »mich zu öffnen«. Dann hatte mein Bruder eine Frau geheiratet, die die klaffende Lücke im Leben meiner Eltern ausfüllte und ihnen die Tochter bescherte, die ich hätte sein sollen. Ich kann nicht genau sagen, ob die oft unpassenden Bemerkungen meiner Zwillingsnichten darauf schließen ließen, dass sie den Hang zum Seelenstriptease geerbt hatten. Vielleicht handelte es sich dabei aber auch einfach nur um das typische Verhalten dreijähriger Mädchen.

Ehrlich gesagt, denke ich aber, dass sie das »Öffne-dich-Gen« in sich tragen. Meiner Schwägerin kann man in der Öffentlichkeit keine Minute über den Weg trauen. Vor ein paar Monaten war ich mit ihr in einem Supermarkt und hatte mich nur kurz hinuntergebeugt, um ein Päckchen Kaugummi aus dem Regal zu nehmen. Als ich wieder hochkam, hatte Carrie gerade angefangen, mit der Kassiererin die Vorteile des Stillens zu diskutieren – sehr zum Leidwesen des älteren Herrn, der vor uns in der Schlange stand. Ich war minutenlang steif vor Entsetzen, als sich das Gespräch *rissigen Brustwarzen* zuwandte.

Trotz meiner Vorbehalte gegen die mitteilsamen Scotts musste ich zugeben, dass ich mir gerade jetzt gerne ein wenig Trost bei ihnen geholt hätte. Was ich wirklich brauchte, war eine verständnisvolle Seele mit Verbindungen zu einschlägigen Kreisen, die einen für mich bezahlbaren Wir-prügeln-deinen-Ex-windelweich-Plan durchziehen konnten. Aber halt! Ich mache natürlich nur Spaß. Bevor ich das Geld für Trevor verschwende, lege ich mir lieber ein neues Calphalon-Topfset zu.

Nur dieses eine Mal gab ich meiner erblich bedingten Mitteilungssucht nach und griff nach dem schnurlosen Telefon. Gott weiß, wie begeistert Carrie sein würde, wenn ich sie anrief. Während es noch klingelte, überlegte ich es mir allerdings anders. Carrie würde jedem, dem ich jemals begegnet war, bis spätestens morgen Abend von meiner Demütigung berichtet haben. Außerdem gehörte meine Schwägerin nicht zum Club der Vampire – was bedeutete, dass sie, wie die meisten normalen Menschen, um diese Uhrzeit schlief.

Alle, die in der Gastronomie und in der Club- oder Barszene arbeiteten, kennen sich und pflegen diese Kontakte. Die nächtlichen Arbeitszeiten führen andernfalls unweigerlich zu einem sehr einsamen Privatleben. Meine Nachbarin Amanda White zum Beispiel war Barkeeperin und wohnte nur ein paar Türen entfernt. Sie war das genaue Gegenteil von mir. Sie trug das Herz auf der Zunge und liebte spontane Verabredungen. Aber genau wie ich kam sie üblicherweise erst um drei Uhr morgens nach Hause. Während der vergangenen vier Monate waren wir ziemlich gute Freundinnen geworden. Wir trafen uns häufig zum Frühstück, gingen dann aber noch vor Sonnenaufgang wieder getrennter Wege. Daher der Bezug zu den Vampiren, obwohl der Vergleich bei mir hinkte. Ohne Knoblauch könnte ich es nämlich nicht aushalten.

Ich wusste, dass Amanda heute Nacht nicht arbeiten musste. Würde sie trotzdem noch wach sein? Im nächsten Moment stand ich schon an meiner Wohnungstür, das Ablehnungsschreiben fest in der Hand. Draußen erwartete mich eine schwüle Sommernacht. Als ich Amandas Veranda erreichte, hatte ich den Brief auf die Größe einer Walnuss zusammengeknüllt.

Hinter ihren Gardinen sah ich Licht. Ich klopfte vorsichtig mit den Fingerknöcheln an die Tür. Sie sollte es hören, wenn sie ein Buch las oder sich eine DVD ansah. Falls sie schon schlief oder … anderweitig beschäftigt war, wollte ich sie nicht aufschrecken. Sie bekam beinahe täglich eindeutige Angebote, was bei ihrem Aussehen keine Überraschung war.

Ich hörte Schritte auf der anderen Seite der Tür, dann war es still. Mir war klar, dass sie mich jetzt durch den Spion beäugte.

Ich fühlte mich dabei immer ein bisschen wie eine Verdächtige bei einer polizeilichen Gegenüberstellung.

Die Sicherheitskette klickte. Amanda öffnete die Tür. Ihr lockiges, kinnlanges Haar war aufgestrubbelt und platinblond gefärbt, wie es gerade der letzte Schrei war. Sie trug ein pinkfarbenes Nachthemd, das ihr knapp über die Oberschenkel reichte. Groß und kurvenreich, wie sie war, sah sie umwerfend aus – wie ein Wäschemodel. »Hey, Miriam.«

»Hab ich dich geweckt?«

»Natürlich nicht. Ich kann mich nicht mal daran erinnern, wann ich das letzte Mal so früh im Bett war«, gab sie putzmunter zurück. Sie ließ mich eintreten und betrachtete mich neugierig. »Ist alles in Ordnung?«

»Ich … nun … eigentlich nicht.«

Sie führte mich in den lang gestreckten Raum, der ihr als Küche und Esszimmer diente. Unsere Grundrisse waren fast identisch, aber ihre Wohnung war modern und modisch eingerichtet, so wie sie es gerne hatte. Sie setzte sich an den schwarz lackierten Tisch. Trotz meiner Erschöpfung hielt mich meine innere Unruhe auf den Beinen.

»Willst du darüber reden?«, bot sie an.

Irgendwie wollte ich das schon. Deshalb war ich schließlich auch hier, aber die Worte wollten einfach nicht aus mir heraus.

Wie machte meine Familie das bloß? Wenn ich Amanda jetzt erzählte, wie verheißungsvoll der Abend angefangen hatte und wie ich dann verlassen und abgelehnt worden war … Würde das nicht dazu führen, dass ich den ganzen Schmerz noch einmal durchleben musste? Würde ich mich nicht wie eine jämmerliche Verliererin anhören? Eines stand fest: Wenn Seelenstriptease ein olympischer Wettbewerb wäre, würde ich kaum die Qualifikationsrunde überstehen.

Außerdem gab es zwischen Amanda und mir so etwas wie eine unausgesprochene Vereinbarung, Trevor möglichst nicht zu erwähnen. Sie war nie wirklich warm mit ihm geworden, was ich angesichts ihres Männerkonsums lustig fand. Jetzt war es mir peinlich, dass sie ihn offensichtlich richtig eingeschätzt hatte.

Ich starrte sie mit ausdruckslosem Gesicht an.

»Im Kühlschrank ist noch eine Flasche Wein«, bot sie an. »Soll ich ihn aufmachen?«

Solange es nicht der Cabernet Sauvignon war, den man zum Lammgericht servierte, schoss es mir durch den Kopf. »Trevor und ich haben uns getrennt.« Dieses Geständnis brachte mich auf Touren – der Knoten platzte, und ich war nicht mehr zu bremsen.

Amandas denkwürdig violettfarbene Augen weiteten sich schockiert, während ich um den Tisch herummarschierte und wie ein Schnellfeuergewehr herunterratterte, dass ich irgendwie auf einmal »zu fade« war für den Mann, der mir noch vor Kurzem seine Liebe erklärt hatte … nun ja, ich konnte nicht *ganz genau* sagen, wann er dies zum letzten Mal getan hatte, aber trotzdem! Dann erzählte ich ihr, dass Hargrave Sachbücher, ein Verlag, der eine sechsstellige Summe für die Biografie des Chihuahuas eines Supermodels auf den Tisch gelegt hatte, mich ebenfalls nicht haben wollte.

Irgendwann hatte Amanda uns Weißwein in zwei Gläser geschenkt. Als Barkeeperin war sie es gewöhnt, den Leidensgeschichten anderer Leute zuzuhören, während sie Cocktails mixte. Im Zuhören war sie ein Ass. Manchmal gab sie anteilnehmende Laute von sich, und wenn es angebracht war, ein kurz eingestreutes »der aufgeblasene Mistkerl«. Das half enorm. Als ich schließlich alles herausgesprudelt hatte, plumpste ich auf einen Stuhl und stellte fest, dass ich mich irgendwie erleichtert fühlte. Vielleicht war doch etwas dran an der Geschichte, dass man sich Dinge von der Seele reden konnte.

Aber ganz langsam. Bevor ich rissige Brustwarzen in eine Unterhaltung einfließen lassen würde, gingen im Himmel die Lichter aus.

»Mann!« Amanda seufzte tief. »Ich habe dich noch nie so viel reden hören. Das machst du großartig. Und es ist nicht zu übersehen, dass du ziemlich wütend bist.«

»Denkst du, ich habe keinen Grund dazu?«

»Bist du wahnsinnig? Ich bin *hingerissen*. Nicht wegen dem Mist heute Nacht, aber das wird sich schon wieder finden. Jetzt hast du die Chance, einen echten Kochbuch-Knüller zu schreiben. Ich war nie davon überzeugt, dass Trevor der Richtige für dich ist.«

Nach dem, was heute Abend passiert war, musste ich ihr recht geben. Was verdammt noch mal bildete sich Trevor eigentlich ein? Nach seiner unerwarteten Attacke im Restaurant hatte ich mich tatsächlich für einen Moment unzulänglich gefühlt, farblos und unwichtig. Aber das Einzige, was ich mir vorzuwerfen hatte, war, Zeit mit diesem selbstsüchtigen und undankbaren Kerl verschwendet zu haben.

Ich werde ihm schon zeigen, wie farblos ich bin.

Ich schlug mit den Handflächen auf den Tisch und lehnte mich nach vorn. »Weißt du was? Ich will …«

»… noch einen Schluck?« Sie stand auf, um uns nachzuschenken. Meine Freundin, die hilfreiche Barfrau. Wenn das Leben dir Saures gibt, gieß Tequila obendrauf.

»Nein. Nun … vielleicht doch.« Ich entspannte mich langsam, obwohl ich schon vor dem ersten Glas ziemlich müde gewesen war. »Aber … was ich eigentlich sagen wollte, war: *Gerechtigkeit*.«

»Willst du dich rächen?«, erkundigte sie sich, während sie um den Tresen herumging, der die Küche vom Esszimmer trennte.

»Keine Rache.« Wenn ich richtig aufgebracht war und mich dann an den Herd stellte, waren mir bisher die besten Gerichte gelungen. Auch jetzt kanalisierte sich meine Wut unbewusst in kreative Bahnen. »Sondern Verteidigung.«

Fade, nicht wahr, Trevor? Nicht vorzeigbar genug für die

wichtigen Leute der Stadt? Vielleicht würde ich zwei Fliegen mit einer Klappe schlagen können. »Ich habe eine Idee«, erklärte ich.

Amanda schüttelte den Kopf. »Darf ich bitte wie du sein, wenn ich mal erwachsen werde? An deiner Stelle würde ich den Kerl verfluchen und seine Fotos zerschneiden. Und du? Analysierst systematisch die Lage und hast eine Idee.«

Das Wort *systematisch* ließ mich zusammenzucken, und ich fragte mich, ob es vielleicht gleichbedeutend mit langweilig war. »Ich bin mir nicht ganz sicher, ob *systematisch* das richtige Wort ist für das, was mir vorschwebt.«

»Oh … das klingt großartig. Kann ich irgendwie behilflich sein?«

»Vielleicht.« Obwohl ich meine Angelegenheiten normalerweise lieber alleine regelte, konnte ich mir für diesen Fall niemand Geeigneteren vorstellen. Amanda war perfekt, um mir bei der Entwicklung meines schon sehr ungewöhnlichen Einfalls unter die Arme zu greifen. Ich hatte eine dieser Eingebungen, die morgens um drei mit einem gewissen Alkoholpegel im Blut die besten Aussichten auf Erfolg hatten.

»Also, was ist dein Plan?«, wollte sie wissen.

Ich lachte unbekümmert. »Sex sells, oder nicht?«

2. Kapitel

Gibt es etwas Prickelnderes als diesen magischen Moment, wenn sich die Blicke zweier Menschen zum ersten Mal über den Tisch hinweg begegnen? Wie wäre es, wenn Sie es mal mit einer pikanten Vorspeise versuchten …?

Sechs Monate später

Was hatte ich mir bloß dabei gedacht? Auf was hatte ich mich da eingelassen? Auch an diesem schönen Nachmittag Mitte Januar konnte ich über nichts anderes nachdenken.

Das »Spicy Seas« hatte am Dienstag geschlossen. Ich saß deshalb bei Amanda in der noch leeren Bar. Sie trug die Haare seit Weihnachten kürzer. Der Farbton entsprach dem neuesten Modetrend – erdbeerblond. Ich sah an ihr vorbei und musterte mich in der verspiegelten Wandvertäfelung der Bar. Es fiel mir einigermaßen schwer, mich mit der Autorin dieses aufreizenden Kochbuchs in Verbindung zu bringen. Bald würde es in den Buchläden stehen, schon Anfang Februar.

Ich sah eine Frau mit schulterlangen Haaren, die glatt wie Spaghetti herunterhingen. Sie starrte mich in ihrem unförmigen blauen Strickpullover ungläubig und hilflos an.

Eigentlich hätte ich mich doch inzwischen daran gewöhnen müssen, dass sich die Herausgeber von Hargrave Sachbüchern ganz plötzlich doch dazu entschlossen hatten, meine *Verführung in sechs Gängen* auf den Markt zu bringen. Nachdem ich ihnen den so verführerischen Aufhänger geliefert hatte, waren sie begeistert gewesen und hatten alles getan, um das Buch noch zum Valentinstag in den Läden zu haben. Zunächst hatte ich es nicht glauben wollen, als mich meine Lektorin anrief und mir mitteilte, dass Hargrave nicht nur dieses Kochbuch von mir kaufen wolle, sondern *auch noch* die Rechte an einer Fortsetzung. Erst als ich im Herbst im Flugzeug nach New York saß, um die Einzelheiten der Veröffentlichung und die Daten der Werbekampagne zu besprechen, dämmerte es mir langsam. Da das Buch so bald in den Verkauf gehen sollte, hatte ich einigen Änderungswünschen des Verlags zugestimmt und auch den schlüpfrigen Untertitel abgesegnet: *Verführung in sechs Gängen – von der Vorspeise bis zum Orgasmus.* Doch was ich heute Morgen in meinem Briefkasten gefunden hatte, stellte alles andere in den Schatten. Die Aufmachung der Buchhülle war schockierend. Das Titelbild hatte sich mir förmlich ins Gedächtnis gebrannt.

»Du übertreibst es mit deinem Entsetzen«, schimpfte Amanda. »Aber irgendwie macht dich das liebenswert.«

»*Dein* Name wird auch nicht da draufstehen.« Ich drückte den Umschlag fest an mich, als ob irgendjemand hineinsehen könnte.

Ich hatte natürlich gewusst, dass sich der Verleger ein provozierendes Titelbild einfallen lassen würde. Provokation war schließlich das Hauptargument für den Verkauf. Gerade die kleinen, anzüglichen Kommentare, die ich in meine zweite Buchfassung eingestreut hatte, waren so gut bei den Herausgebern angekommen.

Auf rotem Hintergrund war die Zeichnung einer nackten, kurvenreichen Frau vom Hals bis zu den Knien zu sehen. Anstelle der schwarzen Balken, die im Fernsehen gewisse Körperteile verdeckten, waren hier ein paar Nahrungsmittel strategisch geschickt verteilt worden. Zum Glück war man dabei nicht ganz so platt und klischeebeladen vorgegangen wie bei den Spindbildern der Fernfahrer, auf denen vorzugsweise Bikinis aus Schlagsahne gezeigt wurden. Die hier gewählten

Nahrungsmittel hatten durchaus etwas mit meinen scharfen Rezepten zu tun. Die digital vergrößerte Habanero zum Beispiel diente als Feigenblatt. Wenn sie nur einen Millimeter weiter nach links oder rechts eingesetzt worden wäre, würde mein Buch als nicht jugendfrei eingestuft.

Ich seufzte. »Guckst du dir das nicht an und denkst, ist das ein gepfefferter Porno?«

Amanda lachte auf. »Das ist nicht pornografisch«, versuchte sie, mich zu beruhigen. »Ich finde dieses Bild eher künstlerisch, du weißt schon, minimalistisch. Ich kenne Leute, die eine Menge Geld dafür zahlen, um so etwas in ihrer Wohnung an der Wand zu sehen.«

»Klar, aber es gibt auch Leute, die Kartoffelbrei aus der Tüte mögen.« Sprich, keinen Geschmack haben.

Seitdem ich wusste, dass meine Rezepte gedruckt, ja sogar richtig *vermarktet* werden würden und das auch noch mit Auftritten von mir vor der Presse und vor Publikum, war ich zwischen Stolz und Angst hin- und hergerissen. Würde mich nach der Veröffentlichung noch irgendjemand in der Gastroszene ernst nehmen? Das könnte zum echten Problem werden, wenn die zunehmenden Spannungen im »Spicy Seas« dazu führten, dass mir gekündigt wurde. Trevor und ich hatten den Übergang vom Liebespaar zum platonischen Arbeitsverhältnis nicht gut gemeistert.

Vielleicht sollte ich kündigen, aber gute Jobs für Köchinnen waren spärlich gesät. Und warum, verdammt, sollte ich gehen? Schließlich hatte ich ebenso viel in dieses Restaurant investiert wie Trevor. Ich meine das natürlich nicht im finanziellen Sinne, sondern eher auf der persönlichen Ebene. Auf seine subtilen Versuche, mich zu demütigen, war ich nur einfach nicht gefasst gewesen.

Nachdem Trevor nun keinen Einfluss mehr auf mein Kochbuch nehmen konnte, distanzierte er sich deutlich davon. Seine Reaktion war an Herablassung kaum zu überbieten.

Nachdem er gerüchteweise von dem anzüglichen Konzept des Buches erfahren hatte, versicherte er mir, dass meine Kochkünste durchaus genügen würden, um mich zu rehabilitieren. Vor meinen Kollegen in der Küche behandelte er mich mit übertriebener Höflichkeit und vermittelte so den Eindruck, ich wäre noch immer zerknirscht über seine Zurückweisung und müsste mit Samthandschuhen angefasst werden. Auf diese Weise untergrub er meine Autorität. Und er ging mit einer jungen, blonden Köchin aus, die in einem Gasthaus in Charleston gearbeitet hatte, bevor es aufgrund schlechten Managements vorübergehend bis zum Frühling schließen musste. Sicherlich hatte Blondie die Qualitäten, die Trevor in seinem Privatleben bevorzugte … und vielleicht auch in seinem Restaurant?

»Miriam? Merkst du eigentlich, dass du mit den Zähnen knirschst? Was ist los mit dir?«, wollte Amanda wissen.

Ich hörte abrupt auf damit. »Tut mir leid. Wenn ich an Trevor denke, kann ich einfach nicht anders.«

Amanda sah mich mit einem stechenden Blick an. »Warum verschwendest du noch einen Gedanken an diesen Schurken? Ich weiß, dass ich nicht gerade ein Profi in Langzeitbeziehungen bin, aber erzähl mir nicht, du vermisst ihn.«

»Nein, natürlich nicht.« Ihn vermissen? Ha! Je länger ich ihn so wie jetzt erlebte, desto mehr fragte ich mich, wieso ich überhaupt etwas mit ihm angefangen hatte. Es war so ähnlich wie mit einem dieser geschmacklosen, aufgewärmten und fetttriefenden Fastfood-Burger, die man als Kind mit Begeisterung in sich hineingestopft hat. Jetzt wurde mir schon bei ihrem bloßen Anblick übel.

»Worum geht es dann?«, hakte Amanda nach. »Rede endlich mit mir. Dafür gehen Menschen schließlich in Bars.«

Ich hatte eigentlich immer angenommen, dass Menschen der Drinks wegen in Bars gingen, aber in den vergangenen Monaten hatte ich einiges dazugelernt. Immer wieder war ich mit einem Kater und neuen Einfällen für ein Buch aufgewacht, worüber ich mir jetzt im Nachhinein so meine Gedanken machte. War das wirklich ich gewesen, die dieses Werk, halb Sex-Berater und halb Kochanleitung, kreiert hatte? »Ich bin mir nicht sicher, ob ich Trevor nicht den perfekten Vorwand geliefert habe, mich abzuservieren. Ich meine, weil ich mir die kommenden Wochen freigenommen habe.«

Mein Verleger hatte vorgeschlagen, dass ich den Verkauf des Buches mit einigen Signierstunden im Südosten der Vereinigten Staaten und ein paar Kochaktionen in regional ausgestrahlten Talkshows ankurbele. Es war vielleicht nicht die ganz große Promotion-Tour. Aber die Vorstellung, in Regionalsendungen im Fernsehen aufzutreten, war beängstigend genug für jemanden, der noch nie vor einer Kamera gestanden hatte. Joan hatte mir versprochen, mir als Unterstützung einen von ihr sehr geschätzten Imageberater aus Atlanta zu schicken. Er sollte mich auf den Umgang mit den Medien vorbereiten. Der Verlag hoffte natürlich, dass er seine Arbeit so gut machte, dass ich durch meine öffentlichen Auftritte die verkaufte Auflage erhöhen würde. Außerdem wurde natürlich erwartet, dass ich die Kosten für den Berater wieder einfahren und dann auch noch den Weg bereiten würde für die bisher noch ungeschriebene Fortsetzung des Buches.

»Wie bitte? Dir steht Urlaub zu! Du hast die ganze Ferienzeit durchgeschuftet.« Amanda stemmte wütend die Fäuste in ihre wohlgeformten Hüften. »Ganz zu schweigen von den Achtzig-Stunden-Wochen, die du abgerissen hast, um sein Restaurant in Gang zu bringen. Er kann dich nicht feuern, wenn er den Urlaub genehmigt hat. Gab es Ärger?«

»Oh nein, er war sehr schnell bereit, mir den Urlaub zu genehmigen.« Genau das machte mir Sorgen. »Blondie wird sicher für mich einspringen. Denkst du, sie werden mich rausdrängen?«

»Ohne dich wird das Restaurant keine Woche überleben.«

»Ich befürchte, Trevor möchte das Gegenteil beweisen.« Nachdem Amanda einen Moment darüber nachgedacht hatte, zuckte sie die Schultern. »Du solltest dich ohnehin nach einem neuen Job umsehen. Brich alle Verbindungen zu Trevor ab und geh mit anderen Männern aus.«

»Ich bin doch schon mit anderen ausgegangen.« In den vergangenen Monaten hatte es sogar einige Abschiedsküsse gegeben, aber diese magere Statistik konnte Amanda nicht überzeugen.

»Lächerlich! Ich kann deine Verabredungen locker an einer Hand abzählen, und eine davon war lediglich ein Treffen auf einen Kaffee. Ich denke, dass die Arbeit für deinen Ex dich von anderen Männern fernhält.«

Merkwürdig. Ich dachte, dass ich durch meine Art selbst dafür verantwortlich wäre. Irgendwie hatte ich seit der Trennung von Trevor neben mir gestanden. Ich war sehr beschäftigt mit dem neuen Buch oder hatte zumindest versucht, mir das einzureden. Die meisten Frauen und Männer kannte ich eigentlich nur pärchenweise, weil ich gemeinsam mit Trevor mit ihnen ausgegangen war. Ich hatte nie zu den Frauen gehört, auf die die Männer flogen. Sie *behaupteten* zwar immer, dass sie es großartig fänden, wenn eine Frau nicht ununterbrochen redete und ihre Gefühle ausbreitete. Wenn sie dann aber tatsächlich mal auf eine trafen, die etwas zurückhaltender war, dann war es auch nicht das Richtige.

»Nun, nicht alle können so wie du für die Liebe geschaffen sein«, antwortete ich lächelnd.

»Das lässt du deine Leser aber besser nicht wissen.«

Da hatte sie recht. Von mir wurde ein Auftreten erwartet, das sich mit dem erotischen Tenor meines Kochbuchs deckte. Es war bereits ein Drama gewesen, ein Foto von mir für die Buchhülle zu schießen. Der Verlag wollte natürlich kein Portrait mit einer weißen Küchenmütze auf dem Kopf. Oh nein, sie kleisterten mein Gesicht so mit Make-up zu, dass ich kaum noch die Mundwinkel heben konnte. Und meine Haare … Sie wurden zu voluminösen Wellenbergen aufgetürmt, die ich persönlich noch weniger vorteilhaft für mich fand als meine übliche Frisur. Zumindest war es mir aber gelungen, mich gegen die Idee des Fotografen zur Wehr zu setzen, ich solle andeutungsweise an einem in Schokolade getauchten Stück Obst herumknabbern.

»Vielleicht bin ich einfach nicht die Richtige hierfür«, überlegte ich laut.

»Wofür?«, fragte Amanda. Mit ihrem roten, tief ausgeschnittenen und lässig in die Jeans geschobenen, langärmeligen Shirt würde sie heute Nacht sicher einen Haufen Trinkgelder kassieren. Ich hätte *sie* für mich nach New York schicken sollen. Und auf die Promotion-Tour für das Buch.

»Für das Buch.«

»Für diese Erkenntnis ist es jetzt wohl ein bisschen zu spät«, gab Amanda ungerührt zurück. »Ich glaube übrigens, dass dies genau dein Ding ist. Du weißt es nur noch nicht.«

Da war ich mir nicht so sicher. Natürlich konnte ich Leuten zeigen, was ich in der Küche zuwege brachte. Gar kein Problem. Da war ich sofort dabei. Aber wenn es um die scharfen Bettszenen ging, die den Verleger natürlich in erster Linie dazu bewogen hatten, die ganze Geschichte herauszubringen … da hatte ich hemmungslos aufgeschnitten.

Nachdem ich Amanda kennengelernt hatte, vergingen mehr als vier Wochen, bis sie meine unausgesprochene Bitte verstanden hatte, mich mit Details aus ihrem Liebesleben zu verschonen. Ich war wirklich nicht gerade eine Plaudertasche, wenn es um pikante Erzählungen ging.

»Nun komm schon«, unterbrach Amanda meine Gedanken. »Du freust dir doch ein Loch in den Bauch, dass sie dein Buch herausbringen wollen, oder nicht?«

»Stimmt.«

Ich hatte wirklich hart an dem Kochbuch gearbeitet. Selbst wenn ich mich jetzt wegen der Aufmachung unwohl fühlte, freute ich mich doch sehr darauf, vor anderen Menschen darüber zu sprechen. Als ich Kapitel drei, »Suppe, Salat oder mich?«, niederschrieb, hatte ich nur einfach nicht wirklich daran gedacht, dass dies irgendwann tatsächlich *jemand anderes lesen* würde. Doch jetzt würde genau das geschehen.

Ich stöhnte. »Ältere Damen werden es sich ansehen!«

»Hey, ältere Damen müssen auch mal dürfen.«

»Die Sexgeschichte ist doch nur ein Verkaufstrick«, erinnerte ich meine Freundin. »In dem Buch geht es um großartiges Essen.«

Amandas violettfarbene Augen blitzten. »Von nichts anderem habe ich gesprochen.«

»Natürlich nicht.«

Es klopfte an der Glastür im Vorraum der Bar, und ich hörte, wie jemand aufschloss.

Wahnsinn.

Der Gast, der aus der Kälte hereinkam, sah einfach umwerfend aus. Groß gewachsen, goldblonde Haare, leuchtende Augen, die – soweit ich es erkennen konnte – grün waren. Er trug eine schwarze Lederjacke und dunkle Jeans. Was würde ich dafür geben, ihn aufwärmen zu dürfen, schoss es mir durch den Kopf … Und dachte dabei sicher nicht an meine preisgekrönte, mit Cayenne-Pfeffer gewürzte heiße Gourmet-Schokolade.

Ich kann nicht einmal erklären, warum er so anziehend war … er hatte einfach das gewisse Etwas. Sein Gesicht war sehr männlich geschnitten, energisches Kinn, kraftvolle Kieferknochen, die Durchsetzungsfähigkeit erahnen ließen. Soweit ich es erkennen konnte, ließ sein unter dem kohlschwarzen Strickpullover verborgener Körper keine Wünsche offen. Die Jeans passten perfekt. Aber das allein brachte meine Knie nicht zum Zittern. Es war sein Auftreten, dieser Eindruck, den er machte.

Neben mir hörte ich Amanda aufseufzen. Wahrscheinlich würde sie bald Neuigkeiten aus ihrem Liebesleben zum Besten geben können. Ich spürte Neid in mir aufkeimen, schaffte es aber, ihr zuzulächeln, als das Objekt unserer Begierde – oder besser gesagt unserer *hemmungslosen Leidenschaft* – auf uns zukam.

»Er …« Amanda trat von einem Fuß auf den anderen und flüsterte dabei, was sicherlich nicht nur auf den Umstand zurückzuführen war, dass sie nur von mir gehört werden wollte.

»… hat das gewisse Etwas, nicht wahr? Sensibel, selbstsicher, eindrucksvoll.«

»Umwerfend.« Amanda sah mich vielsagend an. »Und du brauchst wirklich dringend einen Mann.«

Genau diese unterschiedliche Betrachtungsweise verdeutlichte, warum ich Köchin war und Amanda ihr Essen meistens in der Mikrowelle warm machte. Exquisite Genüsse konnte sie einfach nicht adäquat würdigen.

»Meine Damen.« Seine Stimme war wohltönend, so samtweich wie eine perfekt zubereitete Mehlschwitze. Sein Gesichtsausdruck zeigte dabei keinerlei Arroganz. Das hatte ich manchmal bei Trevor beobachtet, wenn er bemerkte, dass ihn Frauen musterten.

»Hallo.« Zumindest Amanda war geistesgegenwärtig genug, ihm ein freundliches Lächeln zu schenken. Ich konnte ihn nur mit offenem Mund anstarren. »Kann ich Ihnen etwas zu trinken bringen?«

»Nein, vielen Dank.« Er runzelte die Stirn. »Arbeiten Sie hier? Ich dachte … Sind Sie vielleicht Miriam Scott?«

Amandas Augen zuckten zu mir herüber, und ich konnte ihren Schock wie eine Druckwelle spüren. Vielleicht war ich aber auch selbst schockiert. Dieser Mann suchte *mich*?

Mein Herz raste wie bei einem pubertierenden Schulmädchen. »Das bin … so heiße … ich bin das, Miriam.«

Die Augen des grünäugigen Fremden weiteten sich. »*Sie* sind Miriam? Oh. Verzeihen Sie bitte das Missverständnis.« Für einen kurzen Moment schien seine Überraschung noch zuzunehmen. Doch dann bekam er sich mit einem höflichen Lächeln in den Griff. Er hielt mir seine rechte Hand entgegen. »Dylan Kincaid. Ich bin hier, um Sie auf Ihre Promotion-Termine vorzubereiten.«

Er war Profi genug, nicht das auszusprechen, was wir in diesem Moment garantiert alle dachten: *Und das wird offensichtlich eine Menge Arbeit.*

3. Kapitel

Hausmannskost hat ihre guten Seiten. Aber befriedigend ist sie wohl kaum. Finden Sie sich nicht damit ab. Köstliche, exotische Genüsse sind leichter zu haben, als Sie denken.

Fieberhaft versuchte ich, meine Gedanken zu sortieren. Ich brauchte *sofort* jeden Funken Verstand, den ich besaß. »Mr. Kincaid, es ist mir eine Freude, Sie kennenzulernen.«

Ich wappnete mich innerlich für seinen Händedruck, um bei seiner Berührung nicht dahinzuschmelzen. Als seine Hand sich um meine schloss, fühlte es sich wunderbar an. Warm, aber nicht weich. *Darf ich Ihre Liebessklavin sein?* Amanda hatte recht. Ich brauchte dringend einen Mann.

»Ich hatte Sie nicht vor morgen erwartet«, schoss es aus mir heraus, und ich war stolz darauf, dass ich dabei nicht vergaß, seine Hand wieder loszulassen.

Er lächelte reumütig. »Ich hoffe, mein zu frühes Auftauchen kommt Ihnen nicht ungelegen. Ich bin mit meinem letzten Auftrag schneller fertig geworden als geplant, und Joan hat mir erzählt, dass Sie ein bisschen angespannt sind wegen der Verkaufstour.«

Es war nicht zu übersehen, dass er Sympathien für meine Lektorin hegte, und ich machte mir plötzlich Gedanken darüber, wie gut sie sich wohl »kennen« würden.

»Ich war zuerst bei Ihrem Haus«, fuhr er fort. »Ich dachte, ich könnte erst einmal im Hotel einchecken, wenn Sie nicht da sind. Dann wollte ich es bei Ihnen im Restaurant probieren, aber eine Ihrer Nachbarinnen sagte mir, dass ich Sie hier finden würde.«

Ich nickte. Das war sicherlich Mrs. Asher gewesen, eine verwitwete, ewig neugierige Frau, die mich später ganz sicher wegen des gut aussehenden Fremden löchern würde. »Das ›Spicy Seas‹ ist am Dienstag geschlossen. Deshalb leiste ich meiner Freundin Gesellschaft.« Das klang besser, als zugeben zu müssen, dass ich Amandas Rückhalt wegen des pornografischen Buchtitels gebraucht hatte. »Das ist Amanda White.«

»Schön, Sie kennenzulernen«, sagte sie in einer Tonlage, die nur eine Nuance entfernt war von erotischem Flüstern. Als sie meinen Blick bemerkte, räusperte sie sich. »Ich denke, ich gehe jetzt zurück an meine Arbeit.«

Ich hatte mich so auf Dylan konzentriert, dass ich die ersten Gäste gar nicht hatte hereinkommen sehen. Irgendetwas an Dylan …

»Entschuldigen Sie bitte, aber sind wir uns schon einmal begegnet?«, fragte ich ihn.

Er schüttelte den Kopf. Ihm schien diese Frage unangenehm zu sein, wodurch sein selbstbewusstes Auftreten für einen Moment in Mitleidenschaft gezogen wurde. »Nein, leider hatte ich noch nicht das Vergnügen.«

»Setzen wir uns doch an einen der Tische«, schlug ich vor. »Wir können uns über den Tourplan unterhalten und darüber, was ich tun muss, um mich darauf vorzubereiten.«

»Gute Idee.«

Ich sagte ihm, ich wolle mir nur schnell an der Bar etwas zu trinken holen. Dort angekommen, stellte ich fest, dass ich nicht die Einzige war, die ihren Blick nicht von dem Neuankömmling losreißen konnte.

»Ich kann gar nicht fassen, wie viel Glück du hast!«, stellte Amanda fest. »Du darfst dich für ein paar Wochen in seine Obhut begeben. Wahnsinn! Als du mir erzählt hast, dass dein Imageberater ein Mann ist, hab ich natürlich …«

»Was?« Ich hatte mir nur Sorgen über seinen Eindruck von mir gemacht. Doch nun stand hier dieses Sahnehäppchen mit den tiefgrünen Augen und den sexy Lachfältchen um die Augen.

Amanda zuckte mit den Schultern. »Also, was für Männer sind wohl für gutes Styling bekannt. Ich habe jemanden erwartet, der schwul ist.«

»Amanda! Was für ein Klischee. Gib mir einfach eine Limo light. Sonst fragt er sich noch, wo ich bleibe.«

Mit meinem vollen Glas in der Hand ging ich langsamer als gewöhnlich zu unserem Tisch zurück. Das Letzte, was ich jetzt vor diesem Mann gebrauchen konnte, war zu stolpern und mich zu bekleckern. Als ich plötzlich daran denken musste, dass er mir vielleicht zentnerweise Make-up und Stilettos empfehlen würde, sank meine Stimmung allerdings auf den Nullpunkt.

Mein Gesichtsausdruck muss mich verraten haben, denn er lächelte mir aufmunternd zu. »Machen Sie sich keine Sorgen.«

Ich setzte mich ihm gegenüber. »Versprechen Sie mir jetzt, dass Sie nicht beißen?«, fragte ich und hob das Glas zum Mund.

»Ehrlich gesagt, tue ich das«, näselte er mit niederträchtiger Stimme. »Es tut aber nicht besonders weh.«

Ich verschluckte mich und musste husten, als mir die Kohlensäureblasen aus der Limo mit diesem unvergleichlichen Gefühl in die Nase stiegen.

»Tut mir leid«, versicherte mir Dylan mit schuldbewusstem Blick. »Ich wollte Ihnen keinen Schreck einjagen. Ich wollte nur etwas demonstrieren.«

»Die lauernden Gefahren in Sprudelgetränken?«

Er lachte. »Nicht ganz. Es sollte eine Demonstration sein für das etwas flapsige Auftreten, das Sie bald haben werden. Ich habe Ihr Buch noch nicht gelesen – Joan will mir ein Exemplar zuschicken –, aber ich habe mit ihr über den Inhalt und die Richtung der Geschichte gesprochen. Worauf Sie sich konzentrieren sollten, ist ein etwas respektloses, forsches, aber trotzdem sympathisches Auftreten.«

Ah ja. Kein Wunder, dass er Amanda zunächst für die Buchautorin gehalten hatte.

»Äh ... Dylan ... es ist Ihnen vielleicht aufgefallen, dass ich mit dieser Beschreibung nicht so sonderlich viel zu tun habe.«

»Hargrave bezahlt mich dafür, dass sich das ändert.«

Ich hatte es ja gleich gewusst. Es würde doch auf toupierte Haare und Oralsex mit Erdbeeren hinauslaufen. »Sie wissen sicherlich mehr über PR als ich, aber ist so eine Werbekampagne nicht erfolgreicher, wenn ich so rüberkomme, wie ich wirklich bin?«

So wurde es einem zumindest immer gesagt: Sei, wie du bist. Nur bei mir schien das nicht zu funktionieren.

»Aber so wird es sein«, versicherte mir Dylan. »Sie haben das Buch geschrieben, nicht wahr? Also ist es auch irgendwo in Ihnen drin. Ich helfe nur, es ein bisschen mehr an die Oberfläche zu bringen.«

Als ich am Mittwochabend auf der knarrenden Veranda meiner Eltern stand, war ich nicht in der Lage, die Klingel zu drücken. Einerseits, weil es wirklich kein leichtes Unterfangen war, den Karton voller Bücher auf einem Arm zu balancieren. Aber vor allem, weil ich es nicht fertig brachte, ihnen das Buch zu zeigen.

Eigentlich war heute mein erster Urlaubstag. Ich hatte angenommen, dass ich ihn mit Dylan zusammen verbringen würde. Aber er hatte mich heute Morgen angerufen und mir mitgeteilt, dass Joan ihm eines meiner Bücher geschickt habe und er es erst einmal lesen wolle. Dann könne er besser beurteilen, was genau wir der Öffentlichkeit verkaufen wollten. Da ich nichts Aufregenderes vorhatte, nahm ich Moms Einladung zum Abendessen an. Ich war ein bisschen erleichtert, dass ich diesen umwerfenden Berater doch noch nicht so bald wieder zu Gesicht bekommen sollte. Obwohl es Januar war, brachte mich der Gedanke an ihn so in Wallung, dass ich am liebsten die Klimaanlage aufgedreht hätte.

Plötzlich öffnete sich die Tür des zweistöckigen Hauses. Carrie stand in der Tür mit einem ungläubigen Ausdruck in ihrem runden, hübschen Gesicht. Auf einer ihrer ausladenden, kakifarben bekleideten Hüften balancierte sie eins der Zwillingsmädchen. Meine Schwägerin ist eine Schönheit, aber auf eine ganz andere Art als Amanda. Carrie hatte diese typisch weibliche Ausstrahlung, die Männer veranlasste, sie sofort mit nach Hause zu nehmen und Babys zu machen.

»Was stehst du denn hier draußen vor der Tür, Süße? Wenn du Hilfe mit dem Karton brauchst, ruf doch einfach Eric heraus.« Sie sah über ihre Schulter. »Eric! Komm um Himmels willen hierher und hilf deiner Schwester.«

Bevor ich ihr auseinandersetzen konnte, dass ich keine Unterstützung brauchte, erschien mein Bruder im Flur. Er war Lehrer an einer Schule für Acht- bis Vierzehnjährige. Er behauptete, in den letzten Jahren zugenommen zu haben, aber bei seiner Körpergröße von einem Meter neunzig war davon nichts zu erkennen. Wir sehen uns nicht sehr ähnlich, mein Bruder und ich. Abgesehen von unserem Größenunterschied – ich bringe es gerade auf einen Meter fünfundsechzig – hatte Eric die blauen Augen meiner Mutter geerbt, und seine Haare waren ein paar Nuancen dunkler als meine. Eben richtig braun. Dafür trug ich keine Brille. Und keinen Spitzbart.

Eric war damit beschäftigt, sich seine Hände mit einem kleinen rosafarbenen Handtuch abzutrocknen, als er zu uns trat. »Ich war gerade im Badezimmer. Gönnt einem Mann doch mal eine Pause.«

Carrie verdrehte die Augen und gab die Eingangstür frei. »Du bist immer im Badezimmer. Und hoffentlich ist das keines der Gästehandtücher deiner Mutter.«

Eric blickte reumütig auf das mit Spitzenbögen verzierte Frottierhandtuch. »Aber wir sind doch Gäste.«

Ich schleppte die Bücher bis in den Eingangsflur und schloss die Tür hinter mir.

Der Duft nach Zimt und knusprigem, noch warmem Apfelkuchen stieg mir in die Nase, als meine Mutter auf mich zukam. »Da ist sie ja! Meine Tochter, die bald berühmte Buchautorin.«

Vielleicht aber auch die bald verrufene Buchautorin. »Hallo, Mom. Danke für die Einladung zum Abendessen. Ich kann einfach nicht glauben, dass ich nichts mitbringen durfte.« Obwohl sie offensichtlich keine Unterstützung beim Nachtisch benötigte, hätte ich gern Brot gebacken oder eine besondere Marinade für den Salat gemixt.

»Wenn man Michelangelo zu sich einlädt, bittet man ihn doch auch nicht, die Garage zu streichen«, verkündete mein Vater, als er mit dem anderen Zwilling auf den Schultern auftauchte. Er war ein wunderbar herzlicher Bär, dem man sein Alter nicht ansah. Mit seinem knallroten Sweatshirt wirkte er beinahe wie ein Jugendlicher, wenn da nicht ein paar verräterische weiße Haare in seinem kurz geschnittenen, sandblonden Haar geblitzt hätten.

Meine Mutter schob mich auf einen abgenutzten Küchenstuhl. »Setz dich endlich. Erzähl uns mehr über diese Promotion-Tour. Du hast erwähnt, dass dein Berater jetzt da ist?«

»Oh.« Carrie nahm neben mir Platz. »Wirst du auch eigene Haarstylisten und Leute fürs Make-up bekommen?«

»Ich denke nicht, dass das so laufen wird.« Hargrave hatte schließlich schon das Geld für Dylan beigesteuert. Das war meines Wissens eine größere finanzielle Unterstützung, als die meisten Autoren von ihrem Verlag erwarten konnten. Ich würde sicherlich auch selbst etwas Geld in mein Image und die Werbekampagne investieren müssen, aber ich wollte so viel wie möglich von dem Vorschuss zurücklegen. Schließlich wusste ich nicht, wie lange ich noch im Restaurant bleiben konnte. »Er ist nur hier, um mein Image ein bisschen aufzupolieren, bevor ich zum ersten Mal im Fernsehen auftrete.«

Mein Vater hob seine Enkeltochter von den Schultern, damit sie mit ihrer Schwester spielen konnte. Dann strahlte er mich an. »Deine Mutter und ich werden jeden deiner Auftritte auf Video aufzeichnen.«

Es gab wohl kaum einen größeren Druck, als zu wissen, dass jeder Fauxpas, den man sich leistete, auf Band verewigt und dank der modernen Errungenschaft des Zurückspulens jederzeit wieder abgespielt werden konnte. »Das ist wirklich … lieb von euch. Aber ihr werdet hier nicht alle meine Fernsehauftritte empfangen können.«

Einige der Fernsehshows – vor allem die Morgenmagazine – fanden in Nachbarstaaten wie North Carolina und Georgia statt und würden nur innerhalb eines bestimmten Radius zu sehen sein. Ich versuchte, mich an den Gedanken zu gewöhnen, morgens um sieben zusammenhängende Sätze herausbringen zu müssen. Ganz zu schweigen von der Vorstellung, dabei frech und verführerisch zu wirken. Was für ein Albtraum.

Dad ging hinüber zum Ofen und sog den Duft der langsam aufkochenden Spaghettisoße ein. Als er aber nach einem Löffel griff und den blauen Topfdeckel zur Seite schob, schwenkte meine Mutter drohend einen Bratenwender aus Plastik in seine Richtung (*Daher* hatte ich das also!).

»Verschwinde«, befahl sie ihm. »Du wirst deinen Löffel todsicher zweimal reintauchen und deine Bazillen an alle weitergeben.«

Wie schön zu erfahren, dass es sogar bei meiner Familie Grenzen gab.

Ob sie nun aus Anstand bis nach dem Essen gewartet hatten, sei dahingestellt. Doch kaum hatte ich das Besteck weggelegt, verlangten sie vehement, einen Blick auf das Buch zu werfen.

»Wir haben dich zuerst essen lassen, weil wir keine unzivilisierten Menschen sind«, erklärte mir meine Mom, während wir den Tisch abräumten, »aber jetzt halte ich diese Anspannung nicht mehr aus.«

Zustimmendes Nicken in der ganzen Küche.

»Na gut.« Ich schob die Hände in die hinteren Taschen meiner Jeans. »Aber habt bitte nicht das Gefühl, dass ihr es lesen *müsst*. Wenn Kochbücher nicht so euer Ding sind, ist es in Ordnung. Ich möchte auf keinen Fall, dass ihr denkt, ihr müsstet es ansehen, weil ich es geschrieben habe ...«

»Unsinn«, unterbrach mich mein Vater. »Meine kleine Tochter bringt ein Buch heraus. Ich für meinen Teil werde es von der ersten bis zur letzten Seite durchlesen.«

Erschießt mich ...

»Und ich werde Dutzende Exemplare bestellen«, fügte meine Mutter hinzu. »Jeder, den ich kenne, wird eins von mir bekommen.«

Was in etwa auf zweitausend Stück hinauslaufen dürfte bei dem Bekanntenkreis meiner Mutter.

Ich ging zurück in den Flur und hob den Bücherkarton hoch. Er schien noch schwerer geworden zu sein. Ich hatte ihn noch nicht ganz auf dem Küchentisch abgestellt, als vier Paar Hände zugriffen, den Karton öffneten und Bücher herausangelten. Mein Bruder hatte als Erster ein Exemplar in der Hand. Beim Anblick des knallroten Buchdeckels weiteten sich seine Augen. Carrie hielt der dreijährigen Lyssa die Augen zu, als sie auf Zehenspitzen versuchte, einen Blick auf das Buch zu erhaschen.

»Hat sie irgendetwas an?«, fragte mein Vater mit eher interessierter als vorwurfsvoller Stimme, während er auf das Buch in Erics Händen starrte.

»Essen«, erwiderte meine Mutter und zog sich selbst ein Exemplar heraus.

»Nun.« Eric grinste. »Leckeres Teil ... vom Lamm.« Ihm

wurde nachgesagt, dass seine Unfähigkeit, erwachsen zu werden, beim Umgang mit Schülern sehr hilfreich war.

»Hey!« Mom hatte das Buch aufgeschlagen und einen Blick auf die Innenseite der Schutzhülle geworfen. »Hier drin ist ein Foto von Miriam.«

»Hat *sie* irgendetwas an?« Eric grinste anzüglich in meine Richtung.

Mein Vater gab ihm mit einem der Bücher einen Klaps auf den Hinterkopf.

Carrie hatte begonnen, durch das Buch zu blättern und einige Stellen laut vorzulesen. »Brownies, die ihn vor Ihnen auf die Knie sinken lassen oder in jede andere gewünschte Stellung.«

Eric pfiff anerkennend durch die Zähne. »Mom, Dad, könntet ihr vielleicht die Zwillinge irgendwann mal übers Wochenende nehmen?«

Ich wurde rot. Irgendwo in diesem Land musste es Eltern geben, die entsetzt wären, wenn ihre Tochter ein Buch schrieb über die *Freude am Kochen* in Verbindung mit der *Freude am Sex*, aber hier in dieser Küche war davon nichts zu bemerken.

»Ich wünschte mir, du hättest das schon vor ein paar Jahren geschrieben, Liebling«, erklärte meine Mutter, »dein Vater kam in diese Phase, in der Männer …«

»Mom!« Ich sprang von meinem Stuhl auf. »Bitte erspar mir den Rest.«

Sie blinzelte. »Tut mir leid. Ich wollte dich nur unterstützen. Ich finde dieses Buch großartig und die Werbetour auch. Das hätte ich nie von dir erwartet.«

Sie hatte das sicherlich als Kompliment gemeint, aber für mich klang es wie ein Schlag.

»Das sehe ich auch so«, mischte sich Carrie ein. »Du warst immer so verschlossen, Süße.«

Verschlossen? Nur weil ich mein Liebesleben nicht beim Mittagessen ausbreitete?

Als mein Handy klingelte, griff ich nach meiner Handtasche wie nach einem Rettungsanker. »Miriam Scott.«

»Miriam, hier ist Dylan.« Ich bekam eine Gänsehaut. »Störe ich Sie gerade?«

»In der gesamten Geschichte der Menschheit hat es nie einen besseren Zeitpunkt gegeben für eine Störung.«

Es dauerte einen Moment, bis ich ihn lachen hörte. »Ich wollte Ihnen nur mitteilen, dass ich Ihr Buch durchgelesen habe und gerne noch heute Abend mit den Videoaufnahmen beginnen würde. Wenn es Ihnen recht ist, bei Ihnen?«

Er hatte mir am Tag zuvor erklärt, dass wir zuerst Videoaufnahmen von mir machen und uns dann, wenn wir die Ergebnisse gesehen hätten, weiter vorarbeiten würden. *Ein Riesenspaß, nicht wahr?* Seit meiner Wurzelbehandlung im College war ich nicht mehr so freudig erregt gewesen.

»Oder«, nahm Dylan das Gespräch wieder auf, als ich mit keinem Ton reagierte, »wir fangen morgen früh an. Es liegt ganz bei Ihnen.«

Wie bitte? Ich hatte die Wahl, den Abend mit dem Mann zu verbringen, der mich allein durch seine Anwesenheit in Ausnahmezustände trieb, oder aber hier bei meiner Familie zu bleiben und dabei womöglich weitere traumatisierende Einblicke in das Liebesleben meiner Eltern zu bekommen. Da musste ich nicht lange überlegen. »Wie schnell können Sie in meinem Apartment sein?«

4. Kapitel

Wer das Herz eines Mannes erobern will, dem empfehle ich wohlgeformte Brüste: Fünf unwiderstehliche Rezepte mit Huhn.

Nachdem ich mich mit Dylan in meiner Wohnung verabredet hatte, legte ich auf. Nun konnte ich nur noch hoffen, dass mir meine Familie abnahm, wie sehr ich es bedauerte, schon gehen zu müssen. Sie zeigten alle Verständnis, aber meine Mutter ließ mich nicht eher aus dem Haus, bis sie für Dylan etwas zu essen eingepackt hatte.

»Ich bin Köchin«, versuchte ich sie zu bremsen. »Denkst du nicht, dass ich meinem Gast selbst etwas zubereiten kann? Wahrscheinlich hat er heute Abend sowieso schon gegessen.«

»Selbst wenn es so wäre. Auf einen Nachtisch hat er sicher noch Appetit«, wischte sie meine Einwände vom Tisch. Meine Mutter öffnete diverse Küchenschränke und suchte nach einer passenden Verpackung für den übrig gebliebenen Apfelkuchen. »Du darfst nie unterschätzen, welche Wirkung gutes Essen auf einen Mann hat.«

»Wie sollte sie?«, mischte sich Eric ein. »Sie ist Expertin auf diesem Gebiet. Schon vergessen? Sie hat das Buch dazu geschrieben!«

Ich stöhnte. »Warum sind nur alle so erpicht darauf, mich zu verkuppeln? Was soll *gut* daran sein?«

Carrie lachte und stapelte schmutziges Geschirr in die Spülmaschine. »Manchmal haben Männer durchaus ihre Vorteile. Sag mir einfach Bescheid, wenn du deine Meinung änderst. Wir finden ganz sicher jemand Passendes für dich.«

Ich brauchte etwas länger als geplant, um mich von allen zu verabschieden. Meine beiden Nichten wollten umarmt und die um sechs Exemplare erleichterte Bücherkiste plus Plastikbox voller Apfelkuchen in meinem Auto verstaut werden. Plötzlich hatte ich es sehr eilig, nach Hause zu kommen. Der gemütliche Pullover und die abgetragenen Jeans, die ich trug, waren nicht unbedingt die Aufmachung, in der ich Dylan bei mir zu Hause empfangen wollte.

Schließlich war er zu mir geschickt worden, um mich bei der Entwicklung meines sexy Images zu beraten, und dazu sollte ich ihm vielleicht zumindest ein paar Ansatzpunkte gönnen.

Kaum in meiner Wohnung angekommen, stürmte ich ins Schlafzimmer. Ich schob die Spiegeltür zum Kleiderschrank auf und betrachtete unschlüssig den Inhalt. Mir war nicht einmal klar, wie der Typ, den ich darstellen sollte, aussah. Wie konnte ich da wissen, was ich anzuziehen hatte? Aber das war ja schließlich auch der Grund, warum ich Dylans Hilfe brauchte.

Das unmelodiöse Summen meiner Türklingel schreckte mich aus meinen Überlegungen. Einerseits fand ich es ziemlich frustrierend, dass es mir nicht gelungen war, mich umzuziehen. Aber andererseits war ich ganz froh, mir nun endlich keine Gedanken mehr über ein passendes Outfit machen zu müssen. Das führte ja offensichtlich ohnehin zu nichts.

Dylan sah wieder großartig aus. Er trug graue Hosen, einen grob gestrickten, dunkelblauen Pullover und die gleiche Lederjacke wie gestern. Er hatte eine Tasche mit einer Videokamera über der Schulter und – *schluck* – mein Buch in der Hand. Ich bat ihn einzutreten.

»Hallo. Perfektes Timing. Ich bin gerade zurück von meinen Eltern.« Die frustrierende Episode vor meinem Kleiderschrank ließ ich lieber unerwähnt.

Dylan stellte kurz die Kameratasche auf meinem sandfarbenen Linoleumboden ab, um sich die Jacke auszuziehen.

Ich roch sein Aftershave und sog den Duft tief und genießerisch ein.

»Ich hoffe, Sie sind meinetwegen nicht nach Hause gerast«, antwortete er und riss mich damit aus meinen sinnlichen Träumen.

»Aber nein, im Gegenteil. Sie haben mir einen Gefallen getan. Ich mag meine Familie wirklich sehr, aber … haben Sie sich auch schon mal gewünscht, möglichst weit weg von ihr zu sein?«

Er grinste. Die kleinen Fältchen in seinen Augenwinkeln ließen ihn dabei noch männlicher und anziehender aussehen. Typisch. Bei einer Frau wirkten Lachfältchen einfach nur alt. »Meine Eltern leben in London.«

»Ach wirklich.« Ich hatte plötzlich das merkwürdige Gefühl, dass wir uns irgendwie nahestanden, nur weil wir ähnlich über unsere Verwandtschaft dachten. »Also kennen Sie das?«

»Nur zu gut.«

Ich ging Richtung Küche voraus. »Haben Sie Hunger? Wenn Sie wollen, mache ich uns schnell etwas.«

»Dazu würde ich nicht Nein sagen.«

»Ich hätte auch noch etwas Apfelkuchen zu bieten«, sagte ich und war meiner Mutter auf einmal unendlich dankbar. »Er ist selbst gemacht. Ich habe ihn von meinen Eltern mitgebracht.«

Er warf einen Blick auf die Box, die ich auf den Küchentisch gestellt hatte. »Apfelkuchen ist großartig.«

Als er sich auf der anderen Seite des Küchentresens auf einem Barhocker niedergelassen hatte, holte ich einen Teller heraus. »Darf ich Ihnen etwas zu trinken anbieten, vielleicht einen Kaffee?«

»Danke, nein. Wasser wäre toll.« Er lächelte. »Ich bin ja eigentlich hier, um für Sie zu arbeiten, nicht umgekehrt. Wenn *Sie* gerne einen Kaffee trinken möchten, dann wäre das natürlich etwas anderes …«

Wohl kaum. Ich fühlte mich auch ohne zusätzliches Koffein angespannt genug. Ich war gerade mit dem Eiswürfelbehälter auf dem Weg vom Gefrierschrank zum Wasserhahn, als er unvermittelt sagte: »Ganz nebenbei, ich mag Ihr Buch.« Das war zu viel für mich. Der Behälter flog mir aus der Hand und landete auf dem Boden. Ein Glück, dass er nur aus Plastik war. Offenbar war ich mit den Nerven völlig am Ende.

Dylan stand sofort auf und machte Anstalten, um den Tresen herumzukommen und mir zu helfen.

»Nichts passiert«, sagte ich, wohl mehr zu mir selbst, um mich wieder in den Griff zu bekommen. Außerdem wollte ich seiner Frage vorbeugen, ob ich immer so leicht aus der Fassung zu bringen sei. »Es war kein Glas. Alles heil geblieben.«

Nachdem Dylan sich wieder hingesetzt hatte, bemerkte er: »Ich scheine Sie zu irritieren. Es war wohl nicht Ihre Idee, einen Imageberater zu engagieren, oder?«

Ich biss mir auf die Lippen. »Nein, die Idee stammt von meinem Verleger.« Ich zog die Besteckschublade auf und nahm eine Gabel heraus. »Aber ich sehe durchaus ein, dass es nötig ist. Sie müssen sich also keine Sorgen machen, ob ich mitspiele.«

Er lächelte. »Sie sind nur etwas nervös. Aber das ist nicht so ungewöhnlich, wie Sie vielleicht denken. Die meisten Leute sind aufgeregt bei dem Gedanken, dass sie im Fernsehen oder Radio auftreten. Was für mich den angenehmen Effekt hat, immer reichlich zu tun zu haben.«

Ich musste lächeln. Irgendwie mochte ich diesen Mann. Aber natürlich durfte ich nicht vergessen, dass es sein Job war, mir die Nervosität zu nehmen. Seine Kunden sollten von ihm lernen, sich trotz Anspannung wohlzufühlen. Und außerdem sollte er ihnen beibringen, sich so zu verhalten, dass sich auch andere Menschen in ihrer Gegenwart wohlfühlten. Es war sein Job, mich aufzuheitern. Nichts weiter. »Bitte.« Ich reichte ihm den Teller mit dem Apfelkuchen und ein Glas Wasser.

»Ich habe leider keine Eiscreme«, bemerkte ich, als er das erste Stück Apfelkuchen in den Mund schob. »Damit würde es noch besser schmecken.«

Er seufzte. »Wohl kaum. Genau so ist es perfekt. Wissen Sie, wie oft ein Junggeselle in New York etwas Selbstgebackenes zu essen bekommt?«

»Also haben Sie ...« *keine Freundin?* Als wenn mich das etwas angehen würde! »Also wohnen Sie in New York? Ich meine, Joan hätte etwas von Atlanta erwähnt.«

»Stimmt. Bin gerade umgezogen. Hier ist es viel wärmer als in England oder New York. Bisher gefällt es mir sehr gut, aber warten wir mal ab, bis es Sommer wird. Ich weiß noch nicht genau, wie ich mit der Hitze klarkomme. Vielleicht bleibe ich ja aber auch gar nicht so lange.«

Ich stützte mich mit den Ellenbogen auf den Tresen. »Planen Sie denn, schon wieder wegzuziehen?«

Er zuckte mit einer Schulter und verputzte dabei das nächste Stück Apfelkuchen. »Nicht wirklich. Ich unterschreibe aber nie lange Mietverträge. Ich bin schon als kleines Kind immer herumgereist. Jetzt bin ich es so gewohnt.«

»Joan hat Sie wirklich wärmstens empfohlen«, erzählte ich ihm mit beinahe schwärmerischem Unterton.

»Sie ist eine tolle Frau. Wir haben uns kennengelernt, als ich eine Bestsellerautorin von ihr gecoacht habe. Zufällig war ich dann derjenige, der sie mit ihrem jetzigen Ehemann zusammengebracht hat.«

Diese Information hob meine Stimmung ungemein, obwohl es dafür eigentlich keinen vernünftigen Grund gab.

»Irgendjemand bei Hargrave ist offenbar davon überzeugt, dass *Sie* das Zeug zu einer Bestsellerautorin haben«, erklärte er. »Und ich bin hier, um *Sie* zu unterstützen. Ich finde es zwar sehr nett, zur Abwechslung mal im Mittelpunkt des Interesses zu stehen, aber jetzt sollten wir uns auf Sie konzentrieren.«

Hurra.

»Ich denke, wir sollten später ausprobieren, wie Sie vor der Kamera kochen«, schlug er vor. »Zuerst gehen wir wohl besser rüber ins Wohnzimmer, damit Sie sich ein bisschen entspannen.«

Die Entspannung konnte er vergessen. Trotzdem nickte ich, und wir gingen hinüber. Ich setzte mich auf den äußersten Rand meines mit Chintz bezogenen Armsessels und war dabei in etwa so entspannt wie ein Zeuge, der vor Gericht einen Meineid schwören will.

Dylan stellte ein kleines Dreibein-Stativ für die Kamera auf und runzelte dann die Stirn. »Wissen Sie was? Ich glaube, es macht so nicht viel Sinn, wenn Sie in diesem Stuhl sitzen und an der Kamera vorbei mit mir reden. Wir müssen Sie darauf vorbereiten, dass Sie sich mit einem Moderator vor der Kamera unterhalten. Würden Sie sich auf das Sofa setzen? Dann kann ich dazukommen, und die Kamera kann uns beide aufnehmen.«

Gib Ruhe, oh du mein aufgeregt klopfendes Herz. »Okeydokey.« Hatte ich das eben wirklich gesagt? Welch ein Ausbund an Schlagfertigkeit ich doch war. Wahrscheinlich wäre es besser für den Hargrave Verlag, wenn ich nur in Shows auftrat, in denen ich stumm dasitzen musste.

Ich war erst wenige Schritte auf das Sofa zugegangen, als Dylan aufsah und mich nachdenklich betrachtete.

»Vielleicht sollten wir erst einmal über Ihren Gang reden«, schlug er vor.

»Meinen Gang?« Das fing ja gut an. »Muss ich jetzt mit einem Lexikon auf dem Kopf herumlaufen?«

Seine Mundwinkel zuckten amüsiert. »Nein, das nicht. Aber wenn Sie die Schultern zurücknehmen und lächeln würden, wäre das schon ein Anfang. Sie verkrampfen sich. Gehen Sie so, als wenn Sie nichts beeindrucken könnte. Wenn Sie in ein Studio kommen oder in einen Buchladen, dann muss es so aussehen, als würden Sie diese Räume *besitzen.*«

Vielleicht wäre es besser, wenn ich die Sache etwas langsamer anginge und die Räume erst einmal mietete.

Dylan fuhr sich mit einer Hand durch sein weizenblondes Haar. »Wo fühlen Sie sich am sichersten? Wo haben Sie das Gefühl, alles im Griff zu haben?«

Die Antwort war einfach. »In meiner Küche.«

»Na gut. Wenn Sie einen Raum betreten, stellen Sie sich einfach vor, es wäre Ihre Küche. Alle Anwesenden arbeiten für Sie. Sie wollen, dass sie Sie mögen. Sie wollen, dass sie gerne für Sie arbeiten. Aber Sie wollen auch, dass allen klar ist, dass Sie die Chefin sind.«

Ich bin die Chefin. Nicht Trevor, nicht Blondie. Ich allein.

Ich hob mein Kinn und merkte, wie meine Schultern praktisch automatisch zurückfielen. »Das kriege ich hin.« Als ich weiter auf das Sofa zuging, spürte ich, wie sich mein Selbstbewusstsein zurückmeldete. Ich hatte nie an meinen Kochkünsten gezweifelt, selbst wenn ich irgendwo neu anfing. Und nach ein paar Schichten hatte es auch kein anderer mehr getan. Jeder sah nur Miriam Scott, die geborene Köchin.

»Großartig.«

Ich setzte mich auf das Sofa und platzte fast vor Stolz. Doch als sich Dylan neben mich setzte, übernahmen meine Hormone wieder das Regiment. Ich konnte förmlich hören, wie sie Purzelbäume schlugen.

Er verhielt sich hundertprozentig professionell und war offensichtlich ahnungslos, welches Gefühlschaos seine Nähe in mir anrichtete.

»Das Wichtigste ist erst mal: Schauen Sie im Studio auf keinen Fall in die Kamera. Wenn Sie nicht gerade etwas vor der Kamera kochen und die Zuschauer dabei direkt ansprechen, konzentrieren Sie sich lieber auf den Moderator. Dann kommen Sie besser rüber und wirken sympathischer. Außerdem macht das Rotlicht auf der Kamera die meisten Leute nervös, und das wollen Sie ja sicherlich vermeiden.«

Ich schnaubte kurz durch die Nase. Um nervös zu werden, brauchte ich nicht in ein Rotlicht zu starren.

»Nun, vielleicht war das nicht ganz die richtige Formulierung«, räumte Dylan ein. »Es ist es auf jeden Fall besser, wenn Sie nicht hinsehen. Also, während unserer kleinen Übung hier konzentrieren Sie sich bitte auf mich.«

Das war wirklich hart für mich.

Mein Herz schlug noch ein paar Takte schneller, während ich ihn wie gewünscht anblickte. Wie sollte ich auf seine ironischen Interviewfragen einigermaßen intelligent antworten? In meinem momentanen Zustand konnte ich froh sein, wenn ich überhaupt ein verständliches Wort formulierte. Nervös fuhr ich mir mit der Zunge über die trockenen Lippen und erstarrte förmlich, als ich bemerkte, dass Dylan gebannt auf meinen Mund sah. Ich hoffte inständig, dass er nicht den Eindruck hatte, ich würde versuchen, mit ihm zu flirten. Oder war es genau das, was ich bei diesen Interviews tun *sollte*?

Dylan schluckte, riss seinen Blick von mir los und sah auf sein Notebook. Als er aufschaute, lächelte er mich auf professionelle Weise an. Offenbar waren wir jetzt »auf Sendung«.

»Guten Morgen, Miriam. Vielen Dank, dass Sie heute zu uns gekommen sind, um uns von Ihrem wunderbar scharfen Kochbuch *Verführung in sechs Gängen* zu erzählen. Ich muss schon sagen, das liest sich großartig, und ich bin sicher, die Rezepte sind klasse, obwohl ich persönlich zugeben muss, dass ich in der Küche eine Niete bin.«

Ich entspannte mich ein bisschen, weil ich genau dieses Problem im Vorwort zu meinem Buch erwähnt hatte. »Das ist kein Problem. In dem Buch stehen ein paar einfache Rezepte, die aber elegant und raffiniert sind und dadurch den gewissen kleinen Unterschied ausmachen. Schließlich soll Ihr Date doch wohl kaum das Gefühl haben, dass Sie nichts Fantasievolleres servieren wollen als Käse und Cracker oder ein Menü vom Lieferservice. Wenn Sie zum Beispiel einen Capresesalat zubereiten, brauchen Sie nicht mehr zu tun, als ihn klein zu schneiden und abzusprühen. Dann fügen Sie noch Basilikum hinzu, ein uraltes Aphrodisiakum. Das bekommt jeder hin, auch wenn er vom Kochen keinen Schimmer hat.«

Dylan lächelte mich ermutigend an. »Gut so. Eine schnelle Antwort, dazu ein Beispiel aus dem Buch. Achten Sie nur darauf, dass Sie nicht zu … distanziert dabei wirken. Sie sollten bei der ganzen Geschichte auch ein bisschen Spaß rüberbringen.«

Wenn er sich einbildete, das hier würde mir Spaß machen, dann war er nicht ganz bei Sinnen. Aber ich musste zugeben, dass es nicht *ganz so schlimm* war wie meine Wurzelbehandlung auf dem College. Ich lächelte also zurück und war entschlossen, mich gut zu präsentieren. »Wenn Sie schon bis über beide Ohren drinstecken in einer leidenschaftlichen Beziehung, dann kochen Sie doch einfach mal gemeinsam. Sie arbeiten auf engstem Raum zusammen, rempeln sich an und müssen aneinander vorbei, während sie Messbecher oder Tassen aus dem Schrank holen – das alles kann ein wunderbares Vorspiel sein für eine unvergessliche Nacht. Und dabei sollten Sie nie die Wirkung von Aromen unterschätzen. Es gibt Gewürze, die uns weit mehr in Stimmung bringen als jedes Aftershave vom Fließband.«

Ich war überrascht, wie rau sich meine Stimme inzwischen anhörte und wie überzeugend meine Worte klangen. Ich hatte schließlich keine Erfahrung in diesen Dingen, denn Trevor und ich hatten nie gemeinsam gekocht.

Dylan räusperte sich. »Das war großartig. Wie Sie sehen, kommen Sie praktisch ohne meine Hilfe zurecht. Nächste Frage: Welches Rezept in dem Buch mögen Sie am liebsten?«

»Äh …« Da ich mich plötzlich an keines der Rezepte mehr erinnern konnte, lächelte ich einfach weiter und versuchte, in einem eher spielerischen Tonfall zu antworten. »Sie wissen ja, wie das ist – an einem Abend haben Sie Lust auf das eine und in der kommenden Nacht sind Sie verrückt auf das andere. Alle Rezepte sind fantastisch. Es kommt nur darauf an, worauf Sie gerade Appetit haben. Probieren Sie doch einfach mal etwas aus und überraschen Sie sich selbst mit einem neuen Lieblingsgericht. Vielleicht finden Sie ja dabei heraus, dass Sie plötzlich scharf auf etwas sind, was Sie bisher nicht beachtet haben.«

»In Ordnung, gut.« Dylan schluckte. »Vielleicht noch eine Frage … wie sind Sie auf die Idee gekommen, dieses Buch zu schreiben?«

Ich blinzelte. »Darauf habe ich keine Antwort. Auf jeden Fall keine gute.«

Bildete ich mir das nur ein, oder sah er erleichtert aus? Weil ich keine Antwort auf diese Frage wusste? Unsinn.

»Wir bekommen das schon hin«, versicherte er mir. »Ich bezweifel, dass Ihre Antwort wirklich so schlecht ist, wie Sie glauben. Aber selbst wenn es so sein sollte, werden wir dafür sorgen, dass sie bei Ihrem ersten Interview großartig klingen wird. Woran haben Sie zuerst gedacht?«

»An meinen Verlobten.«

Dylans Gesicht verfinsterte sich. »Mir war nicht bekannt, dass Sie verlobt sind.«

Ich muss zugeben, dass ich es ungemein genoss, wie sehr ihn diese Vorstellung zu beunruhigen schien. Wahrscheinlicher war natürlich, dass er nur deshalb ungehalten reagierte, weil diese Information in seinen persönlichen Unterlagen über mich fehlte.

»Oh, das bin ich auch nicht. Nicht mehr. Aber ich war es, als ich mit dem Kochbuch anfing.«

»Aha. Also haben Sie beide das Konzept für das Buch zusammen entworfen.«

»Nein. Genau das Gegenteil ist der Fall.« Ich dachte daran, wie Trevor sich über mich lustig gemacht hatte, als er mitbekam, in welche Richtung das Kochbuch gehen sollte. »Er hat gedacht, dass ich so etwas nicht könnte.«

»Wie meinen Sie das?«, fragte Dylan verblüfft, als wenn es für ihn selbstverständlich wäre, dass mich jeder als die »provozierende Autorin dieses scharfen Buches« sah. Dafür hätte ich ihn am liebsten auf der Stelle geküsst.

Ich erzählte Dylan die Geschichte mit Trevor. Dieser Ausflug in die Vergangenheit wirkte auf mich wie eine kalte Dusche. Auf den Boden der Tatsachen zurückgekehrt, bekannte ich freimütig: »Ich denke, ich bringe es auf den Punkt, wenn ich sage, mein Ex hat sich eine hübschere, aufregendere Köchin zugelegt.«

»Aufregender?« Dylans Blick wanderte von meinem Gesicht über meinen Körper, obwohl er nicht viel sehen konnte unter dem Pullover. »Dann fehlt es dem Kerl an Vorstellungskraft.«

»Äh ...« Ich war mir nicht ganz sicher, wie ich diese Bemerkung verstehen sollte und lachte irritiert. »Denken Sie, ich könnte sexy aussehen?« Kaum hatte ich das gesagt, hätte ich mir am liebsten die Zunge abgebissen. »A. auf der Promotion-Tour. Denken Sie, ich schaffe es, das richtige Image rüberzubringen?«

Dylan zog die Augenbrauen hoch und sagte einen Moment lang gar nichts. »Selbstverständlich. Wir brauchen lediglich noch ein paar Übungsstunden, damit Sie sich vor der Kamera wohler fühlen und ein paar Antworten für alle Fälle parat haben. Und um Ihre Garderobe müssen wir uns kümmern.« Hilfe. »Garderobe heißt nicht Pfennigabsätze und Miniröcke, oder? Ich weiß, das halten viele Leute für sexy.«

Dylan lachte. »Nein, es geht um bestimmte Farben und Kleidungsstücke mit langer, glatter Silhouette für die Fernsehshows. Es darf nichts sein, das leicht Falten wirft oder Sie aussehen lässt, als wären Sie in der Taille abgeknickt. Es gibt Outfits, die normalerweise gut bei Ihnen aussehen würden, die aber vor der Kamera in bestimmten Einstellungen unvorteilhaft wirken. Und wenn man sich vorstellt, in welchem Ton das Buch geschrieben ist, und an das Image denkt, das Sie verkörpern wollen, dann würde ich vorschlagen …«

Ich fand es höchst alarmierend, dass er hier plötzlich eine Pause einlegte. »Was?«

»Es ist der übliche Rat, den ich Frauen mit einer guten Figur gebe, die noch kamerataulicher aussehen möchten.« Er sah verlegen aus. »Es geht um … äh … einen Push-up-BH oder einen leicht gepolsterten BH.«

»Aha.« Ich wurde knallrot im Gesicht. »Und vielleicht sollte ich dann noch etwas tief Ausgeschnittenes anziehen, um das neue, vorteilhaftere Dekolleté ins rechte Licht zu rücken?«

»Nein. Wie ich schon sagte. Hier geht es nur um die Körpersilhouette und wie diese möglichst fotogen in Szene gesetzt werden kann. Ich wollte damit sicher nicht meine persönliche Meinung zum Ausdruck bringen. Oder … äh … etwa Kritik. Sie sind …«

Wenn jetzt einer von uns beiden entnervt war, dann offensichtlich er. »Es tut mir leid«, sagte ich schnell. »Ich weiß, ich habe gesagt, dass ich es gut fände, wenn wir uns heute Abend noch treffen, aber wahrscheinlich habe ich mich überschätzt, meine …« *Sag nicht Ausdauer.* Es war wirklich nicht das Wort, an das ich denken sollte, wenn dieser großartige Mann neben mir auf dem Sofa saß und die Größe meiner Brüste beurteilte. »Energiereserven. Ich denke, ich bin im Moment nicht in der richtigen Stimmung für dieses Training.«

Dylan nickte. »Ich bin wahrscheinlich auch geschlauchter, als ich gedacht habe.«

Geschlaucht? Ich nahm an, dass er damit müde meinte. Das war ganz sicher nicht der Effekt, den ich bei diesem Mann auslösen wollte.

5. Kapitel

Es gibt Zutaten, von denen jeder sagen würde, die passen nie und nimmer zusammen. Und dann plötzlich entdecken Sie, dass sie sich doch perfekt ergänzen.

»Also«, sagte ich gedehnt zu Amanda, »wenn du an meiner Stelle wärst und diese Werbetour machen müsstest, was würdest du als Allererstes verändern? Abgesehen natürlich von der zu geringen Oberweite.«

Ich hatte Amanda am nächsten Morgen angefleht, mit mir in dieses eher vornehme Einkaufscenter zu gehen. Als gute Freundin hatte sie sich nicht lange bitten lassen. Später am Nachmittag war ich hier mit Dylan zum Einkaufen verabredet. Natürlich hatte ich aber nicht die geringste Lust, das Thema Wonderbra mit ihm vor einer Verkäuferin zu diskutieren. Für dieses Detail hoffte ich auf Amandas Unterstützung.

»Dir fehlt es überhaupt nicht an Oberweite, und ich glaube auch nicht, dass Dylan das so gemeint hat. Vielleicht hat er sich gestern Abend nur deshalb abgeseilt, weil er sich bei dem Thema unwohl fühlte.«

»Unwohl fühlte? Aber es ist sein Job, über so etwas zu reden!«

»Vielleicht sieht er dich ja mit etwas anderen Augen als seine sonstigen Kundinnen.« Vielsagend wackelte sie mit den Augenbrauen, damit ich ihre anzügliche Bemerkung auch ja nicht missverstehen würde.

»Also bitte.«

»Na ja, er hatte doch gerade dein Buch gelesen, oder? Ich finde es nicht so abwegig, dass er sich …«

»Amanda. Das ist doch Unsinn. Bitte, ich brauche jetzt wirklich deine Hilfe.«

»Na gut.« Offensichtlich verdarb ich ihr gerade den Spaß. »Was hattest du mich gefragt?«

»Was du verändern würdest.«

Amandas Gesicht hellte sich auf. »Die Haare.«

Natürlich. Was für eine blöde Frage von mir. Schließlich trumpfte Amanda alle drei Monate mit einer neuen Frisur und neuer Haarfarbe auf.

»Wann bist du mit Dylan verabredet?« Amanda warf einen Blick auf ihre modische Armbanduhr. »Es könnte gerade so hinkommen.«

»Wie meinst du das?«, fragte ich sie nervös. Einen neuen Haarschnitt hatte ich für heute eigentlich nicht geplant.

»Nun ja. Donnerstags und samstags hat Bruce immer frei.«

Ich hätte beinahe laut gelacht. Amanda kannte den Zeitplan ihres Friseurs auswendig. Keine Frage, diese Frau legte offensichtlich großen Wert auf Haare. »Aber, wenn er heute nicht arbeitet, dann habe ich doch Pech gehabt, oder?«

»Falsch gedacht, meine Liebe. Das ist deine einzige Chance. Bruce ist meistens Monate im Voraus ausgebucht. Ich glaube trotzdem, dass er es machen wird. Er liebt mich einfach, und außerdem kann er einer echten Herausforderung nie widerstehen. Das meine ich nicht böse, das weißt du. Soll ich ihn anrufen?«

»Es ist umwerfend, findest du nicht?«, fragte mich Amanda mit selbstzufriedenem Lächeln.

»*Selbstverständlich* findet sie das.« Hinter mir schürzte Bruce die Lippen. Im Salon war die Überraschung groß gewesen, als der verehrte Meister an einem seiner wenigen freien Tage plötzlich auftauchte und sich an seinem persönlichen Arbeitsplatz niederließ. »Wie sollte es auch anders sein. Schließlich ist es mein Werk.«

Diese kleine Übertreibung konnte man ihm wohl nachsehen. Was er aus meinen Haaren gemacht hatte, grenzte wirklich an Zauberei.

Jetzt konnte ich zugeben, dass ich anfangs durchaus meine Zweifel gehabt hatte. Bevor ich mich überhaupt hinsetzen durfte, hatte ich meinen Pullover ausziehen und in etwas hineinschlüpfen müssen, das wie eine Gummijacke aussah. Dann hatte Bruce auch noch vorgeschlagen, mir die Haare kurz zu schneiden, wogegen ich vehement protestierte. Mir war es völlig egal, dass Kurzhaarfrisuren im Moment im Trend lagen. Beim Kochen war es einfach unerträglich, wenn mir Strähnen in die Augen fielen oder an der Stirn klebten. So weit, so gut. Aber dann hatte Bruce angefangen, meine Haare in Silberfolie einzupacken – und mir dämmerte so langsam, was ein Truthahn bei Thanksgiving über sich ergehen lassen musste.

Egal wie, es hatte sich gelohnt.

»Es sieht fantastisch aus«, musste ich zugeben. »Ich hatte keine Ahnung, wie es werden würde, aber es ist perfekt.«

Meine Haare waren immer noch nicht richtig blond oder richtig braun. Sie glänzten jetzt eher karamellfarben mit einigen blonden Strähnchen. Kein Vergleich zu dem Mausbraun vorher. Und sie waren auch nicht mehr irgendwie schulterlang. Bruce hatte meine Haare so geschnitten, dass sie hinten etwas kürzer waren als vorne und so mein Gesicht schmeichelhaft einrahmten. Obwohl er sie insgesamt kürzer geschnitten hatte, konnte ich sie immer noch so zurückstecken, dass mir keine Strähnen ins Gesicht hingen.

»Amanda hatte recht. Du bist wirklich ein Genie.«

»Wir müssen uns ein bisschen beeilen, wenn du pünktlich sein willst bei deinem Treffen mit Dylan«, sagte Amanda und betrachtete mich dabei voller Freude. »Er wird durchdrehen, wenn er dich sieht.«

Kaum hatten wir das Einkaufscenter erreicht, fing Amanda an, sich von mir zu entfernen. Oder besser gesagt, sie floh förmlich vor mir. »Ich wünsche dir einen tollen Nachmittag! Schönen Gruß an Dylan. Alles Liebe.«

»Niemand hat gesagt, dass du jetzt schon gehen sollst«, rief ich ihr nach. Aber sie war verschwunden, bevor ich den Satz beenden konnte.

Ich war allein – zumindest so lange, bis ich Dylan entdeckte. Wie verabredet wartete er vor dem großen Kaufhaus auf mich. Mein Herzschlag setzte einen Moment aus, und ich stolperte beinahe über meine eigenen Füße. Trotzdem schaffte ich es, nicht in Ohnmacht zu fallen oder mir die Knöchel zu brechen. Dylan hatte mich noch nicht bemerkt. Er sah ein paar niedlichen Kindern zu, wie sie Fangen spielten. Vielleicht hatte er aber auch ein Auge auf die gertenschlanke, rothaarige Frau geworfen, die ihnen folgte.

Als er mich aus den Augenwinkeln wahrnahm, musste er zweimal hinsehen, bevor er es glauben konnte. Allein diese Reaktion rechtfertigte das kleine Vermögen, das Bruce von meiner Kreditkarte abgebucht hatte. »Miriam! Wahnsinn!« Ich lächelte. »Gefällt Ihnen die Frisur?«

»Sehr sogar. Wow! Wann haben Sie … wer … es sieht anders aus.«

Ich blieb stehen und verknotete meine Arme vor der Brust. »Anders, ja. Und besser, oder? Ich muss mir keine Gedanken darüber machen, dass meine Haare jetzt vielleicht zu kurz sind oder die Farbe nicht kameratauglich ist, nicht wahr? Das war Amandas Idee. Sie hat mich zu ihrem Friseur mitgenommen.«

»Amanda?« Dylan starrte mich noch immer an und konnte sich offensichtlich nicht an Amanda erinnern. So etwas hätte ich nie für möglich gehalten. Dieser Mann war so verzaubert von meinem Anblick, dass er sich nicht an das Zusammentreffen mit meiner umwerfenden besten Freundin erinnern konnte. Balsam für meine Seele. »Die fantastisch aussehende

Barfrau«, half ich nach. »Sie haben sie vorgestern Abend kennengelernt.«

»Oh. Sicher.« Er blinzelte. »Also, wir sollten jetzt loslegen.«

Vermutlich. Trotzdem ernüchterte mich dieser Vorschlag. »Jederzeit, wann immer Sie wollen. Aber lassen Sie es uns bitte nicht übertreiben.«

Er lachte. »Die meisten Frauen empfinden Einkaufen nicht gerade als Strafe.«

Ha! Wie sollte jemand wie er das auch beurteilen können. Er hatte garantiert noch nie während der Badesaison in einer Umkleidekabine gestanden und gehofft, dass käseweiße Haut im Zuge der Antihautkrebs-Kampagne wieder modern wird.

Als wir das Kaufhaus betraten, ging ich neben ihm her und wappnete mich innerlich für das unweigerliche Zusammentreffen mit einer Verkäuferin.

»Was macht Ihnen denn Spaß?«, fragte mich Dylan. »Außer Kochen.«

Ich grinste. »Essen natürlich. In meiner Freizeit tue ich am liebsten Dinge, die mir keine Mühe machen. Ich bin ein großer Fan von Spätsendungen im Fernsehen – ich gucke mir praktisch alles an. Das Special über griechische Philosophen auf dem History Channel, uralte Sitcoms in Schwarz-Weiß und auch absolut handlungsfreie Billigfilme mit null Anspruch.« Essen und Fernsehen – die perfekte Beschreibung für eine Sofahockerin. Oje. Schnell fügte ich hinzu: »Und ich liebe Racquetball, obwohl ich Amanda kaum dazu bewegen kann, mit mir zu spielen. Trevor fällt natürlich als Partner inzwischen aus.«

»Trevor? Ihr idiotischer Ex?«

Ich nickte und gab Dylan insgeheim Pluspunkte für das Wort *idiotisch*. »Was ist mit Ihnen? Haben Sie Hobbys?«

Er sah überrascht aus, als hätte er nicht erwartet, dass ich das auch von ihm wissen wollte. Offenbar ging es den meisten seiner Kunden nur darum, ihre momentanen Schwierigkeiten mit seiner Hilfe irgendwie zu meistern. »Ich reise gern. Das habe ich Ihnen schon erzählt. Und ich liebe Bücher. Und auch Fußball – anschauen, nicht selber spielen.«

»Hi.« Eine makellos aufgemachte Brünette stellte sich uns mit breitem Lächeln in den Weg. »Darf ich Ihnen mit irgendetwas behilflich sein?«

Ich erwartete eigentlich, dass Dylan ihr Lächeln erwidern und ihr Angebot annehmen würde. Mir war so, als hörte ich schon seine Erklärungen, dass ich eine völlig neue Garderobe brauchte plus irgendeiner chemischen Flüssigkeit für die Vernichtung meiner jetzigen.

Aber er schüttelte nur den Kopf und wies sie mit einem freundlichen »Nein, vielen Dank« ab.

Sie sah enttäuscht aus und das offensichtlich nicht nur wegen der entgangenen Provision. Während sie auf die nächsten Leute zuging, warf sie Dylan noch einen Blick über die Schulter zu.

Ich zog die Augenbrauen hoch. »Sie rufen nicht nach der Kavallerie? Ich hatte eigentlich angenommen, dass es heute so ähnlich laufen würde wie bei *Pretty Woman*. Heerscharen von Verkäuferinnen reichen mir stapelweise Kleidungsstücke, die ich anprobieren soll.«

Er grinste. »Nun, zuerst sollte ich vielleicht darauf hinweisen, dass Sie Ihre Kleidung selber bezahlen müssen. Wenn Sie sich das natürlich stapelweise leisten können, schön für Sie. Bisher hatte ich aber nicht den Eindruck, dass Sie versessen darauf sind, diverse Verkäuferinnen vor Ihrer Kabine antanzen zu lassen. Wenn ich damit falsch liege, können wir jederzeit damit beginnen.«

»Oh nein, Sie haben recht.« Ich konnte gut darauf verzichten, eine Menschenansammlung vor mir zu haben, die meine optischen Schwächen diskutierte und wie man diese am besten vertuschen könnte. »Ich fühle mich nicht wirklich wohl mit einem Haufen Menschen um mich herum.«

Er sah mich einen Moment lang an und schüttelte dann den Kopf. »Heute ist das völlig in Ordnung, aber ich bekomme mein Honorar auch dafür, Sie auf Signiertermine in Buchläden voller begeisterter Fans vorzubereiten.«

Ich hatte den Eindruck, dass seine Erwartungen da ein bisschen übertrieben waren. Aber schließlich war Hoffen ja nicht verboten. Und außerdem bedeuteten viele Fans auch anständige Verkaufszahlen. Das konnte durchaus hilfreich für mich sein, wenn ich mich – wie befürchtet – bei anderen Restaurants vorstellen müsste. »Also … womit fangen wir an?« *Bitte nicht mit BHs.*

Er betrachtete mich langsam von oben bis unten. Hatte er eigentlich eine Ahnung, welche Wirkung das auf meine Nerven hatte? »Farbe wäre gut. Ich kenne Sie noch nicht sehr lange, aber mir scheint, dass Sie zu dunkleren Farben wie Blau tendieren. Und zu neutralen Tönen wie Grau oder Beige. Wenn Sie es dunkel mögen, wäre Schwarz eine Möglichkeit. Aber ich denke, wärmere Schattierungen sind die bessere Alternative. Und ein paar einfarbige Kleidungsstücke werden helfen, Sie im Fernsehen ein bisschen zu strecken. Nicht, weil ich denke, dass Sie zu klein wären«, beeilte er sich hinzuzufügen, »es ist nur so, dass die Kamera optisch etwas staucht.«

»Ich verstehe. Es geht um die Silhouette, alles klar.« Und das meinte ich wirklich so. Er versuchte nur, mir zu helfen. Die Einkaufstortur würde bestimmt schneller vorbeigehen, wenn ich es uns nicht zu schwer machte mit sarkastischen Bemerkungen oder defensivem Verhalten.

»Dann folgen Sie mir doch einfach.« Er führte mich zu einem Regal mit Pullovern und griff dort als Erstes nach einem schokoladenbraunen Strick-Top mit sehr dünnen Trägern.

Ich schluckte so nervös, als wenn er mich aufgefordert hätte, einen Spitzenbody anzuziehen. »Ein bisschen kühl vielleicht für Januar.«

Er hielt den passenden Pullover hoch. »Deshalb schlage ich vor, dass Sie dies hier dazukaufen. Sie werden übrigens überrascht sein, wie heiß es unter den Scheinwerfern in einem kleinen Fernsehstudio werden kann. Darf ich wissen, welche Größe Sie haben?«

Ich sagte sie ihm. Für jede Meile, die ich je gejoggt war und für jeden Sit-up war ich auf einmal unendlich dankbar.

Als er mir zwei Teile reichte, streiften meine Finger zufällig seine, und zwischen uns schienen die Funken zu sprühen. Dylan hielt einen Moment inne und starrte mich auf eine Art an, die nicht gerade geschäftsmäßig wirkte. Als eine Frau mit einem Kinderwagen von der anderen Seite gegen das Regal fuhr, sprangen wir beide vor Schreck zur Seite.

Am Ende brach ich beinahe zusammen unter der Last der Klamotten, die sich allmählich auf meinen Armen angesammelt hatten. Unbeirrt fügte Dylan noch immer weitere Röcke und Seidentücher zu der Miriam-Scott-Winter-Kollektion hinzu. Ich hätte mir sicherlich Sorgen wegen der Bezahlung gemacht, die meisten Sachen würden mir aber ohnehin nicht stehen. Davon war ich überzeugt. Gerade jetzt zum Beispiel hatte Dylan ein rotes Kostüm in die Hand genommen – hatte ich jemals etwas Rotes angezogen?

»Ich denke, wir sollten uns einen Raum suchen.«

Er blickte mich ruckartig an. »Wie bitte?«

»Wir sollten eine Verkäuferin finden, die uns einen Umkleideraum aufschließt. Sonst besteht die Gefahr, dass sie die Sommermode einräumen, bevor ich all das hier anprobiert habe.«

Einen Moment später schloss uns eine Frau mit Dollar-Zeichen in den Augen eine der Kabinen im hinteren Teil auf. In der Umkleide erwartete mich die schicke Nachahmung eines antiken Sessels vor einem mit Gold eingefassten Spiegel. Draußen nahm Dylan auf einem weniger aufwendig verzierten Stuhl Platz. Er wollte, dass ich ihm all das vorführte, was ich nicht komplett unpassend für mich fand. Ich zog meine Hose und meinen Pullover aus. Obwohl die Tür der Kabine geschlossen war, hatte ich das alberne Gefühl, mich dabei vor Dylan auszuziehen.

Da das rote Kostüm ganz oben auf dem Haufen lag, streifte ich es als Erstes über. Ich strich mit der Hand über den Stoff und war überrascht, dass es mir offenbar ausgezeichnet stand.

»Sie werden es nicht glauben«, begann ich den Satz, während ich die Kabinentür öffnete.

Dylan setzte sich kerzengerade auf. »Wunderbar. Was soll ich nicht glauben?«

»Ich dachte, ich würde albern darin aussehen.«

»Hey, *ich* habe das ausgesucht. Vertrauen Sie meinen Fähigkeiten nicht? Vielleicht hilft es, wenn ich Ihnen erzähle, dass meine Mutter in der Modebranche tätig war und ich sozusagen mit diesen Dingen gefüttert worden bin.«

Während ich in einen Rock und einen diagonal geschnittenen Pullover wechselte, hörte ich Dylan durch die Tür sagen: »Wir sollten nach langen Blazern für Sie suchen. Und nach ein paar tief sitzenden Hosen, um Ihre Hüften zu betonen.«

Ich kam aus der Umkleidekabine heraus und lachte leise. »Das wäre leichter, wenn ich Hüften hätte, meinen Sie nicht?«

Er sah mir direkt in die Augen. »Oh, glauben Sie mir. Sie haben Hüften.« Diese einfache Aussage gab mir das unbeschreibliche Gefühl, großartig auszusehen. Das hatte bisher keines der Outfits geschafft.

»Äh … danke.«

»Nicht der Rede wert.« Er nickte zustimmend, als er die Kombination sah. »Ich mache nur meinen Job, wie es so schön heißt.«

War das der Grund, warum Dylan ein so guter Imageberater war? Er schaffte es, einem nicht irgendetwas aufzudrängen, sondern vermittelte einem das Gefühl, sich selbst in einem anderen Licht zu sehen. Darin war er wirklich gut.

6. Kapitel

Eine interessante Methode, Zutaten auszuprobieren, ist ein Geschmackstest mit verbundenen Augen – füttern Sie Ihren Partner doch einfach mal mit ein paar Süßigkeiten. Und danach mit etwas Scharfem. Wenn Sie immer mal wieder eine Überraschung auf Lager haben, bleibt Ihre Beziehung aufregend.

»Wie hungrig sind Sie? Wollen wir weiter einkaufen und dann später essen?«, fragte mich Dylan. »Oder wollen wir jetzt etwas essen, um dann frisch gestärkt die zweite Runde anzugehen?«

Unter anderen Bedingungen hätte dies eine sehr inspirierende Frage sein können. »Zu einem Happen würde ich nicht Nein sagen.« Wir entschieden uns für ein eher zwangloses Restaurant, in dem wir nicht lange auf unsere Bestellungen warten mussten.

Während sich die Bedienung nach einem Nichtrauchertisch für zwei umsah, summte ich einen alten Rocksong mit, der aus dem Lautsprecher über uns erklang. Und plötzlich erinnerte ich mich an das Déjà-vu-Gefühl, das ich gehabt hatte, als ich Dylan zum ersten Mal traf.

Ich verlor beinahe das Gleichgewicht, als ich mich ruckartig umdrehte. »Jetzt weiß ich, woher ich Sie kenne.« Eigentlich gab es keine Entschuldigung dafür, dass ich den Sohn von J.D. Kincaid nicht sofort erkannt hatte, obwohl Dylan ihm so ähnlich sah und den gleichen Namen trug. Aber J.D. Kincaid war als Rockstar in den Siebzigern berühmt gewesen, und das war ein bisschen vor meiner Zeit gewesen. In den Achtzigern war er kaum noch in den Charts aufgetaucht.

Dylan sah ungewöhnlich angespannt aus, sein Gesichtsausdruck wirkte plötzlich hart.

»Sie sind J. D. Kincaids …«

»Stimmt. Ich glaube, sie haben einen freien Tisch für uns.«

Das war schon verrückt. Ich aß mit dem Sohn einer Berühmtheit zu Abend. Eigentlich sogar dem Sohn zweier Stars. Aus den Rock-Dokus im Kabelfernsehen wusste ich, dass Kincaid damals ein Supermodel geheiratet und mit ihr zusammen einen Sohn hatte.

Ich unterdrückte den Wunsch, ihn auszufragen. Natürlich hätte ich gerne gewusst, ob die Klatschmagazine mit ihren Geschichten über den ausschweifenden Lebensstil der Kincaids übertrieben hatten. Dem Kind Dylan konnte ich das nur wünschen. Es war bestimmt nicht leicht für ihn gewesen, mit diesem Medienrummel aufzuwachsen. Und ich hatte geglaubt, *ich* wäre zu bedauern. Nur weil meine Eltern sich gerne mal zum Mittelpunkt des Interesses machten oder, was schlimmer war, mich in aller Öffentlichkeit bloßstellten. Schon früh musste Dylan jegliche Privatsphäre schmerzlich vermisst haben. Es war nicht zu übersehen, wie unwohl er sich bei dem Thema Eltern fühlte.

Sein Lachen klang beinahe hämisch. »Und? Wollen Sie jetzt nicht alles über J. D. wissen? Oder über Kiki?«

»Das Model.« Mir fiel ein, was er mir vorhin im Kaufhaus erzählt hatte. »Also war sie es, die Ihnen so viel über das, was Frauen gut steht, beigebracht hat.«

»Ich habe einiges von ihr über Outfits gelernt, von ihr und den Leuten, mit denen sie zu tun hatte.« Sein Lächeln wirkte wieder etwas entspannter. »Was Proportionen von Frauen angeht, habe ich meine eigenen Untersuchungen betrieben.«

Juchz! Ich hätte nichts dagegen, eines seiner Studienobjekte zu werden.

Die Bedienung kam genau im richtigen Moment mit unseren Wassergläsern. Man musste keine Gedanken lesen können, um mitzubekommen, dass Dylan nicht über seine Eltern reden wollte. Das respektierte ich gerne. Wenn es eine Sache gab, auf die ich stolz war, dann war es meine für die Scotts untypische Fähigkeit, die Privatsphäre anderer nicht zu verletzen.

Ich legte meine Speisekarte zur Seite. »Ich bin froh, dass wir jetzt schon etwas essen. Die Anprobiererei kann wirklich anstrengend sein.«

Er betrachtete mich einen Moment mit einem Blick, aus dem ich nicht schlau wurde. »Da kann ich Ihnen nicht zustimmen. Ich habe bisher jeden Moment genossen.«

Ich fühlte eine Welle der Erregung durch mich hindurchlaufen. Hatte er diesen Nachmittag mit mir wirklich schön gefunden? Ich hätte ihm keinen Vorwurf gemacht, wenn er sich gelangweilt hätte. Mir an seiner Stelle wäre es ganz bestimmt so gegangen, obwohl … Dylan beim An- und Ausziehen zu beobachten wäre eine Vorstellung, die mir durchaus gefallen könnte.

Als Dylan anfing zu reden, sprang ich auf wie ein Kind, das mit der Hand in der Bonbondose erwischt worden war. »Dies ist das erste Mal, dass ich eine Speisekarte lese und mich dabei ein wenig befangen fühle.«

»Wie bitte?«

»Ihr Buch schwirrt mir immer noch im Kopf herum. Und wenn ich jetzt die Beschreibung der Gerichte lese, fallen mir lauter Zutaten ins Auge, die Sie beschrieben haben. Ich fühle mich wie ein Mann bei einem Date, der meint, unbedingt erklären zu müssen, dass er die Austern nur deshalb wählt, weil er sie wirklich mag … ganz ohne Hintergedanken.« Er sah mich an. »Ich wollte damit nicht sagen, dass wir ein Date haben.«

»Ich weiß, was Sie meinen. Lassen Sie sich nicht von dem

Gerede über Aphrodisiaka durcheinanderbringen – manchmal ist ein Pilz einfach nur ein Pilz.«

Er lachte mit dieser warmen, tiefen Stimme. Das war Aphrodisiakum genug, um jede Frau zum Schmachten zu bringen. »Ich muss zugeben, dass ich Sie mir nach Joans Beschreibung ganz anders vorgestellt hatte.«

»Ach wirklich.« Ich war nun wirklich nicht besonders erpicht darauf zu erfahren, wie er das meinte, aber Dylan fuhr ungerührt fort.

»Viele meiner Kunden werden nervös, weil sie sich selbst zu wichtig nehmen. Einige sind so von sich und ihrer vermeintlichen Mission erfüllt, dass sie schlicht unerträglich werden. Mein Job ist es dann, sie für die Öffentlichkeit wieder auf den Boden der Tatsachen zurückzuholen. Aber Sie sind überhaupt nicht so.«

»Herzlichen Dank.« Es war zwar nicht gerade ein umwerfendes Kompliment, zu hören, dass man nicht unerträglich sei, aber immerhin.

»Ich bin eher ruhig und zurückhaltend.«

Dylan zog die Augenbrauen hoch. »Zurückhaltend? Haben Sie sich mal Ihr Kapitel über den Nachtisch danach genau angesehen?«

Ich merkte, wie ich rot wurde. »Äh … nun ja, man soll nicht alles glauben, was man so liest.«

»Ein Jammer«, murmelte er und sah mir dabei tief in die Augen. »Aber als Ihr Medienberater würde ich vorschlagen, dass Sie nichts dergleichen in einem Interview sagen. Lassen Sie sie im Unklaren.«

Etwa so, wie er es jetzt mit mir machte? Ich versuchte gerade händeringend, das Bild von Dylan mit einer Kirsche garniert vor meinem inneren Auge zu verjagen.

Gottlob unterbrach die Kellnerin gerade wieder im richtigen Moment unsere Unterhaltung und meine definitiv unkeuschen Gedanken. Sie brachte uns Chips und Salsasoße.

Ich hoffte inständig, dass das Essen weitere Kommentare über Texte unterband, die ich im Zustand emotionaler Verwirrung geschrieben hatte.

Ich probierte eine der Soßen und war nicht begeistert. »Wir haben es hier offensichtlich nicht gerade mit Leuten zu tun, die Finesse schätzen. Es ist mir völlig egal, ob es im Moment hipp ist. Aber Cilantro sollte nur ganz wenig eingesetzt werden. Und Schärfe bedeutet etwas anderes als … ich bin gerade furchtbar nervtötend, oder?«

Er lächelte. »Ich finde es ehrlich gesagt liebenswert, wie Sie sich ins Zeug legen. Ich habe noch nie mit einer Köchin zu Abend gegessen. Bitte fahren Sie fort.«

Niemand musste mich zweimal bitten, über Essen zu reden. »Ich überrasche Menschen gern mit meinen Gerichten. Unerwartete Kompositionen, Aromen, die sich einzigartig miteinander mischen. Essen, das einem noch einen verspäteten Kick gibt. *Jeder* kann so viel Jalapenos in eine Salsa geben, dass einem die Kehle verbrennt, aber ich will den perfekten Geschmack erreichen und nicht einen übersäuerten Magen. Für mich gibt es zwei Arten von Schärfe. Die offensichtliche, schmerzhafte und die weniger schnell zu erkennende, aber dafür den ganzen Körper durchglühende Schärfe, wie dieser grüne asiatische Meerrettich Wasabi zum Beispiel. Er sieht eigentlich ganz harmlos aus, aber brennt den ganzen Weg bis in den Magen hinunter und bringt alle Sinne zum Vibrieren. In etwa wie …«

Mir fiel kein wirklich gutes Beispiel dafür ein. Außerdem bemerkte ich, dass ich einen Hauch zu begeistert über etwas dozierte, was eigentlich nichts weiter war als passierte Tomaten und ein paar Gewürze. *Nicht genug Ku'min genommen? In den Kerker mit ihm!* Wenn ich so leidenschaftlich für Trevor geschwärmt hätte, wären wir vielleicht doch noch zusammen.

»Wie auch immer.« Ich räusperte mich. »Sie wissen, was ich meine.«

Dylan ließ mich nicht aus den Augen. Zuerst dachte ich, er würde darüber nachdenken, wie er möglichst dezent das Gespräch auf eine Therapie für mich lenken könnte. Nach einem Moment bemerkte ich aber verblüfft, dass in seinen Augen Leidenschaft brannte, die nichts mit den Jalapenos zu tun hatte. Ich fühlte meinen Körper reagieren. Der Mann hatte so erstaunlich klare, grüne Augen, dass es eigentlich das Natürlichste von der Welt war, völlig versunken hineinzustarren. Als wenn es außer uns zweien keinen einzigen Menschen auf der Welt gäbe.

»*Miriam!* Wahnsinn, bist du das wirklich, Süße. Sieh sich einer diese Haare an!«

Ich sprang beinahe von meinem Stuhl hoch und korrigierte im Geiste meinen Gedanken von eben. Als wenn wir nur *drei* Menschen auf der Welt wären – ich, Dylan und meine Schwägerin, die gerade in unsere Richtung marschierte.

Als ich meine Umgebung wieder wahrnahm, sah ich Eric mit einem mir unbekannten Pärchen hinter ihr herkommen. Ich hätte mich unter dem Tisch verstecken können, aber es gab keine Tischtücher. Ich hätte dort unten sicherlich ziemlich albern ausgesehen.

Dylan legte den Kopf schief. »Freunde von Ihnen?«

»Familie.« Es klang so, als müssten wir uns bekreuzigen, um sie zu vertreiben, und das entsprach genau der unheilvollen Vorahnung, die sich in mir breitmachte.

»Meine Liebe, deine Haare sehen umwerfend aus.« Carrie rutschte zu mir auf die Bank, während die anderen drei unbeholfen vor dem Tisch stehen blieben wie eine Musikcombo, der man die Instrumente weggenommen hatte. »Ist doch so, oder, Eric?«

»Umwerfend«, wiederholte er pflichtschuldig.

Ich hätte sie Dylan vorgestellt, aber Carrie ließ mir keine Zeit dafür. Interessiert betrachtete sie Dylan von oben bis unten. »Ist er dein Typ fürs Fernsehen? Du hast gesagt, ihr würdet einkaufen gehen, aber verschwiegen, dass er so ein Hübscher ist. Das ist der Mann, der sie auf ihre großen Interviews vorbereitet«, informierte sie das Pärchen bei meinem Bruder. Dann sah sie mich an und erwartete meine Zustimmung. »Stimmt doch, oder? Oh verflixt, ich habe euch doch hoffentlich nicht bei einem Date gestört. Erzähl mir bitte nicht, dass ich in eine deiner wenigen Verabredungen geplatzt bin, die du seit Trevor gehabt hast.«

»Nein«, unterbrach Dylan sie und ließ die Öffentlichkeit erneut wissen, dass unser Zusammensein nichts mit einem Date zu tun hatte. »Sie hatten mit Ihrer ersten Annahme recht – ich bin der Typ fürs Fernsehen.«

»Oder besser gesagt, er ist mein Medien- und Imageberater«, ergänzte ich und versuchte, dabei einigermaßen fröhlich zu klingen für jemanden mit »wenigen Verabredungen«. »Dylan Kincaid, das ist meine Schwägerin Carrie Scott, mein Bruder Eric und ...«

»Unsere Freunde Michelle und Dan Halloway«, half Carrie nach. Sie pikte mir ihren Ellenbogen in die Seite. »Michelle ist die mit dem Single-Bruder, von dem ich dir erzählt habe. Schau dir nur an, wie hübsch sie ist – alle in ihrer Familie sind unglaublich attraktiv.«

»Danke, aber ich kann mich selbst um meine Dates kümmern.« Ob meine zusammengebissenen Zähne wohl abweisend wirkten? Das war natürlich nicht im Geringsten beabsichtigt. Warum auch? Sollte doch meine liebende Verwandtschaft ruhig vor Dylan ausbreiten, dass ich Unterstützung bei der Suche nach einem Mann brauchte.

»Sie haben dieses Buch geschrieben?«, fragte mich Dan. »Carrie hat es uns gezeigt. Ich werde in einer Avocado nie mehr nur eine Avocado sehen.«

»Äh ... danke.«

»Stimmt es, was Sie über Granatäpfel geschrieben haben? Dass sie die Fruchtbarkeit erhöhen?«, erkundigte sich

Michelle mit erwartungsvollem Gesichtsausdruck. »Wir haben nämlich Probleme, schwanger zu werden.«

»Dans kleine Schwimmer sind ein bisschen zu langsam«, erklärte Carrie freundlich.

In meinen Augenwinkeln sah ich Dylans fassungslosen Blick. Mein Gesichtsausdruck gefror. An Dans Stelle wäre ich im Boden versunken. Keiner der vier schien jedoch auch nur im Geringsten überrascht zu sein über Carries Offenheit. Eigentlich hätte ich das auch nicht sein sollen. Schließlich kannte ich sie nun schon seit sechs Jahren.

»Ich denke, die Erzählungen über Granatäpfel stammen eher aus dem Bereich der Fabeln als der Wissenschaft«, teilte ich Michelle mit, »aber ich denke, ein Versuch kann nicht schaden. Viel ... äh ... Erfolg dabei.« Ich war mir nicht ganz sicher, ob diese Worte passend waren. Aber was sonst? *Es tut mir leid wegen deiner Schwimmer, Dan?*

Mein Bruder starrte Dylan über den Tisch hinweg an. »Wir sind uns noch nie begegnet, oder? Sie kommen mir irgendwie bekannt vor.«

Ich warf Dylan einen besorgten Blick zu, weil ich an seine Anspannung denken musste, die ihn bei diesem Thema üblicherweise befiel. Aber als sich unsere Blicke trafen, hatte ich den Eindruck, dass er sich das Lachen verkneifen musste.

»Das höre ich häufiger.«

Carrie umarmte mich auf einmal in ihrer unnachahmlich begeisterten Art.

»Ich fand es großartig, euch so zufällig getroffen zu haben, aber wir müssen uns beeilen. Deine Mutter hat die Zwillinge übernommen, damit wir schnell essen und dann ins Kino gehen können. Ich hasse es, die Vorschau zu verpassen.«

»Sicher, dann wird es höchste Zeit für euch!« Soweit es mich betraf, konnte Carrie gar nicht früh genug im Kino sitzen.

Kaum war sie aufgestanden, beugte sich Eric zu mir hinunter, um mir einen flüchtigen Kuss auf die Wange zu geben. Dabei flüsterte er mir mit einer Diskretion, die ich ihm nicht zugetraut hatte, zu: »Vergiss Michelles Bruder. Du und der Typ vom Fernsehen, ihr seid füreinander gemacht.«

Ich flüsterte ebenso leise zurück. »Da bist du auf dem Holzweg. Und wenn du auch nur eine peinliche Bemerkung machst, kannst du in Zukunft den Käsekuchen zu deinem Geburtstag vergessen!«

Glücklicherweise kam unsere Bedienung an den Tisch, bevor sich noch irgendjemand äußern konnte. Sie schob die *furchtbaren vier* einfach aus dem Weg, weil sie unsere Vorspeise servieren wollte, und ersparte mir so eine längere Verabschiedung. Diese Frau hatte sich ihr Trinkgeld redlich verdient.

Nachdem wir mit dem Essen angefangen hatten und die Erinnerung an den peinlichen Auftritt des Quartetts langsam verblasste – in erster Linie, weil ich emotional belastende Situationen einfach verdränge – riskierte ich einen Blick hinüber zu Dylan. Er versuchte, ein breites Grinsen zu unterdrücken, jedoch ohne Erfolg.

»Ich freue mich außerordentlich, zu Ihrer Belustigung beizutragen«, murmelte ich.

»Ich habe nur gerade daran gedacht, wie oft ich mir einen Bruder oder eine Schwester gewünscht habe«, erklärte Dylan. »Ich danke Ihnen wirklich sehr. Ich bin ab heute kuriert.«

Sein fröhlicher Tonfall entlockte mir ein Lächeln. »Ich liebe meine Familie wirklich, aber sie sind manchmal so … impulsiv. Sie sollten Carrie und Eric mit meinen Eltern zusammen erleben.«

»Keine Sorge, mit impulsiven Menschen kenne ich mich nur zu gut aus.« Einen Moment lang herrschte erwartungsvolles Schweigen. Er schien zu kapieren, dass er mit dieser Bemerkung die Tür zu seiner Vergangenheit aufgestoßen hatte, über die er nicht reden wollte. Jetzt wartete er ab, ob ich diese günstige Vorlage nutzen würde.

Ich wechselte das Thema. »Wie ist Ihr Fisch?«

»Ich verfüge natürlich nicht über Ihre exklusiven Geschmacksnerven, aber er schmeckt recht gut. Wo wir gerade beim Essen sind ... wir sollten uns bald treffen und Sie weiter filmen. Beim Kochen in erster Linie«, sagte er. »Ich bin überzeugt, dass das Kochen an sich kein Problem ist, aber Kochen mit einer Kamera vor der Nase ist etwas anderes. Genau wie das Kochen mit jemand anderem.«

Ich lachte. »Ich höre mich vielleicht manchmal an wie eine Solokünstlerin, ich und meine emulgierten Soßen gegen den Rest der Welt. Aber das stimmt nicht. Ich bin es gewöhnt, mit einer ziemlich großen Crew um mich herum zu arbeiten.«

»Aber das sind dann geschulte Mitarbeiter und nicht irgendwelche Morgenmagazin-Trottel, die Ihnen aus Versehen im Weg stehen und Sie mit Belanglosigkeiten volltexten. Das müssen wir ausprobieren – wie Sie klarkommen, wenn Sie mit einem Kochneuling neben sich arbeiten müssen.«

»Sie meinen, einem wie Ihnen?« Wenn er von mir behaupten durfte, dass ich nicht fotogen sei, dann durfte ich ihn auch einen Anfänger nennen.

Dylan dachte darüber nach. »Eher nicht. Es ist besser, wenn ich die Kamera übernehme und Ihnen Vorschläge für die Umsetzung mache. Sie haben wahrscheinlich nicht viele Freunde, die keine Ahnung vom Kochen haben, oder? Jemand aus Ihrer Familie vielleicht?«

Aus meiner Familie? Keine Chance. Ich würde den Kochwein nach spätestens fünf Minuten in einem Zug hinunterschütten. »Ich frage Amanda, ob sie Zeit hat, uns zu helfen. Sie mixt wahrscheinlich die besten Drinks der Welt, aber vom Kochen hat sie keinen Schimmer.«

»Großartig.«

Wenn er meinte. Ich war mir da nicht so sicher. Amanda hatte sich heute für meinen Geschmack ein bisschen zu sehr mit Dylans möglicher Rolle in meinem Privatleben auseinandergesetzt. Ich konnte nur hoffen, dass sie bei dieser Gelegenheit keine entsprechenden Bemerkungen fallen ließ.

7. Kapitel

Ihre Küche verrät eine ganze Menge über Sie – schön ist es, wenn sie einladend wirkt und sauber, nicht steril oder unpersönlich. Sie haben am besten immer volle Vorratsschränke. Dann sind Sie sowohl für einfache, aber leckere Schnellschüsse gewappnet wie auch für aufwendigere Abenteuer, die Sie beide mit viel Zeit genießen können.

Das war Schwerstarbeit. Noch nie hatte ich so viele Einkaufstüten mit mir herumgeschleppt. Und darüber konnte ich mich noch nicht einmal beschweren. Denn Dylan trug noch mehr, als wir endlich zum Ausgang des Einkaufscenters gingen. Es war verrückt. »Bis heute habe ich gedacht, ›Shoppen bis zum Umfallen‹ wär nur so ein Spruch.«

Dylan schmunzelte. »Es ist doch toll, was Sie heute alles erreicht haben. Sie haben die wichtigsten Teile für eine komplett neue Garderobe gekauft. Das alles können Sie auch noch nach Ihren Präsentationsterminen prima tragen. Und denken Sie mal an diesen Sonderverkauf. Alles, was wir da mitnehmen konnten, war praktisch geschenkt.«

Wie gut, dass er das so sah. Ich hingegen machte mir Gedanken, welche Bank ich überfallen konnte, um mein Konto auszugleichen. Natürlich stimmte es, dass wir ein paar echte Schnäppchen entdeckt hatten. Und wann gab *ich* mich schon mal dem Kaufrausch hin? Ich musste zugeben, dass ich sogar ein bisschen … Spaß bei der Sache gehabt hatte. Das lag natürlich in erster Linie an meinem Begleiter, der mir fast den ganzen Abend ermunternd zugelächelt hatte und nicht ein einziges Mal ungeduldig geworden war, als ich die verschiedenen

Möglichkeiten in Betracht gezogen und die Preise verglichen hatte.

Er hielt mir die Tür auf. Ich seufzte, als ich die frische Abendluft einatmete. Nach ein paar Stunden im Kaufhaus kam mir die Luft da drinnen furchtbar abgestanden vor. »Wo haben Sie Ihr Auto?«

»Ganz auf der anderen Seite. Aber es ist schon dunkel, und Sie werden wohl kaum all diese Taschen tragen können …« Lächelnd hob er die Tüten hoch. »Ich bringe Sie zu Ihrem Auto. Wenn man den Klatschblättern der Achtziger traut, ist es zwar kaum zu glauben, aber ich habe tatsächlich eine gute Erziehung genossen.«

»Sie meinen damit den Medien-Hype damals, oder?« Ich hatte nicht danach fragen wollen, aber Dylan lenkte das Gespräch schließlich selbst in diese Richtung … und ich wollte gerne mehr über seine Kindheit erfahren. Über all die Ereignisse, die ihn zu dem Menschen gemacht hatten, der er heute war.

Er lachte trocken. »Was die Medien über die Kincaids geschrieben haben, war bestimmt maßlos übertrieben, aber das ganze Theater war nichts gegen das, was mein Vater selbst veranstaltet hat. Ihm war jedes Mittel recht, um aus sich selbst den Mythos J. D. Kincaid zu machen, und davon hat er dann zwei Jahrzehnte gelebt. Man hat mir von früh an beigebracht, dass es nichts Wichtigeres im Leben gibt als das Image eines Menschen.«

»Sind Sie deswegen Imageberater geworden?«, fragte ich. Offenbar war das Lebensmotto seiner Eltern nicht spurlos an Dylan vorübergegangen.

»Wahrscheinlich. Ich hab eine Menge mitbekommen, wie man ein Image für die Öffentlichkeit aufbaut oder es verändert. Das kann ziemlich wichtig sein, und vielen Menschen gelingt es nie, ihr ganzes Potenzial auf den Markt zu werfen. Warum sollte ich ihnen nicht meine Erfahrung zur Verfügung stellen?« Er lächelte. »Vor allem, wenn ich dafür auch noch so gut bezahlt werde.«

Wir standen inzwischen vor meinem Auto. Ich versuchte, die ganzen Taschen so zu sortieren, dass ich mit einer Hand den Kofferraum aufschließen konnte. Mit wenig Erfolg.

Als ich schließlich alles auf den Boden stellen wollte, sagte Dylan: »Ich hab sie.«

Irgendwie schaffte er es, unsere beiden Tütenhaufen festzuhalten, während ich den Kofferraumdeckel anhob. Ich drehte mich um. Eigentlich wollte ich ihm einen Teil der Einkäufe wieder abnehmen. Doch er lehnte sich im selben Moment nach vorn, um die Sachen im Auto zu verstauen. Als er so nah an mich herankam, stockte mir der Atem. Ich vergaß schlicht, die Tüten entgegenzunehmen. Dylan streifte mich und hielt einen Moment inne. Dann stellte er die letzten Einkäufe ab. Hatte er das Knistern auch gespürt? Oder fragte er sich gerade, was mit mir los war?

Dylan richtete sich auf. »Das wäre geschafft.« Sein Lächeln wärmte mich und ließ mich die kalte Brise hier draußen glatt vergessen.

Eine Haarlocke wehte mir ins Gesicht, und Dylan strich sie zurück. Ich konnte kaum atmen. Seine Hand war warm an meiner Wange. Und irgendwie härter, als ich sie mir vorgestellt hatte. Hart, aber nicht unangenehm. Seine Berührung jagte einen Stromstoß durch meinen ganzen Körper. Dylans Augenlider wirkten plötzlich schwer. Er schien mir näher zu kommen, als wenn er die Magie des Moments ebenso spürte wie ich.

Mein Herz schlug mir bis zum Hals. Würde er mich küssen? Oder bildete ich mir das nur ein?

Offenbar. Wenig später zog er seine Hand zurück und senkte den Blick. Ich fragte mich, ob er mir nur ausweichen wollte.

Dann wirkte er wieder locker und geschäftsmäßig. »Ich

erwarte dann also Ihren Anruf, wann wir mit der Kochstunde loslegen wollen, mit Ihnen und Ihrer Freundin.«

Ich nickte nur. Zum Sprechen war ich noch nicht in der Lage. Vielleicht hatte ich keine Leidenschaft in seinem Blick gesehen. Womöglich war es nur ein Trugbild gewesen, die Parkplatzbeleuchtung, die sich in seinen Augen spiegelte.

»Danke noch mal für Ihre Unterstützung heute.«

»Nicht der Rede wert.« Er lächelte mir aufmunternd zu. »Dies ist nur der Anfang Ihres neuen Ichs.«

Es waren nur noch wenige Tage bis zu meinem ersten Liveauftritt im Fernsehen. Jeder in meiner Situation wäre wahrscheinlich komplett mit den Nerven am Ende gewesen. Doch meine psychische Verfassung hatte eine andere Ursache. Dylan würde in weniger als einer Stunde in meiner Wohnung stehen! Und ich konnte mich noch immer nicht entscheiden zwischen dem mit einem Aphrodisiakum angemachten Omelett und den Früchte-Pfannkuchen – beide perfekt geeignet als verführerisches Dessert, als Frühstück für den Morgen danach *oder* als Mitternachts-Snack. Falls man noch Platz hatte für eine Kleinigkeit zum Naschen.

Amanda saß auf meiner Küchentheke und sah mir ungerührt zu, wie ich durch die Gegend tobte. »Kann ich dir vielleicht irgendwie helfen? Wie wäre es mit einem Rezept für ein extra starkes Beruhigungsmittel?«

»Beruhigungsmittel?« Ich hörte einen Moment auf, Schranktüren aufzureißen und wieder zu schließen. »So hektisch bin ich nun auch wieder nicht.«

Meine Antwort war so unglaubwürdig, dass Amanda sich nicht einmal die Mühe machte, mir zu widersprechen. Stattdessen sah sie mich einfach nur mit hochgezogenen Augenbrauen an.

Ich seufzte und lehnte mich Halt suchend gegen die Tür der Vorratskammer. »Na gut, ich bin ein bisschen nervös wegen dieser Kochgeschichte im Fernsehen.«

»*Das* ist der Grund, warum du hier wie eine Irre herumfuhrwerkst? Der Auftritt im Fernsehen?«

»Ist das deiner Meinung nach so abwegig?«

»Nein, absolut nicht.« Sie schüttelte den Kopf. »Tu einfach so, als wenn ich ein Trottel wäre und nicht deine beste Freundin. Aber vielleicht hilft es ja ein bisschen, wenn ich dir sage, dass du heute fantastisch aussiehst. Und ich bin sicher, dass ein gewisser Berater, der natürlich überhaupt nichts mit deiner Nervosität zu tun hat, das auch findet.«

Ich wollte sie wirklich nicht für dumm verkaufen, aber die Intensität meiner Gefühle für Dylan grenzte langsam ans Lächerliche.

»Danke, dass du mein Selbstbewusstsein aufpolierst.« Ich lächelte sie dankbar an. Ich hatte mir große Sorgen gemacht, dass ich Bruces wunderbare Frisur nach der Wäsche nicht mehr so hinbekommen würde wie er. Das war ja nicht ungewöhnlich. Der Stylist zauberte die Haare perfekt in Form, und zu Hause sieht man dann aus wie der Überlebende einer Elektroschock-Therapie. Aber alles war glattgegangen.

»Gern geschehen ... und ich wollte dich damit nicht nur aufrichten. Wenn wir die gleiche Größe hätten, würde ich dich auf Knien bitten, mir dieses Shirt irgendwann mal zu leihen.«

Wahnsinn. Amanda wollte sich Klamotten von mir leihen! Ich trug heute eine schokoladenbraune Jeans, die nicht gerade hauteng saß, aber im Vergleich zu meinen üblichen Sachen sehr figurbetont wirkte. Dazu hatte ich ein buntes T-Shirt aus Chenille kombiniert, das tief ausgeschnitten war. Dylan hatte mir sehr dazu geraten, es zu kaufen. Seiner Meinung nach sahen Oberteile, die direkt an meiner Taille endeten, nicht so vorteilhaft bei mir aus. Und ich musste ihm recht geben. Während unserer Einkaufsorgie war mir aufgefallen, dass mir die längeren Pullover besser standen. Aber er hatte auch darauf hingewiesen, dass ich trotzdem mal ein kurz geschnittenes Oberteil tragen sollte. Und so kam es, dass ich jetzt hier in einem Pullover herumlief, der ab und zu einen Blick auf meine Taille freigab.

Warum auch nicht! Schließlich sollten diese ganzen verfluchten Sit-ups ja nicht umsonst gewesen sein – da konnte ich schon ab und zu mal meine Bauchmuskeln zeigen, oder nicht?

»Miriam?«, fragte Amanda, nachdem ich eine Zeit lang nichts gesagt hatte. »Hast du dich jetzt entschieden, was du machen willst? Denk daran, es geht hier nicht um die goldene Kochmütze.«

Ich nickte. Dylan hatte mir auch schon gesagt, dass ich keine zu komplizierten Gerichte zeigen sollte. Außerdem waren Küchengeräte tabu, die die meisten Leute nicht kannten. Die Rezepte sollten schließlich einfach nachvollziehbar sein und nicht abschreckend wirken. »Ich nehme Eier. Da kann man nicht viel falsch machen.«

Sie schnaubte durch die Nase. »Dann hast du noch nie versucht, in meiner Küche ein Spiegelei zu produzieren. Aber mir ist alles recht, solange ich bald etwas zu Essen bekomme. Ich bin am Verhungern.«

Ich zog die Augenbrauen hoch. »Du machst Witze.« Da ich schon den ganzen Vormittag wie ein Hamster im Rad lief, hatte ich ein Blech Zitronen-Muffins mit Mohn gebacken, von denen Amanda den größten Teil verschlungen hatte, kaum, dass sie bei mir aufgetaucht war. Ich wollte nicht meine Hand dafür ins Feuer legen, dass sie nicht auch noch meinen Kühlschrank geplündert hatte, während ich mit meinem Make-up beschäftigt war. Oh ja, ich trug heute Abend tatsächlich Wimperntusche.

»Wo lässt du das bloß alles«, wollte ich wissen.

Sie errötete. »Nun, es gibt wohl Leute, die essen viel, wenn sie …«

»Wer ist es? Gibt es einen neuen Favoriten?«

Ihre Wangen färbten sich noch eine Spur dunkler. »Er ist irgendwie anders …«

»*Er?* Es gibt einen neuen Mann in deinem Leben, und ich weiß nichts davon?« Ich war fassungslos, dass sie mir nichts erzählt hatte. Aber auch darüber, dass es mir etwas ausmachte.

Sie lächelte ohne die geringste Spur von Reue. »Ich hatte noch nicht wirklich eine Chance, dir von ihm zu erzählen. Ich musste dich doch wegen Dylan piesacken.«

»Womit du jetzt sofort aufhören kannst. Wir arbeiten nur zusammen, und in spätestens einer Woche ist er wieder verschwunden. Mehr ist da nicht dran.«

Die Türklingel machte sich misstönend bemerkbar, und mein Herz setzte einen Schlag aus.

Meine Freundin lächelte trocken und rutschte vom Tresen herunter. »Da hast du sicher recht. Der Mann ist dir völlig egal. Schade nur, dass dein Gesichtsausdruck etwas anderes sagt. Soll ich lieber an die Tür gehen?«

»Nein.« Trotzig hob ich mein Kinn. Sie sollte sehen, dass ich kein bisschen nervös war. Zumindest hatte ich jetzt eine Ausrede, aus dem Raum zu gehen, bevor sie mich weiter aufzog.

Dylan stand mit entwaffnendem Lächeln vor der Tür. Natürlich sah er wieder sehr sexy aus in seinen Jeans und dem langärmeligen T-Shirt. »Hi.«

Ich schluckte und bat ihn herein. »Dylan, erinnern Sie sich an meine Freundin Amanda White?«

Er nickte und lächelte Amanda mit der gleichen Wärme an wie eben noch mich. Zu dumm. Ich hätte mir gerne eingebildet, dass er dieses Lächeln für mich reserviert hatte, aber Dylan war zu allen gleichmäßig freundlich. Es hatte nichts zu bedeuten. »Danke, dass Sie uns helfen. Miriam hat erzählt, dass Sie genauso ein Trottel beim Kochen sind wie ich.« Amanda lachte, aber es klang nicht verführerisch. Sie schien nicht zu bemerken, dass sich die Raumtemperatur mit Dylans Eintreffen um fünf Grad erhöht hatte. »Ich freue mich, wenn ich was tun kann«, gab sie zurück. »Ihr zwei sagt mir am besten, was ich machen soll. Aber beklagt euch nicht, wenn plötzlich der Feueralarm losgeht.«

Ich sah wieder Dylan an, nachdem ich kurz weggesehen hatte. Zu offensichtliches Anstarren versuchte ich zu vermeiden. »Was soll ich beim Kochen von anderen machen lassen?«

»So viel, dass Ihr Gastgeber vor der Kamera irgendwie beschäftigt aussieht. Die Moderatoren wollen immer gerne mit eingespannt werden, selbst wenn sie eine Teekanne nicht von einem Toaster unterscheiden können. Aber es sollte etwas Einfaches sein, damit sie keinen Mist bauen. Sonst kommt nachher beim Zuschauer an, dass Ihre Menüs nur für Profis taugen. Wenn es aber um etwas Eindrucksvolles geht, sollten Sie das selbst machen.«

»Alles klar.«

Amanda folgte mir in die Küche, während Dylan im Essbereich blieb und seine Videokamera auf dem Tresen aufbaute. Skeptisch betrachtete er dann die Menge an Zutaten, die ich auf der Arbeitsfläche aufgereiht hatte. »Wow, was wollten Sie denn alles zubereiten? Es geht hier um kurze Kochsequenzen, das ist Ihnen schon klar, oder?«

Schnell sortierte ich die Zutaten für den Pfannkuchenteig aus. »Amanda und ich hatten uns gerade überlegt, was wir machen wollen. Es gibt Melonen in Rosmarin-Sirup und ein Omelett.«

»Sind Omeletts sexy?« Dylan grinste wie ein kleiner Junge. »Sollen wir die Leute vom Pancake-House vorwarnen?«

Ich zog eine Grimasse. »Sie sind ja ein richtiger Spaßvogel. Vielleicht sind Sie es, der ins Fernsehen sollte.«

Er schüttelte den Kopf. »Oh nein. Ich bin der Mann hinter den Kulissen. Sie sind der Star, und wir sorgen dafür, dass es die anderen auch merken. Kann es losgehen?«

Ich stellte eine schwere Bratpfanne auf den Herd und schob ein weißes Brett zu Amanda hinüber. »Omeletts sind das perfekte Essen für ein Rendezvous. Nach einer leidenschaftlichen

Nacht sind Omeletts das Menü der Wahl für ein Frühstück im Bett.« Ich war stolz darauf, so abgeklärt und mit ruhiger Stimme über Sex zu sprechen, und hoffte, dass Amanda dies auch bemerken würde. Von wegen, ich sei ein Nervenbündel.

Ob sie nun beeindruckt war oder nicht, konnte ich nicht feststellen. Dylan zumindest war nicht ganz zufrieden. »Miriam, wenn Sie das fürs Fernsehen machen, wäre es schön, wenn Sie ab und zu in die Kamera schauen und die Leute direkt ansprechen, nicht nur den Herd.«

Sehr spitzfindig. Ich holte tief Luft und sah in seine Richtung. »Tut mir leid, ist es so besser?«

»Viel besser.« Unsere Blicke trafen sich, und ich versuchte, ein Zittern zu unterdrücken.

»Nun gut. Wie ich bereits sagte, sind Omeletts das perfekte Essen für den Morgen danach. Sie sind aber auch nützlich als Eiweiß-Spender, wenn Sie nur mal kurz eine Pause machen zwischen zwei Gängen. Aber wenn Sie Ihre Beziehung erst noch anheizen müssen, dann können Sie das mit den richtigen Zutaten ungemein beschleunigen. Für eine Füllung eignen sich die verschiedensten Käsesorten, Gewürze und …« Ein zirpendes Geräusch unterbrach meinen Redefluss, und Dylan und ich sahen beide zu Amanda hinüber.

»Sorry«, murmelte sie und griff in ihre Tasche. Zum Vorschein kam ein silbernes Wunderwerk der Technik, das kaum größer war als eine Puderdose. Amanda öffnete ihr Handy in Bruchteilen von Sekunden. »Hallo?«

Irrte ich mich oder klang sie irgendwie … aufgeregt? Fast möchte ich sagen, ein bisschen atemlos, als wäre sie eine Treppe hinaufgerannt, bevor sie das Gespräch annahm.

Um nicht nur untätig herumzustehen und vielleicht Dylan anzuschmachten, fing ich an, den Gruyere-Käse zu zerkleinern. So konnte ich schamlos Amandas Telefonat belauschen, was sie mir nicht gerade leicht machte. Sie sprach im Flüsterton.

»Wie bitte?«, fragte Amanda leise. »Äh … nein, ich freue mich sehr darüber, dass du anrufst, aber es geht gerade …« Sie hielt einen Moment inne, und ich nahm an, dass sie zu mir herübersah. Da meine Aufmerksamkeit eindeutig dem Käse galt und nicht im Mindesten der offensichtlich intimen Unterhaltung meiner Freundin, schien sie verunsichert zu sein. »Ich rufe dich gleich zurück, in Ordnung?«

Es piepte leise, als sie die Verbindung beendete. »Miriam? Ich weiß, dass ich versprochen habe, heute hier zu sein, aber …«

Offensichtlich war *er* es gewesen, der neue Typ in ihrem Leben. Ihre Aufregung war nicht zu übersehen – völlig untypisch für Amanda. Selbst Dylan musste gemerkt haben, dass ein besonderer Mann angerufen hatte. Ich wusste zwar immer noch nicht, wer der geheimnisvolle Fremde war, aber offensichtlich bedeutete er meiner besten Freundin eine ganze Menge. Ich konnte wohl kaum so egoistisch sein, sie auf ihr Versprechen festzunageln, uns zu helfen.

»Wir kommen auch prima ohne dich klar … stimmt's, Dylan?«

Er nickte sofort zustimmend. »Vielleicht ist das gar nicht so schlecht. Wir betrachten das einfach als Test für unvorhergesehene Situationen. Sie wären überrascht, wie häufig in Studios technische Probleme auftreten oder wie oft Buchläden am Tag der Signierstunde nicht genügend Exemplare des Buches vorrätig haben. Dies ist eben die Übung für Plan B.«

»Ich danke euch, ihr Lieben. Ich rufe dich später an, Miriam. Okay?«

»Besser wäre es«, zog ich sie auf und fühlte mich in Wirklichkeit von Plan B etwas aus der Bahn geworfen.

Amanda marschierte Richtung Eingangstür, offensichtlich erleichtert darüber, dass ihr keiner von uns einen Vorwurf machte. »Ihr zwei tut aber nichts, was ich nicht auch tun würde.« So wie Amanda das sagte, klang es wie eine Aufforderung.

8. Kapitel

Wenn Sie Ihren Liebsten zum ersten Mal zum Essen einladen, verwöhnen Sie ihn nicht gleich mit allem, was Sie zu bieten haben. Wenn er sich nach dem ersten Mal nach mehr sehnt, dann sind Sie auf dem richtigen Weg …

Dylan lächelte über Amandas Abgang. »Neuer Freund?«

»Ich glaube, ja. Ich kenne ihn aber noch nicht.« Bis vor ein paar Stunden hatte ich nicht einmal gewusst, dass er existierte.

Dylan kam um den Tresen herum in die Küche. »Offenbar müssen wir jetzt alleine klarkommen. Sind Sie bereit?«

»Aber sicher.« Ich öffnete einen der Küchenschränke über mir und nahm einen Kochtopf heraus. »Ich mache das Omelett fertig, und Sie können schon mal die Rosmarin-Marinade für die Honigmelone anrühren. Das wird ein einfaches, aber sehr sinnliches Essen.«

»Wegen der Qualitäten, die man dem Rosmarin nachsagt, richtig?« Er nahm mir den Topf aus der Hand. »Wie Sie sehen, hab ich meine Hausaufgaben gemacht.«

Ich lächelte über seine jungenhafte Art. »Sie haben recht. Rosmarin riecht ganz angenehm und wurde über Jahrhunderte als Stimulanz betrachtet. Mir geht es aber eher um den Geschmack der ganzen Geschichte und weniger um irgendeine Überlieferung. Nur um das klarzustellen. Die Sache mit den Aphrodisiaka gibt dem Buch den gewissen Kick, aber es ist nicht das Wesentliche für meine Rezepte. Nehmen wir zum Beispiel Rosen. Sie gelten als Liebessymbol, und es gibt tatsächlich Leute, die den Salat vorneweg mit Rosenblütenblättern garnieren. So soll dann die richtige Stimmung aufkommen. Ich kann mir allerdings kaum vorstellen, dass ein Mann in Leidenschaft entbrennt, wenn er Blütenblätter zu essen bekommt.«

Dylan musste lachen. »Da gebe ich Ihnen recht ... Wenn ich an Rosenblütenblätter denke, dann fallen mir garantiert ganz andere Verwendungen dafür ein.«

Mir stockte der Atem. »Äh ... schon richtig. Es geht bei den Melonen eigentlich nicht darum, ob sie besonders sinnlich wirken. Man kann sie einfach sehr anschaulich beschreiben. Als süß, fest, saftig oder ... Ich denke, Sie wissen, was ich meine.«

»So in etwa.« Er nickte zustimmend. »Melonen sind sexy. Das werde ich mir merken.«

»Ich kenne auch noch ein paar wirklich gute Gerichte mit Warzenmelonen«, platzte ich heraus. Abrupt machte ich einen Schritt zurück und zuckte zusammen, als ich mir dabei den Griff der Besteckschublade in den Rücken rammte.

Er setzte den Kochtopf ab und legte den Arm um mich. »Miriam, ich weiß, dass der Gedanke an diese Interviews Sie nervös macht. Aber es wird alles prima laufen. Sie müssen sich nur ein wenig entspannen.«

Dylan hatte angefangen, meine rechte Schulter mit der Hand zu massieren, und erreichte damit genau das Gegenteil der gewünschten Entspannung. Wellen der Erregung fluteten durch meinen Körper – warm, berauschend und sehr angenehm. Er legte seine Hand auf meinen Nacken und massierte dort weiter. Dabei berührte er meine nackte Haut.

»Mmmh.« Hatte ich gerade geschnurrt? So wie die nach Streicheleinheiten lechzende Katze meiner Nachbarin Mrs. Asher? Schnell öffnete ich meine Augen. Ich verdrängte alle samtweichen Frequenzen aus meiner Stimme und bemühte mich um einen leichten Tonfall. »Bekommen Sie einen Extrabonus von Hargrave für Massagen?«

Er zog seine Hand weg. »Bitte entschuldigen Sie. Vielleicht hätte ich das nicht tun sollen. Ich versuche, für jeden Klienten die optimale Coaching-Methode herauszufinden. Beim Kochen ist es wahrscheinlich ähnlich.«

»Klar. Sehr ähnlich.« Ich ging hinüber zu dem Holzbrett, das ich vor Kurzem für Amanda rausgelegt hatte. Ich musste dringend irgendetwas klein hacken. Jetzt sofort.

Trotz meiner Anspannung lief die Kochstunde sehr gut. Ich gab die Anweisungen, und wir beschäftigten uns mit den unterschiedlichen Vorbereitungen. Es war kaum zu übersehen, dass Dylan mit Spaß bei der Sache war, was mich amüsierte.

Er lehnte sich von der anderen Seite des Herdes zu mir hinüber. »Das riecht köstlich.«

Ich glühte förmlich vor Stolz über sein Lob. Hier geht es nur um den Job, ermahnte ich mich. Er sieht mich lediglich als »Klientin«. »Und wie komme ich mit dem Fernsehjob klar? Haben Sie noch Tipps für mich?« Während des Kochens hatte er ständig Vorschläge gemacht, was ich noch verbessern könnte.

»Nur ein paar oberflächliche Anmerkungen.«

Ich musste mir das Lachen verkneifen. Es ging hier doch darum, mir ein neues Image für die Öffentlichkeit anzutrainieren. Was daran war *nicht* oberflächlich?

»Versuchen Sie, in der Nacht davor viel zu schlafen«, riet mir Dylan. »Und es kann nie schaden, wenn Sie sich ein paar Tage vor dem Fernsehauftritt eine Gesichtsbehandlung gönnen.«

Im Geiste machte ich mir eine Notiz auf meinem Merkzettel. *Hautbild verbessern.* Das stand gleich unter: *Schmeichelhaften BH kaufen.* Ich war ihm deswegen nicht böse. Im Gegenteil. Bei dem Gedanken, dass jemand meine Poren auf einem riesigen Bildschirm unter die Lupe nahm, konnte ich gar nicht schnell genug im nächsten Schönheitssalon sitzen.

»Geht klar.«

Dylan lächelte mich anerkennend an. »Ich gehe davon aus, dass Sie verdammt erfolgreich sein werden, und so auch ein gutes Licht auf meine Arbeit werfen. Es ist offensichtlich, dass Sie Ihren Job beherrschen. Und wenn Sie es schaffen, *mich* so anzuleiten, dass ich beim Kochen etwas auf die Reihe bekomme, dann schaffen Sie das mit jedem Moderator. Wenn die merken, dass Sie gut alleine klarkommen, werden sie Sie einfach machen lassen. Sie sollten nur nicht überrascht sein, wenn noch ein paar Einstellungen nachgedreht werden müssen. Vielleicht wollen die auch noch ein paar weitere Sätze von Ihnen hören, obwohl eigentlich alles im Kasten zu sein scheint.«

»Kein Problem.« Tatsächlich fing ich langsam an, mich auf den Fernsehauftritt zu freuen. Ob das nun an meinem neuen, aufpolierten Aussehen lag oder daran, dass ich Dylan heute so erfolgreich angeleitet hatte – keine Ahnung. Vielleicht erlag ich auch gerade einer fatalen Selbsttäuschung.

Ich sah mir Dylans Sirup an. »Das muss jetzt abkühlen. Wir stellen es in den Kühlschrank, und ich mache das zweite Omelett fertig. Dann können wir essen.«

Wir waren beide stolz auf unsere Arbeit. Ich fühlte mich gut vorbereitet auf *Good Morning Westbridge*, und Dylan war sichtlich zufrieden, dass er eine Beilage hinbekommen hatte. Natürlich würde er dafür keine goldene Kochmütze erhalten, aber das war ja gerade das Schöne am Essenkochen – es musste nicht kompliziert sein, um köstlich zu schmecken.

»Sie kochen wirklich nicht viel, oder?«, fragte ich Dylan, während ich die Eier mit dem Schneebesen bearbeitete.

Er zuckte mit den Schultern. »Ich dachte bis heute, das sei so etwas wie eine Lifestyle-Entscheidung, ob man kocht oder nicht. Ich stamme aus einer Familie, in der seit Generationen niemand am Herd gestanden hat.«

Ich dachte an die Fotos, die ich von seiner glamourösen Mutter und seinem Vater auf Tournee gesehen hatte. »Hatten

Sie denn eine Haushälterin? Irgendjemanden, der Ihnen mal eine Suppe gekocht hat, wenn Sie krank waren?«

»Ich denke schon. Wir hatten einiges Personal, je nachdem, wo wir gerade wohnten und wie aufdringlich die Klatschpresse war. Im Großen und Ganzen hatte mein Vater ja nichts dagegen, in den Medien zu erscheinen. Selbst dann nicht, wenn er negative Schlagzeilen bekam. Er ging davon aus, dass das für einen Rockstar nur gut sein konnte. Er verkaufte dann mehr Platten. Aber als Kiki mal nicht in Bestform war und plötzlich ihre Kleidergröße in der Zeitung lesen musste, hat sie das gesamte Personal gefeuert und sich erst mal rundum erneuern lassen.«

»Oh. War es eigentlich schwierig für Sie, so im Rampenlicht zu stehen?« Das gemeinsame Kochen in meiner Küche, umgeben von Rosmarin- und Estragon-Düften, hatte uns irgendwie näher gebracht. So klangen meine Fragen nach seiner Kindheit völlig normal.

»Für meine Eltern war das toll.« Er lehnte sich gegen den Tresen und fingerte nervös an der Schale mit den Melonenscheiben herum. »Zumindest solange sie nicht das Gefühl hatten, schlecht dabei abzuschneiden.«

»Ich wollte eigentlich wissen, ob es für *Sie* schwer war.«

Er blinzelte. »Ich stand nie im Rampenlicht. In meiner Schulzeit hab ich meine Eltern kaum zu Gesicht bekommen. Und im Internat war ich nichts Besonderes. Da waren Schüler, deren Eltern viel prominenter waren als meine. Von mir wollten die Medienleute nichts. Ich passte nicht in das Schema der wilden Party-Rocker. Wenn ich das Ergebnis eines Seitensprungs gewesen wäre, hätte es natürlich anders ausgesehen.«

Ich lachte über den Scherz, aber das, was er über seine Kindheit erzählte, fand ich überhaupt nicht komisch. Ich war zwar erleichtert, dass er nicht um ein heruntergekommenes Haus herumgeschlichen war, während die Rocker-Freunde seiner Eltern wilde Partys schmissen. Ich wusste so einiges darüber. Schließlich hatte ich immer *Behind the Music* im Fernsehen angeguckt. Doch im Geiste sah ich den kleinen Jungen Dylan vor mir, abgeliefert in einer unpersönlichen, kalten Jungenschule, vergessen und vernachlässigt von Eltern, denen ihr wildes Leben wichtiger war als er.

Vielleicht sollte ich einfach aufhören, noch spät solche Sendungen im Kabelfernsehen zu gucken.

Der Mann hatte sich doch schließlich gut entwickelt … Ich ließ meinen Blick über ihn gleiten, und meine Gedanken drehten sich plötzlich um weniger platonische Dinge. Das hing vielleicht damit zusammen, dass er sich bückte und den Sirup aus dem unteren Regal meines Kühlschranks nahm.

Toller Hintern.

Dylan richtete sich auf und blickte mich dabei plötzlich über die Schulter an. Wahrscheinlich wollte er einfach noch eine Frage stellen zur Zubereitung der Melonen. Doch jetzt zog er lediglich überrascht die Augenbrauen hoch.

»Ich muss mich entschuldigen«, stotterte ich. »Ich … äh … habe sie angestarrt.«

Er kam auf mich zu, und mein ganzer Körper erstarrte wie elektrisiert. Als er mit der abgekühlten Schüssel an mir vorbeiging und sie abstellte, atmete ich erleichtert aus. Er war lediglich zum Tresen gegangen. Ich stand nur zufällig im Weg.

Aber jetzt hatte er nichts mehr in den Händen und ging auch nicht wieder weg. »Meinetwegen müssen Sie sich nicht entschuldigen. Mir macht es nichts aus, wenn Sie mich anstarren. Umgekehrt hatte ich reichlich Gelegenheit dazu, als Sie gestern im Einkaufscenter die Sachen anprobiert haben.«

Er lehnte sich in meine Richtung. Seine Augen blitzten verführerisch, sein Gesicht war schon ganz nah bei meinem. *Er will mich küssen!* So was war nicht mehr besonders häufig vorgekommen, seitdem Trevor und ich uns getrennt hatten.

Mein Instinkt sagte mir, dass mich ein Kuss von Dylan

schier um den Verstand bringen würde. »Beim Shoppen ist das kein Anstarren«, plapperte ich drauflos. »Das zählt also nicht so richtig.«

Mit seinem Zeigefinger fuhr er zärtlich den Rand meiner Unterlippe entlang, und meine Knie drohten nachzugeben.

»Dabei haben Sie ja nur Ihren Job gemacht, oder?« Ich hatte mich noch nie als übernervöses Seelchen betrachtet, aber bisher hatten mich Männer auch noch nicht so aus der Fassung gebracht. Normalerweise war ich die ausgeglichene, zuverlässige Miriam. Wenn mich Dylan hingegen in den Armen hielt …

Zu spät. Er ließ die Arme sinken. »Mein Job. Natürlich. Ich …« Seine Stimme wurde immer leiser, während sein Blick noch immer an meinen Lippen hing.

»Also … äh … Sie haben keine Tipps mehr für mich?« Ich hätte mir selbst gerne einen guten Rat gegeben: Halte doch einfach mal die Klappe.

»Ich … Ihr Mund … Zähne!« Er schnippte mit den Fingern und sah erleichtert aus. »Viele bleichen ihre Zähne, bevor sie sich vor die Kamera stellen. Das geht ganz leicht zu Hause. Das kriegen Sie auch ohne Zahnarzt hin. Außer, Sie wollen es lieber von einem Profi machen lassen.«

Ich lächelte schwach. »Ich schaff das schon.«

Wer um Himmels willen hatte mir erlaubt, ein Buch über sinnliche Genüsse zu verfassen? Mein Appetit war gleich null, aber es wäre auffällig gewesen, wenn ich mein eigenes Essen nicht angerührt hätte. Nachdem wir uns ins Esszimmer gesetzt hatten, zwang ich mich also, etwas von dem Omelett zu essen. Es schien mir so, als würden die Brocken jeweils mit einem dumpfen Aufschlag in meinem Magen ankommen. Ich vergaß trotzdem nicht, Dylan für seine Anstrengungen zu loben.

Sobald ich das Gefühl hatte, mich unauffällig aus der Affäre stehlen zu können, fragte ich ihn: »Sind wir dann so weit durch? Ich will heute nämlich noch im ›Spicy Seas‹ vorbeigehen und meinen Gehaltsscheck abholen. Ich war diese Woche mit so vielen anderen Dingen beschäftigt, und ich sollte hingehen, bevor sie dort die Menüs für die ersten Gäste heute Abend zubereiten.« Er schob seinen leeren Teller von sich weg. Und wirkte sehr interessiert. »Hätten Sie etwas dagegen, wenn ich Sie begleite? Ich wollte mir dieses Restaurant schon die ganze Zeit einmal ansehen.«

Das war mir neu. Außerdem geriet mein Fluchtplan auf einmal ins Wanken. Aber konnte ich seine Bitte ablehnen, nachdem Dylan sich so viel Mühe mit mir gegeben hatte? Ich wollte auf jeden Fall den Eindruck vermeiden, ich würde ablehnen, weil er mich nicht geküsst hatte.

»Sicher. Je mehr wir sind, desto lustiger wird's.«

Er stand auf, lächelte und half mir beim Abräumen. »Ich hatte bisher immer gedacht, dass dieser Spruch nur bei mehr als zwei Leuten funktioniert.«

Das war mir völlig gleichgültig. Mit Spaß hatte diese Sache ohnehin nichts mehr zu tun.

Als ich das »Spicy Seas« betrat, fühlte ich mich hin- und hergerissen. Irgendwie kam ich nach Hause ... nachdem mich der Mann, der mich angeblich liebte, rausgeworfen und das Schloss ausgewechselt hatte. Ich war kaum eine Woche fortgewesen, und doch kam es mir wie eine Ewigkeit vor. Seitdem Trevor und ich das »Spicy Seas« übernommen hatten, war ich jeden Tag dort gewesen. Ich hatte immer das Gefühl gehabt, hierherzugehören, aber heute kam es mir vor, als sähe ich das Restaurant zum ersten Mal. Der Eingangsbereich war größtenteils mit poliertem Holz getäfelt. Um etwas Farbe hineinzubringen, hatten wir ein Bild von der rothaarigen Meerjungfrau aufgehängt, die Trevor und ich als Logo für das Restaurant ausgewählt hatten. Eigentlich lächelte sie die Gäste einladend an, aber heute schien sie mich auszulachen.

Ihr wäre sicher nie ein Mann entwischt, auf den sie scharf war und der sie auch noch küssen wollte.

»Hi, dich haben wir hier ja schon lange nicht mehr gesehen!« Regina Carpenter war heute für den Empfang zuständig. Sie strahlte mich an und warf dann einen neugierigen Blick auf Dylan. »Ein Tisch für zwei?«

Ich schüttelte den Kopf. Dylan schien zu verstehen, dass ich gern ein paar Worte alleine mit meiner Freundin wechseln wollte. Er ging weiter hinein ins Restaurant, um sich umzusehen. Ich sah es genau vor mir. Die Tische zwischen den schlanken Säulen und die prächtigen Bilder vom Meer, über denen sich langsam Ventilatoren drehten. Jeder Tisch war mit einer leuchtend blauen Decke bedeckt, und mit einer zartgelben Vase mit Blumen dekoriert. Ich vermisste das Restaurant, hatte aber nicht mehr das gleiche Zugehörigkeitsgefühl wie früher.

»Du siehst fantastisch aus«, flüsterte mir Regina aufgeregt zu. »Und *er* ist der Hammer. Dein neuer Freund?«

Sie klang so begeistert, dass ich beinahe zugestimmt hätte. Aber dann schüttelte ich den Kopf. »Nein.«

»Wirklich schade. Trevor würde glatt durch die Decke gehen. Das wird er ohnehin, wenn er dich sieht. Er ist in seinem Büro. Und in der Küche ist *du weißt schon, wer.*« Regina verdrehte theatralisch die Augen. »Gestern Nacht gab's wieder Theater, und Jojo hat gesagt, er würde kündigen, wenn *sie* noch mal an deinen Rezepten herumwerkelt. Sie wollte *ihre persönliche Note* reinbringen, aber ich hatte den Eindruck, dass die Gäste das nicht so toll fanden. Als Beschwerden kamen, hat sie es auf die unfähige Küchencrew geschoben.« Regina sah sich schnell um. Sie wollte auf keinen Fall von ihrem Boss dabei erwischt werden, wie sie über seine Freundin herzog.

»Danke für die Informationen, Regina.«

»Gern geschehen … Aber du weißt das alles nicht von mir!«

Ich blinzelte sie an. »Was soll ich wissen?«

Ich ging hinein zu Dylan und sah mich im großen Speiseraum um. Es waren nur wenige Leute dort, die sich ein spätes Mittagessen gönnten.

»Was halten Sie davon?«, fragte ich Dylan.

Er verzog leicht den Mund. »Nicht übel, aber ich habe den Eindruck, dass es wohl in erster Linie an der Qualität des Essens liegt, wenn die Leute hierherkommen.«

»Miriam?« Trevors geschockter Ausruf hallte durch den Raum.

Ich drehte mich zu ihm um und bemühte mich um ein entspanntes Lächeln. Ich würde ihn nicht hier zur Rede stellen und riskieren, mich dabei anzuhören, als fühlte ich mich durch Blondies Anwesenheit in der Küche bedroht. Aber ich ging ihm nicht entgegen, sodass er den ganzen Weg zu mir laufen musste. Je näher er kam, desto erstaunter riss er seine haselnussbraunen Augen auf.

»Du siehst …«, seine Stimme riss ab, als er einen Blick auf Dylan warf, sein Gesichtsausdruck verhärtete sich, »… anders aus.« Er bekam es so hin, dass es nicht wie ein Kompliment klang, aber auch nicht direkt abwertend.

»Gut beobachtet«, antwortete ich einfach. »Trevor, das ist Dylan Kincaid. Dylan, Trevor Baines.«

»Ach … der, von dem du mir erzählt hast?« Dylan lächelte höflich, doch was er sagte, klang eine Spur verächtlich.

Ich blinzelte anerkennend. Er hatte geschafft, es Trevor mit gleicher Münze heimzuzahlen und sein scheinbar höfliches und dabei verletzendes Verhalten an ihn zurückzugeben. Und das auch noch mit Raffinesse. Ich wusste genau, dass es den so auf sein Image bedachten Trevor schlicht wahnsinnig machte, nicht zu wissen, was ich anderen Leuten über ihn erzählte.

»Kann ich dir irgendwie weiterhelfen, Miriam?« Offenbar hatte Trevor Dylan als Gegner eingestuft, mit dem er sich lieber nicht anlegen sollte und sich deshalb wieder an mich gewandt. Kluger Junge.

»Zunächst einmal meinen Scheck. Und dann denke ich, sollten wir uns über ein paar Dinge unterhalten.«

»In meinem Büro?« Sein Blick schweifte durch den Raum, als wenn er befürchtete, ich könnte vor den Gästen eine Szene machen. Schon merkwürdig, denn wenn ich der Typ für große Szenen gewesen wäre, hätte ich vielleicht genügend Reiz für Trevor gehabt. Nicht, dass ich ihn zurückhaben wollte. Offenbar hatte sein gutes Aussehen mich früher davon abgehalten, ein paar abstoßende Eigenarten an ihm zu bemerken. Gerade jetzt erinnerte er mich irgendwie an ein hungriges Nagetier, wie er so mit glänzenden Augen mitten im Raum stand und sich umblickte.

Ich sah Dylan an und hatte das Gefühl, dass er Trevors Anwesenheit lange genug ertragen hatte. Je länger er ihn erlebte, desto mehr würde es mich in ein schlechtes Licht rücken. Schließlich war ich ja ziemlich lange mit ihm liiert gewesen. Ich zeigte auf die kleine Bar an der einen Seite des Raumes. »Würde es dir etwas ausmachen ...«

»Nicht im Geringsten, meine Liebe.« Auf einmal klang er überaus britisch, fast wie James Bond, und ich sah, wie Trevor zusammenzuckte. »Ich warte hier auf dich.«

Ich schenkte ihm ein dankbares Lächeln. Ich weiß, dass das kleinlich ist und es mir eigentlich egal sein sollte, was Trevor dachte. Es ist aber einfach unglaublich befriedigend, wenn ein so großartiger Mann mit einem flirtet und der Typ, der einem den Laufpass gegeben hat, dabei zusieht.

Dylan zog in Richtung Bar davon. Ich war sicher, dass mein Freund Lewis ihm jedes gewünschte Getränk auf Kosten des Hauses einschenken würde. Ich folgte Trevor in das mir wohlbekannte Büro, setzte mich in einen der taupe-farbenen Ledersessel und wartete darauf, dass Trevor den Schreibtisch aufschließen und mir meinen Scheck geben würde. Er nestelte an dem Schlüsselbund herum, kniff die Augen zusammen und warf mir einen vorwurfsvollen Blick zu. »Also, wer ist der Kerl?«

»Dylan Kincaid. Ich dachte, das hätten wir schon draußen geklärt.«

»Ist er aus der Branche?« Damit meinte er natürlich Restaurants.

»Nein. Ich habe auch noch andere Interessen.«

»Hast du ihn dieses Buch lesen lassen?«, fragte Trevor. »Ich mache mir deshalb nämlich Sorgen um dich. Was die Leute wohl denken werden, wenn es tatsächlich rauskommt.«

Ich verdrehte die Augen. »So sehr ich deine Anteilnahme auch zu schätzen weiß, sei versichert, es wird schon gut gehen.«

Er schüttelte den Kopf und fuhr fort, als wenn ich gar nicht geantwortet hätte. »Die Leute werden den falschen Eindruck von dir bekommen. Sie werden nicht verstehen, wie schüchtern du in Wirklichkeit bist.«

»Schüchtern?« Ich hatte es immer ruhig angehen lassen, sicher. Ich hatte mich nicht um tolle Klamotten gekümmert, keine Frage. Aber in der Kochschule und im Restaurant war ich sehr engagiert und erfolgreich gewesen. Schüchternheit war nie meine Sache. Außer vielleicht vorhin, als Dylan versucht hatte, mich zu küssen.

»Nun, vielleicht nicht gerade schüchtern, aber zurückhaltend. Das kann sehr stilvoll bei einer Frau sein. Ich hatte gedacht, ich bräuchte jemanden, der mehr ist wie ich, aber in Wahrheit …«

»Trevor, du hast mir wirklich einen Gefallen getan, als du dich von mir getrennt hast. Wir passen nicht im Mindesten zusammen.«

Er runzelte die Stirn, und die Maske des bemitleidenswerten Jungen schob sich aalglatt über sein Gesicht. »Das sagst du nur, weil ich dich verletzt habe. Wahrscheinlich habe ich deine Zurückweisung auch verdient. Ich sehe jetzt ein, dass ich dich nicht wirklich zu würdigen wusste. Aber tief in deinem Innern weißt du, dass wir zwei ein gutes Team sind.«

Um ein Haar hätte ich laut losgeprustet vor Lachen. Mit Blondie schien es schlechter zu laufen, als Regina annahm. Ich dachte an Dylans Bemerkung, dass es in erster Linie das Essen war, das dieses Restaurant zu etwas Besonderem machte. Trevor versuchte zwar, so großspurig wie üblich aufzutreten, aber um seine Augen herum konnte ich neue, kleine Falten erkennen. Er machte sich Sorgen, dass ich nicht ins Restaurant zurückkommen würde, gab das aber natürlich nicht zu. Stattdessen schwafelte er weiter über unsere gemeinsame romantische Zukunft.

»Ich glaube, dass uns diese Auszeit gutgetan hat. Vor allem mir. Mir ist vieles klar geworden.« Sogar sein Versuch, mit sich selbst ins Gericht zu gehen, klang arrogant. Dachte er wirklich, ich würde zu ihm zurückkommen? Als wenn ich sechs Monate darauf gewartet hätte, dass er zur Besinnung kommt! »Mir ist klar geworden, was ich beinahe verloren hätte.«

»Du hast es verloren.«

Er winkte abwehrend mit den Händen. »Ich weiß, dass ich es verdorben habe, aber ich kann es wiedergutmachen.«

Ich stand auf, wollte nur noch mein Geld haben und hier verschwinden. Was ich in den letzten fünf Minuten von Trevor gehört hatte, war nicht dazu angetan, noch eine Sekunde länger zu bleiben.

Was unsere Zusammenarbeit erschweren würde. Dann *lass* es doch, hörte ich deutlich aus meinem Innern. Woher kam bloß diese rebellische Stimme ... Und wo hatte sie bisher gesteckt?

Es wäre schon sehr befriedigend gewesen, ihm auf der Stelle meine Kündigung entgegenzuschleudern, aber ich entschied mich, damit bis nach meinem bezahlten Urlaub zu warten. Eigentlich hatte ich eine Medaille dafür verdient, dass ich es mit diesem Kerl so lange ausgehalten hatte ... Oder eine Therapie, um meinen Verstand überprüfen zu lassen. Wie war ich nur je auf die abwegige Idee gekommen, dass unsere geschäftlichen Gemeinsamkeiten irgendwie zu einer guten romantischen Partnerschaft führen könnten?

»Miriam, du bist nicht ...«

»Es reicht jetzt. Ich habe genug gehört, was ich deiner Meinung nach *nicht* bin.« Ich war sexy und unabhängig. Und ganz sicher konnte ich jemand *Besseres* für mich finden als dieses Ekel. Ich streckte ihm die Hand entgegen und sagte den Satz, der seit Urzeiten anzeigte, dass jemand zu gehen wünschte. »Meinen Scheck, bitte.«

9. Kapitel

Bitte betrachten Sie diese Menüvorschläge nicht als Gesetz. Es sind Vorschläge, um Ihre Fantasie anzuregen. Wenn es um Genuss geht, sollte es wie in der Liebe keine festen Regeln geben. Tun Sie das, was sich für Sie richtig anfühlt, und vertrauen Sie Ihren Instinkten.

Ich schlenderte zurück zur Bar und bemerkte dabei, dass meine Hüften ganz von selbst einen Schwung entwickelten, der vorhin noch nicht da gewesen war. Als ich näher kam, sah ich Dylans verzerrtes Spiegelbild in der glänzenden Wandverkleidung hinter Lewis. Unsere Blicke trafen sich. Sonst hatte ich in solchen Momenten immer schnell weggesehen. Doch diesmal lächelte ich ihn auch noch vielsagend an.

Er verschluckte sich an seinem offenbar hochprozentigen Getränk. Nun waren wir quitt, dachte ich bei mir. An dem Abend, an dem wir uns kennengelernt hatten, war mir meine Limo light in den falschen Hals geraten.

Lewis grinste mich zur Begrüßung an. Er sah sehr elegant aus in seinem Smokinghemd. »Hallo, Schönheit. Können wir bald wieder mit dir rechnen?«

»Ich denke nicht.« Ich fügte nicht hinzu, dass ich hier nie wieder arbeiten wollte, aber ich sah Lewis leicht nicken und nahm an, dass er sich genau das wohl dachte.

»Kann ich dir dann einen Drink anbieten?«

Wir waren in Dylans Auto hergefahren. Es war erheblich komfortabler als meines. Ein ordentlicher Drink konnte also nicht schaden. Außerdem fühlte ich mich heute Abend mutig. »Einen Tequila für mich.«

Wenn es Lewis überraschte, dass ich etwas Härteres als das übliche Glas Wein bestellte, dann zeigte er es nicht. Über den polierten schwarzen Tresen schob er ein Tequila-Glas zu mir herüber, der Rand perfekt in Salz getaucht, nur unterbrochen von einem aufgesteckten Stück Limone. »Ein Toast auf unsere Autorin. Glückwunsch und alles Gute für das, was du dir für die Zukunft wünschst – mag es dabei um Bücher gehen oder auch um etwas anderes.«

Dylan und ich prosteten ihm zu. Dann entschuldigte sich Lewis, weil er angeblich etwas aus dem Lagerraum holen wollte.

»Die Angestellten hier verehren Sie offensichtlich«, sagte Dylan, als wir allein waren.

»Das mag sein. Ich werde sie vermissen.«

Er machte große Augen. »Wollen Sie nach der Werbetour hier nicht wieder anfangen?«

»Eigentlich hatte ich das vor.« Ich schwang mich auf den Barhocker neben Dylan. »Aber wissen Sie, ich glaube, es ist Zeit für mich, die Zelte abzubrechen und mich nach etwas anderem umzusehen.«

»Sie sind aus dem, was Ihnen hier geboten wird, herausgewachsen.« Er warf einen vielsagenden Blick auf die geschlossene Bürotür von Trevor. Es lag auf der Hand, dass er damit nicht nur auf den Job anspielte.

Ich nahm meinen Tequila in die Hand, leckte an dem Salzrand, warf meinen Kopf in den Nacken und ließ die scharfe, brennende Flüssigkeit meine Kehle hinunterlaufen. Dann steckte ich mir die Limonenscheibe zwischen die Zähne und sog vorsichtig daran. Als ich fertig war, setzte ich mein Glas ab und sah meinen Begleiter an. »Was sehen Sie? Wenn Sie mich ansehen, meine ich. Nur eine Klientin?«

Er schluckte. »Nicht *nur*, nein.«

Ich lächelte. »Ich bin froh, das zu hören. Sind Sie damit fertig?«

Sein Blick wanderte zu dem fast leeren Glas in seiner Hand, und er nickte abwesend. »Wir können los. Wollen Sie heute noch irgendetwas erledigen?«

»Oh ja. Aber das möchte ich erst angehen, wenn wir bei mir zu Hause sind.«

Ich blinzelte überrascht, als Dylan sich in die Parklücke vor meiner Wohnung stellte. Mir war der Weg vom Restaurant nach Hause noch nie so kurz erschienen. Dann meldeten sich meine Hormone unmissverständlich und verlangten: »Schaff diesen Mann in die Wohnung.«

Ein guter Plan.

Ich sprang aus dem Auto und traf mit Dylan vor der Kühlerhaube zusammen. Er nahm meine Hand und ließ sie nur kurz los, als ich die Tür aufschloss.

Als wir drinnen waren, zog er schelmisch eine Augenbraue hoch. »Jetzt, wo wir wieder hier sind, fällt mir ein … Heute Morgen haben Sie mich so gut angeleitet beim Kochen … Gibt es sonst noch etwas, worin Sie mich unterweisen möchten?«

»Nein.« Ich befeuchtete meine Lippen. »Es ist besser, wenn ich es Ihnen einfach zeige.«

Er nickte verständnisvoll. Sein Gesichtsausdruck war undurchsichtig, nur seine Augen blitzten verräterisch. »Sie werden in mir einen willigen Schüler finden.«

Ich stellte mich auf meine Zehenspitzen, um den Größenunterschied zwischen uns etwas auszugleichen und strich dabei mit meinen Händen über seinen Rücken. Ich spürte warme, feste Muskeln. Ich streifte mit meinen Lippen über seinen Mund und genoss diese erste, kurze Berührung, das erregende Gefühl in meiner Magengrube, als wir unsere Leidenschaft füreinander plötzlich nicht mehr zurückhalten mussten. Er schmeckte aufregend, nach Scotch und Mann. Ruhig, unverfälscht, sehr sexy.

Es gibt Männer, die sich beim Küssen förmlich auf einen werfen und sich irgendwie zielstrebig in einen hineinsaugen. Dylan drängte niemanden irgendwo hin. Er küsste mich so, als wenn er mich in ein sinnliches Paradies entführen wollte.

Zeig mir den Weg.

Ich hatte das nicht laut gesagt, aber er schien diese Aufforderung doch verstanden zu haben. Vielleicht hatte mein entzücktes Seufzen etwas damit zu tun. Auf jeden Fall bewegten wir uns plötzlich Richtung Wohnzimmer. Hier gab es keinen Druck, sofort aufs Ganze zu gehen, wie er vielleicht in meinem Schlafzimmer aufgekommen wäre. Wir fielen auf das Sofa, ohne unseren Kuss auch nur eine Sekunde zu unterbrechen. Ich kam mir vor wie in einem dieser alten Filme. Ich erwartete beinahe, dass ein Orchester für uns spielen würde und dass irgendwelche glücklichen Waldmenschen um uns herumtanzten.

Ich hatte überhaupt nicht mehr gewusst, wie aufregend es sein konnte, einfach nur jemanden zu küssen. Ich meine nicht den üblichen Abschiedskuss nach einem Date oder den klassischen Gute-Nacht-Kuss für den Lover, sondern Küssen um der Sache selbst willen. Es ist reiner Genuss, wenn man ihn zusammen mit der Person auskostet, die den Körper schmelzen lässt wie schwarze Schokolade, auf heißer Flamme gerührt. Ich hörte einen schrillen Ton weit weg, aber beharrlich.

Dylan zog sich leicht von mir zurück, bedeckte aber als Ausgleich dafür meinen Nacken mit Küssen. »Möchtest du rangehen?«

Verdammt, das Telefon. Dylans Mund beschäftigte sich jetzt mit meinem Ohr. Nichts hätte mich in diesem Moment vom Sofa weggeholt, nicht einmal die Verleihung der goldenen Kochmütze.

»Das kann der Anrufbeantworter … oooh.«

Er lachte leise. Dabei strich sein Atem genau über die besonders sensible Stelle unter meinem Ohrläppchen. »Hat dir das gefallen?«

Hölle noch mal, natürlich. Aber bevor ich ihm das sagen – oder besser *zeigen* konnte –, sprang der Anrufbeantworter im Flur an. Ich hörte meine Stimme sagen, dass ich zurzeit nicht da wäre. Ich konnte nur hoffen, dass ich im Fernsehen nicht ganz so furchtbar klang.

Dann hörte ich Amandas Stimme. »Hallo, ich wollte mich wie versprochen melden. Und ehrlich gesagt, muss ich wirklich dringend mit dir reden.«

Aber nicht jetzt! So wie ihre Stimme klang, konnte ich ihren Anruf aber nicht einfach ignorieren.

Dylan zog sich bereits etwas zurück und brachte sein zerknautschtes Hemd in Ordnung. »Soll ich besser gehen?«

Nein. Ich nickte jedoch, als ich Amanda im Hintergrund sagen hörte, dass sie noch ein paar Stunden zu Hause wäre. »Sie wird heute länger arbeiten. Ich sollte sie deshalb möglichst bald anrufen.«

»Hast du morgen schon etwas vor?«, fragte Dylan.

Seine hoffnungsvolle Stimme brachte ihm einen weiteren Kuss ein, auch wenn dieser viel kürzer ausfiel, als es mir eigentlich lieb war.

»Leider ja. Carrie und Eric sind nachmittags auf einer Hochzeit eingeladen, und ich hüte die Kinder. Ich weiß nicht, wie spät sie nach Hause kommen.«

»Sehr schade. Aber Fragen kann einem Mann doch keiner übel nehmen.« Er tippte mit seinem Zeigefinger auf meine Nasenspitze. Gottlob war es nichts Erotischeres, oder die arme Amanda hätte mit ihren Problemen alleine klarkommen müssen.

Als ich Amanda zurückrief, verabredeten wir uns in einem Restaurant zum Abendessen. Es war nicht weit entfernt von ihrer Bar, damit wir möglichst viel Zeit zum Reden hatten.

Ich versuchte, mich ein bisschen zusammenzunehmen, damit ich meiner Freundin meine ganze Aufmerksamkeit widmen konnte. Trotzdem schwebte ich förmlich in das kleine italienische Restaurant.

»Wow!«, sagte Amanda. Sie saß auf einer schmiedeeisernen Bank in der Nähe der Toiletten. »Wenn ich dich nicht besser kennen würde, könnte ich auf die Idee kommen zu denken, du hättest dich vernaschen lassen.«

»Amanda!« Ich blickte mich um, ob das jemand gehört hatte. »Das stimmt natürlich nicht.« Aber vielleicht wäre es dazu gekommen, wenn sie nicht so dringend mit mir hätte reden wollen. Trotzdem würde ich es dann sicherlich nicht kurz danach im nächstbesten Restaurant jedem in Rufweite auf die Nase binden.

Meine Freundin erhob sich grinsend. »Hey, ich sagte *wenn*.« Sie hatte ein weit geöffnetes Nadelstreifenhemd an, das Männer üblicherweise zu ihren Anzügen trugen, und dazu enge Jeans. So sah sie schon eher wieder aus wie die Amanda, die ich kannte. Kein Vergleich zu dem Gemütszustand von vorhin.

Nachdem uns die Bedienung einen Tisch für zwei zugewiesen hatte, fühlte ich ihr auf den Zahn. »Nun?« Keiner von uns hielt sich mit der Karte auf. Wir wussten beide, dass ich die gefüllten Auberginen und sie die Fleischbällchen essen würde. »Du klangst … sehr nervös auf dem Anrufbeantworter.« Nicht völlig am Ende, aber eben auch nicht so wie sonst.

»Ich war durch den Wind«, sagte sie. »Ich fürchte fast, ich bin verliebt.«

»Wie bitte?« Heute Morgen hatte ich zum ersten Mal gehört, dass es unter Umständen ein Objekt der Begierde in ihrem Umkreis gibt. Und jetzt war sie verliebt? Ich kannte eine ganze Reihe Frauen, die sich leicht verknallten und dazu neigten, sofort große Pläne für die Zukunft zu schmieden, aber Amanda gehörte definitiv nicht dazu. Ihre Beziehungen blieben meistens locker. Ich konnte mich kaum daran erinnern, wann sie zuletzt das L-Wort in den Mund genommen hatte.

»Siehst du, du bist auch überrascht.«

»Nein, verblüfft. Ich meine, es ist bestimmt nicht verkehrt, aber wann …? Wer? Wie?«

Ihre Mundwinkel zuckten, und ihr Amüsement über meine Reaktion überdeckte kurz den Stress, den sie empfand. »In der Bar. Er ist ein Gast. Richard, Richard McNally. Er kommt seit einiger Zeit zu uns.«

»Warum hast du …« Ich unterbrach meine Frage kurz, um unsere Bestellung aufzugeben, und versuchte es dann erneut. »Warum höre ich dann jetzt zum ersten Mal von ihm?« Amanda biss sich auf die Lippen. Woher hatte sie bloß diesen perfekt haltbaren Lippenstift? Ich wusste genau, dass sie selbst nach der Schicht in der Bar noch genauso frisch aussehen würde. »Er ist … eigentlich nicht mein Typ.«

»Versteh mich nicht falsch, aber ich dachte, der Typ, auf den du stehst, ist männlich. Nicht, dass du wahllos zuschlägst, aber du bist auch nicht gerade fixiert auf Blonde oder Kaukasier oder Computer-Programmierer.«

»Es fängt damit an, dass er schon mal verheiratet war, und er hat eine Tochter.«

»Oh.« Sie steckte heute wirklich voller Überraschungen – ich hatte noch nie erlebt, dass sie ein Verhältnis mit jemandem anfing, der ein Kind hatte. Normalerweise sah sie Trennungen eher philosophisch, aber wenn es darum ging, dass das Leben eines Kindes aus der Bahn geworfen wurde, verstand sie keinen Spaß.

»Und er ist ein ganzes Stück älter als ich. Und er kann manchmal ziemlich altmodisch sein.«

Ich zog die Augenbrauen hoch und ließ meinen Blick über ihren knallroten Lippenstift und ihr ausladendes Dekolleté wandern. »Du hast recht. Das klingt wirklich so, als wenn er eigentlich nicht dein Typ wäre.«

Sie zuckte mit den Schultern, aber ihre Augen wirkten verletzbar. Sofort tat es mir leid, sie aufgezogen zu haben. »Er ist Professor für Geschichte, und ich denke, dass diese ganze Forscherei über höfische Manieren seine Einstellung zum modernen Leben etwas verzerrt hat. Außerdem hat er seine Highschool-Liebe geheiratet. Sie waren schon als Kinder unzertrennlich. Dann ist sie plötzlich gestorben. Er hat noch mit keiner anderen Frau als ihr … äh … Ich weiß nicht, wie ich das sagen soll.«

Es dämmerte mir langsam. »Er hat noch nie eine andere Frau durch die Betten gejagt?«

Amanda stöhnte.

»Tut mir leid, mir ist gerade nichts Besseres eingefallen«, versuchte ich meine flapsige Ausdrucksweise zu entschuldigen.

»Als er das erste Mal in die Bar kam, war sein … ihr Hochzeitstag. Er wollte was trinken, und ich merkte, wie traurig er war. Also fingen wir an zu reden. Ich fand ihn attraktiv, aber normalerweise interessiere ich mich nicht für Männer, die ihre verstorbenen Frauen betrauern. Er schien mich nicht mal als Frau wahrzunehmen. Er schwärmte nur von ihr. Das hat mich aber irgendwie fasziniert. Wie sehr er sie geliebt haben muss. Danach habe ich ihn einige Wochen nicht gesehen. Eines Abends kam er wieder herein und sah verändert aus.«

»Inwiefern verändert?«, fragte ich, weil sie ihren Erinnerungen nachzuhängen begann.

»Schicker. Er trug ein Hemd, das so steif aussah, dass es nagelneu sein musste. Er roch nach Rasierwasser und wirkte nervös, wenn er mit mir redete. Er nahm zwei Drinks, gab mir ein riesiges Trinkgeld und unterhielt sich immer wieder mit mir, mehr als eine Stunde lang. Ich hatte den Eindruck, wir könnten Freunde werden.«

Ich lächelte. Ein Mann brauchte kein Rasierwasser, um Freundschaften zu schließen.

Amanda sah meinen wissenden Gesichtsausdruck – es tat mir gut, zur Abwechslung mal in dieser Rolle zu sein. »Es stimmt schon. Ich fing an, mir Gedanken zu machen, ob vielleicht … Aber dann erwähnte er seine Tochter.«

»Ich weiß, dass du normalerweise versuchst, Kinder zu meiden. Aber gib der Kleinen doch eine Chance. Ich wette, sie …«

»Das ist das Problem. Sie ist eigentlich kein Kind mehr. Richard wird bald fünfzig, und Elizabeth ist siebzehn. Im kommenden Herbst wird sie auf eine dieser Eliteuniversitäten gehen. Er war sich nicht sicher, wie sie reagieren würde, wenn er sich wieder mit einer Frau verabredet. Ich konnte mir das gut vorstellen. Ich gehöre ja eher zu ihrer Altersklasse als zu Richards. Und die beste Ausbildung, die ich je genossen habe, hatte mit dem Mixen von Drinks zu tun. Ich bin eigentlich davon ausgegangen, dass sie mich für ein Flittchen halten wird.«

»Amanda, du bist wunderbar, und wenn sie dich erst einmal kennengelernt hat …«

Als meine Freundin mich ansah, glänzten ihre Augen feucht. Schnell versuchte sie, die Tränen wegzublinzeln. »Sie ist genauso fantastisch wie er! Ich habe sie heute kennengelernt, und als er aufstand und wegging, um uns einen Moment alleine reden zu lassen, hat sie zu mir gesagt, dass sie mir dankbar dafür wäre, dass ihr Dad endlich wieder lächelt.«

»Da bist du also heute hingegangen.« Ich dachte an den Anruf in meiner Küche.

»Genau. Er hat ihr heute von mir erzählt, als sie auf dem Weg zum Brunchen waren, und sie hat darauf bestanden, dass ich auch komme. Ich war völlig durch den Wind, aber verdammt noch mal, ich bin froh, dass ich mitgegangen bin.«

»Ich freue mich so für dich.«

Ich freute mich so sehr, dass ich mir die nächsten neunzig Minuten von Amanda alles über Richard erzählen ließ. Dass er aus einer reichen Familie stammt. Dass er nicht ins Familiengeschäft eingestiegen war, weil er lieber Akademiker werden wollte. Wie Elisabeth sie schüchtern gefragt hatte, ob sie sie zu ihrer Schulaufführung einladen dürfte, und dass Amanda zum ersten Mal seit ihrer Pubertät Angst davor hatte, den nächsten Schritt zu machen.

Sie redete ununterbrochen, bis sie zur Arbeit musste. Als ich schließlich nach Hause kam, stellte ich mir vor, wie ich für die beiden das Hochzeitsmenü zubereitete. Da es kaum zu übersehen war, wie wichtig Richard für Amanda war, hatte ich sie nicht mit meinen Neuigkeiten behelligen wollen. Dabei hätte ich ihr natürlich nur zu gerne erzählt, dass Dylan und ich uns gerade sehr nahe gekommen waren, als sie anrief. Das war schon verrückt. Zum ersten Mal drehte sich das Gespräch beim Abendessen nicht um mein unzureichendes Liebesleben. Und ich hätte endlich mal etwas von einem Mann berichten können.

10. Kapitel

Ganz wichtig ist, nicht zu vergessen, dass die Zubereitung eines Menüs nicht alles ist – ganz entscheidend ist die Präsentation.

Das können Sie ganz leicht zu Hause selber machen. Von wegen! Mit den Gel-Pflastern für das Aufhellen der Zähne hatte ich meine liebe Not. Diese Kleber anzubringen und gleichzeitig Lyssa und Lana zum 98. Mal ins Bett zu bringen war wirklich kein Kinderspiel.

Carrie und Eric hatten angekündigt, dass sie womöglich spät nach Hause kommen würden. Sie wollten den kinderfreien Abend nutzen, um mal wieder ausgiebig mit Freunden zu reden, die sie selten zu Gesicht bekamen. Um die vermeintlich lange, ungestörte Zeit zu überbrücken, hatte ich mir einiges mitgebracht, wie die Bleich-Pflaster. Mein erster Auftritt im Fernsehen sollte am Dienstag stattfinden. Es konnte nicht schaden, frühzeitig mit den Vorbereitungen zu beginnen.

Aber was würde passieren, wenn ich den ersten Härtetest bestand? Würde Dylan dann mit stolz geschwellter Brust in sein Auto steigen und wieder aus meinem Leben verschwinden? Wir hatten uns bisher in erster Linie darüber unterhalten, was zu tun war, um mich in Form zu bringen. Bei dem Gedanken, ihn nach seinen Küssen gestern Abend gleich wieder zu verlieren, zog sich mir der Magen zusammen.

Um mich abzulenken, öffnete ich die kleine Verpackung. Die Anleitung versprach: drei Töne weißer in dreißig Minuten. Leider wollte das Pflaster an den oberen Zähnen nicht richtig halten und rutschte mir halb den Hals herunter. Ich versuchte, es wieder an die Zähne zu kleben, ohne mich dabei selbst zu ersticken. Gut, dass in der Werbung nichts darüber gesagt wurde, wie mies die Dinger schmeckten. Das Pflaster für die unteren Zähne hielt gottlob auf Anhieb. Aber nun entdeckte ich, dass ich den Mund während der Prozedur geöffnet halten sollte, damit ich überprüfen konnte, dass die Dinger richtig saßen. Das war schon komplizierter – und nerviger –, als ich es mir vorher ausgemalt hatte.

Ich hatte die Streifen gerade glücklich entsorgt, als ich die Tür zwischen Küche und Garage leise aufgehen hörte. Ich traf im Flur auf meinen Bruder, der kurz nach den Zwillingen schauen wollte. Carrie fand ich in der Küche. Sie goss sich gerade ein Glas Milch ein.

»Hallo.« Sie lächelte und unterdrückte dabei ein Gähnen. »Möchtest du auch etwas trinken?«

»Äh …« Auf der Bedienungsanleitung stand, dass man nach dem Bleichen eine Stunde lang nichts essen und trinken sollte. Und natürlich wollte ich die Nuance Aufhellung, die ich in der kurzen Zeit, in der ich die Dinger im Mund gehabt hatte, nicht gleich wieder zerstören. »Nein danke, alles bestens. Wie war die Hochzeit?«

»Wunderbar.« Sie stellte die Milch wieder in den Kühlschrank und zog ein sehnsüchtiges Gesicht. Carrie ist eine Romantikerin und würde sogar die Hochzeit von Menschen, die ihr völlig fremd waren, wunderbar finden. »Die Braut sah bezaubernd aus, und sie sind so verliebt ineinander.«

Ich setzte mich an den Küchentisch. »Wo du gerade von verliebt sprichst …«

Sie verzog ihr Gesicht. »Es ist dir auch aufgefallen, nicht wahr?«

»Was?« Ich hatte keine Ahnung, wovon sie redete, aber es hatte definitiv nichts mit Dylan zu tun und meinem plötzlichen, untypischen Bedürfnis, über ihn zu sprechen.

»Nacht, die Damen.« Eric steckte seinen Kopf zur Tür

herein. »Die Kleinen schlafen fest. Danke fürs Aufpassen, Schwesterchen. Wir sehen uns dann bei der Buchsignierung.«

Ich nickte. Meine erste Signierstunde war am Freitag, dem offiziellen Erscheinungsdatum. Zu dem feierlichen Anlass wollte meine Mutter danach eine Party für mich organisieren.

Als mein Bruder sich durch den Flur entfernte, wandte ich mich wieder Carrie zu und war überrascht, wie traurig sie hinter ihm herblickte. »Alles in Ordnung mit dir?«

»Nein! Davon rede ich ja gerade. Hat er mir einen Gute-Nacht-Kuss gegeben? Natürlich nicht. Hat er sich dazu geäußert, wie ich heute aussah? Nein. Und ich bin ja nicht gerade eitel.« Sie ließ sich auf einen Stuhl fallen und schüttelte die dunkelgrünen, farblich zum Kleid passenden Pumps von den Füßen. »Ich habe einfach das Gefühl, ... wenn man die letzten Jahre genauso oft Apfelsoße und Fingerfarben am Körper getragen hat wie ein Kleid ... Er hat sich sogar schon dazu geäußert ... vielleicht ...«

Ihre Stimme erstarb, und ich sah mich bereits nach Papiertaschentüchern um.

»Ein weiteres Baby zu bekommen«, beendete sie den Satz unglücklich und wischte sich mit dem Handrücken über die Augen.

»Oh.« Irgendwie hatte ich etwas anderes erwartet. »Und du willst nicht noch mehr Kinder?«

»Ich weiß nicht. Die Mädchen machen viel Arbeit, aber sie sind mein ganzes Glück. Ab und zu kommt schon der Gedanke in mir hoch, noch mal ein Baby im Arm zu halten. Noch mal eines zu riechen.«

Natürlich hatte ich weniger Erfahrung mit Neugeborenen als sie, aber die Gerüche, die ich mit Neugeborenen verband, erzeugten in mir nicht gerade sehnsüchtige Gefühle. »Du bist also unglücklich, weil du dich nicht entscheiden kannst?«

»Das ist es nicht wirklich, Miriam. Findest du mich eigentlich dick?«

Ich blinzelte irritiert und fragte mich, ob es hier vielleicht um mehrere Sachen ging und die irgendwie miteinander im Zusammenhang standen. »Nein. Wie kommst du denn darauf?« Sie war nicht gerade spindeldürr, aber alle, die sie kannten, hielten sie für eine sehr attraktive Frau.

»Du solltest mal sehen, wie sich unsere beiden Freunde gegenseitig ansehen! Du weißt schon. Das Paar, das du vor ein paar Tagen kennengelernt hast. Oder die beiden frisch Verheirateten heute Abend ... Manchmal denke ich, wenn Eric mich ansieht, dann nimmt er nur die Mutter seiner Kinder wahr. Die Frau, die den Minivan fährt, für Vorräte sorgt und das Badezimmer putzt. Wir haben Sex, das stimmt schon, aber nur die üblichen Sachen. Er versucht fast nie ...«

»Bitte ...« Ich hatte sie eigentlich nicht unterbrechen wollen, aber die Vorstellung, über die Bettakrobatik meines Bruders aufgeklärt zu werden, konnte ich einfach nicht ertragen.

Carrie tat es sofort leid. »Huch, entschuldige bitte. Ich hatte für einen Moment vergessen, mit wem ich rede. Du willst nichts hören über unsere Eheprobleme.« Sie ging zum Ausguss und spülte ihr Glas ab.

Tatsächlich interessierte ich mich durchaus dafür. Vielleicht nicht in allen Einzelheiten, aber wenn ich helfen konnte, wollte ich das gerne tun. Und außerdem konnte ich mich schlecht verabschieden, wenn sie in so trauriger Stimmung war. »Carrie, hast du mit Eric darüber gesprochen?«

»Natürlich! Wir sind immer sehr offen zueinander gewesen. Er hat gesagt, ich würde mir das nur einbilden. Er fände mich jetzt noch attraktiver als bei unserer Hochzeit. Dann hat er mir einen Kuss auf die Stirn gegeben, sich auf die andere Seite umgedreht und ist eingeschlafen.«

Das war natürlich nicht gerade ein Beweis für seine leidenschaftlichen Gefühle ihr gegenüber. Interessant, dass mein Bruder trotz aller offenherzigen Gespräche nicht sensibler war als jeder andere Mann.

Carrie sah mich hoffnungsvoll an. »Hast du eine Idee, wie ich es hinkriege, dass er wieder scharf auf mich ist?«

»Wenn ich daran denke, warum mich Trevor verlassen hat, kann ich nur sagen, du fragst die Falsche.«

»Trevor hat dich verlassen, weil er ein Idiot ist«, gab Carrie zurück. »Ich dachte vielleicht, dass in deinem Kochbuch etwas drinsteht, was ich ausprobieren könnte. Du kennst Eric länger als ich, also wenn du einen Vorschlag hast …«

Um meinen Bruder in Stimmung zu bringen? Um Himmels willen. Ich versuchte mir vorzustellen, sie sei Amanda, und ich würde mit ihr über einen mir gänzlich unbekannten Typen reden. »Ich schaue mir die Rezepte mal an und melde mich dann bei dir, in Ordnung?«

»Wunderbar. Ruf mich einfach an oder wir gehen mittags zusammen essen.« Zumindest lächelte sie jetzt. »Wir sollten häufiger so miteinander reden. Das tut gut, Miriam.«

»Aber sicher.«

Es war Dienstagfrüh, und ich saß noch nicht ganz wach in der Maske von *Good Morning Westbridge*.

»Und wie läuft es hier?«

»Dylan!«

»Miriam, du siehst großartig aus.« Seine Worte wirkten nicht sehr persönlich, aber sein rauer Tonfall erzeugte ein aufgeregtes Kribbeln in meinem Körper. »Alles im Lot vor deinem ersten Live-Interview?«

Selbst wenn dem nicht so gewesen wäre, hätte mich sein anerkennender Blick auf jeden Fall aufgebaut. Ich bemerkte, dass Dylan meine Beine betrachtete und schlug sie unter meinem verführerischen schwarzen Rock übereinander. Welche Gedanken er sich auch immer gemacht haben mochte, seitdem wir uns das letzte Mal gesehen hatten … Zumindest unsere Küsse schien er nicht zu bedauern.

»Ich denke schon.« Ich klimperte mit den Wimpern. »Ich hatte einen großartigen Coach für die Vorbereitung.«

Er grinste. »Das freut mich zu hören. Vergiss nur nicht, dass du heute Nachmittag noch die Kochsequenz bei WFD aufnehmen sollst.«

Die würde nicht live gesendet werden. Die Kochstunde sollte Teil einer regionalen Wochenendsendung sein. Wie angenehm, wenn jeder Unsinn herausgeschnitten werden konnte. Wäre es nicht wunderbar, wenn das ganze Leben so liefe?

Als ich fertig geschminkt war, gingen wir hinüber zum Producer der Sendung. Das Studio war viel kleiner, als es im Fernsehen wirkte. Es gab einen Nachrichtenplatz, an dem zwei Moderatoren Vermischtes aus der Unterhaltungswelt und lokale Geschichten zum Besten gaben, eine blaue Leinwand, vor der ein Meteorologe gerade auf unsichtbare Frontsysteme und Küsten hinwies, die der Zuschauer wohl sehen konnte, und dann eine gemütliche Ecke mit einem kleinen Sofa für zwei und einem Farn als Hintergrund. Dort würde ich in wenigen Minuten mit Stephen Gerard sitzen, einem gut aussehenden Moderator, dem ich vorhin kurz in der Maske vorgestellt worden war.

Der Producer ratterte Anweisungen für mich herunter. »Der Lichttechniker, Henry, ist auch für den Ton zuständig. Er wird Sie verkabeln, während Chloe und Jake die Nachrichten aus Hollywood lesen. Dann schalten wir rüber zur Werbung, und dann sind Stephen und Sie drauf. Alles klar?«

Ich nickte und wurde Richtung Sofa bugsiert. Ich hatte mir ein paar Folgen von *Good Morning Westbridge* auf Video angesehen, da ich normalerweise um diese Uhrzeit nicht wach war. Es war eine nette, harmlose Sendung. Trotzdem fingen meine Hände zu zittern an, als Stephen Gerard auf seiner Seite des Sofas Platz nahm.

»Hi.« Der dunkelhaarige Mann warf mir ein aufmunterndes Lächeln zu. »Nervös?«

»Ein bisschen schon«, antwortete ich, halb verdeckt durch

einen Bär von einem Mann mit Bart namens Henry ... der seine Hand in meinen Ausschnitt steckte?

»Ich befestige nur das Mikro, Ma'am«, erklärte er. »Nehmen Sie es mir nicht übel.«

Natürlich. *Nehmen Sie keine Notiz von dem Mann mit der Hand in Ihrem Ausschnitt.* Während Henry mir ein bisschen billiges Kribbeln für den Morgen verschaffte, bat mich der Producer, für einen Moment aufzuschauen, damit er das Bild überprüfen konnte. Ich hörte Stephen nur halb zu, als er erzählte, dass er sich eine Ausgabe von *Verführung in sechs Gängen* vor der Sendung habe kommen lassen und begeistert davon sei. Ich wollte mich gerade bei ihm bedanken, als Henry mir plötzlich einen Lichtmesser vor das Gesicht hielt.

Kaum war er aus dem Weg, hielt der Producer den Daumen hoch. Die Werbepause war offenbar vorüber. Hilfe! Ich warf Dylan einen panischen Blick zu, der mich auf wunderbar gefühlvolle Weise anlächelte. Ich musste sofort an unseren Kuss denken. Wahrscheinlich wollte er mich aber nur daran erinnern, dass ich mit Sex-Appeal auftreten und die lockere Atmosphäre im Interview nicht vergessen sollte ... Wenn das so war, machte Dylan seinen Job wirklich großartig.

Stephen lächelte einladend in eine der drei Kameras an der Stirnseite des Studios. »Guten Morgen. Wenn Sie gerade erst eingeschaltet haben, freue ich mich besonders, Ihnen heute meinen Gast vorstellen zu dürfen, die bezaubernde Köchin Miriam Scott. Ihr Kochbuch *Verführung in sechs Gängen* ist ein amüsantes und provokantes Werk für Verliebte, und es wird noch in dieser Woche in den Buchläden erscheinen. Schön, dass Sie heute bei uns sind, Miriam.«

Mein Lächeln fühlte sich irgendwie steif an, aber das konnte an dem Make-up liegen. »Danke für die Einladung. Ich freue mich sehr, Ihnen noch pünktlich zum Valentinstag etwas *Verführung in sechs Gängen* ans Herz legen zu können. Vielleicht wird dieser Tag dann für Sie noch ein bisschen romantischer.«

»Nach allem, was ich gelesen habe, sind Sie garantiert die Richtige, genau das zu bewirken. Ich muss gestehen, dass ich zu diesen Junggesellen gehöre, deren Kochkünste sich auf das Auftauen von Tiefkühlpizza oder Fleischgrillen beschränken. Aber nachdem ich Ihr Buch gelesen habe, bin ich drauf und dran, einen Kochkurs zu besuchen – vor allem, wenn die Köchin so aussieht wie Sie«, fügte er noch hinzu.

Obwohl ich davon ausging, dass sein dezentes Flirten eher für das Publikum gedacht war, lächelte ich trotzdem über seine jungenhaft offene Ansage. »Sie Schmeichler. Ich glaube kaum, dass Sie Unterstützung dabei brauchen, eine Frau für sich zu gewinnen. Aber wenn Sie ein paar Tipps für etwas Besonderes wollen, schauen Sie sich doch mal die Desserts an. Gerade wenn Sie sich nicht zutrauen, gleich ein ganzes Menü aus dem Buch nachzukochen, versuchen Sie es mit etwas Einfachem wie gefrorenen roten Weintrauben. Die werden in Zucker und Schokolade gerollt. Oder schneiden Sie einen Apfel in Scheiben und verflüssigen Sie dazu Karamell. Wenn Sie die Apfelscheiben in Karamell tauchen und Ihre Liebste damit füttern, wird sich die gewisse Stimmung ganz von alleine entwickeln. Ihr Date wird bestimmt begeistert sein, wenn Sie sie nach dem Dinner noch zu einer ganz persönlichen Verkostung einladen.«

»Sie schreiben in Ihrem Buch, dass Äpfel in vielen Kulturen als ›Liebesgericht‹ bezeichnet werden. Das Gleiche gilt für Kürbissamen, Ingwer, Artischocken und noch eine Menge anderer Lebensmittel, von denen ich nie geglaubt hätte, dass sie sexy sind. So wie ich das verstanden habe, ist es unter Köchen üblich, die eigenen Rezepte auszuprobieren.« Sein Lächeln wirkte auf charmante Weise zweideutig. »Würden Sie sagen, dass die Arbeit an diesen Rezepten Sie sehr in Anspruch genommen hat?«

Ich faltete meine Hände anständig ineinander und warf ihm einen engelsgleichen Blick zu. Die ganze Sache fing an, mir Spaß zu machen. »Ich bin sicher, dass Sie verstehen, dass eine große Köchin genau wie ein großer Magier nicht *alle* ihre Geheimnisse verraten kann.«

»Fragen kann einem Mann doch keiner übel nehmen.« Er lachte in sich hinein, empfahl dann noch einmal mein Buch, wies darauf hin, dass es Freitag in die Buchläden kommen würde und versprach den Zuschauern, gleich nach der Werbung mit mir wieder da zu sein.

Als er sich dafür der Kamera zuwandte, erinnerte ich mich, dass Dylan den gleichen Satz bei unserem letzten Zusammentreffen gesagt hatte – *Fragen kann einem Mann doch keiner übel nehmen.* Er hatte mehr Zeit mit mir alleine verbringen wollen. Die Erinnerung wärmte mich innerlich, und ich sehnte den Moment herbei, den wir wieder für uns alleine haben würden. Ich sah in Dylans Richtung und hielt erschrocken inne, als ich seinen Gesichtsausdruck sah.

Bevor er sich wieder unter Kontrolle hatte, sah er aus wie Dr. Frankenstein, der sich beim Anblick seiner eigenen Schöpfung wünscht, das Monster nie erschaffen zu haben.

11. Kapitel

Dass Schokolade stimulierende Stoffe enthält, dafür gibt es sogar wissenschaftliche Beweise. Da wäre zum Beispiel Phenyl-Ethylamin, ein Glücksbotenstoff für unser Gehirn. Es gibt Leute, die behaupten, dass Schokolade deshalb als Ersatz für Sex dienen könnte. Ich bin der Meinung, dass keine Schokolade der Welt guten Sex ersetzen kann.

Die zweite Hälfte des Interviews mit Stephen machte mir nicht mehr ganz so viel Spaß wie die erste. Ich war zu sehr beschäftigt mit meinem finster dreinblickenden Imageberater. Trotzdem hatte ich das Gefühl, mich gut zu verkaufen. Ich war Stephen dankbar, dass er mich bei meiner Feuertaufe im Fernsehen so rücksichtsvoll behandelt und mein Buch so positiv dargestellt hatte. Als ich das Mikro von meiner Bluse entfernte, sagte ich ihm das auch.

Er grinste mich an und stand vom Sofa auf. »Wenn Sie noch ein paar Tipps haben wollen für Ihre anderen Interviews, bin ich Ihnen gerne behilflich. Wie wäre es heute, beim Abendessen?«

Ich blinzelte überrascht. Er fragte mich doch nicht etwa nach einem Date! Ich war davon ausgegangen, dass das Geflirte während der Sendung nur Show gewesen war.

»Vielen Dank für das Angebot«, antwortete eine männliche Stimme neben mir – sodass ich zusammenzuckte. Ich hatte nicht bemerkt, dass Dylan herangekommen war. »Der Hargrave Verlag bezahlt mich bereits dafür, dass ich Miriam diese Hinweise gebe. Sie werden doch sicherlich nicht meinen Job übernehmen wollen.«

Er wandte seinen Blick von Stephen ab und sah mich an.

»Und dein Nachmittag ist meines Wissens bereits verplant, mit dieser Kochvorführung und allem anderen.«

Mir blieb der Mund offen stehen. Was meinte er mit *allem anderen*? Ich hatte nur diesen Vorführtermin. Hatte Dylan eben wirklich ein Date für mich abgelehnt? Ich war so verwirrt davon, dass er offensichtlich eifersüchtig auf Stephen war, dass ich nichts dazu sagen konnte.

Ich dankte Stephen noch einmal und verabschiedete mich von dem Producer. Ich wollte auf jeden Fall einen guten Eindruck bei allen hinterlassen, falls ich für das nächste Buch noch eine weitere Verkaufsrunde drehen musste. Mit Dylan wechselte ich kein Wort, bevor wir alleine den Parkplatz der Fernsehstation erreicht hatten.

»Bist du zufrieden mit mir? Habe ich alles richtig gemacht, so wie du es mir empfohlen hast?«, fragte ich ihn. »Ich habe eigentlich das Gefühl, mich gut geschlagen zu haben. Aber wenn ich mir dein Gesicht anschaue …«

»Tut mir leid.« Er fuhr sich mit einer Hand durch die Haare. »Das war einfach unverzeihlich. Natürlich ist es dein gutes Recht, mit dem verdammten Stephen Gerard auszugehen, wenn du das wirklich möchtest. Obwohl ich keine Ahnung habe, warum. Er ist so ein … tut mir leid.«

Ich lachte. »Klingen deine Entschuldigungen immer so unfreundlich?«

Er blieb stehen und klemmte mich dabei mehr oder weniger zwischen sich und meinem Auto ein. »Möchtest du mit Gerard ausgehen?«

»Natürlich nicht.« Die Erinnerung an Dylans Mund auf meinem ließ ein Zittern durch meinen Körper laufen, und ich versuchte, die Erinnerung an dieses Gefühl über einen entsprechenden Blick auch in Dylan wachzurufen. Dieses bewusste Flirten war neu zwischen uns, aber sein Atmen signalisierte mir, dass es wirkte. »Ich dachte, ich hätte bei unserem letzten Zusammensein klargemacht, was ich will.«

Ich sah seine Augen kurz vor Erleichterung aufleuchten, bevor sie sich dunkel färbten vor Leidenschaft. »Gut so.« Er hob mein Kinn mit seinem Zeigefinger, aber ich war schon selbst dabei, ihm mein Gesicht zuzuwenden.

Sein Mund war fordernder als beim letzten Mal, besitzergreifender, und obwohl ich das nie zugegeben hätte, gefiel es mir. Ich konnte mich nicht daran erinnern, dass je einer meiner früheren Freunde eifersüchtig gewesen wäre oder einen Grund dazu gehabt hätte. Aber wenn es wie hier um einen großartigen Typen ging, der ab und zu Angst davor hatte, mich verlieren zu können, dann war das schon in Ordnung.

Mein Selbstbewusstsein und meine Verführungskünste waren durch die Ereignisse dieses Morgens wachgerufen worden. Ich biss spielerisch und vorsichtig in seine Unterlippe, bevor ich ihn küsste, meine Zunge in seinen Mund gleiten ließ und an seiner saugte. Als wir schließlich Luft holen mussten, seufzte ich.

»Ich habe dich gestern vermisst.« Die Worte waren mir herausgerutscht, bevor ich mich beherrschen konnte. Aber angesichts seiner Reaktion auf ein mögliches Date mit einem anderen Mann dachte ich mir, dass ich das ruhig sagen konnte.

»Ich habe versucht, ein paar Dinge einzufädeln«, erzählte er mir. »Im Moment muss ich mich in Atlanta um nichts Besonderes kümmern. Also hab ich versucht, hier in der Gegend ein paar Kontakte abzutelefonieren. Ich dachte, dass ich vielleicht ein bisschen länger bleiben könnte als geplant ...«

Trotz des kalten Windes und des relativ kurzen Rocks erwärmte sich mein Körper schlagartig. »Ein bisschen länger« bedeutete wahrscheinlich nur ein oder zwei Tage, aber schon, dass er sich nicht sofort davonmachte, fühlte sich gut an.

»Wie schön«, erklärte ich. »Es gefällt mir, wenn du hier bist.«

Seine Augen blitzten amüsiert. »Ich mache dich also nicht mehr nervös?«

»Wann hast du mich denn nervös gemacht!«, gab ich mit gespielter Entrüstung zurück.

»Ach, so häufig aufgeregt zu sein ist also normal für dich?«

Ich zuckte mit den Schultern und lächelte verlegen. »Nicht allen Menschen ist es gegeben, perfekt und gelassen aufzutreten.«

Er ließ die Hände an mir herabgleiten bis zu meiner Taille und zog mich enger an sich. Es war die erwachsene Version einer Umarmung – weniger Arme, mehr frontaler Körperkontakt. »Du warst heute extrem perfekt. Ich muss zugeben, es hat mich umgehauen, wie du diesem gut aussehenden Moderator schöne Augen gemacht hast, obwohl ich dir ja beigebracht habe, so zu flirten. Aber das tut der Tatsache keinen Abbruch, dass er dir am Ende aus der Hand gefressen hat. Du bist ein Naturtalent.«

»Danke.« Der Stolz und die Anerkennung in seiner Stimme ließen mich für die noch vor mir liegenden öffentlichen Auftritte ja hoffen. Aber gleichzeitig klangen seine Worte für mich ungewollt ironisch. Was hatte es mit Natürlichkeit zu tun, wenn man unmenschlich früh aufstand, mit Make-up zugekleistert wurde und zwanzig Minuten lang ein antrainiertes Image rüberbrachte?

Ich hatte noch keine Vergleichsmöglichkeiten, aber trotzdem schien mir, dass meine Kochvorführung am Nachmittag problemlos über die Bühne ging. Es gab keinen Moderator, sondern nur mich und meine Kochutensilien. Ich war daran gewöhnt, nachts stundenlang alleine in der Küche zu sein, sodass ich nur nicht vergessen durfte, dem imaginären Publikum Anweisungen zu geben. Da ich aber Dylan hinter der Kamera sah, fiel mir auch das nicht schwer. Auf mich wirkte es wie eine private Kochstunde für Dylan. Und er sah definitiv hungrig aus, als ich mit den Pfannkuchen fertig war.

Nachdem wir diese Aufzeichnung im Kasten hatten, riefen wir Joan an, um ihr mitzuteilen, dass die ersten beiden Shows gut gelaufen waren. Ich wollte ihr zuerst auftischen, dass ich ein Studio abgefackelt hatte, besann mich dann aber eines Besseren. Ich dankte ihr überschwänglich, dass sie mir Dylan geschickt hatte. Meine Wangen röteten sich, als ich das sagte, und ich konnte nur hoffen, dass meine Gefühle für Dylan nicht sogar übers Telefon deutlich zu erkennen waren. Als wir dann abends zum Essen gingen, wussten wir jedoch beide, dass dies ein Date war und kein Geschäftstermin. Er redete zwar von den Interviews in dieser Woche und den Signierstunden, die Hargrave für mich arrangiert hatte, aber die Blicke, die wir uns dabei zuwarfen und die Berührungen, die wir ab und zu austauschten, waren sehr persönlich.

»Es gibt da etwas, was ich dich fragen wollte«, sagte ich zu Dylan, als wir nach dem Essen unseren Kaffee tranken. »Du hast gesagt, du kommst am Freitag zu der Signierstunde …«

»Deine erste. Die will ich auf keinen Fall verpassen.«

Ich lächelte glücklich über den Stolz in seiner Stimme. »Danke, aber mir geht es um *danach*. Meine Mutter will eine Party geben im Haus meiner Eltern, und ich wollte wissen, ob du auch kommen möchtest … als mein Freund.«

Er grinste und legte seine Hand auf meine, wobei er mit dem Daumen über meine Fingerknöchel strich. »Nicht nur als dein Typ vom Fernsehen? Sehr gern.«

Ich musste lachen, als ich daran dachte, wie er sich meinem Bruder und meiner Schwägerin vorgestellt hatte. »Carrie und Eric werden auch dort sein. Also gibt es zumindest zwei Leute, die du kennst.«

»Meinst du wirklich, dass die Aussicht, neue Leute kennenzulernen, mich einschüchtern könnte?« Diese Vorstellung schien ihn zu amüsieren, was kein Wunder war.

»Ups! Ich glaube, ich habe dich mit mir verwechselt. Ich denke, es wird ganz lustig, auch wenn meine Familie manchmal … *sehr* kontaktfreudig sein kann.« Ich würde nichts Schlechtes über sie sagen – es gab Schlimmeres als Verwandte, die ein allzu großes Interesse an deinem Leben haben – aber ich dachte mir, dass er besser vorher gewarnt sein sollte. Ein anderer Gedanke stieg in mir hoch, und ich biss mir auf die Lippen. »Eric hätte dich beinahe erkannt. Er war ein großer Fan von … äh … deinem Vater.« Es klang vielleicht merkwürdig, aber ich hatte fast völlig vergessen, dass ich mit dem Sohn eines Rockstars zusammen war.

Dylan fummelte nervös an dem kleinen Löffel herum, mit dem er sich eben noch Milch in den Kaffee gerührt hatte. »So ist das eben. Du warst aber wohl kein großer Fan von J.D., oder? Du gehörst zu den wenigen Personen, die wissen, wer meine Eltern sind und kaum danach fragen. Meistens willst du etwas über *mich* wissen.«

Er klang beinahe ehrfürchtig, was ich eigentlich lustig hätte finden können. Aber irgendwie war es traurig, wenn Dylan nicht wusste, dass er auch alleine die Aufmerksamkeit einer Frau erregen konnte.

»Du bist mir wichtig.« Das sollte eigentlich nur die Fakten darlegen, aber so wie ich es sagte, wirkte es ziemlich emotional, was vielleicht ein bisschen übertrieben war. Schließlich kannte ich ihn erst kurze Zeit. Aber Trevor hatte ich ewig gekannt, und wohin hatte das geführt?

Dylan grinste. »Das freut mich. Aber ich habe den Eindruck, dass du von Natur aus eine fürsorgliche Person bist.«

»Ich?« Huch. Ich prügelte keine Hundebabys oder machte ähnlich schlimme Dinge, aber ich hatte von mir selbst bisher immer den Eindruck gehabt, eher zurückhaltend und überempfindlich zu reagieren.

»Aber sicher. Das ist offensichtlich. Da reicht es schon, dass ich die wenigen Leute, die ich im Restaurant getroffen habe, erlebt habe. Sie alle mochten dich. Und Amanda und du, ihr seid wirklich füreinander da. Und denk mal an dein

Buch. Eine Frau, die so sensibel ist, die sich so gut auskennt mit Emotionen und Reaktionen, die kann gar nicht anders, als sich mit ihrer Umgebung auszutauschen und sich mit ihr in Einklang zu bringen.«

Vielleicht war dies nicht der richtige Moment, um ihm zu gestehen, dass ich mich durch das Buch hindurchgemogelt und mich beim Schreiben die ganze Zeit wie eine Betrügerin gefühlt hatte.

Sein Gesicht nahm einen ungezogenen Ausdruck an, und er flüsterte verschwörerisch: »Ich glaube, da habe ich mir zum ersten Mal vorgestellt, dich zu küssen – als ich *Verführung in sechs Gängen* direkt nach unserem ersten Zusammentreffen gelesen habe. Ich glaube, es war das Kapitel über Erdbeeren, das mich umgehauen hat. Als ich damit durch war, hatte ich den Eindruck, dich zu kennen, und war total fasziniert.«

»Ich … wirklich?«

Die Kellnerin brachte die Rechnung, und ich starrte auf das Muster der Tischdecke, während sich mir der Magen umdrehte. Er hatte den Eindruck, mich zu kennen? Interessant, denn als ich die letzte Vorlage durchgelesen hatte, bevor das Buch in den Druck ging, waren mir meine Worte manchmal völlig fremd erschienen. So als hätte Amanda sie geschrieben, so als hätte ich mir ihre Erfahrungen und ihre Lebenseinstellung zu eigen gemacht, um endlich mal etwas Mutiges und Beachtenswertes zu erreichen.

Amanda hatte zu mir gesagt, dass dieses Buch mehr meinem Wesen entsprach, als es mir bewusst war, und so langsam gab ich ihr ansatzweise recht. Gleichzeitig stellte ich mir aber auch die bange Frage, ob Dylan wohl genauso »fasziniert« von meinem eigentlichen Ich sein würde. Dem Ich, das gerne blaue Sweatshirts trug und billige Horrorfilme mit mittelmäßigen Spezialeffekten sah.

Am Mittwoch machte ich mich allein auf den Weg nach Norden, auf die andere Seite von Columbia. Dylans Job war im Prinzip erledigt. Er hatte mich gut vorbereitet mit seinen Trainingssequenzen und dem Einkaufen, und er hatte mich zu den beiden ersten Terminen begleitet. Ich lächelte, als ich an seine Pläne für den heutigen Tag dachte. Er traf sich mit einer Frau, die ihr eigenes kleines Hotel leitete und das Image des Hauses verbessern wollte, um sich so von den anderen Anbietern besser absetzen zu können. Vielleicht war es übermäßig eitel von mir anzunehmen, dass Dylan versuchte, andere Jobs in Charleston anzunehmen, um bei mir sein zu können. Aber wenn seine Abschiedsküsse gestern Abend an der Tür etwas zu bedeuten hatten, dann war er auf jeden Fall gerne mit mir zusammen.

Ein Gefühl, das wir beide teilten.

Ich lächelte, als ich das Fernsehstudio betrat, das kühl und angenehm dunkel wirkte im Vergleich zur hellen Morgensonne. Hier traf ich auf eine Moderatorin, und ich fragte mich, welchen Einfluss das wohl auf die Persönlichkeit haben würde, die Dylan mich ermutigt hatte darzustellen. Ich würde ganz sicher nicht mit ihr flirten, nicht einmal, wenn ich auf diese Weise eine besondere Randgruppe der Gesellschaft ansprechen würde.

Aber es stellte sich heraus, dass ich auch mit Ashlee viel Spaß haben konnte. Genau wie es mir Dylan geraten hatte, wurde das Interview in einem Gesprächsklima geführt, das nach schlüpfrigen Geständnissen zweier Mädels klang, und Ashlee versprach ihren Zuschauern, nach dem Valentinstag einen Bericht abzuliefern, wie ihrem Verlobten Marc das Menü gefallen hatte, das wir im Studio vorführten. Wir backten auch etwas zusammen, wobei meine Köchinnenehre arg auf die Probe gestellt wurde, als Ashlees lange, schwarze Haare beim Würzen und Rühren über dem Topf hingen. Für Vorbereitungen und Kochen fehlte die Zeit – vor allem wenn man noch die Zeit für das Abkühlen hinzurechnete. Deshalb arbeiteten wir uns durch die Anleitung für die Himbeer-Bourbon-Schokotörtchen, präsentierten aber am Ende der Sendung einige schon vorher von mir gefertigte Exemplare. Seitdem ich angekommen war, hatte die Fernsehcrew sie mit hungrigen Blicken bedacht.

Nachdem wir die Törtchen verdrückt hatten, schwärmten alle von dem Nachtisch und schworen, diverse Exemplare meines Buches zu kaufen. Eigentlich hatte ich erwartet, dass mich die Heimfahrt ermüden würde, aber als ich meine Wohnung erreichte, fühlte ich mich energiegeladen und voller Tatendrang. Zum ersten Mal freute ich mich darauf, dass mein Buch bald rauskommen würde. Natürlich konnte es immer noch ein Flop werden, aber bisher übertrafen die Reaktionen meine kühnsten Erwartungen ... vor allem an dem Punkt, wo der großartige Fremde sich ebenso zu mir hingezogen zu fühlen schien wie ich mich zu ihm.

Nun hatte ich endlich Zeit, mich um die sechs Nachrichten auf meinem Anrufbeantworter zu kümmern. Ich kickte meine Schuhe von den Füßen und machte es mir auf meinem Bett gemütlich. Zuerst versuchte ich, Amanda zu erreichen, um ihr für das Aufnehmen von *Good Morning Westbridge* zu danken und für die Glückwünsche zur Sendung. In ihrer Wohnung meldete sich jedoch niemand, und an ihrem Handy meldete sich sofort die Voicebox.

Carrie war auf dem Weg zu einem Termin beim Kinderarzt, sodass nur meine Mutter für einen Schwatz unter Frauen übrig blieb.

Ich rief zu Hause an, und sie hob nach dem ersten Klingeln ab.

»Hallo?«

»Hi Mom. Hier ist Miriam. Tut mir leid, dass ich mich erst jetzt melde, aber danke für deine Nachricht.«

»Oh meine Süße, wir waren so stolz auf dich! Du hast das

so gut gemacht im Fernsehen, und alle meine Freunde haben angerufen. Ich fühle mich wie eine Berühmtheit. Ich glaube, dass Stephen Gerard dich leiden mochte. Er ist so ein Schatz.«

Ich grinste, als ich die Hoffnung in ihrer Stimme hörte. »Ja, das ist er. Aber eigentlich, Mom, treffe ich mich im Moment mit jemand anderem. Nichts Ernstes oder so was in der Art, wir sind bisher nur einmal ausgegangen, aber ich habe ihn gefragt, ob er mich am Freitag begleiten möchte. Ist das in Ordnung?«

»In Ordnung? Das ist großartig! Du weißt ja, dass du dich auf uns verlassen kannst. Wir werden ihn herzlich willkommen heißen.«

Mein trockenes Auflachen bemäntelte ich schnell mit einem Husten. Dass sie ihn ignorieren würden, war eigentlich nicht meine Sorge gewesen.

Ich verabschiedete mich und legte auf, bevor ich die Digitaluhr auf meinem Nachttisch ansah. Eigentlich hatte ich mit den Telefonaten nur Zeit totschlagen wollen, denn der einzige Mensch, den ich wirklich sprechen wollte, war Dylan. Ich fragte mich, ob er schon fertig war mit seinem Termin. Würde es aussehen, als wenn ich klammerte, wenn ich ihn jetzt anrief? Schließlich hatte er gestern den ganzen Tag und den Abend mit mir verbracht.

Wohl kaum. Er war immerhin mein Imageberater, versuchte ich die Sache vernünftig zu betrachten. Er würde auf jeden Fall wissen wollen, wie die Kochvorführung heute gelaufen war.

»Hier spricht Dylan Kincaid.«

Alle Gedanken an Geschäfte – seine oder meine – waren sofort aus meinem Kopf verschwunden, als ich seine Stimme hörte. »Hey, hier ist Miriam. Störe ich gerade?«

»Nicht im Geringsten. Ich bin dabei, mir einen Burger zu besorgen, bevor ich bei einem anderen Auftraggeber vorbeischaue. Wie ist es gelaufen?«

»Großartig. Das Kochen lief wunderbar.« Kochen. Dylan. Hatte der Mann nicht etwas Besseres verdient als Fastfood? Natürlich hatte er das. Etwas liebevoll Zubereitetes mit reichlich Vitaminen, Mineralien und raffinierten, verführerischen Aromen. Auf einmal war mir klar, wie ich meinen Tatendrang in die richtige Richtung lenken konnte. »Ich wollte dich eigentlich fragen, ob du heute Abend schon etwas vorhast.«

Seit der Koch-Abschlussprüfung auf der Schule war ich nicht mehr so aufgeregt gewesen. Aber eine gute Köchin erkennt man daran, wie sie unter Druck klarkommt, und mein Abendessen für heute war eine Glanzleistung – von den mit Prosciutto umwickelten Melonenscheiben als Vorspeise bis zum Ingwerkuchen. Und das Allerbeste daran war: Ich selbst sah auch nicht übel aus.

Obwohl meine Priorität wie immer das Essen gewesen war und nicht meine Aufmachung, war es mir doch gelungen, meine Haare in lockere Wellen zu legen. Jetzt sahen sie kunstvoll zerzaust aus, und wirkten, wenn ich Glück hatte, sexy. Ich trug einen bauchfreien Pullover in einem dunkelorangen Farbton zu einer lässigen Freizeithose, die tief auf den Hüften saß und von der ich erinnerte, dass Dylan sie während unseres Einkaufstrips mit Wohlgefallen betrachtet hatte.

Er kam gerade rechtzeitig mit einer Flasche Wein in der Hand und lächelte voller Freude, als er mich sah. »Ich wusste nicht, was ich mitbringen sollte.«

»Dich selbst hätte völlig genügt«, versicherte ich ihm. »Aber danke. Sehr aufmerksam.«

Er hatte damals scherzhaft behauptet, dass sein Vater ihm nicht beigebracht hätte, sich wie ein Gentleman zu benehmen. Aber irgendjemand hatte es offensichtlich getan. Ich konnte mir nicht vorstellen, dass seine guten Manieren und seine freundliche Art mit Menschen umzugehen nur eine Show sein sollten.

Dylan sah sich um. »Ich bin sicher, du hast alles im Griff. Aber kann ich irgendwas helfen?«

»Möchtest du vielleicht den Käse über den Pastasalat reiben?«

»Furchtbar gern.«

Ich streckte den Arm an ihm vorbei Richtung Schublade aus, in der die Käsereibe lag, doch er griff nach meinem Handgelenk und zog mich zu sich heran.

»Habe ich schon erwähnt, dass du fantastisch aussiehst?«

»Genau wie du.« Wenn mir jemand die Augen verbunden und mich gefragt hätte, was Dylan heute anhatte, hätte ich es nicht sagen können. Kleidung war mir nicht so wichtig. Aber er *sah* fantastisch aus – mit diesem Zucken in den Mundwinkeln, wenn er mich ansah und lächeln musste, und diesen unglaublich grünen Augen. Ich küsste ihn, noch bevor ich mir dessen überhaupt bewusst war.

Sein Mund kam mir entgegen, und ganz anders als sonst war es mir völlig gleichgültig, ob das Essen kalt wurde. Es war ein wunderbarer Kuss. Einer von denen, die man bis in die Zehenspitzen spüren konnte und der den Bauch in Aufruhr versetzte. Deshalb konnte ich auch ein leises Protestgeräusch nicht unterdrücken, als sich Dylan plötzlich von mir löste.

»Warte.« Er nahm die Weinflasche und schenkte etwas in eins der Gläser ein, die ich schon hingestellt hatte. Dann hielt er mir das Glas an die Lippen.

Ich wollte ihm gerade schon mitteilen, dass er mich nicht betrunken machen müsste, damit ich willig wurde, beherrschte mich aber und trank. Kaum hatte ich das Glas abgesetzt, küsste mich Dylan wieder, als ob ich der gute Wein sei, den es zu kosten galt. Diese Aktion hatte ich in meinem Buch empfohlen, war mir aber nicht bewusst gewesen, wie großartig der Effekt war.

Mein Herzschlag verdoppelte sich, und ich fühlte den Nachhall im ganzen Körper. Ich lachte ein wenig atemlos, als Dylan den Kuss beendete. »Nützlicher Tipp, die weingeschwängerten Küsse. Hast du dir beim Lesen Notizen gemacht?«

»Das war nicht nötig. Ich habe ein hervorragendes Gedächtnis.« Dylan sah die Pasta an. »Sind das da zum Beispiel Pinienkerne und sonnengetrocknete Tomaten?«

Ich wurde rot. Dieses Menü stammte nicht komplett aus *Verführung in sechs Gängen*, da dies nun wirklich ein bisschen zu offensichtlich gewesen wäre. Unser Abendessen sollte kein Test werden, ob die Menüs im Buch funktionierten. Der Pastasalat stammte aber tatsächlich aus dem Buch.

»Du weißt, was man über Pinienkerne sagt«, führte Dylan weiter aus, und seine Stimme hatte dabei diesen schlüpfrigen Unterton. »Du hast doch nicht etwa vor, mich willenlos zu machen und dann etwas Unanständiges mit mir anzufangen?«

Ich holte tief Luft und versuchte, mich an mein neues Alter Ego zu erinnern, das ein Glas Tequila in sich hineingoss und dann darum bat, nach Hause gebracht zu werden. »Aber sicher. Ist das ein Problem für dich?«

»Nicht im Geringsten.«

»Gut.« Ich grinste. »Sonst müsste ich dich so lange mit Schokolade vollstopfen, bis du deine Meinung änderst. Das würde ich nicht wirklich gerne tun, aber wenn es nötig ist …«

Er lachte laut und schenkte sich selbst ein Glas Wein ein. Kurz danach trugen wir das Essen zum Tisch. Zwischen dem Flirten mit Dylan und den Erzählungen über unseren jeweiligen Tag bekam ich ein paar Bissen zwischen die Zähne, aber wie es schmeckte, konnte ich kaum sagen, weil ich überflutet war mit Adrenalin und Vorfreude. Ich musste mich auf Dylans Meinung verlassen, der mir versicherte, dass das Essen köstlich sei.

Seine Augen hielten meinen Blick fest, und ich schluckte. Ich war schon lange nicht mehr mit einem Mann zusammen gewesen, und diesen hier wollte ich unbedingt.

Ich stand auf und räumte das Geschirr vom Tisch. »Dessert?«

Er half mir, Teller und Schüssel zum Spülbecken zu bringen. »Was gibt es denn?«

»Ingwerkuchen mit geeister Rahmkuvertüre.«

Er legte den Kopf schief, nahm meine Hände in seine und dachte nach. »Kuchen könnte zu viel sein nach diesem Abendessen … aber hast du noch Eis übrig?«

Mein Hals wurde trocken, in meinem Kopf schwirrten verlockende Gedanken durcheinander. »Ich glaube, du nimmst dieses Buch zu wörtlich.« Ich hatte es so geschrieben, als wenn ich mich mit sexuellen Abenteuern auskannte. Obwohl ich beileibe keine Jungfrau war, fürchtete ich doch plötzlich, dass ich seine Erwartungen vielleicht nicht erfüllen konnte.

Dylan fuhr mir mit einem Finger über die Lippen und erforschte sie vorsichtig. »Ganz sicher nicht. Aber wenn dort Fantasien von dir enthalten sind, die du …«

»Im Moment handelt die einzige Fantasie, die ich habe, von dir«, erklärte ich ihm und zog ihn näher zu mir heran. Ich wollte ihn so sehr, dass es schon an Entzug grenzte. Und ich wollte mich von dem Gedanken an meine mangelnde Erfahrung nicht noch weiter verunsichern lassen.

Dylan war offensichtlich nicht an weiteren Diskussionen interessiert. Irgendwie erreichten wir das Wohnzimmer, während wir uns küssten. Dies waren andere Küsse als die vor dem Abendessen. Die waren dafür gedacht gewesen, den Appetit anzuregen. Diese hier waren das Resultat der vergangenen Stunde.

Er zog an meinem Pullover, und ich hielt die Luft an, als er ihn mir über den Kopf streifte. Der BH war neu, aber nicht dazu angelegt, Vorhandenes aufzupolstern. Bei mir bekam er eben, was er sah. Erfreulicherweise schien er mit dem Vorhandenen sehr zufrieden zu sein. Sein Blick brannte vor

Leidenschaft, als er mit seinen Fingern die Umrisse meiner Brüste nachzeichnete. Meine Brustwarzen reagierten und wuchsen zu harten Knospen.

Obwohl er gerne Witze riss über seine altmodische Erziehung in einer Knabenschule, schien er intime Kenntnisse über das weibliche Geschlecht doch irgendwann zwischendurch mal erhalten zu haben. Mein BH schmolz unter seinen Händen praktisch weg. Mir ging das Öffnen seines Hemdes nicht ganz so leicht von der Hand, aber da ich am Ende Dylans nackten Oberkörper gegen meinen gepresst fühlte, war das gleichgültig.

Er bedeckte meine Brüste mit seinen Händen, und seine erfahrenen Finger taten wundervolle Dinge mit ihnen, während wir uns küssten. Unsere Körper versuchten sich instinktiv näher aneinanderzuschmiegen, aber im Stehen und mit zu viel Stoff dazwischen war das kaum möglich.

Wir schafften es, mit beiden Problemen klarzukommen, und ich erlebte einen dieser Momente, in denen man das Gefühl hatte, neben sich selbst zu stehen und sich zu beobachten. *Wie abgefahren! Da sitzt ein wahnsinnig attraktiver nackter Mann auf meinem Sofa!* Noch vor einem Monat hätte ich mich totgelacht über diese Möglichkeit – es sei denn, Amanda hätte einen Stripper in mein Apartment geschickt, um etwas Pep in mein Liebesleben zu bringen.

Aber nun sah das ganz anders aus – vielleicht weil ich auch nackt war und mich mit gespreizten Beinen auf seinem Schoß niederließ. Zwischen uns war nur noch ein Kondom und der Rest der Nacht, von eventuellen Dessert-Garnierungen aus dem Kühlschrank mal abgesehen. Ich bewegte mich langsam, als ich ihn in mich aufnahm, und fragte mich, ob es wohl irgendwann wehtun würde. Bei mir war es schließlich schon eine Weile her und … äh … Mutter Natur oder wer auch immer für unsere Ausstattung zuständig war, hatte es offensichtlich gut mit Dylan gemeint.

Aber ich fühlte keine Schmerzen, nur ein wunderbares Ganzkörpergefühl wie in dem Moment, wenn man in das perfekte Schaumbad hineingleitet oder sich das erste Stück schwarzer Schokolade auf der Zunge zergehen lässt. Dieser Moment glückseliger Zufriedenheit ist ein Wunder, das nur von dem Drang nach mehr zerstört wird. Wir pressten uns aneinander, küssten und streichelten uns und flüsterten abgebrochene Sätze und kaum verständliche Worte.

Eine der kleinen Kerzen im Raum flackerte und ging aus, und die Zeit um uns herum schien nur noch eine sinnlose Spirale zu sein, während ich mich in Dylans Armen bewegte. Ich merkte an seiner Gluthitze, dass er bald kommen würde, aber wie nah ich dran war, wurde mir erst klar, als er eine Hand zwischen unsere Körper schob und mich zwischen den Beinen streichelte. Er brachte mich zum Orgasmus, und ich zitterte immer noch, als er selber kam. Plötzlich schien es im Raum still zu sein. Ich lehnte meinen Kopf an seine schweißnasse Brust und blinzelte, um wieder einen klaren Blick zu bekommen. Wie merkwürdig, dass mein Herz rasen konnte, wenn sich meine Muskeln so zufrieden und entspannt anfühlten.

Dylan Kincaid war der lebende Beweis dafür, dass das alte Sprichwort nicht stimmte: »Schokolade ist besser als Sex«.

12. Kapitel

Wenn Sie Ihrem Liebsten einen frisch gepressten Orangensaft in einem Kristallglas servieren, dann sagt das eine Menge aus. Wenn Sie ihm einen Pappbecher mit Kaffee, seine Klamotten und die Autoschlüssel in die Hand drücken, ist das auch eine Aussage.

In meinem Kochbuch stehen bestimmt einige verwegene Vorschläge zum Thema Frühstück im Bett, aber heute Morgen fühlte ich mich nicht halb so wagemutig, wie ich es mir vielleicht gewünscht hätte am Morgen danach. Eigentlich bin ich sowieso nie vor zehn Uhr ansprechbar. Was sollte man also an einem Tag erwarten, an dem mich der Wecker früher aus dem Schlaf klingelt und außerdem Dylan neben mir zusammengerollt im Bett liegt. Die wahre Verführerin würde wahrscheinlich die Schlummertaste drücken und ihren Liebsten mit der gleichen Leidenschaft wachküssen, die sie mit ihrem Liebsten in der Nacht zuvor erlebt hatte – aber davon waren wir *hier* weit entfernt.

Erstens konnte ich die Schlummertaste nicht erwischen. Bei dem Versuch, den Wecker auszustellen, war er mir vom Nachttisch direkt in den Papierkorb gefallen. Das Wachküssen wurde außerdem erschwert durch die Qualität meines Atems. Er hätte einer chemischen Waffe alle Ehre gemacht. Zu meinem Glück war Dylan offenbar genauso wenig Morgenmensch wie ich und zeigte außer einigem Protestgemurmel über den lauten Wecker keinerlei Lebenszeichen.

So konnte ich aus dem Schlafzimmer entkommen, ohne ihn mit der chemischen Keule konfrontieren zu müssen. Nachdem ich die Tür leise hinter mir geschlossen hatte, griff ich nach meiner Zahnbürste und überlegte, was zu tun wäre.

Die letzte Nacht war der reine Wahnsinn gewesen. Alles, was ich je über ein großartiges Menü gesagt hatte, war nicht einmal im Ansatz so gut wie der Sex mit Dylan. Köstlich. Befriedigend. Orgiastisch. Noch Sekunden, nachdem mein Körper eigentlich signalisiert hatte »jetzt ist es genug«, hatten mich Wellen durchrollt. Ich war ein wenig wund, aber ich bereute kein einziges der drei Male, die wir uns geliebt hatten.

Nach dem ersten Mal hatten wir uns durchgerungen, den Ingwerkuchen im Wohnzimmer zu verdrücken, und ich versuchte, Dylan davon zu überzeugen, den Actionfilm aus den Sechzigern anzugucken. Er hatte amüsiert darauf hingewiesen, dass immer das Geräusch des Schlags zu hören war, noch bevor der Held überhaupt seine Fäuste in Bewegung gesetzt hatte. Dylan hatte sich damit beschäftigt, an meinem Hals herumzuknabbern, was uns irgendwann wieder ins Schlafzimmer geführt hatte.

Es war schon lange her, dass ein Mann in meinem Schlafzimmer gewesen war. Nach meiner Trennung von Trevor war keines meiner Dates bis hierher vorgedrungen. Ich biss mir auf die Lippen und fragte mich, ob Dylan klar war, dass die Ereignisse der letzten Nacht eine Ausnahme und nicht die Regel waren. Ich nahm Sex nicht auf die leichte Schulter, und ein Buch zu schreiben mit dem schönen Untertitel *Von der Vorspeise bis zum Orgasmus* konnte einem Mann vielleicht den falschen Eindruck vermitteln.

Die Dusche war herrlich warm, und ich wäre zu gerne länger darunter geblieben. Blöderweise hatte ich mich einverstanden erklärt, als »berühmte« Gastausbilderin in einem Restaurant in der Innenstadt bei einer Kochstunde vorbeizuschauen, bevor die Gäste zum Mittagessen eintrafen. Es war eine weitere Gelegenheit für mich, das Buch hier vor Ort zu vermarkten. In der kommenden Woche würde ich noch weiter wegfahren. Eine Signierstunde bei einem Feinschmecker-Festival in North Carolina, zwei Tage später ein Auftritt im Fernsehen in Atlanta. Vorher war mir dieses Ziel nicht besonders aufgefallen. Ich war davon ausgegangen, dass Dylan und ich bis dahin unserer Wege gehen würden. Aber vielleicht hätte er ja jetzt nichts dagegen, wenn ich bei ihm vorbeisehen würde.

Als ich ins Schlafzimmer zurückkam, war Dylan nicht mehr da. Ich zog ein paar schwarze Hosen an, die ich vor seiner Zeit gekauft hatte, und eine Bluse in leuchtendem Blau. Ich knöpfte die Bluse zweimal falsch zu, während ich durch die Wohnung lief.

»Dylan?«

»In der Küche«, rief er zurück. »Ich hab uns Frühstück gemacht.«

Mein Herz pochte vor Glück. Der Mann war wirklich die Umsicht in Person. Das Frühstück bestand aus einer halben Grapefruit und einer Schüssel mit Müsli. Aber wenn es von einem Kerl serviert wurde, der barfuß war mit freiem Oberkörper, dann würde ich das hier jeden Tag belgischen Waffeln vorziehen.

»Ich muss zurück ins Hotel und meine Klamotten wechseln. Ich dusche da.«

»Sicher, klar.« Ich wünschte, er müsste nicht so schnell weg, aber leider musste ich mich selbst beeilen, um nicht zu spät zu kommen.

Ich brachte ihn zur Tür und küsste ihn zum Abschied auf meiner kleinen Frontveranda. Als wir uns voneinander lösten, bemerkte ich Mrs. Asher eine Tür weiter, die gerade ihre Morgenzeitung hereinholte und uns mit hochgezogenen Augenbrauen beobachtete. Ich musste ein Kichern unterdrücken bei dem Gedanken, vielleicht einen schlechten Ruf zu bekommen. Ein Mann, der sich morgens aus meiner Wohnung schleicht, passte irgendwie zu dem roten Bild auf meinem Buchtitel.

»Hast du heute Abend schon etwas vor?«, fragte mich Dylan.

»Eigentlich schon … Amanda und ich wollen Racquetball spielen und vielleicht zusammen essen.« Ich wollte nicht eine von diesen Frauen sein, die ihren Freunden absagt, weil ein süßer Typ mit dem kleinen Finger winkte, aber andererseits wusste ich auch nicht, wie viel Zeit Dylan und ich noch zusammen hatten, bevor er wieder nach Atlanta musste. Ich war sicher, dass Amanda das verstehen würde, aber …

»Das ist schon in Ordnung. Ich muss eigentlich auch ein paar Anrufe erledigen und sehe dich dann morgen bei der Signierstunde.« Er zögerte. »Das Hotel hat meine Abreise für Sonntagmorgen notiert. Ich wollte eigentlich nach Atlanta fahren und den Nachmittag freinehmen, bevor die Arbeitswoche wieder losgeht.«

»Sonntag?« Das war eigentlich keine Überraschung für mich – ich hatte schließlich gewusst, dass er nicht ewig hier bleiben und mir Tipps fürs Einkaufen geben konnte – aber ich fühlte mich trotzdem plötzlich zitterig. »Wenn du willst … äh … kannst du auch schon früher auschecken. Vielleicht bleibst du Samstagnacht einfach hier bei mir? Oder vielleicht schon Freitag. Nicht, dass ich das von dir *erwarten* würde, aber das Angebot steht.«

»Bist du dir sicher?« Forschend sah er mir ins Gesicht.

»Aber ja. Du hast mich völlig verdorben mit dieser Ich-mache-dir-Frühstück-Nummer.«

Er lachte. »Ich habe dich mit meinen Fähigkeiten erobert, was? Und musste dafür noch nicht einmal auf die beeindruckenden gefrorenen Waffeln zurückgreifen.«

Ich musste lachen über seine Hänselei. »Das könnte daran liegen, dass in meiner Küche nie gefrorene Waffeln auftauchen werden.«

Nachdem er mich zum letzten Mal geküsst hatte, ging er zu seinem Auto. Dann drehte er sich noch einmal um. »Sag niemals nie.«

»Ich weiß, dass wir den Platz noch für fünfzehn Minuten gemietet haben«, sagte Amanda. »Aber was hältst du davon, wenn wir uns nicht darum scheren und einfach jetzt schon gehen?«

»Geht klar.« Wir waren beide heute Abend nicht gerade in bester Racquetball-Form. Anstatt vor einem Restaurant auf einen Platz zu warten, kauften wir lieber ein paar Sachen ein und gingen zu mir, um ein wirklich gutes Steak und Blaukäse-Salat zu essen. Und Brownies als Dessert.

Als ich den Teig dafür anrührte, spülte Amanda unsere Salatschüsseln und gab einen detaillierten Bericht darüber ab, wie die Dinge mit Richard liefen. Sie war sich inzwischen sicher, in ihn verliebt zu sein, und trotzdem hatten es beide nicht eilig damit, im Schlafzimmer zu landen. Seine Geduld diesbezüglich rührte wohl in erster Linie daher, dass er mit seiner Tochter unter einem Dach lebte, während sie diese Beziehung einfach anders angehen wollte als die vielen davor.

»Diesmal will ich nicht nach ein oder zwei Dates gleich durch die Laken pflügen«, sagte sie nachdrücklich.

Mir stieg die Röte in die Wangen. »Vielleicht ist dies kein schlechter Moment, um zu gestehen, dass Dylan und ich letzte Nacht durch die Laken gepflügt sind?«

Ich hatte ihr bereits vor unserem traurigen Racquetball-Spiel angedeutet, dass ich Dylan mochte und er offenbar auch mich, was sie jedoch als bereits bekannte Tatsache abgetan hatte.

Jetzt sah sie mich mit weit aufgerissenen Augen an, den Mund offen, die violetten Augen ungläubig. »Wie konntest du das die ganze Zeit für dich behalten?«

Ich war froh, es nun endlich gesagt zu haben, weil ich wirklich mit ihr über Dylan reden wollte. Aber jedes Mal, wenn es fast so weit war, hatte die Unterhaltung eine andere Wendung genommen. »Wir haben uns über alles Mögliche unterhalten, und ich war mir nicht sicher, wie ich am besten sagen sollte: Ach übrigens, in der letzten Nacht hatte ich Sex.«

»Das ist doch ganz einfach! Du sagst: Amanda, ich habe gute Neuigkeiten. Ich hatte endlich mal wieder Sex.«

»Ach so. Gut, dass ich jetzt weiß, wie es geht.« Ich öffnete den vorgeheizten Ofen und schob die Pfanne hinein.

»Wie ist es passiert? War es hier? War er gut? Ich wette, das war er. Seht ihr euch wieder?«

»Es war gut«, murmelte ich und spürte dabei, wie ich rot wurde. »Er kommt mit mir zu der Party bei meinen Eltern morgen Abend …«

Ich hatte eine Menge Horrorstorys gehört über Buchsignierungen, zu denen niemand auftauchte, aber zum Glück hatte ich dagegen die beste Geheimwaffe der Welt: meine Mutter. Als ich Freitagabend eine Viertelstunde vor dem Termin in dem Buchladen ankam, hatte sich bereits eine Schlange vor der Tür gebildet. Ich erkannte einige Damen wieder. Sie gehörten zum Bridge-Club meiner Mutter. Ich sah auch Leute aus der Kirchengemeinde meiner Eltern.

Aber zumindest waren jetzt genügend Leute da. Die Managerin des Ladens war hocherfreut, als ich sie an dem Tisch traf, wo ich die Bücher signieren sollte.

»Ich habe schon in unserer anderen Filiale angerufen, dass sie alle vorrätigen Exemplare von Ihrem Buch rüberschicken sollen, falls Sie unsere alle verkaufen«, informierte mich die braunhaarige Frau und strahlte mich dabei über die Ränder ihrer Brille an. »Und eine Zeitung hat heute früh angerufen und gefragt, ob sie jemanden schicken dürfen. Es ist nur ein Lokalblatt, aber immerhin …«

Ich dankte ihr dafür, dass sie sich um die Organisation gekümmert hatte, und setzte mich dann auf einen hölzernen Stuhl, der mich an altmodische Klassenräume erinnerte. Dann lächelte ich den Leuten über einen Haufen Bücher in knallrotem Einband hinweg zu. Ich hatte plötzlich das Gefühl, dass mir in ein paar Stunden die Mundwinkel wehtun würden.

Meine Mutter tauchte plötzlich aus der Abteilung für Romane auf und umarmte mich. »Meine Süße! Ich habe dich nicht reinkommen sehen – ich bin ja so stolz auf dich. Nun wird jeder Gelegenheit haben, deine großartigen Rezepte auszuprobieren. Wer hätte je gedacht, dass das kleine Mädchen, das mir erklärt hat, dass Leute, die sich mit offenem Mund küssen, unanständig sind, jemals *das* hier schreiben würde!« Ich hätte mir vielleicht Sorgen machen müssen über diese Eröffnung vor allen Leuten, wenn die anwesenden Menschen nicht alle Moms Freunde gewesen wären. Sie waren an derartige Indiskretionen gewöhnt. Außer – verdammt – als ich mir die Reihe noch einmal ansah, entdeckte ich einen Mann, der gerade noch rechtzeitig durch die Tür geschlüpft war, um die Worte meiner Mutter zu hören.

Dylan hob die Hand und winkte mir kurz zu, und mein Herz hüpfte bei seinem Anblick. Offensichtlich hatte sich meine Einstellung bezüglich dieser Art des Küssens inzwischen geändert.

Zwanzig Minuten später hatte ich einen Krampf in der Hand. Ich signierte noch einige Exemplare für die Freunde meiner Mutter und war überrascht festzustellen, dass sich auch einige Fremde in die Reihe gestellt hatten und – Amanda war eingetroffen. Am Arm eines würdevoll aussehenden Mannes, der seinen bewundernden Blick nicht von ihr losreißen konnte. Richard! Ich mochte ihn sofort. Er war nur wenig größer als meine Freundin und hatte ein gut aussehendes Gesicht, das weniger durch Falten, als vielmehr durch seinen Charakter geformt worden war. Offensichtlich war er ein Mann, der viel Gutes, aber auch viel Schlechtes erlebt hatte. Er war immer noch sehr attraktiv. Die silbernen Strähnen in seinem sandfarbenen Haar unterstützten das noch. Mit seinen blauen Augen sah er aus wie der lang vermisste, erheblich jüngere Bruder von Robert Redford.

Amanda stellte uns vor, und ich stand auf, um Richards Hand zu schütteln.

»Ich freue mich so, dass ihr gekommen seid«, erklärte ich.

Meine Freundin hatte noch nie glücklicher ausgesehen. »Richard hat schon so viel von dir gehört, dass er unbedingt kommen wollte. Und ich habe darüber nachgedacht, vielleicht bald mal bei mir zu Hause ein selbst gekochtes Abendessen ...« Sie strich mit der Hand über eins meiner Bücher.

Ich bekam es hin, nicht zu lachen, während ich ein Buch signierte. Da ich wusste, dass Amanda kaum Toast machen konnte, nahm ich an, dass sie einfach nur freundlich sein wollte. Trotzdem war es nett von ihr, ein Buch zu kaufen, das sie wahrscheinlich nie benutzen würde.

Einen Moment später kam ein Mann mit einer Lederjacke herein, der einen Block und ein Diktiergerät in der Hand hatte und sich als Jack Carpenter vom *Dorchester Daily* vorstellte. Er hatte sogar einen Fotografen dabei, der ein paar Fotos von mir beim Signieren und mit der Ladenmanagerin zusammen vor der Tür machte.

Das Interview war, nach den beiden, die ich schon fürs Fernsehen gegeben hatte, einfach. Jacks Fragen gingen in die gleiche Richtung – mit einem entscheidenden Unterschied: »Und Sie sind die Chefköchin im ›Spicy Seas‹?«

Ich überlegte kurz, dass der *Dorchester Daily* wohl kaum die richtige Plattform war, um meine Kündigung bekannt zu geben. »Das stimmt.«

»Das heißt, die Leute können in das Restaurant kommen und diese Gerichte dann von der Meisterin höchstpersönlich aufgetischt bekommen.«

War es kleinlich von mir, wenn ich Trevor keinen Anteil an der Publicity für mein Buch haben lassen wollte, nachdem er sich so darüber lustig gemacht hatte? Ich lächelte Jack süffisant an. »Es ist ein wunderbares Restaurant, aber ich denke, diese Rezepte sind eher für ein intimes Essen bei Ihnen zu Hause geeignet.«

Er gluckste vor Lachen. »Das merke ich mir. Sie waren doch bis vor Kurzem mit dem Eigentümer Trevor Baines verlobt?« Das konnte ich kaum leugnen, nachdem es mehrfach im Original-Pressetext des Restaurants gestanden hatte. »Ich würde nicht gerade sagen *bis vor Kurzem*, aber …«

»Also stimmt es, wenn er sagt, dass er für das Buch die Quelle Ihrer Inspiration gewesen ist?«

13. Kapitel

Für den Notfall sollten Sie immer Plan B im Kopf haben. Manchmal will etwas nicht gelingen, trotz aller Mühe und bester Absichten. Dann lassen Sie es doch einfach sein, und bestellen Sie eine Pizza.

»Für einen Ehrengast versprühst du nicht gerade beste Stimmung«, stellte mein Date fest.

Ich saß in dem von Menschen überlaufenen Wohnzimmer meiner Eltern auf dem Sims des noch nie benutzten Kamins und starrte in ein leeres Punschglas. »Nach so einer Signierstunde würde dir das Lächeln auch schwerfallen«, versuchte ich zu scherzen.

»Du ärgerst dich also noch immer über das Interview, nicht wahr?«, fragte mich Dylan und setzte sich zu mir.

Offenbar konnte ich ihm nichts vormachen.

»Trevor hat mich wegen der Idee für das Buch ausgelacht, und nun will er den Ruhm dafür einheimsen.«

»Ich muss zugeben, dass der Kerl clever ist, wenn es um Selbstvermarktung geht.«

Zornig sah ich Dylan an. »Könntest du versuchen, nicht ganz so bewundernd über ihn zu reden?«

»Tut mir leid. Das war nicht so gemeint. Du weißt, dass ich auf deiner Seite bin.«

Genau. Deshalb hatte er auch versucht, die Sache zu »retten«. Als ich auf Jacks Frage völlig perplex reagierte und kein Wort herausbringen konnte, hatte Dylan angemerkt, dass *Verführung in sechs Gängen* nach meiner Trennung von Trevor entstanden wäre, als ich mich endlich gefühlsmäßig und kreativ wieder frei gefühlt hätte. Dylan ließ durchblicken, dass Trevor nicht inspirierend genug gewesen sei. Ich hätte mich mehr für die Ironie dieser Darstellung erwärmen können, wenn es für mich nicht so geklungen hätte, als wenn eine Nymphomanin ihren Verlobten und Geschäftspartner fallen ließ, um ihr scharfes Buch zu schreiben.

Ich seufzte. Wen kümmerte es schon, was andere Leute über meine Beziehung mit Trevor dachten.

»Was immer den Buchverkauf ankurbelt, ist gut«, murmelte ich.

Dylan hockte sich neben mich. »Du hast verdammt viele Bücher verkauft. Du machst das großartig, und es geht hier nicht nur um ein Kochbuch. Du entwickelst eine völlig neue Persönlichkeit.«

Es war schwierig, mit jemandem zu diskutieren, der Wahnideen förderte.

Dylan war nach einem für mich nicht ganz leichten Abschied nach Atlanta zurückgefahren. Meine Versuche, die Fortsetzung für das Kochbuch zu schreiben, waren bisher kläglich gescheitert. Ich brauchte dringend Ablenkung und hatte mich mit Carrie und Amanda zum Essen verabredet.

Amanda war vollkommen am Boden zerstört. »Ich kann das nicht tun«, wiederholte sie zum fünften Mal, während wir an unseren Drinks nippten.

Die Sache mit Richard lief wunderbar. Da seine Tochter übers Wochenende weggefahren war, hatten sie sich zum ersten Mal geliebt. Amanda fand, dass es durchaus von Vorteil war, mit einem etwas älteren, erfahreneren Mann zusammen zu sein. Dummerweise lief die Sache so gut, dass Richard sie jetzt zu einem Abendessen im Haus seiner Eltern mitnehmen wollte. Oder besser gesagt, in die Villa seiner Eltern.

»Sie werden mich hassen«, jammerte Amanda.

»Sei einfach du selbst«, riet ich ihr. »Und vielleicht bringst du eine Beilage zum Essen mit und zeigst ihnen so, wie aufmerksam du bist. Dann wissen sie gleich, dass ihr Sohn mit einer Frau zusammen ist, die sich um ihn kümmert. Außerdem mag dich seine Tochter, und das alles zusammen sollte reichen, um sie von dir zu überzeugen.«

»Eine Beilage? Zauberst du mir eine?«

»Komm zu mir rüber vor deinem Abendessen, und dann machen wir sie gemeinsam«, schlug ich ihr vor.

»Gut. Und vielleicht kannst du mir auch noch ein paar Sachen von dir borgen.«

»Klamotten? Von mir?« Wir hatten nicht gerade die gleiche Größe.

Sie ließ ihren Blick über den farbenfrohen, erst kürzlich erworbenen Pullover gleiten. »Nichts von den neuen Sachen. Ich will deine alten, langweiligen Klamotten.«

Carrie musste lachen und bot dann ihre eigene Einschätzung der Lage an. »Hast du Richard irgendwelche albernen Dinge vorgespielt? So getan, als wenn du Fußball liebst, nur weil er es tut? Oder keinen Nachtisch gegessen, damit er dich nicht für verfressen hält?«

Amanda schnaubte angewidert durch die Nase. »Wohl kaum.«

»Das hab ich mir gedacht. Du hast ihm nicht vorgespielt, jemand anders zu sein, als du wirklich bist. Er liebt dich also genau so, wie du bist, und das ist auch die Person, die er seinen Eltern vorstellen möchte. Wenn sie ihren Sohn wirklich lieben, dann sind sie nur daran interessiert, ihn glücklich zu sehen. Und wenn ihnen das egal ist, spielt ihre Meinung keine Rolle. So sehe *ich* das zumindest.«

Ich lächelte Carrie an. »Du bist ganz schön clever, weißt du das?«

Sie nickte. »Das ist der Vorteil daran, eine verheiratete alte Frau mit Kindern zu sein. Du gewinnst an Weisheit.«

Ich pustete meinen Strohhalm über den Tisch, um so gegen ihre Aussage zu protestieren, dass sie alt wäre, und der Rest des Abends verging mit Albernheiten.

Als ich mich aber später in der Nacht ins Bett legte, verfolgten mich Carries Worte. *Du hast ihm nicht vorgespielt, jemand anders zu sein, als du wirklich bist.* Wenn die Person, mit der man zusammen war, sich nur von deinem Image angezogen fühlte, was war dann mit deinem wahren Ich? Würde sich Dylan auch für mein *altes* Ich interessieren, das immer noch da war?

»Hi Dylan, hier ist Miriam.«

»Unmöglich. Miriam hat meines Wissens heute keine öffentlichen Auftritte – und ich kann mir keinen anderen Grund dafür denken, dass sie vor elf Uhr aufwacht und dann auch noch anruft.«

Ich lachte. »Du bist ja auch schon wach und ebenfalls nicht gerade ein Frühaufsteher.«

»Aber ich habe Klienten, und die bestimmen leider meinen Tagesrhythmus. Außerdem ist es erheblich leichter, früh aufzustehen, wenn keine erotische Frau neben einem liegt.« Sein Ton wurde etwas zärtlicher. »Ich vermisse dich.«

Morgen. Morgen Abend würde ich in seinen Armen liegen. Vorfreude durchflutete mich. Ich erzählte ihm, dass Joan mich aus dem Bett geklingelt hatte, um mir mitzuteilen, dass eine berühmte Talkshow-Moderatorin mein Buch als Literaturtipp für den Valentinstag auserkoren hatte.

»Das ist großartig!«, sagte Dylan. »Ich hab's dir doch gleich gesagt. Das *Buch* ist großartig. *Du* bist fantastisch. Das könnte das Sprungbrett sein für …«.

»Platz 1 auf der schwarzen Liste meiner Verleger, wenn ich die Fortsetzung nicht endlich schreibe.«

»Wie weit bist du denn damit?«, erkundigte er sich pragmatisch.

»Äh … bis jetzt? Ich hab die Widmung.« Mir fiel plötzlich ein, dass ich das Coaching seiner Freundschaft mit meiner Lektorin verdankte. Schnell fügte ich deshalb hinzu: »Aber bitte kein Wort darüber zu Joan.«

»Ah, ich könnte dich also erpressen. Das gefällt mir.«

»Du mieser Kerl.«

Der Rest unseres Gespräches bestand überwiegend aus neckenden Andeutungen. Mir wurde ganz warm bei dem Gedanken, ihn morgen Abend zu sehen.

»Du weißt, dass ich verrückt nach dir bin, oder?«, fragte mich Dylan. Dann lachte er leise. »Das hätte ich nie für möglich gehalten an dem Abend, als wir uns kennenlernten, aber es ist so.«

Ich spürte einen Kloß im Hals, schaffte es aber noch, mich von ihm zu verabschieden. Hätte er sich auch in mich verliebt, wenn Bruce mir nicht die Haare geschnitten hätte und mein Buch nicht in Fernsehsendungen besprochen werden würde?

Morgen sah ich Dylan wieder. Vielleicht würde es mir dann gelingen, mich zu beruhigen, dass es in unserer Beziehung um Substanz und nicht nur um Stil ging.

»Miriam, könnte ich kurz mit Ihnen reden?«

Die offenbar wichtige Frau sprach mich an, als der Techniker im Fernsehstudio gerade das Mikro von meiner Bluse entfernte.

»Aber sicher.« Ich lächelte sie freundlich an. »Tut mir leid, sind wir einander schon vorgestellt worden?«

»Nein, ich war in einem Meeting, als Sie in die Sendung gegangen sind. Sarah Winters. Ich bin die Leiterin dieses Senders.« Wir schüttelten uns die Hand und gingen in ihr Büro. Ich fragte mich, ob ich während der Kochvorführung vielleicht einen Fehler gemacht hatte oder danach im Interview. Ich hatte mit einem anderen Gast in der Sendung, einem

Hockeyspieler aus Atlanta, herumgealbert. Seine männliche, coole Art hatte ihn zum perfekten Objekt für Seitenhiebe gemacht. Ich hatte ihn angestiftet, am Valentinstag doch etwas Romantisches für seine Freundin zu kochen. Ihm schien das kleine Wortgefecht auch Spaß gemacht zu haben, aber vielleicht hatten es die beiden Moderatoren nicht so gut gefunden, in ihrer eigenen Show in den Schatten gestellt zu werden.

»Kennen Sie Luther Cox? Ihm gehören einige Sender im Südosten des Landes, unter anderem dieser hier. Sie sind bereits in einer anderen Show von ihm aufgetreten – mit Ashlee.«

Ich nickte. »Sicher. Das hat viel Spaß gemacht.«

»Sehr schön. Und heute hat es Ihnen auch gefallen?«

Ich nickte wieder.

»Luther hat Einfluss in wichtigen Unterhaltungsgremien in New York. Ihr Buch ist ihm aufgefallen, und er war sehr beeindruckt von der Show mit Ashlee. Er hat mich gebeten, heute ein Auge auf Sie zu haben. Wir möchten Ihnen gerne eine eigene Show anbieten.«

»Wie bitte?«

»Sie haben sich fantastisch geschlagen. Unsere Moderatoren waren praktisch überflüssig, was ich nicht als Kritik verstanden sehen möchte. Sie haben mit dem anderen Gast herumgewitzelt, Sie präsentieren Ihr Buch in dieser flirtigen Art – unsere Zuschauer lieben das. Luther ist der Meinung, dass Ihr Kochbuch ein Bestseller wird. Wir hätten Sie in unserem Team, wenn der Verkauf richtig losgeht, und Sie haben Ihre eigene Sendung. *Aufgetischt – von Miriam Scott.* Eine Kombination aus Kochshow und Sexratgeber. Natürlich nicht wörtlich genommen. Nur ein paar romantische Tipps mit ein paar frechen Kommentaren. Genauso, wie Sie es jetzt schon so prima machen.«

Ich nahm ihre Visitenkarte entgegen und versprach, mich bei ihr zu melden.

Meine eigene Show?

Ich müsste nach Atlanta ziehen.

Trevor würde einen Herzschlag bekommen, wenn er das hörte.

Ich müsste wahrscheinlich noch am Vormittag aufstehen.

Ich wäre in der gleichen Stadt wie Dylan. Mein Herz hüpfte bei dem Gedanken, aber ich wusste natürlich nicht, ob er auch so empfinden würde.

Er hatte mir eine Wegbeschreibung zu seiner Wohnung per E-Mail geschickt, und obwohl ich ziemlich neben mir stand, fand ich sie schließlich.

Über dem Eingang des schicken Gebäudes prangte eine goldene Nummer 206. Kurz darauf klopfte ich an seine Apartmenttür. Dylans Stimme klang tief, aber gedämpft. »Eine Minute.« Die Tür öffnete sich, und Dylan grinste mich an, unverschämt sexy in einem schwarzen Hemd und schwarzen Jeans. Hätte er noch eine Maske getragen, wäre er glatt als Zorro durchgegangen.

Hm, Stoff für mein neues Buch. Rollenspiele. Das könnte ein interessantes Kapitel werden.

Ich lächelte die Quelle meiner Inspiration an. »Hal…«

Er nahm mein Gesicht in die Hände und küsste mich sanft. Dann mit mehr Leidenschaft, als wir uns durch den Eingang bewegten.

»… lo«, atmete ich schließlich aus.

Er nahm mir meine Tasche ab, galant wie immer, und ging voraus in die Küche. Er hatte eine fantastische Arbeitsplatte aus schierem Granit, aber sonst stand nichts darauf herum.

»Du hast gar keine Küchengeräte?«, fragte ich mit ungläubigem Lachen. »Wo ist die Kaffeemaschine?«

»Irgendwo.« Er zuckte mit den Schultern. »Ich bin kein großer Koch und außerdem kaum hier. Und wenn ich hier bin, gehe ich meistens aus zum Essen … mit Klienten.«

Ich zog eine Grimasse.

Wir setzten uns an den Tisch und tranken Eiswasser.

»Wie ist es gelaufen?«, wollte Dylan wissen. »Probleme?«

»Alles bestens.« Ich kicherte, fast ein wenig hysterisch. »Sie haben mir eine eigene Show angeboten.«

Er setzte sich in seinem Stuhl auf und blinzelte. »Was soll das heißen?«

»Sie haben mir eine eigene Koch- und Flirtshow angeboten. *Aufgetischt – von Miriam Scott.* Der Mann, dem der Sender gehört, ein Luther Cox …«

»*Der* Luther Cox?«

Ich zuckte leicht mit den Schultern. Offenbar war ich die Einzige, die nicht wusste, wer das war. »Ich denke mal, ja. Außer, es gibt noch mehr Leute mit diesem Namen, die einen Haufen Sender besitzen.«

Dylan sprang auf und griff nach meinen Händen. »Das müssen wir feiern! Wo immer du willst. Was hat Amanda dazu gesagt? Weiß sie es schon?«

Ich musste lächeln, dass er sofort an meine beste Freundin dachte. »Du bist der Erste, dem ich das erzähle. Bis ich wieder zu Hause bin, werde ich das erst mal für mich behalten und darüber nachdenken.«

Er sah überrascht aus. »Was gibt es da nachzudenken? Das ist genau das, worauf wir hingearbeitet haben.«

Ich runzelte die Stirn. Wann das denn? »Ich habe nur … mein Ziel war es, das Buch zu vermarkten.«

»Sicher, aber das Buch ist nur der erste Schritt auf dem Weg. Das Timing ist perfekt. Du willst doch deinen Job im Restaurant kündigen, oder?«

»Ja richtig, aber …«

»Und das ist die perfekte Werbung für dein zweites Buch.«

»Wenn man davon ausgeht, dass ich es fertig …«

»Ich hab dir doch gesagt, dass du das kannst! Ich wusste es vom ersten Moment an. Du wirst ein Star. Du bist witzig und sexy, und deine Persönlichkeit ist überall sichtbar, ob im Buch oder …«

»Stopp.« Das ging mir alles ein wenig zu schnell. »Vom ersten Moment an? Das stimmt nicht. Du dachtest, Amanda wäre die Buchautorin.«

Er setzte sich zurück und zog ein reumütiges Gesicht. »Ist ja richtig. Wir mussten ein paar Sachen ändern. Aber das Potenzial war immer da. Und du hast dich entwickelt von …«

»Einer unbeholfenen Raupe zu einem erotischen Schmetterling. Und zu dem fühlst du dich jetzt hingezogen.« Ich hingegen hatte von Anfang an für ihn geschwärmt.

Ich seufzte traurig. »In dem Buch hab ich hoffnungslos übertrieben. Nicht einmal die Hälfte der Dinge, die da stehen, hab ich selbst erlebt – das in dem Buch bin nicht ich, zumindest nicht so.«

»Lass uns nicht streiten. Du wolltest doch immer ein bisschen Abstand von deiner Familie haben, oder?«, fragte Dylan. »Die Show wäre hier in Atlanta.«

»Aber ich weiß gar nicht, ob ich das wirklich will.«

Die Enttäuschung war ihm anzusehen.

Ich hatte damit nicht sagen wollen, dass ich nicht bei ihm in Atlanta sein wollte, aber er war nicht der einzige Mensch in meinem Leben. Und ich war als Restaurantköchin glücklich gewesen. Ich vermisste meine Küchencrew, ich wollte neue Ideen ausprobieren und das Gefühl, dass ich mit kleinen Änderungen großen Einfluss auf das Abendessen nehmen konnte.

»Warum versuchst du es nicht einfach mal?«, fragte mich Dylan.

Ich schüttelte den Kopf, aber er fuhr fort.

»Du hast eine Menge Arbeit in das Buch gesteckt, wir haben viel getan für die Werbung, und nun hast du die Chance …«

»Es ist etwas anderes, ob man um zwei Uhr morgens etwas Verführerisches in ein Buch schreibt oder das Gleiche vor einer Kamera und einer Fernsehcrew wiederholt.«

»Also willst du den Erfolg nicht, weil du plötzlich schüchtern geworden bist?« Er klang skeptisch. Und wütend.

Ich stand auf. »Ich danke dir sehr für alles, was du getan hast, um mich auf die Interviews vorzubereiten. Aber ich lasse die Männer in meinem Leben nicht mehr darüber entscheiden, welchen Job ich mache.«

»Das ist total unfair!«

»Mag sein.« Was immer ich für Probleme mit Trevor hatte, Dylan konnte nichts dafür. Trotzdem ... »Ich will mir keine Gedanken mehr darüber machen, ob ich ›frech und sinnlich‹ rüberkomme. Ich will einfach nur kochen.«

Ich fühlte mich ausgelaugt und dachte wehmütig daran, was hätte sein können, wenn ich nicht so weit vom Kurs abgekommen wäre. »Die letzten Wochen waren großartig – anstrengend, aber großartig. Wie Ferien von meinem wahren Leben. Aber jetzt will ich wieder Miriam sein, anziehen, was gerade bequem ist, auch wenn es meine Hüften nicht betont. Ich will meine Haare zurückbinden und etwas backen, ohne mir dabei Gedanken über die Kamera zu machen. Und ich kann das Gefühl nicht loswerden, dass ich dann nicht mehr die Frau bin, mit der du zusammen sein willst. Weil, wenn du mich *wirklich* kennen würdest, dann wüsstest du, wie wichtig mir meine Privatsphäre ist und wie wenig mir an Äußerlichkeiten liegt. Dann würdest du keinen Zweifel daran haben, dass ich nicht fürs Fernsehen gemacht bin. So sehr mir dieser kleine Urlaub auch gefallen hat, es ist Zeit, in die Wirklichkeit zurückzukehren.«

»Du willst heute Nacht nicht hierbleiben, nicht wahr?« Seine Stimme war sanft, aber der Ärger noch immer nicht verflogen.

Meine Stimme brach. »Ich denke nicht, dass das gut wäre.«

»Dann begleite ich dich zur Tür.«

Ich musste beinahe lachen, dass er selbst jetzt noch ritterlich wirkte, aber dann schaffte ich es gerade noch bis zum Auto, bis ich anfing zu weinen.

Um zwei Uhr früh hatte ich mich auf meinem Sofa zusammengerollt und sah einen alten Film. Oder vielmehr lief er als Hintergrundgeräusch, während ich meinen Gedanken nachhing. Ich wollte mein eigenes Restaurant aufmachen. Das war mir jetzt klar. Ab und zu mal ein Buch zu schreiben konnte nicht schaden. Auch um das Restaurant bekannt zu machen. Allerdings würde das bedeuten, dass ich meinen Hintern bald vor den Computer bewegen musste.

Die Frage war eher, was ich mit meinem Privatleben anfangen wollte. Oder vielmehr, mit wem ich es verbringen wollte. Die Antwort war einfach und kam von Herzen: Dylan Kincaid. Da gab es keinen Zweifel. Aber ich würde mich nicht neu erfinden, um einen Mann zu halten. Eine neue Frisur war eine Sache, aber ich würde mein Image nicht verändern, nur um zu ihm zu passen.

Ich kaute auf einem Daumennagel herum und sah mein Telefon an. Dufte ich ihn anrufen? Ich wusste, dass er ein Nachtmensch war, so wie ich, aber konnte ich ihn um zwei Uhr nachts anrufen, ohne dass es …

Auch wenn das Klopfen an meiner Tür sanft war, sprang ich doch wie von der Tarantel gestochen vom Sofa hoch, und mein Herz schlug wie wild. Ich guckte durch den Türspion. Der Mann auf der anderen Seite der Tür war nicht dazu angetan, mein Herz zu beruhigen.

Als ich die Tür schließlich aufbekam, sagte Dylan voller Wärme: »Ich wusste, dass du noch wach sein würdest. Darf ich reinkommen?«

»Sicher.« Obwohl ich noch nie Halluzinationen gehabt hatte, machte ich mir ernsthaft Gedanken, ob dies hier ein Traum sein könnte.

Als er sich auf mein Sofa setzte, bemerkte ich, wie müde er aussah mit Schatten unter den Augen und Bartstoppeln. »Ich konnte nicht schlafen. Also bin ich hierhergefahren. Ich vermisse dich und bin unglücklich darüber, wie wir vergangene Nacht auseinandergegangen sind.«

Ich zuckte zusammen, wohl wissend, dass ich schuld daran war. »Ich wollte dich gerade anrufen, um mich zu entschuldigen. Es hat mich umgehauen zu sehen, wie du auf das Angebot des Senders reagiert hast … Ich habe mich falsch verhalten. Gut, dass du hier bist.«

»Gut, weil du dich entschuldigen kannst, oder gibt es noch einen anderen Grund?« Dylans Augen waren hellwach, als er mich ansah.

»Ich …«

»Setz dich einfach zu mir. Ich hatte im Auto Zeit genug, um mir zu überlegen, was ich sagen will.«

Da ich mich zittrig fühlte, kam ich seiner Aufforderung gerne nach.

»Meine Eltern standen immer im Rampenlicht, und ich hab mir gewünscht, dass sie mir einen Teil davon abgeben würden, damit ich auch mal das Gefühl hätte, wichtig zu sein. Dieses Gefühl wollte ich dir geben. Das Gefühl, im Mittelpunkt zu stehen. Ich finde dich großartig, und ich wollte, dass auch der Rest der Welt das sieht. Selbst wenn es nicht das ist, was du willst.«

Mein Herz schmolz. »Oh Dylan. Das hat noch nie jemand zu mir gesagt.«

»Ich wusste genau, dass ich herkommen musste, um dir das zu sagen. Und ich wusste genau, dass du hier sitzen würdest und einen alten Schinken guckst, um nicht an dem Buch arbeiten zu müssen.«

»Hey.« Ich musste lachen.

»Ich kenne dich schon ganz gut«, meinte er. »Aber ich will dich noch besser kennenlernen. Und ich kann dich nur warnen, denn dann verliebe ich mich vielleicht noch mehr in dich.«

Tränen standen mir in den Augen. »Ich liebe dich auch. Wie sollte ich auch nicht, wenn du mich so berührst.« Ich zitterte, als seine Hand über meine strich.

»Ich habe dir erzählt, dass ich oft umziehe.«

Die Erinnerung daran ließ mein Glück etwas abnehmen. Es würde schwierig werden, wenn ich hier ein Restaurant betrieb und er auf der ganzen Welt unterwegs war. »Ja, das hast du gesagt.«

»Das war nicht ganz richtig. Ich fühle mich oft einsam und bin nirgendwo zu Hause. Vielleicht werde ich es mal mit Charleston versuchen. Ich habe gehört, die Leute hier sollen sehr gastfreundlich sein.«

Glück durchflutete mich. »Im Ernst? Ich kenne da nämlich eine Köchin, die gerade entschieden hat, ihr eigenes Restaurant aufzumachen. Und ich könnte mir vorstellen, dass sie ein paar Fragen hat. Image und Werbung, du weißt schon.«

Er lachte, wurde aber schnell wieder ernst. »Ich werde sie wohl kaum unterstützen können. Ich habe diese Philosophie, dass Privates und Berufliches getrennt bleiben sollte.«

Ich streifte ihn mit meinem Körper und küsste ihn. »Gibt es irgendetwas, was ich tun kann, um deine Meinung zu ändern?«

– ENDE –

Molly O'Keefe

Man nehme: Einen Traummann

Aus dem Amerikanischen von
Martha Windgassen

mtb

1. Kapitel

»Schokolade ist sexy«, sagte Marie Simmons und lächelte in die Kamera. »Sie sollte gut schmecken, gut riechen und sich auch –« sie ließ das Beerenpüree über einen prachtvollen Schokoladenkuchen laufen »– gut anfühlen. Erinnert Sie das an etwas?« Sie hob eine Augenbraue und brachte damit die Zuschauer im Studio zum Lachen. Dadurch gewann sie einige Sekunden, weiter in die Kamera zu schauen. Sie lächelte in das Objektiv und suchte dann ihre Arbeitsfläche nach der Pfefferminze ab, während sie weiter über Sex sprach. Pfefferminze! Da lag sie, unter der Schüssel mit den Brombeeren. Sie zupfte einige Blätter vom Stängel und drückte sie in die Mitte des weichen Übergusses.

Die Zeit wird knapp, dachte sie. Sie würde die Schlagsahne überspringen müssen, obwohl sie ein extra leckeres Rezept herausgesucht hatte.

Sie hob den warmen Kuchen an und senkte ihn ein wenig, sodass ihn das Publikum und der Kameramann besser sehen konnten. Marie warf ihnen ein Lächeln zu, von dem sie hoffte, es wirke lässig und selbstbewusst. »Gutes Essen sättigt nicht nur den Magen, es befriedigt auch die Seele.«

Sie zwinkerte, und die Zuschauer applaudierten.

Martha Stewart ist nichts gegen mich! jubelte Marie heimlich. Sie konnte sich gerade noch davon zurückhalten, einen Freudentanz auf der Bühne aufzuführen. Eine weitere Sendung von *Soul Food* war ohne größere Katastrophen geschafft.

Marie sah den Produktionsassistenten Roger im Schatten der Scheinwerfer stehen. Er gestikulierte wild, dass Marie den Kuchen noch ein wenig schräger hielt, damit die Kamera das Backwerk in einem besseren Winkel einfangen konnte. Er bewegte seine Lippen: »Hoch«, dabei hob er seine Hände in Zeitlupe.

Sie schüttelte den Kopf. Folgte sie seinem Wunsch, würde er von der Platte rutschen und sich über den ganzen Boden verteilen. Aber Rogers Gesicht wurde schon rot, also hob sie den oberen Teil der Platte noch mehr an und hoffte, der Kuchen würde so lange halten, bis die Kameras ausgeschaltet waren.

Endlich mache ich eine Sendung, ohne dass Feuer ausbricht, ohne Kurzschlüsse, zerbrochenes Geschirr oder dass Blut fließt, und jetzt werde ich alles ruinieren, indem ich den Kuchen fallen lasse.

Roger rief »Schnitt!«, und Marie seufzte, während sie die Kuchenplatte zurück auf die Arbeitsfläche stellte. Die winzige Küche, die dem Team von *Soul Food* als Arbeitsplatz diente, wurde plötzlich von Männern und Frauen bevölkert, die schwarze Kleidung und Kopfhörer trugen. Sie hatten neunzig Sekunden Zeit, um ihre Bühne zu räumen, alles zusammenzupacken und aus dem Weg zu schaffen, bevor der Rest der Morgenshow, die live gesendet wurde, anfing.

Es gab also keine Zeit oder wenig Spielraum, um sich Fehler leisten zu können. Für Marie war es wie die halbe Stunde in der Küche, wenn der Ansturm auf das Abendessen losgeht. Livefernsehen war wie ein Fallschirmsprung, und manchmal war das Kochen vor laufender Kamera wie der Sprung aus einem Flugzeug, wenn man sich nicht sicher ist, ob der Schirm sich auch wirklich öffnet.

Marie koppelte ihr Mikrofon ab, zog die Küchenschürze aus und rannte hinter die Bühne, um den Technikern nicht im Weg zu stehen.

Ihr Produzent und guter Freund Simon wartete hinter der Bühne auf sie. Er hielt eine riesige Flasche Wasser in der Hand und grinste sie an.

»Super Show, Marie!«, flüsterte er.

»Danke, Herr Produzent«, sagte sie und spürte, wie sie eine große Welle Zuneigung für ihn überkam. Sie küsste ihn auf seinen glänzenden Kahlkopf.

Guter alter Simon. Vor sechs Monaten verwandelte er Maries Leidenschaft für Limonenkräcker und Linsensalat in eine monatliche Show auf *AMSF*, der beliebtesten Morgensendung in der Bay Area. Vor drei Monaten gaben sie ihr eine weitere halbstündige Sendezeit, und nun machte sie die Show zwei Mal im Monat.

»Man kämpft sich so durch!« Eine Frau, die eine riesige Katze für die nächste Sendeeinheit brachte, rannte an ihnen vorbei.

Das Showbiz, sagte Marie sich, ist wirklich das Richtige für mich.

Hier fühlte sie sich lebendig, hier, im gleißenden Scheinwerferlicht, war sie die Königin auf der Rampe. Sie hatte nicht das Gefühl, den Leuten etwas vorzuspielen. Auch wenn einmal etwas schiefgehen sollte, wie beispielsweise, als das Fett anfing zu brennen, hatte sie das Gefühl, alles unter Kontrolle zu haben. Wenn sie nicht sogar ein bisschen Spaß an dieser brenzligen Situation hatte.

Fast unbewusst berührte sie eines ihrer Armbänder, die sie trug. Ihre Fingerspitzen glitten über die Monde, die in das Silber eingraviert waren. Die Armbänder erinnerten sie an die Lektionen, die sie früher gelernt hatte. Damals hatte sie mehr als kleine Verbrennungen von den Entscheidungen davongetragen, die sie gefällt hatte.

Die Musik schwoll an, und die Hauptbühne, wo die beiden Showmaster von *AMSF* an ihren Tischen saßen, wurde von Scheinwerfern erhellt.

»Diese Frau schafft es, sogar Popcorn sexy zu machen«, sagte Rick Anderson, einer der Moderatoren, der sowieso ein rechter Schleimer war. Er schüttelte den Kopf. »Ich glaube, ich bin verliebt.«

Marie wandte sich zu Simon und verdrehte die Augen.

»Oh ja, ihr Essen ist köstlich«, fand auch Luanne, die andere Moderatorin. »Der Kuchen sah unglaublich aus.« Die Zuschauer gaben der Moderatorin recht, und Marie hatte das Gefühl, als würde sie über dem Boden schweben.

Vielleicht könnte ich eine eigene Garderobe bekommen? Einen Raum mit einem Stern an der Tür.

»Lass uns hoch in mein Büro gehen«, flüsterte ihr Simon ins Ohr. »Es gibt etwas, über das ich mit dir reden möchte.« Marie nickte und folgte ihm durch die labyrinthischen Gänge, die hinter der Bühne zu den Büroetagen führten. Seins lag im zweiten Stock. Es war klein und eng, und das Fenster ging nach hinten hinaus auf den Parkplatz.

Simons Schreibtisch war mit Papieren überhäuft, es war kaum noch Platz in diesem winzigen Büro. An der Wand hing eine Pinnwand, die mit bunten Karteikarten übersät war. Eine Karte stand für eine Sendeeinheit, für die Simon bei *AMSF* zuständig war. *Soul Food* war gelb. Marie lächelte und schnippte gegen die Karte, als sie daran vorbeiging.

»Deine Sendung ist beliebt, Marie. Sehr, sehr beliebt.« Er lächelte sie an, während er sich den Weg zu seinem Schreibtischstuhl bahnte.

»Schön«, sagte Marie gedehnt. »Toll!« Im Moment war sie ein wenig in dieses Wort verliebt. Sie war trunken von ihrem Erfolg. »Deswegen kriege ich ja auch diesen dicken Scheck von dir.« *Ha! Über einen mickrigen Lohn konnte man immer noch die besten Scherze machen.* Wenn sie häufiger darauf zu sprechen kam, nahm Simon vielleicht den Fingerzeig wahr und böte ihr eine Gehaltserhöhung an.

Sie zwängte sich auf einen der harten Stühle, die vor seinem Schreibtisch standen, und unterdrückte ein Gähnen. Sie kämpfte gegen die Erschöpfung an, die regelmäßig auf den Euphorieschub folgte. *Was würde ich nicht alles für eine riesige Kanne Kaffee geben.*

»Wie läuft das Geschäft?«, fragte Simon und überging damit die Anspielung.

Marie begann die Nadeln aus ihren Haaren zu nehmen, auf die die Maskenbildnerin bestanden hatte, damit ihre schwarzen Locken nicht ins Essen fielen. Wie jeder Koch achtete auch sie auf die nötige Hygiene, aber diese Nadeln taten *weh*. »Seitdem *Soul Food* zwei Mal im Monat auf Sendung geht, stehen die Leute für den Brunch am Wochenende Schlange, und wir haben viel mehr Gäste für den Mittagstisch. Es könnte nicht besser sein.«

Nun, das war glatt gelogen, aber sie musste Simon ja nichts davon erzählen, dass das Mädchen, das sie neu eingestellt hatte, seit drei Wochen den Gewinn aus der Kasse mitgehen ließ. Außerdem ging es ihn auch nichts an, dass die Spülmaschine kaputt war.

»Bekommst du denn jetzt endlich mehr Schlaf, seitdem du den neuen Bäcker eingestellt hast?«

»Er hat gekündigt.« Simon ging das alles nun wirklich nichts an.

»Er hat gekündigt? Aber er hatte sich doch so über diesen Job gefreut.« Simon sah wie ein kleiner Hund aus, wenn er überrascht war. Er war niedlich.

»Offensichtlich ist es in der Theorie aufregend, ein Bäcker zu sein, aber in der Praxis sieht es anders aus, wenn man morgens um drei Uhr aufstehen muss.« Marie schüttelte ihre Haare, die in einem Dutt zusammengepresst waren, und seufzte erleichtert.

Marie hätte es dem Jungen gleich sagen können, dass backen nicht unbedingt das ist, was man sich unter aufregend vorstellt, aber sie war einfach froh gewesen, dass sich noch ein weiterer Bäcker bei ihr vorgestellt hatte. *Wer wagt, gewinnt, oder so ähnlich.*

»Was soll man machen?«

»Also kümmerst du dich immer noch um alles selbst?«

Simon sah sie verständnisvoll an, als er sich auf seinen Sessel setzte, der vor dem großen Fenster stand. Wahrscheinlich war er seit Jahren nicht mehr um drei Uhr morgens aufgestanden, falls er das jemals getan hatte. Sie wusste, dass er für die Show früh rausmusste, um fünf Uhr morgens etwa. Aber das war nicht dasselbe wie drei Uhr. Es war eine schlimme Uhrzeit, und Marie konnte seit letztem Jahr ein Lied davon singen.

»Ja, ich mache alles selbst. Meldest du dich freiwillig?«, fragte sie und bemühte sich, einen unbeschwerten Ton anzuschlagen. »Wir könnten das für die Show aufzeichnen. Ich glaube, meine Zuschauer würden gern dabei zusehen, wie mein Produzent Hörnchen backt.« Es gab zwei Möglichkeiten, mit der Situation umzugehen, mit Ariel, der Diebin, der kaputten Spülmaschine, dem Typen, der die biologisch-organische Milch lieferte und seine Preise verdoppelt hatte, und den schlaflosen Nächten: entweder gute Miene zum bösen Spiel zu machen oder akuten Flüssigkeitsmangel vom ganzen Heulen zu bekommen.

»Nicht im Leben«, Simon lachte.

»Das sagen alle.« Marie versuchte den Ärmel ihres dunkel lilafarbenen Chenillepullovers unauffällig hochzuschieben, damit er nicht sah, dass sie auf die Uhr schaute. Simon liebte es, seine Besprechungen ein wenig in die Länge zu ziehen. Fanfaren und andere Dinge, die Zeit kosteten. Normalerweise hätte es Marie nichts ausgemacht, aber gerade jetzt war Zeit Geld, und Simon bezahlte sie einfach nicht gut genug, um mit ihm Small Talk zu halten.

»Marie, unsere Zuschauer vor den Bildschirmen lieben dich. Die Leute suchen nach neuen Gurus, was Essen und Stil angeht. Du zeigst, dass es einfach ist und Spaß macht, einen guten Geschmack zu haben. Und dass gutes Essen auch sexy sein kann und nicht nur langweilig und arrogant. Und natürlich«, fügte er grinsend hinzu, »schadet es auch nicht, wie du aussiehst.«

Was ist nun los? Simon macht Komplimente? »Geht es dir gut?«, fragte Marie und kniff die Augen zusammen. Simon schlug keinen herzlichen und gefühlvollen Ton an, wenn es dafür nicht einen guten Grund gab. Der Mann war Produzent beim Fernsehen. Obwohl er Khakihosen und karierte Hemden aus den Achtzigerjahren trug, war er ziemlich stromlinienkonform.

»Ich«, fuhr er fort und streckte die Arme aus, »wir«, korrigierte er sich und zeigte auf sie, »uns geht es gut.«

Bei Marie schrillten alle Alarmglocken. *Irgendetwas ist faul.*

»Was ist los, Simon?«

»Deine Einschaltquoten sind gut. Sehr gut. Um präzise zu sein, du hast sogar …«, hier machte er eine Pause und klopfte ein kleines Schlagzeugsolo mit seinen Fingern auf die Tischkante. Marie versuchte, ihn nicht auszulachen, »… Patrick und Ivan überholt.«

»Wirklich?« Patrick und Ivan waren bei den Einschaltquoten die Spitzenreiter seit fast einem Jahr. Sie waren Lokalheroen. Sie hatten eigene Garderoben.

»Wenn eine Kochshow die Sendung von zwei schwulen Inneneinrichtern überholt, dann weißt du, was läuft.« Er sagte es ganz ernst.

»Also, du führst mich hier in dein Büro, um mir zu sagen, dass du mir eine Gehaltserhöhung gibst?«, fragte Marie. Es wäre gelogen zu sagen, dass in ihrer Stimme *keine* Hoffnung mitschwang. Aber sie versuchte auch, nicht allzu verzweifelt zu klingen.

»Sorry«, sagte Simon und verzog das Gesicht, »keine Erhöhung.«

»Also, was ist es, Simon? Ich muss in einer Stunde zurück im Restaurant sein.«

»Tja, also …« Er machte eine Pause, um es noch dramatischer zu machen. Marie verdrehte die Augen. »Du gehst ab jetzt wöchentlich auf Sendung.«

»Wöchentlich?« Marie schnappte nach Luft, plötzlich wurde ihr etwas schwindelig. Sie lachte, versuchte, sich zusammenzunehmen, aber es gelang ihr nicht. Wen interessierte es schon, dass der Bäcker gekündigt hatte? Oder dass der Geschirrspüler kaputt war? Sie würde jede Woche im Fernsehen sein!

Simon lehnte sich zufrieden in seinem Sessel zurück. Er sah ein wenig selbstgefällig aus.

»Du sagtest, es gäbe keine Gehaltserhöhung. Ich mache nicht die doppelte Arbeit für …«

Er hob nun die Hand, um sie zu unterbrechen. »Du bekommst ja die gleiche Gage für jede Show, also ist es eigentlich eine Art von Gehaltserhöhung.«

Sie würde akzeptieren. Auch Marie lehnte sich auf ihrem Stuhl zurück. Sie hätte die Wasserflecken an der Decke küssen können. Sie hätte Simon an seinem unordentlichen Schreibtisch küssen können. Ein wenig mehr Popularität würde mehr Gäste in Maries Bistro führen, in ihre Bäckerei und das Bistro. Mehr Kunden bedeuteten mehr Geld, mit dem sie ihre Schulden abbezahlen könnte, den Kredit, den sie letztes Jahr hatte aufnehmen müssen, vielleicht sogar … »Endlich mal Urlaub«. Sie atmete auf.

Seitdem sie Frankreich vor zwei Jahren verlassen hatte, und damit das furchtbare Durcheinander, hatte Marie ihr Leben wieder im Griff. Sie hatte sich gezwungen, ernsthaft zu werden, sich wie eine Erwachsene zu benehmen. Sie hatte Verantwortung übernommen, die sie vorher immer vermieden hatte, und nun wurde sie dafür belohnt. Es war der viel versprechende Beginn ihres Unternehmens.

»Simon«, sagte Marie und richtete sich auf, um ihn anzusehen. Es fühlte sich an, als brenne sie am ganzen Körper, »ich habe so viele Ideen, was wir in der Show machen können.«

»Huch, bevor du abhebst, muss ich dir noch von einer kleinen Änderung berichten.« Simon begann, die Papierstapel auf dem Tisch zu durchforsten. »Wo habe ich das Ding nur hingetan?«

Seine Unkonzentriertheit machte Marie nervös. Aber das könnte auch daran liegen, dass sie kurz davor war, auf der Stelle einzuschlafen. »Simon, sag mir einfach, worum es geht.«

»Ich habs schon!« Er bückte sich und hob einen Stapel Blätter vom Boden auf und drehte sich wieder zu ihr um. Er hielt ihr einen Bogen hin: »Schau mal, wer auf der Titelseite des *Weekend Magazine* ist.«

Sie zuckte, weil er plötzlich das Thema wechselte. Giovanni MacAllister starrte sie von einer ganzen DIN-A4-Seite an – Hochglanz. Es war die Wochenendbeilage des *San Francisco Examiner.*

»Toll«, log sie, in dem sicheren Glauben, dass sie sich überzeugend anhörte. »Schön für ihn.« Sie versuchte, die Unruhe zu ignorieren, die sie immer überfiel, wenn von Van MacAllister die Rede war. Ihm gehörte das Sauvignon, das neue Restaurant, das genau gegenüber von Maries Bistro lag. Und dieser Mann hatte es mit einem Streich geschafft, ihr Leben in den letzten sechs Monaten noch anstrengender zu machen, als es ohnehin schon war.

Ganz ruhig, Marie, ganz ruhig. Sie machte eine Yoga-Atemübung, indem sie ihren Brustkorb öffnete und ihren Bauch ganz leer machte, aber es funktionierte nicht. Nichts funktionierte.

Simon sah sie an, und Marie wusste, sie konnte ihm nichts vormachen. »Du bist doch etwa nicht immer noch sauer darüber, was er im *Examiner* über dich gesagt hat, oder?«, fragte er. »Es war nur ein einziger Kommentar, und er hat sich dafür entschuldigt.«

»Ich rege mich nicht auf.« Marie zuckte mit den Schultern und entspannte ihre Hände, die sie zu Fäusten geballt hatte.

»Gut, denn …«

»Ich meine, bloß weil er mein Bistro in einer internationalen Zeitung ein ›niedliches kleines Stehcafé‹ genannt hat, warum sollte ich da sauer sein?«

Gar nicht gut. Sie hatte sich und ihrer Schwester, die es nicht mehr hören konnte, geschworen, nicht länger ihrem Ärger über Van MacAllister Luft zu machen.

Simon fuhr zusammen »Niedlich ist gar nicht so schlecht …«

»Genau.« Sie wusste, dass ihr Sarkasmus nicht stand, aber manchmal musste es einfach sein. »Niedlich ist okay. Einfach super.«

»Sieh mal …«

»Wenn du ein kleines Kind bist!« Du regst dich schon wieder auf, Marie, dachte sie, und du erschrickst deinen Produzenten.

Einen Monat zuvor hatte ein Journalist Van gefragt, was er von Maries Bistro hielt, und er hatte geantwortet: »Sie meinen das niedliche kleine Stehcafé von gegenüber? Das ist nett, wenn Sie Appetit auf einen Keks haben.« Seitdem sah Marie rot, wenn sie seinen Namen hörte.

»Hat er sich nicht entschuldigt?«

»Er hat mir Geschenkgutscheine für das Sauvignon geschickt.« Sie zuckte mit den Schultern und heuchelte Gleichgültigkeit, aber es fiel ihr schwer. Für sie war seine Entschuldigung fast schlimmer als die eigentliche Beleidigung. Sie schlug die Beine übereinander und strich den grauen Jerseyrock über ihren Knien glatt. »Lass uns über etwas anderes reden. Warum beschäftigen wir uns überhaupt mit diesem Kerl?«

»Nun, wir waren gestern Abend in seinem Restaurant, um uns eine Band anzusehen …«

»Eine von seinen Bluesbands?«, fragte sie und war selbst davon überrascht, dass sie fast brüllte.

»Ich glaube es war Dixieland Jazz«, fügte Simon langsam hinzu.

»Was auch immer, jedenfalls die Band, die gestern Nacht

bis ein Uhr früh alles aus ihren Saxofonen geholt hat?« Marie lehnte sich auf ihrem Stuhl vor.

»Ja, Saxofone waren dabei.« Simon, offensichtlich wusste er nicht, was er damit anrichtete, nickte zustimmend.

»Genau. Saxofone. Bis ein Uhr morgens. Ich wohne genau gegenüber, Simon. Und ich muss morgens um drei aufstehen, um Brot zu backen!« Sie fing an, sich an die Musik wie an ein Folterinstrument zu erinnern. »Ich habe seit langer Zeit nicht mehr als drei Stunden Schlaf bekommen, aber …« Etwas gefasster lehnte sie sich zurück, atmete tief ein und aus, stellte sich Wasserfälle, Wellen an einem Strand und andere Dinge vor, die sie eigentlich beruhigen sollten, aber nur dazu führten, dass sie auf die Toilette musste. »Er hat die Lizenz«, sie hob die Schultern, »was soll man machen?«

»Ich glaube, die Bands machen seine Aura aus«, setzte Simon hinzu. Marie grunzte. *Aura? Oh, bitte.*

Das Schlimmste war noch nicht einmal der Artikel in der Zeitung oder die Tatsache, dass vier Mal in der Woche dort Livemusik gespielt wurde, sondern dass er seine Gerichte in ihrer Traumküche zubereitete: von allen Seiten natürliches Licht und dann dieser alte Messingofen. Er hatte das Restaurant bekommen, das sie haben wollte. Er hatte mehr Geld bieten können und den Zuschlag bekommen. Giovanni MacAllister war ihr Feind in einem ekligen, anonymen Versteigerungskrieg gewesen.

Also kaufte sie schließlich das Ladengeschäft schräg gegenüber. Dort war die Küche kleiner, und das Lüftungssystem funktionierte nicht richtig. Sie musste mit ansehen, wie Van nichts an seinem Restaurant modernisieren musste. Sein Gebäude stand leer und wartete auf seinen neuen Besitzer, während sie gegenüber im Sommer schwitzte und im Winter fror. Sie musste Darlehen aufnehmen und verdiente kein Geld in SoMa – dem Stadtteil, der südlich von Market Street lag und bisher nicht gut erschlossen war.

Sechs Monate nachdem sie ihr Bistro eröffnet hatte und es begann, gut zu laufen, und sie sich an die Nachbarschaft gewöhnt hatte, die aus zusammengewürfelten Lagerhäusern bestand, eröffnete Van seinen Laden. Das Sauvignon wurde fast umgehend zu einem Geheimtipp. Und dann nannte er schließlich Maries Bistro ein »kleines niedliches Stehcafé«, und das in einer großen Zeitung.

Es war eine Links-rechts-Kombination, mit der Marie immer noch zu kämpfen hatte.

»Ich kann es nicht fassen, dass er auf dem Titelblatt vom *Weekend Magazine* ist.« Marie hasste es, dass sie dieser Mann so aus der Fassung bringen konnte. Er sollte ihr überhaupt nichts ausmachen, angesichts der Freuden, die sie in ihrem Leben hatte, aber er tat es. Er war ihr ein Dorn im Auge, und sie verfluchte sich, es zugeben zu müssen. Dass er sie so ärgerte, darüber ärgerte sie sich am meisten.

»Marie, du warst vor drei Wochen auf der Titelseite. Sie haben dich ›die neue Göttin des guten Geschmacks‹ genannt.«

»Jep.« Sie lächelte. »Das war klasse. Aber dafür habe ich auch ein Jahr gebraucht. Ein Jahr lang jeden Abend einen Nervenzusammenbruch.«

Sie sprach nicht von den Zweifeln, den Tränen und dem tief sitzenden Bedürfnis, das alles hier hinzuschmeißen. Fast jeden Tag dachte sie daran, alles hinter sich zu lassen und zu ihrem alten Leben zurückzukehren. Einfach weglaufen, an die Küste ziehen und den Touristen Orangen verkaufen.

»Das Sauvignon gibt es erst seit sechs Monaten.« Sie hielt inne, um nicht darüber zu jammern, dass die Welt ungerecht war. Stattdessen sah sie auf Vans arrogantes Gesicht hinab, das sie vergrößert und in Hochglanz von dem Titelblatt ansah.

Er war nicht gut aussehend, jedenfalls nicht nach ihren Kriterien, und obwohl er auf diesem Foto eine gewisse Eleganz bewies, war er nicht, was man attraktiv nennen würde.

Sein ernstes faltiges Gesicht war … interessant, vielleicht. Vielleicht könnte man von diesen riesigen buschigen Augenbrauen absehen und seine Augen darunter erkennen, die einen intensiv ansahen. Aber sie konnte nicht den Gedanken abschütteln, erst einmal zu einer Pinzette greifen zu wollen, um seine Brauen zu stutzen. Vielleicht waren seine schwarzen Haare attraktiv, die schon mit einigen silbernen Strähnen durchsetzt waren. Und die Narbe an seinem Kinn war … beunruhigend. Vielleicht. Aber der Typ war nicht im Geringsten gut aussehend.

»Er hat eine gute Presse«, sagte Simon mit einem trockenen Lächeln. Marie schaute auf die Schlagzeile, von der sie durch die buschigen Augenbrauen abgelenkt worden war. *Also wirklich, jemand hätte schon vor Jahren diesen Typen an die Hand nehmen sollen.*

»›Van MacAllister‹«, las sie vor, »›Ein ganzer Kerl. Er macht die *Haute Cuisine* hart, schnell und männlich.‹ Oh, mein Gott«, stöhnte sie. »Was um Himmels willen soll das nun wieder heißen? Männliche *Haute Cuisine*?« Marie warf die Zeitschrift wieder auf Simons Schreibtisch und lehnte sich mit verschränkten Armen zurück. »Van MacAllister grillt Fleisch. Lass uns auf dem Teppich bleiben.«

»Na ja, andere Leute behaupten, dass du nur Brötchen backst.«

»Simon …«

»Ich sage das ja nicht.« Er presste seine Hände auf die Brust. »Allerdings musst du zugeben, dass er sehr bekannt geworden ist.«

»Ich muss gar nichts zugeben«, murmelte Marie. *Erst stiehlt er mir meine Küche, macht mich vor allen Leuten in der Zeitung lächerlich und dann raubt er mir auch noch den Schlaf. Es ist ein Wunder, dass ich ihn noch nicht umgebracht habe, während er sanft in seinen Kissen ruht. Was er zweifelsfrei täglich und ausgiebig tut.*

»Du weißt, wie wir in der Zeitung genannt werden, oder?«, fragte sie ruhig. Dies war das endgültige Urteil, der Gnadenstoß, der ihr in dem Unmut, den sie gegen Van MacAllister hegte, den Rest gab.

Simon gab sich redlich Mühe, besorgt aus der Wäsche zu gucken. »Ah …« Er räusperte sich und spielte einen Moment lang mit dem Kugelschreiber auf der Schreibtischplatte. »Schick trifft auf gutbürgerlich.«

»Genau, und rate mal, wer gutbürgerlich ist?«

Er zeigte mit dem Kugelschreiber auf sie.

Marie hatte bereits freundliche, aber bestimmte Leserbriefe an das Magazin geschrieben, bis sie eine Sehnenscheidenentzündung bekommen hatte. Dennoch war Vans Restaurant immer wieder Thema in der Gazette. Ihre Küche war kaum gutbürgerlich, wenn man mal von der Gutbürgerlichkeit der rustikalen französischen Küche absah. Dann könnte man sie vielleicht als gutbürgerlich bezeichnen. Aber nur, wenn man sich diese Gutbürgerlichkeit auf einem klassischen und luxuriösen Anwesen im Grünen vorstellte. Wo man Thaihühnchensalat und einen dreifachen Espresso sowie Wilden-Rhabarber-Erdbeer-Schnittchen zum Dessert serviert bekam. Okay, vielleicht ist das gutbürgerlich. Aber es drehte sich immer noch um wilden Rhabarber – und es ist schwer, wilden Rhabarber an Noblesse zu übertreffen.

»Warum reden wir überhaupt über Van MacAllister?«

»Also«, setzte Simon an, lächelte und holte einmal tief Luft, »das ist wirklich wahnsinnig aufregend.«

»Was ist wahnsinnig aufregend?« Marie gab sich nicht besonders große Mühe, ihre Frustration und Verwirrung zu verbergen.

Simon deutete auf die Zeitschrift: »Er ist dein neuer Partner für die Sendung.«

2. Kapitel

»Sehr lustig.« Marie lachte, ihr Bauch machte ein glucksendes Geräusch. Sie stand auf, um zu gehen. »Sind wir fertig? Ich muss jetzt nämlich zurück ins Restaurant.«

»Marie, das ist kein Witz. Der Chefredakteur …«

»Ach komm, Simon«, schalt sie ihn. Aber Simon lachte nicht. Im Gegenteil, er sah so aus, als sei ihm die Situation unangenehm. *Er schwitzt. Er hat Schweiß auf der Stirn. Er sieht sehr, sehr ernst aus.* Marie setzte sich wieder hin.

»Oh nein«, sie seufzte, »du meinst es wirklich so.«

»Ich dachte, du würdest dich darüber freuen.«

»Mich freuen?« Sie schüttelte den Kopf und konnte es nicht glauben, dass er tatsächlich gedacht hatte, sie würde sich darüber freuen. Marie versuchte, diese Nachricht zu verarbeiten. Das war schlimmer, als den Job zu verlieren. Das war so, als hätte der Feind ihren Laden übernommen. Marie spürte, wie ihre Haut zu jucken begann. Sie merkte, wie ihr Herz einen Schlag aussetzte, um dann mit doppelter Geschwindigkeit weiterzuschlagen. »Das ist meine Show, Simon. Ich habe sie entwickelt. Sie heißt *Soul Food mit Marie Simmons* und nicht *Soul Food mit Marie Simmons und einem Gast.* Und sie heißt sicherlich nicht *Marie Simmons und Van MacAllister.*«

»Wir sind noch gar nicht so weit, dass wir uns einen Namen überlegen müssen.«

»Der Name spielt keine Rolle!«, rief sie außer sich. »Du hast doch gerade gesagt, dass es die erfolgreichste Sendung des Senders ist«, fügte sie mit einer ruhigeren Stimme hinzu, die aber immer noch ein wenig zu schrill klang. »Ich habe sogar Patrick und Ivan mit den Quoten übertroffen, verdammt noch mal! Warum willst du jetzt auf ein anderes Pferd setzen?«

»Marie?« Simon verschränkte seine Arme hinter dem Kopf und sah sie an, als spräche sie eine Fremdsprache. »Vor sechs Monaten sagtest du noch, du würdest alles tun, als du den Vertrag unterschrieben hast.«

»Und das habe ich auch getan. Ich habe alles gemacht, worum du mich gebeten hast. Ich habe einen Hut mit Früchten getragen, Simon!«

Simon lachte, sah dann ihren Blick und hustete betreten. »Genau. Was spricht also gegen einen Co-Moderator?«

»Vor sechs Monaten hätte ich mich in einen Ring mit Wackelpudding gestellt und Schlammcatchen veranstaltet, wenn du mir das gesagt hättest. Aber mittlerweile habe ich einen Namen und einen Ruf zu verlieren …« *Und ein sehr kleines, sehr instabiles Unternehmen zu verteidigen, verdammt noch mal!* »Und nun erwartest du von mir, dass ich das alles kommentarlos an Van übergebe?« Es war lächerlich. Unglaublich! Marie begann zu hyperventilieren.

Vor sechs Monaten gab es keine Alternative, als alles gelassen hinzunehmen. Na ja, eine Alternative schon. Die Bezeichnung dafür lautete Obdachlosigkeit, dachte sie reumütig. Damals hatte sie nichts zu verlieren. Maries Bistro war gerade mal so eben in Schwung gekommen, sie hatte ein weiteres Darlehen aufgenommen und dachte daran, alles zu verkaufen und nach Peru auszuwandern. Soul Food änderte das von einem auf den anderen Tag. *Und nun wollen sie meine Show ändern!*

»Marie, deine Interessen sind auch unsere Interessen«, sagte Simon. Marie zuckte zusammen, als sich der Mann, der früher einmal Simon gewesen war, vor ihren Augen in einen Gebrauchtwagenhändler verwandelte. »Wir möchten nur … deinen guten Ruf stärken.«

»Wie?«

»Wir bemühen uns um männliche und jüngere Zuschauer.«

»Jüngere?« Marie schüttelte den Kopf. Sie war einen Moment lang irritiert, bis ihr ein Licht aufging. Simon und die anderen Produzenten ließen sich von der Medienwelle mitreißen.

»Nein, das kann nicht dein Ernst sein, Simon …«

»Er ist das ›Schick‹ in ›schick trifft auf gutbürgerlich‹.« Simon hob entschuldigend die Schultern.

»Ich bin schick.« Die innere Stimme eines Erwachsenen in ihrem Kopf versuchte, sie wieder in den Griff zu bekommen, aber Marie war gerade intensiv damit beschäftigt, einen Tobsuchtsanfall zu bekommen. Sie konnte der Stimme nicht zuhören. »Gutbürgerlich kann todschick sein.«

»Aber nur, wenn du fünfzig bist.«

Autsch. Marie stand auf und begann, in dem winzigen Büro auf- und abzugehen. Ihre Pulsfrequenz drohte, das Dach zu sprengen. Sie legte eine Hand dorthin, wo ihr Herz war und spürte, wie es gegen ihre Handfläche pochte. »Okay, okay, ich habe ja nichts gegen einen Co-Moderator – ich kann mit einem Co-Moderator umgehen, aber nicht mit Van MacAllister. Ich koche mit allen, nur nicht mit ihm.« *Das hört sich gut an, Marie. Guter Kompromiss, sehr vernünftig.*

»Glaub mir, Marie.«

»Ha!«

»Ich habe ein gutes Gefühl bei dieser Sache, Marie. Ich spüre das.« Als würden mich deine Gefühle interessieren! dachte sie. Ihr wurde schlecht.

»Die Idee allein ist schon schrecklich. Wir können einander nicht ausstehen«, teilte sie ihm mit und versuchte so, den letzten Strohhalm zu greifen.

»Bist du ihm jemals begegnet?«

»Persönlich?«, fragte sie überflüssigerweise. Sie wusste, sie war kurz davor, sich total lächerlich zu machen, aber sie hatte sich nun einmal geschworen, mit Van MacAllister kein einziges Wort zu wechseln. Es könnte Stolz sein oder nur ihr Versuch, sich keines Verbrechens schuldig zu machen. Was auch immer es sein mochte, sie hatte Van MacAllister noch nie von Angesicht zu Angesicht getroffen. Sie konnte ihr Leben damit zubringen, ihn von ferne zu hassen.

»Mir klingeln die Ohren«, sagte eine tiefe Stimme sarkastisch, die vom Flur herkam.

Simon sah Marie scharf an und sagte sehr deutlich: »Reiß dich zusammen«, bevor er aufstand, um Van MacAllister die Hand zu schütteln.

»Hallo, Giovanni«, sagte er.

»Was macht er hier?« Marie wurde plötzlich klar, dass dieses Arrangement schon seit Langem bestand, und dass sie die Letzte war, die davon erfuhr. Ihr drehte sich der Magen um. Nie hatte sie sich so hintergangen gefühlt.

»Ich habe ihn zu dieser Besprechung eingeladen«, antwortete Simon.

»Ihr trefft euch heimlich hinter meinem Rücken, um meine Sendung zu besprechen?« Marie kochte. Nichts fand sie so widerwärtig wie Heimlichtuerei. Sie waren kindisch, und immer war sie es, die als Verliererin herausging. »Simon, das kann ich einfach nicht glauben.«

»Hör uns doch erst einmal zu«, flehte Simon.

Tief einatmen, tief ausatmen. Ruhig und gelassen. Strände. Wellen. Junge Kätzchen, kleine Babys. Nichts funktionierte. Und darüber hinaus verursachte die Tatsache, dass sie sich gerade in demselben Raum wie Van MacAllister aufhielt, sehr unvernünftige und unentspannte Gedanken. An Brandstiftung zum Beispiel.

Van dreht sich um, und zum ersten Mal konnte Marie ihn direkt in Augenschein nehmen. Marie gehörte nicht zu den Frauen, die sich leicht von Männern umwerfen lassen, aber für einen Moment wurde ihr schlagartig klar, dass sie Van mit ihrem auf den Titelfotos fußenden Urteil Unrecht tat.

Er war immer noch nicht schön, jedenfalls nicht auf den ersten Blick. Aber wie er einfach so dastand, schien er den ganzen Raum für sich einzunehmen. Er war ganz in Schwarz gekleidet. Vielleicht lag es daran, dass sein Auftreten so erhaben wirkte. Er hatte eine besondere prickelnde Art an sich, bei der Marie bei jedem anderen Mann niedergekniet wäre.

Schade, dass das bei diesem Mann Verschwendung wäre, dachte Marie bei sich.

Aber es war mehr als nur sein Aussehen. Van schien jetzt in diesem Raum mehr Präsenz zu haben als auf all diesen Fotos oder bei den wenigen Malen, die sie ihn hinter geschlossenen Vorhängen beim Aufschließen seines Restaurants beobachtet hatte. Es war absurd, aber in diesem Moment wirkte Van MacAllister, Mistkerl und Schweinekönig, der er war, wie ein Pirat.

Verzweifelt hoffte Marie, dass Van MacAllisters Penis klein war. Dieser Mann verdiente einen kleinen Penis.

»Oh, tut mir leid, dass ich störe«, sagte er mit sarkastischer Höflichkeit. Er beugte sich leicht zu ihr. Die Luft, die zwischen beiden stand, zischte, als drohe ein Gewitter. Er war von einem Duft von Knoblauch und Rosmarin umgeben. Bevor sie sich versah, hatte sie tief eingeatmet.

»Ich habe gehört, Sie haben ein Problem damit, mit mir zusammenzuarbeiten?« Sein Blick war hart und aufgebracht, und einen Moment lang dachte Marie, er könne durch sie hindurchsehen. Genau in ihr kleinliches eifersüchtiges Herz hinein.

»Problem?« Sie stemmte die Hände auf die Hüften. »Warum um alles in der Welt sollte ich mit Ihnen ein Problem haben, bloß weil Sie …«

»Van, wir freuen uns so, dass Sie heute Zeit haben und hergekommen sind«, unterbrach sie Simon.

»Sprich von dir, Simon.« Marie ließ Van, den Piratenkoch, nicht aus den Augen. Sie war wütend, sie fand ihn nicht attraktiv. Und nur weil es ihr schwerfiel, ihren Blick von diesen Augen abzuwenden, hieß das nicht, dass sie sich beruhigt hätte. Nein, es machte ihre Wut nur noch schlimmer. Er war ein Scheißkerl. Und er war ihr Typ. Die ganze Kultiviertheit, an der Marie lange gearbeitet hatte, ihre ruhige und vernünftige Art, waren verschwunden.

»Geht es hier etwa um meine Worte im *Examiner*?«, wandte er sich an Marie. »Die waren nämlich völlig aus dem Zusammenhang gerissen.« Sie sah ihm ins Gesicht. Seine Miene war durch seine Entschuldigung und seine offensichtliche Reue weicher geworden; seine dunklen Augen hatten einen wärmeren Ausdruck angenommen. Aber Marie ließ sich nicht an der Nase herumführen.

»Sicher waren sie das.«

»Ja. Waren sie.«

»Ich fange nicht an, mit Ihnen zu debattieren.« Sie verschränkte die Arme, zuckte mit den Schultern und gönnte ihm sogar einen wütenden Augenaufschlag.

»Dann ist es ja gut.« Er sah sie aufmerksam an, und Marie konnte spüren, wie er sie auseinandernahm, um herauszufinden, ob sie es ernst meinte.

»Okay!« Simon klatschte in die Hände und setzte sich wieder. Van allerdings blieb stehen und musterte sie weiter. Sie schaute geradewegs zurück. Wenn das hier in einem Anstarr-Wettbewerb ausartete, würde sie gewinnen.

In dem Büro war es wärmer geworden. Simon schien weit weg zu sein, während Van so nah stand, dass Marie locker hätte den Reißverschluss seines Mantels öffnen oder die Narbe an seinem Kinn berühren können. Sie war fasziniert von dieser Narbe.

Oh nein, nicht dieser Typ! Hört endlich auf! Sie versuchte, ihre entfesselten Hormone wieder in den Griff zu bekommen.

»Also, können wir jetzt wieder über das Geschäft reden?«, fragte Van, als ginge es darum, ob sie sich ein Taxi teilen oder welche Pizza sie bestellen sollten. Einen Augenblick lang fiel es Marie schwer zu atmen; sie hatte immer noch mit ihrer Wut und ihrer Überraschung zu kämpfen.

»Sie meinen das Geschäft, wofür ich so lange hart gearbeitet habe und das Sie mir jetzt einfach klauen wollen?«

»Marie!«, mischte Simon sich ein, aber Van hob die Hand und schnitt ihm das Wort ab.

»Ich glaube, wir sollten Begriffe wie ›Diebstahl‹ vermeiden«, sagte Van ruhig.

»Okay, wie hört sich das für Sie an?« Marie sah zur Decke, als würde sie angestrengt nachdenken müssen. »Wie wärs damit: das Geschäft, für das ich mir seit einem Jahr den Arsch aufreiße, und wenn es gerade anfängt zu laufen, kommen Sie daher, um sich Ihren Teil zu holen? Können wir uns jetzt auf Klauen einigen?« Sie sah sich um. Simons beschämter Blick gefiel ihr, genauso wie Vans zuckender Kiefermuskel.

»Genau. Ich arbeite also tüchtig, und Sie kommen an, um sich an meinem Erfolg zu beteiligen. Worüber ich, offen gestanden, froh bin, denn alleine, würde ich es nicht schaffen.« Sie ging einen Schritt auf Van zu. »Wenn Sie unbedingt ins Fernsehen wollen, Van, dann suchen Sie sich gefälligst Ihre eigene Show.«

Die Stille hallte im Büro nach. Marie konnte ihr Blut gegen die Gefäßwände pochen hören, der Atem brannte in ihrer Lunge.

Van räusperte sich. »Eins zu null für Sie.« Er nickte ihr mit einem verkniffenen Lächeln zu.

»Na fein, dann …« Sie bewegte sich auf die Tür zu, als wolle sie Van hinausbegleiten. »Dann ist unser Gespräch wohl beendet.«

»Aber …« Van verlagerte das Gewicht, um ihr den Weg zu versperren. Er verschränkte die Arme, während er sie mit seinem Blick an die Wand nagelte. Sie spürte kleine Elektrostöße, die von der Statik des Raumes und der angespannten

Stimmung herrührten. »Während ich Ihnen sicherlich für Ihre kleine Rede dankbar bin, lassen Sie uns das eine klarstellen – ich wurde von dem Produzenten angesprochen. Von Simon.«

»Dem ich das nie verzeihen werde«, warf sie mit gefährlicher Fröhlichkeit ein.

»Weil Ihrer Show etwas fehlt.« Er hob eine seiner buschigen Augenbrauen. Maries Finger schlangen sich enger umeinander. »Etwas«, fuhr Van fort, »mit dem ich dienen kann.«

»Vielleicht haben Sie recht.« Marie zog sich auf die Sarkasmus-Schiene zurück. »Vielleicht haben Sie tatsächlich etwas, das ich in der Show brauche.« Marie hätte eine neue Geschirrspülmaschine darauf gewettet, was Van in der Sendung tun würde, denn sein Gesicht war nicht für das Fernsehen gemacht. »Haben Sie schon viel Erfahrungen mit Livesendungen gemacht? Hm?«

»Nein«, antwortete er mit leiser Stimme.

»Nein, nicht viele oder überhaupt keine?«, fragte sie und wiegte dabei den Kopf und wartete geduldig auf seine Antwort.

»Simon«, Van legte seine Hand auf einen Stapel Unterlagen auf Simons Tisch, »du hast gesagt, dass es mit ihr nicht die geringsten Probleme geben würde.« Er wies mit dem Daumen hinter sich auf Marie. »Das hier nenne ich aber ein Problem.«

Marie fiel der Kinnlade herunter. Solch eine Unverschämtheit hatte sie nicht von jemandem erwartet, den sie einen Freund nannte.

»Simon?« Sie wandte sich an ihren Produzenten, und für kurze Zeit ließ sie ihren Sarkasmus beiseite. Dadurch fühlte sie sich Van gegenüber ein wenig nackt. »Hast du wirklich geglaubt, dass ich mit dem hier einverstanden wäre? Dass ich nicht den geringsten Stolz dafür empfinden würde, was ich geleistet habe? Was wir gemeinsam geschafft haben?«

»Mir war schon klar, dass es einige …« Simon schluckte hörbar, »Dinge gibt, die wir noch klären müssen.« Er schüttelte den Kopf, als habe Marie ihn enttäuscht wie ein unartiges Kind. Sie wusste, dass ihr Verhalten nicht gerade höflich war, aber sie hatte nichts getan, für das sie sich hätte entschuldigen müssen. Plötzlich wirkte Simon klein und müde. »Du hast eigentlich keine andere Wahl.«

Zum ersten Mal, seitdem Simon die Veränderungen angesprochen hatte, wirkten sie realistisch. Van war hier mit ihnen in demselben Raum, und schon nahm er zu viel Platz ein und raubte ihr die Luft – was würde er alles mit ihrer Sendung anstellen? Das hier war genauso wie in Frankreich. Männer dachten, sie wüssten, was das Beste für sie war. Unterschätzten sie, schubsten sie herum. Es war zwei Jahre her, dass sie diese Lektion gelernt hatte. Sie würde das nicht noch einmal mit sich machen lassen.

»Was ist, wenn ich ablehne?«, fragte sie.

»Du verlierst die Hälfte der Sendungen, die andere Hälfte geht an Van.«

Marie konnte nur mit den Augen zwinkern und einen Moment kurz Luft holen. »Wow«, bekam sie gerade noch heraus. Es war die Zusammenfassung ihrer Gefühle. Sie sah auf ihre Füße hinab, auf die reizenden kleinen Stiefel, für die sie viel zu viel Geld bezahlt hatte. Sie musste die Tränen niederkämpfen, die ihr plötzlich in den Augen standen. Sie lachte reumütig. »Gerade wenn man meint, man habe es geschafft ...«

»Marie ...?« In Vans Gesicht lag etwas Weiches, das zuvor nicht dort gewesen war. Sein Blick hatte an Härte verloren.

»Sparen Sie sich die Mühe, Van. Ich muss zurück in mein ›kleines niedliches Stehcafé‹.« Er atmete geräuschvoll ein. Marie fühlte den kleinen Triumph, den man spürt, wenn man genau das Richtige zu genau dem richtigen Zeitpunkt sagt.

Sie spürte den Impuls, Simons Büro zu verlassen, in ihren Wagen zu steigen und einfach davonzufahren. Aber so hätte nur die alte Marie gehandelt, früher.

»Du hast vierundzwanzig Stunden, um dich zu entscheiden, Marie«, warf Simon ein und ruinierte ihr so den dramatischen Abgang. »Vierundzwanzig Stunden, dir alles noch mal durch den Kopf gehen zu lassen und dann die richtige Entscheidung zu treffen. So, wie man heutzutage Köche zu Stars macht, könntest du dir einige Wünsche erfüllen.«

Marie biss sich auf die Lippe. Es war ein netter Traum. Wahrscheinlich war damit auch ein nettes Honorar verbunden. Aber es war nichts wert, solange sie den Traum mit Van teilen musste.

»Ich ruf dich an«, sagte sie an Simon gewandt.

Marie sah an Van vorbei. Sie wusste nicht, wie sie sich ihm gegenüber verhalten sollte oder was sie ihm sagen sollte. Aber als sie das Büro verließ, ging sie durch die Duftwolke, die ihn umgab: der Geruch nach Rosmarin und Wut. Ihr Körper reagierte darauf.

Mit der rechten Hand umspannte sie ihr linkes Handgelenk und berührte die fünf Armbänder. Ihre Finger legten sich dabei auf das warme Silber.

Was um Himmels willen mache ich jetzt?

3. Kapitel

Marie machte einige Besorgungen, versuchte dem Kerl, der ihr die biologisch-dynamischen Milchprodukte lieferte, ein Geschäft vorzuschlagen – vergebens – und kam gerade rechtzeitig im Restaurant an, als die ersten Spätnachmittagsgäste eintrafen.

»Ich brauche vier Becher zum Mitnehmen«, rief Marie Pete zu, ihrem schweigsamen Angestellten, der bei ihr in Teilzeit arbeitete und Dreadlocks trug. Solange Pete mit niemandem reden musste, war er an der Espressomaschine eine Wucht. Er bediente Kaffeewünsche, noch bevor sie ganz ausgesprochen waren. Er nickte Marie zu, jagte den Milchaufschäumer der Espressomaschine auf volle Leistung und begann mit der Arbeit.

»Und einen Tomaten-und-Mozzarella-Salat zum Mitnehmen«, rief sie Jodi zu, ihrer Stellvertreterin, die dicht neben ihr stand und die Salate zubereitete sowie die Lunch-Specials einpackte, die vom Mittag übrig geblieben waren.

Alles wirkte also so wie immer. Susan und Margaret vom Steuerbüro von nebenan tranken ihren Nachmittagskaffee und lästerten, was das Zeug hielt. Mr. Malone saß hinten in seiner Ecke und trank seine extra heiße Schokolade in winzigen Schlucken, während er die Zeitung las.

Auch Marie war wie immer: Sie lächelte und unterhielt sich mit den Kunden, aber innerlich kochte sie.

Van MacAllister hat einen kleinen Penis, klang es unablässig in ihrem Kopf.

»Hallo Mrs. Peters.« Marie lächelte der älteren Dame zu, die regelmäßig jeden Dienstag kam. Dienstag war *Clam*

Chowder-Tag, und Mrs. Peters liebte dieses Fischgericht. Sie habe seit vielen Jahren solch einen guten Eintopf gesucht, hatte ihr Mrs. Peters einmal gestanden. Marie schätzte sich glücklich, ihren Kunden den besten *Clam Chowder* in der ganzen Stadt servieren zu können. So jedenfalls stand es im *Where* Magazin. Mrs. Peters lächelte zurück, und Marie musste sich das Lachen verkneifen, denn ihre zierliche weißhaarige Stammkundin hatte regelmäßig orangefarbenen Lippenstift auf ihren Zähnen. »Sie waren heute Morgen im Fernsehen großartig.«

»Danke, Mrs. Peters«, sagte Marie. Sie wartete auf die andere Hälfte des Komplimentes. Die weniger schmeichelhafte.

»Aber Sie sehen ein wenig müde aus.« *Da haben wir es ja.* »Sie müssen sich mehr ausruhen.«

»Ich gebe Ihnen vollkommen recht.«

»Sie brauchen einen netten Mann, der Ihnen dabei hilft, das Geschäft zu führen.«

»Ach …« Marie rümpfte die Nase und hielt den Impuls zurück, der 80-Jährigen einfach ins Gesicht zu schreien: *Männer ruinieren mein Leben!* »Männer stehen mir immer nur im Weg herum.«

»Also, wenn ich mich recht erinnern kann, kann das manchmal nicht schaden.« Mrs. Peters zwinkerte ihr zu. Marie hoffte, dass, wenn sie achtzig Jahre alt sein würde, sie immer noch den Wunsch haben würde, dass Männer ihr im Weg herumstanden. *So* im Weg herumstanden.

Nein, das kann manchmal wirklich nicht schaden, dachte Marie, als sie den Eintopf einpackte und die Vollkornbrötchen dazulegte. Außerdem tat sie ein paar winzige Schokoladenkekse in die Tüte, weil sie wusste, dass Mrs. Peters die so gerne mochte. Und, ehrlich gesagt, Marie mochte Mrs. Peters.

Männer konnten etwas, was Marie an ihnen liebte. Sie liebte ihre Körper und ihre Münder und die Dinge, die sie mit ihren Händen tun konnten. Sie liebte es, monogamen Sex in entspannten Beziehungen zu haben. Aber heutzutage hatte sie kaum noch Zeit, sich die Zähne zu putzen, wie sollte sie da noch Männer kennenlernen? Ganz davon zu schweigen, einen Mann zu treffen, den sie anziehend fand, einige Male mit ihm auszugehen, mit ihm zu schlafen und ihm dann zu erklären, dass sie für eine feste Beziehung nicht zu haben sei?

Ich mag euch, Männer, würde sie ihnen sagen, *aber ich vertraue euch einfach nicht. Ich vertraue euch weder mein Leben noch mein Herz an.*

In diesem Falle Simon und Van. Zwei Männer, die glaubten, sie würden nur das Beste für Marie wollen.

Für den Rest des Tages beschäftigte sich Marie damit, in Gedanken noch einmal das Gespräch in Simons Büro durchzuspielen. Sie überlegte sich Dinge, die sie hätte sagen sollen – schlagfertiger und spitzzüngiger. Dieses Spielchen war jetzt zwar frustrierend und unnütz für Marie, aber dennoch amüsant.

»Hey, Marie«, Marie wechselte von der Szene in Simons Büro, in der sie Van einen Kinnhaken versetzte, in das Bistro und drehte sich zu Pete um. »Ähm … ist es in Ordnung, wenn ich jetzt gehe?«, fragte er. Er sah auf seine Uhr. »Ich bin heute schon um sechs Uhr früh hier gewesen.«

»Oh, mein Gott, Pete.« Sie sah auf ihre eigene Uhr. Es war viertel nach sechs abends. Zwölf Stunden. »Geh bloß, ich kann nicht glauben, dass du so lange hier warst.«

»Na ja, es gab viel zu tun.« Er zuckte mit den Schultern, sodass sein grünes »Rage Against the Machine«-T-Shirt Falten warf. »Bis Donnerstag.«

»Schönen Abend, Pete. Und danke noch mal.« Er griff seinen verschlissenen Rucksack aus seinem Fach unter der Kasse und schlurfte aus der Tür.

Marie folgte ihm und drehte das Schild von »offen« auf »geschlossen« um. Sie kämpfte gegen den plötzlichen Impuls, sich hier und sofort auf der Stelle für ein Nickerchen auf den

Boden zu legen. Nur ganz kurz, hier direkt vor der Tür – bis Vans Bluesband sie aufwecken würde.

»Okay, Marie!« Jodi kam aus der Küche in das Restaurant. In der einen Hand hielt sie riesige Bündel mit gebrauchter Plastikfolie, während sie mit dem Fuß einen vollen Wischeimer über den Holzfußboden stieß. »Lass uns kurz aufräumen, und dann nichts wie weg. Ich habe heute Abend eine Verabredung.«

»Oh, wirklich?« Marie stieß sich von der Eingangstür ab und spürte einen kleinen Hauch von guter Laune. Einst war ihr Sexleben legendär gewesen, heute beschränkte es sich auf die Geschichten, die ihr Jodi erzählte, während sie den Boden wischte.

Wie traurig ist das eigentlich, Marie?

»Jemand, den ich kenne?«, fragte Marie und half Jodi, die Plastikfolie loszuwerden.

»Nein.« Jodi schob ihr auffälliges schwarzes Brillengestell wieder auf die Nase. »Ich kenne den Typen schon eine ganze Weile, aber heute ist unsere erste *richtige* Verabredung.« Jodi zuckte mit den Schultern und versuchte, cool auszusehen. Aber man sah es ihr an, dass sie sich auf den Abend freute. Sie glühte förmlich von innen. Marie erkannte diesen Glanz der Jugend und des Übermutes.

Sei vorsichtig, wollte sie sagen. *Bitte pass gut auf dein Herz auf, Jodi.* Sie war jung, ungefähr in dem Alter, in dem Marie Ian in Frankreich kennengelernt hatte. In dem Alter hatte Marie dieses Glühen auch gespürt.

»Oh«, Marie neckte sie, »eine *richtige* Verabredung.«

»Ja, wenn du noch weißt, was ich meine«, ergänzte Jodi gespielt schnippisch über ihre Schulter hinweg.

Marie verstand die Anspielung sofort. »Danke, du bist wieder wahnsinnig komisch heute. Fang lieber an zu wischen.«

»Ich verstehe dich nicht, Marie.« Jodi begann, die schmiedeeisernen Stühle auf die gefliesten Tische zu stellen. Dabei rutschte ihr Hemd ein wenig hoch und gab ein Tattoo preis, das sich in Form einer hübschen Weinranke um ihren Körper wand. In dem gedimmten Licht im Laden leuchtete ihr pink gefärbtes Haar auf.

Wie können Menschen behaupten, ich hätte keinen Schick? Seht euch meine Angestellten an!

»Jeder Mann, der diesen Laden betritt, verliebt sich in dich«, fuhr Jodi fort.

»Wer?«

»Diese zwei heißen Polizisten, die jeden Donnerstag hier Mittag machen. Warum gehst du nicht mit einem von ihnen aus?«

»Weil sie schwul sind.«

»Nein, wirklich?« Jodi sah ein wenig so aus, als wäre sie vom Glauben abgefallen.

»Jodis Ratschläge … wenn es zu schön ist, um wahr zu sein, dann ist es meistens auch nicht wahr.«

»Aber was ist denn mit …«

»Ich bin zu müde, um mich abends mit fremden Männern zu verabreden.« Damit war für Marie das Thema abgeschlossen. Sie gähnte so heftig, dass ihr Kiefer ein Geräusch machte. Aber es stimmte fast. Der Rest hatte mit Ian zu tun. Sie wollte nicht darüber nachdenken.

Marie griff unter die Kasse und drehte die Stereoanlage so auf, dass Jodi keine weiteren Fragen mehr stellen konnte und sie sich nicht mehr an die Vergangenheit erinnerte.

Schon bald trällerte Jodi alte Annie-Lennox-Lieder mit, und Marie begann, die Salate abzudecken. Sie überlegte, welche noch am nächsten Tag frisch genug wären und welche sie neu zubereiten müsste. Sie war gerade dabei, ihren Apfel-Kraut-Salat mit Mohn mit Folie zu bedecken, als sie wieder so einen Moment hatte. Davon gab es in der letzten Zeit reichlich.

Sie sah sich in ihrem Bistro um. Es war genauso eingerichtet, wie sie es haben wollte: helle Farben, ihre Salatdressings und Chutneys standen in den Regalen. Die antike Espressomaschine hatte zwar ein Vermögen gekostet, aber sie verlieh dem Raum etwas Besonderes. An den gefliesten Tischen standen bunt zusammengewürfelt unterschiedliche schmiedeeiserne Stühle. All das gehörte ihr. Aber etwas in ihr, eine winzige, aber deutliche Stimme, sagte, dass es trotzdem nicht das Richtige war.

Wir haben doch schon darüber gesprochen, Marie, ermahnte sie ihre erwachsene innere Stimme. *Willst du so enden wie deine Mutter?* Selbstverständlich lautete die Antwort auf diese Frage *Nein*!

Als Marie noch klein war, zog ihre Mutter, Belinda, mit Marie und ihrer älteren Schwester Anna immer nach ein paar Monaten um, um sich einen besseren Job zu suchen und die regelmäßig unaushaltbare Beziehung hinter sich zu lassen. Das Ergebnis war, dass sie ähnliche schlechte Jobs und Männer fand, nur in anderen Städten. Es war ein Muster, das auch Marie verfolgte, bis sie mit einem gebrochenen Herzen und ohne einen Cent in der Tasche in Frankreich gestrandet war.

Das war der Moment gewesen, als sie davongelaufen und nun hier in der Gastronomie gelandet war.

Marie war eine gute Chefin und eine gute Köchin. Aber um ehrlich zu sein, war es für sie ungewohnt, so viel Verantwortung zu tragen. In den letzten siebenundzwanzig Jahren war sie für nichts verantwortlich gewesen: weder für ein Haustier noch für eine Zimmerpflanze, ihr Liebesleben oder ihre Karriere. Und als sie vor einem Jahr diesen Laden kaufte, hatte sie keine Vorstellung davon, was sie erwarten würde. Sie hatte sich eingeredet, dass alles bald besser laufen würde. So sicher war sie sich darin gewesen. Sie glaubte, dass wenn sie erst einen zweiten Bäcker und weiteres Personal eingestellt hätte, auch der Druck nachlassen würde. Aber dann ging die Spülmaschine kaputt, und Ariel war mit dem Geld verschwunden.

Und jetzt gab es außerdem auch noch Van.

Der CD-Spieler wechselte die CDs automatisch, und nun wurde Annie Lennox durch eine ruhigere Ella Fitzgerald ersetzt.

»Also, denkst du wirklich darüber nach, mit der Sendung aufzuhören?«, fragte Jodi und fegte den Staub von der Schippe in den Mülleimer.

Marie seufzte. Weitermachen. Aufhören. Sie wurde verrückt. Natürlich wollte sie die Show weitermachen. Eine wöchentliche Sendung im Fernsehen. Damit ging ein Traum für sie in Erfüllung. Aber mit Van MacAllister wurde das Ganze eher zum Albtraum.

»Ich weiß es auch nicht«, sagte sie ehrlich. Sie schaltete das Licht in der Salatvitrine aus, und sofort wurde es im hinteren Teil des Raumes dunkel.

»Der Typ hat vielleicht Nerven, ne?«, fragte Jodi. Sie wrang den Wischmop aus und fing an, den Holzfußboden zu reinigen. »Das nenne ich, sich an den Erfolg von jemand anderem ranzuhängen.«

»Erzähl mir mehr davon«, murmelte Marie.

»Aber du wirst schon mit ihm fertig«, stellte Jodi fest.

»Natürlich werde ich mit ihm fertig.« Marie hatte niemals infrage gestellt, dass sie das Problem Van MacAllister lösen würde. Van MacAllister, der Grillmeister mit dem Glorienschein.

»Also, du machst die Sendung und wirst dafür sorgen, dass du die Bedingungen stellst.« Jodi hielt einen Moment inne, um sich die pinkfarbenen Ponysträhnen aus dem Gesicht zu pusten. »Weil es bestimmt eine tolle Sendung wird, mit euch beiden. Es gibt jede Menge Potenzial, dass ihr euch die Zutaten gegenseitig um die Ohren haut. Und darum geht es doch schließlich, oder?« Jodi sah sie an und wandte sich dann wieder dem Eimer zu, um ihn zurück in die Küche zu schieben. »Lass dir alles schriftlich geben, Marie«, rief ihr Jodi von hinten zu. Marie hörte, wie das Wasser nach draußen in den Kräutergarten gegossen wurde, während Jodis Ratschlag noch in Maries Kopf summte.

Alles schriftlich. Natürlich. Das war so erwachsen, kein Wunder, dass ihr diese Idee bisher noch nicht gekommen war.

»Denn eine wöchentliche Halbstunden-Show ist immer noch eine wöchentliche Halbstunden-Show.« Jodi kehrte in den Gastraum zurück und wischte sich die Hände an ihrer tief sitzenden Jeans ab. »Hab ich recht?«

»Woher weißt du das alles, Jodi?« Marie war stolz auf ihre punkige stellvertretende Geschäftsführerin.

»Lass dich von meinen gefärbten Haaren nicht irreführen.« Jodi lächelte und stemmte die Hände auf die schmalen Hüften. »Ich gehöre zum oberen Drittel meines Jahrgangs in Berkeley.« Sie atmete aus und zog die Schultern hoch. »Ich bin weg. Wir sehen uns morgen früh.«

Jodi griff nach ihrer Tasche und schlenderte zur Tür.

Marie begann, die Tageseinnahmen zu zählen, und fragte sich dabei, ob sie wirklich in der Lage wäre, die Sendung zu machen, sich mit Van auseinanderzusetzen und gleichzeitig ihr Geschäft aufzubauen. Sie war gut, aber war sie dafür gut genug?

Die Türglocke schellte, als Jodi das Bistro gerade verlassen wollte.

»Nacht, Jodi«, rief Marie hinaus, während sie das Kleingeld zählte.

»Guten Ab...« Jodi sprach den Satz nicht zu Ende, und Marie sah vom Tresen auf. »Hier ist jemand für dich.« Jodi kam ins Restaurant zurück – dicht gefolgt von Van MacAllister.

Es war so, als würde der Antichrist den Raum betreten.

»Wir haben geschlossen.«

Er trug nicht mehr seine schwarze Kleidung von vorhin, sondern seine schwarze Kochuniform. Sein Name und der seines Restaurants, Sauvignon, waren über seinem Herzen in Rot eingestickt.

»Das habe ich bereits bemerkt, aber ich habe gedacht, vielleicht können wir uns unterhalten.« Er kam ein paar Schritte auf sie zu. Die Vorhänge wehten ein wenig. Die Luft wurde schwerer. Marie hatte das Gefühl, die ganze Atmosphäre um sie wurde dichter und drückte auf sie nieder.

»Wegen der Show – ich habe noch keine Entscheidung getroffen«, sagte sie ihm in der Hoffnung, ihn und die seltsame Energie, die er versprühte, möglichst schnell loszuwerden.

Er nickte, sagte aber nichts. Stattdessen sah er sich im Restaurant um. Sein Blick registrierte jede Kleinigkeit, schätzte ihren Wert, sodass Marie kurz davor war, aufzuspringen und sich schützend vor ihre Chutneys zu stellen.

Es war beeindruckend, wie die feminine Atmosphäre des Bistros Vans Männlichkeit nur umso deutlicher herausstrich. Groß, breit, nicht wirklich gut aussehend. Auf seltsame Art wirkte er in dem hellblauen Raum dominant. Diese Wirkung wurde von den falschen Weinreben, die sich um die Holzpfosten und die Deckenbalken rankten, noch verstärkt. Er griff nach oben und berührte die Plastikblätter, worauf eins herunterfiel.

»Entschuldigung«, sagte er, zwinkerte und steckte sich das künstliche Blatt in die Jackentasche.

Marie zuckten tausend Gedankenblitze gleichzeitig durch den Kopf.

»Also, Mr. MacAllister, wir haben uns im Moment wohl nichts zu sagen.« Statt einer Antwort, beugte er sich zu einem Regal hinunter, um die Etiketten auf ihrer selbst gemachten Salatvinaigrette zu inspizieren – was Maries Laune nicht gerade beflügelte.

»Kaufen die Leute das wirklich?«, frage er, als stünde er vor einem Kleiderständer mit Unterwäsche in einem Secondhandladen.

»Ja, das tun sie.«

»Erstaunlich.« Sein Tonfall machte deutlich, dass er es nicht glauben konnte.

Marie atmete tief ein und aus und dachte an ihre Yoga-Übungen, aber das hatte keinerlei Einfluss auf ihre Gedanken. »Mit dieser Erkenntnis könnten Sie jetzt eigentlich gut wieder gehen.« Jodi fing zu lachen an, und Marie wandte sich zu ihrer Mitarbeiterin um. Was sollte sie jetzt tun? »Van …«

»Ihr Restaurant ist hübsch, Mrs. Simmons. Es sieht wunderbar aus. Ich habe schon Fotos davon gesehen, aber in Wirklichkeit ist es noch schöner.«

Marie fiel die Kinnlade herunter. Sie war so überrascht, dass sie für einige Zeit nichts herausbrachte. Erst als sie sich endlich so weit gesammelt hatte, um ihm zu antworten, drehte er sich zu ihr herum.

»Ich bin hergekommen, um mich für meinen Teil von heute Morgen zu entschuldigen. Sie sind in einen Hinterhalt geraten.« Mit einem trotteligen Lächeln hielt er ihr eine Flasche Wein hin. Sie verlagerte ihr Gewicht auf ein Bein und lehnte sich gegen die lange Holztheke. Der Boden schwankte unter ihren Füßen. *Van entschuldigt sich? Bringt Geschenke vorbei? Vielleicht lag ich falsch …*

Sie drehte sich zu Jodi um, die Van anstarrte, als wäre er in einer goldenen Kutsche vorgefahren. »Jodi, danke. Du kannst ruhig schon nach Hause gehen«, sagte sie.

»Kommst du allein klar?«, fragte Jodi leise, als beide Frauen beobachteten, wie Van MacAllister sich bückte, um einen Blick in die Vitrine mit dem Nachtisch zu werfen. Marie genoss einen Moment lang diesen Anblick. *Grauenvolle Augenbrauen, aber die Rückansicht ist nicht schlecht.*

»Warum sollte ich nicht klarkommen?«

Van richtete sich wieder auf und betrachtete die Decke des Restaurants. »Er sieht … gefährlich aus«, flüsterte Jodi.

Ehrlich gesagt, musste Marie ihr recht geben, aber sie verdrehte nur die Augen und schob ihre Assistentin zur Tür. »Du brauchst ein wenig Schlaf. Bis morgen.«

»Tue nichts, was ich nicht auch tun würde«, flüsterte Jodi und lief zur Tür hinaus.

Er ging zur Salatvitrine herüber. »Ich werde gehen – aber erst, nachdem wir uns unterhalten haben.« Er klopfte mit dem Fingerknöchel gegen das Glas. »Haben Sie die gebraucht gekauft? Sie sieht gebraucht aus. Kann man das Licht anschalten?«

Unglaublich. Der Mann war einfach … unglaublich. Marie richtete sich auf und ging zur Vitrine herüber, legte ihre Arme darauf und kam seinem Gesicht damit sehr nahe.

»In diesem Fall spreche ich im Zweifel für den Angeklagten«, sagte sie mit einem Lächeln, das schwer einzuschätzen war, »und ich nehme an, dass Ihnen nicht klar ist, wie unglaublich unverschämt Sie sind.«

Er stellte sich aufrecht hin, offensichtlich hatte sie ihn aufgeschreckt. »Es tut mir leid.« Er zwinkerte unbewusst mit den Augen. »Wirklich. Es tut mir wirklich leid, Mrs. Simmons. Ich hatte nicht vor, hier hereinzumarschieren und Sie noch wütender zu machen. Ich war noch nie hier und … es ist …« Er atmete tief ein, mit der Hand berührte er seinen Mund, dann seine Narbe.

Das ist zum Niederknien, dachte sie und wusste sehr wohl, dass sie sich von dieser kleinen Geste der Reue nicht beeindrucken lassen durfte. »Waffenstillstand. Ehrlich.« Er stellte die Weinflasche auf die Vitrine, und Marie bemerkte, dass Van ernst zu nehmende Munition in Form einer Hundertdollarflasche Shiraz mitgebracht hatte.

»Lassen Sie mich uns einen Wein einschenken. Ich probiere mal Ihren marinierten Rübensalat, von dem die ganze Stadt schwärmt, und dann reden wir über *AMSF*?«

Er lächelte. Aufrichtig und warm, und das änderte alles. Sein Gesicht wurde dadurch interessanter. Noch etwas anderes lag in seinem Ausdruck. Er wurde auf einmal attraktiv.

»Mrs. Simmons?« Ihr wurde schlagartig bewusst, dass sie Van eine Weile angestarrt hatte.

»Sicher«, sagte sie viel zu laut. Plötzlich lief sie auf Hochtouren, obwohl ihr völlig klar war, dass in ihrem übermüdeten und ansatzweise romantischen Zustand mit diesem Kerl eine Flasche Wein zu trinken zu nichts Gutem führen würde. »Warum nicht?«

»Ist das ein Fresko?« Er deutete an die Decke.

»Ja.«

»Sind das …?« Er legte den Kopf in den Nacken und kniff die Augen zusammen.

»Ja, das sind Putten, die Schürzen tragen«, erklärte sie ihm mit hektischem Atem. Sie wünschte sich fast, er würde in seinen rüden Ton zurückfallen. Mit einem unhöflichen Van wusste sie umzugehen.

»Und?« Van sah sich im Restaurant um: Überall standen die Stühle auf den Tischen. Er sah sie an. Er hob eine Augenbraue mit einem wortlosen Befehl beziehungsweise mit einer Frage.

»Nehmen Sie sich einen Stuhl.« Sie deutete auf die Stühle auf den Tischen. »Ich besorge uns zwei Gläser.«

»Kein Rübensalat?«, fragte Van, und Marie fiel es schwer, seinen Tonfall zu interpretieren. Erheitert?

»Kein Rübensalat«, informierte sie ihn. Sie nahm zwei Rotweingläser aus dem Regal und setzte sich zu ihm an einen Tisch. Er hatte zwei Stühle heruntergestellt und zog dann aus einer seiner großen Jackentaschen einen Korkenzieher. Mit ruhigen, routinierten Bewegungen hatte er die Flasche in Sekunden entkorkt. Marie schaute fasziniert zu.

»Die Fotos von Ihnen werden Ihnen nicht gerecht«, sagte er und konzentrierte sich auf die vor ihm liegende Aufgabe. Marie kniff ihre Augen zu schmalen Schlitzen zusammen. Sie hätte sich denken können, dass Van mit Komplimenten anfängt. Aus irgendwelchen Gründen hatten die Gene ihrer Eltern es gut mit ihr gemeint, und einige Männer schienen zu glauben, dass der Brustumfang einer Frau in antiproportionalem Verhältnis zu der Größe ihres Gehirns stand. Marie lauerte nur auf einen unverschämten Kommentar über ihren Busen oder ihre Augen oder …

»Sie sind in Wirklichkeit viel größer.«

Sie schluckte. Ihr Ärger verpuffte, als sein Blick ein wenig zu lang und ein wenig zu warmherzig auf ihrem Gesicht ruhte. Es gab Dinge, die er zurückhielt.

»Sie sind in Wirklichkeit viel kleiner.«

»Der muss noch atmen.« Van stellte die Flasche an den Rand der Tischplatte, als würde ihm der Laden gehören. Marie biss die Zähne zusammen. Er schlug mit männlicher Eleganz die Beine übereinander und machte es sich bequem.

Klein und süß, Marie.

»So viel Zeit haben wir nicht, Mr. MacAllister.« Sie griff nach der Flasche und füllte ihnen routiniert exakt zwei Zentiliter Wein in jedes Glas.

»Salute.« Sie stieß mit ihm an und trank dann einen Schluck von der dunkelroten Flüssigkeit. Er war fantastisch: weich, dunkel. Der Wein war in Eichenfässern gelagert. Es war die Sorte Wein, die sie liebte.

»Der ist wunderbar.«

»In zehn Minuten würde er sogar noch besser schmecken«, gab er kurz zurück. Die Schärfe seines Kommentars entsprach nicht seinem Tonfall, als wüsste er, was sie vorhatte. Er lächelte sie spitzbübisch über den Rand seines Weinglases hinweg an. Seine schmalen Finger hielten den Stiel des Glases fest, während er es schwenkte.

Oh mein Gott, dachte sie, bevor sie sich wieder im Griff hatte.

»Kommen wir also zur Sache, Mr. MacAllister.« Marie lehnte sich auf ihrem Stuhl zurück. Sie würde ein Glas dieses wunderbaren Weines trinken und dann den Piratenkoch zurück auf sein Schiff schicken. Sie setzte gerade an, um ihm zu sagen, was sie von ihm dachte, da kam er ihr zuvor.

»Sie sind ein Feigling«, unterbrach er die Stille.

4. Kapitel

»Wie bitte?« Sie traute ihren Ohren nicht. Er nannte sie einen Feigling, sie, die Berge bestiegen und Flüsse mit Paddelbooten bezwungen hatte, die ihr eigenes Geschäft eröffnet hatte, bevor sie ihren dreißigsten Geburtstag feierte – sie ein Feigling?

»Sie haben richtig gehört.« Er nahm noch einen Schluck und stellte sein Glas zurück auf den Tisch. »Sie haben Angst davor, dem Vergleich nicht standhalten zu können …«

»Vergleich?« Marie wiederholte das Wort, denn ihr Kopf brummte immer noch wegen des Begriffs Feigling. *Ist das eine Herausforderung? Will er mich herausfordern?* Maries innerer DeNiro wurde unruhig.

»Genau. Die Zeitung schreiben immer häufiger, dass mein Restaurant …«, er hob die Schultern, so als sei es ihm peinlich, »… schick sei, Maries Bistro hingegen …« Er rümpfte ganz leicht die Nase. »… gutbürgerlich.«

»Was ist an gutbürgerlich schlecht?«, fragte Marie und bemühte sich, nicht allzu selbstgerecht zu klingen. »Vielleicht haben Sie die Schlagzeile übersehen, in der ich als neue Göttin des guten Geschmacks tituliert werde?«

»Nein, aber ich habe auch die gelesen, die sie piefig nannte.«

»Warte, du Scheißkerl.« Maries Weinglas landete mit einem Ping auf der Tischplatte. *So viel zum Thema reifes Verhalten.* »Das ist genau der Grund, warum ich mit der Show nicht weitermache. Ich werde nicht länger mit Männern zusammenarbeiten, die ich nicht leiden kann …«

»Auch nicht, wenn es bedeutete, die Schulden abzubezahlen? Aus dem Apartment über Ihrem Restaurant auszuziehen?« Wieder diese Augenbraue, wieder die leichte Erhöhung von Maries Körpertemperatur. »Marie, Sie mussten ein altes Lagerhaus in dieses Restaurant verwandeln …« Er sah sich wieder um, und Marie knirschte mit den Zähnen. »Dieses Restaurant hat Charme. Ich weiß. Ich habe das Gleiche gemacht, und ich weiß auch, was es gekostet hat.«

»Ihr Laden musste kaum renoviert werden«, setzte sie hinzu und biss sich auf die Zunge. MacAllister hatte keine Ahnung, gegen wen er sich in der Versteigerung durchsetzen musste, und er brauchte es auch nicht zu wissen.

»Das dachte ich auch, als ich die Räume gekauft hatte, es war fast alles saniert. Aber dann brach das Abwassersystem zusammen.«

Marie lachte und schlug sich dann erschrocken die Hand vor den Mund. Vans Blick machte deutlich, dass er einen Zusammenbruch der Wasserleitungen nicht annähernd so komisch fand wie sie. Marie versuchte, schnell wieder ihre Mimik in den Griff zu bekommen und ein mitleidiges Gesicht aufzusetzen, aber innerlich wieherte sie vor Lachen.

»Es dauerte drei Monate, um den Schaden zu reparieren, und weitere zwei Monate, um den Geruch aus den Räumen zu bekommen. Es hat mich Tausende gekostet.«

Marie nahm noch einen Schluck Wein, um ihr Grinsen zu verbergen. Plötzlich wirkte der defekte Geschirrspüler nicht mehr so schlimm.

»Das ist ja …« Sie bemühte sich, nicht zu lachen, »furchtbar.«

»Genau, deswegen kommen mir die Show und damit die Gage gerade recht.«

»*AMSF* zahlt nicht viel«, wies ihn Marie hin.

»Aber Marie«, sagte Van und lehnte sich vor. Seine schwarzen Augen fixierten sie, sodass ihr Herz schneller schlug. »Sie und ich wissen sehr gut, dass es nicht um die Gage geht. Es geht darum, welche Wirkung die Sendung auf unsere Geschäfte haben kann. Stellen Sie sich vor, wie viele Gäste wir haben werden. Maries Bistro wird jeden Tag für den Brunch voll sein, nicht nur am Sonntag. Stellen Sie sich vor, wie die Leute hier in Dreierreihen für ihre Brötchen anstehen werden, und nicht nur nachmittags um drei, sondern den ganzen Tag lang. Stellen Sie sich vor, wie die Touristen herkommen werden, weil die ganze Nation weiß, dass es Sie gibt.«

Es war, als habe er ihr Herz geöffnet und darin alle ihre Träume gesehen. Ihr Kochimperium. Sie sah vor ihrem inneren Auge Schlangen auf der Straße, der nächste Schritt wäre die Catering-Firma, der übernächste die Einstellung einer Buchhalterin. Sie stellte sich vor, drei Tage lang nichts anderes zu tun, als zu schlafen. An einem Strand. In Mexiko.

»Stellen Sie sich vor, Sie hätten keine Schulden mehr.« Van lehnte zurück. »Schuldenfrei.« Er schüttelte den Kopf und war selbst ein wenig von seinem Tagtraum verzaubert.

»Wie hoch sind Sie verschuldet?«, fragte Marie.

»Hoch genug, dass … ah …« Er nahm noch einen Schluck Wein und schnippte ein angetrocknetes Tomatensamenkorn von seinem Knie. Marie horchte auf. »Ich … bitte Sie … machen Sie die Show. Sie werden ein großer Star werden.« Marie konnte nur noch blinzeln, als er fortfuhr: »Und mir ist bewusst, dass ich auf Ihren fahrenden Zug aufspringe, aber ich glaube, dass wir mit einer wöchentlichen Fernsehshow unser Geschäft richtig in Gang bringen könnten.«

Sie ließ sich Zeit, nippte an ihrem Wein, spielte mit einem ihrer silbernen Armbänder und ließ sich durch den Kopf gehen, was Van MacAllister gerade gesagt hatte. Er hatte sich ihr offenbart, war verwundbar, und Marie konnte diesen Moment einfach nicht ruinieren, indem sie »Hab ich dich!« ausrief, obwohl ihr danach zumute war. Eine Frau bekommt solch einen Leckerbissen nicht jeden Tag vorgesetzt. Jodis Worte fielen ihr ein, sich alles schriftlich geben zu lassen. Das könnte funktionieren, dachte Marie, als sie durch das Weinglas hindurch auf die vergrößerten Fliesen starrte. *Es könnte funktionieren.*

Endlich sah Marie auf und musste fast laut auflachen: Der Stolz von Van MacAllister schien ihm auf den Magen geschlagen zu sein. Er sah aus, als litte er unter einer Lebensmittelvergiftung.

Er schluckte, sah zu ihren Küchenputten auf und atmete tief ein: »Und?«, fragte er mit gepresster Stimme.

Marie lachte aus ganzem Herzen, wie sie es schon seit Wochen nicht mehr getan hatte. »Oh, das war schwierig, wie?« Sie wischte sich eine Träne aus dem Augenwinkel.

»Machen Sie es, oder lassen Sie es?« Er bellte fast.

»Kommen Sie, Van. Sie haben doch sicherlich schon von dem Kampf Honig gegen Essig gehört, oder?« Sie nahm noch einen Schluck Wein.

»Was wollen Sie?«

Ah, jetzt geht es los.

»Keinen Blues mehr mittwochs und donnerstags.« Sie streckte den Arm nach der Flasche aus und füllte nach.

»Machen Sie sich nicht lächerlich«, wies er sie zurecht.

»Sie sind derjenige, der gerade noch ›Bitte‹ sagte.«

»Ich mache um eins zu.«

»Um zehn.«

»Mitternacht.«

»Zehn.«

»Okay, zehn. Mittwochs. Donnerstags geht es nicht.«

Das war genau das, worauf sie hinauswollte. Sie grinste ihn an. »Das war doch nicht so schwer, oder?«

»Also das war es? Sie machen es?«, fragte er und kniff die Augen zusammen.

»So einfach ist das nicht, Van.« Sie schüttelte den Kopf und stand auf. Sie fand ein Notizheft und einen Stift neben der Kasse und legte sie auf den Tisch, wo Van müde auf sie wartete.

»Heute habe ich etwas Wichtiges gelernt«, hob sie an, als sie durch das Heft blätterte, um eine freie Seite zu finden.

»Simon ist nur auf seinen Vorteil aus und darauf, gute Quoten zu haben, obwohl er mir weismachen will, er wolle nur mein Bestes. Das …«, sie zuckte mit den Schultern, »kann ich ihm nicht vorwerfen. Also muss ich mich selbst um meine Belange kümmern.«

»Hätte ich meinen Rechtsanwalt mitbringen sollen?«

»Keine Sorge, ich lasse meinen Rechtsanwalt etwas ausarbeiten«, sagte Marie, und es war ihr ernst damit. Sie war nicht mehr das nette Mädchen von nebenan.

»Marie?« Sie sah auf und war in dem Moment erschrocken über seinen Ton und die flackernde Energie, die von ihm ausging. Er glühte, und ihr Körper reagierte darauf. Ihr Herzschlag verschnellerte sich, und das Blut schoss ihr ins Gesicht. »Werden Sie die Show weitermachen?«

»Mit einigen kleineren Änderungen.« Sie nickte. »Ja, ich mache weiter.«

»Na dann … prost!« Er hob sein Glas.

»Lassen Sie uns mit dem Feiern noch ein wenig warten.« Marie sah ihn an. »Da ist noch etwas: Keine weiteren Besprechungen mehr, bei denen ich nicht anwesend bin! Wir werden beide immer gemeinsam mit Simon sprechen.«

Van wiegte den Kopf von einer Seite zur anderen und betrachtete sie aufmerksam. »Sie haben nicht viel Vertrauen, oder?«, fragte er.

»Oh, ganz im Gegenteil. Ich bin wahrscheinlich zu vertrauensselig.«

Er lachte. »Das kaschieren Sie aber ganz gut …«

»Nur wenn es um Männer und ums Geschäft geht, da bin ich vorsichtig.« Und wieder spürte Marie die seltsame physische Anziehungskraft, die von seinem Blick ausging. Es war, als würde er sie berühren, mit ihren Haaren spielen, in ihre Taschen schauen, um zu sehen, ob sie dort etwas verbarg.

»Sie können mir vertrauen, Marie.« Das war sein Ernst. Marie schluckte. Es steckte in ihr drin, ihm zu vertrauen. Sie war so: Sie glaubte jedem. Aber es zahlte sich einfach nicht aus, jedem zu vertrauen.

Sie zuckte. »Das werden wir sehen.« Sie beugte sich wieder über ihr Blatt Papier und begann eine Liste mit ihren Forderungen, von denen sie glaubte, sie würden sie vor Van MacAllister beschützen können.

Das Restaurant war montags geschlossen, und nachdem Marie den Sauerteig für die Vorspeisen angesetzt und den anderen Teig geprüft hatte, rief sie ihre Schwester Anna an. Nichts hielt sie mehr bei der Arbeit und bei den Büchern. Anna wollte shoppen gehen. Normalerweise machte Marie einkaufen oder ein Schaufensterbummel Spaß, aber irgendetwas war heute anders.

Es war ihr erster freier Tag nach langer Zeit, die ihr wie Monate vorkam, aber heute hatte sie absolut keine Lust, sich Babybettwäsche anzuschauen. Aber sie hatte ihre Schwester seit Ewigkeiten nicht mehr gesehen, oder jedenfalls länger nicht mit ihr gesprochen. Also gab sie nach, als Anna vorschlug, Klamotten für das Kind zu kaufen und essen zu gehen.

»Das hier ist hübsch.« Anna sah sich ein Kinderzimmer an, das wie ein Western-Saloon eingerichtet war. Es gab ein Cowboy-Massaker: Hüte so groß wie Häuser, Lassos und kopflose Pferdekörper, die überall verstreut waren.

»Das ist niedlich, oder?« Anna sah Marie mit ihren blauen Augen an. Armes Ding, dachte Marie, du hast einfach keine Ahnung.

»Das ist niedlich, wenn du dein Kind wie Clint Eastwood aufziehen willst.«

»Es taugt nichts?« Anna sah sich noch einmal die Wiege an und rieb sich ihren dicken Bauch.

»Süße, du hast schon immer einen schlechten Geschmack gehabt«, scherzte Marie, während Anna das Gesicht verzog.

Marie schaute über die Köpfe der Mütter, die sich auch bei *Baby und Bauch* aufhielten, der Alles-in-einem-Kauferfahrung für werdende Mütter. Oder wie Marie fand: die Hölle auf Erden.

»Lass uns bloß hier raus«, sagte Anna mit einem Seufzer. »Ich brauch jetzt Fleisch.« Marie verdrehte die Augen. Anna, die dünn wie ein Strich war, mal von ihrem riesigen Bauch abgesehen, hatte einen Metabolismus wie ein Maulwurf.

»Es ist zehn Uhr an einem Montag.«

»Ich weiß«, sagte Anna und sah auf die Uhr. »Ich sollte jetzt wirklich arbeiten.«

»Auf keinen Fall«, beharrte Marie. »Wir arbeiten heute nicht, darauf haben wir uns geeinigt.« Sie verließen das Geschäft und gingen auf die Church Street hinaus.

Wenn Marie Anna den Ablauf des Tages bestimmen lassen würde, kämen die beiden aus Restaurants und Cafés nicht hinaus. Bei dem Anblick von noch mehr Essen würde Marie zusammenbrechen. Deswegen bestimmte sie jetzt, wie es weiterging.

»Wir holen dir ein Sandwich. Ich weiß auch schon, wo.« Marie hielt die Hand raus, um ein Taxi heranzuwinken, ohne Anna die Chance zu geben, zu widersprechen.

»Das hört sich nicht gut an«, grummelte Anna.

»Vertrau mir.«

»Das hört sich wirklich nicht gut an«, sagte Anna zögerlich.

Dreißig Minuten später steckten die beiden ihre großen Zehen in ein kleines Whirlbecken, das die Vorbereitung für eine Luxuspediküre in einem der teuersten Wellnessclubs der Stadt war. Oder, wie Marie es formulieren würde: der Himmel auf Erden.

Marie lächelte und schloss die Augen. Die Entspannung tat ihr gut. Und sie freute sich bereits auf die knallroten Zehennägel am Ende. Pediküre war ein Geschenk des Himmels.

Die Luft duftete nach Kräutern, gleich würde eine Frau kommen und ihr die Füße massieren, und sie war zusammen mit ihrer Schwester. Was könnte schöner sein?

Nackte Männer, beantwortete Marie ihre eigene Frage. *Gut aussehende nackte Männer, die nicht redeten, mit gepflegten Augenbrauen.*

Marie griff mit ihrer Hand über die kleine Lücke zwischen ihren Sesseln hinweg und drückte Annas Hand. Anna seufzte und erwiderte den Druck.

»Wie läufts mit der Show?«, fragte sie.

»Morgen habe ich einen Termin mit Simon.«

»Hast du eine Ahnung, was du ihm sagen wirst?«

»Keine Ahnung, aber ich glaube, es wird so laufen wie *Soul Food*, weißt du?« Marie versuchte in einer einzigen Handbewegung alles einzufangen, was in der Sendung drinsteckte. »Etwas anderes. Wer will schon sehen, wie wir in einer Kochuniform Hühnchen zubereiten?«

»Ich würde gern Van ohne seine Uniform sehen«, lechzte Anna.

Marie setzte sich auf. »Du kennst ihn doch gar nicht.«

»Natürlich kenne ich ihn. Sam und ich waren vor einigen Tagen im Sauvignon essen. Er sieht schon ganz ordentlich aus.« Anna lachte und öffnete faul die Augen.

»Sauvignon?« Marie schnappte nach Luft und drehte sich zu ihrer Schwester um. Der Schrecken stand ihr ins Gesicht geschrieben. »Ihr seid dorthin zum Essen gegangen?«

Gab es denn in dieser Familie überhaupt keine Loyalität?

»Ja, wir hatten Appetit auf Steak. Ich dachte, du hättest ihm das verziehen, was er in dem Interview gesagt hat.«

Marie schloss die Augen und drehte den Regler ihres Sessels auf die nächste Stufe. »Ich habe ihm verziehen. Das stimmt. Ich bin froh, dass ihr dort wart.«

»Du musst einfach zugeben«, sagte Anna, »dieser Mann sieht fantastisch aus.«

»Ich weiß nicht, ob ich das fantastisch nennen würde.« Marie überlegte, wie dieser Mann für sie aussah. Sie war nicht bereit, ihr Urteil über sein Aussehen zu revidieren, auch wenn ihre Hormone ihre Entscheidung längst gefällt hatten.

»Ja, vielleicht sieht er ungewöhnlich aus.«

»Also hast du es auch bemerkt.«

»Es ist schwer zu ignorieren. Seine Augenbrauen erinnern an ein Mehrfamilienhaus für Vögel.«

»Ich finde ihn sexy«, murmelte Anna. »Sehr, sehr sexy.«

Marie dachte daran, wie Van MacAllister in dem schummrigen Licht ihres Restaurants gesessen hatte, seine Augen lebendig und warm, und wie sein Blick auf ihrem Gesicht ruhte. Ihr wurde heiß, wenn sie nur daran dachte.

»Ich widerspreche nicht, was das ›sexy‹ angeht.«

»Also wirst du …« Anna sprach den Satz nicht zu Ende. Marie versuchte mit einem Auge zu erkennen, was Anna damit meinte. Ihre Schwester blitzte sie an wie ein Teenager, der nur Sex im Kopf hatte.

»Nein, werde ich nicht.« Marie schloss ihr Auge wieder. »Ich bin erwachsen, Anna.« Kaum hatte sie den Satz beendet, war Anna in schallendes Gelächter ausgebrochen.

»Es tut mir leid, aber es ist einfach lustig, wie du sagst, du würdest dich wie ein erwachsener Mensch benehmen. Es ist so, als sagtest du, du würdest jetzt endlich mal vernünftig sein.«

»Ich finde das nicht so witzig. Ich werde nicht mein Geschäft für eine Nacht mit Mr. MacAllister aufs Spiel setzen.«

»Du weißt doch gar nicht, ob es bei einer Nacht bleibt.«

»Anna!« Marie griff ihre Hand und sah ihr ins Gesicht. »Jeder Mann würde mit mir nur eine einzige Nacht verbringen. Zurzeit habe ich weder die Zeit noch die Lust, mit jemandem etwas Ernsthaftes anzufangen.« Sie betonte das Wort ernsthaft wie etwas Schmutziges. Seitdem sie von Ian in Frankreich so enttäuscht worden war, hatte sie es sorgfältig vermieden, eine feste Beziehung je wieder in Betracht zu ziehen.

»Das ist wirklich schade, Marie«, sagte Anna mit ernster Stimme. »Weil eine ernsthafte Beziehung etwas sehr sehr Schönes ist.«

Marie knurrte und wandte sich von ihrer Schwester ab. »Stopp«, grummelte sie, »eine weitere Geschichte über die Freuden der Ehe kann ich im Moment nicht ertragen.«

»Alles, was ich dir sagen will, ist …«

»Lass uns lieber über deinen kleinen Cowboy reden«, lenkte Marie vom Thema ab. Sie wusste, wenn Anna erst einmal anfangen würde, über das Baby zu sprechen, gäbe es in den nächsten Stunden kein anderes Thema mehr. »Du siehst glücklich aus«, stellte Marie fest.

Bei diesen Worten überkam sie eine Welle der Melancholie. Auch sie war glücklich, gestand sie sich ein. Vielleicht auf eine andere Art als in der des wachsenden Mutter-Kind-Glücks, aber doch glücklich. Sie hatte andere Wege gefunden, zufrieden und ausgefüllt zu sein.

»Ja, ich bin glücklich«, sagte Anna mit einem kleinen Lächeln, dessen Sprache Marie nicht verstehen konnte.

Marie schloss die Augen und versuchte, sich auf die Pediküre zu konzentrieren. *Wöchentliche Fernsehauftritte, boomendes Geschäft. Was brauche ich mehr?*

5. Kapitel

Giovanni MacAllister lehnte gegen die Tür seines schwarzen scheckheftgepflegten 1963er MG-TD-Cabriolets. Es war sein ganzer Stolz, und zuvor war es der ganze Stolz seines Vaters gewesen. Er schüttete seinen schlechten Espresso hinunter (seine Mutter würde ihn erschießen, wenn sie erführe, dass er bei einer Kaffeehauskette einen Espresso trank) und sehnte sich mit jeder Faser seiner müden Existenz nach einer Zigarette.

Nur eine. Nur eine halbe. Einen Zug. Im Moment würde er sich sogar mit dem Secondhandrauch eines anderen Rauchers begnügen. Nur ein Hauch von einer Zigarette. Es gab immer wieder Situationen wie diese, in der er sich fragte, warum er überhaupt das Rauchen aufgegeben hatte. Was waren am Ende seines Lebens diese qualvollen Jahre ohne Zigarette wert?

Van versuchte den Wert einiger zusätzlicher Jahre nach seinem achtzigsten Geburtstag abzuschätzen, wenn er senil war und Windeln tragen musste. Dagegen stand jetzt die einzigartige Befriedigung, die ihm in diesem Moment das Nikotin schenken würden. Er tastete seine schwarze Lederjacke nach seiner Notzigarette ab, besann sich aber, dass er sie vor einer Woche nach seiner kleinen Verhandlung mit Marie Simmons geraucht hatte.

Er wurde aus ihr einfach nicht schlau. Offensichtlich war sie sehr böse auf ihn. Zum Teil konnte er auch verstehen, warum sie versuchte, ihm die Daumenschrauben anzusetzen. Aber er hatte sich, verdammt noch mal, schon ein Dutzend Mal bei ihr dafür entschuldigt, was die Zeitungen geschrieben hatten und außerdem artig »Bitte« gesagt. Was wollte sie denn noch? Ihn völlig am Boden sehen? Wenn man sich die Liste mit »Modifikationen« durchlas, die er unterschrieben hatte, konnte man diesen Eindruck gewinnen. Im Geiste ging er die einzelnen Punkte noch einmal durch. Ihm wurde heiß.

Er war auf jeden einzelnen eingegangen. Einige davon ließen Zweifel an ihrer geistigen Verfassung aufkommen, etwa der, der besagte, wenn jemand in der Show einen Hut mit Früchten drauf tragen sollte, dann wäre das Van MacAllister. Er war ja schon vorsichtig in Geschäftsdingen, aber was sie vorhatte, das ging zu weit. Er durfte nicht ohne sie in der Öffentlichkeit auftreten, noch durfte er Simon ohne ihre Anwesenheit sprechen. Er durfte mit der Presse über die Show sprechen, aber nicht über sie.

Diese Frau war ziemlich angespannt, was den Umgang mit ihm anging. Er hatte nicht den Eindruck, dass sie Männern im Allgemeinen über den Weg traute.

Das war okay. Er vertraute ihr ja auch nicht. Abgesehen davon, dass sie hübsch war, eigentlich eine der beeindruckendsten Frauen, die er jemals kennengelernt hatte, war sie die Sorte Köchin (und er sagte das ohne böse Hintergedanken), die er hasste.

Die ganze Welt war voller Nichtskönner. Die Leute nahmen sich heutzutage nicht mehr die Zeit, etwas von Grund auf zu lernen. Jemand hatte Marie Simmons gesagt, sie sei eine gute Köchin, und schon nahm sie ein paar Kredite auf und machte ein Restaurant auf. Nicht dass sie keinen Geschmack hatte, aber sie hatte das Geschäft nicht von der Pike auf gelernt.

Seinem Restaurant würde ein wenig von ihrem Charme gut bekommen. Im Moment dunkelte er die Räume noch ab, damit die Gäste nicht merkten, dass die Wände eigentlich dunkelrosafarben statt ochsenblutrot waren. Er war farbenblind, und sein Budget war begrenzt. Was soll man da machen?

Aber was Marie Simmons nicht war – sie war keine Köchin. Ein Koch war jemand wie Mitch Palyard, Vans Mentor und der Großvater der West Coast Cuisine. Er war ein Visionär und ein Künstler und würde ohne Zweifel davon abgestoßen sein, wenn er erführe, dass Van einen Vertrag mit einer mittelmäßigen Köchin abgeschlossen hatte. Van lächelte, als er an diese Diskussion mit dem alten Mann dachte.

Jetzt aber musste er erst einmal diesen Termin mit Simon und Marie überstehen, ohne sie mit ihren schönen Haaren zu erdrosseln. Die Kombination aus ihrem Geschmack und seiner Küche würde wahrscheinlich eine Show zustande bringen, die ihm half, von seinem Schuldenberg herunterzukommen.

Und wenn für ihn dabei noch herausspringen sollte, dass sein Name zu einer Marke würde, sollte es ihm recht sein.

»Hallo, Giovanni.« Sie stand genau vor ihm. Er blinzelte sie an und musste ihre Schönheit erst einmal verdauen. Sahne. Ihre Haut sah aus wie frische, kühle Sahne. Einen Augenblick lang hatte er den Impuls, sie zu berühren, seine Hand auf der warmen Haut ihrer Kehle entlangfahren zu lassen. Dieses Bedürfnis war sogar noch stärker als der Wunsch nach einer Zigarette.

»Tragen Sie eigentlich immer Schwarz?«, fragte sie und musterte ihn von Kopf bis Fuß. Er trug eine schwarze Jeans und ein schwarzes T-Shirt.

Er zuckte die Schultern. »Ziehen Sie sich immer an wie eine Zigeunerin?«

»Ja.« Sie lachte kurz auf. Letzte Woche hatte sie einen langen grauen Rock mit einem hübschen lilafarbenen Pullover getragen, der ihre Augen wie Juwelen hatte funkeln lassen.

Heute trug sie eine weite weiße Leinenbluse, die den Blick auf einen riesigen Türkis an ihrem Hals freigab. Sie hatte ihre Haare mit einem orangefarbenen Band zurückgebunden. Ihr dunkler Jeansrock war kurz. Wunderbar kurz. Nur die Silberarmbänder waren dieselben. Er hatte noch nie ein Foto von ihr ohne diese Armbänder gesehen.

Sie wirkte exotisch. Sie wirkt erotisch, verbesserte er sich. Sie sah nach Sex aus. Sie gehörte zu der Sorte Frauen, die Männer in Öl malen und über die sie Opern schreiben. Sie war Carmen. Sie war Rosalyn. Allein ihr Körper war eine Oper wert. Sie war groß und hatte Kurven, und sie hatte die Haltung einer Königin. Eine Zigeunerkönigin. Für Van gab es nichts, was sexier war als eine Frau, die Selbstbewusstsein hatte.

»Rauchen Sie?«, fragte er, als er wieder Lust auf eine Zigarette bekam.

»Nein.«

Er seufzte. In Kalifornien gab es keinen Menschen mehr, der von Nikotin abhängig war.

»Ich freue mich schon, dass Sie mir nicht mehr wegen letztens böse sind.«

»Mrs. Simmons«, sagte er und stieß sich von seinem Wagen ab. Er stellte sich näher zu ihr, und es freute ihn zu sehen, dass ihre blauen Augen immer größer wurden, je näher er ihr kam. Er mochte auch ihren Geruch. »Mein Name ist Giovanni MacAllister. Meine Vorfahren kommen aus Schottland und Italien. Schmollen ist mein Lebensinhalt.« Er gönnte sich eine kleine Pause, um zu sehen, wie sie nach Luft schnappte wie ein Fisch. Endlich war diese Frau einmal sprachlos.

»Sollen wir hineingehen?« Er deutete auf das Gebäude und sie beide.

Zwanzig Minuten später saßen sie in Simons zugestelltem Büro. Van fühlte, wie man ihm den Boden unter den Füßen wegzog.

»Auf keinen Fall.« Van schüttelte den Kopf.

»Ja, tolle Idee.« Marie sagte es gleichzeitig. »Genauso machen wir es.«

Van sah sie erschreckt an. »Genauso machen wir es?« Er konnte es nicht glauben. »Sie sollten die Göttin des guten Geschmacks sein.«

Marie zuckte mit den Schultern. »Ich glaube, es macht Spaß. Und ich glaube, es könnte geschmackvoll sein.«

»Der Krokodiljäger trifft auf Doris Day ist nicht geschmackvoll.« Van warf einen Hilfe suchenden Blick zu Simon.

»Ich finde, es hört sich großartig an.« Marie lachte und klatsche dabei in die Hände. »Ich bin total aufgeregt.«

Sie hatte »total« gesagt. Er sollte mit einer verrückten Zigeunerin arbeiten, die *keine* gelernte Köchin war und Worte wie »total« in den Mund nahm. So hatte er sich das alles nicht vorgestellt. Nein, das war ungefähr genau das Gegenteil von dem, was er sich vorgestellt hatte.

Er hatte sich gedacht, es ginge um eine kleine Kochsendung mit gelegentlichen Besprechungen von neuen Restaurants. In der Art: Hausfrauen erzählen, wie sie ihren Liebsten mit einem neuen Hühnchengericht beglücken könnten. Er würde darüber reden, wie man Essen einfach zubereitet, und Marie würde etwas über ... ja, worüber würde sie eigentlich sprechen? Vielleicht über Salat oder dergleichen.

»Ich verstehe nicht, was das Problem ist.« Marie schaute abwechselnd Simon und Van an.

»Das ist offensichtlich«, bellte Van zurück, aber Marie sprach schon weiter.

»Wir zwei gehen Kobraherzen in Chinatown essen, und dann fahren wir mit den Fischerbooten hinaus, um den frischesten Fisch zu bekommen. Dann gehen wir das beste Zungenwurst-Sandwich der Stadt essen. Es geht um Abenteuer, Essen und San Francisco. Das hört sich großartig an. Perfekt.« Sie starrte ihn geradewegs mit ihren großen blauen Augen an, und er musste sich selbst daran erinnern, gleichmäßig zu atmen. Sie sah so jung aus. Und hübsch in ihrem kurzen Jeansrock. Wollte sie ihn provozieren?

»Niemanden interessiert es, wenn wir Kobraherzen und Zungen-Sandwiches essen. Ich will keine Kobraherzen und Zungenwurst-Sandwiches essen«, zischte er sie an.

»Das waren doch nur zwei Beispiele …«, unterbrach sie ihn.

»Na dann …«, Marie drehte sich zu Van um und sah ihn an, »wer von uns beiden ist denn hier der Feigling?«

»Ich bin kein Feigling, Mrs. Simmons. Allerdings bin ich ein Koch und ein Geschäftsmann, und als Koch und als Geschäftsmann muss ich sagen, dass die Rolle des Krokodiljägers in meiner Selbstdefinition keinen Platz hat. Ich betreibe ein erstklassiges Restaurant, das Kunden mit einem bestimmten Geschmack anspricht.«

»Halten Sie den Mund. Das stimmt doch nicht. Sie sind ein Koch, der einfach nur am Grill steht.«

Einen Augenblick lang sah Van rot. Die Augen drohten aus den Höhlen zu treten. Die hatte ja vielleicht Nerven … Er lehnte sich über seine Stuhllehne zu ihr hin. »Was haben Sie gerade …«

Auch Marie beugte sich über ihre Lehne, sodass zwischen ihren Gesichtern kaum noch Platz war. »Wenn Sie jedoch …«

»So, jetzt reichts«, brüllte Simon dazwischen. Marie und Van drehten sich zu ihm um. »Wir machen jetzt Folgendes. Ihr beiden schreibt jetzt jeder für sich auf, welche Show er gern machen würde. Die einzige Bedingung ist die, dass sie mit Kochen zu tun hat, in San Francisco spielt und euch beide als Köche zeigt. Wir versuchen hier, ein neues Konzept aufzuziehen und nicht die alten Hüte zu wiederholen.«

»Das hört sich gut an.« Marie nickte und fing an, in ihrer riesigen grünen und gelben Patchworktasche herumzukramen.

»Und dann?«, fragte Van, der fürchtete, dass Marie mit etwas Untragbarem aufwarten würde.

»Dann diskutieren wir die Vorschläge in aller Ruhe.« Simons Blicke jagten von Van zu Marie und zurück. »Wir haben zehn Dreißigminüter. Wir versuchen, so viele wie möglich live zu senden, aber einige werden wir vorproduzieren müssen. Also überlegt euch, was ihr machen wollt, und sagt mir Bescheid, dann erarbeiten wir einen Kompromiss.«

Marie sah Van an und klimperte mit ihren langen Wimpern. »Kompromiss? Kommt Ihnen dieses Wort bekannt vor?«

»Simon, sorg endlich dafür, dass diese Frau ...«

»Hört mir mal zu.« Simon atmete ein paar Mal ein und aus. »Ich dachte, das würde mit euch funktionieren, weil zwischen euch eine gewisse Spannung herrscht. Wenn ihr euch aber weiterhin so verhaltet, dann blase ich die ganze Geschichte ab. Das Letzte, was ich brauche, sind zwei kindische Primadonnen, die mir Magengeschwüre verursachen.« Vans Mund stand offen. Wer hätte gedacht, dass dieser kleinkarierte Produzent solch einen Schneid hatte?

»Entschuldigung, Simon«, murmelte Marie.

»Ja, es tut mir leid, Simon«, setzte Van nach.

»Hier.« Simon wühlte auf seinem unaufgeräumten Schreibtisch, bis er zwischen zahllosen Stiften endlich zwei Notizblöcke gefunden hatte. Er reichte sie ihnen herüber. »Macht eure Listen.«

Die Zeit verging langsam, als Van jede einzelne Idee aufs Papier brachte, die er in den letzten Tagen gehabt hatte. Er sah Marie dabei zu, wie sie wild auf dem Block herumkritzelte. Er musste das Bedürfnis unterdrücken, auf ihr Blatt zu spähen, um herauszufinden, was sie schrieb. Ein paar Minuten vergingen.

»Okay, Van, was hast du?« Simon sah ihn an.

»Also«, setzte er an und sah dabei in Maries Richtung. Sie verdrehte nur die Augen und schrieb weiter. »Also zuerst habe ich eine Idee für einen guten soliden Start – neue Hühnchenrezepte. Wir könnten interessante ...«

Marie lachte auf und schlug mit dem Block auf ihr Knie. Vans Geduld war am Ende. »Was ist daran komisch?«

»Neue Hühnchenrezepte hat es seit dem Mittelalter nicht mehr gegeben.« Sie schüttelte ihren Kopf. »Ich lege Veto ein.«

Van sah Simon an, aber von ihm kam keine Unterstützung. Simon nickte, Marie hatte recht. »Das ist nicht so ganz, wonach wir suchen. Obwohl …«, er machte eine Pause und hielt einen Finger in die Höhe, »wie wäre es mit ›Schmeckt wie Hühnchen‹? Unterschiedliche Fleischsorten wie Pute oder Krokodil oder Schlange oder …« Er wedelte mit der Hand, offensichtlich hatte er sich verfranst. »Egal, Hauptsache, es schmeckt wie Huhn.«

Marie nickte ihm vehement zu. »Ich finde, das hört sich gut an.«

»Keine schlechte Idee«, gab Van zu, was in Simons Ohren wie ein Ja klang.

»Toll.« Simon machte ein zufriedenes Gesicht und notierte sich etwas in sein Notizbuch. Van fühlte sich plötzlich wie einer der Lemminge in einer Herde, die nicht der Meinung waren, dass es eine gute Idee sei, sich von einem Felsen hinabzustürzen.

»Was habt ihr noch?«

Van sah auf sein Blatt. Er war willens, für seine nächste Idee zu kämpfen. Heute musste er auf seine Gesundheit achten. »Okay, wie wäre es mit ›Verwandeln Sie Ihren Garten in ein ökologisches Paradies‹. Wir können einen Bericht über Obstplantagen machen und einige Ökobauern hier in der Gegend besuchen.«

»Ja, das habe ich auch«, warf Marie ein. Van schaute sie an.

»Wirklich?« Er wusste nicht, was ihn mehr verwirrte: die Tatsache, dass sie denselben Themenvorschlag hatte oder dass sie das Thema interessierte.

»Natürlich«, sagte Marie, aber der Ton, in dem sie es sagte, klang eher nach *natürlich, du Idiot*. »Vielleicht können wir einen Geschmackstest mit verbundenen Augen machen: biologische gegen normale Lebensmittel.«

»Es ist nicht sonderlich sexy, aber vielleicht funktioniert es.« Simon schrieb es auf. »Marie, was hast du noch auf deiner Liste?«

»›Extremes Essen zum Mitnehmen‹.«

»Veto«, warf Van sofort ein.

»Warum?«

»Ich werde gegen alles stimmen, das den Begriff *extrem* im Titel hat. Dies ist eine Kochshow und kein …«

»Okay«, stimmte Marie kleinlaut zu. Sie strich zwei weitere Punkte von ihrer Liste. Van richtete seinen Blick an die Wasserflecken an der Decke. *Was im Himmel habe ich getan?*

Fünf Stunden, drei Kaffees und ein halbes Putensandwich später stürmte Marie aus dem Büro. Van war ihr dicht auf den Fersen.

»Sie sind unvernünftig«, machte sie ihm deutlich und kämpfte ihre Frustration nieder. Sie warf ihre Tasche über ihre Schulter und befreite dann ihre Haare von dem Schulterriemen.

»Nun gut, wenn Sie clever und geschäftstüchtig *unvernünftig* nennen wollen, dann ist es eben so«, rief Van ihr nach.

»Ja, Sie haben immer …« Sie hielt an. Er war nicht mehr direkt hinter ihr. Es war unglaublich, aber das spürte sie. Sie merkte es, ob er noch hinter ihr ging oder nicht. Dieser Mann übte einen seltsamen Einfluss auf sie aus. Er wirkte auf ihren Körper wie elektrische Impulse, die sie deutlich und kontinuierlich empfing.

Sie drehte sich um und sah, dass er gerade dabei war, einen jungen Typen zu nerven. Er sah wie ein Techniker aus und rauchte am hinteren Nebeneingang eine Zigarette.

»Okay, Mann, du bekommst eine Zigarette von mir«, sagte der Typ gerade. Er wühlte in seinen Taschen und fingerte seine

Schachtel heraus. Er zog eine Zigarette heraus und hielt sie Van hin. »Hier.«

»Nein, ich will keine ganze.«

»Hey, Typ, ich kenne dich doch gar nicht. Von meiner Zigarette bekommst du keinen Zug. Nimm dir eine.«

»Alles, was ich will, ist hier stehen, während Sie rauchen.«

»Sie bleiben einfach hier stehen?«

»Ja, ich stehe hier und atme.«

Van stand vor diesem Mann, schloss die Augen und inhalierte den Rauch, den der Techniker ausatmete. Er nahm sogar die Hände zu Hilfe, um den Rauch mehr in seine Richtung zu wedeln, als würde er den Duft eines Gerichtes, das auf dem Herd steht, einatmen. Marie konnte das nicht länger mit ansehen. Sie griff nach Vans Arm und zog ihn von dort weg.

»Hey«, protestierte er und sah sich sehnsüchtig nach dem Jungen um, der weiterrauchte.

»Sie werden mir später dankbar sein«, sagte Marie und ließ seinen Arm los. Sie machte eine Faust, um den komischen Juckreiz aus ihrer Hand loszuwerden.

Das Tauziehen, das in Simons Büro stattgefunden hatte, löste eine seltsame Veränderung ihrer Wahrnehmung von Van aus. Er war arrogant, aber er konnte fair und dickköpfiger sein, als sie es von ihren Kollegen gewohnt war. Und unter dieser Hülle der schicken schwarzen Lederjacke steckte ein Mann, der sehr altmodisch war.

»Wie alt sind Sie, Van?«, fragte sie, als sie über den Parkplatz zu ihren Wagen gingen.

»Vierunddreißig. Warum?«

»Weil Sie manchmal irgendwie wie achtzig wirken.«

»Haben Sie gerade *irgendwie* gesagt?«, erwiderte er und hielt an. Marie hielt ebenfalls an und sah zu ihm auf. »Wie alt sind Sie, zwölf?«

»Achtundzwanzig.« Sie verschränkte die Arme und bereitete sich darauf vor, sich verteidigen zu müssen, wie so häufig, wenn Leute ihr Alter erfuhren. Sie war zwar erst achtundzwanzig, aber sie hatte mehr geschafft als Menschen, die doppelt so alt waren wie sie.

Sein Mund stand offen. »Sie sind erst achtundzwanzig.« Offensichtlich war er sehr überrascht.

»Allerdings. Gibt es einen Scherz, den Sie gerne darüber machen würden?«, forderte sie ihn heraus.

Van schüttelte den Kopf. »Nein, es ist nur … wow. Ich meine, Sie sind … achtundzwanzig?« Sie nickte. »Das ist wirklich erstaunlich. Sie haben ordentlich etwas erreicht.«

Er zog seinen Wagenschlüssel aus der Tasche seiner abgewetzten Lederjacke und öffnete die Tür. »Achtundzwanzig, ich kann das einfach nicht glauben.«

Bevor er einstieg, sah er Marie noch einmal an und lächelte. Es war ein Lächeln, das sein Gesicht vollkommen veränderte. Es war ein seltenes Lächeln. Es machte ihn im Handumdrehen zu einem attraktiven Mann.

Marie schluckte.

»Marie, ich weiß zwar nicht, wie es weitergeht, aber ich glaube, wir werden Spaß haben. Wir sehen uns am Freitag für den Fototermin.« Er winkte kurz, stieg in seinen Sportwagen ein und fuhr davon.

Marie marschierte zu ihrem alten VW Käfer und suchte in ihrer Tasche nach den Schlüsseln.

Es hatte einige Mühe gekostet, aber sie konnten sich auf zehn Shows einigen. Sie gewann das Ringen um die Krabben-Sendung, obwohl er versuchte, sie mit der Show über das beste Restaurant in Chinatown zu erpressen. Sie lehnte seinen Vorschlag »Spaß mit Käse« ab. Egal, was er vorbrachte, Käse konnte keinesfalls eine halbe Stunde lang Spaß machen.

Sie und Van würden auf eine mexikanische Fiesta gehen und die köstlichsten Teile des Spanferkels genießen – die da wären: die Wangen, die Schnauze und die Pfoten. Marie konnte es nicht abwarten. Van hingegen war bereits bei der Vorstellung grün im Gesicht geworden. Für einen ernst zu nehmenden Fleischesser zeigte er viel zu wenig Sinn für Abenteuer. Simon wollte noch gern eine Sendung für Kinder machen und ein Special an Valentinstag über Aphrodisiaka.

Marie war von Van überrascht, als er sich mit der abgespeckten Variante von einer beliebten anderen Kochshow, Der Gnadenlose Koch, einverstanden erklärt hatte. Und für das große Finale würden sie gegenseitig ihre Restaurants vorstellen. Das hatte Simon gegen ihre beiden Wünsche durchgesetzt. Es war abzusehen, dass es in einem Kampf der Titanen enden würde, aber Simon war immerhin ihr Produzent. Wie sie zu gut wusste, hatte er das letzte Wort.

Trotz allem, trotz der Auseinandersetzung, Van, Simon und dem ganzen Rest, freute sich Marie auf die Produktion. Freuen war vielleicht nicht ganz das richtige Wort. Sie war bis hinab zu ihren knallroten Zehennägel völlig euphorisiert.

6. Kapitel

Van raste zurück zum Restaurant, um sicherzugehen, dass die Vorbereitungen für das Abendessen reibungslos liefen. Wie immer war dieser Dienstagabend eher ruhig, aber Van war lieber zu gut vorbereitet als zu wenig. Während der Fluch der defekten Abwasserleitungen auf ihm lastete, bescherte ihm das Schicksal wenigstens ausgezeichnete Angestellte. Jack, der Souschef, hielt die Küche am Laufen, dass es eine Freude war.

»Wie gehts?«, frage ihn Van und klopfte Jack auf die Schulter, als er die Küche betrat. Sofort war er mit einem seiner Lieblingsdüfte umgeben: Knoblauch, angedünstet in Olivenöl. *Gab es etwas Besseres?*

»Gut«, gab Jack zur Antwort, ohne von der Béchamelsoße aufzusehen, die er gerade zubereitete. »Ich habe heute nicht mit dir gerechnet.« Er sah Van interessiert an. »Hast du vergessen, dass du heute freihast?«

Schöner freier Tag, dachte er bei sich. Den ganzen Tag mit Simon und Marie im Sender zu verbringen ... obwohl er eigentlich zugeben musste, dass es ihm Spaß gemacht hatte.

»Habe ich nicht vergessen.« Van lächelte und griff nach einem Bund Spargel, den Lynn, seine zweite Köchin, auf dem Tresen neben dem Herd vorbereitete.

Es ist gut, dass ich heute Abend etwas zu tun habe. Jeder hatte ihn schon darauf angesprochen, dass er zu viel arbeitete. Er brauchte niemandem zu erklären, dass er schon vergessen hatte, wie sich das Wort Freizeit in der Praxis anfühlte.

»Na«, sagte er mit Blick auf seine Armbanduhr, »ich habe noch ein paar Minuten, bevor ich wieder losmuss. Ich wollte nur nach dem Rechten sehen.«

»Cool.« Jack konzentrierte sich darauf, Sahne in die Soße zu rühren.

»Du, ah …« Van hielt sich länger in der Küche auf als nötig. Und er wusste das selbst nur zu gut. Mehrfach hatte er sich schon ermahnt, einfach zu gehen. Es war alles in bester Ordnung. Man brauchte ihn nicht. Aber das konnte ihn nicht davon abhalten, trotzdem zu fragen: »Braucht ihr noch etwas? Ich meine, ich könnte einspringen, falls ihr Hilfe nötig …«

»Raus, Boss. Du hast heute frei.«

»Ja, aber …«

»Raus.« Jack scheuchte ihn mit einer Handbewegung hinaus. »Wir haben alles im Griff. Geh zu deiner Verabredung oder was immer du vorhast.«

Seine Verabredung war ein siebzigjähriger Mann. Ein alter Kauz mit einer negativen Einstellung zum Leben.

»So, nun bist du also ein Fernsehstar?« Mitch Palyard, Vans Freund und Mentor, verzog das Gesicht, als sie sich an den Tisch setzten. Mitch hatte seine berühmten scharfen Muscheln gezaubert.

Van lachte und schüttelte den Kopf, obwohl ihm dieser Gedanke immer noch einen angenehmen Schauer über den Rücken jagte. »Nein, noch nicht. Und ich glaube auch nicht, dass es jemals dazu kommen wird.«

Als Van den Wein einschenkte, hatte er das Gefühl, sein Lächeln würde ihm gleich Krämpfe bescheren. Sie aßen draußen auf Mitchs Balkon, damit sie den Sonnenuntergang betrachten konnten, der von den roséfarbenen Bergen reflektiert wurde, die quasi in Mitchs Garten standen. Diese Abende auf Mitchs Balkon gehörten zu den Dingen, die Van liebte. Gleich neben Steaks und Sex und alten Gangsterfilmen.

Van stellte erst jetzt fest, wie angespannt er die ganze Zeit gewesen war. Jedes Mal, wenn er durch Mitchs Wohnungstür kam, spürte er, wie alles von ihm abfiel. Es war wie nach einem guten Joint. Er fühlte sich leicht und unbeschwert.

»Geht es dir gut, Junge?«, fragte Mitch. Sorge spiegelte sich auf seiner Stirn. »Du siehst blass aus.« Wenn man sich den alten Mann ansah, war es kaum zu glauben, dass er es war, der in den frühen Achtzigerjahren die Gourmetwelle ausgelöst hatte. Mitch trug Flipflops und ein altes Grateful-Dead-T-Shirt, das ein Loch unter der einen Achsel hatte.

»Ja. Mir geht es gut, Mitch.«

»Gut.« Mitch begann, sich auf seine Muscheln zu stürzen. »Erzähl mir von dieser Show.«

Van hatte ehrlich gesagt ein wenig Angst vor Mitchs Reaktion auf die Sendung. Vor einigen Tagen hätte er Mitchs Gelächter ertragen, vielleicht hätte er sogar mit ihm gelacht, jetzt aber sah es anders aus. Nach dem Treffen heute, in dem sie die Ideen für die zehn Sendungen gesammelt hatten, fühlte sich Van ein wenig für das Projekt verantwortlich. Er hatte das Gefühl, es schützen zu müssen. Das lag auch zum Teil daran, dass er es anfing zu mögen. Aber als Van Mitch die ganze Geschichte erzählte, lachte dieser nicht ein einziges Mal.

»*Abenteuer Essen*? So soll es heißen?«, fragte Mitch. Van nickte, er hatte den Mund voll mit würziger Schweinswurst-Soße. »Hört sich nach einer guten Idee an.«

»Findest du das wirklich?« Van stellte vor Erstaunen sein Weinglas wieder ab, bevor er getrunken hatte.

»Na, weißt du, ich glaube, jetzt ist die Zeit dafür. Wer will schon einem Koch dabei zusehen, wie er ein Hühnchen grillt?«

»Jeder weiß, dass es nun einmal die Frauen sind, die morgens Fernsehen schauen: Kochshows. Sie gehören nicht unbedingt zu den Leuten, die Sandwiches mit Zungenwurst essen.«

»Junge, was weißt du schon über Frauen?«

Van verdrehte die Augen. *Lieber Himmel, nicht schon wieder die alte Leier.* »Mitch, nur weil ich nicht verheiratet bin, heißt das nicht, dass ich mich mit Frauen nicht auskenne. Im Gegenteil, ich würde sagen, ich kenne sie recht gut.«

»Warum, weil du mal mit ihnen ausgegangen bist?« Mitch zog eine Augenbraue in die Höhe, während er den Saft aus einer Muschel lutschte. »Weil du mit ihnen im Bett warst?«

»Na klar«, antwortete Van selbstbewusst. Die Frauen, die er getroffen hatte, hatten sich niemals beschwert, bis er sich von ihnen verabschiedete – wenn das kein sicheres Zeichen war, wusste er auch nicht weiter.

»Was war deine längste Beziehung?«

»Zwei Jahre.« Mit Vanessa. Er hatte sie während seiner Lehrzeit in Florenz kennengelernt. Vanessa mit den endlos langen Beinen, dem Temperament und der perfekten Kalbsjus.

Mitch schüttelte den Kopf. »Du hast diese Beziehung immer noch nicht verarbeitet. Tu nicht so.«

»Ich habe eine Mutter und drei Schwestern.« Van fühlte sich in der Defensive.

Mitch fing an, so laut zu lachen, dass er sich an einem Stückchen Wurst verschluckte. Van klopfte dem alten Mann auf den Rücken, bis Mitch abwinkte.

»Oh«, Mitch schnappte nach Luft. »Es ist lange her, dass ich so herzlich gelacht habe. Ich kenne deine Mutter und auch deine Schwestern, Van. Sie beten dich an. Sie zählen nicht.« Er schüttelte den Kopf und nahm sein Glas zur Hand.

»Also, wer zählt dann?«, fragte Van verzweifelt.

»Diese Marie Simmons.« Mitch lies den Namen im Raum nachklingen, hob dann aber seine Augenbrauen in klassisch männlicher Manier, um sein Gefallen auszudrücken. »Die ist etwas anderes.«

Van hatte sie vor Augen, wie sie in der Besprechung saß. Ihre Haut war fast durchscheinend in dem wenigen Sonnenlicht, das durch die Fenster drang. Ihre Augen … ganz ruhig,

Van, sagte er sich, bevor er ins Träumen kam. Sie ist eine Geschäftspartnerin und eine ziemlich verrückte noch dazu. Ganz ruhig bleiben.

»Sie ist wirklich hübsch, da gebe ich dir recht. Aber was kann sie schon? Salate und Sachen mit Schokoladenflocken – da kann sie genauso gut einen Imbiss betreiben.«

»So jung und schon so versnobt ...« Mitch machte »tststs«, um seinen Unmut zu zeigen.

»Du warst doch derjenige, der mir gesagt hat, man könne mit einem einzigen Löffel schmecken, wie lange jemand für seine Consommé gebraucht hat. Du hast gesagt, wenn man etwas lernt, soll man es gleich richtig lernen.«

»Nun, ich bin nicht der Erste, der das gesagt hat, aber ich glaube, es bleibt dennoch richtig.« Er machte eine Pause. »Willst du mit ihr ins Bett?«, fragte Mitch mit einem Blick, der nicht gerade typisch für einen Siebzigjährigen war.

»Ich habe noch nicht darüber nachgedacht«, log Van. Er konnte Mitch nicht in die Augen sehen.

»Dann ... machs nicht.« Mitch wedelte mit seiner Zigarre vor Vans Gesicht herum. »Nichts ruiniert eine Geschäftsbeziehung so schnell wie eine Romanze.«

Van sah Mitch genau an. »Wen hattest du noch mal geheiratet? Deinen Souschef?«

»Jawohl.« Mitch nickte zustimmend. »Susanne und ich haben geheiratet, als das Restaurant Insolvenz anmelden musste. Ich musste ganz von vorn anfangen und habe nie wieder einen so guten Souschef gefunden.«

»Ja, aber dafür hattest du plötzlich die Frau deines Lebens.« Wann immer sie über Susanne sprachen, spürte Van die Zerbrechlichkeit, die in diesem Thema mitschwang. Mitchs Frau war vor drei Jahren an Krebs gestorben, und er hatte ihren Tod noch immer nicht verwunden.

Mitch nickte und lächelte traurig. »Aber sie war wirklich ein ausgezeichneter Souschef. Jeder Mann sollte das Glück haben, solch eine Frau zu finden«, sagte er endlich. Er betrachtete das glühende Ende seiner Zigarre. Van spürte, wie sich alle seine Muskeln anspannten, so als erwarte er einen heftigen Schlag.

»Sie war eine Königin. Meine Königin.«

Van seufzte laut. Er wollte ebenfalls eine Familie, eine Frau, die seine Königin war. Er dachte an Marie, die Art und Weise, wie sie ging und wie sie auftrat, wie sie für ihre Ideen kämpfte und wie sie bei der Besprechung bei jeder nur möglichen Gelegenheit die Auseinandersetzung mit Van suchte ... Aber er verscheuchte den Gedanken schnell wieder. Sie waren Geschäftspartner, nicht mehr.

»Hören Sie, einverstanden, ich werde Puder tragen, aber Maskara, das geht zu weit.« Van hob die Hände, um die Damen von der Maske abzuwehren. Niemand hatte jemals Maskara erwähnt oder Lippenstift, als sie den Fototermin besprachen. Warum hatte ihn niemand gewarnt?

»Van, mit diesen Augenbrauen verschwinden deine Augen fast völlig. Wir müssen daran etwas ändern, sonst wird man auf den Fotos außer deinem Pelz nicht viel sehen.« Teresa, die Maskenbildnerin, die aussah, als könne sie ihn niederboxen, wenn es nötig sein sollte, schaute ihn ernst an. Sie hielt Maskara in der Hand. Van wich nach rechts aus und ging einen Schritt zurück.

Er konnte es einfach nicht fassen und blickte sich Hilfe suchend nach Marie um. Seitdem sie im Studio angekommen waren, war sie die Ruhe selbst. In ihrer rationalen Art war es ihr sogar gelungen, Teresa und ihr Gefolge abzuwehren.

Es war seltsam, ausgerechnet bei einer Frau Unterstützung zu suchen, von der er sich eigentlich nichts mehr bieten lassen wollte.

»Okay, wir machen einfach ein paar Aufnahmen mit der Digitalkamera, und dann sehen wir, was der Fotograf davon hält«, sagte Marie, während sie regungslos auf ihrem Stuhl saß, um sich von Teresas Assistentin schminken zu lassen.

Das Fotostudio lag gar nicht so weit von ihren Restaurants entfernt. Es befand sich in einem der Lagerhäuser, die das Viertel prägten. Sowohl Marie als auch Van hatten etwas zu essen mitgebracht. Er hatte aus dem Sauvignon selbst geräucherten Lachs mitgebracht, der himmlisch auf ihren Rosmarin-Thymian-Brötchen schmeckte.

Mascara. Kostüme. Teresa wollte ihm allen Ernstes die Augenbrauen zupfen. Das alles war ihm so fremd. Vielleicht war das Seltsamste, dass Marie sich hier auskannte und ihn herumführte. Und dabei schien es nicht, als wollte sie ihn in irgendeinen Hinterhalt locken.

»Hallo, Leute!« Simon kam mit einem strahlenden Lächeln herein und schüttelte allen die Hände, bevor er Marie und Van einige Unterlagen reichte.

»Wir haben das vorläufige Skript für die erste Folge. Wir fangen mit dem Lieblingsrestaurant in Chinatown an.« Van wollte jubilieren, dass seine Idee es als Erstes geschafft hatte, aber er hielt sich zurück.

»Wir zeichnen am Sonntagabend auf.« Simon fuhr fort: »Weil die Sendung dienstags morgens laufen wird, haben wir montags Zeit, sie zu schneiden. Manchmal werden wir euch also am Sonntagabend brauchen oder montags beziehungsweise dienstags morgens. Nächste Woche machen wir Freitag früh ein Liveinterview in der Sendung, und am Sonntagabend zeichnen wir wieder auf.«

»Simon, das kann nicht dein Ernst sein.« Marie drehte sich unter den Händen der Maskenbildnerin zu ihm um. »Wir betreiben außerdem noch zwei Restaurants. Können wir den Zeitplan nicht ein wenig straffen …?« Hilfe suchend sah sie sich nach Van um. Obwohl Van gegen das Timing eigentlich nichts einzuwenden hatte, nickte er Marie aus Dank, dass sie Teresa für ihn verscheucht hatte, zustimmend zu.

Simon zuckte mit den Schultern. »Am Montag geht es schnell, und auch am Sonntag brauchen wir nur einige Stunden für die Aufzeichnung. Es ist eine wöchentliche Sendung, Marie. Der Zeitplan ist völlig normal.«

Marie dachte einen Moment nach und setzte dann ein zuckersüßes Lächeln auf. »Wer braucht schon Schlaf?«, scherzte sie, und in dieser Geste lag etwas so Trauriges, dass Van ganz warm ums Herz wurde.

»So«, sagte Simon, »wir teilen die Show in Drittel. Ein Drittel über die Geschichte von Chinatown, dann gehen wir in Vans Lieblingsrestaurant, dann in Maries. Und für das letzte Drittel haben wir uns eine kleine Überraschung ausgedacht.« Hinter seiner Brille sah man seine Augen teuflisch blitzen.

Ich habe Angst, dachte Van und blätterte schnell das Drehbuch durch.

»Das ist eine Superidee, Simon!«, rief Marie aus, die schon beim Ende angelangt war.

Van überschlug skeptisch ein paar Seiten. Wenn Marie die Idee für toll hielt, fand er sie ganz sicher grauenhaft.

Hundertjährige Eier. Es war allen Leuten, die sich mit Kochen beschäftigten, wohl bekannt, dass chinesische Hundertjährige Eier so ziemlich das Schlimmste waren, was sich Köche jemals ausgedacht hatten.

»Wir sollen eines essen?«, fragte Van und schluckte. Sofort hatte er einen sauren Geschmack im Mund.

»Du wirst es probieren.« Simon rieb sich die Hände. »Also, das Skript ist vorläufig, das heißt, es gibt noch Raum zum Improvisieren. Aber …«, Simon ging ein paar Schritte in den Raum, um zu sehen, wie die Vorbereitungen für die Aufnahmen voranschritten. »Ich glaube, wir haben noch Zeit. Ich würde gern einen kurzen Probedurchlauf machen, um zu sehen, wie ihr mit dem Skript klarkommt.«

Van brach in kaltem Schweiß aus. »Jetzt?«

»Ja, klar.« Simon nickte.

»Aber …« Van hatte geglaubt, er habe noch viel Zeit, um sich das Drehbuch in Ruhe durchzulesen, Zeit, um den Text auswendig zu lernen, sich dabei im Spiegel zu beobachten, Gesten einzustudieren.

»Ist schon in Ordnung, Van.« Marie legte eine Hand auf seinen Arm. »Wir lesen es einfach, mehr steckt nicht dahinter.«

Das sagt sich so einfach, dachte Van und versuchte, die Schmetterlinge in seinem Bauch zu beruhigen, die ungefähr die Größe von Flugeidechsen hatten.

»Vom Anfang«, sagte Simon und verschränkte die Arme über der Brust.

»Das heißt, wir sollen den Text von Anfang an lesen«, flüsterte Marie Van zu. Er sah sie mit einem gehässigen Blick an. *Ich bin neu, nicht blöd.*

Sie fing an, über die Geschichte von Chinatown zu reden, und es klang so entspannt und natürlich, dass es Van schwer fiel zu glauben, dass sie einfach von einem Blatt ablas. Er schaute auf, um sich zu vergewissern. Zum ersten Mal empfand er so etwas wie Bewunderung, und das überraschte ihn immens.

»Van?« Sie sah ihn fragend an. Diese großen blauen Augen waren nett und strahlten Wärme aus. So übel war sie am Ende gar nicht …

»Hallo? Erde an Van, Erde an Van?« Vor seinem Gesicht schnippte sie mit den Fingern.

»'tschuldigung.« Er sah wieder auf das Skript, suchte seinen Einsatz und begann zu lesen. Er versuchte, denselben entspannten Tonfall zu treffen, der Marie gelungen war. Er hatte das Gefühl, es funktioniere recht gut. Vielleicht las er ein wenig zu schnell. Atme ich zu häufig? Er holte seltener Luft, aber das war auch nicht richtig. Er beschloss, sich darüber nicht länger Gedanken zu machen.

»Gutes Essen sollte ein Abenteuer sein«, lautete sein letzter Satz. Als sie ihren letzten vorlas, merkte er, dass sie ihm dabei in die Augen sah. »Lassen Sie sich darauf ein, ich fordere Sie heraus.«

Okay, dachte er, das war ja nicht so schwierig. Er sah zu Simon, der ihnen still zugesehen hatte. *Uh-oh.* Er schaute wieder Marie an, die strahlte.

»Das wird riesig.« Simon hob seine Arme in die Luft. »Riesig!«

»Wir wären jetzt so weit!«, rief der Fotograf von hinten.

»Also, war es in Ordnung?«, fragte Van.

»Sie waren großartig, Van. Wirklich, wirklich gut«, sagte Marie. Sie schüttelte den Kopf, als könne sie es nicht glauben. »Jetzt machen wir die Fotos.«

7. Kapitel

Am darauf folgenden Mittwoch öffnete Marie die Klappe ihres uralten Industrie-Geschirrspülers. *Bitte, lass ihn funktionieren.* Bisher hatten es die Götter der Küchengeräte immer gut mit ihr gemeint. Jedenfalls wenn man bedachte, dass ihr letzter Spüler so aussah, als käme er direkt vom Sperrmüll. Aber Marie hatte allmählich das Gefühl, dass sie ihr Glück zu oft herausgefordert hätte.

»Und?«, fragte sie Pete, der hinter dem alten Ungetüm kniete und einige Zangen und Schraubendreher und andere sinnlose Werkzeuge um sich verteilt hatte.

Pete schüttelte den Kopf.

»Ich gehe heute früher«, erinnerte Pete sie. Sie nickte und sagte nichts, weil sie fürchtete, Pete würde ihrer Stimme anhören, welch Kloß ihr im Hals saß. Er ging an ihr vorbei, zurück in den Gastraum.

Ich möchte heute auch früher gehen, quengelte die Stimme in ihr. Marie ging zum Herd, um die Gasflammen auszudrehen. Oben kochte in großen Töpfen eine Karotten-Ingwer-Suppe. Sie ging hinaus in den Kräutergarten, um ein wenig frische Luft zu schnappen und auf andere Gedanken zu kommen. Das mit dem Geschirrspüler überraschte sie nicht. Sie wunderte sich, dass er überhaupt so lange gehalten hatte.

Sie drückte die Tür mit beiden Händen auf und trat auf das kleine Grundstück hinaus, das man vom Aufenthaltsraum für die Angestellten aus erreichte. Es war sowohl ihr Kräutergarten als auch ihr winziges Refugium.

Aufgrund der Terminplanung von AMSF musste sie zwei

neue Hilfen einstellen, dann brauchte sie jetzt dringend eine neue Geschirrspülmaschine, was sie schon seit einem Monat vor sich herschob. Außerdem würde es auch eine Weile dauern, bis das zu erwartende Honorar vom Sender auf ihrem Konto sein würde. Und sie hatte immer noch keinen neuen Bäcker.

Sie war erschöpft. Und immer, wenn sie ohnehin schon angeschlagen war, umschwirrten sie die Zweifel, die sie sowieso immer hegte, wie ein Schwarm wütender Bienen. *Was willst du eigentlich, Marie? Du könntest genauso gut für jemanden anderes arbeiten. Hör auf, dich selbst so unter Druck zu setzen. Wem willst du etwas beweisen? Du weißt doch, dass du es früher oder später eh hinwerfen wirst. Wenn nicht jetzt, wann dann?*

Es war die Stimme ihrer Mutter, die sie in Gedanken hörte. Die Frau, die Marie nie werden wollte. Und doch hatte sie immer Angst, so zu enden wie sie.

Diese Gedanken führten zu nichts. *Du bist einfach müde und ein wenig einsam.*

»Na hallo, hallo, Partner!«

»Lassen Sie mich in Ruhe«, scheuchte Marie Van fort, ohne ihre Augen zu öffnen. »Ich meine es ernst.«

»Wie immer sehr höflich.« Van setzte sich absolut uneingeladen auf den zweiten Stuhl, der neben dem eingezäunten Kräutergarten stand. Sie öffnete die Augen.

»Sie können hier Thai-Basilikum züchten?«, fragte er und bückte sich über die Pflanzen, befühlte das Basilikum.

»Bei mir ist zu viel direktes Sonnenlicht.« Er pflückte ein einzelnes lilafarbenes Blatt ab, zerdrückte es in seiner Handfläche und schnupperte daran. Er saß fast einen halben Meter von ihr entfernt, aber sie spürte ihn, als säßen sie dicht beieinander.

»Van?«, setzte sie an, zu müde, um einen gehörigen Streit vom Zaun zu brechen. »Nicht, dass ich es wirklich sehr schätze, dass Sie hier uneingeladen in meinem Kräutergarten auftauchen, aber was wollen Sie?«

Van lehnte sich zur Seite, um aus der Tasche seiner Nadelstreifenhose etwas herauszuholen. Mit einem strahlenden Lächeln faltete er eine Seite auseinander, die offensichtlich aus einer Zeitschrift herausgerissen war. Dann holte er einen weiteren Ausschnitt ans Licht. »Haben Sie heute die Zeitung gelesen oder die neue Ausgabe von *Where*?«

Ihr Blick fiel auf zwei riesige Anzeigen, die für die neue Show warben. In großen Lettern, die an den Indiana-Jones-Film erinnerten, stand geschrieben: Essen trifft auf Abenteuer bei *AMSF*. Auf dem Foto standen Van und Marie Rücken an Rücken. Van trug seine schwarze Kochuniform mit dem roten Schriftzug, dazu aber einen verbeulten braunen Hut. Marie trug eine weiße Uniformjacke, auf der in Blau ihr Logo, eine stilisierte Tulpe, eingestickt war. Sie hielt einen Ochsentreiber in der Hand und trug zu viel Make-up.

»Ich glaube es nicht!« Ihre schlechte Laune und die Geldsorgen waren bei dem Anblick der Anzeigen umgehend wie weggeblasen.

»Ja, ich weiß, es ist unglaublich, oder? Ich hätte nie gedacht, dass aus dem Foto etwas wird.« Van lehnte sich zurück und musterte den Kräutergarten noch einmal eingehend, bevor er sich für das Limonengras entschied, etwas mit den Fingern abkniff und darauf herumzukauen begann.

Van lachte und sah sie dabei geradeheraus an. Ihr wurde sehr deutlich bewusst, wie müde sie wirken musste.

Doch stattdessen hörte sie Van sagen: »Sie sehen wie immer wunderbar aus.« Einen Moment lang konnte Marie nur dasitzen, atmen und sich in seinem Blick sonnen. »Auf dem Foto, meine ich. In Wirklichkeit und im Moment erinnern Sie eher an den Tod auf Latschen«, fügte er lächelnd hinzu. Er drehte sich wieder zum Gärtchen um, zupfte einen Halm Petersilie heraus und schob ihn sich in den Mund.

»Scheren Sie sich fort, Mr. MacAllister, und hören Sie endlich auf, meine Kräuter aufzuessen«, fuhr sie ihn an. Sie war auf sich selbst wütend, weil sie sich von seiner freundlichen Masche hatte einwickeln lassen.

»He, ich mache doch nur Spaß.« Van MacAllister tat das Unmögliche, das Unglaubliche: Er legte seine Hand auf ihre Schulter. Seine Wärme, das Gefühl, dass seine Hand sie berührte, dass sein Daumen ein wenig nackte Haut an ihrem Hals streifte, ließen ihr fast die Augen zufallen.

»Was machen Sie jetzt?«, fragte er. Marie versuchte seinen Blick zu ignorieren, der besorgt schien. Aber es gelang ihr nicht. Sie lächelte zurück. Sie hatte schon immer eine Schwäche für Männer gehabt, die sich um irgendetwas Sorgen machten.

»Abgesehen davon, dass ich mich schon wieder mal frage, ob es nicht besser wäre, Orangen an Touristen zu verkaufen? Ich koche Suppe.«

Van schaute auf seine Armbanduhr, stand auf und schlenderte in ihre Küche.

»Hey«, rief sie und lief ihm nach.

»Ah, kein Wunder, dass Sie so schlechte Laune haben. Ihre Spülmaschine ist im Eimer.« Er fügte ein »Tsts« hinzu. Marie drehte sich zu ihm hin, um ihm die Hölle heiß zu machen. Wer wagte es, einfach so in ihre Küche zu rennen?

»Kann ich irgendwie behilflich sein?« Jodi hatte einen Ton angeschlagen, der Marie mit Stolz erfüllte. Jodi stand mit Pete am Arbeitstisch, wo sie das Besteck in Servietten einrollten.

»Ja, Mr. MacAllister, was ist eigentlich …«

»Ist es ein Problem, wenn Ihre Chefin mal für eineinhalb Stunden verschwindet?«, fragte Van. Sowohl Pete als auch Jodi standen mit offenem Mund da.

Jodi fing an zu grinsen. »Was haben Sie vor?«

»Nichts!«, heulte Marie auf. »Weil ich nicht mitgehen werde.« Aber ihre Beine bewegten sich schon auf die Eingangstür zu.

»Ihr wolltet eh gerade zumachen, oder?«, fragte Van.

Jodi und Pete nickten synchron.

»Mr. MacAllister, ich war gerade dabei, eine Suppe vorzubereiten.«

»Ich kümmere mich darum«, sprang Pete ein. Marie ertappte sich dabei, dass sie ihn einfach nur dumm anstarrte. Ihr stiller Espresso-Experte mit den Dreadlocks wollte ihr dabei helfen, Suppe zu kochen? »Karotte-Ingwer, richtig?« Pete schüttelte eine verfilzte Haarsträhne aus dem Gesicht. »Das kriege ich hin.«

»Kommen Sie«, Van gluckste, und Maries Magen zog sich als Reaktion auf seine tiefe Stimme zusammen. Er ergriff ihre Hand und zog sie dann schnell mit nach draußen. »Wir machen einen Betriebsausflug.«

Marie starrte wie betäubt auf ihre Hand, die in seiner lag. Sie konnte die Schwielen auf den Fingerspitzen fühlen. Er hatte einen Schnitt in der Handfläche, der fast verheilt war. Er hatte trockene, fast raue Haut, aber sie war warm. Die Versuchung, ihre Hand in seiner zu lassen, war fast übermächtig.

Marie machte sich los.

Sie würde mit ihm diesen Ausflug machen, aber sie würde es nicht zulassen, dass er dabei ihre Hand hielt. Das hörte sich vernünftig an, fand sie.

Zwanzig Minuten später parkte Van seinen Wagen. Obwohl die Stadt noch so nah war, schien das Klima hier völlig anders, milder, wärmer, wenngleich die Sonne nicht schien.

»Haben Sie nicht gesagt, wir würden an einen unbekannten Strand fahren?«, sagte Marie, als sie die Straße überquerten. Sie schaute auf das spiegelglatte Meer vor ihnen.

»Jeder Strand, an den Sie mitten an einem Arbeitstag fahren, sollte sich wie ein unbekannter Strand anfühlen.«

Marie konnte gegen dieses Argument nichts vorbringen. Sie fühlte sich wie ein Schulkind beim Schwänzen.

Im Sand schüttelte Van seine Schuhe von den Füßen und zog seine Socken aus. Marie versuchte, seine Füße nicht anzustarren. Aber sie waren bemerkenswert hübsch. Marie schlüpfte ebenfalls aus ihren Clogs und stellte erschrocken fest, dass sie mal wieder zwei unterschiedliche Socken trug.

»Sind Sie farbenblind?«, fragte Van.

»Nein.« Marie verstaute ihre lilafarbene und die rote Socke in ihren Hosentaschen. »Morgens um drei bin ich einfach nur müde.«

»Um drei Uhr morgens?«, fragte Van. Marie nickte erschöpft. Sie bückte sich nach einem kleinen glitzernden Stück blaues Glas und tat es in ihre Tasche. Sie hatte eine schöne Sammlung von Strandgutglas auf ihrem Küchenfensterbrett. Die Scherben stammten aus der ganzen Welt. »Kein Wunder, dass Sie im Auto geschlafen haben. Jeden Tag um drei Uhr raus, das ist kriminell, Marie. Das ist wirklich kriminell.«

»Und das sagen gerade Sie«, lachte sie. »Manchmal weiß ich wirklich nicht, warum ich das alles mache.«

»Was? Maries Bistro?«

»Ja, genau. Maries Bistro. Die Vierundzwanzigstundentage, die einen wahnsinnig machen können.« Marie rutschte ein wenig im tiefen Sand aus und verlor das Gleichgewicht. Van erwischte sie am Ellenbogen und zog sie wieder hoch. Sie war sich des kleinen elektrischen Schlages wohl bewusst, der ihren Arm hinaufkroch.

»Es wird besser«, sagte Van optimistisch. Sie warf ihm einen ungläubigen Blick zu. »So sagt man sich jedenfalls.« Er zuckte mit den Schultern. »Mir macht dieses Leben eigentlich nicht so viel aus. Lange Tage, noch längere Nächte. Kein Urlaub. Das ist okay.«

Erzähl mir das in einem halben Jahr noch mal, dachte Marie, sagte aber nichts, denn sie wollte die halbwegs entspannte Stimmung nicht gefährden.

»Na ja, ich habe ja schon immer geglaubt, dass Sie verrückt sind«, sagte sie stattdessen.

»Sie aber auch«, entgegnete Van. »Dieses Leben ist nichts für Sensibelchen.«

»Nein, das stimmt wohl«, stimmte Marie zu, aber sie war in einer Zwickmühle. Noch vor einer Stunde wäre sie bereit gewesen, alles hinzuschmeißen. Wies sie das nicht geradezu als Sensibelchen aus? »Wollten Sie schon immer Koch wer...?«

»Jawoll«, antwortete Van, noch bevor sie die Frage ganz ausgesprochen hatte. »Schon immer, jedenfalls nach der Astronauten-Phase.«

»Klar.« Marie nickte ernst.

»Meine Mutter fing wieder zu arbeiten an, als ich acht Jahre alt war«, sagte Van und vergrub seine Hände in den Hosentaschen. »Deswegen kam eine Nachbarin immer zu uns, wenn meine Schwestern und ich aus der Schule kamen, bis meine Mutter von der Arbeit zurück war. Die Frau war Susanne Palyard, die Frau von Mitch Palyard.«

»Ah, das glaube ich nicht!«, rief Marie. Mitch Palyard war kein Geringerer als der berühmteste Chefkoch an der Westküste, wenn nicht sogar der West- und Ostküste. Sein Buch mit Rezepten, Anekdoten und Reisetipps – Der Welttisch – war eine der wenigen Sachen, die sie auch auf Reisen immer bei sich hatte.

»Es ist die Wahrheit. Sie und Mitch konnten keine eigenen Kinder bekommen, also adoptierte sie mich und meine Schwestern ein wenig.«

»Haben Sie das Kochen von Mitch gelernt?«

»Um Himmels willen, nein.« Van lachte. »Der Mann konnte einem ja noch nicht mal erklären, wie man Wasser kocht. Susanne hat es mir beigebracht. Mitch war mein Mentor. Es war ...« Er machte eine kleine Pause und suchte den Himmel nach dem richtigen Wort ab.

Marie sah Van an. »Das hört sich wunderbar an«, sprang sie mit einem schüchternen Lächeln ein.

»Ja, so könnte man das ausdrücken.« Er lief weiter über den Sand, und Marie hatte Schwierigkeiten, mit seinem Tempo mitzuhalten.

»Man könnte allerdings auch sagen, dass es eine ganz bestimmte Art der Folter war. Mitch ist eine Art angenommenes Aroma.«

Sie kicherte, und sie wurden beide wieder still. Marie bemerkte, wie ihre Kondition in der letzten Zeit gelitten hatte. Sie versuchte, nicht nach Luft zu schnappen.

Van ließ sich plötzlich auf eine Düne plumpsen.

»Mann, ich bin völlig aus der Form«, hechelte Van. »Lassen Sie uns einfach hier sitzen bleiben. Wir wissen beide, dass das Wasser kalt ist.« Van blinzelte verzweifelt zu ihr auf, also ließ sie sich dankbar neben ihm nieder.

Marie grub ihre Zehen in den feuchten Sand. Sie sah den endlosen Wellen dabei zu, wie sie an das Ufer rollten und war Van in diesem Moment sehr dankbar dafür, dass er sie hierher gebracht hatte.

»Haben Sie schon immer in San Francisco gelebt?«, fragte Marie und griff in den Sand. Er rieselte ihr durch die Finger. Sie spürte, wie der Stress und ihre schlechte Laune ebenso zerrannen.

»Nein.« Van griff nach einem kleinen Stock und drehte ihn zwischen seinen Fingern. »Ich habe eine Ausbildung in Italien gemacht, und danach habe ich eine Weile in Frankreich gearbeitet …«

»Wo in Frankreich?«, wollte sie wissen. Sie war dort zwei Jahre gewesen, hatte sich in das Essen, Kochen und in Ian verliebt.

»Cannes«, antwortete Van.

»Die rote Küste von Esterel.« Marie erinnerte sich an die beeindruckende Steilküste, die die französische Landschaft dort prägte. Sie lächelte. »Ich habe im Papillon gearbeitet«, erzählte Marie Van. Endlich konnte sie ihm zeigen, welche Erfahrungen sie in ihrem Beruf schon gemacht hatte, und nutzte das aus. Nicht jeder konnte von sich behaupten, er habe schon im Papillon gearbeitet.

»Unter Gerard Renaud?« Van war offensichtlich beeindruckt. Le Papillon war das exklusivste Restaurant in Cannes.

»Ja, leider.« Marie lachte, als sie an den kleinen Napoleon dachte, der sie sechs Monate lang im Visier hatte. »Er hat mich so zur Weißglut getrieben, dass ich fast ins Gefängnis gewandert wäre.«

»Angeblich soll einer seiner Köche mal ein Messer nach ihm geworfen haben.«

»Das war ich.« Sie war nicht sonderlich stolz auf diese Tat, aber sie wünschte sich immer noch, sie hätte diesen arroganten Unmenschen erwischt.

»Wann genau haben Sie dort gelernt?«, fragte er und schlug die Beine übereinander. Seine Knie berührten ihre Schenkel, doch sie rückte nicht ab, denn sie fühlten sich warm und stark und einfach gut an.

»Es war keine richtige Ausbildung«, sagte Marie und zuckte mit den Schultern. »Ich meine, ich habe ein paar Kurse gemacht. Aber wie Sie wissen, werden in Restaurant auch ungelernte Kräfte eingestellt, so habe ich mich in Küchen der ganzen Welt hochgedient: Irland, Spanien, Frankreich, Vietnam. Als ich bei Gerard anfing, hatte ich genug Referenzen, um in seinem Restaurant zu kochen.«

Van betrachtete sie aufmerksam, als müsse er ein Rätsel lösen. »Wissen Sie Marie, wenn Sie mir das eine Woche vorher erzählt hätten, dann hätte ich wahrscheinlich genickt und behauptet, man sehe es Ihnen an.« Er schüttelte den Kopf. »Es tut mir leid, das zugeben zu müssen, aber ich hätte auf Sie herabgesehen.«

»Ja, und jetzt?«, fragte sie. Marie war überrascht, dass es ihr sogar etwas ausmachte, was er dachte.

Er holte tief Luft. »Auch das gebe ich nur ungern zu, aber jetzt bewundere ich Sie sogar noch mehr.«

Marie wusste nicht, was sie darauf antworten sollte. Sie wusste nicht, wie ihr geschah. Einerseits war sie unglaublich geschmeichelt, dass es ihr gelungen war, ihn zu beeindrucken, andererseits wäre sie am liebsten davongelaufen.

Es war einer dieser Momente, die sie, säße neben ihr ein anderer Mann, voll ausnutzen würde. Sie würde sich kopfüber hineinstürzen, egal was sich daraus, hier am Strand, ergeben würde.

Meine Güte, ich könnte es schon brauchen, ein wenig im Sand herumzutollen und zu schmusen.

Aber nicht mit ihm. Und ihm zu widerstehen fiel ihr schwerer, als sie gedacht hätte.

Endlich drehte er sich weg, um die Felsen in der Ferne zu betrachten. »Manchmal, Marie, manchmal weiß ich einfach nicht, was ich Ihnen sagen soll.«

Sie nickte, stupste den Sand mit ihren Füßen und fühlte sich mit einem Mal seltsam leer. Wieso konnte sie ihm nicht zeigen, dass sie ihn wollte? »Das gefällt mir irgendwie.«

Während Van die Felsen anstarrte, drehte sich Marie zu ihm um, um ihn näher zu betrachten. Sein schwarzes und silbernes Haar bewegte sich im Wind, der vom Ozean herüberströmte. Sie wollte es berühren, ihre Finger durch seine Strähnen gleiten lassen.

Da bemerkte sie das Grummeln in ihrem Magen, spürte die Unruhe und sah weg.

Lauf schon! Die Erwachsenenstimme in ihrem Kopf konnte es nicht länger ertragen, ignoriert zu werden. Aber sie lief nicht. Nein, sie blieb, wo sie war. Und darüber hinaus ignorierte sie all die widersprüchlichen Impulse, die ihr durch den Körper jagten. Sie ließ sich der Länge nach in den Sand fallen. Die Sonne kam ein wenig hinter den Wolken hervor. Das reichte. Sie seufzte und ließ es zu, sich glücklich zu fühlen.

»Marie …?«

»Hm?«, summte Marie.

»Vielleicht sollten wir Freunde werden?«, fragte Van. Seine Frage stach plötzlich in ihre Magengrube. Sofort war ihr sehr bewusst, wie verletzlich ihr Herz und wie zerbrechlich ihre Forschheit war, mit der sie sich gegen das Schicksal stemmte.

Sie streckte den Arm aus und berührte seine Hand. »Lassen Sie uns einfach schweigen.« Van gluckste leise, streichelte ihre Hand. Durch den kleinen Luftzug und die Bewegung auf dem Sand spürte sie, dass er sich neben sie gelegt hatte. Seine Hand lag immer noch auf ihrer, so wie das fahle Sonnenlicht und die Brise, die von der See herüberwehte.

8. Kapitel

Am Freitagmorgen führte Simon Van und Marie durch die labyrinthischen Gänge des *AMSF.*

Das ist es! Das ist es! Das ist es! Sang Marie im Rhythmus ihrer auf dem Steinfußboden klappernden Absätze. Sie konnte nichts dagegen unternehmen, dass ihr Gesicht strahlte und dass sie die ganze Welt hätte umarmen mögen. Heute war der Tag, an dem sie das zweite Stockwerk ihres Küchenschlosses einweihte.

»Es ist widerlich, wie wach du bist«, sagte Van zu ihr, der aus dem Gähnen gar nicht mehr herauskam.

»Nicht wahr?«, frohlockte sie. »Und das schon seit drei Uhr.«

»Einfach widerlich«, murmelte er.

Marie hatte schon ihren Teig angerührt und alles für Jodi vorbereitet, die zugesagt hatte, früher ins Restaurant zu kommen. Und schließlich hatte sie auch noch in ihrer Schublade das letzte saubere Paar Feinstrumpfhosen gefunden. Sie waren grau und schwarz kariert und passten hervorragend zu ihrem knielangen schwarzen Wildlederrock und dem weinroten V-Ausschnitt-Pullover, den sie trug.

»Okay«, flüsterte Simon, als sie hinter der Bühne standen. Vorn plauderten die Moderatoren über den neuesten *New York Times*-Bestseller und gaben vor, ihn gelesen zu haben. Marie wusste, dass das nicht stimmte. Die beiden konnten nämlich allenfalls das lesen, was auf einem Teleprompter stand.

»Luanne und Rick werden euch ankündigen, und dann geht ihr raus und beantwortet einige Fragen. Es ist ein Achtminutensegment, also haltet euch nicht zu lange mit den Antworten auf«, erläuterte Simon den Ablauf. Van und Marie nickten. Van gähnte.

»Und gähn nicht auf der Bühne«, fügte Simon hinzu.

Vorn lachte Luanne über etwas, das Rick gesagt hatte. Sie lehnte ihren blonden Kopf gegen seine Schulter, um sich von dem Lachanfall zu erholen, und das Publikum im Studio fing an zu klatschen. *Oh mein Gott.* Marie verdrehte die Augen, sodass Van es mitbekommen musste. Er lächelte, obwohl er anfing, nervös zu werden.

Rick verabschiedete sich für eine Werbepause, und plötzlich wurde es auf der Bühne still. Die roten Lichter der Kameras waren erloschen.

»Noch zehn Sekunden«, rief ein Produzent. Musik wurde eingespielt. »Noch fünf.«

»Da ist noch ein Schatten auf der drei, der muss weg!«, rief eine Frau, die ihre Haare mit drei Kugelschreibern festgesteckt und den Blick einer Wahnsinnigen hatte, als sie zwischen Van und Marie hindurchrannte.

»Drei, zwei …«

»Ich glaube, mir wird schlecht …«, flüsterte Van.

»Wage es ja nicht, Van. Komm, reiß dich zusammen«, flüsterte Marie zurück. Sie nahm seine Hand und schüttelte sie. Als sie merkte, wie kalt und feucht sie war, drückte sie sie leicht. Sie waren Partner. Marie spürte plötzlich Teamgeist aufkommen.

Was machte es schon, dass er arrogant war? Und dass sie sich nichts sehnlicher wünschte, als ihn nackt zu sehen? Es galt, ein höheres Ziel zu verfolgen, und darauf musste sie sich jetzt konzentrieren. So träumte sie von ihrem Koch-Imperium: ein riesiges, glänzendes Schloss mit vielen Fenstern und Türmen. Sie waren nun ein Team, und das war alles, was zählte.

Sie wusste nicht, was geschehen war, aber sie sah Van mittlerweile in einem anderen Licht. Er war zwar kein Freund, aber er war auch lange nicht mehr ihr Feind.

»Du wirst es schaffen«, flüsterte Marie und trat näher an ihn heran, um ihn zu umarmen. Sie schlang ihre Arme um seine Schultern und spürte, wie er seine Hände auf ihren Rücken legte. Ihr war, als umarmte sie eine Hochspannungsleitung. Sie spürte Van von den Fingerspitzen über ihre Brüste bis zwischen die Schenkel.

»Marie …?« Er flüsterte in ihre Haare. Seine Hände liefen ihren Rücken hinunter, sein Daumen verfolgte die Kurve ihres Rückgrats.

Das ist nicht gerade der richtige Weg, Teamgeist zu entwickeln, sagte sie sich und versuchte herauszufinden, was gerade mit ihr geschah.

Sie zog sich schnell zurück und lächelte, als hätte die kleine Verwirrung zwischen ihnen nichts zu bedeuten. Dann drehte sie sich um, um zu sehen, was auf der Bühne geschah.

»Hallo und herzlich willkommen zu unserer Show«, sagte Luanne fröhlich und schlug die Beine übereinander.

»Tja, die Produzenten von *AMSF* haben es mal wieder geschafft«, fügte Rick in seinem freundlichen Bariton hinzu.

Marie schaute Van aus dem Augenwinkel an. Die Art und Weise, wie er fast die Fassung verlor, rührte sie.

Nicht umarmen, Marie.

Sie verschränkte die Arme und stupste ihn mit der Hüfte an. »Denk an etwas Beruhigendes.«

»Sei still, oder ich muss mich auf der Stelle übergeben.«

»Unsere Leute hier von *AMSF* werden Kochshows in eine neue Dimension erheben«, Rick ging schnell voran und versuchte, sich an das Drehbuch zu halten. »Van MacAllister, Chefkoch und Besitzer vom Sauvignon – bist du da schon mal gewesen, Luanne?«, fragte Rick.

»Nein«, antwortete die Moderatorin einsilbig und klimperte mit ihren Wimpern.

Van hob die Augenbrauen, sah aber immer noch sehr weiß aus. Er schwitzte.

»Wisch dir das Gesicht ab, du siehst aus wie ein Junkie.«

Van tupfte sich mit seinem Ärmel den Schweiß von der Stirn. Marie winkte ein Mädchen von der Maske herbei, die ihn schnell abpuderte.

»Giovanni MacAllister ist der attraktivste Koch, den San Francisco zu bieten hat, seit ... ich weiß nicht, seit der Mensch das Feuer entdeckt hat«, schloss Rick.

Das Publikum lachte höflich. Van stöhnte und vergrub sein Gesicht in den Händen.

»Nun, und Marie kennen wir alle von *Soul Food*, hier auf *AMSF*«, ratterte Luanne weiter. »Seit einigen Monaten beglückt sie uns regelmäßig mit ihren wunderbaren Rezepten. Diejenigen, die ihr Restaurant noch nicht besucht haben: Schämen Sie sich! Ich weiß zwar nicht, was Marie in ihrer winzigen Küche so macht, aber es grenzt an pure Magie.«

»Und jetzt werden diese beiden Köche zeigen, was San Francisco kulinarisch zu bieten hat. Bitte begrüßen Sie mit uns Marie Simmons und Van MacAllister!«

»Jetzt geht es los, Van«, flüsterte Marie. Sie gingen auf die Bühne und traten unter die Scheinwerfer, die heißer waren als ihre Küche während eines Sonntagsbrunches. Das Publikum jubelte, und Marie sah eine neue Geschirrspülmaschine vor sich. Es konnte sich nur noch um einige Wochen handeln.

Van versuchte, in dem grellen Licht nicht zu blinzeln. Sie hatten ihm eingetrichtert, normal zu gucken, aber niemand hatte ihn gewarnt, dass die Scheinwerfer so hell waren. Und die roten Lichter auf den Kameras. Waren sie schon an? Alle vier?

Sein Magen drehte sich um, und er schluckte.

»Van?« Es war Marie, die ihn ansprach. Sie krallte ihre

Fingernägel in sein Bein wie eine wilde Katze. Er drehte sich zu ihr.

»Freust du dich nicht auch wahnsinnig auf die Show?« Ihr Lächeln war bezaubernd, aber ihr Blick verriet, dass sie kurz davor war, ihn umzubringen. Ihre Nägel gruben sich tiefer in seinen Oberschenkel.

Van neigte sein Kinn weiter zur Brust hinunter, um besser in das winzige Mikrofon sprechen zu können, das an dem Revers seiner Uniformjacke angebracht war.

»Ja«, sagte er. »Ich freue mich riesig auf die Show.«

Maries Lächeln verschwand, und einen Moment lang sah es so aus, als wäre sie genauso entsetzt, wie er eigentlich über sich sein sollte. Van hatte das Gefühl, alles finde unter Wasser in Zeitlupe statt.

Die verrückte Produzentin von vorhin stand an der Seite der Bühne und sagte etwas zu ihm, indem sie nur die Lippen bewegte, aber alles, was er hören konnte, war das Rauschen in seinen Ohren und sein eigener Herzschlag.

Er spürte, wie ihm der Schweiß an der Wange herabrann.

»Auf welche Sendung freust du dich am meisten?« Marie zischte ihm die Frage durch die Zähne zu.

»Ich freue mich auf das Thema ›Schmeckt wie Hähnchen‹«, sagte er und hörte auf, beim Sprechen das Kinn zu senken. Marie nickte, aber sie sah ihn dabei an, als sei er ein kleiner Junge, der bei der Schulvorführung seine Hose herunterzog. Sie wandte sich wieder an die Moderatoren und stand Rede und Antwort, ohne sich weiter um ihn zu kümmern.

Ruhig und gelassen. Stell dir etwas Beruhigendes vor. Mein Atem geht ruhig und gleichmäßig.

Er blinzelte, schüttelte den Kopf und stellte sich ein Glas Shiraz und ein perfekt gegrilltes Lammsteak mit gebackenen Tomaten vor. Und einen Cheeseburger mit Blauschimmelkäse. *Ruhig und gelassen. Atme, Van, atme ruhig und gelassen.* Dann begann er zu sprechen.

»Ich denke, das, was wir machen werden, unterscheidet sich von den anderen Kochshows. Jedenfalls habe ich noch nie so eine Sendung gesehen«, sagte er und sah, wie sich Maries Schultern senkten. »Hauptsächlich«, fügte er hinzu und dachte an ein kühles Guinness und leicht frittierte Piroggen, »wird es Spaß machen, Marie, dir dabei zuzusehen, wie du eine Schweineschnauze probierst.«

»Oh, Van, machst du Witze? Ich liebe Schweineschnauzen.«

»Erinnere dich an meine Worte.« Van schaffte es sogar, in die Kamera zu schauen. »Ein Blick auf die behaarte schwarze gegrillte Schweineschnauze, und Marie wird sich verabschieden.«

»Das werden wir ja sehen, Van.«

Van hatte das Gefühl, er könne die Spannung, die zwischen ihnen lag, schmecken und riechen. Als er seine Hand auf ihre Schulter gelegt hatte, berührte sein Daumen die Haut an ihrem Hals.

Plötzlich musste er nicht mehr an Essen und Trinken denken, sondern daran, wie Maries Haare über ihre Schultern fielen, an ihre vollen Lippen und daran, wie ihre Brüste sich gegen die Kleidung abzeichneten, die sie trug. Auch wenn er aus den Augenwinkeln wahrnehmen konnte, dass die Kameras liefen, schien die Welt für ihn zu schrumpfen, bis nur noch er und Marie übrig waren. Er legte seine Hand auf ihre und strich mit dem Daumen über ihre weiche Haut.

»Na, das hört sich ja spannend an«, sagte Rick und rieb sich die Hände. Marie zwinkerte und wandte sich wieder an die Moderatoren, während sie vorsichtig ihre Hand aus seinem Griff löste.

Das war ein Fehler. Er fühlte sich, als habe er sich an der elektrischen Spannung, die zwischen ihnen herrschte, verbrannt.

Minuten später fand er sich und Marie hinter der Bühne wieder.

»Okay«, flüsterte Simon und nickte, als er sie in Empfang nahm. »Es hätte noch schlimmer sein können.«

»Wie das denn?«, fragte Marie schnippisch, wobei sie vergaß zu flüstern. »Wie hätte es noch schlimmer sein können?«

»Wenn ich mich übergeben hätte.«

»Sehr witzig.«

Das fand Van gar nicht.

»Was war los, Van? Bei der Probe hast du es toll gemacht.«

Van konnte nur mit der Schulter zucken. Bei der Probe liefen die Kameras ja auch nicht.

»So können wir die Show nicht machen.« Marie wandte sich an Simon. »Wir haben auf der Bühne wie Idioten ausgesehen.«

»Aber mal abgesehen davon«, Simon schüttelte den Kopf, »der letzte Teil war eigentlich ganz gut. Sobald Van von den lebenden Toten wieder auferstanden war, war die Spannung zwischen euch ja förmlich greifbar.« Simon grinste breit, und sein Gesicht leuchtete in dem dunklen Backstagebereich. »Essen, Abenteuer und Sex. Das wird eine super Sendung.«

9. Kapitel

Sie standen immer noch in dem dunklen Raum hinter der Bühne. Van schloss seine Finger um ihr Handgelenk. Marie stand einfach nur da und nahm die Hitze und die Energie auf, die von Giovanni MacAllister ausging.

Sie spürte seinen Atem an ihrer Wange und versank in die unergründlichen Tiefen seiner schwarzen Augen. *Hey!* rief die Stimme der Vernunft, die sich von diesem Typen nicht beeindrucken ließ, aber ihre Hormone ignorierten die weisen Ratschläge.

Marie öffnete leicht den Mund und bewegte ihren Körper in winzigen Schrittchen auf Van zu. Sie atmete tief ein und nahm den Duft von Pfefferminze und anderen Gewürzen wahr, der zu Van gehörte. Ihre Brust berührte seine Anzugjacke. Oh Mann, dachte Marie, oh Mann.

»Du hast ein Problem, Van«, flüsterte Marie, ohne ihre Lippen zu bewegen. »Und ich glaube, genau das mag ich an dir.«

»Dasselbe könnte ich auch von dir sagen«, murmelte Van. Marie hielt die Luft an. Sie wollte nicht diejenige sein, die den ersten Schritt machte, diese Beziehung veränderte und die Büchse der Pandora öffnete. Aber auf der anderen Seite hielt sie es so auch nicht mehr länger aus. Schlimm genug, dass sie hier stand und Vans Blick auf ihren Lippen spürte, und dass sie nichts anderes wünschte, als dass er sich ein paar Millimeter weiter zu ihr herunterbeugen möge, um die Sehnsucht, die schon lange in ihr keimte, zu stillen.

»Vorsicht, ich muss hier mal durch«, flüsterte jemand, der einen Arm voller Kissen an ihnen vorbeibalancierte. Sie und

Van sprangen auseinander wie Teenager, die erwischt worden waren.

»Ich … ehm«, sagte er und hielt inne. Seine Hand berührte die Narbe an seinem Kinn. Das untrügliche Zeichen, dass seine Nerven blank lagen, was ihn in diesem Moment nur noch attraktiver machte.

»Ja … also«, Marie gab sich keine Mühe, den Satz zu Ende zu bringen. Sie betrachtete ihre Schuhe. Sie erstickte an den Dingen, die sie hätte sagen sollen. *Tut mir leid, ich kann das nicht tun. Entschuldige, aber wir sind Geschäftspartner. Tut mir leid, ich erhole mich gerade erst von einer schwierigen Beziehung.* All das wäre in Ordnung gewesen. Aber sie war taub durch die Impulse, die durch ihren Körper gingen. Sie, Marie Simmons, war dabei, ihre Souveränität zu verlieren. Also sagte sie: »Ich muss zurück zum Restaurant, ich muss los.«

Sie drehte sich um und ließ ihn dort hinter der Bühne stehen. Sie musste dem Impuls widerstehen, sich umzudrehen, um zu sehen, ob er ihr nachsah.

Sonntagabend standen Van und Marie frierend an einer Straßenecke in Chinatown. Er trug seinen abgewetzten Ledermantel, Marie hatte ihre gefütterte rote Lieblingsjacke aus Shantungseide an. Sie sah verdammt gut aus, das stimmte, aber sie taugte nicht viel im scharfen Wind, der aus den Bergen kam und um die Ecken von Chinatown pfiff.

»Ich … na, kommen Sie schon, muss das wirklich sein?« Van jammerte, als Teresa seine langen Wimpern mit Mascara schminkte.

»Essen, Abenteuer und Sex. Ohne Mascara können Sie nicht sexy sein«, antwortete die Maskenbildnerin ungerührt.

Oh doch, kann er sehr wohl. Maries Puls überschlug sich immer noch bei dem Gedanken an den vermeintlichen Kuss von zwei Tagen zuvor.

»Okay, jetzt erzähle ich euch, was wir machen.« Die Frau mit den Kugelschreibern in ihrem Haar, Agnes, informierte sie kurz über den Ablauf. Sie würden einfach die Straßen entlangmarschieren, sich über dieses und jenes in Chinatown unterhalten und dann vor einem bestimmten Geschäft anhalten. »Noch Fragen?«

»Ja«, sagte Van, »haben die Kameras auch diese roten Lampen wie die im Studio?«

Agnes runzelte die Stirn. »Nein.«

»Na dann, nichts wie los.« Van lächelte Marie heiter an. Seine grüne Gesichtsfarbe war verschwunden.

Er legte die Arme um Maries Schulter. »Danke, dass du dem hier zugestimmt hast, Marie.« Sie spürte seinen Atem und bekam eine Gänsehaut. Ihr Herz begann wie wild zu klopfen.

Sie drückte Van kurz an sich und ließ ihn dann los.

»Alle auf ihre Plätze!«, rief Agnes. »Fertig?«

Alle antworteten mit einem begeisterten *Ja*!

Van lief einmal an der verabredeten Haltelinie vor dem Geschäft vorbei. Marie passierte dasselbe gleich neun Mal. Es war ihr unsagbar peinlich. Marie fand ihre ersten Versuche unbeholfen, Van hörte sich an wie ein Roboter, und Marie versuchte das auszugleichen, indem sie klang wie ein Funkenmariechen unter Drogen.

»Van«, sagte sie und zupfte ihn nach der zehnten Aufnahme am Ärmel. »Lass uns das Drehbuch einfach ignorieren. Wir klingen total hölzern.«

Van sah sie erschrocken an: »Du meinst, wir sollen improvisieren?«

»Ja, wir wissen doch ungefähr, was wir zu sagen haben, lass es uns einfach versuchen, das geht sicher besser. Wir werden das Kindchen schon schaukeln.«

»Marie …« Van zog die Augenbrauen zusammen. »Ich schaukele das überhaupt nicht.«

Es überraschte sie nicht, dass er das sagte. »Aber wir müssen irgendetwas ändern, denn so geht es partout nicht. Wir machen uns damit zum Affen.«

Van holte tief Luft und begann, langsam zu nicken. »Okay, wir schaukeln das schon.«

Bei der nächsten Aufnahme waren sie entspannter und spielten sich die Bälle besser zu. Nebenher tauschten sie noch Einkaufstipps in Chinatown aus. Von gegrillter Ente über Kräuter, die in Klöstern von Nonnen gezüchtet wurden, Schlangen und Gewürzen hin zu der seltenen Delikatesse, den Hundertjährigen Eiern.

Das Intro endete, wie alle Einleitungen enden: »Gutes Essen sollte ein Abenteuer sein«, sagte Van. Marie sah direkt in die Kamera: »Lassen Sie sich darauf ein, ich fordere Sie heraus.«

»Und Schnitt«, rief Agnes. »Toll Leute, super gemacht. Lasst uns gleich die nächste Einstellung drehen.«

Van sah ein wenig mitgenommen aus. Marie tätschelte ihm den Arm. »Geht es dir gut?«, fragte sie. *Ich will ihn küssen.* Es lag vielleicht an der Aufregung, die mit den Dreharbeiten einhergingen oder am Mascara, den er trug, jedenfalls würde sie sterben, wenn sie ihn nicht bald küsste.

»Mir geht es gut!«, sagte er und zuckte mit den Schultern. »Ich habe das Kindchen geschaukelt.«

Das waren wir beide, Freundchen, dachte sie.

Die ganze Crew kletterte zurück in den Bus, um zu dem Restaurant zu fahren, wo es ihre Lieblingssuppe Süß-Sauer gab.

Der Raum war klein und quadratisch. *AMSF* hatte es für eine Stunde Drehzeit gemietet.

»Hallo, Ling!« Marie winkte der Besitzerin zu, die schon hinter dem Tresen auf sie wartete. Ling winkte zurück, verneigte sich und strahlte über das ganze Gesicht. Marie fühlte sich großartig, denn sie konnte ein wenig Glamour in Lings Alltag bringen.

Agnes rannte herum und rief den Technikern etwas über Licht und Geräuschpegel zu, während Van und Marie in einer Nische saßen und heißen Tee tranken.

Jeder war so in seine Aufgabe vertieft, dass niemand die beiden zu bemerken schien. Marie gab sich Mühe, Van nicht zu lange in die Augen zu schauen. Weil sie in dieser engen Nische saßen, achtete sie außerdem darauf, dass sich ihre Knie oder Finger ja nicht aus Versehen berührten.

Sie hatte alles im Griff.

»Müssen wir das Ganze noch mal im Palace Garden machen?«, fragte Van. Er bezog sich auf die Techniker, die gerade die Scheinwerfer einrichteten.

»Ich fürchte es.«

»Ich hätte vielleicht nur sagen sollen, das hier sei auch mein Lieblingsrestaurant.«

Marie lachte über seinen Einfall. Van hatte sich genau das Gegenteil von Lings bescheidenem Laden ausgesucht. Palace Garden war ein Vorzeigechinese, der in Luxus schwelgte: Er überschlug sich mit Brunnen, einem Orchideengarten, Leinentischwäsche und Essstäbchen aus echtem Elfenbein.

»Natürlich. War ja klar, dass du dir das Palace Garden aussuchst. Hast du dich jemals unter das gemeine Volk gemischt, Van?«

»Ich bin doch gerade mit dir unterwegs, oder?«

»Haha.« Marie nippte an ihrem Tee und seufzte.

»Also, woher bekommen sie das Ei?«, frage Van, und Marie wachte wieder auf. Hundertjährige Eier waren für Scherze nicht geeignet.

Als Marie in China war, hatte sie dabei zugesehen, wie sie zubereitet wurden. Der Chefkoch, für den Marie damals arbeitete, hatte einen Auftrag für die Eier bekommen, und es war Marie, die sich darum zu kümmern hatte. Sie hatte eine kleine alte Frau entdeckt, die frische Enteneier in einer braunen Mischung aus Salzwasser, Pinienasche und Limonensaft für hundert Tage einlegte. Tage, nicht Jahre. Aber das machte keinen großen Unterschied. Sie waren immer noch eklig.

»Beim Palace Garden um die Ecke.«

»Hast du schon mal eines probiert?«

»Nein, aber ich weiß, wie sie riechen.« Die kleine Chinesin hatte mal eines aufgeschlagen, und Marie musste nur bei der Erinnerung an den Geruch immer noch würgen. »Es ist übel, Van. Richtig, richtig böse.«

»Wollen wir wetten, wer sich als Erstes übergeben muss?« Er sah sie verschmitzt an. Sein Blick forderte sie heraus. Marie sah weg und atmete tief ein. Dieses Lächeln von ihm hatte es in sich.

»Marie?« Sie wusste aufgrund seiner Tonlage, dass er über die Situation am letzten Freitag sprechen wollte.

»Sieh mal, Van ...« Sie stand auf. »Ich weiß, was du gleich sagen wirst.« Sie musste sich abwenden, um nicht von seinem aufrichtigen und zärtlichen Blick gefangen genommen zu werden.

Van stand ebenfalls auf. »Ach, das weißt du?« Er neigte seinen Kopf zur Seite.

»Ja, sicher, du ...« Warum fiel es ihr so schwer? In den letzten Jahren hatte sie Dutzenden von Männern einen Laufpass gegeben, warum zögerte sie jetzt? Was hinderte sie daran? »Ich weiß, dass du letztens wahrscheinlich den Eindruck bekommen hast, dass ...« Sie fuchtelte mit der Hand in der Luft, weil ihr die Worte fehlten.

»Als wir hinter der Bühne standen und wir gerade dabei waren ...?«, sprang Van ein. Er beugte sich über den Tisch, damit die anderen nicht hören konnten, was er sagte. »Ist es das, wofür dir die Worte fehlen?«

»Ist schon okay«, flüsterte sie. Gerade als er den Satz aussprach, wusste sie, dass sie nicht mehr Herrin der Situation war. Sie wurde immer wieder von dem Gedanken abgelenkt, dass … sie ihn hinter der Bühne hätte küssen sollen. Versunken starrte sie auf seine Hand. Auf seinem Handrücken standen die Venen ein wenig vor. Sie konnte seinen Geruch über den Tisch hinweg wahrnehmen, und der machte sie wahnsinnig.

»Also, was ist?«, fragte er. Er war ihr immer noch sehr nah.

»Das können wir nicht tun.«

»Wir können das nicht tun?« Er lacht kurz trocken auf. »Sprich von dir, Marie.«

»Okay, Van. Ich kann es nicht tun. Es ist eine schlechte Idee, denn es geht um unser Geschäft. Wir sollten so weitermachen wie bisher.«

»Und das wäre?«

»Als Geschäftspartner, und vielleicht von Zeit zu Zeit als ….«, es fiel ihr schwer, den Satz weiter zu sprechen, »Freunde.«

Van warf den Kopf zurück und lachte aus vollem Halse. Die ganze Crew drehte sich nach ihnen um.

»Sch…« Marie versuchte, ihn wieder zu beruhigen, bevor jemand fragte, was so lustig sei.

Er räusperte sich. »Du erzählst mir hier, dass du nicht mit mir schlafen willst, weil es unserer Freundschaft schaden könnte?«

Sie nickte.

»Marie.« Es lag etwas in seiner Stimme, eine gewisse Schärfe, die vorher nicht da gewesen war und die ihren Atem stocken ließ. »So gute Freunde sind wir nun auch nicht.«

Marie war sprachlos. Sie war daran gewohnt, dass Männer das Argument »Lass uns unsere Freundschaft nicht gefährden« respektierten. Es war idiotensicher und so etwas wie die heilige Kuh der Trennungsgespräche und der ernsten Unterhaltungen mit Menschen, die ihr gar nicht erst zu nahe kommen sollten. Es gab einen Grund dafür, warum dieser Satz sich so großer Beliebtheit erfreute. Höfliche Mensche sagten nicht einfach: »Scheiß einfach auf unsere Freundschaft.«

»Mach dich darüber ruhig lustig, Van. Nur zu …«

»Wer macht sich hier über wen lustig? Marie, im Moment möchte ich wesentlich lieber mit dir schlafen, als dein bester Freund zu sein.«

»Hör zu …«

»Du versuchst doch wohl nicht ernsthaft, mir jetzt weiszumachen, dass es dir nicht genauso geht?« Er hatte recht, aber sie würde es um keinen Preis zugeben. »Okay, Marie. Schau mir in die Augen und wiederhole, dass ich dich nicht interessiere. Dann machen wir es so, bleiben einfach Freunde.«

Es war schwierig. Es war schwieriger, als sie gedacht hätte. Aber am Ende brachte sie es fertig. Sie sah ihm direkt in die Augen und log: »Du interessierst mich nicht.« Van sah sie an, und sie zwang sich, ihren Blick nicht abzuwenden. Nach einem Augenblick berührte er ihr Gesicht. Seine Finger glitten an ihrer Wange herunter. Marie spürte seine Wärme in ihrem Bauch und in den Brüsten. Zu ihrer kompletten Schmach öffneten sich unbewusst ihre Lippen.

»Du lügst mich an«, flüsterte er. Seine Fingerspitzen streichelten ihren Mundwinkel, bevor er seine Hand wieder auf den Tisch sinken ließ.

»Okay, Leute, bringt das Essen raus und macht alles startklar«, rief Agnes.

Lings Töchter brachten ihnen riesige Schüsseln mit dampfender Suppe, Teller mit Koriander, Limonenschnitze und Sojasprossen, um sie in die Suppe zu tun. Die Mädchen lächelten und verneigten sich, aber Marie achtete nicht sonderlich darauf.

Sie war zu sehr damit beschäftigt, nicht über den Tisch zu springen und Van die Klamotten vom Leib zu reißen.

10. Kapitel

»Marie, wo kommen plötzlich überall diese Leute her?«, wollte Jodi wissen. Normalerweise war ihr kleines Tänzchen um die Salatbar und die Kasse wohl choreografiert, aber heute mussten sie die dreifache Geschwindigkeit an den Tag legen, um dem Ansturm der Kunden nachzukommen. Die Leute standen bis vor der Tür an, um in Maries Bistro ihre Mittagspause zu verbringen. An den Dienstagen lief das Geschäft normalerweise gut, aber das hier war nicht zu glauben!

»Ich habe keine Ahnung«, sagte Marie atemlos, während sie Jodi die Verpackungen für die Sandwiches abnahm und die Kunden aufrief, deren Essen bereit stand. »Wie geht es dir, Pete?«

»Gut«, murmelte Pete, ohne sich von der Espressomaschine umzudrehen, deren Milchschäumer auf Hochtouren lief.

»Wie lange werden wir das hier durchhalten?«, fragte Jodi, während sie Wildreis-Salat auf einen Teller tat. Ein Löffel ging daneben und fiel auf den Boden, die Körner schob sie mit dem Fuß zur Seite, damit niemand darauf ausrutschen konnte. Pete war zuvor schon fast auf einer Tomatenscheibe ausgerutscht. »Wie lang ist die Schlange noch?«

Marie linste durch das »E« in Maries Bistro, das auf die Fensterscheibe gemalt war. »Ich sehe das Ende nicht.« Sie konnte jedoch sehen, dass auf der Straßenseite gegenüber einige Leute vor dem Eingang des Sauvignon herumstanden. Das war seltsam, denn normalerweise gingen mittags nicht viele Gäste dorthin.

Das Telefon klingelte, und Marie ging ran. Während sie telefonierte, hörte sie nicht auf, Gerichte aus der Küche in das Restaurant zu tragen.

»Hallo?« Sie klemmte den Hörer zwischen Ohr und Schulter.

»Was zum Teufel ist da eigentlich los, Marie?« Es war Van. Er lachte ins Telefon. Im Hintergrund hörte sie Geklapper aus der Küche des Sauvignon.

»Wenn ich das wüsste«, rief sie zurück. »Sorry«, flüsterte sie der Frau zu, die an der Kasse warten musste.

»Du hast eine Schlange vor der Tür!«

»Ich weiß. Du auch.« Marie fühlte sich wie ein Kind, das sein Geheimnis mit einem anderen teilt. Mit Van.

Marie zuckte zusammen. Am anderen Ende der Leitung musste etwas Schweres zu Boden gefallen sein.

»Ich muss auflegen!«, rief Van. »Ich wollte mich nur bei dir bedanken, Marie. Danke.«

»Nein, Van, dank…« Er hatte schon aufgelegt.

»He, Quasselstrippe, falls es dir noch nicht aufgefallen sein sollte, wir verrecken hier«, schmollte Jodi. Marie legte den Hörer zurück in die Station und kümmerte sich um ihre Kundschaft. Ihr Koch-Imperium begann zu wachsen.

Van war sich nicht sicher, wie er es anstellen sollte, Marie zu verführen. Sie war ganz anders als andere Frauen, die er kannte. Blumen, Wein, all das schien ihm ein bisschen zu kleinlich für Marie. Es musste etwas Größeres, Besseres sein. Noch bevor er jedoch zu einem Schluss gekommen wäre, stand sie plötzlich am Freitag bei ihm vor der Tür. In der Hand hielt sie das Geld, das sie ihm für die Wette um das Hundertjährige Ei schuldete.

»Man kann dich keine schlechte Verliererin nennen«, sagte Van und nahm ihr die hundert Dollar aus der Hand. Er war genauso überrascht wie sie, als sie sich übergab. Er hatte ihr versichert, dass sie ihm das Geld nicht zu geben brauche. Er wusste, dass sie genauso knapp bei Kasse war wie er, aber sie hatte darauf bestanden.

»Fair ist fair«, gab sie stoisch zum Besten. Van lächelte, faltete den Schein und verstaute ihn hinten in seiner Hose. Es war ein seltsames Gefühl, sie hier in voller Montur in seiner Küche zu sehen. Er kam sich auf diffuse Art nackt vor.

»Soll ich dich herumführen?«, fragte er.

Sie schüttelte die silbernen Armbänder von ihrem Handgelenk, um auf die Uhr zu schauen. Das Geräusch dieser Geste, das er schon Hunderte von Malen gehört hatte, übte eine seltsame Kraft auf ihn aus.

»Ja, ich habe Zeit.«

»Woher hast du eigentlich diese Armbänder?«, fragte Van. Plötzlich interessierte es ihn.

Marie sah auf ihr Handgelenk, als habe sie selbst die Kettchen schon eine Weile nicht mehr beachtet. »Einige habe ich in Arizona bekommen. Als Kind. Andere stammen von wo anders her.«

»Du bist immer noch ein Kind«, stellte er fest, »völlig kindisch.«

»Haha. Zeig mir deinen Palast, König Van.«

Sie gingen durch seine Küche, und das Gefühl, dass er ihr eher nackt gegenübertrat, wurde noch schlimmer. Der frei stehende Steinofen für seine legendären Pizzen war das Schmuckstück neben seinem Grill und Herd. Die Messingtöpfe hingen von der Decke herab. Er mochte diese Art künstlerisches Chaos. Er beobachtete sie aus den Augenwinkeln, um ihre Reaktion darauf zu sehen.

»Ich muss dir etwas gestehen, Van.« Marie holte Luft.

»Ich liebe ein gutes Geständnis«, scherzte Van.

»Du hast, um das Restaurant zu bekommen, an einer Versteigerung teilgenommen, oder?«

Uh, allein die Erinnerung an diese Zeit bereitete Van Sodbrennen. »Ja, das stimmt. Woher weißt du das?«

»Ich war der andere Interessent.«

Wie ungemein passend – schon bevor sie einander kennenlernten, hatte sie ihn bereits wahnsinnig gemacht. »Ich hätte das Restaurant dir überlassen sollen«, sagte er.

»Ich hasse es, darauf herumzureiten, aber ich bin froh, dass du das mit den Abwasserleitungen hinbekommen hast.«

»Danke«, knurrte er und setzte den Rundgang fort. Ein einziges Mal erlaubte er sich, seine Hand auf ihren Rücken zu legen, aber nur kurz.

Van ließ sie die Soßen probieren, die auf dem Herd köchelten, und war extrem geschmeichelt, als ihre Augen glänzten, als sie seine rote Soße probierte. Es sei die beste, die sie jemals gegessen hatte. Er sprach über seine selbst gemachte Pasta und zeigte ihr die Krabbenfleisch-Ravioli, die Spezialität einer seiner Köche.

Sie fragte nach seinem Brot, und er erklärte ihr, woher er es bezog. Sie schüttelte den Kopf unter permanentem »tsts« wie eine Grundschullehrerin bei einer offensichtlich falschen Antwort.

»Kennst du einen besseren Bäcker als Deuce-Bread?«

»Van, bietest du mir etwas gerade einen Job an?«

Er wünschte, sie würden endlich miteinander Sex haben, dann wäre die Spannung weg und sie könnten sich wieder normal unterhalten, ohne dass er die ganze Zeit auf ihre Brüste schauen musste.

»Nein, aber vielleicht biete ich dir einen Deal an«, antwortete er.

»Eins nach dem anderen, Van. Zeig mir deinen Gastraum.«

Die Beleuchtung war abgeschaltet, aber das Sonnenlicht drang durch die großen Fenster von außen herein. Die Wände leuchteten wie Hustensirup.

»Guter Gott, deine Wände sind ja leuchtend rosa!«, rief Marie überrascht aus. In ihrem Gesicht spiegelten sich sowohl Schrecken als auch Amüsement. »Van, deine Wände …«

»Schon gut, ich weiß«, sagte er und machte eine wegwerfende Handbewegung. »Ich dimme das Licht, damit der Raum dunkler wirkt.«

Sie lachte. Als sie seinen Gesichtsausdruck sah, versuchte Marie, möglichst schnell wieder ernst zu werden. »Es tut mir leid, aber … mein Gott … du ja hast rosafarbene Wände! Der männlichste Koch San Franciscos. Perfekt.«

»Bist du fertig?«

»Hm. Ja.« Sie biss sich auf die Lippen, um nicht erneut loszuprusten.

»Tu dir keinen Zwang an …«, sagte er grimmig und ging hinüber zur Bar, um sich einen Kaffee einzuschenken, während sie versuchte, sich zu sammeln.

»Van, der Raum sieht hübsch aus.« Sie sah sich um und drehte sich dabei langsam um die eigene Achse.

Van bekam plötzlich das Gefühl, sie sei das Beste, Strahlendste, was ihm jemals widerfahren konnte. Etwas, das von sich aus strahlte. Er nahm einen Schluck Kaffee und sah über den Rand seiner Tasse zu ihren Armbändern. »Also, was hat es damit auf sich?«

Marie berührte sie. Van zählte sie durch: fünf an jeder Hand.

»Sollen sie dich an deine Kinder erinnern, die überall verstreut auf der Welt leben?«

»Keine Kinder.«

»Ex-Ehemänner?«

»Sicherlich nicht«, sie lachte, aber Van wusste, dass es nicht ganz ehrlich war. Ihr Lachen hatte normalerweise einen anderen Ton, es war magisch.

Sie strich weiter über die silbernen Kettchen. Weil sie allein waren und es um sie herum still war, streckte Van seine Hand aus und berührte eines mit der Fingerspitze. Das Armband war warm von ihrer Haut. Als er das bemerkte, spannte sich sein ganzer Körper an.

»Fünf Fehler«, flüsterte Marie, »und fünf Lektionen.« Sie warf den Kopf zurück, und ihr Haar fiel über ihre Schultern. Van nahm ihren Duft wahr.

»Willst du mir davon erzählen?«

Sie sahen einander so lange an, dass Van fast die Einladung annahm, die immer zwischen ihnen im Raum schwebte, wenn sie zusammen waren. Fast lehnte er sich vor, um seine Lippen an ihre zu pressen, um zu sehen, ob sie so schmeckten, wie sie rochen, ob sie so weich waren, wie sie aussahen.

»Vielleicht ein anderes Mal.« Sie stieß sich von der Bar ab. Van musste unwillkürlich lächeln. Er war noch nie in ein Mädchen soo verliebt gewesen, seitdem er vierzehn Jahre alt war.

»Ich muss wieder an die Arbeit.«

Sie ging zum Eingang zurück.

»Marie ...« Sie drehte sich um, eine Strähne fiel ihr dabei ins Gesicht. »Irgendwann wird es zwischen uns so weit sein.« Er legte seine Arme auf die Bar und sah ihr in die Augen. »Das weißt du, oder? Es ist unvermeidlich.«

Marie trat auf den Bürgersteig hinaus. Er sah sie nach links schauen und mit der Hand die Augen vor der Sonne schützen. Dann fiel die Tür wieder zu, und er war allein in dem Duft von Basilikum und Limonen, der in der Dunkelheit seines Restaurants schwebte.

11. Kapitel

»Das da ist ein Krabbenkutter.« Van hielt auf dem alten hölzernen Steg an, der zu dem Krabbenkutter führte, auf dem sie den Tag verbringen würden. Marie, die direkt hinter Van ging, war zu verschlafen, um rechtzeitig anzuhalten. Sie rannte prompt in ihn hinein. Sofort spürte sie das Bedürfnis, dort zu bleiben, seinen warmen Rücken zu berühren, die Arme um seine schmale Hüfte zu schlingen und so wieder einzuschlafen …

Vorsicht, ich muss hier mal durch. Sie ging einen Schritt zur Seite und fühlte den kalten Wind zwischen ihre warme Jacke und seinen Rücken fahren.

Es war noch früh am Sonntagmorgen, und sie drehten die Szenen mit den Krabbenfischern für ihre zweite Show. Es war zwei Tage her, seitdem Van sein Vorhaben angekündigt hatte. *Es ist unvermeidlich, Marie …* Seine Worte verfolgten sie in ihren schlaflosen Nächten, wenn sie sich in ihrem Bett hin- und herwälzte, wenn sie kalt duschte und einen kleinen Whiskey trank, um endlich einschlafen zu können.

Irgendwann, wenn sie genug hatte, betrunken und erregt war, berührte sie sich, um sich selbst Erleichterung zu verschaffen. Dabei stellte sie sich die ganze Zeit Vans breite und starke Hände vor.

Marie blinzelte hinter Vans Rücken hervor. Ein dieselgetriebener Krabbenkutter lag am Ende des Steges. Auf dem Heck waren die runden Käfige wie alte Reifen gestapelt. Der alte Kahn dümpelte auf dem Wasser wie eine Reliquie. Ein schönes Erinnerungsstück, das zeigte, wie es früher wohl im alten San Francisco ausgesehen haben mochte. Der Schiffsrumpf war mal grün gestrichen gewesen, nun war es ein verwaschenes Grau, was zum Deck hin noch die alte Farbe erahnen ließ.

»Das muss doch wohl ein Missverständnis sein.« Van drehte sich kopfschüttelnd um.

»Wir gehen heute Krabben fischen, Van. Und das da ist ein Krabbenkutter.« Marie sah ihn aus verschlafenen Augen an.

»Ja, ich bin ein Fernsehkoch, der Krabben auf einem Charterboot fischt. Charterboot«, wiederholte er langsam, als wüsste Marie nicht, was das Wort bedeute. »Charterboot, das heißt beheizte Kabine, bequeme Stühlen und jemand, der die ganze Arbeit macht.«

Marie richtete sich auf. »Du irrst dich. Du bist ein Fernsehkoch, der für die Sendung auf einen Krabbenkutter geht. Ein ganz normales Schiff, mit dem Krabben gefischt werden. Normal. Das heißt, du ziehst dir lieber jetzt die Schwimmweste über und betest, dass du nicht über Bord gehst.« Sie lief an ihm vorbei, hauchte auf ihre kalten Hände und schimpfte: »Verdammt, ist das eisig.«

»Menschen kommen auf diesen Schiffen um, Marie«, flüsterte Van und holte sie dabei ein. »Sie klemmen ihre Hände oder Füße in diesen riesigen Seilen ein und werden einfach über Bord gezogen.«

Marie ignorierte ihn, denn von seiner ewigen Schwarzseherei wollte sie sich nicht die Laune vermiesen lassen. Marie freute sich auf die Szenen mit dem Krabbenfischer. Sie atmete die kalte, salzige Luft tief ein. Im Osten erschien die Sonne nur wie ein kleiner rosafarbener Nebel, der kaum wahrzunehmen war. Im Westen war es immer noch tiefschwarze Nacht.

Für einen Kaffee würde ich mir meinen rechten Arm abhacken lassen, dachte sie.

»Marie«, flüsterte ihr Van ins Ohr, »ich meine es ernst.« Vom Boot aus konnte man sie hören.

Ich würde selbst Van für einen Kaffee stehen lassen.

»Hallo Jungs«, sie lächelte die Crew an – ein halbes Dutzend starker Männer, die offensichtlich italienischer Herkunft waren, »nehmt ihr uns mit?«

»Darauf können Sie wetten!« Einer von ihnen hielt ihr seine Hand hin, um ihr an Bord zu helfen, aber Van war schneller.

»Entschuldigen Sie uns einen Moment«, wandte er sich an die Fischer und wirbelte Marie zu sich um. »Marie, das hier ist nicht das, was ich unterschrieben habe.«

»Genau das ist es auch. Wir gehen Krabben fischen. Du hast Krabbenfischen unterschrieben.«

Van sah zum Himmel. Das tat er immer, wenn er kurz davor war, sie zu würgen. Sie lächelte. »Entspann dich, Van.« Sie klopfte ihm sogar auf die Schulter, weil es noch so früh und sie noch müde war und er so nett mit seiner dunkelblauen Strickmütze aussah. Sie strich seinen Arm entlang.

Seine Augen verengten sich zu Schlitzen. »Netter Versuch. Ich werde nicht auf dieses Boot steigen.«

»Tut mir leid, Van.« Von hinten kam Agnes den Steg entlang. »Aber du wirst auf dieses Boot steigen müssen.« Agnes und ihr Kameramann gingen auf den Kutter zu. Beide trugen Ölzeug und dicke Mützen. Und sie brachten Kaffee mit. *Gott sei Dank.* Agnes gab Marie eine Tasse.

»Ich dachte, ihr könntet heute Morgen einen Kaffee gebrauchen«, sagte sie mit einem Lächeln.

»Agnes, ich würde dich heiraten, wirklich«, antwortete Marie und legte ihre kalten Hände um das warme Porzellan. Mit Agnes und dem Kameramann war noch ein Mann angekommen, den sie bisher nicht kannte. Er war klein und blond und sah genauso verfroren aus wie die anderen. Bevor sie Agnes nach ihm fragen konnte, sprach Van sie an.

»Agnes, ich verstehe voll und ganz, dass das hier ein Abenteuer sein soll, aber diese Boote können wirklich gefährlich sein.« Van versuchte verzweifelt, vernünftig zu wirken, was ihm aber gänzlich misslang. Vielleicht war Marie auch nur so froh über ihren Kaffee, aber in diesem Moment fand sie ihren Partner anbetungswürdiger denn je.

»Sei kein Frosch, Van. Es ist ein Boot, es sind ganz normale Fischer, und keiner wird versuchen, uns umzubringen.«

Agnes und der Kameramann nickten.

»Hey, können wir jetzt endlich loslegen, oder was?« Einer der Männer auf dem Boot, vielleicht der Kapitän, sah sie an. Agnes, Mike, der Kameramann und Marie wandten sich zu Van.

»Wenn ich auf dem Ding sterbe …« Er hob einen Finger vor Maries Gesicht, »dann erscheine ich dir jede Nacht als Geist. Du wirst kein Auge mehr zumachen.«

Ja und? Erzähl mir etwas Neues.

Agnes und Mike gingen auf das Boot zu, Marie und Van folgten ihnen. »Ah, Marie«, setzte Van an.

»Ja, Fröschlein?«

»Mach das nicht, ich meine es ernst.« Van flüsterte, und Marie sah ihn forschend an, als sie sich dem Kutter näherten.

»Marie.« Er blieb stehen und versperrte damit den anderen den Weg. Marie schüttelte den Kopf. Sie konnte sich sein Verhalten nicht erklären.

»Van?«

»Ich kann nicht schwimmen.«

Als die Sonne endlich hoch am Himmel stand und sie draußen auf See waren, gab Van eine kleine Einlage über sein Rezept für den pazifischen Taschenkrebs zum Besten. Er trug eine Schwimmweste und war mit einem Seil an der Reeling festgemacht. Er sah komplett lächerlich aus, und Marie, die ohne Schwimmweste daneben stand, stellte sicher, dass das dem Publikum vor dem Bildschirm nicht entgehen würde.

»Der pazifische …«

»Hättest du gern noch Schwimmflügel?«, fragte Marie und zupfte an ihrem Ölzeug, von dem sie hoffte, dass sie darin eher schräg als unmöglich wirkte. »Wir hätten dir einen Rettungsschwimmer mitbringen sollen.«

»Mir würde es reichen, wenn wir dich einfach in einem der großen Krabbenkessel entsorgen könnten«, antwortete er ihr, ohne Marie dabei anzusehen. Die Schiffsbesatzung grunzte.

Marie half der Besatzung, die Reusen in das Wasser zu lassen. Als sie sich über Bord lehnte, brach sich der Bug des Kutters gerade an einer großen Welle, und sie bekam eine Ladung Seewasser ins Gesicht.

»Habt ihr das?«, fragte Van lachend.

Blödmann. Marie strich sich die nassen Haare aus dem Gesicht und starrte ihn an. Er zuckte nur mit den Schultern.

»Es war deine Idee, Marie.«

»Es war deine Idee, Marie«, äffte sie ihn nach wie eine Viertklässlerin, während sie sich umdrehte, um die nächste Reuse ins Wasser zu lassen. »Warum hilfst du nicht auch ein bisschen, Van?«, rief sie ihm über die Schulter zu. Krabbenfischen war blöd. Sie hasste Krabbenfischen.

Van konnte sich nun doch dazu entschließen, dabei mitzuhelfen, die mit Krebsen gefüllten Reusen an Bord zu holen. Van lachte und wischte sich den Schweiß von der Stirn.

»Ich glaube, ich habe jeden Muskel meines Körpers beansprucht.« Übertrieben reckte und streckte er sich vor der Kamera.

Marie lächelte, obwohl ihre Gedanken mit etwas anderem beschäftigt waren. Mit Van, zum Beispiel. Und der Hoffnung, sie möge mit ihrer Behauptung Unrecht haben, dass er einen kleinen Penis habe. Sie war entschlossen, es herauszufinden.

»Das hat Spaß gemacht, muss ich ja zugeben …« Van fuhr sie nach Hause. Marie war immer noch nass und einigermaßen frustriert.

Van fand einen Parkplatz auf der Straßenseite, auf der ihr Restaurant und ihre Wohnung lagen. Er zog die Handbremse, und noch bevor er den Zündschlüssel umdrehen konnte, war Marie ausgestiegen und hinter der Eingangstür verschwunden, um sich etwas Trockenes anzuziehen.

»Komm mit hoch«, rief sie ihm über die Schulter zu, wohl wissend, dass sie gerade den Teufel eingeladen hatte, »ich mache uns einen Tee.«

Van stieg die schiefe Treppe zu Maries Apartment hoch. Er zog den Schlüssel aus dem Schloss, den sie für ihn in der lila gestrichenen Tür hatte stecken lassen, und ging hinein. Er hatte das Gefühl, überall könnten Landminen auf ihn warten. Vor seinem inneren Auge sah er ein schwarzes Nichts aus Spitze irgendwo herumliegen oder an einer Türklinke hängen. Wenn Träume doch nur wahr würden …

Statt der Unterwäsche standen zahllose Teetassen und Becher überall da herum, wo sich eine Sitzgelegenheit befand. Zeitungen und Zeitschriften stapelten sich in den Ecken … halb gegessene … Van lehnte sich vor, um zu identifizieren, was sich vor ihm auf einem Teller befand. Er stupste es an. Da es ihn nicht zurückstupste, nahm er an, es handele sich um ein Croissant.

»Woah.« Er holte Luft und sah sich um. »Sie ist eine Schlampe.« Dass Marie unordentlich war, stimmte, aber überall schien dennoch ihr unfehlbarer Geschmack durch. Van verstand, warum die ganze Stadt von der Einrichtung ihres Restaurants sprach.

Ihr Wohnzimmer war salbeigrün gestrichen, genau die Farbe des wilden Salbeis, der in den Bergen wächst, und es roch auch ein wenig nach Salbei oder so ähnlich. Eine ganze Wand bestand aus einem einzigen Bücherregal, das voll gestopft war mit Kunst- und Kochbüchern. Van erkannte die abgewetzten Rücken von Mitchs Büchern. Sein Respekt für Marie stieg noch um einige Punkte an.

»Tut mir leid, dass es hier so unordentlich ist.« Marie kam ins Zimmer und lehnte gegen den Türrahmen. »Hausarbeit ist auf meiner Prioritätenliste ganz weit unten.« Sie bürstete sich die feuchten Haare und nahm die Arme über den Kopf, um die Knoten herauszukämmen. Ihre Brüste bildeten ein fantastisches Relief unter dem alten AC/DC-Konzert-T-Shirt.

Nur die Ruhe, Van, denk an etwas Beruhigendes.

Van sah auf der Suche nach seinem Gleichgewicht an die Decke. Er bemerkte, dass sie nicht anfing, hektisch aufzuräumen. Das gefiel ihm an ihr: Sie war immer unerschütterlich sie selbst.

»Komm mit in die Küche. Pfefferminztee, okay?« Sie drehte sich um und ging schon vor. Dieser Raum war orange gestrichen, die Arbeitsflächen bestanden aus Holz und in den offenen Regalen standen Gläser mit Gewürzen, Reis, Pasta und Bohnen. Das Ganze wirkte sehr behaglich.

»Pfefferminztee ist prima.« Er nahm jede Kleinigkeit ihrer Wohnung in sich auf. Sie strahlte viel Wärme und Persönlichkeit aus. Van war froh, hier zu sein und mit Marie einen Tee trinken zu können.

Marie ging kurz hinaus, um sich schnell eine alte Flickenjeans anzuziehen.

Van rotierte innerlich. Etwas muss geschehen, dachte er und versuchte, seinen Atem wieder unter Kontrolle zu bekommen und das Blut aus seinen Lenden wieder in seinen restlichen Körper umzulenken.

»Wer war eigentlich der Typ auf dem Steg heute Morgen? Hat Agnes dir von ihm erzählt?«, fragte sie und drehte sich nach ihm um, was Van sofort aus seiner Träumerei riss, Marie auszuziehen, während sie das Wasser heiß machte und Teeblätter in eine Kanne füllte.

»Nein.« Er nahm den Steingutbecher entgegen, den sie ihm hinhielt. Sie lehnte sich an die Arbeitsfläche vor dem Fenster, die Sonnenstrahlen legten sich wie ein Heiligenschein um ihre Mähne. »Welcher Typ?«

»Er kam nicht mit uns auf den Kutter, aber er war auch da, als Agnes und der Kameramann aus dem Bus stiegen.«

»Wahrscheinlich jemand vom Sender.« Van zuckte mit den Schultern. Er war viel zu sehr damit beschäftigt gewesen, nicht hysterisch zu werden, um diesen Mann wahrzunehmen.

»Jep«, nickte sie, »wahrscheinlich hast du recht.« Aber sie glaubte weder sich noch ihm.

»Dann schaue ich mir deine Wohnung also allein an?«, fragte er.

»Da gibt es nicht so viel zu sehen«, stellte sie klar. »Wenn du dich vor das Spülbecken stellst, hast du einen guten Panoramablick in alle Zimmer.«

»Du solltest meine Eigentumswohnung sehen. Wenn du vor der Spüle stehst, füllst du sie quasi ganz aus.« Van gab sich solche Mühe, lässig zu wirken, aber eigentlich wollte er nur noch mehr über die Frau herausfinden, von der er immer stärker besessen war.

Links ging eine Tür in einen rot gestrichenen Flur, von dem er annahm, dass er ins Schlafzimmer führte. *Was auch immer passiert, denke nicht an das Schlafzimmer.*

Die Flurwände waren mit Fotos bedeckt. Van begann, sie mit den Händen in den Taschen zu inspizieren. So hätte sich vermutlich auch ein guter Freund verhalten. Aber Van war eigentlich nur auf der Suche nach weiteren Details, die ihm etwas über Marie erzählen würden.

Auf den Fotos erkannte er typische Touristenziele: den Eiffelturm, einige Kathedralen, viele Berge. Auch Marie war auf einigen Bildern zu sehen: jung, eigenwillig und schon damals offensichtlich dabei, das Wort modisch auf ihre eigene Art zu definieren. Er schüttelte den Kopf und streckte seine Hand aus, um ein Bild gerade zu rücken, auf dem Marie mit einem jungen Mann vor einem Weinberg stand.

»Und?«, fragte sie. Ihre Stimme klang leiser, weicher, hier in ihrer Wohnung. Sie stand direkt neben ihm, ihre Ellenbogen berührten sich fast, und es kostete Van seine ganze Kraft, nicht den Arm um ihre Schultern zu legen und sie an sich heranzuziehen.

»Da siehst du aus, als würde es gleich Ärger geben.« Er deutete auf ein Foto von ihr auf dem Picadilly Circus in London. Sie war ganz in Leder und guckte grimmig.

»Gab es auch.« Marie imitierte den Blick auf dem Bild, musste dann aber lachen. Spätestens da konnte Van nicht mehr anders. Er musste sie berühren.

Er legte seine Hand auf ihre Wange, ließ sie ein wenig nach hinten gleiten, sodass seine Finger ihr Haar berührten und sein Daumen über ihren Mundwinkel strich. Ihre Haut war genau so, wie er sich sie vorgestellt hatte: weich und seidig und warm. »Marie, ich will mit dir schlafen. Jetzt und hier.«

»Das ist, glaube ich, eine sehr gute Idee«, flüsterte sie.

Oh mein Gott, dachte er. Plötzlich war er wieder vierzehn Jahre alt.

»Du vertraust mir also?«

»Nein.« Sie lächelte ihn an. »Ich habe mich nur entschieden, mit dir zu schlafen.«

Van hatte den seltsamen Impuls zu sagen: Aber das reicht mir nicht. Doch er hielt sich gerade noch rechtzeitig zurück. Er konnte es nicht verstehen, woher diese plötzlichen Anwandlungen in ihm kamen.

Ihre Hände wanderten seine Hüfte hoch, und das reichte schon, um ihn nach Luft schnappen zu lassen. »Bitte küss mich, Van … ich will es endlich hinter mich bringen.«

Ihre Worte klangen ironisch, aber in ihren Augen nahm er eine Hitze und einen Ernst wahr, den er bis dahin noch nicht bei ihr gesehen hatte. Das Blut pulsierte in seinen Adern, die plötzlich zu eng schienen, es durchströmte seine Haut, schien durch alle Sinne zu pulsieren.

Er lehnte sich an sie und zögerte den Moment so lange hinaus, wie es ging. Das war es, sein erster Kuss mit Marie

Simmons. Er wollte, dass dieser Kuss währte. Er wollte ihn genießen, sich Zeit nehmen, sie mit seiner Zunge berühren und ihren Geschmack erinnern.

Sie lachte, nahm sein Gesicht in ihre Hände und küsste ihn mit ihrem lächelnden Zigeunermund.

Seine Hand griff reflexartig in ihr Haar, und sie holte an seinen Lippen Atem. Die Spielerei war vorbei. Sie lehnte sich gegen ihn, ihre vollen Brüste drückten sich … *endlich, danke!* … an ihn. Er nahm ihren Kopf in beide Hände und sorgte so dafür, dass sie sich aufrichtete. Als er seinen Mund leicht öffnete, war ihrer schon bereit. Seine Zunge berührte ihre, er schmeckte sie, den Pfefferminztee und Zahnpasta. Sie leckte an seinen Lippen und presste ihn atemlos an die Wand.

Maries Körper lag wie eine warme Kurve an seinem, und er konnte ihre Brustwarzen spüren und die Erhebung ihres Unterleibes gegen seinen Oberschenkel. Er sah Sterne vor seinen geschlossenen Augenlidern tanzen.

Sie drückte sich stärker an ihn und drehte den Kopf, um besser mit ihrer Zunge spielen zu können.

»Marie«, hauchte er.

Ihre Hände rutschten hinunter und umfassten seinen Po, um ein Gegengewicht zu haben, während sie sich immer fester an ihn presste. Er drückte seine Hand gegen ihre Hüfte, während die andere über den Flicken an ihrer Jeans strich. Er genoss ihre festen Popacken und ihre Fülle. Er hob sie höher. Plötzlich zählte für ihn nur eines: ihre beiden Körperzentren so nahe aneinander zu bringen, wie es durch den Stoff hindurch ging.

»Ja«, wisperte sie und wischte mit einem Arm die Wand entlang, sodass ein Foto zu Boden fiel.

»Mar…«

»Nein, sag nichts«, brachte sie hervor. »Mach einfach weiter, bitte …«

Dagegen hatte er nichts.

Die beiden bewegten sich wie in einem Fieberrausch. Es war verrückt. Ihre Hände waren überall auf seinem Körper. Van spürte, wie sie langsam die Wand hinunterglitten; schon berührten seine Knie den Boden. Sie rutschte zur Seite, spielte mit seiner Zunge und schob ihre Fingerspitzen in seinen Hosenbund. Van stöhnte leise auf.

Im Hinterkopf überlegte er, ob er das Bett erwähnen sollte, das hier sicherlich irgendwo zu finden war, aber am Ende war es gleichgültig. Nichts außer Marie zählte und die Dinge, die sich in seinem Körper abspielten. Er nahm die Hand von dem Flicken auf ihrer Jeans und legte sie genau unter den Saum ihres T-Shirts. Sie lehnte sich gegen seine Hand und schob gleichzeitig sein T-Shirt nach oben. Endlich hatte er das gelobte Land, das sich unter dem Konterfei der Heavy-Metal-Band befand, gefunden.

Er stöhnte. »Marie, du bist erstaunlich.« Er spürte ihre runden, warmen vollen Brüste unter der Spitze ihres BHs. Sein Daumen tastete sich zu ihrer Brustwarze vor, strich leicht darüber, und nun stöhnte auch sie auf.

»Das gilt auch für dich«, flüsterte Marie, während sie ihre Hände auf seine Brust schob. Van fragte sich, wann er wohl das letzte Mal zum Sport gegangen war.

Er zog seinen Mund von ihrem fort und beugte sich über ihre Brüste. Vorsichtig biss er ihre Brustwarze durch ihr T-Shirt hindurch und trieb sie so beide voran. Er schob ihr das Trikot bis zum Hals, und Marie erledigte den Rest, indem sie sich die Hardrocker über den Kopf zog. Ihre Brüste wurden von der weißen Spitze ihres BHs eingerahmt, und Van gab sich Mühe, ihr mit seinen Händen und seinem Mund zu zeigen, wie sehr er die Existenz ihres Busens schätzte. So, wie sich Marie unter ihm wand und wie sie atmete, konnte er annehmen, dass sie seine Wertschätzung erkannte.

Irgendwann zog er auch sein Hemd aus. Maries Zunge

bahnte sich ihren Weg über seinen Nacken, an sein Ohr und über die nackte Haut seiner Brust.

»Marie …« Er versuchte, Luft zu bekommen. »Du bringst mich um.«

Sie rückten ein wenig voneinander ab und sahen sich an. Ihr Lächeln machte sie noch begehrenswerter für ihn.

»Gut«, antwortete sie ihm, »denn dasselbe machst du mit mir schon seit Monaten.«

Er küsste sie wieder, sanft, zärtlich, um ihr zu sagen, wie unglaublich er sich fühlte, ohne dass er es wirklich aussprechen musste. Er war sich unsicher, aber das eine stand für ihn fest, dass es sicherlich ein Fehler sein würde, Marie zu gestehen, dass er sich vielleicht in sie verliebt habe. Also erzählte er es ihrem Mund lieber mit seiner Zunge. Währenddessen knöpfte er ihre Jeans mit sicheren und langsamen Bewegungen auf.

Er strich mit der Hand über die weiche warme Haut ihres Bauches und verliebte sich sofort in diesen Teil ihres Körpers. Er zwang sich, seine Lippen von ihrem Mund zu lösen, streifte ihre Brüste mit Küssen, bis er auf ihrem völlig bezaubernden Bauch angekommen war.

Sie drückte seinen Kopf leicht herunter und versuchte ihn davon zu überzeugen, weiterzumachen, aber ihm gefiel es besser bei ihrem Bauchnabel. Er war nach außen gewölbt, anbetungswürdig geradezu. Alles an ihr war anbetungswürdig. Van berührte mit seiner Wange die Haut auf ihrem Bauch und fragte sich, ob er jemals etwas so Weiches gefühlt hatte.

»Van …?«

»Du hast einen perfekten Bauchnabel.«

»Danke«, lachte sie, »aber wie wäre es denn, wenn wir jetzt endlich …«

»Sicher.« Er küsste sie genau dort, auf den kleinen Knubbel, sie stöhnte und warf einen Arm über ihre Augen. »Aber einen Moment musst du mir noch gönnen. Er ist einfach so perfekt.«

Marie gab ihm einen Stoß, und Van rollte auf den Rücken. Sie setzte sich auf ihn, ihre langen Haare flogen wild um ihr Gesicht und ringelten sich bis zu ihren Brüsten hinab. Sie zerrte an seinem Gürtel, zog ihn aus den Schlaufen und warf ihn dann mit einem hämischen Grinsen hinter sich.

Er rieb seine Hände an den trainierten Muskeln ihrer Oberschenkel. Sie hat fantastische Beine, dachte er und fragte sich, wie viele Körperteile er wohl noch an ihr anbeten durfte. Und wann und wie lange. Die nächsten Tage oder die nächsten Jahre?

»Du versaust unseren Zeitplan, Van.«

»Sieht aus, als würdest du Zeit aufholen wollen.«

Sie nickte und öffnete den Reißverschluss seiner Hose. Sie biss sich auf die Lippe, als ihre Hand unter den Bund seiner Boxershorts glitt. Er hielt die Luft an, um nicht in ein *Halleluja* auszubrechen. Sie schien recht zufrieden zu sein.

»Puh.« Sie holte Luft, als ihre Hand ihn berührte. Er war nicht gerade riesig, aber das hier war schon ganz ordentlich.

»Was?«, fragte er tonlos. Er rang nach Luft, während sie ihn weiter streichelte.

Sie lehnte sich zu ihm herunter, küsste ihn leidenschaftlich auf den Mund und begann, seine Hosen herunterzuziehen. »Erzähl ich dir später.«

12. Kapitel

Drei Stunden später versuchte Marie verzweifelt, aus ihrem eigenen Bett aufzustehen, aber Van hielt ihre Hand fest. Und, ehrlich gesagt, sie wollte auch nicht raus. Aber vielleicht war unten im Restaurant viel los. Na, wahrscheinlich nicht, aber sie wusste, dass es kein Nachmittagsbaguette mehr zum Mitnehmen gab, weil sie keine gebacken hatte. Außerdem musste jemand die Bestellung für die Milchprodukte aufgeben. Die Pflicht rief, aber Vans bare Brust und der Blick in seinen Augen sprachen ihre eigene Sprache.

»Du dachtest, ich hätte einen winzigen *Dings*?«

»Nein«, korrigierte sie ihn, während sie ihre Beine aus dem Bett schwang. »Ich hoffte, dass es so wäre.« Marie stand auf, aber Van zog sie mit Schwung auf das Bett zurück, sodass sie auf der Matratze hin- und herwippte. »Ich dachte, du hättest einen kleinen verdient«, lachte sie, als er sich über sie beugte.

»Ich finde nicht, dass das so lustig ist, Marie.«

»Na, dann können wir ja beide froh sein, dass ich mich geirrt habe.« Sie streichelte sein Gesicht und lehnte sich zu ihm herauf, um ihn auf seine vollen warmen Lippen zu küssen.

Ihr Herz fühlte sich riesig an, zu groß für ihren kleinen Körper. Sie wusste, dass es zum Teil am Sex lag. Guter Sex war das beste Antidepressivum, aber Van hatte auch einen Anteil daran, dass es ihr so gut ging.

Mit ihm fühle ich mich gut, dachte sie, und diese Erkenntnis machte sie nervös. »Van, ich muss jetzt wirklich los und sehen, ob alles in Ordnung ist.«

»Okay.« Van kuschelte sich wieder in ihr rotes Bettzeug. »Aber komm zurück. Es gibt noch Dinge, die mein Dings und ich dir sagen möchten.« Er verschränkte die Arme hinter dem Kopf, und Marie verschlug es noch einmal die Sprache. Marie warf sich etwas über und rannte die Treppen hinunter. Sie riss die rückwärtige Tür auf, die in die Küche führte, und nahm verwundert den Geruch von frischem Brot wahr.

Pete war gerade dabei, Mehl von der hölzernen Arbeitsplatte zu wischen, die sie immer zum Ausrollen des Teiges benutzte. Er war völlig eingestaubt.

»Hey, Marie!« Jodi kam schwungvoll aus dem Gastraum herein. Sie grinste. »Dein T-Shirt ist falsch rum.«

»Was ist hier los?«, fragte Marie. Zu ihrer großen Verwunderung ging Jodi zu Pete hinüber und klopfte ihm das Mehl vom Hemd und der Jeans. *Sie fasst seinen Hintern an!* Soweit Marie wusste, wechselten die beiden kein Wort miteinander, wenn sie dabei war.

Keiner von beiden sagte etwas. Petes gerötetes Gesicht, oder was davon noch unter den Dreadlocks und dem Mehl zu sehen war, sagte genug. Ganz langsam zählte Marie zwei und zwei zusammen.

»Pete?«, fragte sie Jodi. »Dein geheimnisvoller Fremder ist Pete?«

»Jep.« Jodi nickte und sah den Mann liebevoll an, der sich offensichtlich wünschte, ganz woanders zu sein. Marie lachte und klatschte in die Hände. *Super. Liebe und Sex für alle.*

»Ich kann es nicht glauben, aber es freut mich für euch.«

»Ja, wir waren auch ganz überrascht«, sagte Jodi.

Der Kurzzeitwecker vom Ofen schellte und erinnerte Marie daran, dass ihr Espresso-Fachmann nicht nur heimlich der Geliebte ihrer Assistentin war, sondern anscheinend auch noch ein Bäcker.

Pete öffnete die Ofentür und besprühte die Wände des Ofens mit Wasser, damit die Kruste des Brotes weich wurde. Marie sah in den Ofen: Die Baguettes sahen hervorragend aus. Sie waren immer noch weich und weiß, aber ihre Oberfläche verwandelte sich schon in ein leichtes Goldbraun. Sie selbst hätte das nicht besser machen können. »Wo hast du das alles gelernt?«, fragte sie Pete.

»Ich habe dir einfach zugesehen«, gestand er und zuckte mit den Schultern. Er schloss die Klappe.

»Seitdem er hier angefangen hatte zu arbeiten, hat er schon immer Bücher über Kochen und Backen gelesen«, sprang Jodi ein. »Er will Bäcker werden.«

»Du machst Witze.«

Pete schüttelte den Kopf. »Es macht mir Spaß.«

»Ja, aber wird es dir auch morgens um drei noch Spaß machen, wenn der Wecker klingelt?« Sollte Pete etwa die Lösung ihres Bäckerproblems sein? »Weil – dann wird nämlich gebacken.«

»Na, klar.« Er sah zu Jodi herüber, die strahlte. Sie nickte, um ihn anzuspornen, worauf sich Petes Gesichtsausdruck sofort veränderte. Er stand ein wenig aufrechter da, schüttelte die Haare aus dem Gesicht und wandte sich wieder Marie zu – er wirkte wirklich wie verwandelt. »Marie, ich möchte lieber backen, anstatt die Kaffees zu machen … und vielleicht auch kochen.« Es war ein Statement. Nie hatte Marie ihn so viele Worte hintereinander sprechen hören.

»Einverstanden.« Marie nahm Pete an der Schulter und umarmte ihn kurz. »Einverstanden. Mittwochmorgen, drei Uhr, Grundkurs Backen.« Sie umarmte auch Jodi: »Du bist mir vielleicht eine, erzählst mir von dem Ganzen gar nichts.«

Jodi löste sich und betrachtete Maries Gesicht aufmerksam. »Da hat ja wohl jeder seine kleinen Geheimnisse.«

Marie dachte an den Piratenkoch in ihrem Bett. »Ich bin in einer Stunde wieder da«, sagte sie verschmitzt und verschwand wieder über die Hintertreppe.

»Und dann hat Sam es wieder verworfen, den Jungen nach seinem Großvater zu benennen. Otto ist kein Name, mit dem ein

Kind groß werden sollte.« Anna war in Form. Es war Montag, das hieß, Marie hatte frei und hatte gedacht, dass ihr und Anna ein Spaziergang im Golden Gate Park guttun würde. Außerdem hatte sie Gelegenheit, ihrer Schwester gleich alles zu erzählen, was letzte Woche passiert war. Anna hatte zwar auch Wichtiges zu berichten, aber Maries Neuigkeiten waren dagegen echte Sensationen! Nicht dass es sie nicht interessierte, welche veralteten Namen Sam für seinen Nachwuchs ausgrub, aber ihre Botschaft war dann doch zu außergewöhnlich.

»Er kann sich auch Jesse vorstellen, aber ich weiß nicht, irgendwie …«

»Ich habe mit Van geschlafen.«

Anna bremste unverzüglich ihren Schritt, der Mund stand ihr offen. »Wann?« Anna schnappte nach Luft, ihre Augen fingen langsam an zu funkeln.

»Vor einer Woche.«

»Vor einer Woche!«, schrie sie schrill auf. »Und ich erfahre erst jetzt davon?«

»Sch… würdest du bitte so freundlich sein, und mein Liebesleben nicht gleich in ganz San Francisco bekannt machen«, murmelte Marie und schob ihre Schwester auf den Weg voran.

»Du hattest Sex?«, flüsterte sie aufgeregt. »Mit Van?«

»Trifft zu.« Ich hatte Sex, dachte sie und spürte Entspannung und Gelöstheit an Stellen ihres Körpers, an die sie sich zuvor kaum noch erinnert hatte.

»Details! Alle! Schmutzige!« Anna sprang dabei auf und ab. Marie sah sie befremdet an. Anna unterhielt sich von Zeit zu Zeit gern über Sex, wie jede Frau, aber so verzweifelt hatte sie Marie lange nicht mehr gesehen.

»Wo?«

»Auf dem Fußboden im Flur, Dusche, Schaukelstuhl.«

»Schaukelstuhl?«

Marie zuckte mit den Schultern und errötete. Sie fühlte sich sehr weiblich.

»Der Mann kann was.«

»Danke.«

Anna hakte sich bei Marie ein, und sie gingen gemütlich nebeneinander her. Eine alte Frau, die mindestens neunzig Jahre alt sein musste, überholte sie mit einem Elektrorollstuhl. »Und was bedeutet das für euch?«

Marie atmete durch die Nase aus, sie wusste, dass diese Frage kommen musste. »Ich weiß es nicht.« Es entsprach der Wahrheit, und es war genau das Thema, mit dem sie sich aus hundert verschiedenen Gründen nicht näher befassen wollte. Es bedeutete dunkle Seen aus der Vergangenheit, in die sie nicht einen einzigen Zeh hineinstecken wollte. Aber sie wusste, dass Van so etwas nicht auf die leichte Schulter nahm. Alles, von seinem Restaurant über seinen Wagen bis hin zu seiner Zuneigung zu Mitch deutete darauf hin, dass er zu den Männern gehörte, die treu waren. Und als er ihren Bauchnabel küsste und sie beobachtete, als er meinte, sie schlafe schon, als er ihre Haare hinter ihr Ohr klemmte und ihr Küsse auf die Schulter hauchte, wusste sie, dass es keine Affäre für ihn war. Und das machte ihr Angst. Das machte ihr eine Heidenangst.

Sie war in der letzten Zeit so häufig von Männern verletzt worden, und sie war sich nicht sicher, ob sie das Zeug dazu hatte, sich noch einmal auf einen Mann einzulassen.

Wenn deine Mutter dich mit sechzehn aus dem Haus wirft und dein Verlobter dich für die süßeren Früchte sitzen lässt, dann sind das Dinge, mit denen man so umgehen kann wie mit einer Visitenkarte – irgendwann kann man sie freizügig herumreichen. Aber für Marie war der Schmerz so groß gewesen, dass sie ihn tief in ihrem Inneren verschlossen hatte. Doch vielleicht würde die Skepsis ja auch noch weichen. Oder sie musste sich gar nicht so viele Gedanken machen, weil die Beziehung zu Van ohnehin nicht halten würde.

»Ich glaube fest daran, dass, wenn etwas zu schön ist, um wahr zu sein, es eben auch nicht wahr ist.«

»Kannst du dich daran erinnern, als du mir das Versprechen abgenommen hast, Sam gegenüber unvoreingenommen zu sein?«, fragte Anna.

Marie erinnerte sich an die Anfangsphase von Anna und Sam. »Ja, ich erinnere mich. Das war das beste Versprechen, das du jemals gegeben hast.«

»Wie wäre es also, wenn du mir das Gleiche versprichst?«

Marie lachte. »Das kann man ja wohl kaum miteinander vergleichen. Anna, du wolltest Sam nur als Vorzeigefreund auf eine Hochzeit mitnehmen.«

»Lenk nicht ab. Versprich mir, dass du Van gegenüber immer unvoreingenommen bist. Du verhältst dich, als wäre es von vornherein klar, dass es mit euch nicht lange halten wird.«

»Alles endet ...«

»Marie!«, rief Anna ungeduldig. »Versprich es mir einfach.«

»Okay, ich verspreche es dir.« Marie hätte alles dafür getan, dass ihre Schwester sich nicht umdrehte und ihre auf dem Rücken gekreuzten Finger sah.

»Fein.« Anna kniff die Augen zusammen und rieb sich das Kreuz. »Ich muss mich hinsetzen«, sagte sie. Marie deutete auf die nächste Bank. Anna ließ sich auf die Sitzfläche nieder. »Ich habe Hunger. Lass uns einen Cheeseburger essen gehen. Einen mit Speck.«

Weil Anna in ihrem Zustand ständig Hunger hatte, wusste Marie, dass sie den letzen Einwurf für eine kurze Zeit ignorieren durfte. Genau wie die Tankanzeige in ihrem alten VW Käfer: Solange der Zeiger noch nicht zitterte, war alles halb so wild.

»Hunger!«, klagte Anna. Marie murrte und half Anna aufzustehen. »Können wir ins Sauvignon gehen?«

»Sicher«, antwortete Marie. Sie gingen zu Maries Wagen zurück. Sie wollte ihn sehen. Sie wollte ihn berühren, und sie wollte sehen, wie er sie anlächelte.

Das bedeutet Ärger. Und das Schlimmste daran war, dass es ihr nichts auszumachen schien.

»Van, die sehen toll aus«, sagte sie, als sie sich später am Abend in seinem Bett über ihn beugte.

»Ich fühle mich nackt.« Beide ließen ihre Fingerkuppen über die kahle Stelle gleiten, die Marie ihm gezupft hatte, nachdem sie ihn davon überzeugt hatte, sie würde »nur ein wenig aufräumen«. Die Mühe, die es sie gekostet hatte, seine Augenbrauen ein wenig in Schach zu halten, glich der, die nötig war, um die Folgen des Unfalls der Exxon Valdez zu bewältigen. Sie hatte einiges an Überzeugungskraft, Albernheit und das Versprechen verschiedener Sexabende gekostet, bis er endlich nachgab. Das Ergebnis allerdings ließ sich wahrlich sehen.

Mein Mann, dachte sie aufgeregt. Sie fühlte sich wie ein Kind. *Van ist mein Mann.* Der Zirkus, den ihr Herz dabei veranstaltete, ließ sie schwindeln. Sie ließ ihren Finger in die schmale Furche unter seiner Lippe gleiten. »Woher hast du diese Narbe?« Sie berührte seine Lippen, presste die Mundwinkel zusammen, sodass es aussah, als schmolle er.

»Messerkampf im Sudan.«

Marie lachte. »Nein, im Ernst.«

»Ich erzähle es dir, wenn du mir sagst, was es mit den Armbändern auf sich hat.« Sie spürte, wie sich ihr Körper verkrampfte.

»Ich erzähle dir von einem, weil du nur eines deiner Geheimnisse gelüftet hast.«

»Ich habe dir erlaubt, meine verdammten Augenbrauen zu zupfen, Marie.« Er betrachtete jedes Armband sehr aufmerksam. Schließlich beugte er sich hinunter und küsste das neueste Kettchen. Das mit den wenigsten Kratzen und Anhängern. »Erzähl mir von diesem hier.«

»Ah, ausgezeichnete Wahl, Van. Der Neuzugang.«

Sie rekelte sich in den Kissen hoch, sodass sich ihre Brüste genau auf Vans Augenhöhe befanden. Er grinste sie lüstern an, und Marie zog die Bettdecke bis unter ihre Achseln.

»Ich habe dieses Armband von einem Mann in Paris gekauft. Er hatte einen Stand mit Schmuck direkt unter dem Eiffelturm.«

»Wann?«

»Vor zwei Jahren.« Sie hielt plötzlich inne und sah Van in die Augen. Sie bewunderte den Schwung seiner Haare, die über seine Stirn herabfielen. Das bedeutet Vertrauen, dachte sie und strich ihm durch die Haare. *Wenn ich ihm das erzähle, gibt es kein Zurück mehr.*

»Marie«, flüsterte er, während er ihr Kinn liebkoste und ihre Wangen und Lippen küsste, »erzähl es mir.«

Marie fühlte sich wie Wachs in seinen Händen.

»Okay«, sie lachte ihn an. Van schlüpfte weiter unter die Decke und hielt sie sehr dicht an seinem Körper. Das war es, was sie im Innersten anrührte.

»Ich hatte schon für ein paar Monate in Paris gelebt, als ich ein Jobangebot in einer Bäckerei bekam.«

»Das hört sich wunderbar an.« Van fuhr mit seinen Fingerspitzen ihr Schlüsselbein entlang.

»Unterbrich mich nicht, oder ich rede nicht weiter«, ermahnte sie ihn scherzhaft. Es reichte schon, dass sie bereit war, ihm die verdammte Geschichte zu erzählen. Da musste sie nicht auch noch auf seine Zwischenbemerkungen eingehen. Van nickte und hielt den Mund, während seine Finger weiter eine liegende Acht auf ihrem Schlüsselbein zeichneten.

»Ich hatte in der Bäckerei schon drei Monate lang gearbeitet, bevor ich Ian kennenlernte. Er war der Abendmanager im Nachtclub gegenüber.« Marie zupfte an der Bettdecke herum, bis sie straff war, ließ dann los und zog sie wieder straff. »Er kam in die Bäckerei, um sich ein paar Sandwiches zu holen, wir unterhielten uns, er flirtete mit mir. Er wirkte nett … ein sehr attraktiver Mann, ich begann ihn zu mögen.« Marie schluckte. »Wir hatten eine Affäre, und ich versuchte mir ab einem gewissen Punkt einzureden, dass ich ihn liebte. Er vertraute mir an, dass er plane, ein Restaurant zu eröffnen.« Sie lachte bitter. »Und ich dachte: Wie perfekt, du machst ein Restaurant auf, und mein Job ist das Backen. Außerdem kochte ich ja auch gern. Das war das Zeichen, dass wir einfach zusammengehörten.«

»Du warst jung, Marie, das ist alles.« Van seufzte und versuchte, etwas ihrem Sarkasmus entgegenzusetzen.

Jung und dumm. »Gleichgültig, er kündigte, und ich verdiente den Unterhalt für uns beide, während er Leute suchte, die in das Restaurant investieren wollten. Er zeigte mir das Grundstück, das er ausgesucht hatte. Unsere Pläne waren riesig. Es sollte kein kleines Café werden. Wir wollten die Welt ändern, die Cuisine, Paris. Nichts würde gleich bleiben.

Er überzeugte mich davon, dass ich einen zweiten Job annehmen müsste. Er erzählte mir, auch er habe sich noch einen Nebenjob gesucht. Wir zogen zusammen; ich gab ihm fast alle meine Ersparnisse.«

»Was war mit den Investoren?«

»Sie wollten nicht in ein Projekt mit einer jungen, unerfahrenen Chefköchin investieren.«

»Was machte Ian?«

Marie hielt einen Augenblick lang inne, als überlegte sie, doch nicht die ganze Geschichte zu erzählen. Mit einem langen Seufzer sprach sie weiter.

»Er fand einen anderen Koch und ließ mich sitzen.«

»Nein.« Van schüttelte den Kopf. Er streichelte ihre Wange.

»Doch.« Marie lachte und sah auf ihre Hände, die immer noch die Bettdecke zwirbelten.

»Er sagte mir, ich solle es nicht persönlich nehmen. Ich sagte ihm, ich dachte, wir würden uns lieben, worauf er mir antwortete ...«, sie holte tief Luft, »dass unsere Sache doch eine rein geschäftliche Angelegenheit gewesen sei. Ich kaufte zwei Armbänder, bevor ich Paris verließ.«

»Zwei?«

Marie schüttelte den linken Arm, bis die Armbänder ihr Handgelenk herabfielen. Van berührte das Kettchen an ihrem linken Arm, das genauso aussah wie das rechts. »Eines, das mich daran erinnert, gut auf mich aufzupassen, weil das sonst niemand tut. Das andere als Erinnerung daran, dass Liebe und Geschäft keine gute Kombination sind. Van, ich …«, begann sie.

»Nicht immer«, murmelte er zur gleichen Zeit.

»Was hast du gesagt?«, fragte sie und bewegte sich unter der Decke so, dass sie ihn ansehen konnte.

»Liebe und Geschäft müssen nicht immer eine schlechte Kombination sein.«

Es war keine Liebeserklärung. Das war für sie okay. Es schwebte sowieso genügend emotionale Sensibilität in diesem Raum. Seine Augenbrauen, ihre Armbänder … ein Wunder, dass noch niemand angefangen hatte zu weinen.

»Vielleicht hast du recht«, flüsterte sie. Er schob all die unausgesprochenen Dinge zur Seite, um sie auf den Mund zu küssen. Die Vergangenheit, Ian, Frankreich, all das verschwand. Van hatte die Fähigkeit, alle ihre Dämonen zu verscheuchen. Im Moment jedenfalls.

13. Kapitel

Van musste zugeben, dass er anfangs extrem skeptisch gewesen war, was das Projekt *Abenteuer Essen* anging. Aber dank der fantastischen Produktion von Simon und seiner guten Zusammenarbeit mit Marie funktionierte die Sendung hervorragend und kam gut beim Publikum an.

Sie kochten live am Dienstagmorgen auf *AMSF*. Er und Marie hatten ab acht Uhr eine Stunde Zeit, möglichst viele Gerichte mit der geheimen Zutat, dieses Mal war es Süßkartoffel, zusammenzustellen.

»Du freust dich nur, weil du gewonnen hast«, flüsterte Marie, als sie hinter die Bühne gingen. Sie sah so erschöpft aus, wie sie sich auch fühlte. Ihre Haare ringelten sich im Nacken zu kleinen feuchten Löckchen. Van hatte keine Ahnung gehabt, wie anstrengend diese Sendung sein würde – es waren schließlich nur Süßkartoffeln, um Himmels willen. Aber natürlich machten auch die kleinen roten Lämpchen an den Kameras die Dinge nicht wirklich leichter.

»Ich dachte schon, du hättest mich mit deinem Mohn-und-Süßkartoffel-Auflauf gekriegt, Marie. Ehrlich, ich habe selten etwas so Leckeres gegessen.«

»Na, dein Eis war auch nicht schlecht«, sagte Marie. Van versuchte, sich nicht zu offensichtlich über dieses Kompliment zu freuen. Es bedeutete ihm viel, das aus ihrem Munde zu hören. Sie sah auf ihre Armbanduhr. »Ich muss los, Van.«

»Okay.« Sie hatten sich darauf verständigt, dass sie sich während der Arbeit wie gute Bekannte verhielten. Aber in diesem Moment wünschte sich Van, dass er dieser stillen Übereinkunft nie zugestimmt hätte. Er sehnte sich so sehr danach, ihre Lippen zu küssen und ihren schlanken Körper an seinem zu spüren. Es hatte heute Spaß gemacht. Das hatte an ihr gelegen. »Ich ruf dich später an.«

»Gut«, sagte sie, und bevor er fortgehen konnte oder bevor er wusste, wie ihm geschah, stellte sie sich auf die Zehenspitzen und drückte ihm einen kräftigen Kuss auf den Mund. »Gut«, flüsterte sie, und Vans Magen zog sich zusammen.

In der nächsten Sekunde war sie schon verschwunden.

»Na dann.« Van drehte sich zu Simon um, der hinter ihm stand. »Da ist doch etwas im Busch zwischen meinen Moderatoren, so scheint mir.« Simon lächelte, aber Van wünschte, er hätte den Kuss zwischen ihm und Marie nicht gesehen.

»Es ist nichts …«, log Van und Simon grunzte, weil er ihm offensichtlich nicht glaubte. »Wirklich …«

»Schon gut, hör auf, wir sind alle erwachsen.« Simon winkte ab. »Abgesehen davon, haben wir Wichtigeres zu besprechen. Komm mit in mein Büro.«

Van war müde. Er deutete hinter sich, wohin Marie verschwunden war. »Vielleicht sollten wir auf Marie warten mit der Besprechung.«

Simon machte viel Aufhebens darum, Luft durch die Zähne einzusaugen. »Wir werden uns sogar *über* Marie unterhalten.«

Ein geheimes Treffen. Van erinnerte sich an die Übereinkunft, die er mit Marie in ihrem Bistro getroffen hatte. Sie würde ihn umbringen. Sie würde ihn sofort umbringen.

»Simon, ich habe ihr versprochen …«

»Ja, ich weiß, keine Treffen hinter ihrem Rücken?« Simon nickte. »Sie hat mich auch schon gezwungen, ihr das zu versprechen. Deswegen möchte ich mit dir reden. Es ist nichts Schlimmes. Eigentlich ist es ganz in ihrem Interesse.«

Vans Gedanken gingen in zwei Richtungen: Er könnte Simon sagen, er solle es vergessen, damit vor Marie seine weiße Weste bewahren und damit gleichzeitig einer Art Verbrüderung mit Simon aus dem Weg gehen. Oder er könnte zu diesem Gespräch mitkommen, hören, was der Produzent zu sagen hatte, und Marie davon erzählen.

Er folgte Simon in sein Büro.

Dort saß wieder der fremde blonde Mann, der schon die letzten drei Shows hinter der Bühne verfolgt hatte. In diesem Moment wusste Van genau, dass er einen Fehler gemacht hatte. Gleichgültig, was hier im Gange war, es war wichtig, und er wünschte, Marie wäre hier.

»Van, ich möchte dir Eric Maxwell vorstellen.« Van schüttelte die Hand des kleinen Mannes und hatte sofort den Wunsch, sich die Hände waschen zu gehen.

»Van, ich freue mich, Sie kennenzulernen.« Eric lächelte schleimig. »Ich bin ein Produzent für Food TV und kümmere mich um die neuen Sendeformate.«

Vans Herz setzte für einen Schlag aus, und er holte tief Atem. Das war eine große Sache. Größer, als er sich vorgestellt hatte. Er sah Simon an, der ihn anstrahlte wie ein Bräutigam. »Wow.«

»Ja, genau. Wow.« Eric, der plötzlich die Gewalt über Simons Büro hatte, lud ihn mit einer Geste ein, ihm gegenüber Platz zu nehmen. »Setzen Sie sich. Wir möchten mit Ihnen über *Abenteuer Essen* sprechen.«

Van nahm Platz. »Sie interessieren sich dafür?«

»Also«, holte Eric Maxwell aus und schlug die Beine übereinander wie eine Frau. *Man kann keinem Mann trauen, der so die Beine übereinanderschlägt.* »Sie haben da einige sehr schöne Effekte in Ihrer Sendung. Persönlichkeit, Wissen und ihr Aussehen schaden auch nicht. Aber ...«, Eric kniff auf komische Art die Augen zusammen, »es gibt trotzdem ein Problem.«

»Nämlich?«

»Wir wollen nur einen von Ihnen. Zwei Moderatoren, insbesondere eine Frau und ein Mann, werden von unserem Publikum nicht sonderlich gut angenommen.«

Vans Mund stand offen. »Sie wollen mich abwerben?« Wütend sah er Simon an.

Dieses Schwein, wie häufig will er denn noch Marie hintergehen …?

»Nein, eigentlich sind wir an Marie interessiert.« Eric versuchte ein bedauerndes Gesicht zu machen, aber dadurch wirkte er nur noch schleimiger. »Tut mir leid. Unsere Branche hat in der letzten Zeit keine wirklich herausragende Fernsehköchinnen mehr gehabt. Wir brauchen einen Guru, der sich sowohl mit Stil als auch mit Rezepten auskennt, und da ist Marie genau die Richtige. Sie taucht genau zur rechten Zeit auf.«

Vans Stolz wand sich unter diesem Schlag, und er wurde wütend. »Sie wollen Marie abwerben?«

»Für Sie stehen die Türen bei *AMSF* immer offen, Van«, sprang Simon ein, »und Maries Show würde erst beginnen, wenn euer Vertrag hier ausläuft.«

»*Abenteuer Essen* ist so erfolgreich, Simon, warum tust du das?« Van stand auf, sein Stuhl quietschte über den Fußboden. Er konnte es nicht fassen, dass sie *Abenteuer Essen* aufgeben wollten, nachdem sie so viel in die Sendung investiert hatten. »Du bist doch unser Produzent.«

Simons Ohren wurden rot.

»Er hat einen tollen Job mit *Abenteuer Essen* hingelegt, und deswegen haben wir ihm ein Angebot gemacht.« Eric war auch aufgestanden.

»Natürlich hat er das. Aber Sie scheinen sich ja schon einig zu sein. Warum reden Sie überhaupt mit mir? Warum sprechen Sie nicht gleich mit Marie?«

»Wir brauchen dich, um Marie zu überzeugen.« Simon verzog seinen Mund. »Du weißt doch, wie sie sich mit Loyalität hat und so. Und ich weiß, dass sie es nicht machen wird, solange du ihr nicht gut zuredest.«

Van konnte sich nicht helfen, er brach in schallendes Gelächter aus. »Ja, sicher. Ihr wollt, dass ich sie davon überzeuge, mich hier allein stehen zu lassen? Klar. Mach ich glatt.«

»Van, das könnte für Marie eine riesige Sache werden, und was ich unten gerade gesehen habe …«

Van lief es heiß und kalt den Rücken hinunter. Für Marie wäre es gut. Für sie wäre es sogar großartig. Aber sie waren doch ein Team. Er würde es nicht tun, wenn sie ihm dieses Angebot gemacht hätten. Auf keinen Fall. Jedenfalls … war er sich dessen ziemlich sicher.

Wenn ihr sie nur halb so gern hättet wie euch selbst, dann hättet ihr es Marie selbst gesagt. Geht einfach zu ihr hin, sagt ihr, ihr bringt sie ganz groß raus, und lasst mich einfach hier mit AMSF und Sendungen wie »Haustiere, die wie ihre Herrchen aussehen«.

Er bremste seine Gedanken. Er wusste allerdings genau, dass, verließe Marie den Sender, auch seine Karriere beendet wäre. Van war sich noch nicht einmal sicher, was er für Marie empfand, noch weniger wusste er, was sie für ihn fühlte. Er brauchte doch nichts einer Liebe zu opfern, wenn vielleicht überhaupt niemand verliebt war.

Aber hier ging es um das Geschäft, um nichts anderes. Sobald er diesen Gedanken hatte, wurde ihm schlecht.

Liebe und Geschäft sind eine unglückliche Kombination.

»Ich werde so tun, als habe diese Unterredung niemals stattgefunden«, sagte Van und drehte sich zur Tür.

»Wir werden sie auf alle Fälle fragen, Van«, gab Simon ruhig zu bedenken. »Wir wollten dir nur die Chance geben, vorher das Thema mit Marie zu besprechen. Kommt zu einem vernünftigen Kompromiss.«

»Vergiss es, Simon. Vergiss deine Pläne und vergiss einen vernünftigen Kompromiss.« Van schlug die Tür hinter sich zu. Er fühlte sich stark und schwach zugleich. Beides hasste er.

Er wünschte sich, dass er vorgeben könnte, dieses Treffen habe niemals stattgefunden. Aber es gelang ihm nicht. Er ging zurück in sein Restaurant, aber er konnte an nichts anderes mehr denken als an Marie und Food TV.

Abends kam sie in seine Wohnung. Sie guckten fern und aßen Popcorn. Maries Kopf lag in seinem Schoß. Ihm schwirrten die verschiedensten Gedanken über die Show durch den Kopf.

»Marie«, sagte er schließlich, als der Abspann lief.

»Hmm?« Sie rollte auf den Rücken und legte die Arme über den Kopf.

Sie ist so entzückend. Sie ist so entzückend. Was macht es schon, wenn ich ihr einfach sage, dass sie die andere Show haben kann.

Er wusste, dass er nach Ausreden suchte, die am Ende die Situation nicht verändern würden. Also sagte er es ihr nicht. Sie liebten sich auf dem Sofa, und hinterher starrte Van an die Decke, als sei nichts geschehen. Er würde es ihr am nächsten Tag sagen. Beim Frühstück.

Aber natürlich tat er auch das nicht.

Die nächsten Tage kämpfte er mit sich, ob er es ihr sagen sollte oder nicht.

Am Samstagabend, bevor sie die große Spanferkel-Folge drehen sollten, ging Van die Treppe zu ihrem Apartment hinauf, nachdem er das Sauvignon abgeschlossen hatte. Die Tür war nicht verschlossen, wie sie ihm gesagt hatte. Sie schlief in ihrem Bett. Der Mond strahlte auf ihre weiße Haut.

Sie war wunderschön. Allein sie anzusehen, löste in ihm Gefühle aus, die er Mitch vorwarf, erfunden zu haben. Er beobachtete sie dabei, wie sie langsam aufwachte.

»Van?«, flüsterte Marie. Ihre Stimme klang heiser, und ihre Augen schauten ihn müde an. Sie strich sich automatisch über das Kinn, um den nicht vorhandenen Spuckefaden wegzuwischen. So, wie sie es immer tat. Van wusste außerdem, dass sie immer auf der rechten Seite schlief und bei traurigen Folgen von Quincy weinen musste. Sie gab dem Mann, der an der Ecke bettelte, jeden zweiten Tag 25 Cent und die Hörnchen, die im Restaurant übrig geblieben waren.

All das löste in ihm Gefühle aus, die er zuvor nicht gekannt hatte.

Plötzlich wurde ihm weiter ums Herz, und die Spannung, die er die letzten Tage im Magen gespürt hatte, war verschwunden. *Ich liebe sie.* Er lachte und war überrascht davon, wie einfach auf einmal alles schien. Er wusste, was er zu tun hatte.

»Ich mach mal das Licht an, okay?«, fragte er leise und drehte die Lampe an, die neben ihrem Bett stand.

»Was ist los?«, fragte sie und rutschte ein Stück, damit er Platz hatte, sich neben sie zu setzen. Er küsste die Falte zwischen ihren Augenbrauen, und einen Moment lang fragte er sich, ob das, was nun folgen würde, das Ende von ihnen beiden bedeuten könne. Er fragte sich, ob er das Beste, was ihm jemals begegnet war, verlieren würde, wenn er Marie von Food TV erzählte.

»Van, du hast doch was?«, frage sie und setzte sich auf.

»Wir müssen etwas besprechen.« Er holte tief Luft, sprach ein kurzes Gebet und fing an: »Du erinnerst dich an den Typen, der die letzten Sendungen da war?«

»Wie lange weißt du das schon?« Sie klang misstrauisch und alarmiert, und er wusste, dass er ihr diese Reaktion nicht verübeln konnte, dennoch verletzte sie ihn.

»Eine Woche nachdem wir den Eisernen Koch gedreht hatten, sprach er mich an. Ich weiß, ich hätte es dir sofort sagen sollen, und ich wollte es tun, aber …«

»Aber du hast es mir nicht gesagt«, flüsterte sie.

»Nein«, er schüttelte den Kopf, »nein, und ich weiß, dass das ein Fehler war.«

»Aber warum hast du es mir nicht einfach gesagt?«

»Weil ich Angst hatte, dass du das Angebot annehmen würdest«, flüsterte er. »Weil mein Stolz verletzt war, dass sie dich wollen und nicht mich. Weil ich denke, dass du zusagen solltest, ich dich aber auf der anderen Seite nicht verlieren möchte.«

Ich liebe dich, dachte er, aber sagte es nicht. Mit Marie musste man behutsam vorgehen, und er war noch eine Million winziger Schritte davon entfernt, ihr seine Liebe zu gestehen. Aber als er sie ansah, schrie es sein Herz heraus.

Sie sagte länger nichts, und diese Stille fühlte sich für ihn an, als dauerte sie ewig. Marie saß nur da und knetete immer wieder den Zipfel der Bettdecke. Van fühlte sich immer elender, bis er das Schweigen endlich brach.

»Marie …«

»Wir sind ein Team«, unterbrach sie ihn. Sie sah ihm in die Augen, und ein kleines Lächeln umspielte ihren Mundwinkel. »Ich werde das Angebot nicht annehmen.«

Sein Herz klopfte. Da hast du es, Mann. Das ist doch die Antwort, die du wolltest. Belass es einfach dabei. Aber er liebte sie und hielt es für seine Pflicht, sie davon zu überzeugen, das Angebot anzunehmen. »Vor einer Woche oder vielleicht vor zwei Tagen hätte ich dir recht gegeben und gesagt: Genau, sollen sie sich fortscheren!« Er legte eine Hand auf ihre Schulter. »Aber du solltest es dir noch einmal überlegen. Diese Show ist viel größer als das, was wir hier machen, viel größer als …«

Sie nahm sein Gesicht in ihre Hände und näherte sich ihm, bis nur noch wenige Millimeter zwischen ihren Mündern waren. »Ich mache es nicht, Van. Ich will es nicht.«

»Jetzt lügst du aber. Natürlich willst du es.« Er hob seine Arme in die Luft. »Ich würde es tun.«

Jetzt ließ sie sein Gesicht los. Ihr Blick wurde wieder misstrauisch. »Heißt das, dass du es machst, wenn ich ablehne?«, fragte sie, und noch bevor sie den Satz beendet hatte, ergriff er energisch ihre Schultern.

»Nein«, sagte er entschlossen, »du hast recht, wir sind ein Team.«

Vielleicht lag es daran, dass er sie schlafen gesehen hatte, als sie völlig schutzlos dalag, vielleicht konnte er ihr deswegen bis in ihr Innerstes schauen, in jedem Fall wusste er in diesem Moment genau, dass sie ihm misstraute. Er sah es in ihren Augen.

»Du glaubst mir nicht?«, meinte er verletzt. »Ich weiß, dass ich dir von dem Gespräch hätte früher erzählen sollen, Marie, aber ich will die Show nicht weniger, als du sie willst.«

»Ich glaube dir«, sagte sie schließlich. »Das tue ich.« Sie log. Aber er spürte, dass sie ihm glauben wollte. Das war nicht viel, aber damit war er schon zufrieden. Er hatte durch seinen Fehler einiges verloren, und nun musste er Geduld haben, um ihr Vertrauen zurückzugewinnen.

»Warum ist da noch kein Schwein auf dem Spieß?«, fragte Van.

»Entspann dich, Van«, Marie klopfte ihm sacht auf die Schulter. Sie erkannte die ersten Zeichen eines hysterischen Anfalls.

Van parkte den Wagen, und sie stiegen aus. Sie waren mitten im Mission District. Van hatte recht, es gab kein Ferkel. Stattdessen hing ein riesiger schwarzer Kessel über einem winzigen Feuer, das auf dem leeren geteerten Parkplatz brannte. Marie schnupperte.

Für das original mexikanische Spanferkelessen hatte Marie ihre Freundin Louisa und deren Mutter um Hilfe gebeten. Sie waren die besten Köchinnen, die Marie kannte. Sie hatte viele Nächte in Louisas Küche verbracht und ihnen fasziniert dabei zugesehen, wie sie Guacamole und selbst gemachte Tamales zubereiteten.

Agnes kam auf sie zugerannt. Ihr Gesicht war ernst, und es war deutlich zu sehen, dass sie sich bemühte, Ruhe auszustrahlen. »Okay, kein Drama …«

»Na toll.« Van warf seine Hände über den Kopf und starrte sie böse an. »Jetzt mache ich aber ein Drama.«

»Entschuldigt mich bitte einen Augenblick«, wandte Marie sich an Agnes und Van und ging zu Eric Maxwell hinüber, der sich wieder am Drehort herumdrückte. Van hielt sie für einen kurzen Augenblick zurück, weil er ahnte, was sie dem Mann sagen würde. »Lass es, Marie, und überleg es dir lieber noch einmal.«

»Ich will den Job nicht.« Sie machte eine wegwerfende Bewegung und küsste Van auf die Wange. Eric Maxwell war wirklich winzig, und winzige Männer machten Marie generell nervös, weil sie sich neben ihnen immer grobschlächtig und ungehobelt vorkam.

»Hi, Marie.« Eric sah sie erschrocken an, als sie auf ihn zukam, aber er versuchte es zu verbergen. Er streckte ihr die Hand hin, und sie schüttelte sie.

»Van hat mir von Ihrer Show erzählt, und ich werde sie nicht ohne ihn machen. Solange Sie nicht das Format ändern, glaube ich, ergibt es wenig Sinn, dass Sie weiterhin zu unseren Drehs kommen. Sie vergeuden Ihre Zeit.«

Er lächelte. »Ich mag Frauen, die gleich auf den Punkt kommen.« Marie versuchte, nicht das Gesicht zu verziehen. *Dieser Typ ist ja noch schmieriger als Simon.* »Bitte geben Sie mir nur die Gelegenheit, Ihnen unser Angebot vorzustellen.«

»Eric, wir drehen gleich, und ich werde nicht …«

»Es ist eine Superidee«, unterbrach sie Eric. »Wir haben ein recht ansehnliches Budget. Das heißt, Sie würden über den ganzen Erdball reisen, auf der Suche nach …« Marie konnte sich das nicht länger anhören. Sie war zwar manchmal leichtsinnig, aber sie war nicht dumm. Sie wusste, was sie tat, als sie das Angebot von Food TV ablehnte. Vor ein paar Monaten hätte sie nicht gezögert zuzugreifen.

»Hören Sie. Das mag ja alles ganz nett sein, aber ich habe einen Vertrag unterschrieben …« Marie zuckte mit den Schultern.

»Die Show würde erst beginnen, wenn Sie den Vertrag mit *AMSF* erfüllt haben.«

»Und was ist dann mit Van?«

Eric biss sich auf die Lippen und hob die Arme. »Männliche Köche haben wir die ganze Zeit auf dem Sender. Einen weiteren Typen, der kocht, brauchen wir so dringend wie das hundertste Rezept für gegrillte Hühnchen. Was uns fehlt, ist eine Frau.«

»Nun, dann müssen Sie sich wohl nach einer anderen umschauen.«

»Ich glaube, Sie sollten sich einmal die Frage stellen, was sie für Van opfern.«

In Maries Kopf fingen die Alarmsirenen an zu läuten. Sie hatte nicht sonderlich gute Erfahrungen damit gemacht, etwas für einen Mann zu opfern. Aber sie konnte nicht länger so leben, wie sie es früher getan hatte.

Vertrauen ist nichts, was einfach so geschieht, man muss es praktizieren. Sie wollte Van vertrauen. Das musste etwas zu bedeuten haben.

»Bei *AMSF* zu bleiben bedeutet kein Opfer für mich. Ich bin dort sehr glücklich.«

»Diese Gelegenheit wird sich Ihnen vielleicht nicht noch einmal so schnell bieten.«

»Das erwarte ich auch nicht.«

Erich seufzte und ließ den Kopf hängen. Marie bedauerte ihn fast.

»Hier, ich lasse Ihnen meine Karte da, falls Sie es sich doch noch anders überlegen.« Er reichte ihr seine Visitenkarte mit dem grünen »Food TV«-Logo.

Sie nahm die Karte, aber sie hatte sich entschieden. Sobald Eric gegangen war, spürte sie, dass Van sich ihr näherte. Ihre Haut, ihr ganzer Körper spürte, dass es nur Van sein konnte, bevor er ihr von hinten die Hand sanft in den Nacken legte.

»Du hast nicht Nein gesagt? Oder?«

Sie drehte sich zu ihm um. »Ich habe Nein gesagt.«

»Marie …«

»Ich will nicht mit ihm arbeiten. Ich bin wirklich damit zufrieden, wie es im Moment läuft.«

»Okay«, Van seufzte, »aber ich denke, du bist verrückt, wenn du das Angebot nicht annimmst.«

»Das versteht sich von selbst«, sagte sie lächelnd und stellte sich auf die Zehenspitzen, um ihm einen Kuss zu geben. Sie war festen Willens, alle ihre Zweifel beiseitezuräumen.

14. Kapitel

Dienstagmorgen war Marie spät dran. Pete hatte ein Problem mit dem Blaubeer-Quark-Kuchen, und sie war dageblieben, um ihm bei dem zweiten Versuch zu helfen.

Sie musste sich beeilen, denn sie wollte vor der Sendung mit Simon noch einmal über diese vertraulichen Absprachen sprechen.

Simons Büro lag genau gegenüber dem Treppenhaus, sodass Marie, als sie die oberste Stufe erklommen hatte, Vans Kopf sehen konnte, der über den Sessel vor Simons Schreibtisch ragte.

Ihr Herzschlag setzte für einen Moment aus. Das musste nichts bedeuten. Van konnte genauso gut einfach in Simons Büro gegangen sein, wie sie es nun vorhatte, aber ihr misstrauisches Herz wurde aufmerksam. *Vielleicht ist das kein vertrauliches Gespräch, Marie. Gib dem Mann eine Chance.* Simon gestikulierte, und sie konnte die lauten Stimmen hören.

»Marie wird das nicht machen«, hörte sie Van sagen. Sie hielt inne. »Sie ist aus dem Spiel.«

»Genau deswegen glaube ich, dass dir das hier gefallen wird.« Simon hielt ein Plakat hoch und hielt es Van hin. Auch Marie konnte sehen, was darauf zu erkennen war. Das Poster zeigte Werbung für eine Food-TV-Sendung mit Vans Gesicht darauf.

»Da hast du dich aber selbst übertroffen, Simon«, sagte Van und nahm ihm das Plakat aus der Hand.

»Ich denke, es ist eine Situation, von der wir alle profitieren können.« Das war Eric Maxwells Stimme.

Das Blut summte in Maries Ohren. Es fiel ihr schwer zu atmen und aufrecht stehen zu bleiben. *Mach, dass du weg kommst, bevor sie dich hier sehen.*

Sie drehte sich auf dem Absatz um und rannte die Treppen hinunter. Sie schluckte. Die Wut über Van und darüber, dass sie denselben Fehler zwei Mal in ihrem Leben gemacht hatte, schnürte ihr die Kehle zu.

Sie ging durch die Gänge mit den Garderoben und fand eine dunkle Ecke. Sie lehnte den Kopf gegen die kühle Wand und rief sich Vans Worte ins Gedächtnis zurück.

Marie ist aus dem Spiel.

Sie pochte mit dem Kopf gegen die Wand. *Du Idiot. Du dummes kleines Mädchen. Zwei Mal? Muss dir so etwas zwei Mal passieren, damit du es endlich begreifst?* Jetzt hatte es Marie begriffen. Endlich.

Wütend verließ Van Simons Büro. *Der hatte vielleicht Nerven.* Er hoffte, dass sein Nachfolger bei *Abenteuer Essen* ein wenig mehr Stil haben würde. Jemand, der loyaler und aufrichtiger sein würde. Er schüttelte den Kopf und machte sich auf die Suche nach Marie.

»Van, ihr habt noch zehn Minuten«, erinnerte ihn Agnes. »Was immer du auch vorbereitet hast, wird gerade in dem Wok aufgewärmt.«

»Super, danke. Hast du Marie irgendwo gesehen?«

»Sie ist auf der Bühne und bereitet sich vor.«

Schlechtes Timing, denn anstatt sich direkt mit Marie allein zu treffen und ihr von der Besprechung mit Simon zu erzählen, hatte er jetzt eine halbstündige Sendung vor sich, in der es um Essen ging, das Kinder mochten. Drei Kinder waren im Studio und würden seine kinderfreundlichen Rezepte ausprobieren.

»Hey.« Er traf sie hinter der Bühne im Dunklen. »Ich habe dich schon gesucht.« Er beugte sich über sie, um sie zu küssen, aber sie entzog sich ihm. Sie drehte sich um und sah ihn mit so kalten und wütenden Augen an, dass er zurückwich. »Marie, was ist los?«

Sie lachte kurz auf. »Du bist gut, Van. Du bist verdammt gut.«

»Worüber redest du?«

»Hallo ihr zwei.« Agnes kam an und hatte die drei Kinder im Schlepp. »Darf ich euch Adam, Becky und Dakota vorstellen?«

Sie gingen gemeinsam auf die Bühne, und erschrocken musste Van mit ansehen, wie die drei Kids auf die Barhocker kletterten, die gegenüber der Arbeitsplatte standen. Sie saßen regungslos da und starrten sie an wie Hühner auf der Stange.

»Agnes, das hier ist nicht der richtige Zeitpunkt«, flüsterte Van. Er spürte, wie die Wut in Marie nachließ.

»Na, aber es ist der einzige Zeitpunkt, denn ihr habt noch fünf Minuten.« Agnes ging von der Bühne, und die Kinder guckten.

Verdammt!

»Marie, ich weiß zwar nicht, worüber du dich so aufregst, aber es wäre …«

»Ich glaube, es wäre am besten, wenn du im Moment einfach nicht mit mir reden würdest«, antwortete sie kurz und holte eine Kasserolle aus dem Ofen. Sie nahm die Alufolie ab, die den Topf bedeckte, und duckte sich vor dem aufsteigenden Dampf.

Er schnupperte und nahm den Geruch von Blauschimmelkäse wahr. »Du hast Nudeln mit Käse mit Blauschimmelkäse gemacht? Für Kinder? Ein graublaues Essen, das noch dazu gewöhnungsbedürftig riecht?« Sofort wünschte sich Van, er hätte seinen Mund gehalten, als er Maries Blick sah.

»Noch drei!«, rief Agnes.

»Marie«, flüsterte Van. Er hatte keine Ahnung, was geschehen war. Vorgestern hatten sie sich gesehen, gestern hatte er ihr alles erzählt, und alles war in Ordnung. »Was ist los?«

Sie ignorierte ihn und begann, das Essen für die Kinder auf die Teller zu verteilen.

»Bist du für die Show bereit?«, fragte er sie besorgt. Er wurde langsam nervös. Das hier war das Letzte, was er direkt vor einer Aufzeichnung brauchte. Er fühlte sich immer noch ein wenig unsicher vor den roten Lampen. Er brauchte sie. *Sie* brauchten sie, und dass sie vollkommen fit für die Show war.

Van hörte, wie die Sendung durch eine Werbepause unterbrochen wurde, und er wusste, wenn das vorbei war, dann waren sie mit *Abenteuer Essen* dran. Hastig rührte er die kinderfreundliche Mahlzeit, die sich im Wok befand, um. Er probierte, aber konnte kaum etwas schmecken, und begann, das chinesische Gericht auf die Teller zu füllen.

Nach der Aufzeichnung war Marie plötzlich verschwunden. Sie wusste, dass das feige von ihr war, aber sie musste erst einmal mit ihrem Schmerz zurechtkommen. Sie wollte am liebsten heulen und schreien. Sie wollte Van fragen, wie er ihr das antun konnte, wenn sie doch seinetwegen das Angebot von Food TV abgelehnt hatte. Aber all das konnte sie sich im Moment gar nicht leisten, denn sie hatte anderes zu tun. Sie musste einen kühlen Kopf bewahren und die Situation unter Kontrolle halten. Um sicherzugehen, dass sie nicht sofort in Tränen ausbrach, lief sie auf die Toilette, um sich einen Moment sammeln zu können.

Als sie zurückkam, konnte sie Van nirgendwo finden, bis sie von dem jungen Techniker erfuhr, dass er ihn um eine Zigarette gebeten hatte. Sie verließ das Gebäude durch den Seiteneingang und rannte Van praktisch um.

»Was, um Himmels willen, war mit dir los?« Er ließ den Stummel fallen und trat ihn aus. Marie war fast froh, dass er wütend war. Sie hatte Lust auf einen anständigen Streit.

»Wie lange, glaubst du, hättest du das vor mir geheim halten können, Van?« Sie schüttelte ihre schwarze Mähne. Ihre Augen sprühten Funken.

»Was?«

»Hör doch auf, so zu tun!«, schrie sie ihn an. Van trat einen Schritt zurück. *Gut. Mach dich auf etwas gefasst.* »Mich behandelst du nicht länger wie einen Idioten.«

»Sekunde mal, ich habe dich nie wie einen Idioten behandelt.«

»Oho.« Sie riss die Augen auf und ließ ihren Blick langsam wie Gift auf ihn einwirken. »Du hast mich also nicht wie einen Idioten behandelt, als du mir gesagt hast, ich solle das Angebot von Food TV nicht annehmen, um bei der nächsten Gelegenheit selbst zuzuschnappen?«

Van schüttelte erschrocken den Kopf. »Ich habe den Job gar nicht …«

Marie heulte wütend auf und ballte die Hände zu Fäusten. »Hör auf, mich anzulügen, Van. Hör auf. Ich habe dich gesehen.«

»Was meinst du? Marie, ich schwöre bei Gott, dass ich …« Er streckte die Hände nach ihr aus, aber sie schlug sie weg.

»Heute Morgen, Van. Heute Morgen hast du in Simons Büro gesessen. Er hat dir das Plakat gezeigt. Daran wirst du dich hoffentlich noch erinnern können, oder?«

Er brauchte eine Sekunde, um zu begreifen, was sie meinte, und Marie fragte sich, ob sie mit dem besten unentdeckten Schauspieler der Welt geschlafen hatte. Aber dann fing er an zu lachen. Sie hatte das Gefühl, er würde ihr eine Ohrfeige geben. Sein Lachen verwandelte ihren Zorn in Schmerz. Verzweifelt drehte sie sich um und ging über den Parkplatz zu ihrem Wagen. Oh Gott, was war ich doch für ein Dummkopf, schalt sie sich innerlich.

»Marie, Marie.« Er lief ihr nach und holte sie ein. Als er sich vor ihr aufbaute, musste sie notgedrungen anhalten.

»Sie wollten unbedingt dich haben, du hast Nein gesagt, und dann haben sie die zweite Wahl gefragt.« Er deutete auf sich. »Mich.«

»Herzlichen Glückwunsch, Van. Zweite Wahl zu sein ist besser als gar nichts.« Sie drehte sich wieder um, doch Van griff ihren Arm. Energisch versuchte sie sich zu befreien. Plötzlich hasste sie das Gefühl, dass er sie berührt hatte.

»Ich habe aus den gleichen Gründen abgelehnt wie du, Marie. Wir sind ein Team.«

Fassungslos schaute sie ihn an. »Du hast Nein gesagt?«

»Ich habe Nein gesagt.«

Sie versuchte, etwas zu sagen, aber es gelang ihr nicht, so groß war der Kloß aus Zorn und Kummer, der in ihrem Hals steckte.

»Du vertraust mir also nicht?«, fragte er verletzt.

Marie war wie erstarrt. Sie hatte ihm wehgetan, und das schnürte ihr die Kehle zu.

Er streckte die Hand aus, um sie zu berühren, doch sie wandte sich ab. »Nicht«, flüsterte sie. Marie drückte ihre Schultern nach hinten. »Ich vertraue niemandem mehr, Van. Das ist einfach so.«

Das stimmt nicht. Eine Stimme tief in ihrem Inneren widersprach ihr. *Marie, gib dir selbst eine Chance, und gib Van eine Chance.*

Aber sie brachte die Stimme mit den bloßen, kalten Fakten aus ihrer Vergangenheit zum Schweigen.

»Marie, ich mache die Show nicht, ich schwöre es dir.« Van streckte noch einmal die Hand nach ihr aus, ließ sie dann aber wieder fallen. »Lass uns irgendwo hingehen und reden.«

Es lag ihr auf der Zunge, zuzustimmen. Nur zu gern hätte sie mit Van gesprochen, ihm vertraut. Sich selbst etwas mehr vertraut, um die Vergangenheit zu überwinden. Sie könnte noch länger, vielleicht ein paar Tage, ein paar Wochen, höchstens einen Monat mit ihm verbringen, neben ihm schlafen, aber was wäre der Sinn? Sie wusste, sie würde das Unvermeidliche nur hinauszögern. Wenn sie es jetzt nicht beendete, würde es später passieren.

»Van, es ist …« Sie holte tief Luft. »Es ist vorbei. Alles ist vorbei.« Sie schlang ihre Tasche über ihre Schulter. »Wir können Geschäftspartner oder ein Paar sein, aber beides geht einfach nicht.«

»Marie, komm. Lass uns reden.« Van war kreidebleich. Aus seinen dunklen Augen sprach der Schmerz, der neue und der aus längst vergangener Zeit. Und er musste sie gehen lassen.

Sein Blick fiel auf ihre linke Hand, die unabsichtlich die Armbänder der rechten berührte.

Plötzlich war Van wütend. Er packte sie an den Schultern. Sie ließ es zu, überrascht davon, dass er so zornig war. »Du musst endlich diese Armbänder loswerden. Du kannst nicht in die Zukunft denken, wenn dich diese verdammten Armbänder immer noch in der Vergangenheit festhalten.«

»Erzähl mir nicht, was …«

»Fünf Fehler, die du niemals vergessen wirst? Dass Ian dich hat sitzen lassen, war nicht dein Fehler. Und nun kannst du mir nicht vertrauen, nur weil ein Typ in der Vergangenheit dich hintergangen hat! Ich bin nicht Ian!«

»Jeder Mann ist auf die eine oder andere Weise Ian, Van!«, schrie sie ihn an. »Einige mehr, andere weniger. Und wenn du schon den Job dieses Mal nicht akzeptiert hast, dann eben vielleicht das nächste Mal. Wie sieht es dann aus? Soll ich dir wirklich glauben, dass du eine größere und bessere Karriere für die Frau, mit der du schläfst …«, sie zögerte, bevor sie das nächste Wort aussprach, »… opferst?«

»Ich liebe dich, Marie. Ich liebe dich. Ich liebe alles an dir.«

Marie spürte ihr Herz aussetzen. Ihr ganzer Körper begann zu zittern. *Geht*, befahl sie ihren Beinen, *lauft. Geht endlich. Ich will es nicht hören.* Aber sie konnte sich nicht von der Stelle rühren.

»Stopp«, flüsterte sie. Tränen rannen ihr über das Gesicht. Das war sein gemeinster Trick. Er sagte ihr die Worte, die sie so gern hören wollte, aber nicht glauben konnte.

Sie vertraute ihm nicht. Was sollte das alles also?

Marie warf die Haare in den Nacken und nahm ihren ganzen Stolz zusammen. »Nein, das glaube ich dir nun wirklich nicht. Van, es ist vorbei. Es ist aus zwischen uns. Du solltest den Food-TV-Job annehmen.« Sie zog ihren Körper zurück, und er ließ ihre Schultern los. Er ließ sie gehen.

Sie lief mit erhobenem Kopf an ihm vorbei zu ihrem Wagen. Sie ließ Van auf dem Parkplatz stehen und war der Meinung, sie tue das Richtige. Aber sie konnte sich nicht der Angst erwehren, dass sie dort ihre einzige Chance, glücklich zu werden, hinter sich ließ.

15. Kapitel

Marie ignorierte seine Anrufe. Sie ignorierte die Blumen. Sogar Mitch Palyard meldete sich bei ihr und lud sie zu sich nach Hause zum Essen ein, und sie schaffte es, selbst das abzulehnen. Sie glaubte ihm nicht, als er ihr versicherte, dass Van nicht da sein würde. Es brach ihr Herz, aber sie lehnte ab.

AMSF gab nach der letzten Folge bekannt, dass Simon den Sender verlasse. Er hatte den Job bei Food TV nicht bekommen, weil weder Marie noch Van das Angebot angenommen hatten. Simon wechselte nach Los Angeles, um dort als freier Mitarbeiter für das Fernsehen zu arbeiten. Agnes übernahm seinen Job. Und Marie und Van bekamen von *AMSF* einen Zweijahresvertrag angeboten.

Vier Nächte lang starrte Marie an die Decke und wünschte sich, dass die Saxofonsoli von gegenüber sie wach halten würden. Das wäre immer noch besser als in der Stille den Schmerz zu spüren, der ihr auf der Brust lag. Es war Samstagnacht, und normalerweise hätte sie sich nach Schließung des Sauvignon mit Van getroffen. Sie fragte sich, was er wohl tat, wie es ihm ging.

Marie schloss die Augen. Es gab keinen vernünftigen Grund, Van den Laufpass zu geben. Das hatte mit dem Laden oder ihrer Rivalität nichts mehr zu tun. Es lag allein an ihr. Irgendetwas stimmte nicht mehr. Lange, bevor sie Ian kennenlernte und Van traf, musste etwas in ihr kaputtgegangen sein. Wahrscheinlich könnte sie ein Vermögen dafür ausgeben, herauszufinden, dass es am Ende an ihrer schlimmen Kindheit und der lieblosen Mutter lag.

Dabei glaubte sie tief in ihrem Innern, dass es eine Chance für sie gab, dass sie Van Unrecht tat und sehr wohl in der Lage war, sowohl eine Liebesbeziehung als auch eine Geschäftspartnerschaft aufrechtzuerhalten. Sie könnte lernen, ihm zu vertrauen, jemand anderem zu vertrauen als sich selbst. Aber jedes Mal, wenn sie darüber nachdachte, ihn anzurufen und sich bei ihm zu entschuldigen, ihn anzuflehen, es noch einmal mit ihr zu versuchen, musste sie nur ihre Armbänder berühren. Dann fiel es ihr alles wieder ein: der Schmerz, die Erniedrigung und das Opfer.

Du musst auf dich aufpassen, weil es sonst niemand anderes tut. Es waren harte Worte, nach denen sie lebte. Sie rollte sich auf die Seite und schnupperte an dem Kopfkissen, auf dem sonst Van lag. Sein Geruch war fast verflogen. In ein paar Tagen wäre er ganz verschwunden, als hätte es Van nie gegeben.

Dienstagmorgen brachte sie bei Anna und Sam Frühstück vorbei. Sie wollten sich gemeinsam *Abenteuer Essen* anschauen. »Ich bin so froh, dass du kommst. Du weißt, ich liebe deine Schwester, aber manchmal denke ich, ich werde sie umbringen, noch bevor das Baby da ist.« Marie küsste ihren Schwager verständnisvoll auf die Wange und reichte ihm die Schüsseln mit dem Essen.

»He, wann fängt es an?«, fragte Sam und brachte aus der Küche ein Tablett mit Früchten und Käse mit. Einen der Teller stellte er behutsam auf Annas Bauch ab und brachte den Rest zum Tisch.

Marie sah auf die Uhr. »In fünf Minuten etwa.« Sam griff nach der Fernbedienung und drehte die Lautstärke höher.

Marie hätte gern so getan, als wäre es ihr gleichgültig. Es ging ihr weniger um Vans Besprechung ihres Restaurants, sondern eher darum, sich selbst im Fernsehen zu sehen, was sie immer irgendwie aufregend fand. Sie versuchte vorzugeben, sie wolle Van weder sehen noch seine Stimme hören.

Anna und Sam lachten über ihre Witze über Vans Restaurant, es sei altmodisch, aber empfehlenswert.

Dann erschien Van auf dem Bildschirm und stolzierte durch ihr Bistro. Wie immer war er schwarz gekleidet. Marie musste schlucken. Sie konnte sich nicht darauf konzentrieren, was er sagte, weil sie so sehr mit sich und ihrer Haltung haderte. Sie erinnerte sich daran, wie sie anfangs dachte, er sei nicht hübsch. Sie schüttelte den Kopf über ihren eigenen dummen Stolz. Er sah blendend aus, und für einen kurzen Augenblick hatte er ihr gehört. Was habe ich nur getan? fragte sie sich. Alles, was sie wollte, war, dass der Schmerz aufhörte. Stolz, Karriere, Unabhängigkeit – nichts zählte so sehr wie ihr Wunsch, das alles rückgängig zu machen.

»Ich habe einen schrecklichen Fehler gemacht«, schluchzte sie und bedeckte ihre Augen mit den Händen.

»Was hast du gemacht?«, fragte Anna. Marie drehte sich gerade noch rechzeitig um, um zu sehen, wie ihr Schwager Anna mit dem Hintern auf dem Sofa zur Seite schob.

»Ich habe mit Van Schluss gemacht.«

»Was? Warum?«, fragte Anna und zog die Augenbrauen zusammen. Sie und Sam tauschten besorgte Blicke aus.

»Weil ich blöd bin.« Marie ließ sich in ihrem Sessel zurücksinken. Tränen strömten über ihr Gesicht. Aber sie konnte nichts anderes sagen als die Wahrheit. »Ich muss einfach auf mich selbst aufpassen, weil das sonst niemand für mich übernehmen kann.«

»Du gibst keinem einzigen Menschen die Chance, auf dich aufzupassen, Marie. Wenn Leute dir näher kommen wollen, läufst du weg. Weißt du, ich war sogar davon überrascht, dass du dich überhaupt auf Van eingelassen hast.«

»Ich war auch überrascht«, fügte Marie hinzu.

»Aber das eine kann ich dir sagen, kleine Schwester«, fuhr Anna fort, »wenn du alle Männer so wegstößt, dann wirst du irgendwann die alte, einsame Tante Marie für meine Kinder sein.«

»He«, fuhr Marie dazwischen, »jetzt reicht es aber.«

»Sie entbehrt vielleicht einer gewissen Höflichkeit, aber meine Frau hat recht.«

Marie verdrehte die Augen. »Sam, ich mag dich wirklich, aber noch mehr Wahrheiten ertrage ich im Moment nicht.«

Er legte den Kopf zur Seite. »Das ist okay. Aber ich darf das als Mann sagen, dessen Herz schon einmal von einer Simmons gebrochen wurde: Es ist nicht leicht, euch zu lieben. Ihr seid toll, aber verrückt. Ihr seid so selbstständig, dass es einen wahnsinnig macht. Und ihr wisst immer alles besser, manchmal lügt ihr, und ihr könnt gemein sein.«

»He!«, unterbrach ihn Marie beleidigt.

»Nach *toll* hättest du besser aufhören sollen«, sagte Anna und tätschelte die Wange ihres Mannes.

Sam küsste Anna und fuhr fort: »Ich werfe euch das alles nicht vor: Eure Mutter hat es euch als Kinder nicht leicht gemacht. Aber Männer wie Van und ich, wir sind einmalige Chancen für euch. Die meisten Männer haben keine Lust, nach den Prinzessinnen zu suchen, die in den Drachen stecken. Glaubst du, es fällt einem leicht, sich in eine Simmons zu verlieben? Sich die Mühe zu machen, euch dahin zu kriegen, dass ihr endlich den Panzer abwerft, in den ihr euch einigelt? Dieser ganze ›Ich gegen den Rest der Welt‹-Scheiß, den ihr so gut findet.« Mit einem Seitenblick auf Anna fügte er hinzu: »Entschuldige, aber denk doch mal nach. Du hast ihm gezeigt, wie du wirklich bist, und wenn er dich immer noch will, dann liebt er dich, das kannst du mir glauben. Und wenn du einem Mann nicht vertrauen kannst, der diese ganze Arbeit auf sich nimmt, ja, wem willst du dann vertrauen? Also, du bist noch dümmer, als deine Schwester früher mal war.«

»Ich muss los.« Marie stand auf und nahm ihre Tasche.

»Lass das Essen hier«, rief Anna ihr hinterher.

Marie stellte ihren VW im Halteverbot vor Vans Wohnung ab und stieß dabei fast seine leeren Mülltonnen um, die noch am Straßenrand standen. Es war 8.30 Uhr morgens, und sie war sich nicht sicher, ob Van überhaupt schon wach war. Sie klopfte heftig gegen seine Wohnungstür, bis sie Van drinnen fluchen hörte. »Ja, schon gut, ich komme ja …« Van riss die Tür auf und blieb wie vom Schlag getroffen stehen, als er sie sah.

»Marie.«

Marie sah ihn sich an, als trinke sie durstig Wasser, Wein.

»Süße, du bist der größte Feigling, den ich jemals kennengelernt habe.« Er bat sie mit einer Handbewegung in den Flur. Als sie an ihm vorbeiging, überlegte sich Marie, dass Forschheit hier vielleicht doch nicht so angebracht sei.

»Okay.« Sie nahm seine Hand und ließ ihre Finger über sein silbernes Armband gleiten. Sie holte tief Luft und beschritt einen neuen Weg, unentdecktes Gelände, ungesicherte Pfade, die aus Ehrlichkeit und Verzweiflung gemacht waren.

»Du hast recht, ich bin ein großer Feigling«, gab sie zu. »Aber ich will versuchen …«, flüsterte sie. »Es ist nur … ich bin so schlecht darin …« Sie berührte sein Handgelenk.

Van sah auf ihre Finger auf seinem Handgelenk hinunter. Marie fühlte sich gut, aufrichtig. Er würde ihr eine zweite Chance geben, er würde zulassen, dass sie mit ihm das versuchte, was ihr bislang nicht gelungen war, aber dann schüttelte er ihre Hand ab.

»Tee?«, fragte er lässig, als sei sie nicht die Frau gewesen, die in seinen Armen eingeschlafen war, ihn nicht in sich aufgenommen hätte.

»Nein!«, rief sie. Sie schüttelte ihren Kopf und machte einen kleinen Satz. Sie hatte das Gefühl, sie habe einen Bienenschwarm in ihrer Brust. »Van, ich liebe dich«, sagte sie und griff nach seinen Armen. »Ich weiß, dass ich das hier richtig vermasselt habe, aber es tut mir leid, und ich will nicht mehr deine Geschäftspartnerin sein, ich will deine Partnerin werden. Ich will mit dir zusammen sein. Ich will …« Van sah sie mit großen Augen an. »Okay, okay. Das schockt dich jetzt bestimmt, aber ich … Ich weiß wirklich nicht, was ich getan habe. Ich weiß auch jetzt nicht, was ich hier tue.« Sie bombardierte ihn mit ihren Worten, als wolle sie alles auf einmal aussprechen, was so lange in ihr gegoren hatte.

Van sagte gar nichts, was Marie für ein schlechtes Zeichen hielt. Und er nahm sie auch nicht in seine Arme, worauf sie gehofft hatte, nachdem sie ausgesprochen hatte, dass sie ihn so sehr liebte.

Sie suchte nach Worten, die ihre Gefühle ausdrückten, aber es gab keine dafür. Sie wusste, was sie zu tun hatte.

»Meine Mutter hat mich rausgeschmissen, als ich sechzehn war.« Sie nahm die beiden ältesten Armbänder von ihrem linken und rechten Handgelenk und warf sie auf den Tisch. Van sah aus, als wolle er etwas sagen, aber sie ignorierte ihn und sprach weiter. Sie hatte sich in Rage geredet, und es war besser, wenn er sie einfach sprechen ließ.

»Anna ließ mich bei ihr einziehen und stellte keine Fragen.« Die nächsten zwei Kettchen landeten auf dem Vertrag. »Nachdem ich mit der Schule fertig war, machte ich mich auf die Suche nach meinem Vater. Ich fand ihn, und er sagte mir, ich könne bei ihm bleiben, aber ich ging wieder fort. Und ich hätte dort bleiben sollen.« Armbänder fünf und sechs fielen. Mit jedem fehlenden Kettchen fühlte sich Marie jünger und leichter. Sie legte die Hand auf die ersten zwei Silberbänder, und für einen Moment dachte sie an gar nichts. Sie lachte, sie hatte die Ketten so lange mit sich herumgetragen, dass sie ihr Gewicht gar nicht mehr bemerkte. Sie berührte die nächsten Armbänder. »Ich weiß gar nicht mehr, wofür die stehen.« Sie nahm sie ab. Es waren noch ein Armband pro Hand übrig – Ians Armband. Sie nahm sie ab. »Und das ist Ians Armband, und es ist mir jetzt egal. Ich trage den Mist nicht länger mit mir herum. Ich liebe dich, und ich vertraue dir.« Ein Armband fiel auf den Boden neben Vans Fuß. Marie atmete tief ein.

Ich fühle mich wie neugeboren.

Van schüttelte den Kopf, berührte die Narbe an seinem Kinn. Er sah auf das Häufchen mit den silbernen Ketten hinab.

»Nun, jetzt beginne ich, so einiges zu verstehen. Erwartest du jetzt von mir, dass ich Reißaus nehme?«

»Es würde mich nicht wundern«, flüsterte sie.

»Marie, es bedarf schon mehr als einiger Altlasten und Vertrauensprobleme, um mich abzuschrecken.«

Oh, diese Augen. Sie konnte wieder hineinsehen. In seinen Augen lag alles, was Van ausmachte: Stolz und Können und Intelligenz und Humor und … seine Liebe zu ihr. Marie fing an zu weinen. Van nahm sie in seine Arme.

Sie versuchte, die Tränen zurückzuhalten, aber ihre ganze Distanziertheit, Angst und ihr Zynismus waren verschwunden. Sie war einfach eine Frau, die weinte, weil der Mann, den sie liebte, ihre Gefühle erwiderte.

»Ich hätte dir von dem Angebot von Food TV sofort erzählen sollen. Es gibt wesentlich wichtigere Dinge als mich und meine Karriere.«

Er drückte ihr einen Kuss auf die Lippen.

Marie seufzte und schlang ihre Arme um seinen Nacken. Sie küsste ihn mit leicht geöffneten Lippen. Es überkam sie das Gefühl, sie müsste auf der Stelle auseinanderfließen. Wie viel Glück war der Mensch in der Lage zu ertragen?

»Da wir gerade von Karriere sprechen …« Er unterbrach den Kuss. »Ich habe gehört, du hast auch einen Zweijahresvertrag bekommen?«

Sie nickte.

»Vielleicht könntest du ja meinen auch unterschreiben?« Er zog sie fester an sich.

»Also machen wir weiter? Geschäftspartner und Liebespaar?«, fragte sie, während sie ihr Gesicht in seinem T-Shirt vergrub, um seinen warmen, würzigen Duft einzuatmen.

»Jep. Ich denke schon. Ich denke, das kriegen wir hin. Ich denke, wir sollten Geschäftspartner, ein Liebespaar sein und irgendwann auch darüber nachdenken, ob wir Kinder wollen.«

Marie fühlte sich unbeschwert und leicht. Sie wollte lachen und weinen zugleich.

»Weißt du, ich habe für die nächste Staffel ein paar gute Ideen. Ich denke, wir sollten etwas über Fondue machen und …«

Marie, weil sie glücklich und verliebt war, zog ihr T-Shirt über den Kopf und warf es auf den Boden. Van hörte auf zu reden.

»Mach weiter, ich höre dir zu«, ermunterte sie ihn und befreite sich von ihren Tennisschuhen, damit sie sich die Hose ausziehen konnte. »Du sprachst gerade von Fondue.«

»Genau.« Van war offensichtlich von ihren Brüsten und ihrem blauen Spitzen-BH abgelenkt. Um diese Situation zu ändern, zog sie den BH kurzerhand aus.

»Du warst gerade dabei, unsere nächsten Sendungen zu planen …« Sie begann, ihre Jeans aufzuknöpfen.

»Genau.« Van starrte auf den obersten Knopf ihrer Jeans. »Ich glaube, wir sollten doch noch einmal über Rezepte für Hühnchen nachdenken.«

»Veto. Keine Hühnchenrezepte.« Marie zog sich die enge Hose herunter. Sie hörte Van schlucken.

»Marie, dein Körper …« Er lächelte. »Das ist einfach nicht fair.«

»Oh, Van.« Sie zog an seinem Hosenbund. »Hast du denn noch nicht begriffen?« Sie spielte mit seinem Reißverschluss. »Im Krieg und in der Liebe ist alles erlaubt.«

– ENDE –